비인칭적인 것

산지니평론선 • 11

비인칭적인 것

고봉준 평론집

산지니

평론집을 내면서

네 번째 평론집이다. 세상은 여전히 유령의 시대이고, 나는 아직 새로운 문장을 찾지 못했다. 평론집 『유령들』을 출간한 이후 문학을 주체 없는 삶과 접속시키는 작업에 관심을 쏟았다. 이번 평론집에 '비(非)인칭적인 것'이라는 제목을 얹은 이유도 여기에 있다. 우리는 문학의 언어를 인칭적인 것으로 사용해야 한다는 믿음을 재생산해왔다. 영국의 시인 존 던(John Donne)의 표현을 빌리자면 우리에게 문학은 언어로 자신의 '궁전'을 만드는 일 이상이 아니었다. 하지만 오늘의 문학이 우리에게 보여주는 낯선 길은 인칭이나 주체 같은 오래된 개념들을 일부 내려놓고 지나가야 할 관문인 듯하다. 이들 낯선 감각이 '인칭'에서 완전히 해방된 익명적인 중얼거림이라는 의미는 아니다. 최근의 한국문학에는 '주체'와 일정한 거리를 둔 상태에서의 발화법, '주체'의 전유물이 아닌 언어와 목소리가 등장하고 있다. 이 책에서는 그것을 '비(非)인칭적인 느낌'이라고 칭했다. 문학의 창조성은 사고와 감각의 지도를 바꾸는 일에서 비롯된다. 문학에서 '새로움'이란 이 일에 부여된 가치평가이며, 궁극적으로 우리가 세계를 보고 느끼는 방식 자체를 변화시키는 것이다. 문학에서 새로움이 중요한 까닭은 그것이 우리로 하여금 다른 감각으로 세상을 느끼게 만들기 때문이다. 다른 감각, 그것은 일종의 해방이다. 어쩌면 문학 자체가 타자로의 생성 변화를 받아들여 자신을 바꾸는 일, 지켜야 할 견고한 '나'로부터 벗어나는 해방의 과정은 아닐까.

*

이 책에는 네 개의 독립적인 방이 준비되어 있다. 흔히 비슷한 시기에 집필된 글들을 선분 위의 점에 비유하여 연속성을 강조하는 것이 관례이지만, 이 책에 포함된 글들은 집필 시기와 관심의 정도에서 큰 차이가 있다. 1부에는 비교적 최근의 관심사를 드러낸 글들을 모았다. 그 관심은 두 가지로 요약되는데, 하나는 2000년대 시의 진화 방향에 관한 것이고, 다른 하나는 '시와 정치'에서 시작되어 '민주주의' 문제까지 확대된 '문학의 정치'에 관한 것이다. 참여문학, 민족문학, 민중문학 같은 지난 시대의 시각과 다른 층위에서 예술, 특히 문학의 '정치(성)'를 해명하는 일은 우리 시대의 문학에 주어진 역사적 과제이기도 하다. 2부에는 동시대의 시와 소설을 대상으로 한 주제론 성격의 글을 모았다. 현대문학이 정치철학적 문제의식의 영향을 지속적으로 받고 있기 때문이기도 하지만 '주권'의 문제는 근대문학을 구성하는 담론의 무의식을 고스란히 보여준다는 점에서 매우 시의적인 주제이기도 하다. 3부에 실린 아홉 편의 글 모두는 개별 시인, 소설가의 작품세계를 집중 조명한 작가론과 시인론 원고이다. 지난 4년간 각종 매체의 기획 및 특집에 발표했던 원고와, 작품집의 해설용으로 작성한 원고임을 밝혀둔다. 4부에 배치된 다섯 편의 글은 다소 논쟁적인 성격의 글이라는 공통점을 지니고 있다. 특히 '노동시'에 관한 두 편의 글은 노동문학 진영에 있었거나 여전히 활동하고 있는 시인, 비평가로부터 상당한 비판을 받기도 했다. 하지만 나로서는 현재의 '노동시'와 '노동문학'이 80년대의 문학 지형에서 갖고 있었던 진보적 성격을 거의 갖고 있지 않으며, 그것은 형상화의 수준은 물론 '노동'이 한국사회에서 차지하는 위상 변화에서 비롯된 측면이 크다는 입장을 굽힐 생각이 없다. 이에 대해서는 한 걸음 나아간 논쟁적 대화가 지속되기를 희망한다.

*

세 번째 평론집과 동시에 둘째 은율이가 태어났다. 손이 닿으면 곧 시들어버릴 것처럼 작고 연약하던 생명이 어느덧 세상에 둘도 없는 개구쟁이로 성장했다. 그러니까 이 책이 완성되는 데 걸린 4년의 시간이 아이가 태어나서 지금까지 성장한 시간과 정확히 일치하는 셈이다. 그 4년 동안 열심히 아이를 키웠고, 비정규직 교수로 강의했고, 주말과 밤 시간을 이용해 밀린 원고를 쓰며 살았다. 불현듯 '생활'의 무서움을 깨달았다. 무너지지 않으려고 아이보다 일에, 가족보다 원고에 더 매달려 살았다. 누군가는 이런 삶을 가리켜 자기착취의 시대, 피로사회의 삶이라고 말했다고 한다. 하지만 신자유주의 사전에 따르면 '착취'는 '권리'의 동의어가 아닌가. 살기 위해서는, 살아남기 위해서는 더 많이 '착취'당해야 했다. 훗날 우리는 더 많은 '착취'를 욕망한 최초의 인류로 기록될 것이다. 많은 시간을 함께하지 못한 가족들에게 미안한 마음을 전한다. 주말 아침마다 책가방을 들고 서둘러 집을 빠져나가던 남편의 뒷모습을 말없이 지켜봐준 아내에게, 컴퓨터와 더 많은 시간을 보냄으로써 본의 아니게 아빠의 잠든 모습만 보면서 성장한 두 아이에게 고맙고 미안하다. 이들의 격려를 깔고 앉아 다시 불면의 밤을 보낸다. 또 밤이다.

2014년 8월

고봉준

차례

1부

어떤 시적 계보에 대한 보고서

— 2000년대 시를 읽는 하나의 시선

예측하지 마라. 그러나 문을 두드리는 미지의 것에 대해
계속 주의를 기울여라.
— 미셸 푸코

1.

어떤 시들은 시의 '바깥'에서 발화된다. '바깥', 그것은 우리가 통상 '시'라는 단어를 말하거나 들을 때 머릿속에 떠올리는 운문적 글쓰기의 한계 지점이다. '시'와 '시 아닌 것'이 구별되지 않는 지점. 바깥의 시들은 모든 동사에는 하나의 분명한 주어가 뒤따른다는 문법적 관례에 무관심한 듯 존재하다(to be) 동사나 한정사를 좋아하지 않는다. 바깥의 시들은 '나는 왔다'고 말하기보다 "나는 오는 중이다."(이수명, 「비인칭 그래프」)처럼 불확정적인 방식으로 말한다. 운문적 글쓰기로서의 '시'를 더듬거리게 만드는 이 낯선 언어는 익숙한 의견이나 감각을 뒤흔들고 새로운 것을 사유하도록 강제하기 위해, 이미 존재하는 관습과 질서에서 감각을, 삶을 해방하기 위해 자신만의 '폭력'을 행사한다. 모더니즘의 '충격', 브레히트의 '소격효과', 아르토의 '잔혹'은 모두 이 '폭력'의 단독적인 이름들이다. 이 '폭력'

은 지배적 언어나 공통의 언어로는 말해질 수 없는 것, 도달할 수 없는 세계를 개방한다. 어떤 시들은 아무것도 씌어 있지 않은 빈 페이지에서 항상 너무 많은 것들을 발견한다. 그들은 예술의 역사에서 백지는 단 한 번도 존재하지 않았다고 주장하며, 이미-항상 새로운 것을 찾기 위해 백지를 청소하는 방식으로 작업한다. 실험. 어떤 화가는 화학약품을 이용하여 인쇄된 활자와 그림을 지움으로써 '없음'을 그리기도 했다.

시(詩)에서 낭만주의가 점하고 있던 권위, 소위 감수성의 혁명은 어느덧 황혼에 도달한 듯하다. 일찍이 라마르틴(Lamartine)은 오로지 자신만을 표현의 대상으로 삼겠다는 낭만주의의 깃발을 들고 문학적 시선의 관심을 재현적 대상으로서의 외부-현실에서 내면의 빛에 의해 창조되는 현실로 바꿔놓았다. 이 혁명은 또한 미메시스적 자아가 낭만주의적 자아에게 그 권좌를 양위하는 순간이기도 했다. 낭만주의는 주관, 내면, 자아 등이 예술, 특히 문학의 중심을 차지한 예술의 혁명이었고, 19세기 말~20세기 초 모더니즘의 충격, '저자'의 죽음을 선언한 60년대의 구조주의, '인간' 이후를 담론화한 80년대 포스트모더니즘의 도전이 있기 전까지 위태롭게나마 혁명의 영향력을 유지해왔다. 특히 이 지위는 근대를 파행적으로 경험한 한국에서 유독 견고했다. 2000년대 한국시에 등장한 낯선 징후는 이제 이 낭만주의적 자아의 지위가 회복불가능한 상태에 도달했음을, 18세기 후반에 시작된 감수성의 혁명이 전혀 새로운 국면을 맞이하고 있음을 알리는 시그널이다.

어떤 시적 경향의 계보가 있다. 이 계보에 속한 시인들의 시적 실험은 개별적으로 진행될 때조차 '무리(packs)'의 형태를 띤다. 그들은 각자의 목소리로 인류가 '언어'라는 장치에 포획되었다고 합창한다. 그러면서 그들은 '언어'가 감옥인 동시에 잠금장치를 푸는 열쇠라고 말한다. 물론 그들에게 '감옥'은 비단 언어만은 아니다. 일찍이 한 철학자는 "예술은 '감각'이며 그 이외의 그 무엇도 아니다."라고 말했는데, 이 주장은 우리의 '감각'이 기성의 질서/권력에 포획되어 있다는 것을, '예술'은 그러한 감각적 동일성과 습관적 형식의 무거움에서 우리를, 우리의 삶을 해방시키는 '실험'이라는 의미를 내포하고 있다. 언젠가 카프카는 "책들은 자신의 성 안에 있는 낯선 방들에 들어가는 열쇠"라고 말했지만, 이 계보의 시인들에게 그 열쇠는 이미 봉인되어 있는 '익숙한 방'을 탈출하는 무기이기도 하다. 그렇다고 2000년대의 시 전체가, 특히 '젊은 시인들'이라는 이름으로 호명되는 시인들 모두가 이 계보에 속한다고 애써 호들갑을 떨 필요는 없다. 낭만주의적 자아는 오래전에 이미 죽었으나, 여전히 자신의 죽음을 알지 못해 유령처럼 떠돌고 있기 때문이다. 2000년대의 시단을 횡단하고 있는 어떤 시적 경향의 계보는 어쩌면 그 낭만주의적 자아의 두 번째 죽음을 고지하는 죽음의 신인지도 모른다.

우리의 뇌, 신체, 감각은 비(非)표준적인 방식으로 사고하고 느끼도록 재발명되어야 한다. 우리가 어떤 시적 경향이라고 칭하는 시인들의 글쓰기는 바로 이 재발명 과정, 이미-항상 실패의 위험에 노출되어 있는 실험의 일부이다. 이들은 확고부동한 낭만주의적 자아의 명령 대신 만들어지고 있거나 사라지고 있는 자아를, 한정사와 분리된 비(非)인칭적 자아를, 인격성과 인격적인 것을 전제하지 않는 텅 빈 비(非)인칭적 목소리를 전면에 등장시킴으로써 주체도 대상도 없는 시 쓰기를 실험하고 있다. 시인 김언의 '소설'도 그 실험의 하나이다. 이들에게 시(詩)는 규정할 수 없는 어떤 것과의 만남을 기술하는 감수성의 실험 공간이다. 이들의 시는 1인칭 '나'를 가장 먼 곳까지, 주체의 권위가 사실상 삭제되는 한계지점까지 나아간다. 이렇게 보면 2000년대 시단에 등장한 또 하나의 목소리, 즉 '우리'(하재연, 신해욱, 이근화, 한세정 등)는 낭만주의적 자아와 비(非)인칭적 목소리 사이에 위치하고 있는 셈이다.

2.

우리는 '인칭'과 '소유격'의 세계에 거주하고 있다. 그 익숙함이 얼마나 병적인가 하면, 우리는 "한 아이가 매를 맞았다"라는 문장을 "아버지가 날 때렸다"로, 부정사적 사건을 인칭사 혹은 소유사적 사건으로 바꿔 읽는 데 아무런 불편함이 없다. 정신분석학이 바로 그렇다. 또한 우리는 우리 자신의 의지와 무관하게 바깥에서 오는 것들, 이를테면 '생각'을 '떠올랐다'고 말하지 않고 '생각했다'처럼 주체의 행위로 변주하는 데 익숙하다. 하지만 살면서 우리가 경험하는 것들이 모두 이런 인칭사와 소유사로 설명되지는 않는 법이다. 그래서 이런 질문이 가능하다. 정관사나 소유격에 의해 한정되기 이전의 삶, 비인칭적이고 전개체적인 삶, 하여 오직 부정관사에 의해 지시될 수 있는 '어떤' 삶을 언어화하는 것은 불가능할까? 우리가 '바깥의 시' 혹은 '어떤 시적 경향의 계보'라고 부른 시인들의 시세계에서 삶은 이런 불특정한 사건들의 연속이고, 시는 1인칭으로 발화될 때조차 자신으로부터 물러나는 언표이다. 그들은 자신을, 자신의 내면을 드러내기 위해 쓰지 않고 자신-에고를 지우기 위해 쓴다. 우리는 '바깥의 시'와 더불어 이렇게 질문할 수 있다. 자신을 드러내고, 자신의 감정을 충실하게 표현하고, 자신의 내면을 통해 세상을 보는 방식과는 상당히 다른, 우리가 '자아'라고 부르는 것으로부터 전면적으로 퇴각해 개인화의 차원 이전 또는 이후를 보여주는 시는 불가능한가? '자아'라는 의식적 동일시의 허구에 매달리지 않고 '자아', '개체화', '개인' 등의 인칭으로 드러낼 수 없는, 우리가 삶의 최소라고 생각하는 것보다 작고, 최대라고 생각하는 것보다 큰 어떤 것을 드러내는 것은 불가능할까? 마치 영어에서의 비인칭처럼 '특정한' 인칭에 속해 있지 않은 세계. 먼저 이수명의 시에서 그 가능성을 조심스럽게 타진해보자.

눈을 뜨지 않고
나는 오늘 오는 중이다

얼음과 구름의 그래프 철과 오페라의 그래프 쏟아지는 파과들과 동시다발적인 그래프

나는 솟아나는 중이다. 여기에서 거기로

아름다운 풍습에 물들어 날마다의 밑줄들을 매달고 있는 오선지들이 탈선하고 있으니까 거기에서 지금으로 내일이 휘어진 것이라면 오늘을 돌파하지 못하겠지 그러니 이젠 아니다. 떨어져 나간 의족에 뺨을 부비고 서서 지금이 내일이다. 내일이 쏟아지는 오늘이다.

떨어져 나간 자물쇠가 저 혼자 열리는 꿈을 꾸고 있으니까

양말이 발을 실현하듯 나는 오는 중이다. 양말을 뒤집어보자. 목소리가 없다. 목소리 없이 아주 길게 시동이 걸린다. 한꺼번에 춤을 추자. 거기에서 여기로 솟구치는 동안

거기를 빌린다. 오늘을 오늘 태어난 표들을 빌린다. 이상한 도표들을 펼치면서 걸어간다. 이건 당나귀 이건 자장가 어디선가 나타나는 또 다른 손목들 언제나 더 많은 붕괴들에 불과하다. 당황하는 통계들에 예를 갖추자. 눈을 뜨지 않고

익명의 그래프들이 일어서고 있다. 번개와 광고의 그래프 빌딩과 총알의 그래프 급진적인 그래프 무너지는 그래프 쓸모없이

나는 오는 중이다.
비인칭 그래프

— 이수명, 「비인칭 그래프」 전문

"나는 오는 중이다", 이 짧은 문장 하나에 비인칭적인 삶의 모든 것이 들어 있다. 언뜻 보면 이수명 시의 많은 문장은 비문(非文)처럼 보인다. 예컨대 두 개의 진술로 구성된 이 시의 1연도 그러하다. 이 비문의 기원은 대략 세 가지 정도로 요약되는데, 하나는 주어와 술어의 연결이 우리가 알고 있는 질서에서 벗어나는 것이고, 또 하나는 1인칭 대명사를 거의 비인칭적으로 사용하는 것이며, 마지막은 모든 사건이 불확정적으로 진행되고 있는 것이다. 이수명의 시에서 사건과 세계는 물론, 심지어 '나'라는 자아-정체성에마저 존재하다(to be)를 사용할 수 없다. "나는 오늘 오는 중이다", "나는 솟아나는 중이다", "나는 오는 중이다"에서 존재하다(to be) 동사인 '~이다'는 '중(ing)'이라는 진행형에 압도되어 영원히 지연된다. 설령 '나'가 '~이다'의 형태로 특정한 형태에 머물 때조차 그것은 준(準)안정적 상태일 뿐 존재의 지속을 의미하지는 않는다. 그래서 이수명의 시에서 1인칭은 우리가 알던 그 1인칭이 아니며, '~이다' 또한 우리가 알던 존재론적 술어와 같지 않다. 영원히 생성 중인 '나', 아니 '나'에 한없이 근접하지만 끝내 '나'에 도달하지 못하는 주체의 발생 경향을 가리켜 시인은 '비인칭 그래프'라고 부른다.

한 마리의 새 뒤에 수백 마리의 새들이 있다. 수백 마리의 새들을 뚫고 나는 나아간다. 그들을 침범하지 않는다. 새들이 들끓고 있다.

— 이수명, 「새를 전개하다」 부분

이수명의 시에서 촘촘한 세계의 그물을 빠져나가는 것은 비단 인칭만이 아니다. 이 시의 제목 역시 어딘가 이상하다. 차라리 전통적이지만 간명한 명사인 '새'라고 붙이거나, 사건/상태의 풍경인 '새가 날아간다/날아갔다'였으면 좋지 않았을까? 하지만 이러한 전통적 제목과 "새를 전개하다"라는 제목 사이의 다름이야말로 이수명 시의 특이성을 이해하는 방법이다. 왜 이 시의 제목은 '새를 전개하다'라는 낯선 어법의 그것이어야 했을까? 우선 "한 마리의 새 뒤에 수백 마리의 새들이 있다"라는 진술처럼 이수명의 시에서 '새', 즉 어떤 사물/존재는 명사적으로 고정되지 않는다. 들끓고 있는, 그 내부에 무수히 많은 이질성을 포함하고 있는 잠재성으로서의 사물/존재를 이 이상으로 어떻게 표현할 수 있을까? 그러니까 이 시에서 내부에 "수백 마리의 새들"을 응축하고 있는 '새'는 단순한 풍경적 대상이 아니다. '대상'이란 말 그대로 객체, 주체-인간의 감각이나 지각에 의해 포착되는 외부적인 사물이고, '포착'된다는 것은 변하지 않는 어떤 항상성을 갖는다는 뜻이다. 그러니까 들끓고 있는 수백 마리의 새를 품고 있는 '새'는 '대상'이라고 말할 수 없으며, 수백 마리의 새가 각각의 다른 형상으로 우리 앞에 모습을 드러내는 것 또한 주체-인간의 의지나 역량과는 무관한 사건이다. 시인은 이 잠재성으로서의 사건을 부정사, 즉 미구분성 속에 놓여 있는 동사의 시간, 비결정의 시간으로 표현한다. 미리 주어진 불변하는 대상이 아니라 존재하는 것과 행하는 것의 구분을 허락하지 않는 그 부정사, 이것이 이 시의 제목이 '새가 전개하다'가 아니라 '새를 전개하다'라는 부정사적 방식으로 말해지는 이유이다. 이러한 변화, 생성, 비인칭적 발화가 이수명의 시를 뒤덮고 있다.

3.

'인간적인 것'에서 한없이 멀어지는 방식으로 발화되는 시들이 있다. '인간'이라는 단어가 지나치게 포괄적이라면 '주체'라고 말해도 좋겠다. 김언의 시가 바로 그렇다. 그의 시는 비인칭적 발화와는 다른 층위에서 낭만주의적 자아와 주체의 위상을 심문한다. 시집 『모두가 움직인다』(2013)의 첫 페이지에서 시인은 이 심문을 '미학'이라는 이름으로 이렇게 소개하고 있다. "나는 혼자서는 쉽게 놀지 않는다. 어딘가에 타인을 만들고 있다."(「미학」) '반(反)인간적'이라는 표현은 여전히 많은 심리적 저항감을 불러일으키는 단어임에 분명하지만, 그럼에도 김언의 시는 분명히 '반(反)인간적'이다. 김언의 반인간적 시 쓰기는 시에서 '주체'나 '시니피앙' 같은 초월성을 몰아내려는 일종의 실험이다. 이수명이 '인칭'과 '한정사' 없는 비인칭의 시를 향해 나아간다면, 김언은 '인간적'인 것으로 환원되지 않는 반(反)인간적 시를 향해 나아가고 있다. 이때의 '인간적'이란 '시' 의미의 기원을 시인-인간에게서 찾는, 즉 시를 시인 자기 고백으로 간주하는 창작과 소비의 방식 모두를 가리킨다. 그러므로 시가 주관적 장르가 아니라 '타인'을 만드는 반(反)주체적 생산이라는 이 도발적인 문제제기야말로 김언의 시를 동시대의 시인들과 구별해주는 특이성이다. 또한 그것은 우리가 김언의 시 세계에 발을 들여놓을 때 결코 잊으면 안 되는 원칙이기도 하다.

김언의 반(反)인간적 시 쓰기, 즉 실험에는 이력이 없지 않다. 일찍이 그는 『거인』(2005)에서 기표-기의의 언어학적 상식을 공격함으로써 '시'를 의미의 초월적 세계의 바깥으로 끄집어내었고, 『소설을 쓰자』(2009)에서는 '사건', '소설', '기하학' 같은 비(非)시적인 개념들을 이용하여 '시'의 경계를 뒤흔들었다. 시집 『모두가 움직인다』(2013)는 이러한 실험의 연장선에서, 그러나 이전과는 다른 방식으로 시 쓰기를 한계지점까지 몰아붙인다.

인간을 벗어나지 못했다는 사실 때문에 인간적으로 호소할 수 없다는 사실.
문장을 벗어나지 못했다는 사실 때문에 다시 문장에 기대어 쓸 수도 없는 일.
저 두 문장 사이에서 오도 가도 못하는 발걸음이 보인다면
남는 것은 빼는 일. 무엇을? 인간과 문장 사이에 있던 그 많은 말들을 빼는 일.
시를 빼는 일. 뺀 뒤에도 다시 남는 일.
방을 뺀 뒤에도 남아 있는 방에서 할 수 있는 일이란 건
다시 방이 되어가는 일. 사건. 장면. 또 무엇이 있을까?
인격 없는 방에서. 네 침대에서. 네 책상 위에서. 그럼에도 남아 있는
온갖 세간 도구들의 부재 속에서. 그럼에도 남아 있는 네 인격만큼이나
너저분한 내 인격을 원망하거나 타박하지 않는 선에서
그럼에도 신격이 되지 않는 선에서
나는 방을 보고 있다. 방이 될 수 없다는 걸 잘 알고 있다.
아무한테도 용서를 구할 수 없지만, 아무도 없는 방에서 용서를 구하고 있다.
허겁지겁 그 말을 먹어치우고 있다. 뺀 뒤에도 남아 있는.

— 김언, 「용서」 전문

물론 '반(反)인간적' 시 쓰기라는 평가에는 오해의 여지가 있다. 그의 시가 그 지점을 응시하면서 '시'의 바깥으로 나아가고 있는 것은 사실이지만, 그렇다고 '반(反)인간적' 시가 완성되었다거나 실험이 의도한 목적을 성취했다고 말할 수는 없기 때문이다. 요컨대 '반(反)인간적'은 현재가 아니라 실험의 방향에 대한 평가이다. "어떻게 써도 시가 되지 않는 문장 한

가운데 내가 유일하게 시라고 생각하는 단어가 들어왔다"(「공허한 문장 가운데 있다」)라는 진술이 암시하듯이, 김언에게 시는 익은 과일이 "저절로 떨어지는 문체"(「몽블랑」)처럼 도래한다. 비주체적인 발화로서의 시. 도래하는 문체는 우리가 익숙하게 알고 있는 '나'라는 1인칭은 물론, 보편으로서의 '인간'과도 무관한 타자의 언어이다. 그러므로 "어딘가에 타인을 만들고 있다."라는 문장은 타자의 언어가 도래할 공간을 만든다는 것, 타자의 도래를 위해 '나-주체-인간'의 권위를 삭제하는 뺄셈 과정으로 이해되어야 한다. '나-주체-인간'이 말할 때 타자는 말할 수 없고, '타자'가 말할 때 '나-주체-인간'의 목소리는 들리지 않는다.

그렇다면 왜 시인은 "~만들고 있다"라는 표현을 썼을까? '타자'의 언어에 관해서라면, 이수명 시의 표현처럼 '만들어지고 있다', '만들어지다'라고 말해져야 하는 게 아닐까? 하지만 '나-주체-인간'을 침묵시키는 발화는 아무것도 말하지 않는 무음(無音) 상태가 아니다. 우리가 그저 조용히 침묵할 때 '타자'의 언어가 도래한다는 믿음은, 존 케이지의 우연성의 음악이라면 몰라도, '침묵'이라는 사태를 너무 쉽게 생각한 것이다. 블랑쇼의 말처럼 타자의 언어가 도래하기 위해서라도 우리는 이미 쓰고 있어야 하며, 이는 '나-주체-인간'의 침묵이 말 없는 상태가 아니라 침묵의 방식으로 말하는 순간임을 말해준다. 이런 표현이 가능할까? '타자'의 언어가 도래하기 위해서는 최선을 다하는 시인의, '나-주체-인간'의 침묵이 필요하다고. 다만 김언은, 이수명과 달리, 이 침묵에 도달하기 위해 비인칭적인 발화에 기대지 않는다. 즉 김언의 시 대부분은 형태상으로는 1인칭 '나'의 발화라는 전통적인 형식을 따르고 있지만, 바로 그 전통적인 발화법에서 "인간과 문장 사이에 있던 그 많은 말들을 빼는 일"에 더 몰입한다.

뺄셈의 시. 그런데 이 시적 뺄셈은 목적이 아니다. "떠나면서 완성되는 그의 인격"(「동의하는 사람」)이라는 표현처럼 이 '뺄셈'에는 어떤 '완성'에 대한 기대가 포함되어 있다. 그러므로 김언이 기존의 시 형식을 부정하거나 파괴했다는 평가는 절반만 유효하다. 기존의 형식을 파괴하기 위해 시를 쓰는 사람은 없다. 오직 (재)구성만이 있을 뿐이다. 이에 관해서라면 두 개의 진술을 참고해도 좋겠다. 하나는 「용서」에 등장하는 "시를 빼는 일. 뺀 뒤에도 다시 남는 일."이고, 또 하나는 시집 뒤표지에 인쇄된 자서(自敍)의 일부인 "내가 나에 대해서 말하는 방식을 모두 잊어버린 후에도 말할 것이 남아 있는 상태. 그 상태의 지속이 시를 쓰게 한다."이다. 두 진술이 공통적으로 표방하는 것은 전통적인 시적 발화, 그러니까 시에서 "내가 나에 대해서 말하는 방식"을 삭제한 나머지의 발화로 시를 쓴다는 일종의 창작론이다. 그렇다면 김언의 시는 그 삭제에 성공했을까? 시집의 도처에 흩어져 있는 파편들을 살펴보면 그렇지는 않은 듯하다.

> 나는 항상 실패한다. 나는 항상 시도한다. 나는 항상 물거품이다. 나는 항상 신비하고 절망한다. 나는 항상 이유다. 나는 항상 결론이고 거의 없다. 나는 항상 무한하고 있다. 나는 항상 결정적이고 온다. 멀어져가는 대상에 대하여 나는 항상 단정하고 대상이다. 나는 항상 불가능하고 없다. 홀로 던져져 있다. 나는 항상 마주하고 적이다. 흑이고 백이다. 더 많은 색깔이 필요하다. 더 많은 삭제가 필요하다.
>
> — 김언, 「나는 항상 실패한다」 부분

시는 낯선 건축물이어야 한다. 우리의 감각을 자동화하는 클리셰 효과에 포획되지 않는 복잡한 건물을 지을 것, 그리하여 우리가 새로운 방식으로 보고 듣고 느끼게 만드는 감각에 대한 폭력적 개입을 실험할 것. 김언의 시는 항상 이 지점을 향해 나아간다. 그는 독자 대중이 동의하는 합의의 시를 쓰지 않는다. 이를 위해서 그는 '없다'와 '있다', 존재와 무(無)의 대립을 전복시키고, 의미의 초월성에서 탈주함으로써 시를 자아의 왕국으로 간주하는 시인들과 분명하게 갈라선다. 이러한 실험으로서의 시에서 '나-주체-인간'에 대한 관심은 저만치 후퇴한다. "뺨을 때린 장소에 얼굴이 있다. 제보가 들어왔을 때/33세 백인 남자의 얼굴을 떠올리는 사람은 바보다"(「몽타주」)처럼 인간-주체는 사건 다음 순서로 발화되고, '얼굴'은 인칭이나 소유격과 무관하다. 그의 시에서 인칭은 "남아도는 얼굴"(「몽타주」), "남아도는 표정"(「남아도는 부품」)처럼 이미-항상 '주체'를 초과한다. 정체성의 논리에 무관심한 이 실험의 원칙에 따르면 '나'는 우리가 거기 있다고 생각하는 곳에는 없고, 없다고 생각하는 자리에도 당연히 없다. 그러므로 "이미 사라진 주어를 어떻게 찾을까 고민 중이다"(「이미 사라진 주어를 어떻게 찾을까?」)라는 문장은 시적 농담에 불과하다. 거기에는 애도의 감정조차 없다. 하지만 이 실험은 늘 실패할 위험(독자들이 시적 진술을 특정한 인칭으로 환원해서 읽는 순간 이 실험은 실패한다)에 처해 있고, 그 실패가 또 다른 실험("나는 항상 시도한다")의 동력이 된다.

4.

오은의 시는 이수명이나 김언의 시와 질감이 다르다. 이수명과 김언 시의 실험성이 매우 진지한 엘리트적 느낌이라면, 유머러스한 가벼움이 지배하는 오은의 시는 한층 대중적이다. 이수명과 김언의 시를 읽으면서 어렵다고 고개를 흔들던 사람들도 오은의 시를 읽으면서는 입가에 잔잔한 미소를 머금는다. 조금 과장하자면 그 미소의 정체는 '도대체 시를 이렇게 써도 되는 거야?'라는 항의, '언어'를 자유자재로 다루는 재주와 억지스러움이 유발하는 유쾌함에서 기원하는 것이 아닐까. 하지만 이 가벼움은 결코 가볍게 휘발되거나 소비되는 대중적인 요소가 아니다. "동요하고 싶었다. 가장 가벼운 낱말들만으로 가장 무거운 시를 쓰고 싶었다. 그 반대도 상관없었다."라는 '시인의 말'처럼 이 가벼움은 무거움을, 동요(動搖)를 겨냥하고 있다. 이 동요는 무엇의 움직임인가? '낱말', 즉 언어이다.

'낱말'은 인간 존재의 근원적인 유한성(우리는 언어의 주인이 아니다!)이자 상징적 질서의 근간이다. 그것은 '질서'의 또 다른 이름, 우리가 마땅히 따르고 사용법을 익혀야 할 권력의 일부이다. 그러므로 동요하는 '낱말'이란 기성의 질서를 흔든다는 것이다. 이 '동요'의 방식에서 이수명의 시는 인칭을, 김언의 시는 시니피앙-시니피에의 이원론에서 기인하는 의미의 초월성을, 오은의 시는 특유의 말놀이를 통해서 사전에 등재되어 있는 '낱말'의 질서를 뒤흔든다. 이것이 질감의 차이에도 불구하고 우리가 이수명, 김언, 오은을 하나의 계보로 묶을 수 있는 이유이다. 오은의 시에는 비인칭적인 사건적 언표도, 의미의 초월성에서 벗어나려는 실험도 없다. 대신 그에게는 '낱말'들을 무한히 미끄러지게 만드는 유쾌한 '놀이'만이 있을 뿐인데, 그러므로 시집의 첫 페이지에 등장하는 "모든 시집은 단어들의 임시거처다."라는 진술은 이 '놀이'에 임하는 우리가 염두에 두어야 할 '규칙' 정도라고 생각하자.

오늘도 너는 말놀이를 한다. 재잘재잘. 도중에 말이 막히면 너는 물을 마신다. 벌컥벌컥. 그리고 너는 물놀이를 한다. 첨벙첨벙. 도중에 배가 고프면 너는 미음을 먹는다. 허겁지겁. 그리고 너는 맛놀이를 한다. 우적우적. 도중에 배가 부르면 너는 몸놀이를 한다. 폴짝폴짝. 그리고 너는 망놀이를 한다. 호시탐탐. 도중에 도둑을 잡으면 너는 멋놀이를 한다. 찰랑찰랑. 그리고 너는 무(無)놀이를 한다.

놀이를 안 하는 게 지루해지면 너는 문놀이를 한다. 찰칵찰칵. 도중에 잠이 오면 너는 몽(夢)놀이를 한다. 꿈틀꿈틀. 그리고 꿈에서 너는 말놀이를 한다. 딸깍딸깍. 말을 타는 도중에 멀미를 하면 너는 맥놀이를 한다. 두근두근. 그리고 너는 정신을 차리기 위해 멱놀이를 한다. 어푸어

푸. 도중에 머리카락이 잡히면 너는 몇놀이를 한다. 십중팔구. 그리고 너는 말놀이를 한다. 무럭무럭. 도중에 또다시 배가 고프면 너는 맘 놓고 마음을 먹는다. 거푸거푸. 그리고 너는 못놀이를 한다.

놀이를 못 하는 게 억울해서 너는 ㅁ놀이를 한다. 입(口)으로 들어가서 누군가가 ㅂ을 던져줄 때까지 나오지 않는다.

— 오은, 「ㅁ놀이」 전문

'놀이'는 예술의 본질이다. 그것은 세상의 규칙에서 빠져나오는 규칙 아닌 규칙, 이성의 이름으로 억압해온 상상력에 의해 지배되는 장, 이성의 법칙으로는 도달할 수 없는 비(非)진지성의 유희적 공간이다. '놀이'에는 이미-항상 세상의 질서와는 다른 규칙이 존재하며, 이때 중요한 것은 '규칙' 자체가 아니라 그것이 '세상의 질서'에서 벗어났다는 사실 자체이다. 시인이 말하는 "임시 거처"란 결국 낱말들을 견고한 질서의 일부인 사전적 세계에서 끄집어내어 다른 방식으로 매끄럽게 만들겠다는 것. 이 놀이에 참가하는 언어들은 시니피앙-시니피에의 이분법에서 벗어난 무한 증식하는 기표들이다. 인용시에서 그 말놀이는 'ㅁ놀이'라고 명명된다. 독자들은 초성에 ㅁ이 등장하는 단어들이 계속해서 미끄러지면서 나타나는 단어들, 예컨대 〈말놀이-물놀이-맛놀이-몸놀이-망놀아-멋놀이-무(無)놀이-문놀이-몽(夢)놀이-말(馬)놀이-맥놀이-멱놀이-몇놀이-말놀이-못놀이〉가 "누군가가 ㅂ을 던져줄 때까지" 무한히 지속될 수 있으며, 고정된 의미와 무관하게 즉흥적으로 이어지는 것임을 알고 있다. '놀이'는 초월적인 의미를 갖지 않는다. '놀이'의 세계에서 "창조는 또다른 창조를 낳"고 말은 "하면 할수록 할말이 더 많아"(「도파민」)지는 법이다. 즉 '놀이'를 실행하는 사람은 명목상 존재하지만 실제로 그것을 이끌어가는 힘은 '사람'에게서 나오지 않는다. '놀이'는 전적으로 '우연'에 맡겨진 사건이어서 '우연'이 없으면

놀이 자체가 성립되지 않는다. 그러므로 '놀이'란 우연을 긍정하는 자만이 참여할 수 있는 법, 그것을 '필연'으로 규정하려는 사람은 '놀이'에서마저 노동을 찾으려는 존재이다. 시인은 '인간-주체'와 '우연/즉흥'의 이중주인 이 '놀이'를 "너는 나를 도와주고/나는 너를 도와주는 척을 하고/너는 나에게 도움 받는 상상을 하고/나는 너를 도와주었다고 생각하고"(「도파민」) 처럼 '나'와 '너'의 상상적 관계로 표현한다.

집에 와서 너의 부위들을 잇대기 시작한다 조각난 하루도 이어붙인다 패션지에 실린 너의 얼굴과 신문에 나온 네 하체 사이에 너의 새 가슴을 이식한다 너는 전보다 더 자신만만해졌다

수술을 마친 너를 분쇄기에 넣고 재생 버튼을 누른다 너의 육체가 국수 면발처럼 뽑혀 나온다 나는 너를 파괴하고 창조하고 다시 파괴할 권리가 있다 스모키 화장을 한 네 눈에 방금 잿빛 눈물이 맺혔다

조각난 너를 가지고 폭죽을 만들겠다 너는 하늘로 솟구쳐 올랐다가 나를 향해 무서운 속도로 떨어질 것이다 두 팔을 활짝 벌려 너를 안아주겠다 열리지 않는 책이 되어 너를 내 가슴에 품고 있겠다 신인가수가 깜짝 데뷔해 내 취향을 바꾸어놓을 내일모레까지는

— 오은, 「스크랩북」 부분

'스크랩'은 또 다른 '놀이' 방식이다. 그것은 원래의 텍스트-맥락에서 대상('너')을 잘라내는 파괴의 놀이이면서, 원래의 텍스트-맥락에서 떨어져 나온 파편들로 비(非)유기적인 어떤 것을 만드는 생성의 놀이이다. '스크랩'은 유기적인 안정성을 불가능하게 만든다는 점에서 일종의 '악취미'이다. '스크랩'이라는 단어가 그것을 행하는 존재의 의지("나는 너를 파괴하고

창조하고 다시 파괴할 권리가 있다")를 연상시키는 이유도 여기 있다. 하지만 "너의 육체가 국수 면발처럼 뽑혀 나온다"라는 문장이 암시하듯이, 이 시의 전체적인 문면이 설명하고 있듯이, 「스크랩북」에서 원 텍스트와의 만남, 유기체적 성질을 결여한 파편조각들의 연쇄에는 우연성이 강하게 작용한다. 예술, 즉 놀이로서의 '스크랩'에서 중요한 것은 이러한 우연성과 비(非)유기체성을 긍정하는 것이 아닐까. 6연에서 시인이 "조각난 너"로 만들겠다고 다짐하는 '폭죽'은 그러므로 시인-주체의 의지를 반영한 안정적인 대상이 아니라 "열리지 않는 책", "신인가수가 깜짝 데뷔해 내 취향을 바꾸어놓을 내일모레까지"만 유효한 준(準)안정적인 상태이다. 여기에서 우리는 다시 한 번 "모든 시집은 단어들의 임시 거처다."라는 '놀이'의 규칙을 떠올려야 한다. 일찍이 벤야민은 세상 풍경을 유물이나 유기체적 삶이 결여된 파편조각으로 바꿔버리는 보들레르의 우울한 시선을 이렇게 설명한 적이 있다. "사유하는 사람에게 인간의 지식은 특별한 의미를 함축하고 있는 단편일 뿐이다. 그는 임의적으로 쌓여있는 조각들과 같은 인간의 지식을 가지고 퍼즐을 맞춘다. (…) 이런 행동이 바로 알레고리 시인의 행동이다. 그는 자신의 지식을 통해 여기저기 흩어진 조각들을 맞추어 보고 같이 놓음으로써 의미가 통하는가 시도해 본다. 즉 이 의미는 이 이미지와 이 이미지는 이 의미가 통하는가 보는 것이다. 아무도 그 결과를 예측할 수 없는데 그 조각들 사이에 매개체가 없기 때문이다."[1] 오은 시의 화자에게서 이러한 우울을 찾을 수는 없지만, '놀이'를 통해 예술, 즉 시(詩)를 먼 곳까지 데려간다는 점에서 그의 시를 비시주의(非時主義)라고 말할 수 있지 않을까.

1) 박기현, 「보들레르: 파리의 시인에서 알레고리 시인으로」, 『프랑스문화 예술 연구』 제33집, 2010, 151쪽에서 재인용.

5.

어떤 시들은 시의 '바깥'에서 발화된다. 그 시들은 합의된 영역으로서의 '시'에 무관심하며, 시적 발화를 분명한 인격이나 자아로서 환원하는 생산과 소비의 관습을 벗어난다는 공통점을 지녔다. 언젠가 바타이유는 '어떻게 인간적 상황을 벗어날 것인가'라는 매력적인 제목의 저서에서 '무능'에 대한 사유를 펼쳤는데, 이 물음은 2000년대의 '어떤 시들'에도 동일하게 적용될 듯하다. 우리는 도대체 '인간', '자아', '정체성' 같은 지배적 담론의 바깥에서 어떤 시를 쓸 수 있을까? 이를 위해서 '어떤 시들'은 지속적으로 '시'를 인간적인 것의 범위에서 빼낸다. 이러한 문제의식은 우리의 자아가 많거나 분열되어 있다고 감각하는 계보와 분명히 다르다. 문제는 많거나 분열되어 있다는 상황이 아니라 우리의 삶이 개체화로 환원될 수 없다는 것이다. 어떤 시인들은 '시'를 버림으로써 '시'를 얻는다. 그들의 시는 시가 지켜온 것, 시가 할 수 있는 것을 남김없이 소진할 때 만들어지는 '시'이다. '시'가 본질적으로 '시'가 되는 순간, 그것은 시-언어가 '자아'로부터 해방될 때이다. 마이너스의 시학.

‘주체’에서 멀어지는 목소리들

— 최근 시의 자유간접화법에 대하여

1. 왜 자유간접화법인가?

철학자 질 들뢰즈는 파졸리니의 ‘시적 영화’에 대해 이렇게 평가했다. “현대영화란 내적 독백의 단일성이 붕괴되고 그것이 다양성, 형태의 왜곡, 자유간접화법의 이타성으로 대체되는 영역의 이동에 의해 특징지어진다고 파졸리니가 말할 때, 파졸리니는 현대영화에 대한 심오한 직관력을 갖고 있었다고 할 것이다.”[1] 들뢰즈는 영화에서의 ‘자유간접화법’을 고전영화와 현대영화 사이의 문턱처럼 생각했다. 그는 영화만이 아니라 ‘언어’의 문제에서도 ‘자유간접화법’에 중요한 의미를 부여했는데, 가타리와 함께 쓴 『천 개의 고원』(‘1923년 11월 20일: 언어학의 기본 전제들’)에서는 ‘자유간접화법’을 근거로 “개인적인 언표행위란 없으며, 언표행위의 주체라

1) 질 들뢰즈, 이정하 옮김, 『시네마Ⅱ』, 시각과 언어, 2005, 358쪽.

는 것조차 없다"라는 새로운 언어이론을 펼치기도 했다. 그에게 '주체'는 언어의 잉여효과일 뿐이며, 오직 주체화의 상대적 절차를 결정해주는 집합적 배치만이 있을 뿐이다. '자유간접화법'은 또한 그의 구체적인 사유의 방법이기도 하다. 들뢰즈는 철학자에 대한 자신의 독해법을 '비역질'에 비유했는데, 대상 철학자와 들뢰즈 자신의 목소리가 구분되지 않는 이 독해법 역시 일종의 '자유간접화법'이다. "그 시대로부터 빠져나오기 위한 나의 방법은 무엇보다도 철학사를 일종의 비역[鷄姦] 혹은, 같은 얘기지만, 무염시태(無染始胎) 같은 것으로 생각하는 것이었지."(질 들뢰즈, 『대담 1972~1990』, 솔, 1993, 29쪽)

1960년대 이탈리아의 네오리얼리즘 영화를 대표하는 영화감독 파울로 파졸리니. 그는 소설과 영화를 오가면서 "영화에서 자유간접화법 테크닉이 가능한가?"라고 질문하고 자신이 '시적 영화'라고 부른 것에서 그 가능성을 발견했다. 파졸리니가 자유간접화법에 관심을 표시한 이유는 작가가 다양한 계급 · 계층의 언어를 구사할 수 있는 소설 장르와 달리 "영화에서는 특수 언어, 하부 언어, 은어 등과 같이 결론적으로 사회적 차이를 만들어내는 언어"가 존재하지 않는다는 장르적 문제, 즉 감독이 등장인물에 따라 각기 다르게 보는 시선을 그대로 담아내는 것이 불가능하다는 영화적 한계를 돌파하기 위해서였다. 그래서 자유간접화법 대신 '자유간접적 주관성(자유간접시점쇼트)'이라는 용어를 사용하기도 했다. 이처럼 파졸리니는 영화에서의 '주관성'을 관객들이 카메라를 느끼게 하는 것으로 표현하려 했는데, 들뢰즈는 바로 이것을 현대영화의 특징이라고 보았다. 하지만 '자유간접화법'에 대해 그들이 관심을 기울인 이유와 형태는 전혀 달랐다. 들뢰즈가 '자유간접화법'에 관심을 가졌던 이유는 그것이 주체와 객체, 주관성과 객관성의 구별이 불가능해지는 연속체의 상황으로 존재한다는 점 때문이었으나, 파졸리니는 간접적이나마 '주관성'을 실험하기 위해 '자유간접화법'에 주목했다. 즉 들뢰즈는 '주체' 중심의 근대철학, 모든 의미의 근원을 주관성으로 환원시키는 예술론에 맞서기 위해 주관과 객관의 경계가 지워지는 '자유간접화법'의 특징에 주목한 반면, 파졸리니는 '주관성'을 표현하기 위한 장치로 '자유간접화법'에 관심을 기울인 것이다.

러시아의 문학가 M. 바흐친은 이들보다 먼저 '자유간접화법'에 관심을 쏟았다. 바흐친은 마르크스주의 세계관에서 언어 철학의 위상을 탐구한 『마르크스주의와 언어철학』부터 '다성성/대화주의'라는 개념을 탄생시킨 『도스또예프스키 시학』에 이르기까지 '언어'와 '서사(화법)' 양편에서 '자유간접화법'을 연구했다. 일반적으로 서사론에서 자유간접화법은 인물의 시점과 화자의 시점이 뒤섞인 이중적인 서술상황을 가리키는 현상으로 통용된다. 이러한 특징 때문에 '자유간접화법'은 전통적인 화법 이론을 혼란에 빠뜨리면서 한때는 현대소설의 특징적인 기법으로 평가되기도 했다. 알다시피 서사에서 진술-전달은 인물에 의해 직접 행해지는 경우와 내레이터에 의해 매개되는 경우로 구분되는데, 플라톤은 『국가』에서 이것들을 각각 미메시스(mimesis)와 디에제시스(diegesis)라고 명명했다. 요컨대 그것은 모방 없는 내러티브와 내러티브 없는 모방의 문제였다. 플라톤의 논리에 따르면 대화, 독백, 직접발화는 '미메시스'에 속하고, 간접 발화는 '디에제시스'에 속한다. 이러한 화법의 구분('거리')은 보여주기와 말하기, 장면과 요약 등으로 변주되면서 20세기까지 이어졌다. 루카치의 소설론은 이 전통의 일부인데, 흥미롭게도 바흐친은 루카치가 소설의 '끝'이라고 가리킨 지점을 '시작점'으로 삼아 고유의 소설론을 전개했다. 이 지점에 위치한 작가가 바로 도스토예프스키이다. 바흐친은 도스토예프스키의 소설에 나타나는 이중적 서술상황을 '다성성'으로 개념화했다. 주목해야 할 것은 바흐친은 자유간접화법을 간접화법에서 주절이 생략된 형태라는 화법적·통사적 맥락에서 '목소리의 중첩'이라는 또 다른 맥락으로 확장했다는 사실이다. 그는 대화적 관계의 참여자들을 "목소리 이념"이라고 불렀다. 그에 따르면 독백적 작품에서는 오직 저자만이 의미론적 권위를 갖고 진리를 표현할 능력을 갖지만, 다성적 작품에서는 등장인물들이 저자 담론의 객체이면서 동시에 자기 담론의 주체이다. 그리하여 이들은 종결 불가능한 대화에 참여하게 된다. "다성적 작품의 인물들은 저자에 의해서 창조되었지만 일단 창조된 이상 부분적으로 저자의 통제를 벗어나며 심지어는 자신들이 앞으로 어떻게 저자에게 대응할지 저자가 알지 못하도록 한다. 그러므로 다성적 소설은 독립적이며 병합되지 않는 목소리들과 의식들의 복수성, 즉 완전히 유효한 목소리들의 진정한 다성성을 특징으로 한다."[2] 이는 결국 진정한 다성적 작품을 창조하기 위해서는 저자가 자신이 창조한 인물들과 동등한 자격으로 대화적 관계를 형성해야 한다는 것을 의미한다.

2. '위험한' 고백: 주하림의 시

바흐친-파졸리니-들뢰즈로 이어지는 '자유간접화법'의 약사(略史)는 '자유간접화법'이 단순히 통사론(syntax)이나 언어학에 국한된 문제가 아니라 고유한 문제에 대한 적절한 해법으로 사유되었음을 보여준다. 하지만 이 과정에서 이들이 이해한 '자유간접화법'의 형식과 특징은 상당한 차이를 드러낸다. 단적으로 파졸리니는 자유간접화법을 "작가가 자신의 등장인물의 정신 안으로 들어가서 인물의 심리뿐만 아니라 그의 언어까지 작가의 입장에서 채택하는 것"[3]이라고 소설론 · 서사론적인 맥락에서 이해하여 '주관성'에 초점을 두었지만, 바흐친과 들뢰즈는 '자유간접화법'을 바로 그 '주관성'의 배타적 권력이 작동하지 않는 언술 행위로 이해했다. 또한 자

2) 게리 솔 모슨 · 캐릴 에머슨, 오문석 외 옮김, 『바흐친의 산문학』, 책세상, 2006, 419쪽.

3) 피에르 파올로 파졸리니, 「시적 영화」, 파졸리니 외, 김성일 외 옮김, 『세계 영화이론과 비평의 새로운 발견』, 라온, 2003, 137쪽.

유 간접화법의 층위에 있어서도 이들의 생각은 달랐다. 가령 전통적인 서사론에서는 플로베르의 『보바리 부인』에 등장하는 그 유명한 공진회 장면처럼 연사의 연설과 보바리-로돌프 사이의 대화를 대위적으로 교차시키거나 엠마의 내면 생각을 체험된 담화처럼 담아내는 진술들을 자유간접화법이라고 부른다. 하지만 들뢰즈와 바흐친의 논의에서 자유간접화법의 층위는 하나의 단락, 하나의 문장이 아니라 작품 전체이다. 이러한 차이는 우리의 궁극적인 관심, 즉 시에서 '자유간접화법'의 형태 또한 유동적일 수 있음을 의미한다. 만일 우리의 최종적인 목적이 소설에서의 자유간접화법에 상응하는 시적 발화를 찾으려는 호기심 이상의 것이라면, 우리는 질문의 방식을 바꿀 필요가 있다. 예컨대 그것은 "또 긴 머리의 그녀는/아홉 시에서 열한 시까지의 밤에 대해서는 생각하지 않고/귤껍질이 마르는 소리를 들으며 잠을 청해요"(이장욱, 「완전한 밤」, 『정오의 희망곡』), "우리가 매긴 순위를 의심하며/떠오르는 비둘기들"(이근화, 「마로니에」, 『우리들의 진화』), "검은 문신을 기다리는 리틀 톰과 같이/종이들의 갈색 피부가 지닌 조용함"(하재연, 「사라진 것들」, 『세계의 모든 해변처럼』)처럼 1인칭 발화의 중간에 삽입된 이질적인 타인의 내면들을 하나하나 수집하는 것으로 설명되지 않는다. 우리가 '자유간접화법'이라는 생소한 개념을 통해 도달하려는 것은, 들뢰즈가 영화 · 철학 · 언어에서 찾은 것과 유사하게, 시에서의 '자유간접화법'이 1인칭 발화자의 권위와 동일성을 재생산하는 기존의 서정시 발화와 달리 1인칭의 목소리에 균열을 새기기 때문이다. 즉 시에서 점차 확산되고 있는 '자유간접화법'은 그 존재 자체만으로도 시가 1인칭의 고백적 목소리에 의해 발화된다는 서정시의 해묵은 원칙을 무력하게 만드는 효과를 낳는다. 그러므로 '자유간접화법'에 대한 우리의 관심은 전통적인 시적 발화에서 벗어난, 그것과 구별되는 발화에 주목하여 이질적인 목소리들이 화자의 독백 속으로 흘러드는 장면을 포착하는 데서 시작되어야 한다.

2000년 이후 새로운 '인칭' 감각을 선보인 시인들이 등장했다. 그들은 전통적인 시의 권위적 화자인 1인칭 '나'를 '나들'의 복수적 형태로 분리하거나, '나'라는 1인칭 대신 '우리'라는 복수형을 전면에 내세움으로써 이질적인 목소리들의 교향 효과와 주체의 불안정성을 평행적인 관계로 배치하는 경향을 보였다. 이러한 실험은 '서정(시)'을 '개인', '고백', '독백'의 목소리와 동일시해온 장르적 관습을 위태롭게 만들었는데, 이 효과는 생각보다 파괴적—왜냐하면 이 동일시가 비교적 최근까지 별다른 의심 없이 통용되었기 때문에—이었으나, 주류적인 경향의 공통적인 특징 가운데 하나로 자리 잡음으로써 그 파괴력—왜냐하면 어느새 더 이상 낯설지 않게 되었기 때문에—을 잃어가고 있기도 하다. 분명한 것은 이러한 다성성의 발화법이 서정시의 핵심이 '동일성'에 있고, 이때의 동일성이 '주관'과 '내면'을 가리킨다는 전통적인 장르적 무의식을 탈코드화했다는 사실이다. 그리하여 지금 우리는 서정시를 "주체와 대상의 서정적 혼융"(에밀 슈타이거), "자아의 독립적인 표현"(볼프강 카이저), "자아와 세계의 동일성"(김준오)이라고 단언할 수 없는 지점에 도달했다.

> 프랑스인지 이딸리아인지 그런 영화가 있었어요 지지직 지지직 들려줄게요 잠들지 말아요 먼 나라에 외로운 남자가 살고 있었죠 하루는 혼자 사는 집으로 콜걸을 불렀는데 콜걸이 다음 날부터 페이도 받지 않고 매일 찾아오는 거예요 날마다 푸른 핏줄이 도드라진 가슴을 실컷 뛰어다닐 수 있다니 남자는 아주 기뻤어요 전 이쯤에서 핏빛 오줌을 누고 왔죠 그런데 어느 순간 남자는 의심스러웠어요 개연성 없는 서사의 결말이 대개 그렇잖아요 왜 돈을 받지 않는 걸까 왜 나 같은 새끼를 만나는 거지 남자는 추궁했어요 여자 표정이 석고상처럼 딱딱해졌어요 당신밖에 없어요 아냐 너의 숨소리까지 거짓이야 진실을 말해 남자는 다그쳤어요 여자 피부가 붉어졌어요 색깔은 중요치 않아요 살아 숨쉬는 석고상에게 결국 남자는

혼자 살던 방을 나와 여자 손을 끌고 여자네로 갔어요 상냥한 부모님과 동생들, 오리훈제는 부드러웠어요 그러나 남자는 여전히 믿지 못해요 여자의 친구들도 만나고 여자의 방에서 억지로 강요한 적도 있었지만 여자는 끝까지 질문에 대답해주지 않았어요

— 주하림, 「위험한 고백」 부분(『비벌리힐스의 포르노 배우와 유령들』)

주하림의 시는 '인칭' 실험의 극한에서 발화된다. 그녀의 시는 '나'를 분열된 자아로 등장시키는 대신 '나'의 자리 자체를 지우는 방식의 발화를 선보인다. 이제 우리는 시인 자신의 독백도, 시인의 분신-화자들의 입을 빌려 행해지는 고백도 아닌 이상한 발화와 마주해야 한다. 그녀의 시에선 시인의 고백적 목소리와 그 목소리에 근접한 화자의 목소리, 그 목소리들과는 전혀 별개인 등장인물들의 목소리가 뒤섞여 비인칭적인 목소리가 흘러나온다. 물론 그녀의 시 전편이 비인칭적인 목소리로 발화되는 것은 아니며, 그녀의 다성적 발화가 곧 비인칭적 목소리인 것도 아니다. 즉 그녀는 의도적으로 자아-인칭을 지우는 실험을 하기보다는 낯선 인물-목소리를 끌어들임으로써 다성적인 효과를 창출한다. 이 때문에 그녀의 시를 비인칭의 시라고 단정할 수 없다. 하지만 발화는 존재하되 그것의 기원이 어디인가를 확신할 수 없는 진술들, 주체에서 분리-해방된 목소리들이 텍스트 곳곳을 유령처럼 떠돌고 있는 것만은 분명하다. 이것이 주하림의 시와 '인칭'을 실험하는 이전 세대 시인들의 아이러니적 세계관과 구별되는 지점이다. 많은 사람들이 주하림의 시에 등장하는 관능적인 요소와 이국적인 인명, 지명에 관심을 갖는다. 하지만 우리가 그녀의 시에 등장하는 이국적 공간[카를 다리(체코), 말라부 해변, 프레그레소 항(멕시코), 북경, 상하이, 하얼빈(중국), 후꾸오까, 오끼나와(일본), 비벌리힐스(미국)]과 낯선 이름들(미도리, 미찌꼬, 깁슨, 애디, 루쏘, 이사벨, 후루미, 카와이, 채터턴, 소피 등)이 발화되는 맥락과 효과에 시선을 둘 때, 그녀의 시는 전혀 다른 모습을 보인다.

「위험한 고백」은 시집의 첫 페이지에 등장하는 '대문'에 해당하는 작품이다. 첫 페이지에 '고백'이라는 제목의 작품을 배치했다는 것은, 시집 전체가 '고백'으로 읽히기를 바란다는, 우리가 '고백'의 세계에 초대되었다는 의미이기도 하다. 그런데 '고백'이라는 제목에는 '위험한'이라는 수식어가 붙어 있다. 심지어 그것은 '고백'에 앞서 등장한다. 이는 이 시가 단순한 '고백'이 아니라 '위험한 고백'이라는 뜻이다. 우리는 그녀의 시를 읽을 때 이미-항상 '위험한'이라는 단어를 잊지 말아야 한다. 흔히 2000년대 시의 특징을 반(反)고백적 양상에서 찾는데, 주하림은 반대로 '고백'을 그대로 남긴 채 그것의 주체를 바꿔버림으로써 '고백' 자체를 위험한 것으로 만들어버렸다. 그런데 한참을 읽어도 위험한 장면은 전혀 등장하지 않는다. 여자와 남자가 등장하는 영화 이야기, 그 영화의 바깥에서 '그 영화'에 대해 이야기를 나누고 있는 또 다른 남자와 여자, 이것이 시의 전체적인 뼈대이다. 물론 이 시 전체를 관통하고 있는 것은 영화 바깥의 여자이며, 따라서 3인칭의 전지적인 발화라고 말할 수도 있다. 하지만 초반부에 등장하는 "지지직 지지직", 영화 속 남자의 내면으로 짐작되는 "왜 돈을 받지 않는 걸까 왜 나 같은 새끼를 만나는 거지"라는 이질적인 소리들은 이 시를 전통적인 고백적 장르로 읽는 것을 방해한다. 이 방해가 바로 '위험한'이라는 단어가 지시하는 것이니, 시인은 이후에 펼쳐지는 시세계가 모두 이러한 잡음에 의해 주파되고 있음을 예고하고 있는 것이다.

먼데이
저는 제가 하기 싫은 자세를 남이 해주는 걸 좋아하죠
미국에서 살길 바라는 아랍 여자처럼요
미국 남자들은 다그쳐요
이다 너처럼 거기가 크냐고
(그 외국어를 누구에게 배웠지?)

약장수에게
그리고 서너 차례 겁탈을 당했던 떠돌이 야채장수에게

새 부리처럼 날카로운 콧대, 희고 탐스러운 가슴을 드러낸 코르셋 차림
푸른 눈 금발의 이브닝
안경도 쓰지 않고 천으로 그곳을 감추지도 않고
까페 테라스나 바에서 말을 걸어오는
남자들은 보기보다 똑똑하다고 말하죠
종종 여럿이 할 때도 있죠
헤프너의 저택을 떠나던 날, 짐 가방이 지나치게 가볍다는 사실에 놀랐고
그만은 고아나 다름 없는 나를 받아준 고마운 사람이죠

I hope you will be a greater poet than Monroe
먼로보다 위대한 시인이 되길

마지막 편지는 찢어버렸지만 작별은 어려웠어요 더구나
헤프너하고는요

— 주하림, 「비벌리힐스 저택의 포르노 배우와 유령들」 부분
(『비벌리힐스의 포르노 배우와 유령들』)

독백적 단일성의 붕괴는 주하림의 스타일의 일부이다. 그것은 우연히 발생한 얼룩 같은 것이 아니라 시 전편에 걸쳐 신중하게 배분된 시적 장치이다. 반복이 그 증거이다. 한 사람의 독백적 화자 대신 다수의 인물을, 1인칭의 고백적 목소리 대신 '인칭'을 확정할 수 없는 혼합의 다성성을, 이것이 주하림의 시적 전략처럼 보인다. 주하림의 시에는 사실상 '독백'이 없다. 문학에서 '인칭'은 진술의 연속성과 해석을 가능하게 한다는 점에서

회화에서의 원근법과 유사하게 기능한다. 그러므로 주하림의 다성악적 시를 회화에 비유하면 일점투시법(on point perspective) 이후의 회화, 즉 입체파의 스타일이라고 말할 수 있다. 이 혼합성, 자유간접적 스타일의 유연성은 '하나의-그러나-이질적인 세계' 내에서 상호 연관된 인물들의 분화를 가시화한다. 「비버리힐스 저택의 포르노 배우와 유령들」에서 인물/목소리의 분화는 한층 극단적이다. 한 편의 시이면서 동시에 하나의 부(시집의 3부)인 이 시의 첫 구절은 "우리"라는 1인칭 복수형으로 시작되었다가 "그녀들의 포즈"처럼 3인칭으로 바뀌었다가, 마침내 등장인물들 각각의 1인칭으로 거듭 변화한다. 또한 그 1인칭들의 발화 사이에 고딕체와 이탤릭체로 표기된 낯선 목소리들이, 3인칭으로 발화되는 또 다른 목소리가 '노이즈'처럼 삽입되어 매끄러운 독백과 독해를 불가능하게 만든다. 물론 이러한 스타일 자체가 주하림 시의 전부는 아니다. 하나의 문을 열었을 때 또 하나의 문과 마주하듯이 여전히 그녀의 시에는 주목되어야 할 것—가령 연극적인 요소, 난폭한 상처의 기원, 하위문화의 흔적과 이국적 요소의 효과 등—들이 잠재해 있다.

3. '실패'의 두 가지 방식: 황병승과 김언의 시

플로베르의 소설과 파졸리니의 영화에서 '자유간접화법'이 현대성의 표지였다면, 2000년대 시에 등장한 목소리들의 공명 현상, 즉 광의의 자유간접화법에 대해서도 동일하게 평가할 수 있다. 젊은 시인들에 의해 주도되고 있는 시적 자유간접화법은 산문성과 다성성이 전면에 나서고 세계와 자아의 일치/교감에서 발원하는 독백적 투명성이 후퇴하기 시작했다는 것, 즉 미학적 문턱에 도달했다는 의미이다. 2000년대 시에서 이 문턱을 돌파하는 일은 단연 황병승과 김언의 몫이다. 물론 이 돌파에 대처하는 황병승과 김언의 스타일은 전혀 다르다. 예컨대 황병승의 발화가 장광설에 가까운 반면 김언의 발화는 미니멀리즘적이다. 황병승의 시는 '문화'에서 자양분을 얻지만 김언의 시는 '철학'에서 동력을 얻는다. 그리하여 황병승의 시는 문화, 특히 누벨바그적인 감각에 가깝고, 김언의 시는 탈(脫)주체의 철학적 사유와 근친관계에 있다. 이들은 60년대 이후의 유럽 문화와 철학을 분유하고 있는 듯하다. 발화 방식 또한 전혀 달라서, 황병승이 등장인물, 즉 캐릭터들의 목소리를 선호한다면, 김언은 목소리와 주체 사이의 연속성을 의심함으로써 비인칭적인 목소리-사건을 드러내는 것에 집중하고 있다. 마치 동물의 잔해가 사라진 뒤에도 얼마간 지속되었던 채셔 고양이의 웃음처럼.

세탁기하곤 말이 안 통하니까

이봐 피츠, 부모님은 무슨 일 하셔?
세탁소
어디에서?
어딘가에서
깨끗한 옷 좋아해?
금세 더러워질 테지
나쁜 짓 많이 했어?
살인 빼놓고
부모님은 뭐라셔?
뭘 뭐라셔
하긴 세탁부들은 대개 말이 없지
세탁기하곤 말이 안 통하니까
너도 다를 건 없어

뭐라고?
이봐 피츠! 그러니까 내 말은 소가 쓰러질 때까지 투우는 계속되지 않겠냐는 거야
무슨 소리야, 갑자기
알아, 우린 언젠가 창에 찔린 소처럼 쓰러지고 말겠지
웃기시네
웃기시네라니, 누가 누구한테?!
차라리 머리통을 세탁기에 처넣고 말지
그럼 내가 스팀다리미로 문질러줄게
내 머릴?
네 머릴
빳빳하게?
빳빳하게
현찰처럼?
기념우표처럼
서랍 속에라도 넣어두게?
그래, 금고 깊숙이

와아…… 피츠는 갑자기 혼자가 되어버리겠군!

— 황병승, 「내일은 프로」 부분(『육체쇼와 전집』)

황병승의 시는 '시인-화자-등장인물' 사이의 관습적 연속성 대신 캐릭터, 즉 픽션적 성격을 강조함으로써 목소리들의 공명을 유발한다. 『여장남자 시코쿠』(2005)에서 정점에 도달한 이 픽션적 성격은 이후 『트랙과 들판의 별』(2007), 『육체쇼와 전집』(2013)에서 완만한 내림세를 보이고 있지만 1인칭의 고백적 발화가 강화된 최근에조차 이질적인 목소리들의 개입은

여전히 지속되고 있다. 여러 목소리들이 공명한다는 것, 그것은 곧 '주체'가 이질적인 존재라는 의미이다. 그의 시에서 '주체'는 이미-항상 혼종성(hybridity)으로 존재한다. 황병승 시에서 목소리들의 공명에는 몇 가지 패턴이 존재하는데, 1인칭 또는 3인칭의 진술 사이에 이탤릭체로 표기된 익명의 목소리가 삽입되거나, 한 텍스트 곳곳에 고딕체로 표기된 주인 없는 목소리—이 목소리의 대부분은 화자의 목소리를 닮았지만 정확히 구분되지 않는 것이 특징이다—가 나타나는 경우, 직접화법과 간접화법이 뒤섞인 대화가 등장해 시적 진술을 산문처럼 읽게 강제하는 형식 등이 대표적이다.

세 번째 시집의 '끝'에 실려 있는 이 시는 '실패'에 대한 자인이면서 황병승 시의 근본적인 지점을 열어 보이는 이중적 의미를 지니고 있다. 해석의 층위에서라면 당연히 시의 도입부에 등장하는 '실패' 이야기("나는 보여주고자 하였지요, 다양한 각도에서의 실패를. 독자들은 보았을까, 내가 보여주고자 한 실패. 보지 못했지…… 나는 결국 실패를 보여주는데 실패하고 말았다!")에 초점을 맞춰야겠지만, 자유간접화법과 관련하여 우리가 주목해야 할 것은 복수적인 목소리일 것이다. 물론 이 시에서의 '실패'는 실패의 일반경제, 즉 사뮤엘 베케트와 모리스 블랑쇼가 공유했던 문제에 맞닿아 있다. 이를테면 그것은 철저하게 실패하고자 하는 니힐리스트의 실패가 완전한 성공과 맞닿아 있다는 의미에서의 실패이다. 이를 증명하는 것이 이 시의 후반부에 등장하는 '소설'("소설, 소설만을 생각하며 나는 달리기 시작했지요/또다시 실패를 보여주는 데 실패하고 말지라도")이라는 시어이다. 비록 규칙적이지는 않지만 이 시는 '*' 표시와 고딕체 문장에 의해 몇 개의 부분으로 분절되는데, 이는 황병승 시의 전체성이 이질적인 부분들의 결합에 의해 매우 일시적으로만 유지된다는 것을 보여준다. 화자의 목소리에서도 이 시는 위에서 언급한 장치/방식들이 모두 동원되고 있어서 처음에는 '나'의 고백적인 목소리로 시작되었다가 이내 '우리'라는 복수형 화자로 바뀌고,

화자의 발화와 '여자'의 직접화법이 뒤섞이다가 이탤릭체로 표기된 낯선 목소리가 불쑥 등장해 시의 한 파트를 지배한다. 액자형식으로 제시된 위의 인용부는 '나'와 '피트'라는 가상의 인물 간의 대화인데, 이 대화에 참여하고 있는 '나'와 다른 단락에 등장하는 화자 '나'는 무관한 존재이다.

> 머리는 땅에 떨어졌다. 누구의 도움도 없이 머리는 일어날 생각으로 골똘하다. 일어난다는 생각은 무겁다. 어디선가 달려온 두 손이 머리를 받쳐 들고 고민한다. 이건 누구의 생각일까. 일어난다는 생각. 혹은 들고 있다는 생각. 생면부지의 두 손이 머리를 감싸 쥐고 흔든다.
>
> 머리는 돌처럼 굳기 전의 생각을 잠시 보여준다. 얼굴은 하늘을 향해 있다. 방금 전까지 그 얼굴은 땅을 쳐다보며 걸었다. 그리고 땅에 떨어졌다. 이상하게 생각이 많은 머리는 누군가의 손처럼 어색하다. 아 입을 벌리고 눈을 감고 있는 얼굴이 올려다보는 암흑.
>
> — 김언, 「떨어진 얼굴」 부분 (『모두가 움직인다』)

김언의 시를 자유간접화법이라고 말할 수 있을까? '자유간접화법'의 범위를 넓게 잡아도 선뜻 대답하기 어려울 듯하다. '화법'의 차원에서 목소리가 중첩되는 표현들이 등장하는 경우도 있지만, 김언의 시는 좀체 1인칭 또는 3인칭의 견고한 발화점을 잃어버리지 않는다. 분명 김언 시의 목소리는 우리가 알던 서정시의 그것과도, 아이러니적 세계관에 뿌리내리고 있는 모더니즘의 그것과도 다르다. 오히려 그의 시들은 "인간과 문장 사이에 있던 그 많은 말들을 빼는 일."(「용서」)에서 암시되듯이 비(非)인칭적인 사건으로서의 발화를 지향하고 있다. 뺄셈의 일반경제. 이 뺄셈은 '실패'를 가리키고 있다. 김언에게도 '실패'는 중요한 시적 모티프이다. "나는 항상 실패한다. 나는 항상 시도한다. 나는 항상 물거품이다. 나는 항상 신비하고 절망한다. 나는 항상 이유다. 나는 항상 결론이고 거의 없다. 나는 항상 무한하고 있다."(「나는 항상 실패한다」) 문장의 형태상으로 '나'는 의심의 여지없이 주어/주체의 자리에 위치하고 있으나 이 진술에서 '나'는 정체성의 인칭대명사가 아니다. 이 진술에 등장하는 부사, 형용사, 동사는 일종의 '나'의 잠재적 차원을 환기한다. 비계기적인 단어/성질들의 이접(移接), 이것을 통해 환기되는 것은 존재의 '이질성'보다는 '불가능성'에 가깝다. 그리하여 "나는 공허한 문장 가운데 있다."(「공허한 문장 가운데 있다」)라고 말할 때, 제목이 가리키듯이 '나'는 어떤 사건에 앞서 존재하는 실체-주체가 아니다. 차라리 그것은 "문법에 맞는 그를 찾는 것을 포기했다"라는 문장처럼 찾아야 할 '대상'에 가깝다. "이미 사라진 주어를 어떻게 찾을까 고민 중이다"(「이미 사라진 주어를 어떻게 찾을까?」)라는 철학적 질문은 바로 이 지점에서 시작된다. 이것은 다수의 목소리가 등장하는 다성성, 즉 목소리들의 착란과 달리 '목소리(음향)'와 주체(의미의 기원)를 분리시키는 실험이다. 이질적인 목소리들의 공명이 여러 개의 원근법으로 그려진 회화의 헤테로토피아(heterotopia)라면 목소리의 비(非)주체화, 비(非)인간화를 실험하는 김언의 시는 내려다보는 시선의 투시도, 그 기하학적 배치를 닮았다. 거기에는 원근법이라고 칭할 만한 것이 없다. 그것은 1인칭적인 요소의 인격성을 적극적으로 제거할 때 획득되는 사물화된 시점이다. 시집의 뒤표지에서 밝히고 있는 것("내가 나에 대해서 말하는 방식을 모두 잊어버린 후에도 말할 것이 남아 있는 상태")의 핵심은 이것이다. '목소리'와 '주체'를 분리시키면, 그리하여 '목소리'가 주인/주체에서 떨어져 나와 독자적으로 움직이면 어떻게 될까? 인용한 시에 등장하는 '얼굴'의 비(非)인칭성은 이 질문에 대한 응답이다. 다만 비(非)인칭적 사건으로서의 목소리는 이 글의 주제가 아니므로 잠시 미뤄두자.

4. 다중 시점, 이후

"시인은 언어란 단일한 것이며 개별언어 또한 단일한 독백과도 같이 폐쇄적인 것이라는 관념을 받아들이는 한도 내에서만 시인이다." 1934년 바흐친은 소설 담론의 대화적 성격을 시와 비교하면서 이렇게 썼다. 시의 언어의 폐쇄성에 대한 바흐친의 이러한 단호함은 시의 언어가 외부의 다른 언어를 허락하지 않는 일원론적 세계관, 설령 다른 언어들이 개입되더라도 그것들이 시인의 내적 언어와 동일한 평면에 놓이는 일이 발생하지 않는다는 것을 의미한다. 시의 산문화가 상당히 진행된 지금에도 이 판단에는 쉽게 부정할 수 없는 진실이 있다. 예컨대 시의 언어가 전적으로 시인 자신의 언어에 침윤되어 있으며, 발화의 고백적 · 독백적 성격이 소실점 기능을 함으로써 시적 발화를 화자, 또는 자아의 것으로 환원시키는 효과를 만드는 메커니즘은 여전한 사실이다. 하지만 최근 시에서 이 '고백'의 단일하고 일원적인 성격을 탈코드화하는 실험들을 어렵지 않게 목격할 수 있는 것도 사실이다.

헤어지는 법을 모르는 소년을 찾고 있어 사랑하려고
사탕을 빨아 먹는 아이와 사탕을 깨물어 먹는 아이에 대해 나는 다 알고 있거든

소녀는 말을 거의 하지 않는 줄무늬 티셔츠를 좋아하던 아동이었다지 물감만을 바르지는 않겠어요 물의 속성으로 그대로 두세요 고운 색깔로 규정하기를 반복하는 소녀들 속에서 빠져나와 소녀는 과거로 노래한다 아빠가 죽고 엄마가 죽고 나는 죽지 않고 잘도 자라네 행복의 뒤페이지는 죽음 상냥한 친구들도 거절할래 선물도 받지 않을래 기쁠 것도 없으니까 슬플 것도 없을 테지

— 황혜경, 「소년을 만드는 방법적 소녀」 부분(『느낌 氏가 오고 있다』)

황혜경의 시적 발화들은 대개 다중적(복수적) 시점으로 행해진다. 이러한 발화 방식은 그녀의 시에서 존재론의 차원과 연결됨으로써 전통적인 1인칭의 균질적인 세계와 전혀 다른 세계를 선보인다. 그녀의 등단작들(「모호한 가방」, 「게더링 드럼(gathering drum)」, 「문제적 화자」, 「우리」, 「영향을 끼치는 사람」)에서 느껴지는 존재 내부의 이질감, "여럿의 시인들이 방문하기 때문이다"(「나는 시인들이다」), "나(너)는 너(나)의 제2의 피부"(「나(너)와 너(나)」) 같은 혼종적 진술에는 '주체'의 권위가 삭제된 흔적이 각인되어 있는데, 다만 이 삭제는 김언의 시가 보여주는 사변적 방식과 달리 철저하게 '감정'의 세계에서 기원한다. '주체'를 분열 또는 해체라고 말할 수 있는 이런 욕망은 결국 시-텍스트를 이질적인 목소리의 공존장으로 개방하는 효과를 낳는데, 이 장(場)에서 행해지는 목소리와 목소리, 또는 '나(너)'와 '너(나)'의 대화가 일정한 언어적 형식을 띨 때 그것은 시(詩)가 된다. 그녀의 시에 자주 등장하는 언어유희, 진한 고딕체 또는 명조체로 인쇄된 메타진술 등은 인물의 내적 독백, 진술과 분리된 감정 그 자체, 진술의 통일성을 깨뜨리는 이질적인 목소리의 등장을 알리는 균열의 신호이다. 이 신호는 위의 인용에서도 고스란히 드러난다. 위의 인용은 「소년을 만드는 방법적 소녀」의 1~2연 부분이다. '화자' 또는 '목소리'에 주목해서 인용 부분을 읽으면 여기에 다수의 목소리가 공존하고 있음을 쉽게 발견할 수 있다. 먼저 "소년을 찾고 있어"라고 말하는 1연의 화자, 2연에서 "소녀는 ~ 아동이었다지"라고 말하는 목소리, "물감만은 바르지 않겠어요"라는 직접발화의 주체, 볼드체로 인쇄된 진술의 화자인 '소녀'는 동일 인물, 동일한 목소리가 아니다. '소년'과 '소녀'의 존재론적 변환이라는 진술의 내용도 그렇지만 이 목소리들이 위계 없이 다층적인 형태를 띠며 발화되는 장면에서 독자들은 묘한 혼란을 경험하는데, 그것은 이 다층적인 혼란에 질서를 부여해줄 소실점, 즉 지배적인 화자가 없기 때문이다. 황혜경의 시편들은 '주체'의 세계와 '타자'의 세계를 끊임없이 오감으로써 우리가 '주체'라는 단어를 발음할 때 갖게 되는 존재의 선차성과 안정감, 즉 존재론적 우위를 불가능한 상태로 몰아간다.

목소리들의 착란, 자유간접화법은 한때 몇몇 시인들만의 예외적인 특징이었다. 하지만 지금 그것은 새로운 세대의 공통적인 발화법, 서정시의 전통적 발화 방식을 위협하는 새로운 목소리로 자리 잡아 나가고 있다. 둘 이상으로 갈라진 혀에서 나오는 균열된 목소리는 이 시대의 시적 감성이 생성문법까지 지탱되던 단일한 주체에의 환상을 어느덧 넘어서고 있음을 말해준다. 오랫동안 서정시의 내적 독백은 세계의 통일성을 보장해주는 장치였다. 하지만 지금 그 세계는 심각한 위기를 맞이하고 있다. 이 실험, 2000년대의 감성과 결합된 목소리들의 착란을 시적 현대성이라고 말한다면, 이는 단일한 목소리에 의해 주파되는 세계의 단일성 신화가 더는 지탱될 수 없다는 한계 표시이다. 그러므로 자유간접화법에서 '자유'는 결국 "말의 혼성과 증식, 변형이 언표주체의 자율적 의지나 주관에 귀속되지 않으며, 순전히 무의식적이고 집합적인 관계성에 따라 조형됨"(그렉 램버트)을 뜻한다. 이 자유간접화법의 다음 발걸음은 아마도 비인칭적 발화가 될 것이다. 그때 우리에게는 '시'에 대한 새로운 정의가 필요해질 것이다.

이것은 자아의 시가 아니다

— 2000년대의 실험시를 중심으로

1. '실험'의 자리매김

지난 몇 년 한국시에 등장한 감수성의 집단적 변화와 장르적 규범의 변화, 새로운 언어와 문법의 등장은 '전위'나 '실험'이라는 단어를 동원하지 않고서는 논의할 수 없을 정도로 징후적인 현상이었다. '의미'라는 상징적 질서를 이미-항상 초과하는 시의 언어가 이미 오래전부터 한 시대의 장르적 규범을 형성하는 동시에 이전 시대의 그것을 부정해왔다는 것은 알려진 사실이며, 부정과 갱신을 통한 이러한 변화는 비단 시만이 아니라 예술의 모든 장르에서 공통으로 목격되는 현상이기도 하다. 그럼에도 지난 5년 남짓한 기간 동안 그 변화는 실로 숨 가쁠 정도의 속도를 보여주었고, 더군다나 70년대산(産) 시인들에 의해 집단적인 형태로 주도됨으로써 평단의 집중적인 주목을 받았다. 흔히 '미래파적 경향'이라고 불리는 이 변화는 최근 들어 미학적 실험성과 정치적 감각의 결합을 중심으로 '정치'라는 영역으로 논의되고 있는데, 이는 예술적인 '실험'의 범위와 한계를 통해 '시와 정치'의 관계를 사유하려는 시도이기도 하다. 이런 변화는 아방가르드라는 맥락에서 전통에 대한 '부정'으로 논의되는 경우도 없지는 않지만-전통의 부정으로서의 근대성이 대표적인 사례이다-부정과 실험을 동일시하는 이러한 태도는 어디까지나 결과론적인 평가에 불과하다. 어떤 시인도 '부정'하기 위해 시를 쓰지는 않는다. 물론, 이는 현재 만연해 있는 미학적인 생산을 부정하기 위해 수행되는 치열하고 격렬한 실험이 없다거나, 역사적으로 존재하지 않았다는 말이 아니다. 2000년대의 시적 변화가 보편적인 의미의 부정성을 공유하고 있지 않다는 것이며, '전위'라는 비평적 개념이 환기하는 바와 달리 이 변화를 아방가르드의 집단적 운동과 연결시켜 이해해선 안 된다는 것을 뜻한다.

시에 있어서 '실험'이란 무엇일까. 우리는 시의 '실험'과 관련하여 적어도 두 가지 이상을 상상할 수 있다. 먼저, '실험'을 예술의 재료를 변모시키거나 언어를 개혁하는 것이라고 좁혀서 말할 수 있다. 이 경우 '실험'은 양식과 형식의 실험을 포함하며, 더불어 예술의 경계를 넓히거나 또 다른 예술의 영역을 침범하는 일체의 기획을 가리킨다. 폴 발레리의 유명한 정식("문학, 다른 이들에게 '형식'인 것이 내게는 '내용'이다.")은 정확히 이 기획의 첨점(尖點)이 될 것이다. 또 하나, '실험'을 감성의 변화를 위한 일체의 예술적 전략과 기획이라고 다소 포괄적으로 정의할 수도 있을 것이다. 이 경우 '실험'은 궁극적으로 예술, 즉 미학의 영역을 벗어나 사물과 세계를 경험하는 대중의 감성 구조를 변화의 영역으로 간주한다. 진은영의 "삶과 정치가 실험되지 않는 한 문학은 실험될 수 없다."라는 진술이 여기에 해당한다. 그녀에게 "미학적 실험은 예술과 정치라는 서로 이종적인 것들을 결합하는 다양한 방식에 대한 상상"이다. 이들 두 개의 '실험'을 선명하게 구분하는 것은 예술을 내용과 형식으로 양분하는 것만큼이나 어렵고 무익한 일인지도 모른다. 그러나 예술사에서 이들 두 '실험'이 항상 뒤섞인 채 공존해왔다. 혼란의 여지를 줄이기 위해서 잠시 회화와 건축에서 구축주의와 구성주의의 '실험'이 어떻게 구분될 수 있는가를 참조해보자.

1920년대 초반, 바바라 스테파노바의 구축주의(Constructivism) 선언을 전후해서 예술을 통한 삶의 변혁을 주장하는 일군의 예술가들이 결집하기 시작했다. 구성주의 혹은 구축주의라고 번역되는 예술운동이 바로 그것이다. 이 운동은 '구축주의'와 '구성주의'라는 두 개의 번역어로 우리에게 소개되었는데, 그것들은 예술의 실험성을 강조했다는 점에서는 유사할지 모르지만 '실험'의 목적과 방향은 매우 달랐다. 일반적으로 composition의 번역어인 '구성'은 미술사에서 러시아 아방가르드와는 다른 모더니즘 계열의 미술적 특징을 가리키는 개념이다. 20세기 이후 서양의 미술은 재현적 전통에서 벗어나 칸딘스키 · 몬드리안처럼 추상적이고 기하학적인 조형 요소들을 캔버스 위에 구성(compose)하는 방향으로 발전했다. 이러한 양식의 지배를 모더니즘이라고 부른다. 그린버그는 추상미술을 순수한 예술을 옹호하기 위해 끌어들인 회화 고유의 특성들, 예컨대 자율성, 무관심성(disinterestedness), 순수성 등으로 설명하고, 회화의 역사를 2차원의 캔버스가 지닌 '평면성'이라는 고유의 특질을 점차 획득해나가는 발전 과정으로 정의했다. 그는 잭슨 폴록으로 대표되는 추상표현주의가 회화의 정점이라고 주장했다. 한편 러시아가 중심이었던 구축주의는 무관심성이라는 순수미술의 모토와 달리 예술을 특정한 목적을 위해, 즉 삶을 변혁을 위한 도구로 사용해야 한다고 주장했다. '구축'이란 낡은 사회를 해체하고 새로운 사회를 건설한다는 의미였던 것이다.

시에 있어서 '실험'이 미래의 텍스트, 즉 문학생산의 현재적 조건을 초과하는 잉여의 영역이고, 그런 한에서 '실험'이 다분히 반전통주의적 요소를 지닌다는 것은 사실이다. 문제는 이 '실험'이 미학의 영역에 국한되는 것인지, 아니면 세계를 지각하는 인간의 습관화 · 자동화된 감각체계를 실험의 대상으로 포괄함으로써 궁극적으로 '삶'을 실험의 대상으로 간주해야 하는지를 분명히 하는 일이다. 후자의 경우, 시의 '실험'은 미학이라는 범위에 한정되지 않는다. 언젠가 슬라보예 지젝은 현대의 특징을 "위반조차도 지배적인 제도와 기구들에 의해 전유"되는 시대라고 규정한 적이 있다. 이것이 예술생산의 메커니즘을 염두에 두고 발화된 것은 아니지만, 여기에는 적어도 어떤 위반들이 충분히 지배적인 제도의 내부에서 발생하는 현상에 불과할 수 있다는 문제의식이 담겨 있다. 예술을 해당 장르의 물질성—문학은 언어, 회화는 색깔, 음악은 소리—으로 환원시켜 이해하고, 그것을 형식의 갱신이라는 관점에서 사유하려는 태도는 현대예술의 일면성을 잘 포착했음에도 불구하고, 강박적으로 '내용'을 추구했던 지난 시대의 패러다임을 반대로 구부려놓은 듯한 느낌을 벗어나지 못한다. '형식-내용'이라는 이분법을 넘어서 "예술이 목적이자 기능이며 인공적인 동시에 의식의 살아 있는 형태라는 점을, 예술이 현실을 극복하거나 보충하는 동시에 현실을 솔직하게 마주 대하려는 형식이라는 점을, 예술이 개인의 자발적인 창조물이자 역사에 종속된 현상이라는 점을 정당하게 인식"(수전 손택)하기 위해서는 문학적 '실험'이 기성의 형식에 가해진 폭력 이상으로 사유되어야 하며, 동시에 "시는 어떻게 '시'로 인지되는가"라는 시성(詩性)과, 시성의 변화가 동시대인들의 세계인식과 감각체계를 어떻게 변화시키고 있는가, 라는 물음에 답하는 것이어야 한다.

2.목소리와 변성

2000년대 젊은 시인들의 시는 '시(詩)'가 어떤 것에 '관한' 것이 아니라 그 자체이며, 세상에 '대해' 말하는 것이 아니라 세상 '속에' 존재하는 것임을 증명한다. 이들의 시는 세계를 반영하기보다는 세계를 창조하는 데 바쳐지고 있으며, 창조의 방식으로 기존의 세계가 갖고 있는 권위를 교란한다. 이것을 언어와 내면에 의한 세계의 전유 과정이라고 말할 수도 있겠지만, 궁극적으로는 시가 그 자체로서의 세계를 언어적으로 형상화하는 행위임을 보여준다고 말하는 것이 한층 적절해 보인다. 이 지점에서 우리는 2000년대 젊은 시가 결코 단일한 실체가 아님을 감지할 수 있다. 외적 현실과의 유기적인 연관성을 추구하지 않는다는 공통점이 있지만, 어떤 시인들에게 그것은 내면에 의한 전유의 과정으로 가시화되고, 또 어떤 시인들에게는 '내면'이라고 부를 만한 것이 부재한 상태에서 '자아'에 의해 억눌려 있던 다양한 목소리들이 모호한 소리의 형식으로 현실화된다. '내면'이란 '자아'라는 개념이 환기하는 세계의 다른 이름이어서, 내면에 의한 세계의 전유는 언어적인 차이라는 점에서 구분될 수 있음에도 전통적인 시적 문법과의 연속성을 확인할 수 있다. 그러므로 2000년대 시에서 '실험'이란 우리가 상상하듯이 기존의 시적 형식을 뒤틀어 새로운 형식을 창안하는 해체시적 경향과는 분명히 다른데, 그것은 90년대의 해체시가 어떤 측면에서는 강력한 자아에 의해 수행되었다고 말할 수도 있기 때문이다.

90년대까지 시는 '자아'의 목소리와 고백의 형식, 양자의 결합으로 존재했다. 시의 화자, 즉 목소리의 주인공이 시인과 동일하지 않다는 텍스트 이론의 반론이 없지는 않았지만, 우리가 시인과 화자 사이의 연속성을 불신하지 않으면서 시를 읽을 수 있었던 것은 그 목소리가 '자아'의 것이라는 문학적 합의가 존재했기 때문이었다. 물론, 90년대 시에서 '자아'의 목소리는 '승화'와 '탈승화'로 양분되어 있었고, 서정시의 쇠퇴에 따라 시단의 전반적인 흐름은 전자에서 후자로 이동했다. 승화의 시에서 자아는 자아-세계의 균열을 봉합하는 권능의 소유자였고, 탈승화의 시에서 자아는 세계와 자아의 심리적 균열을 파편적으로 토로하는 고발자였다. 전자에서 균열은 승화에 의해 견인될 수 있는, 혹은 견인되어야 하는 상처였고, 후자에서 균열은 세계의 파편화와 더불어 봉합될 수 없는 어떤 것이었다. 그러나 2000년대 시에서 '자아'는 더 이상 한 편의 시를 이끌어나가는 목소리의 원동력이 아니다. 이제까지 시는 본질적으로 고백의 형식이었으며, 이 고백의 정점이 바로 자아의 시였다. 그런데 2000년대의 젊은 시인들의 시는 고백이라는 형식을 부정하지는 않았지만, 적어도 그 고백하는 목소리의 주인공이 '자아'라는 기존의 문학적 합의를 그대로 추종하지는 않는다.

> 고백을 하되 다른 방식으로 고백하는 문제에 대해 많이 생각해봤어요. '실험'이 아니라 저한테 중요한 것은 '재미'예요. '다른 방식' 자체가 또 다른 '나들'을 끌어내고, 동시에 '내 안의 타자들'이 '다른 방식'을 이끌어 가죠. 그들이 '나'의 검열 없이 스스로 고백할 수 있는 자리를 제가 쓰는 시가 만들어줬으면 좋겠어요. 그들이 모여 하나의 세계를 만들도록 말이죠. 이제는 '나'라는 인칭을 쓰면 어쩐지 불편해지기도 해요. 그래서 '그'라고 쓰거나, 이름들을 붙이게 되죠.[1)]

황병승은 이 '다른 방식'의 고백을 '타자'와 관련지어 설명한다. 황병승의 시는 흔히 퀴어(queer)의 세계라는 맥락에서 논의되고 있으나, 실제로 그의 시의 문제성은 퀴어라는 타자성의 발견이 아니라 '나', 즉 자아의 내부에서 "내 안의 타자들"을 드러내는 '다른 방식'으로 쓰였다는 것, 타자들의 생경하고 이질적인 목소리가 자아의 검열을 거치지 않은 상태로 발화되었다는 데 있다. 다시 말해 퀴어적 세계는 황병승의 시가 거느리고 있는 다양한 타자의 목소리 가운데 하나일 뿐이다. 물론, 시인은 이 '다른 방식'의 고백/발화를 '실험'보다는 '재미'라고 설명하고 있지만, 시인의 '재미'가 독자에게 '실험'으로 경험된다는 것은 사실이다. 우리가 황병승의 시에서 경험하는 새로움은 이 이질적인 타자들의 목소리가 드러나는, 다시 말해

---

1) 김행숙, 「천 개의 서랍: 김행숙이 만난 시인①」, 『시안』, 2005년 가을호, 173쪽.

'나'의 고백이라는 형식이 '나들'의 목소리에 의해 관통되는 현상에서 발생하는 것이다. 그의 시에 등장하는 목소리의 주인들(시코쿠, 미츠, 아끼코, 이쯔이, 혼다……)은 시인의 분신인 '자아'의 형상이 아니라 '나'라는 단일한 정체성에 의해 억압되어 있는 다양체로서의 '나들'인 것이다. 황병승의 실험적인 언어는 이러한 '나들'의 목소리가 '나'의 통제를 거치지 않은 상태에서 발화됨으로써 전통적인 고백적 목소리를 창조적으로 배반하는 과정에서 발생하는 것이다.

'자아'에 관한 한, 황병승의 시는 비슷한 시기에 출간된 김경주의 첫 시집과 분명하게 대조된다. 황병승의 시가 혼돈으로 들끓는 인디라면, 김경주의 시는 비가시적인 영혼의 울림과 파동을 전달하는 바람의 음악이다. 황병승의 시가 타자의 목소리들을 자아의 분열이라는 결핍감 없이 '재미'의 일종으로 변주한다면, 김민정의 시는 자아의 분열에서 기원하는 파토스를 그 분열을 강제한 상징적 질서에 대한 위반과 전복에의 의지로 탈승화한다. 형식적인 실험의 층위에서 이들의 시는 크게 달라 보이지 않지만, '자아'의 분열을 처리하는 방식에서는 선명하게 변별되는 것이다. 가령 김경주가 "언어란 시간이 몸에 오는 인간의 물리(物理)"(「그러나 어느날 우연히」)라고 말하고, 스스로 "가계(家系)에 없는 언어로 개명"(「개명(改名)」)한 존재라고 말할 때, 그 비현전의 언어가 "이질(異質)의 시제"(「여독」) 속에서만 발화될 수 있다고 노래할 때, 그리하여 "생이란 자신의 눈을 몸 안으로 안내하다 가는 일이라는 생각"(「거미는 자신이 지었던 집을 하나도 기억하지 못하고」)이라고 정의할 때, 우리는 그의 시에서 내면으로 깊게 침잠해가는 한 여행자의 형상을 목도하게 된다. 김경주의 시는 균열과 상처를 껴안고 있는 여행자가 잃어버린 '자아'의 목소리를 음악적 형식으로 발화되는 "자아의 연금술"(「비정성시」)이다.

2000년대 시의 '실험성'과 관련해서 김언 시의 가치는 특별하다. 김언의 두 번째 시집 『거인』은 언어에서 의미와 지시적 기능이 교란될 때 어떤 시적 효과가 가능한가를 보여주었고, 세 번째 시집 『소설을 쓰자』에서는 '소설'이라는 기호를 이용하여 통상적인 의미의 시를 초과하는 새로운 시적 문법을 실험했다. 김언은 반(反)하는 시적 전략을 극점까지 밀어붙인다. 황병승의 시가 '자아'의 존재감을 삭제하는 실험의 결과물들이라면, 김언의 시는 통상적인 시 읽기가 요구하는 생산의 조건들에 반(反)하는 실험의 결과물들이다. 그렇다면 '무엇'에 반(反)하는 것일까? 먼저, 그의 두 번째 시집에 실려 있는 대다수의 시편이 지시 관계를 확인할 수 없는 정체불명의 대명사로 시작된다는 사실에 주목하자. "나(내), 너(네), 우리, 그, 그것 아무 등의 대명사는 애초에 대상의 정확한 상으로부터 이탈되거나 지시할 수 있는 상을 지니지 못하고 있는 것으로 이해될 수 있다."(시집 『거인』 해설 중에서) 그러므로 그의 시는 대상을 특정할 수 없는 상태에서 시작되는 불합리한 진술이거나, 대상과 함께 주체마저 사라져버리는 부조리한 상태로 진행되기 일쑤이다. 대상이 구체적으로 지시되는 경우라고 해서 이러한 부조리가 발생하지 않는 것은 아니다. 가령 "판다는 팬더곰의 일종이지만 메마르고 쓸모없는 땅을 팔 때도 유용한 단어이다"(「판다」)처럼 동음이의어에 의해 단어들이 지속적으로 미끄러지거나, "내가 나와 함께 있는 너에게 총구를 겨누며/나는 힘이 세다가 그대 이름인가 묻자/바위는 말이 없다가/내 직함이란다"(「납치」)처럼 경계가 명확하지 않은 단어들이 시적 언어로 등장할 때, 그의 시는 더 이상 우리가 상상하는 '시(詩)'가 아니다. 한 마디로, 김언의 시는 시에 관한 대중의 취향과 기대를 위반한다.

> 너무 긴 소설을 쓰지 말 것. 너무 짧은 소설도 쓰지 말 것. 적당하게 지루해질 때 끝나는 소설일 것. 원고지의 분량이 아니라 심리적인 분량일 것. 어느 공간에서 읽어도 적당히 심심하고 적당히 어리둥절한 반전일 것. 어떤 질문을 하더라도 충실하지 않는 이야기일 것. 어떤 대답도 흘려들을 수 있는 내면일 것. 그런 주인공을 찾을 것. 캐스팅은 길거리에서

> 오디션은 실내에서 시상식은 레드카펫을 밟는 장면에서 중단할 것. 더 많은 말이 필요하면 다른 영화를 찍을 것. 더 많은 상이 필요하면 영화를 찍지 말 것. 돌아와서 시를 쓸 것. 전혀 시적이지 않은 소설을 쓸 것. 있어도 상관없고 없어도 상관없는 중요한 문장이 들어갈 것. 단어는 조금 더 동원되거나 외로워질 것. 저 혼자 있어도 눈물을 뚝뚝 흘리는 마침표일 것.
>
> — 김언, 「소설을 쓰자」 부분

김언은 시에 관한 대중의 통념을 벗어난 시를 '소설'이라 부른다. 물론, 이 경우 '소설'은 우리가 이미 알고 있는 그 소설(novel)이 아니다. 통상적인 의미의 시를 벗어난 시, 그리하여 시에 관한 기존의 이해 지평으로는 포착될 수 없는 잉여와 초과의 시를, 그는 '소설'이라는 낯선 단어로 명명했을 뿐이다. 이것이 '소설'이라는 기호의 탄생에 관한 유일한 알리바이이다. 그러므로 이 시를 읽으면서 왜 이것이 '소설'이어야 하는 것인가를 따져 묻는 일은 삼가자. '소설'은 시인의 발명품이며, 구체적인 대상을 갖지 않는, 그렇지만 언어에 관한 상징적 질서의 지배를 위협하는 하나의 언어일 뿐이다. 인용한 시에 등장하는 '소설'의 덕목(?)들이 우리가 시에 대해서 가져왔던, 혹은 상징적인 질서가 요구해왔던 가치들임을 발견하는 것은 어렵지 않다. 기성의 가치에 반(反)하는 예술적 실험과 갱신에는 항상 심리적인 반발과 저항이 뒤따르기 마련이다. 이런 저항에 대해서 시인은 "그들이 고민하는 시와 내가 고민하는 시가 왜 다른 무대에서 살면 안 되는 걸까요?"(「인터뷰」)라는 반문을 준비해놓았다.

3. "아이덴티티는 너무 20세기적이야"

2000년대의 시인들은 아이덴티티(identity)라는 단어를 좋아하지 않는다. 아이덴티티 개념은 '주체'가 단일하다는 자아론적 허상에 기초하고 있고, 사회적 관계 속에서 개인이 주체화된 결과를 주체의 본질로 가정하는 인식론적인 전도를 자명한 진리로 전제한다. 우리의 감정과 감각이 그러하듯이, 인간의 삶이란 끊임없는 변화의 연속이고, 그런 한에서 '주체'란 변화의 한 지점을 겨우 지시할 수 있는 불완전한 명명에 지나지 않는다. 또한, 우리는 현재적 상황이 억압적이라고 느낄 때마다 상징화된 현실의 바깥을 욕망한다. 욕망의 관점에서 볼 때, 인간은 들끓고 있는 존재인 것이다. 그럼에도 정체성의 논리는 이전의 '나'와 현재의 '나'가 동일하다는 가정하에서, 그 모든 변화의 지점들을 통과하고 있는 '나들'에 '나'라는 고정점을 부여하려는 동일성의 욕망을 내장하고 있다. 김언이 「꼬마 한스 되기」와 「유령-되기」에서 '~되기'라는 생성의 논리를 통해 반(反)하려 했던 것이 바로 이 정체성의 논리인데, 한 마디로 '~되기'란 새로운 분자적인 성분을 만들어내는 창조이자 창안으로서의 탈근대적 주체성이다. 정체성의 논리가 "분자적인 움직임의 다양성을 환원하고 제거하여 하나의 거대하고 단일한 통일체로 귀속시키는"(이진경) '몰적인 것'이라면, '분자적인 것'이란 그러한 몰적 단일성으로 환원되지 않는 고유한 움직임과 흐름, 욕망을 지칭한다. 물론, "아이덴티티는 너무 20세기적이야. 난 움직여. 움직이고 있다구."(박상순, 「가수 김윤아」)처럼 아이덴티티의 부정은 2000년대 시의 고유한 특징은 아니다. 하지만 서정시의 자기동일성으로부터 벗어나려는 시적 실험이 2000년대 시에서 자아에 의해 그 내적 영속성이 확인되는 정체성의 논리를 가로지르면서 폭발적으로 증가한 것은 사실이다. "내 일은 내 생일이다. 대충 그럴 거다. 어디서 태어났는지를 가지고도 서너 명 진술이 엇갈렸고 언니뻘 되는 아이의 사망신고 대신 내 출생신고를 했다고 큰이모는 말했고, 돌아가셨다. 아무래도 괜찮다."(김이듬, 「그리고 나는 죽을 것이다」) 같은 진술에서 확인되는 기원에 대한 무관심 또한 넓은 의미에서 정체성의 논리를 횡단하는 새로운 실험이다.

2000년대 시인들이 정체성의 논리를 횡단하기 위해 도입한 시적 장치의 하나는 동화적 상상력이다. 인간과 자연의 본질적 연속성에서 비롯되는 전통적인 서정시와 달리 동화적 상상력은 시에 '동화'의 반(反)합리적 세계를 끌어들임으로써 상징계의 질서를 균열시킨다. 이것이 2000년대의 시인들이 반복해서 앨리스와 오즈의 동화적 세계에 열광하는 근본적인 이유이다. 가령 장이지의 「가죽 점퍼를 입은 앨리스」는 앨리스라는 동화 속 주인공의 목소리를 빌려서 권력자-선생의 위선을 폭로하며, 곽은영의 「불한당들의 모험」 연작은 예측할 수 없는 모험과 우연의 세계를 향해 나아가는 동화적 인물들을 등장시켜 이상한 세계(wonderland)를 창조한다. 그런데 이러한 동화적 세계가 현존하지 않는, 다시 말해서 객관적인 현실로 존재하지 않으며, 때문에 '동화'의 세계는 원초적으로 자기규정적이고 자기지시적인 세계라는 점에 주목해야 한다. 앞에서 우리는 2000년대의 젊은 시가 세계를 반영하기보다는 세계를 창조하는 데 열중하고 있고, 세계의 창조를 통해서 현존하는 세계의 권위에 맞섰다고 말했다. 이 창조된 세계, 그러니까 '현실'에 대한 일체의 부채감이 없이 오직 그 자체로 존재하는 세계의 문학적 사례로 동화만큼 적절한 것도 없다.

동화적 상상력의 등장은 필연적으로 목소리의 변화를 불러온다. 전통적인 의미의 서정시가 원숙하고 성찰적인 성인의 목소리를 고수한 반면, 동화적 세계에 뿌리내린 이들의 시는 '아이'나 사춘기의 소년 · 소녀들의 목소리에 의해 지배되고 있다. 2000년대 시에서 김행숙의 『사춘기』가 차지하는 징후적인 위치가 여기에 있다. 비단 김행숙만이 아니다. 이현승의 『아이스크림과 늑대』는 동화적 상상력과 아이의 목소리로 직조된 한 편의 판타지인데, '아이'라는 변덕스러운 존재와 '아이스크림'이라는 용해적 비전의 만남은 "폭풍, 폭풍, 폭풍, 당신은 오늘 얼굴을 자주 바꾸는군"(「피터 팬과 몽상가들의 외출」)처럼 세계를 비유기적이고 비완결적인 형태로 바꿔서 지각하는 생성의 감각을 보여준다. 여기에 동화 백설공주를 패러디한 이민하의 「해피엔드」와 황성희의 「앨리스네 집」을 추가할 수도 있을 것이다. 이처럼 2000년대의 시에서 '아이'의 목소리는 징후적인 의미를 갖는데, 김민정의 시에서 아이는 다분히 악동(enfant terrible)의 성격을 띠면서 어른들의 세계를 교란시키고, 유형진의 시에서 아이는 '모니터 킨트'라는 세대적 문화기호로 쓰인다. 또한 이현승의 아이들은 아이스크림처럼 순식간에 사라지는 존재이고, 하재연의 시에서 '아이'는 복도를 왕복하며 성장하는 존재이며, 장이지의 시에서 아이는 변성기 이전의 세계로 귀환하려는 탈주 욕망의 주체이다. 여기에 박상수의 「변성기」와 조연호의 「몽구스와 찰리 브라운을 위하여」, 그리고 이승원의 「1985년」을 추가하면 소년 · 소녀들의 세계가 어떻게 어른들이 만들어놓은 현실계를 위태롭게 만들고 있는지가 한층 선명해진다.

동화적 상상력과 아이-주체를 통해서 아이덴티티를 횡단하는 시들이 있는가 하면, 세계와 내면에 대한 섬세한 감각의 움직임을 통해서 동일성이 포착하지 못하는 비동일적 세계를 그려내는 시들도 있다. 신해욱의 근작들은 후자에 속하는 가장 인상적인 성과들이다. 신해욱의 『생물성』은 1인칭을 가장 예외적인 방식으로 사용한 경우에 속한다. 앞에서 우리는 김언이 지시대상을 결여한 대명사들을 사용함으로써 아이덴티티의 세계를 교란했음을 살폈는데, 김언과는 반대로 신해욱은 1인칭을 예외적으로 사용하여 그 가능성을 실험하고 있다. 이 예외적 사용의 한 사례가 1인칭 '나'를 강박적으로 반복하는 것이다. 그녀는 주어가 생략되어도 좋을, 아니 관습적인 사용법에 따르면 생략되어야 할 모든 곳에 '나는'이라는 1인칭의 표식을 남긴다. 그 결과 그녀가 사용하는 1인칭은 서정시에서의 1인칭, 그러니까 자아나 내면성을 상징하는 고백적 발화의 징표가 아니라 비인칭적이고 심지어 복수적인 의미를 띠기도 한다.

앞으로는 이름을 나눠 갖기로 하자.
아주 공평하게.

지금까지의 시간은
너무 이기적이고 외로웠어.

우리는 두 개의 눈과
두 개의 귀와
수많은 머리칼이 있지만
나의 몫은

그런 식으로 존재하지 않는다.

—신해욱, 「따로 또 같이」 부분

신해욱의 시에서 '나'는 단일체가 아니라 '우리'라는 복합체로 간주되는데, 이는 분리할 수 없는 자아의 한 부분을 대상화함으로써 1인칭 대명사 '나'를 상식적인 용법에서 해방시키는 효과를 가져온다. 이 시는 '나'가 '나'에게 말을 건네는, 그렇지만 결코 독백은 아닌, 그러므로 '나'는 '우리'라는 2인칭의 복수형이라는 새로운 감각을 만들어낸다. 이러한 감각이 근대적인 주체성, 즉 아이덴티티의 논리를 횡단하고 있음은 분명해 보인다. 두 개의 '나' 가운데 어떤 쪽도 원본성(Originality)을 주장하지 않는다. 아니, 원본성에 매달렸던 지금까지의 시간, 그러니까 두 개의 '나'가 '나'라는 하나의 이름으로 기입될 수밖에 없었고, 그로 인해서 항상 어느 한쪽의 '나'는 '나'에게서 '뺄셈'으로 계산되어야 하는 상황이 이기적이고 외로웠다고 토로한다. 우리는 개인(individual)이 더 이상 쪼개질 수 없는 최소단위의 실체라고 학습해왔다. 더 이상 쪼개질 수 없기 위해서는 하나여야 하고, 하나인 한에서 그것은 분할될 수 없는 최소의 것으로 간주되었다. 아이덴티티는 이 분할될 수 없는 최소로서의 하나에서 비롯된다. 반면 신해욱의 시는 하나 안에서 하나는 초과하는 둘을 끄집어낸다. 어떤 시인들은 이 '둘'을 분열과 균열의 흔적이다. 그들은 자신의 '나'가 '둘'로 나뉘어 있다고 생각하고, 그 가운데에서 원본에 해당하는 하나를 찾기를 갈망한다. 그런 한에서 그들은 자아의 시인들이다. 이 대목에서 황병승이 타자의 목소리를 '실험'이 아니라 '재미'라고 말했던 사실을 환기하는 것도 나쁘지 않을 듯하다. 황병승의 시가 그러했듯이, 신해욱의 시에서 '하나'를 초과하는 '둘'은 어떤 분열의 고통도 수반하지 않는다. 아니, 오히려 고통의 원인은 늘 '둘'을 '하나'로 환원하는 것에서 비롯된다고 말한다. 이것은 자아의 시가 아니다.

‘문학과 정치’에서 ‘문학의 정치’로

— ‘시의 정치성’을 둘러싼 최근의 논의를 중심으로

1.

최근 시단의 흐름과 관련된 비평의 흐름을 짚어달라는 것이 편집자의 요청이었다. 추측컨대 이 요청의 밑바탕에는 시 비평의 논점을 개괄하고 그것에 대한 필자의 시각을 밝혀달라는 주문이 깔려 있는 듯하다. 그러나 최근의 문예지들을 꼼꼼하게 읽은 독자라면 쉽게 알 수 있듯이 최근의 시 비평에는 특별한 논란의 대상이 없다. 이 경우 ‘없다’라는 것은 여러 가지 의미로 해석이 가능한데, 가령 그것은 논란의 여지가 있을 수 있는 대상 자체가 없다는 말이기도 하지만 무엇보다도 어떤 문제를 둘러싸고 진행되는 논란이 없다는 뜻이기도 하다. 2000년대에 접어들어 시 비평은 이례적으로 매우 활발한 양상을 보였다. 가령 2006년 무렵 70년대산(産) 시인들의 첫 시집을 중심으로 커다란 파장을 일으켰던 미래파 논쟁이 그러했고, 노무현 전(前)대통령의 죽음에서 미국산 쇠고기 개방을 둘러싸고 벌어진 촛불집회, 용산참사와 4대강처럼 토건을 앞세운 개발 문제를 배경으로 한 '시와 정치'에 관한 재론이 그러했다. 그 논쟁들은 한동안 침체를 거듭하던 평단에 커다란 자극제가 되었다. 그리고 지금, 다시 평단에서 80년대 산(産) 시인들의 첫 번째 시집을 의미화하려는 작업이 활발하게 시도되고 있지만, '새로움'이라는 비평적 수사를 앞세워 담론을 선점하려는 비평의 각개약진이 보일 뿐 특별한 논점이 만들어진 상태는 아니다.

한편 문단의 일각에서는 젊은 시인들의 '새로움'에 초점을 맞춘 문단적·비평적 관행을 견제하기 위해 '극서정'이라는 개념을 강조하려는 움직임이 나타나고 있다. 하지만 그 개념에 호응하는 시인과 비평가의 수는 지극히 제한적이다. 이는 그 개념이 젊은 세대의 '새로움'에 대한 일시적인 반작용은 될지언정 시 비평의 중심적인 문제로 부상할 가능성이 거의 없다는 것, 서정과 감성, 그리고 그것을 표현하는 역사적·시대적 공통감을 거꾸로 돌려놓으려는 일종의 퇴행적 리비도에서 생겨난 것임을 의미한다. 이러한 예외적 경우를 제외하면 사실상 우리는 별다른 논쟁의 대상이 없는 시대를 살아가고 있는데, 이 경우 '없다'는 것이 결핍으로 인식될 필요는 없을 듯하다. 왜냐하면 비록 논쟁의 열기는 존재하지 않지만 우리 시대의 시인과 비평가들이 제각기 자기의 세계를 단단하게 구축해나가고 있으며, 특히 시적 다양성의 차원에서 본다면 지금의 시단은 그 어느 때보다도 다양한 경향들이 공존하는 양상을 보이고 있기 때문이다. 이러한 이유로 이 글은 처음부터 최단의 시단에서 논란이 되고 있는 어떤 사안을 중심으로 비평의 흐름을 짚어달라는 편집자의 요청에 부합할 수 없다. 그래서 비교적 최근에 문예지에 발표된 시 비평 가운데 흥미롭게 읽은 몇 편의 글에 대한 간략한 메타비평을 시도해보려 한다. 이러한 비평적 읽기는 결코 대상이 되는 비평 자체에 대해 비평적인 문제를 제기하려는 의도를 갖고 있지 않으며, 다만 그 글들이 제기하고 있는 문제에 관한 의견을 제시하는 데 그칠 것이다.

2.

2010년을 전후하여 시 비평은 '시와 정치'의 문제를 집중적으로 논의했다. "한 시인의 고뇌"(신형철)로부터 시작된 '시와 정치'에 관한 2000년대식 담론은 현 정부하에서 발생한 일련의 반(反)민주적 사건들과 결합하면서 90년대 문학이 사망선고를 내린 '문학의 정치성' 문제를 재소환했다. 그래서 최근의 '시와 정치'에 관한 논의는 90년대 이후의 문학에서 억압된 채 존재하던 문학의 '정치성'이라는 판도라의 상자를 다시 개봉하는 결과를 낳았고, 더불어 억압된 것은 반드시 귀환한다는 정신분석의 가설을 확인시켜주는 계기가 되었다. 이미 평단에서 '시와 정치'에 관한 논의는 상당히 이루어졌고, 필자 역시 여러 번에 걸쳐서 의견을 밝힌 바 있으므로 그 문제를 재론할 의도는 없다. 분명한 것은 이 논란이 문학의 정치성 내지 정치적인 것의 실체를 이해하는 비평적 관점의 차이를 뚜렷하게 보여주었고, 그 차이에 의해 "한 시인의 고뇌"는 제대로 이해되기보다는 특정한 입장으로 환원되어버린 느낌을 지울 수 없다는 사실이다.

'시와 정치'라는 문제를 제기한 '고뇌'의 당사자는 진은영이다. 그녀가 '문학의 정치성'과 관련하여 발표한 두 편의 산문 「감각적인 것의 분배」와 「한 진지한 시인의 고뇌에 대하여」에 관해서는 꽤 많은 후속 논의들이 있었으니 여기에서 재론하지는 않을 것이다. 다만 "한 진지한 시인의 고뇌"에 대한 평단의 반응이 그다지 적절했다고 보이지는 않으며, 특히 '문학의 정치성'에 관한 젊은 비평가들과 그녀의 차이가 양각된 후자의 글에 대한 동시대 비평가들의 반응은 동문서답처럼 느껴졌음을 밝혀둔다. 가령 '문학의 정치성'에 대한 그녀의 진지한 고민에 대해, 문학의 자율성을 치열하게 추구하는 것이야말로 문학의 정치성이라는 식으로 대응하는 평문들을 읽으면서 나는 시인의 '고뇌'가 '미학'과 '자율성'의 망령에 의해 무시되고 있다고 느꼈다. 특히 '문학(시)'과 '정치'를 별개의 실체로 간주하고, 진보적 문학과 진보적 정치를 결합시키는 것이 '문학과 정치'에 대한 올바른 응답이라는 식의 논의를 펼친 몇몇 비평가들은 애초에 문제가 '문학과 정치'가 아니라 '문학의 정치'였음을 이해하지 못한 채 두 개의 진보를 기계적으로 연결하면 해결된다는 식의 절충(?)론을 제시하여 또 한 번 시인의 '고뇌'를 무력화시켰다. 오히려 진은영의 문제의식을 이어받은 사람은 심보선이다. 심보선은 「'천사-되기'에서 '무식한 시인-되기'로」(『창작과비평』, 2011년 여름호)에서 '지게꾼의 시와 지게꾼-되기의 시'라는 진은영의 문제의식을 이어받으면서도, 랑시에르의 '정치/치안' 구분을 문학제도와 전반에 투사함으로써 '무식한 시인-되기'라는 새로운 개념을 제안했다. 이 개념을 통해서 그는 '문학의 정치성'이 "문학제도의 전통적 분할선"을 문제 삼는 데까지 나아가야 한다고 주장한다.

> 문학과 정치에 관해 이야기하는 일련의 평론들은 무엇보다 문학제도의 전통적 분할선들-시인과 독자, 시인과 평론가, 시인과 시인, 텍스트와 텍스트, 문학과 비문학 사이의 분리를 문제 삼지 않는 것처럼 보인다. 가장 단순하고도 명백한 증거는 선별과 해석 대상이 되는 텍스트가 예외 없이 등단한 시인들—그것도 대체로 알려진 시인들—의 시라는 사실이다. 제도적 절차를 거쳐 선택된 시인들을 한 번 더 걸러낸 뒤 이들의 시에 내리는 평가, 즉 "배제적 합의성"(랑씨에르)이라 부를 수 있는 정식에 따라 문학과 정치라는 테마가 다루어지고 있는 셈이다.

랑시에르는 『프롤레타리아의 밤(*The Nights of Labor*)』에서 19세기 프랑스 노동자들이 밤잠을 포기하고 신문을 만들고, 시와 노래를 짓고, 사회문제를 토론한 것에 주목했다. 이 사례에서 그는 노동자들이 자신의 자리와 위치를 나누는 경계(분할)를 넘어서고 있음을 강조한다. 랑시에르에 따르면 '정치'란 권력의 행사나 권력을 위한 투쟁이 아니라 지배자들이 규정해놓은 '분할' 속에 배제된 자들이 침입하는 위반에서 비롯된다. 랑시에르식으로 말하면 '정치'는 바로 이 틈에 존재한다. 노동 외에는 다른 것을 할 시간이 없는 존재들이 동물('먹는 존재')이 아니라 공동체에 참여하면서 '말하는 존재'임을 입증하기 위해 자기들에게 없는 시간을 가질 때, 정치는 시작된다. 그런 점에서 정치란 '말하는 입'과 '먹는 입'의 '분할'을 넘어서는 것이다. 일찍이 플라톤은 장인들은 시간이 없기 때문에 공통적인 것에 개입할 수 없다고 말했는데, 이것은 말할 수 있는 자와 말할 수 없는 자, 말하는 입과 먹는 입, 말과 소음을 나누는 지배적 분할선의 존재를 뚜렷하게 보여준다. 심보선이 지적한 "배제적 합의성"이란 바로 이러한 분할을 가리킨다. 그런데 주의할 것은 랑시에르의 '문학의 정치'에서 '문학'이 예술의 한 장르나 문학적 특질을 지시하는 광의의 개념이 아니라는 것을 아는 일이다. 랑시에르가 말하는 '문학'이란 고전문학과 단절하면서 등장한 글쓰기의 새로운 역사적 양식, 즉 플로베르, 발자크, 말라르메 등에 의해 확립된 19세기의 새로운 감성의 질서이다. 오늘날의 상식에 비추어본다면 그것은 근대문학 내지 문학적 모더니티라고 말할 수 있다. 그래서 '문학의 정치'라는 랑시에르의 테마를 몰역사적으로 모든 시대의 모든 문학적 형식에 그대로 적용하면 안 된다. 그러한 확대 적용에는 '일반화'라는 매개 과정이 있어야 한다.

그렇다고 한국문학에 새겨져 있는 "배제적 합의성"을 문제 삼는 심보선의 주장이 랑시에르의 '문학의 정치'와 전혀 무관한 것은 아니다. 적어도 그는 '미학' 운운하면서 특정한 분할을 고집하려는 비평가들에 비해 한층 근본적인 물음을 제기한다. 그가 말하는 '무식한 시인-되기'가 문단시스템 비판으로 환원되는 것은 물론 아니지만, '문학의 정치'라는 랑시에르의 문제를 분명하게 이해하고 한국문학에 적용한 것은 심보선이다. 앞서 지적했듯이 진은영 역시 비슷한 문제의식에서 '고뇌'를 표출했지만, 그것은 문제 자체를 이해하지 못했거나, 그녀의 문제를 '미학'이나 '자율성'의 문제로 되돌려버린 일부 평론가들의 부적절한 대응에 의해 묻혀버렸다. 이러한 과정을 의식이라도 한 것처럼 심보선은 매우 직설적인 방식으로 "문학제도의 전통적 분할선"을 문제 삼고 있다. 단적으로 말하면 그것은 대기업의 상표가 붙은 시집들만을 비평의 대상으로 삼으려는 비평가들의 '치안'적 무의식을 건드리고 있다. 대기업에서 출시한 시집들에 대해서는 무조건 '웰컴'의 자세를 취하는 반면, 그렇지 않은 시집들에 대해서는 눈길 한 번 주려고 하지 않는 비평가들의 욕망이 순응하고 있는 어떤 배제/분할을 문제 삼고 있는 것이다. 시집만이 아니다. 수많은 사람들이 매체를 통해 등단하고, 시를 쓰고, 때로는 그러한 제도적 관행과는 무관한 방식으로 창작활동을 하고 있지만, 오늘날의 문학적 관행은 그들 모두를 '시인'이라고 칭하지 않는다. 어떤 사람의 목소리는 '말'이 되지만 또 어떤 사람의 목소리는 의미 없는 '소음'이 되는, 어떤 사람은 말할 수 있는 자격을 갖춘 것으로 평가되지만 또 어떤 사람은 이러저러한 이유로 말할 수 있는 자격을 갖추지 못한 존재로 평가되는, 그리하여 오직 소비자로만 머물러야 하는 문학적 현실에 대한 본질적 물음이다. 이러한 분할/경계에 대한 물음의 강도가 얼마나 컸는지 심보선은 글의 도처에 그 흔적을 뿌려놓았다.

> 말할 수 있는 신체와 말할 수 없는 신체의 분리—시인과 독자의 분리, 문학과 비문학의 분리, 사유와 노동의 분리, 지식인과 대중의 분리, 정신노동과 육체노동의 분리, 전문가와 비전문가의 분리를 고수하려는 치안적 질서는 이 새로운 말-신체, 수다스럽게 부유하는 유령이라는 존재 때문에 골치를 썩게 된다 (…) 지게꾼-되기의 시는 강제된 노동과 부과된 정체성, 그에 따라 보고 말하고 생각하는 감각의 불평등한 분배로 이루어진 (문학제도를 포함한) 치안적 질서에 독특한 말-신체를 침입시키

> 는 행위라고 할 수 있다. 지게꾼-되기의 모든 시쓰기가 침입이며 지게꾼-되기의 시를 쓰는 모든 이가 침입자라고 본다면 소위 등단 여부, 작가와 독자의 구분, 전문가와 비전문가의 차이 등은 전혀 중요치 않다.

"등단 여부, 작가와 독자의 구분, 전문가와 비전문가의 차이 등은 전혀 중요하지 않다"라는 주장이 제도화된 한국문단에서, 그것도 '미학'이나 '자율성'을 지고의 가치로 내세우고 있는 동시대의 평론가들에게 어떻게 받아들여질 것인지는 오래 고민하지 않아도 쉽게 예상할 수 있다. 또한, 자신의 주장이 동의를 구하기 어려울 것임을 심보선도 모르지 않았을 것이다. 등단 여부가 중요하지 않다면 각 매체의 편집담당자들은 누구에게 원고를 청탁해야 할까? 작가와 독자의 구분이 중요하지 않다면 독자는 왜 매체의 지면에 자신의 글을 발표할 수 없는 것일까? 전문가와 비전문가의 차이가 무의미하다면 언론과 출판은 소위 전문가들의 해설이나 의견에 귀 기울이지 말아야 하는가? 그렇다면 그 많은 문학상의 심사는 누가 하는가? 혹시 이러한 분할의 해체가 결국 지금도 적지 않게 이루어지고 있는 학연, 지연 따위의 인간관계를 중심으로 문단이 재편되는 결과를 불러오지는 않을까? 그렇다면 그때 그 학연과 지연의 카테고리에 포함되지 못하는 사람들이 감당해야 하는 소외감은 어떻게 정당화될 수 있을까? 심보선의 표현을 빌리면 '골치'를 썩어야 할 문제가 한둘이 아니다. 그럼에도 그는 "문맹자였다가 일흔이 넘어 글쓰기를 배운 할머니들이 쓴 시들을 '문학의 정치'의 '본보기'"로 제시함으로써 쉽지 않은 '침입'을 시도한다. 물론 이러한 침입은 "문맹자였다가 일흔이 넘어 글쓰기를 배운 할머니들"이 신춘문예나 문예지의 공모에 투고하여 '등단'하는 제도적 과정과는 전혀 다른 상황이다. 후자의 경우 기성의 분할선에는 아무런 변화가 없다. 어쨌든 심보선은 '무식한 시인-되기'의 사례를 들어 "말할 수 있는 신체와 말할 수 없는 신체의 분리를 극복"한 '평등'의 문제에 접근한다.

3.

심보선의 제안은 과연 어떤 반응을 얻었을까? 김종훈의 「정치적인 말의 모습과 조건」(『창작과비평』, 2011년 가을호)에서 그 반응의 일단을 확인해보자. 김종훈의 글은 비단 심보선의 제안만이 아니라 '시와 정치의 소통'에 관한 동시대의 논의를 포괄적으로 살피고 거기에 대한 자신의 의견을 피력하는 메타비평의 성격을 취하고 있다. 글의 서론에서 김종훈은 "미적 자율성의 권위에 대해 회의를 품을 수는 있으나 미적 자율성 자체를 부정할 수는 없고, 시와 정치의 거리를 좁히려 할 수는 있으나 그 차이를 부정할 수는 없다."라는 진술로 '시와 정치'에 관한 기존의 논의들에 대해 자신의 시각을 제시하고 있다.

> 그런데 좀 더 논의가 필요한 "가이 갸 뒷다리"를 제외한 다른 시어들은 오히려 기존의 질서에 포함되는 과정의 초기에 드러나는 현상은 아닐까. 하늘로 올릴 수분이 많은 바다와 그렇지 못한 모래밭은 풍족함과 메마름을 오래도록 대변해왔다. 벌과 나비와 청룡 또한 많이 보고 들어왔다. 시를 몰라도 익히 알고 있고 글을 몰라도 들은 바 있는 말이다. 이것은 기존의 감성체계를 재편할 새로운 상상력에서 출현했다기보다는 그 체계를 지키는 관습에서 비롯되었다고 보는 편이 적절할 듯하다. '무식한 시인'은 시적인 것이 무엇인지 학습하는 과정 초기에 자신의 밑천을 활용하고 있는 중이다. 이제 막 시를 배우기 시작한 그는 아직 그 미묘한 감정상태를 표현할 개성적인 목소리를 지니지 못했다. (…) 중요한 것은 말을 표현하는 주체의 위치가 아니라 말에 걸려 있는 세계의 모습이다. 어느 날 느닷없이 출현한 유령이 산 자와 구별되지 않고 어느 날

느닷없이 도착한 외계인이 인간과 구별되지 않는다면 그들의 느닷없는 출현과 도착은 곧 기억 속에서 사라진다. 기존의 것을 재편하는 것은 다른 세계를 거느린 말이다. 다른 곳에서는 낯선 말이 출현할 가능성이 높다. 하지만 이곳에 있는 사람은 낯선 말을 경유하여 다른 곳을 느낄 수 있다. 그제야 비로소 그 자신이 낯설어지고 이곳은 재편될 수 있다.

심보선이 "강제된 노동과 부과된 정체성, 그에 따라 보고 말하고 생각하는 감각의 불평등한 분배로 이루어진 (문학제도를 포함한) 치안적 질서에 독특한 말-신체를 침입시키는 행위", "문학의 정치를 수행하는 의지와 역량이 누구에게나, 어디에나 귀속되고 발휘될 수 있음을 보이기 위"하여 제시한 "무식한 시인-되기"의 시에 대해 김종훈은 그것이 "기존의 질서에 포함되는 과정의 초기에 드러나는 현상"이며, 때문에 "기존의 감성체계를 재편할 새로운 상상력에서 출현했다기보다는 그 체계를 지키는 관습에서 비롯되었다"고 보아야 한다는 것이다. 심보선에게는 '침입'으로 간주되는 것이 김종훈에게는 '관습'에 불과한 것으로 인식되는 이 차이를 어떻게 이해해야 할까? 그것은 '분할/경계'에 대한 '침입'을 두 사람이 다르게 이해하기 때문에 발생하는 문제이다.

우리는 앞에서 심보선이 '침입'을 "(문학제도를 포함한) 치안적 질서에 독특한 말-신체를 침입시키는 것"으로 설명했음을 살폈다. 비록 그가 "(문학제도를 포함한)"이라는 구절을 괄호 속에 넣어두고 있지만, 실제 심보선의 주장에서 '침입'은 제도의 '안'과 '밖'이라는 분할을 흩뜨리는 비제도적인 것에 초점이 맞춰지고 있다. 랑시에르가 19세기 프롤레타리아의 밤에 주목했던 것처럼 심보선은 "문맹자였다가 일흔이 넘어 글쓰기를 배운 할머니들"이라는 존재 자체에서 '침입'의 가능성을 도출하고 있다. 반면 김종훈은 '침입'을 '주체'의 문제로 받아들이지 않는다. "중요한 것은 말을 표현하는 주체의 위치가 아니라 말에 걸려 있는 세계의 모습이다."라는 진술에서 확인되듯이 그에게 있어서 '침입'의 판단근거는 '주체'가 아니라 "말에 걸려 있는 세계", 즉 표현이다. '표현'에 대한 강조는 김종훈의 글에서 "기존의 감성체계를 재편할 상상력"이나 "개성적 목소리" 등의 반복 · 변주되고 있거니와, "기존의 것을 재편하는 것은 다른 세계를 거느린 말이다."라는 문장은 이 모든 주장을 함축하고 있다. 김종훈의 입장에서 본다면 '침입'이란 기존의 감성체계를 재편할 새로운 상상력이 출현하는 것(알랭 바디우가 '사건'이라고 명명하는 것)에 의해서만 가능하며, 문학(시)에서 그 기준은 대상이 되는 전적으로 시 작품이 얼마나 개성적인 목소리를 획득하고 있는가에 달려 있다.

'침입'과 관련하여 심보선은 '주체'에, 김종훈은 '언어(말)'에 강조점을 두었다. 이 차이는 '시와 정치'를 바라보는 두 가지 태도이다. 여기에 "삶과 정치가 실험되지 않는 한 문학은 실험될 수 없다"라는 진은영의 제안을 포함시킨다면 '시와 정치'에 관한 세 개의 꼭짓점이 만들어지는 셈이다. 다시 요약하면 심보선은 '주체'를, 김종훈은 '언어'를, 그리고 진은영은 "문학과는 다른('딴') 자리들을 문학의 자리로 만들고 문학을 다른 자리로 만드는 왕복운동"으로서의 '실험'을 각각 강조한다. 이 논의가 한 시인의 '고뇌'에서 시작되었으니 잠시 다시 그 시인에게로 되돌아가 보아도 좋을 듯하다. 최근 한 좌담에서 진은영은 자신이 제한한 시의 정치성이 "시를 짓고 낭송하는 행위가 어떤 공간과 결합하고 그 안에서 그 공간의 성격을 어떻게 바꿔나가는지의 문제와 밀접하게 관련 있다는 사실이었다."(『한겨레21』, 922호, 2012. 7. 30.)고 말했다. 이 말은 시의 정치성을 "정치적인 애용을 미학적으로 탁월하고 아름답게 표현"하는 것과는 분명 다르며, 앞에서 지적했듯이 그런 측면에서 적어도 진은영의 '고뇌'에 대한 동시대 비평가들의 대답은 '응답'으로서의 적절성을 심각하게 결여하고 있다. 특히 미학적 가치와 문학의 자율성을 성취하는 것이 곧 시의 정치성이라는 주장이나, 미학적인 것과 정치적인 것의 각각에서 '진보'의 요소를 끄집어내어 그것들을 연결시키려는 기계적 절충론이 그 대표적인 경우이다. 오히려 진은영의 '고뇌'는 '미학적인 것'과도, 그리고 '정치'에 관한 기존의 표상과도 다른 곳에서 발원한다.

이런 시각에서 심보선의 '주체'는 시인과 비시인(독자), 쓰는 주체와 읽는 주체의 구별이라는 기성의 경계/분할을 돌파할 수 있는 하나의 실험이 될 수 있다. 이 제안을 받아들일 때 우리는 노동시에 대해 새로운 의미를 부여할 수도 있으리라. 그렇지만 앞서 지적한 현실적인 문제의 벽 앞에서 무너질 위험도 상존한다. 특히 김종훈이 지적했듯이 지하철 스크린도어에 새겨져 있는 아마추어적인 작품들을 '주체'의 관점에서 모두 '침입'이라고 간주해버리면, 모든 사람은 다 시를 쓴다는 점에서 '평등'하다고 말해버리면, '주체'의 문제가 시적 성취의 문제를 간과해버리면 어떤 문제가 생길까? 특히 지금처럼 등단 '시인'들 중에서도 말할 수 있는 자(문학상 후보에 올라가고, 주요 문예지에 작품을 게재하고, 한국문단을 대표하여 대내외적인 활동을 하며, 자신이 원하는 출판사에서 시집을 간행할 수 있는 사람……)와 말할 수 없는 자(문인주소록 따위에 이름은 올라가 있으나 정작 제도 내에서는 '시인'으로 인정받지 못하는 사람……)가 암묵적인 방식으로 엄격하게 구분되어 있는 상태에서 말이다. 때문에 오직 분할/경계의 바깥에 위치하고 있다는 사실만으로 이들의 문학적 행위를 '침입'으로 간주하는 것은 지나치게 나이브한 느낌이다. 김종훈의 경우도 마찬가지이다. '언어'는 '시와 정치'를 바라보는 평자의 한 시각을 보여줄 수는 있지만 '자율성'과 '미학'의 문제점을 돌파하려는 사람들에게 '그래도 중요한 건 미학이야'라는 식으로 응답하는 것은 전혀 설득력이 없다. 그것은 '주체'와 '실험' 모두에게 취약한 하나의 신념이기 쉽다. 뿐만 아니라 김종훈의 논리를 따르면 문단 바깥의 독자/시인들이 '침입'에 성공하기 위해서는 그들이 최선을 다해 제도 안으로 들어가 제도의 인정을 받아야, 그 제도에 의해 개성적인 목소리라는 평가를 획득해야 한다. 이것은 구조주의자들에게 쏟아졌던 난제, 즉 '권력이 우리를 주체를 (재)생산한다면 우리는 권력에 대해 어떤 식으로 저항할 수 있는가?'라는 질문과 유사한 형식을 띠고 있다. 분할이 권력에 의해 행해지고 유지된다면, 그리고 새로운 상상력을 '개성적인 목소리'로 평가하는 것 역시 권력의 몫이라면, "개성적인 목소리"의 등장은 어떻게 기성의 권력 체계에 변화를 가져올 수 있을까? 아니, 더 직접적으로 묻는다면 몇몇 시인 · 비평가들이 '문학의 정치'와 관련해서 돌파하고자 하는 '미학'과 '자율성'이라는 기준을 끝끝내 고집한다면 우리는 왜 그 '미학'과 '자율성'의 영역에서 확인되는 성취를 굳이 '정치'라는 낯선 단어를 써가면서 말해야 하는 것일까? 그것은 차라리 '문학의 자율성'을 강조하는 모더니즘이라고, 모더니즘의 형식미학이 지니는 정치성이라고 말하면 되지 않을까?

4.

심보선의 '주체'와 김종훈의 '언어'에 제기된 질문들이 적절하게 대답된다고 하더라도 여전히 문제는 남는다. 그 문제의 하나는 '시와 정치'라는 논의가 빚지고 있는 랑시에르의 '문학의 정치'라는 개념이 '주체', '언어', '실험' 가운데 어느 것에 근접한 것인가를 확인하는 일이고, 또 하나는 그러한 개념적 정확성과 별개로 이 논의를 발전적으로 이끌어나가기 위해 진은영의 문제제기에 어떻게 응답하는 것이 좋을까이다. 우리는 과연 "삶과 정치가 실험되지 않는 한 문학은 실험될 수 없다."라는 주장에 대해 어떻게 응답할 수 있을까? 이것이 '주체'와 '언어' 가운데 하나를 선택하는 것으로 해소될 수 있을까?

이 질문이 점하는 위치의 난해함은 위에서 인용한 최근의 좌담에서도 확인된다. 이 좌담에서 황현산은 동시대의 시인들을 향해 "시는 어떻게 쓰든, 이런 중대한 사안이 있을 때는 자기 입장 밝히고, 정치적으로 발언해야 하는 것 아닌가."라고 말하고 있다. 물론 정당한 말이다. 그렇지만 이 발언은 '시인(으로서의 삶)'과 '시민(으로서의 삶)'을 구분하려는 일부 시인들의 생각을 반복함으로써 진은영이 애써 돌파하고자 하는 구분을 봉합해버린다는 점에서 부당하다. 시인의 질문은 '시인(으로서)의 일'과 '시민(으로서)의 일'을 구분하는 것이 정당하지 않으며, 나아가 '시인과 비시인', '시민과 비시민'의 분할을 돌파하려는 것이다. 바로 이 지점, '시인'과 '시민'이 분리되지 않는 상태에서만 삶과 예술의 동시적 '실험'은 가능해진다. 그 실험이 어떤 형태의 '시'를 생산할 것인지를 따져 묻는 일은 넌센스이다. 그것은 전적으로 미지의 영역이고, 잠재성의 차원에 속하는 사건이기 때문이다. 다만 몇몇 평론가들이 기회가 있을 때마다 인용하는 20세기의 아방가르드가 실상 예술을 바꾸려 했던 것이 아니라 예술의 변화를 통해 삶을 바꾸려 했었다는 것을, 그들은 정치적인 문제를 결코 '시인(으로서)의 삶'과는 별개인 '시민(으로서)의 삶'이라고 간주하지 않았다는 사실을 기억할 필요가 있다. 이 경우 '실험'이란 무엇보다도 먼저 '언어'일까? 표면적으로는 그렇다. 아니, 표면적으로만 그렇다. 예술의 역사는 그것이 '언어'에 그치지 않았다는 것을 증언한다. 그렇다면 이렇게 생각해보면 어떨까? '시인'과 '시민'이 구별되지 않는 상태로, '시인'과 '시민'을 구별하는 의식 없이, '시인'이면서 동시에 '시민'인 존재로 어떤 공간에서 활동하고, 그 활동을 자신의 창작으로 흡수하는 것 말이다. 그러기 위해서는 먼저 어떤 행위/실험을 하고 있는 사람에게 '당신은 시인인가 시민인가?'라고 묻는 우리의 이 낡은 '정체성'의 무의식을 벗어던져야 할지도 모르겠다. 오늘 광장의 내 옆자리에 앉아 있는 사람이 '시인'의 자격으로 앉아 있는 것인지 '시민'의 자격으로 앉아 있는 것인지, 너는 누구냐는 그 질문이 왜 그토록 중요한 것일까? 그 사람을 내 옆의 한 사람, 익명의 공동체 속에서 우리의 삶이 실험되고 있다고 사유하면 왜 안 되는 것일까? 이 장면이 시인의 '고뇌'에 대한 적절한 응답이라고 말하기는 어렵겠지만, 적어도 권력에 저항하는 우리의 내면과 무의식에 생각보다 훨씬 강력하게 권력의 질서가 새겨져 있다는 사실을 깨달아야 한다. '정체성' 물음이란 바로 그런 질서의 일부이다. 이 인식에 도달하기 위해서 우리에게 필요한 것은 '문학'과 '정치'를 각각의 실체로 정의하는 기존의 분할을 넘어서 '문학'과 '정치'를 다시 개념화하는 일이다. 정치란 무엇인가, 랑시에르는 이렇게 대답한다.

> 정치는 이 불가능성에 의문을 던질 때에야 비로소, 자기 일 외에는 다른 것을 살필 시간이 없는 사람들이 분노하고 고통받는 동물이 아니라 공동체에 참여하면서 말하는 존재라는 것을 입증하기 위해 자기들에게 없는 시간을 가질 때에야 비로소 시작된다. 시간들과 공간들, 자리들과 정체성들, 말과 소음, 가시적인 것과 비가시적인 것 등을 배분하고 재배분하는 것은 내가 말하는 감성의 분할을 형성한다. 정치행위는 감성의 분할을 새롭게 구성하게 하고 새로운 대상들과 주체들을 무대 위에 오르게 한다. 또한 정치행위는 보이지 않았던 것을 보이게 하며, 킁킁대는 동물로 취급되었던 사람을 말하는 존재로 만든다.[1)]

1) 랑시에르, 『문학의 정치』, 유재홍 옮김, 인간사랑, 2009, 11~12쪽.

민주주의의 증언으로서의 현대시

— 정치의 종언이라는 소문에 반(反)하여

민주주의는, 실로, 언제나 시간이 결여돼 있으며, 마땅히 결여돼 있어야만 한다.
왜냐하면 민주주의는 기다리지 않기 때문이며,
그럼에도 불구하고 기다리게 만들기 때문이다.
그것은 누구도 기다리지 않는다, 허나 기다리기 위해 모든 것을 잃는 것이다.
- 우카이 사토시, 『주권의 너머에서』 중에서

1.

민주주의의 '종언'과 '위기'에 관한 풍문들이 들려온다. 신자유주의의 등장, 자본의 전(全)지구적 확장, 그리고 MB정부의 반(反)대중적 통치 방식이 '위기'의 증거들로 제출되고 있다. 특히 전직 대통령의 자살에서 용산참사, 쌍용자동차 사태, 4대강 사업을 둘러싼 갈등, 미국산쇠고기수집반대촛불집회, 한진중공업 사태와 희망버스, 언론사 파업, 강정 해군기지 같은 일련의 사건들은 대중들에게 87년 이후 비교적 안정성을 유지해온 제도적 민주주의가 위기에 빠졌다는 불안감을 느끼기에 충분했다. 실제로 한국사회가 87년 이전으로 회귀하고 있다는 비난의 목소리가 흘러나왔고, 드물지만 시위현장에서는 '독재'라는 구호가 다시 등장하기도 했다. 그러나 '위기'에 관한 풍설은 많았지만, 정작 위기에 직면한 '민주주의'의 정체가 무엇인가에 관한 이야기는 없었다. 현재 상황을 민주주의의 '위기'

로 진단하는 담론들은 '민주주의'를 하나의 정체(政體), 즉 국민주권, 민주공화제, 정치의 공공성, 정당정치 등의 시스템으로 사고하는 공통점을 지니고 있지만, 정작 '민주주의'가 그것들로 환원되어도 좋은가에 관해서는 적절한 대답을 제시하지 못한다. 이 글은 '정치의 소멸과 인권의 붕괴, 우리 시대 민주주의의 증언으로서의 한국시'라는 요청과 마주하고 있지만, 이 요청에 응답하기 위해서라도 먼저 우리는 '민주주의'가 무엇인가에 관해 생각하지 않을 수 없다.

민주주의의 '위기'를 말하는 담론들은 정당정치를 통한 대의제 민주주의와 토론과 합의에 기초한 숙의민주주의를 '민주주의'의 본질로 간주하고, 그것을 특정한 정치체제로 상상하며, 때문에 그것을 위협하는 일체의 사건들을 위기의 징후로 인식한다. 이처럼 '민주주의'를 정당정치에 근거한 대의제 민주주의와 정치체제로 이해하면 그 틀과 시스템을 초과하는 대중들의 직접 행동은 '위기'에 대한 대중의 반응으로 간주될 수밖에 없고, 때문에 그것들은 '정당'이라는 대의기구에 의해 매개됨으로써 정상화되어야할 일탈적 요소이거나 대의의 범위를 확대함으로써 해결해야 할 일시적 스캔들로 사고될 수밖에 없다. 그런데 민주주의를 대의민주주의와 동일시해도 좋은 것일까? 혹시 민주주의를 대의정치, 다수결, 법에 의한 지배와 동일시하는 것이 어떤 착시효과나 단어들을 전유하기 위한 정치적 투쟁의 결과는 아닐까? 자크 랑시에르는 정치적 투쟁이 "단어들을 전유하기 위한 투쟁"이라고 지적했고, 서구의 정부들과 그 이데올로그들이 "민주주의를 의회주의 체제=자유시장=개인의 자유로 만들어버렸다"[1]고 비판했다. 그렇다면 민주주의와 대의정치를 동일시하는 사고방식은 이러한 투쟁의 결과라고 보아도 좋지 않을까.[2]

---

1) 자크 랑시에르, 양창렬 옮김, 『정치적인 것의 가장자리에서』, 길, 2008, 23쪽.

2) 비단 '민주주의'만이 아니다. 츠베탕 토도로프는 『민주주의 내부의 적』에서 유럽사회에서 우익 정치세력들이 어떻게 '자유'라는 관념을 전유해나갔는가를 체험을 바탕으로 설명하

지금 우리에게 필요한 것은 '민주주의'를 재전유하는 투쟁이다. 민주주의의 '재전유' 과정에서 중요한 것은 민주주의를 특정한 통치 형태, 즉 정체(政體)와 동일시하지 않으면서 그 무한정성을 실험하는 것이며, 민주주의에 관한 새로운 사유를 '해방의 정치'와 연결시키는 정치화 과정이다. 이것은 '민주주의'라는 텅 빈 기표를 '결핍'이 아니라 '도래하는 민주주의', '셈해지지 않은 자들의 민주주의'가 들어설 수 있는 '결여(공백)'로 사유하는 일이다. 민주주의의 근거/원리 없음에서 비롯되는 '결여'는 모자람을 뜻하는 '결핍'이 아니다. 장-뤽 낭시의 지적처럼 오늘날 '민주주의'는 "무의미의 전형적인 사례"가 되었다. "'민주주의'는 정치, 윤리, 법/권리, 문명 모든 것을 뜻하지만, 또 아무것도 뜻하지 않는다."[3] 크리스틴 로스가 인용했듯이 '민주주의'의 무의미화는 매우 일찍부터 시작되었다. 가령 '민주주의'는 1830~1840년대에는 극좌 단체에 붙는 꼬리표였지만 제2제정기 동안 제정권력은 부르주아 세력에 맞서 스스로를 '민주주의'라고 칭했고, 때문에 1952년 오귀스트 블랑키는 '민주주의'를 "모호한 데다가 진부하며 특정한 의미도 없는 말", "고무처럼 쭉쭉 맘대로 늘어나는 말"[4]이라고 폄하했다. 실제로 1871년 파리꼬뮌의 참가자들 또한 스스로를 '공화주의자',

---

고 있다. "내게 '자유'는 늘 편안하게 받아들일 수 있는 말은 아니다. 2011년에 이 용어는 헤이르트 빌더르스의 네덜란드 자유당, 외르크 하이더가 사망 전까지 이끈 오스트리아 자유당 같은, 극우 민족주의 인종 혐오 정당의 트레이드마크가 되었다. 실비오 베를루스코니의 자유의 민중당과 연합한 자유의 민중 동맹의 이름 아래, 움베르오 보시의 북부동맹은 선거에 후보를 냈다. 틸로 자라친 책의 성공에 이어서 독일에서는 반이슬람과 반아프리카 정서가 팽배한 가운데 급기야 자유 사상에 착안한 '자유당'이 창설되었다. 당의 모토는 '유럽에 확산되는 이슬람화에 맞서 싸우는 것'이다. 1995년에 우크라이나에는 러시아와 서구의 영향에 맞서고 외국인의 영향과 출몰에 반대하여, '우크라이나는 우크라이나인들에게'라는 강령을 내세운 민족주의 정당 스보보다(자유)가 만들어졌다." 츠베탕 토도로프, 김지현 옮김, 『민주주의 내부의 적』, 반비, 2012, 9쪽.

3) 장-뤽 낭시, 「유한하고 무한한 민주주의」, 아감벤 외, 김상운 외 옮김, 『민주주의는 죽었는가?』, 난장, 2010, 107쪽.

4) 크리스틴 로스, 「민주주의를 팝니다」, 아감벤 외, 앞의 책, 139쪽.

'인민' 등으로 칭하는 것을 선호했다. 그들은 자신들을 '민주주의자'라고 부르지 않았다. 그래서 현대에 이르러 '민주주의'는 종종 자유시장에 근거한 부르주아의 지배와 동의어로 전락하기에 이르렀고, "인민 없는 민주주의"라는 랑시에르의 말처럼 민주주의는 점차 '과두제'를 정당화하고 고급한 포장지로 활용되기에 이르렀다. 최근 한국사회에서 일부 뉴라이트 계열의 교수들이 교과서에 등장하는 '민주주의'라는 용어를 '자유민주주의'로 고칠 것을 주장한 일이 대표적인 사례이다. 현대의 정치철학이 제도적인 정치의 외부에서 '해방의 정치'를 사유하면서 '민주주의'를 정체(政體)로서의 민주주의와 분리하려고 시도하는 것은 이러한 (재)전유와 무관하지 않다.

2.

일찍이 플라톤은 『법률』에서 '통치자'의 자격을 일곱 가지로 분류했다. 그 가운데 네 가지는 본성, 곧 출생의 차이에 근거한 전통적인 권위의 자격들(아이에 대한 부모의 권력, 청년에 대한 연장자의 권력, 노예에 대한 주인의 권력, 하층민에 대한 귀족의 권력)이고, 다섯 번째는 우월한 본성의 권력, 즉 약한 존재에 대한 강한 존재의 권력이며, 여섯 번째는 알지 못하는 자들에 대한 아는 자들의 권력이다. 그리고 플라톤은 이 목록의 마지막에 '신의 선택'이라는 '자격 아닌 자격'을 추가해두었는데, 이것이 바로 '민주주의'이다. 이 경우 '신의 선택'이란 '제비뽑기', 즉 '통치할 자격의 부재'를 가리킨다. 통치할 자격이 없으니 곧 통치받을 자격 또한 없다. 자크 랑시에르는 이러한 '자격과 상호성의 부재'를 일종의 '예외상태'로 간주했다. "민주주의는 자격의 부재가 아니라 아르케를 행사할 자격을 부여하는 특정한 상황이다. 민주주의는 시작 없는 시작이며, 지배하지 않는(지배할 자격이 없는] 자의 지배이다."[5] 랑시에르에 따르면 고대 그리스에는 정치권력을 지칭하는 세 개의 용어(군주제monarchia, 과두제oligarchia, 민주주의demokratia)가 있었는데, 그 가운데 오직 민주주의만이 숫자에 무관심했다고 한다. "군주제의 [어근인] 모노스(monos)란 일인 지배를 지칭하며, 과두제의 호이 올리고이(hoi oligoi)는 소수의 권력을 지칭한다. 오직 민주주의만이 '[지배자의 수가] 얼마나 많으냐?'라는 질문에 답하지 않는다. 데모스의 권력은 주민 전체의 권력도, 다수의 권력도 아니다. 오히려 아무나(n'importe)의 권력이다. 아무나는 지배받는 자의 명칭이자 지배하는 자의 명칭이다."[6] 여기에서 우리는 그리스적 의미에서 '민주주의'는 통치할 자격이 없는/지배하지 않는 자들의 '통치 아닌 통치'이며, 그것은 많고 적음의 양적인 척도와는 무관한 것이었음을 알 수 있다. 즉 민주주의는 의사결정에 참여할 능력/자격을 지녔다고 간주되는 사람들과 그렇지 못한 사람들을 구분하는 것이 정치적 삶의 근거라는 서구적 전통을 거부하는 사유인 것이다. '민주주의'는 '폴리스와 오이코스'(아리스토텔레스), '조에와 비오스', '말하는 입과 먹는 입'(홉스), '노동과 행위'(아렌트), '주권자와 이방인(난민)' 같은 포함-배제의 위계적 구분을 뒤섞음으로써 결정불가능한 것으로 만들어온 '해방의 정치'에 붙여진 이름이다.[7] 이런 맥락에서 랑시에르가 주장한 '치안'과 '정치'의 구분은 현대의 민주주의를 사유하는 데 중요한 시사점을 제공한다. '민주주의'에는 오직 데모크라시, 즉 '데모스(demos)의 힘

---

5) 자크 랑시에르, 앞의 책, 240쪽.

6) 크리스틴 로스, 앞의 글, 아감벤 외, 앞의 책, 150쪽.

7) "데모스의 권력이란 통치할 어떤 자격도 갖지 않았다는 사실을 유일한 공통의 특정성으로 갖는 자들이 특정하게 지배한다는 사실을 가리킨다. 데모스는 공동체의 이름이기 이전에 공동체의 한 부분, 즉 빈민들의 이름이다. 그렇지만 정확히 말해서 '빈민들'은 경제적으로 낙후된 주민의 일부를 가리키지 않는다. 그것은 단순히 중요하지 않은 자들, 아르케의 힘을 행사할 자격이 없는 자들, 셈해질 자격이 없는 자들을 가리킨다." 자크 랑시에르, 앞의 책, 241쪽.

(지배)'이라는 의미밖에는 없다. 뒤집어 말하면 고대 그리스에서 '민주주의'는 정체(政體)의 명칭이 아니었던 셈이다. 그것이 정체(政體)이기 위해서는 그것을 규정하는 근거, 즉 아르케가 존재해야 하는데, 플라톤은 민주주의를 규정하는 '아르케'를 '아나르코스', 즉 '아르케 없음'이라고 말했다. 결국 민주주의는 '아르케 없음'을 아르케로 하는 '비(非)정체'였던 것이다. 앞에서 민주의의를 결핍이 아닌 결여/공백으로 사유해야 한다고 말한 것도 이런 맥락에서이다.

> 민주주의라는 말에는 정말로 '아르케'가 없다. 민주주의, 즉 '데모크라시'democracy, demokratia는 '군주정'을 의미하는 '모나키'monarchy, monnarchia나, '과두정'을 의미하는 '올리가키'oligarchy, oligarchia 등과 달리 '-아르케'-archy가 붙어 있지 않다. 고대 그리스인들은 정체를 지칭할 때 새로운 말들을 만들어 내는 걸 좋아했지만, '데모스'와 '아르케'를 결합해서 정체를 지칭한 경우는 없었다. 즉 '데마키'demarchy, demarchia라는 정체는 없다. 민주주의에는 '아르케'가 없는 대신 '힘'을 뜻하는 '크라토스'kratos가 붙어 있다.[8)]

민주주의에는 아르케가 없다. 그런 점에서 그것은 "최초의 토대 같은 것"을 갖지 않는 '정치'를 닮았다. 민주주의의 아르케 '없음'을 결핍의 부정성이 아니라 '도래(in-com)'를 향해 열린 '기다림'으로 이해할 때, 우리는 비로소 민주주의의 역사성에 대해서 말할 수 있다. 이 경우 특정한 역사적 형태의 민주주의 모델들은 '아르케 없음'의 무한정성에 의해 해체될 수 있으며, '민주화 이후의 민주주의'나 '민주주의의 민주화', '새로운 민주주의' 같은 논쟁적 문제제기에 의해 대체될 여지를 가진다. "민주주의에는 도래

---

8) 고병권, 『민주주의란 무엇인가』, 그린비, 2011, 17쪽.

할 것이 남아 있다. 도래할 것이 남아 있다는 것이 민주주의의 본질이다. 그것은 무한히 완벽을 기할 수 있다는 것, 즉 언제나 불충분하므로 미래가 남아 있다는 뜻일 뿐 아니라 약속의 시간에 속한다는 것, 즉 미래의 매 순간 순간마다 도래할 것이 언제나 남아 있게 될 것임을 말한다. 민주주의가 존재할 때조차도 그것은 결코 실존하는 것도 현재하는 것도 아니기에 언제나 비현재적인 개념을 화젯거리로 남긴다."(데리다, 『우정의 정치』) 이러한 맥락에서 우리는 "투표, 다수의 법으로 문제를 해결하는 권위, '최대 다수'의 법에 의한 지배로 이해"되어온 근대적 민주주의에 관한 상상을 넘어서는 '민주주의'를 실험할 수 있다.

민주주의 대한 근대적 모델, 즉 '선거'를 통한 대의제 민주주의는 데모스의 통치, 인민의 지배를 '인민주권=민주주의' 등식을 이용하여 주권에 관한 베스트팔렌적 체제와의 일치시켰다. 선거는 결국 인민이라는 집합적 주체성을 통계의 형태로 환원해버리는 것이 아닌가. 이 과정에서 형성된 '인간=시민=국민'이라는 도식은 특정한 영토 내에 거주하는 사람들을 '국민'이라는 균질적이고 동질적인 존재로 만들었는데, 또한 이 과정은 특정한 인민을 '국민'이라는 주체의 영역에서 제거/삭제하여 비가시적 존재로 만듦으로써 그 균질성을 유지하려는 배제의 메커니즘이 작동하는 과정이기도 했다. 현대의 민주주의에서 문제가 되는 것은 정확하게 여기에서 비롯된다. 즉 지리적 · 영토적으로는 한 국가의 내부에 존재하지만, '인간=시민=국민'의 도식에서 배제됨으로써 사실상 불가시의 영역에 머물고 있는, 하여 대의제 민주주의가 지극히 정상적으로 작동하고 있지만 정작 '대의'의 영역에서는 존재하지 않는 것으로 간주되는 유령들 말이다. 이를테면 이 도식의 '바깥'에 있는 미등록 이주노동자가 그렇다. 또한 '국민' 안에서 비국민으로 살아가는 가난한 자들이 그러하고, '대의' 불가능한 상황에 처해 있는 비정규직 노동자들이 그러하며, 사실상 '국민'으로 셈해지지 않는 노숙자들이 그러하다. 뒤집어서 말하면 민주주의를 '대의'와 동일시하던 과거와 달리, 지금의 우리는 대의를 거부하거나 대의가 불가능한 존재들로부터 민주주의를 새롭게 사유해야 하는 것이다. 동일한 논리에서 민주주의와 인권에 관해 말할 때에도 우리는 시민권에 의해 뒷받침되지 못하는, 말 그대로 오직 인간이기만 한 비주권자의 인권에 관심을 기울여야 한다. "나는 한국 사회에서 대의제가 덜 발달했다기보다, 대의제의 발달과 대의제로부터 대중 추방이 동시에 일어났다고 생각한다. 대의제가 발달했지만 '대의제 프레임에 속하지 않는 사람들'도 많아졌다. 마치 민주노총이 합법화되고 제도화되었지만, 동시에 노조 가입이 사실상 힘든 비정규직 노동자들이 폭증한 것처럼 말이다."[9] 이런 까닭에 지금 우리에게 필요한 것은 '민주주의'를 호헌철폐, 독재타도, 직선제쟁취라는 '87년 체제'의 대의제 민주주의를 넘어선 곳에서 다시 규정하는 것이다.

대의민주주의가 자본과 시장에 잠식되어 사실상 과두제를 은폐하는 가면처럼 기능하는 지금, 우리는 '민주주의'가 데모스의 통치를 가리키는 것이었다는 본래의 의미를 재차 숙고해야 한다. 제도적 정치로서의 민주주의가 "진정한 의미의 민주주의를 억압하거나 배제하는 지배의 체제"[10]임을 부인할 수 없다. 알랭 바디우가 현대의 민주주의가 자본주의 및 상품등가성과 동일함을 지적하면서 한 다음의 지적은 그 숙고의 필요성을 분명하게 제시하고 있다. "선거민주주의는 그것이 먼저 자본주의, 오늘날 '시장경제'라고도 불리는 자본주의의 합의적 대의인 한에서 대의적일 뿐이다. 그것이 바로 민주주의 원리의 부패이다."(바디우) 동일한 맥락에서 에티엔 발리바르는 보편적 인권과 시민권에 기초한 근대 민주주의가 고유한 배제의 메커니즘을 포함하고 있음을 비판했다. 발리바르에 따르면 대의제로 상징되는 근대 민주주의는 초기에 무산계급과 여성에 대한 배제를 통해서 성

9) 고병권, 앞의 책, 100쪽.

10) 진태원, 「푸코와 민주주의」, 『철학논집』 29권, 서강대학교 철학연구소, 2012, 156쪽.

립되었고, '시민권=국적'이라는 등식이 성립된 이후에는 국적을 소유한 사람들에게만 정치적 자격으로서의 시민권을 부여함으로써 '인간과 시민의 권리선언'이라는 프랑스혁명의 이념과 모순을 빚어왔다. 이러한 비판에 의거하여 발라비르는 갈등적 민주주의와 민주주의의 민주화라는 정식을 통해서 현대 민주주의의 과제는 기존의 제도적 틀을 유지 · 보완하는 데 머물러선 안 되고, 지배적 세력관계가 배제하는 갈등, 즉 사회적 약자나 배제된 집단의 이해관계를 정치화할 방법을 모색해야 한다고 주장한다. 랑시에르가 '불화'라는 개념으로 정식화했듯이, 발리바르는 갈등적 과정으로서의 민주주의라는 문제의식을 통해 제도화된 근대적 민주주의에서 배제되었던 사회적 갈등을 정치의 영역으로 끌어들이는 것이야말로 민주주의의 문제라고 지적한다. 그것은 랑시에르가 영구히 확장되는 운동으로서의 민주주의와 제도나 체제로서의 민주주의를 맞세운 것과 동일하다.

3.

"민주주의는 공동체를 구성하는 개인들의 총체로서의 민중의 통치이다. 그것은, 어떤 자격, 어떤 권위, 어떤 사회적 자위에 의해서도 통치의 자격을 부여받지 않는 사람들의 고유한 통치이다. 그것은, 개인들이나 집단들이 자신들의 통치를 주장하기 위해 제시하는 모든 개별적 자격들을 반박하는 통치이다. 나는 이것을 '몫을 갖지 않는 자들' 혹은 '셈되지 않는 자들'의 통치라고 부를 것을 제안한다 (…) 이러한 의미에서 민주주의는 하나의 특정한 정치체제가 아니다. 그것은 정치의 원리 그 자체이다.[11]

---

11) 자크 랑시에르, 박기순 옮김, 「민주주의와 인권」, 서울대학교 인문학연구원HK문명연구사업단 해외 저명학자 초청강연, 2008년 12월 2일, 5쪽.

현대 '민주주의'의 과제는 '민주주의'를 "투표, 다수의 법으로 문제를 해결하는 권위, '최대 다수'의 법에 의한 지배"에서 빼내 대의제 프레임의 바깥에서 진정한 '정치'의 영역을 구축하는 것이다. 최근 몇 년간 한국사회에서 발생한 대중들의 행동은 더 이상 '민주주의'가 대의제 프레임으로는 포착하거나 이해할 수 없는 것임을 보여준다. 그런 점에서 그것들은 대의제 민주주의를 초과하는 과잉이면서, 동시에 대의제 민주주의 이후의 민주주의, 민주화 이후의 민주주의에 관한 전위적 성격을 띤다. 그것은 '정치'의 종언이 아니라 '치안'과 구분되는 '정치'의 종언불가능성을 고지하는 징후이다. 이러한 변화는 현대시에 있어서도 동일하게 목격된다. '시와 민주주의'의 관계를 87년 체제적 감각에 기초한 시와 '이후의 민주주의', '새로운 민주주의'의 감각에 근거한 시로 구분하는 것은 도식적인 환원론이겠지만, 한 가지 분명한 사실은 정치적 상상력에 근거한 최근의 시편들이 87년 체제가 지시하던 민주화와는 다른 시각에서 '민주주의'를 노래하고 있다는 것이다. 만일 이들 시편이 '민주주의'를 증언하고 있다고 말한다면, 그것은 정치체제로서의 민주주의가 아니라 정치의 원리로서의 민주주의에 관한 증언일 것이다. 하여 시인의 민주주의는 자격을 갖춘, 국민으로 셈해지는 '당신들'의 민주주의가 아니라 '몫을 갖지 못한 자들', '셈해지지 않는 자들'의 민주주의일 수밖에 없다.

현대시는 오랫동안 문학의 사회적 기능이라는 측면에서 민주주의를 증언해왔다. 이승만 정권하에서 '명령의 과잉'과 '부엉이의 노래'를 읊조렸던 김수영, 박정희의 유신과 전두환의 군부독재하에서 시가 '화살'이 되어 날아가야 한다고 노래했던 고은과 '민주주의'라는 상징을 점유했던 김지하와 김남주, 그리고 87년을 전후하여 노동자의 감수성을 대표했던 박노해와 백무산 등은 '민족문학/민중문학'이라는 명칭과는 별개로 민주주의에 대한 증언자로서 기능해왔다. 이들 시인의 리스트는 얼마든지 추가될 수 있다. 그렇지만 우리는 몇몇 예외적인 경우를 제외하면 90년대 이후 민주주의에 대한 증언자로서의 이들의 역할이 크게 위축되었거나 심지어 정반대 방향으로 굴절되었음을 알고 있다. 그것의 일차적인 원인은 물론 90년대 이후 '미학'과 '새로움'이라는 가치가 시단(詩壇)의 주류가 되었기 때문이지만, 간과할 수 없는 또 하나의 이유는 그들이 온몸으로 증언하려 했던 '민주주의'가 87년 체제의 민주화 과정에서 상당히 성취되었기 때문이기도 하다. 즉 주권자인 국민의 지지나 동의를 받지 못했던 군부독재는 '정치의 사법화'와 '법에 의한 지배'의 형태로 바뀌었고, 과거 민주화 운동의 주도세력은 두 차례에 걸쳐 집권세력으로 군림했다. 이명박 정권하에서 이러한 제도적·절차적 민주성이 일부 불안정해진 것은 사실이지만, 그렇다고 제도로서의 민주주의 자체가 위기에 직면한 것은 아니다. 요컨대 지금도 '민주주의'가 중요한 까닭은 이러한 제도적 민주주의가 위협을 당하기 때문이 아니라 그 제도적 민주주의가 배제와 추방의 메커니즘을 통해 양산한 수많은 비가시적 존재—랠프 앨리슨의 소설 제목을 빌리자면 '보이지 않는 인간'—들의 문제를 가시화하는 데 유효하기 때문이다. 최근 시의 정치적 상상력이 비정규직, 이주노동자, 도시빈민, 실업과 노동의 경계에 서 있는 청년백수들처럼 '유령화'된 존재들, 대의제의 프레임으로는 포착되지 않는 존재들에게 집중적인 관심을 투사하고 있는 까닭도 여기에 있다.

> 경찰은 그들을 적으로 생각하였다. 2009년 1월 20일 오전 5시 30분, 한강로 일대 5차선 도로의 교통이 전면 통제되었다. 경찰 병력 20개 중대 1600명과 서울지방경찰청 소속 대테러 담당 경찰특공대 49명, 그리고 살수차 4대가 배치되었다. 경찰은 처음부터 철거민을 사람으로 생각하지 않았다. 한강로2가 재개발지역의 철거 예정 5층 상가 건물 옥상에 컨테이너 박스 등으로 망루를 설치하고 농성중인 세입자 철거민 50여 명도 경찰을 사람으로 생각하지 않았다 (…) 그들은 결국 매트리스도 는

> 차가운 길바닥 위로 떨어졌다. 이날의 투입작전은 경찰 한 명을 포함, 여섯 구의 숯처럼 까맣게 탄 시신을 망루 안에 남긴 채 끝났으나 애초에 경찰은 철거민을 사람으로 생각하지 않았으며 철거민 또한 그들을 전혀 자신의 경찰로 여기지 않았다.
>
> — 이시영, 「경찰은 그들을 사람으로 보지 않았다」 부분
>
> (『경찰은 그들을 사람으로 보지 않았다』)

이 시는 용산 4구역 강제철거와 남일당 화재사건('용산참사')의 과정을 시간의 추이에 따라 기사문 형식으로 기록함으로써 용산참사에 관한 증언의 성격을 띠고 있다. 실제로 이시영만이 아니라 2009년 이후 '용산참사'의 흔적을 각인하고 있는 시편들이 상당수 창작되었다. 이 시에서 사건의 과정을 매우 객관적이고 사실적으로 기록하려는 태도를 취하고 있음에도 불구하고 시인은 철거민과 경찰 모두에게 상대가 '사람'으로 인식되지 않았음을 강조하고 있다. 그러니 이렇게 말해도 좋을 듯하다. 이 사건에는 '사람'이 없었다. 경찰에게 철거민은 '적'이었고, 철거민에게 경찰은 용역깡패와 별반 다르지 않았을 듯하다. "애초에 경찰은 철거민을 사람으로 생각하지 않았으며 철거민 또한 그들을 전혀 자신의 경찰로 여기지 않았다." 강제진압의 명령을 받은 경찰에게 철거민들은 공권력의 법집행을 방해하는 폭도였을 것이고, 국민의 신체와 재산을 보호해야 할 경찰이 자신들의 생존권을 위협하는 상황에서 경찰을 '사람'으로 생각하여 존중할 철거민 또한 없었을 것이다. 사람이 없었다, 라는 시인의 시선은 이후 용산참사를 기록하고 추모하는 목소리들, 그리고 김진숙의 한진중공업 골리앗 농성 때의 "여기 사람이 '있다'"라는 진술과 묘한 대비를 이룬다. 물론 이시영의 시에서 '없다'라는 부정어는 실상 '있음'이라는 당위를 숨기고 있다. '없음'과 '있음', 이것은 상투적인 구분처럼 보이지만 랑시에르의 말처럼 '정치'가 기존의 분할을 문제시할 때 시작되는 것이라면 이것처럼 중요

한 '감각'도 없을 것이다.

창백한 달빛에 네가 너의 여윈 팔과 다리를 만져보고 있다
밤이 목초 향기의 커튼을 살짝 들치고 엿보고 있다
달빛 아래 추수하는 사람들이 있다

빨간 손전등 두개의 빛이
가위처럼 회청색 하늘을 자르고 있다

창 전면에 롤스크린이 쳐진 정오의 방처럼
책의 몇 줄이 환해질 때가 있다
창밖을 지나가는 알 수 없는 사람들이 있다

있다고, 말할 수 있을 뿐인 때가 있다
여기에 네가 있다 어린 시절의 작은 알코올램프가 있다
늪 위로 쏟아지는 버드나무 노란 꽃가루가 있다
죽은 가지 위에 밤새 우는 것들이 있다
그 울음이 비에 젖은 속옷처럼 온몸에 달라붙을 때가 있다

확인할 수 없는 존재가 있다
깨진 나팔의 비명처럼
물결 위를 떠도는 낙하산처럼
투신한 여자의 얼굴 위로 펼쳐진 넓은 치마처럼
집 둘레에 노래가 있다

— 진은영, 「있다」 전문(『훔쳐가는 노래』)

일찍이 진은영은 랑시에르의 시각을 빌려 '감각적인 것의 분배'와 문학과 삶의 실험을 주장했다. 그녀는 (문학과 정치가 아닌)'문학의 정치'라는 랑시에르의 시각을 원용했지만, 문단에서 그녀의 문제제기는 ('시의 정치'가 아닌)'시와 정치'라는 엉뚱한 방향으로 흘러버림으로써 기존의 문제틀을 벗어나지 못한 에피고넨만을 양산했다. 문학의 사회적 기능을 중시하는 사람들은 '정치'를, 문학의 핵심적 가치가 미학성에 있다고 생각하는 사람들은 기껏해야 '미학'의 정치성을, 그리고 몇몇 논자들은 '미학'과 '정치'의 결합이라는 절충적 입장을 제시했다. 이들 가운데 누구도 랑시에르와 진은영의 문제의식이 '미학적인 것'과 '정치적인 것'을 구분하는 기존의 분할 자체를 문제 삼고 있다는 사실에 알지 못했다. '시와 정치'라는 논제가 '시의 정치'로 이해됨으로써 그 분할을 가로지를 때에만 생산적인 결과를 가져올 수 있음을 그들은 생각하지 않았다. '시와 정치'라는 제목은 '문학'과 '정치'를 별개의 것으로 간주한 다음 그것들의 관계를 모색한다('and'라는 접속사!)는 점에서 기존의 리얼리즘/모더니즘 논쟁의 복사판이었다. 90년대 이전까지의 민족·민중문학을 논할 때 우리가 놓치는 것이 바로 이것이다. 또한 이시영의 「경찰은 그들을 사람으로 보지 않았다」의 의미도 여기에 있다. 미학적인 측면에서만 본다면 이시영의 이 작품은 별다른 가치가 없지만, 그것은 우리가 시를 '미학'이라는 상징적 잣대로 측정하기 때문에 생기는 판단일 뿐이다.(이 지점에서 우리는 '미학'과 '감성론'을 구분할 필요가 있다.) 그런데 이시영의 시력(詩歷)을 아는 사람이라면 용산참사에 관한 기록적 객관성을 강조한 이 시가 문학적인 미숙함의 산물이 아님을 쉽게 알 수 있을 것이다. 이시영은 「직진」에서 잡지의 기사를 거의 그대로 인용하여 '촛불집회'에 관해 동일한 방식의 기록을 시도하고 있다. 그렇다면 이러한 시적 전략은 용산참사와 촛불집회에 대해 어떤 감정도 개입시킬 수 없는/개입시켜서는 안 된다고 생각한 시인의 절망감과 무능력에서 의도된 것이라고 보아야 하지 않을까.

과거 이스라엘이 사막에 자신들의 나라를 세울 때, 사막을 조사한 이스라엘인들은 그곳이 아무도 살지 않는 불모의 땅이라고 판단했다. 실제로는 그 땅에는 10만 명 이상의 베두인족이 대를 이어 살고 있었지만, 이스라엘인들에게 어떠한 국민국가에도 속하지 않은, 즉 '국민'이 아닌 그들은 인간으로 셈해지지 않았던 것이다. 이처럼 어떤 '없음'은 '존재' 자체를 부정하는 배제의 폭력이다.(우리는 훗날 천성산 터널 공사에서 동일한 것을 경험한다.) 이 배제로서의 부정인 '없음'에 반하여 시인은 '있음'을 주장한다. 때문에 어떤 '있음'은 기존의 위계와 분할을 문제시함으로써 비가시적이었던 것들을 보이게 만드는 '정치'가 된다. 이것이 "여기 사람이 있다"라는 구호가 배제된 자들, 기존의 셈법에서 제외된 자들이 존재함으로 드러내는 정치적 언표로 기능할 수 있는 이유이다. 예컨대 아감벤의 '호모 사케르' 또한 인간을 단순한 생명('벌거벗은 삶')으로 간주하는, 홉스식으로 말하면 '말하는 입'을 '먹는 입'으로 전락시켜버리는 주권권력에 대한 비판이 아닌가. 물론 이 비판이 '사람'을 '사람이 아닌 것', 즉 '동물'로 다루는 것에 대한 항의일 뿐이라면 이것은 한낱 인간중심주의적 분노에 그친다는 또 다른 문제를 낳는다. 진은영의 「있다」가 소위 정치적 사건에 관한 어떠한 진술도 포함하고 있지 않음에도 불구하고 '정치'의 기능을 담당하고 있는 것은 이런 맥락 때문이다. 이 작품은 '시와 정치'에서 많이 인용되었던 진은영의 「망각은 없다」, 「오래된 이야기」보다 한층 '정치'에 근접한다. 논의에서 이 시에서 '있다'는 단순한 계사(copula)가 아니며, 비가시적인 것을 가시화하는 그 언술의 범위 또한 '인간'에 국한되지 않는다. 이 시에서 '있다'가 그 존재함을 증언하는 것은 "확인할 수 없는 존재"까지 모두를 포함한다. 한 편의 시 안에서 무수한 '있음'의 주체들이 평행적으로 공존하고 있는 상태, 그것이 시인의 '민주주의'가 아니었을까. 진은영의 또 다른 시에 등장하는 "세상의 절반은 노래/나머지는 안 들리는 노래"(「세상의 절반」) 또한 '없음'으로 간주되어온 배제와 은폐를 뒤흔드는 '정치'의 진술로 읽어야 한다. 만일 '민주주의'가 '몫이 없는 자들'과 '셈해지지 않는 자들'을 가시화하는 '정치'의 원리 그 자체라면, 비록 제도화된 어떠한 정치적 사건도 포함하고 있지 않지만, 그럼에도 불구하고 이 시는 우리 시대가 얻은 훌륭한 민주주의에 관한 증언이라고 평가할 수 있을 것이다. 물론 이것은 87년 체제로 상징되는 '민주화'와는 다른 시각에서 '민주주의'를 증언/사유한다.

> 지금 그곳엔 아무것도 없네
> 원래 아무것도 없었다는 듯이
> 아무것도 없네
> 그곳은 텅 비었고
> 인적 없는 평지가 되었고
> 저녁 일곱 시 예배를 올릴 때에
> 건물 옥상에 야곱의 사다리를 희미하게 내려주던 달빛은
> 이제 구차하게 땅바닥에 엎드려
> 값비싼 자동차들의 광택을 돋보이게 할 뿐
> 오늘 그곳에 아무것도 없음이 우리를 경악하게 하네
>
> (…)
>
> 하지만 거기 나지막한 돌 하나라도 있다면
> 우리는 그 위에 앉아 있기만 하지는 않겠네
> 우리는 그 위에 일어서서 말하겠네
> 이제 인간이란 너 나 할 것 없이
> 하나하나 불붙은 망루가 되었다
> 생존의 가파른 꼭대기에 매달려

쓰레기와 잿더미 사이에 흔들리며
여기 사람이 있다!
여기 사람이 있단 말이다!
절규하지 않으면 안 되는 존재가 되었다고

— 심보선, 「저기 나지막한 돌 하나라도 있다면」 부분(『눈앞에 없는 사람』)

심보선의 시 또한 '없음'과 '있음'의 존재론에 근거하고 있다. 이 경우 '없음'이란 "지금 그곳엔 아무것도 없네/원래 아무것도 없었다는 듯이/아무것도 없네"처럼 한편으로는 '지금'이라는 현재적 상태를 지시하는 것이면서, 또 한편으로는 '있음'의 상태를 '없음'의 상태로 바꿔버리는 개발주의와 국가권력의 부당성을 알리는 비판의 언어이다. 시인은 바로 이 "아무것도 없음"의 상태에 경악한다. 그런데 이 '없음'에는 "원래 아무것도 없었다는 듯이"라는 한정이 전제되어 있다. 즉 한때 그곳에는 무엇인가가 존재했다. "여기 사람이 있다!"라는 '절규'는 그 존재의 시간을 증언한다. 이 증언을 위해서 시인이 발견한 것은 "나지막한 돌 하나"이다. "나지막한 돌 하나"란 한때 그곳이 삶의 터전이었음을 알려주는 지시물, 그러니까 그것이 '돌'이 아니라 다른 무엇이어도 상관이 없다. 시인은 그 '돌' 위에서, 그 '돌'을 근거로, "이제 인간이란 너 나 할 것 없이/하나하나 불붙은 망루가 되었다"라고 외친다. 중요한 것은 '불붙은 망루'가 예외적인 존재인 '당신'이 아니라 '우리'와 '인간'이라는 보편적 존재를 주어로 삼는다는 데 있다. 이러한 주체의 확장이 가능한 것은 "그날 불현듯 하나의 영혼을 넘쳐/다른 영혼으로 흘러간 무모한 책임감"과 "시민이라는 이름의 방관자들" 때문이다. 시인은 이러한 존재론적 보편성에 기대어 시민과 비(非)시민, 우리와 그들, 그리고 '나'와 '너'의 경계를 무너뜨린다. 그것은 마치 우리가 "친구들과 죽은 자의 차이가 사라지는"(「도시적 고독에 관한 가설」) 세계에서 유령적 존재로 살고 있는 것과 유사하다. 심보선의 시에서 삶과 죽음의 통상적 경계는 생각보다 명확하지 않다. 2011년 8월 발표된 심보선의 「헤이 주드」는 이 시민적 존재들에게 더 나은 세상을 만들기 위해 손을 잡자고 요청한다.

4.

2000년대에 출간된 몇몇 시집들은 '민주주의'와 '정치'의 맥락에서 중요한 역할을 담당했다. 이들 시집의 시적 감성과 상상력, 그리고 문학적 성취는 제각각이지만 한국사회의 자본주의적 질서가 암묵적으로 강제하는 '합의'의 틀을 벗어난 곳에서, 결코 대의될 수 없는 가난한 자들의 삶을 형상화하고 있다는 점에서 이들 시집 사이에는 일정한 공통점이 있다. 이들 시집에 사회적 상상력이라는 명칭을 부여하는 것은 중요한 일이 아니다. 이들은 어떤 삶, 그러니까 극심한 양극화의 세상에서 그 누구도 눈길을 주지 않는, 또한 21세기의 주류적 문학조차 시선을 주기를 거부하는 가난한 자들의 위태로운 삶을 증언한다. 시는 증언한다. 무엇을? 점차 사회의 가장자리로 추방되는, '폭력'과 '법'이 구분되지 않는 그 극단의 지점에서 위태롭게 살고 있는 헐벗은 삶을.

용산4가 철거민 참사 현장
점거해 들어온 빈집 구석에서 시를 쓴다
생각해보니 작년엔 가리봉동 기륭전자 앞
노상 컨테이너에서 무단으로 살았다
광장에서 불법 텐트 생활을 하기도 했다
국회의사당을 두 번이나 점거해
퇴거 불응으로 끌려나오기도 했다

전엔 대추리 빈집을 털어 살기도 했지

허가받을 수 없는 인생

그런 내 삶처럼
내 시도 영영 무허가였으면 좋겠다
누구나 들어와 살 수 있는
이 세상 전체가
무허가였으면 좋겠다

— 송경동, 「무허가」 전문(『사소한 물음들에 답함』)

오늘날 대중의 삶에 닥친 위기는 일부에게 국한된 예외상태가 아니다. 추방과 배제가 대규모로 행해지는 지금, 대중의 삶은 이미 '예외'와 '정상'의 구분이 불가능한 지점으로 들어갔다. 시인은 '대추리-기륭전자-용산 4가'로 이어지라는 자신의 과거를 회상하면서 "허가받을 수 없는 인생"이 있음을 증언한다. 허가란 무엇인가? 그것은 권력에 의해 그어진 기성의 분할을 인정함으로써 받을 수 있는 권리 아닌 권리이다. 이 '무허가'의 삶이 영위되는 장소가 사회의 가장자리라면, 그곳은 아감벤의 말처럼 '배제'와 '포함'이 혼재된 세계라고 말할 수 있을 것이다. 우리는 바로 이 가장자리가 또한 권력의 행사가 가장 첨예하고 폭력적인 방식으로 행사되는 곳임을 알고 있다. 그곳 사람들에게 세상은 "500여 노점상들을 거리에서조차 몰아내기 위해/31억원의 예산을 배정했다는 고양시청/30명도 채 되지 않는 양민들의 생존권을 빼앗기 위해/150명의 폭력배를 고용한 일산구청/저항하면 공무수행 위반으로 구속하겠다는 경찰/폭력배를 고용한 관공서를 경찰이 보호하며/서민을 향한 사제 폭력이 공무로 수행되는 나라"(「비시적인 삶들을 위한 편파적인 노래」)로 경험된다. "이런 민주주의가 판치는 세상"이라는 시인의 말처럼 사회의 가장자리에서 행사되는 극도의 폭력은 대개 행정, 치안, 공무라는 민주적 언어로 포장된다.

오래된 골목의 장난인가
바람이 바람을 데리고 와서 붉은 스프레이로 쓴 담벼락의 글씨를 읽고 간다
"공가"
주인을 잃어버리고도 죽죽 줄기를 뻗은 토란잎 위로 가족처럼 모인 물방울 하나가 온종일 말라간다
이제는 바람과 함께 어딘가로 떠나가고 싶다
빈집 앞 아침부터 계속 한자리에 앉아 있던 노인은 의자를 들고 담벼락 속으로 들어가고 싶다
이 집에는 정말로 아무도 없나? 공가는 무거운 그림자를 데리고 온 택배 직원에게 돌아가라고 한다
택배 직원은 스러져가는 담벼락에서 나온 그림자를 부축하며 떠나간다
새들이 한차례 소나기처럼 날아와 빈집 지붕을 공가 공가 쪼다 날아간다
어른 키만한 글씨가 공가 공가 공가 아집 뒷집 서로 부딪치며 아픈 세간의 눈을 멀게 한다
오줌줄기처럼 휘갈겨쓴 글씨에는 한 졸부의 장난기가 묻어 있다
온종일 공가를 지키던 노인이 저녁이 되어 공가의 흐린 창문을 닫고 검은 별빛을 닫는다
어슬렁어슬렁 뉘 집의 누렁이는 오래된 골목의 초입에 똥을 누고 앉아서
자기 집이라고 컹컹 밤새도록 울어지친다
저 멀리 한낮의 집을 때려부순 굴삭기는 달빛 아래서 두꺼운 등짝을 식히고 있다
조용한 노인의 집을 파먹기 위해 아악 입을 벌리고 있다

— 이기인, 「공가(空家)」 전문(『어깨 위로 떨어지는 편지』)

'시와 정치'라는 논의에서 확인되었듯이, '민주주의'에 대한 2000년대의 시적 상상은 송경동, 이영광, 진은영, 심보선 등에게 집중되었다. 그러나 이 논의에서 평론가들의 관심 대상이 되진 못했지만 이기인의 『어깨 위로 떨어지는 편지』는 최근 몇 년 동안 한국사회에서 발생한 정치적 사건들을 시적으로 품고 있는 뛰어난 시집이다. 그의 시는 송경동의 시처럼 분노의 에너지를 내장하고 있지도 않고, 진은영의 시처럼 알레고리적이지도 않으며, 심보선의 시처럼 서정성이 흘러넘치지는 않지만, 그 모든 것을 포괄하는 시선의 힘을 지녔다. 이 시의 대상은 '공가(空家)', 즉 버려진 집이다. 붉은 스프레이로 공가(空家)라고 쓰여 있는 것으로 미루어 이 시의 배경은 철거가 임박한 어떤 집이다. 택배직원이 왔다가 돌아가고, 새들이 날아왔다 빈집의 지붕만 쪼다가 돌아가는 공가(空家), 그러나 시인은 "이 집에는 정말로 아무도 없나?"라는 물음을 통해 통념적인 시선에는 포착되지 않는 무엇이 '있음'을 말한다. 그렇다면 무엇이 있는가? 먼저 "주인을 잃어버리고도 죽죽 줄기를 뻗은 토란잎"이 있고, 그 위로 "가족처럼 모인 물방울"이 있으며, 한자리에 앉아 종일토록 빈집을 지키는 노인이 있고, 노인과 더불어 공가(空家)들을 지키는 개가 있다. 그럼에도 불구하고 "한낮의 집을 때려부순 굴삭기"와 철거반원들의 눈에 그 집은 '공가(空家)'이다. 이 시 역시 '있음'과 '없음'이라는 권력적 분할을 문제 삼는다.

이것은 소름끼치는 그림자,
그림자처럼 홀쭉한 몸
유령은 도처에 있다
당신의 퇴근길 또는 귀갓길
택시가 안 잡히는 종로 2가에서 무교동에서
당신이 휴대폰을 쥐고
어딘가로 혼자 고함칠 때,
너무도 많은 이유 때문에 마침내 이유 없이 울고 싶어질 때

그것은 당신 곁을 지나간다
희망을 아예 태워버리기 위해 폭탄주를 마시며 당신이
인사불성으로 삼차를 지나온 순간,
밤 열한시의 11월 하늘로 가볍게
흩어져버릴 수 있을 것 같은 순간
당신에겐 유령의 유전자가
찍힌다, 누구나 죽기 전에 유령이 되어
어느 주름진 희망의 손에도 붙잡히지 않고
질척이는 골목과 달려드는 바퀴들을 피해
힘없이 날아갈 수 있다
그것이 있는 한 그것이 될 수 있다
저렇게도 깡마르고 작고 까만 얼굴을 한 유령이
이 첨단의 거리를 배회하고 있다니
쉼없이 증식하고 있다니
그러므로 지금은 유령과
유령이 되지 않기 위해 몸부림치는 몸들의 거리
지하도로 끌려들어가는 발목들의 어둠,
젖은 포장을 덮는 좌판들의 폭소 둘레를
택시를 포기한 당신이 이상하게 전후좌우로
일생을 흔들면서 떠오르기 시작할 때,
시든 폐지 더미를 늙은 유령은 사방에서
천천히,
문득,
당신을 통과해간다

— 이영광, 「유령 1」 전문

송경동의 시가 투쟁의 장소들을 연결시킴으로써 가장자리(marginal)에 위치한 삶의 무허가성을 각인시켰다면, 이기인의 시가 철거가 임박한 공가(空家)를 통해서 노인과 개가 거주하는 곳을 '빈집'으로 간주하는 감성의 분할이 지닌 폭력성을 문제 삼았다면, 이영광의 시는 유령의 존재론을 강조함으로써 점차 유령화되고 있는 대중의 삶을 증언한다. 이 대목에서 누군가는 묻고 싶을 것이다. 서구 정치철학의 역사가 증언하듯이 민주주의는 먹고 사는 생존(오이코스, 조에, 먹는 입, 노동)의 영역과는 구분되는 정치(폴리스, 비오스, 말하는 입, 행위)의 영역이며, 따라서 무허가의 삶, 철거, 유령 따위는 민주주의와 무관한 것이 아니냐고. 어쩌면 이들은 먹고사는 문제를 민주주의라는 고상한 정치적 문제와 연결시키는 것 자체를 용납할 수 없을지도 모른다. 마치 한나 아렌트가 "과거 혁명에 관한 전체 기록이 정치적 수단으로 사회 문제를 해결하려는 모든 시도는 테러를 초래한다는 것, 혁명을 파괴로 이끄는 것은 테러라는 것을 분명히 증명했더라도, 혁명이 대량 빈곤의 조건 아래서 발생했을 때 이 숙명적 오류를 피하기란 거의 불가능하다는 것을 부정할 수는 없다."라는 말로 '혁명'과 '빈곤 문제'를 연루시키는 것을 거부했듯이. 그녀는 바로 이러한 분할이 그토록 오랫동안 대중을 '정치'의 영역에서 배제해온 논리였음을 알지 못했다.

이영광의 시에서 '유령'은 총체적인 위기에 직면한 대중의 삶, 그러니까 삶과 죽음이 뒤섞여 구분되지 않는 상태를 가리킨다. 이들이 살고 있는 곳은 "실직과 가출, 취중 난동에 풍비박산의 세월이 와서는 물러갈 줄 모르는 땅/고통과 위무가 오랜 친인척관계라는 곤한 사실이야말로 이생의 전 재산"(「아픈 천국」)인 세계이고, 이들의 삶을 지배하는 사상은 "통증의 세계관"이다. 이 세계 아닌 세계 속에서 사람들은 "아픈 천국의 퀭한 원주민"으로 살아가고 있다는 것이 시인의 생각이다. 때문에 '유령'은 "누구나 죽기 전에" 한 번은 경험하는 것이면서, 또한 살았다고 말하기도 죽었다고 말하기도 어려운 산주검(undead/ living dead) 상태를 지시한다. 그리고 이러한 산주검 상태는 지금 이 순간에도 "쉼없이 증식"하고 있다. 도처에 '유령'이 있고, 유령은 '도처'에 있다. 송경동이 이 사회의 가장자리에서 발견한 그것을 이영광은 사회의 '도처'에서 발견한 것이다. 시인은 '삶'과 '죽음'의 분리불가능성을 도입함으로써 "아픈 천국의 퀭한 원주민"들을 재분할한다. 이 재분할에 따르면 세계에는 두 종류의 존재가 있다. 지금 "유령"인 존재와 "유령이 되지 않기 위해 몸부림치는 몸들"이 그것이다. 물론 후자가 가까운 장래에 '유령'에 합류할 것임을 시인과 더불어 우리 모두는 알고 있다. 현대시는 이 '유령'의 리스트에 탈북자, 이주노동자, 비정규직노동자, 내부 난민 같은 '날 것의 삶' 속에 던져진 사람들의 이름을 하나씩 새겨 넣고 있다. 이상의 시들이 증언하는 '민주주의'란 결국 존재하지만 셈해지지 않는 삶이 '있음'이고, 또한 '민주주의'란 '없는 몫'을 요구하는 이들의 요청이다. 이들의 삶이 셈해지지 않는 한 "민주주의에는 도래할 것이 남아 있다"라는 데리다의 말은 여전히 유효하다. 또한 그렇기 때문에 "민주주의는 시끄러운 것/나라의 모든 권력이 국민에게 나오기에/주인들이 너도나도 한마디씩 하면/주인들이 너도나도 한 요구씩 하면"(「민주주의는 시끄러운 것」)이라는 박노해의 말은 수정되어야 할 것이다.

시와 정치의 연속성에 관하여

1.

롤랑 바르트는 '비평'이 과거의 진실에 대한 경의나 타자의 진실에 대한 경의가 아니라 우리 시대의 관념적인 것의 구성이라고 정의했다. 아마도 최근의 시 비평에서 '정치(적인 것)'는 관념적인 것의 구성에 있어서 빠뜨릴 수 없는 중핵일 것이다. 지난 90년대 문학은 '정치'와의 절대적 거리두기라는 분리 속에서 문학에 대해 사유해왔는데, 그렇게 문학이 분리의 대상으로 간주했던 '정치(적인 것)'가 시간의 변천 속에서 되돌아온 것이다. 물론, 90년대 문학이 스스로를 분리한 '정치'와 최근 시 비평에 되돌아온 '정치(적인 것)'는 동일한 것이 아니다. 억압된 것의 귀환, 혹은 차이 나는 것들의 반복. 최근의 '정치(적인 것)'에 관한 논의는 모든 되돌아오는 것이 다른 것도 같은 것도 아닌 모습으로 되돌아옴을 보여준다. 생각해보면 '혁명(revolution)' 역시 다시 되돌아옴(re-volution)이라는 어원을 갖고 있다. 이때, 회귀의 지점이 바로 벤야민이 말한 근원(ursprung, 중심이 갈라지는 지점)이라고 할 수 있다.

최근의 시 비평들에서 이 회귀의 지점은 두 가지로 진단된다. 그것은 '정치(적인 것)'를 말하는 시 비평들이 첫째, 용산참사나 이명박 정부에 대한 이야기로 시작하거나, 둘째, 미래파 이후의 미학적 실험과 상상력의 혁신에 대한 이야기로 시작하는 장면들에서 확인할 수 있다. 전자의 경우에서 '정치'는 '정치적인 것'이라는 관념을 우회하고 있음에도 불구하고 통상적인 의미의 '정치'와 명확하게 분리되지 않으며, 후자의 경우에서 '정치', '진보', '혁명' 등의 기호들은 결국 문학의 자율성이나 미학적 갱신이라는 맨얼굴을 감추지 못한다. 제도적 민주주의의 위기, 문학적 감각체계의 변화, 그리고 '정치' 관념의 변화를 추동하는 정치철학의 등장이 시너지 효과를 만들어내면서 지난 시대와 차별화된 '정치(적인 것)'에 대한 상상력을 촉발시키고 있는 것이다. 문제는 '정치(적인 것)'에 관한 논의가 둘 가운데 하나로 환원되지 않음으로써 논의의 증가를 이끌고 있음에도, 동시에 '정치(적인 것)'에 대한 관념의 차이로 인해서 생산적인 확장보다는 자기 입장의 확인 수준에 그치고 있다는 데 있다.

시 비평에서 '정치(적인 것)'가 본격적인 문제로 등장하게 된 데는 최근의 시 비평들이 빼놓지 않고 인용하는 한 시인의 고뇌가 결정적인 역할을 담당한 듯하다. 편의상 그 고뇌의 단편을 인용해본다.

> "이주노동자와 비정규직 노동자들의 투쟁을 지지하며 성명서에 이름을 올리거나 지지 방문 하고 정치적 이슈를 다루는 논문을 쓸 수도 있지만, 이상하게도 그것을 시로 표현하는 것은 쉽지가 않다. 사회참여와 참여시 사이에서의 분열, 이것은 창작과정에서 늘 나를 괴롭히던 문제이다."[1)]

---

1) 진은영, 「감각적인 것의 분배」, 『창작과비평』, 2008년 겨울호, 69쪽.

최근의 시 비평은 모두 이 질문에 대한 비평적 응답의 성격을 띠고 있다. 고백하건대, 이 질문을 처음 접했을 때 나는 나희덕의 「어떤 항아리」의 한 구절을 떠올렸다. "무엇이든 담을 수 있지만/간장만은 담을 수 없는,/뜨거운 간장을 들이붓는 순간/산산조각 나고 말 운명의,/시라는 항아리"(「어떤 항아리」) 물론, 비평적 글쓰기란 질문 자체에 대한 즉답이 아니라 '응답'의 형식을 빌려 질문을 전유하는 행위일 테지만, 흥미롭게도 최근 비평에서 이 전유는 '시'와 '정치'에 관한 비평가들의 익숙한 관념만을 노출시키는 방향으로 치닫고 있는 느낌이다. 어쩌면 이것이 비평의 운명일지도 모르지만, "삶과 정치가 실험되지 않는 한 문학은 실험될 수 없다. 이것을 망각할 때 문학은 필연적으로 에밀 씨오랑이 말한 기만의 상황에 빠진다."는 시인의 직접적인 진술에도 불구하고, "그러므로 시여, 해석은 자율의 뒤에 있으니, 너는 충분히, 전적으로 자율이어도 좋다. 아니, 자율이어야 한다!"[2] 처럼 문학의 자율성이라는 모더니즘의 문학적 강령만을 반복하거나, 심지어 "예컨대 신자유주의를 지지하는 시 혹은 파시즘을 숭배하는 시를 부정해야 하는 근거와, 인권을 직접적으로 옹호하는 시가 그 정치적 올바름에도 불구하고 미적일 수 없는 이유는 (…) 스스로의 넘쳐나는 정치적 신념이 시적 언어가 현실과 일대일로 대응한다는 믿음을 구축하도록 만들고, 어느새 삶을 특정 부면에 접착함으로써 자기 존재형식 자체를 운동성을 잃어버린 불변의 정적 텍스트로 고착화하기 때문이다."처럼 시적인 것의 존재론을 내세워 '시'와 '정치'의 분리를 발생론적인 거리로 낙착시켜버리는 것은 다소 전유의 폭력처럼 느껴진다. 이러한 '응답'은 질문에 대한 대답이 아니라 질문 자체를 무의미한 것으로 만드는 회피의 수사가 아닐까.

---

2) 강계숙, 「'시의 정치성'을 말할 때 물어야 할 것들」, 『문학과사회』, 2009년 가을호, 388-389쪽.

2.

진은영이 랑시에르를 빌려 말하는 '미학의 정치'가 '시(문학)의 정치(성)'라는 문제의식과 일치하는 것은 아니지만, 불필요한 오해를 방지하기 위해서라도 먼저 '문학의 정치성'에 대한 고민이 선행되어야 할 듯하다. 알다시피 랑시에르는 '정치적인 것'과 '정치'를 구분했다. 이 구분에서 '정치적인 것'이란 벤야민이 말했던 '미학의 정치화'나 통상적인 의미에서 '정치' 행위라고 간주되는 일체의 활동과 구분되는 어떤 것이다. 알다시피 그는 우리가 흔히 '정치'라고 생각하는 것을 '치안'이라고 간주한다. 그리고 '불일치/불화'에 근거해서 치안의 논리를 넘어서는 새로운 활동들을 '미학의 정치'라고 부른다. "치안의 논리에서는 전체가 부분들의 총합과 동일해지며, 각 부분이 그에 부합하는 몫을 갖는다. 또한 치안 논리에서는 전체에 바깥이 없고, 실재가 외양과 명확히 구분되며, 가시적인 것이 비가시적인 것과 구분되고, 말이 소음과 명확히 구분된다. 반대로 정치의 논리가 있다. 정치의 논리는 부분들, 자리들, 그리고 직무들의 [치안적] 셈에 포함되지 않았던 보충적 요소의 도입으로 정의된다. 정치의 논리는 자리들의 나눔을 흐트러뜨리는 동시에 전체의 셈, 그리고 가시적인 것과 비가시적인 것의 나눔을 흐트러뜨린다. 정치의 논리는 욕구들[이 지배하는] 어두운 삶에만 속해 있는 것으로 셈해지던 자들을 말하고 생각하는 존재들로서 가시적으로 만든다. 정치의 논리는 어두운 삶[에서 새어나오는] 소음으로밖에 지각되지 않았던 것을 담론으로서 들리게 만든다. 바로 이것이 내가 몫-없는 것들의 몫, 또는 셈해지지 않은 것들을 셈하기라고 불렀던 것들이다."[3)]

---

3) 자크 랑시에르, 「감성적/미학적 전복」, 2008년 홍익대학교 강연문.

현대의 정치철학은 '정치'에 대한 상상력의 확장을 요청하고 있다. 이런 주장에 따르면 우리가 '정치'라는 이름으로 행하고 있는, 혹은 '정치'라는 단어에서 떠올리는 대부분의 관념은 '치안의 논리'일 뿐이다. 그런데 랑시에르의 이론은 비단 '정치'만이 아니라 '미학'에 대한 상상력의 확장 또한 요구하고 있다. 칸트의 철학을 경유하고 있는 그의 미학론은 '미'에 대한 새로운 담론도, '작품'에 대한 해석의 세련된 틀도 아니다. 굳이 말하자면 그것은 감성론의 성격을 띤다. 이런 맥락에서 그는 "감각적인 것의 나눔"을 "피지배자들의 문제는 결코 지배 메커니즘에 대한 인식을 획득하는 것이 아니었고, 오히려 지배보다는 다른 것을 할 수 있는 신체를 스스로 만드는 것이 문제였기 때문이다."처럼 '신체'의 문제로 사유한다. 그리고 이렇게 덧붙인다. "이 새로운 신체의 자질을 만들어내는 것은 이런저런 예술작품이 아니다." 오늘날 대다수의 비평가들은 문학에 '삶'이라는 단어를 도입하려는 시도에 알레르기 반응을 보이고 있지만, 랑시에르가 '미학의 정치'라는 개념으로 접근하려는 것은 '작품'을 넘어서는 신체와 삶의 문제이다. "'감성적[미학적] 전복', 이는 작품을 만드는 형태들과 그것이 대중에게 만들어낼 수 있는 효과들 사이의 모든 직접적인 관계와 단절하는 것이다. 감성적 [미학적] 전복이란 감성적 경험의 자율화와 예술일 만한 대상과 그렇지 않은 대상을 나누고, 그것을 맛볼 수 있는 대중과 그렇지 못한 대중을 나누는 모든 장벽을 제거하는 것 사이의 긴장이다." 이 대목에서 랑시에르의 감성론(미학)은 2000년대의 비평적 지형을 넘어선다.

다수의 비평가들이 랑시에르의 저작들을 문학의 자율성을 옹호하는 강력한 이론으로 전유하고 있다는 느낌을 지울 수 없지만, 정작 그는 "예술의 미학적 체제는 작품들의 자율성에 기초한 체제가 아니다."라고 밝히고 있으며, 몇몇 비평가들이 미학적 전위의 사례로 내세우는 미래파 아방가르드 프로그램을 "더 이상 예술작품을 만드는 것이 아니라 새로운 삶의 형태들을 구축하는 것이다."라고 평가한다. 한 걸음 더 나아가 그는 "자율성이 정치적인 것이 아니라, 그것의 불가능성이 정치적인 것이다"라고 말함으로써 문학의 자율성에서 문학의 정치성을 도출하려는 일체의 시도와의 단절을 명시하고 있다. 이러한 논리의 일차적 피해자는 물론 문학의 정치성을 현실정치에 대한 문학적 개입(작가의 개입을 포함하여!)과 동일시하는 참여문학론자들이지만, 그렇다고 해서 형식적 실험과 미학적 전위성을 문학의 정치성과 동일시하는, 그리하여 문학은 자율성을 지킬수록 더욱 고도의 정치성을 획득하게 된다는 주장을 일삼는 자율성론자들이 이 비판을 피해가기는 어려울 듯하다. 랑시에르의 미학(감성론)은 우리가 각각 '작품을 통한 저항의 기획'과 '미적 혁명의 기획'(이것은 예술이 삶을 바꾸기 위해 삶에 개입하려는 시도를 의미한다)이라고 명명함으로써 분리해서 사고하는 '예술'과 '정치'를 새로운 감성적 분할을 통해 횡단하려는 시도이다.

3.

'정치'와 '미학'에 대한 통상적 이해의 수정한다는 것은 필연적으로 '권력'에 대한 새로운 사유를 요청하는 듯하다. 미리 밝히자면, 이것은 랑시에르의 주장과는 무관하며, 여기서의 '정치' 역시 랑시에르가 말하는 '정치적인 것'과 일치하지 않는다. 말하자면 여기에서 말하는 '문학의 정치성'이란 어떤 면에선 '정치'에 대한 통상적 이해의 극한에 해당한다. 일반적으로 우리는 '정치'를 특정한 합의체제 안에서 권력의 분배나 획득으로 이해하는 것처럼, 권력 또한 특정한 세력(주체)의 소유물로 간주하려는 경향을 갖고 있다. 아감벤의 등장으로 푸코의 권력론이 예전과 같은 영향력을 행사하지는 못하고 있지만, 권력에 대한 새로운 사유는 권력을 개체의 활동에 고정된 방향을 부여하려는 욕망이라는 주장을 비껴가기는 어려울 듯하다. 권력이란 삶의 방식을 고정하고 개체의 활동을 제한하는 일체의 활동이며, 이런 맥락에서 정치의 문제는 삶의 방식을 변형하는 문제와 직접적으로 연결된다. 물론 이러한 논리가 재래의 참여문학론이나 지식인의 현실참여 같은 익숙한 관념으로 귀착될 위험도 있지만, 분명한 것은 정치의 문제가 현실정치를 비판하고 개입하는 일체의 실천적 행위와 등치되지 않는다는 사실이다. 문학을 욕망의 표현이라고 정의할 때, 그것은 문학적 글쓰기가 현실정치에 대한 접근 없이도 충분히 정치적일 수 있음을 뜻한다. 정치적 문학, 또는 문학의 정치성이 정치적인 내용을 다루는 문학과 같은 것이 아니라는 의미이다.

어떤 사람들은 '모든 문학은 정치적이다'라고 말한다. 물론, 이러한 진술이 "마법, 샤머니즘, 밀교주의, 카니발, 그리고 시는 모두 사회적으로 유용한 담론의 한계를 강조하고 그것이 억압하고 있는 것을 증명한다. 그것은 주체와 그 전달 구조를 넘어가는 프로세스이다."(크리스테바)라는 진술을 염두에 두고 있다면 일견 타당하다고 말할 수도 있을 것이다. 그렇지만 첫째, 우리가 사유하고 있는 '정치'가 일정한 벡터를 포함하고 있다는 점, 둘째, 진부한 관념과 감각의 재생산을 통해 문학이 지배적인 상태의 재생산에 이바지하기도 한다는 점을 염두에 두면 이러한 주장은 지나치게 느슨한 감이 없지 않다. 중요한 것은 문학작품이 기존의 삶을 되풀이하는 방식으로 문학을 삶에 통합하느냐 그렇지 않느냐를 되물어야 하는 것이며, 이 과정에서 그것의 정치성이 해명되어야 한다는 것이다. 그런 면에서 "모든 문학은 정치적이다"라는 주장은 이중적으로 해석되어야 한다. 이런 맥락에서 문학의 정치성은 다른 삶, 다른 감각, 다른 관념의 가능성에 달려 있다.

그런데 랑시에르를 경유한 진은영의 질문("삶과 정치가 실험되지 않는 한 문학은 실험될 수 없다.")은 여기에서 한 걸음 더 나아가는 듯하다. 혹자는 이것을 미학적 진보와 정치적 진보의 연속성에서 확인하려 한다. 그런데 이러한 연속성이란 훌륭한 작품을 매개로 한 리얼리즘과 모더니즘의 회통이라는 논리와 달라 보이지 않는다. 이러한 연속성의 논리가 '진보'라는 애매한 관념을 포기하지 못하고 있는 것도 문제이지만, 더욱 문제적인 것은 그러한 연속성이 기존의 관념을 전혀 의심하지 않은 채 매우 편의적인 방식으로 연결시키고 있다는 혐의에서 자유롭지 못하기 때문이다. 미학적인 것과 정치적인 것의 연속성에서 '미학'과 '정치'는 정확하게 각각 '문학의 자율성'과 '치안'의 논리에 포획되어 있다. 물론, 이러한 주장이 "기묘한 감성적 충격을 생산하는 데 몰두했던 시들에서는 정치적 의미의 가독성이 사라지고 정치적 의미의 가독성을 최대화한 시들에서는 기묘함이 실종되는구나."(진은영)라는 질문에 대한 하나의 대답이 될 가능성은 없지 않다. 그렇지만, 그럴 경우에도 우리는 '미학적 진보'와 '정치적 진보'라는 익숙한 관념의 연결이 아니라 '미학'과 '정치' 각각을 재사유하는 과정을 거쳐야 할 것이다. 나는 랑시에르의 미학의 정치, 그리고 진은영의 '실험'이 지시하는 것이 그것이라고 이해한다. 이 실험을 "장르 내부에서 생성되는 작품의 불복종들"(김행숙)이라고 이해할 때, 우리는 미학의 정치를 정확하게 문학의 정치, 또는 작품의 정치로 낙착시키게 된다. 다시 말하거니와, 이것이 불가능하다는 이야기가 아니라 그것이 한 시인의 고뇌에 대한 적확한 대답이 아니라는 것이다.

랑시에르는 강연문 「감성적/미학적 전복」에서 루이-가브리엘 고니라는 어느 소목장이의 사례를 언급하고 있다. 랑시에르는 고니라는 소목장이가 어떤 장소를 소유하는 자와 자신을 고용한 주인의 이중의 이익을 위해 사저에 마루판을 까는 일을 맡았음에도 불구하고 그 집에서 노동과 소유의 공간에 대해 무관심한 시선을 획득한 경험을 소개하면서 이 무관심이 사회 현실에 무지한 탐미주의자의 초연과는 다른 것이라고 설명한다. 그리고 이 시선이 분배된 자리의 점유와 실력을 연결하는 치안적 경계를 전복한, 노동자의 새로운 신체를 만든 것이라고 분석한다. 이것이 감각적인 것의 나눔과 미학의 정치의 유일한 사례는 아니겠지만 분명한 것은 여기서 미학의 정치가 예술작품과 직접적으로 연결되어 있는 것도 아니고, 이러한 신체를 만들어낸 것이 예술작품인 것도 아니다. 물론 랑시에르가 주장하는 '미학의 정치'는 우리가 흔히 미학이라는 단어에서 연상하기 마련인 '문학'이라는 것을 초과하는 어떤 것이지만, 그렇다고 이것을 문학이 포기되어야 한다는 주장으로 이해할 필요는 없을 것이다. 설령 이것이 '문학'의 위상을 위태롭게 만든다 할지라도.

4.

최근 진은영은 이러한 '신체'의 문제를 "문학의 삶-되기를 의미하는 미학적 타율성"[4)]이라는 문제로 다시 제기하고 있다. 문학의 삶-되기란 문학이 다만 '문학'으로 존재하는 수준에서 벗어나는 것을 가리킨다. 이러한 수준을 상상하는 것이 결코 쉽지는 않겠지만, 그렇다고 전혀 불가능한 것만은 아닐 것이다. 가령 김수영의 '온몸의 시학'이 단적인 예이다. 그러나 생각해보면 이러한 문학의 삶-되기가 매우 예외적인 방식으로만 성취되는 것은 아닌 듯하다. 가령 노동시 또한 이런 맥락에서 새롭게 평가될 여지가 얼마든지 있기 때문이다. 흔히 노동시는 노동의 현실을 재현하는 시라고 평가되고 있지만, 실상 노동시에서 우리가 주목해야 하는 것은 그것이 새로운 미학적 주체성의 등장을 의미하는 미학적 사건이라는 것이다. 노동시란 노동자-주체가 자신의 삶을 쓰는 것이며, 이런 관점에서 본다면 미학적인 실험이라는 측면에서 평가되어야 할 여지를 갖고 있다. 다만 그것을 기존의 '미학'으로 평가할 때에만 우리는 노동시를 미학적 수준에 도

4) 진은영, 「한 진지한 시인의 고뇌에 대하여」, 『창작과비평』, 2010년 여름호, 21쪽.

달하지 못한 저급한 수준의 시라고 평가할 수 있을 뿐이다. 그렇지만 "문학의 삶-되기" 안에서 문학(미학)은 삶과 대립하지 않는다. 여기에서 중요한 것은 노동시가 노동시의 소재나 내용 때문에 정치적인 시가 되는 것이 아니라는 사실을 포착하는 일이다. 이것이 김수영이, 시작(詩作)은 머리나 심장이 아니라 온몸으로 하는 것이라는 진술로 말하려 했던 것이며, 같은 이유에서 노동시가 "구두수선공이나 소목장이에게는 권리상 접근 불가능한 것으로 여겨지던 뮤즈에게 호소"(랑시에르)함으로써 새로운 삶을 생산하는 미학적 사건으로 평가될 수 있는 근거이다. 후자의 사례를 주목해야 할 대목은 노동자들이 더 이상 독자/소비자라는 분할에 만족하지 않고 창작의 주체로 등장했다는 것, 그리하여 노동시가 미학적인 것이 정치적인 것이 되는 미학적 사건에 속한다는 것이다. 노동시에 대한 사유는 이 지점에서 다시 시작되어야 할 듯하다.

문제는 2000년대의 문학이 '텍스트'라는 미학적 경계를 쉽게 넘어서지 못하고 있다는 것, 그리하여 '미학의 정치'가 반복해서 '텍스트의 정치'로 환원되고 있다는 것, 심지어 '텍스트의 정치'를 배경으로 하는 자율성론이 노동시의 문학적(!) 무능력에 대한 대타항으로 스스로를 정당화하고 있다는 사실이다. 이런 상황에서 "문학의 삶-되기"라는 진은영의 질문에 제대로 된 답변이 이루어지기는 어려울 듯하며, 각주의 정치학이라는 유행 이상으로 랑시에르의 '미학의 정치'를 제대로 사유하는 것도 어려울 듯하다. 우리 시대의 '문학'은 과연 '텍스트'의 바깥을, 그 너머를, 그리하여 삶을 사유할 수 있을까. 전망은 그리 밝지만은 않은 듯하다.

2부

‘시’의 국경선은 어디인가

시는 규정되지 않은 것의 다시 열림이며,
단어들의 기존 의미를 초과하는 아이러니한 행위이다
— 프랑코 베라르디

1. ‘폭발’에 관한 이야기

모든 ‘경계’에 관한 물음은 ‘확장’이 아니라 ‘폭발’에 관한 물음이다. 그것은 ‘예술’의 경우에도 동일하다. 예술의 ‘경계’에 관한 물음은 특정한 예술의 범위/영역을 확대해 새로운 예술적 경향을 기존의 개념으로 포괄하려는 ‘해석’ 욕망이 아니라, 예술의 ‘안/밖’을 나누는 분할의 정당성을 되묻는 일이고, 그 분할을 돌파해 특정한 예술을 둘러싸고 있는 대중적 합의(장르적 무의식!)의 지도를 다시 그리는 행위이다. 만일 이 무의식에 함축되어 있는 ‘분할’에 대한 대중적 합의를 ‘실정성(positivity)’이라고 부른다면, ‘경계’에 관한 물음은 곧 상식으로 굳어진 ‘실정성’을 해체하는 ‘폭발’의 일종이라고 말해도 좋겠다. 실정성이란 소위 ‘상식’으로 통용되는 것, 때문에 당연한 것으로 인식되어 그 자체에 대한 의문이 불가능한 것처럼 보이는 것, 나아가 그것 없이는 합의나 논쟁, 심지어 대립조차 불가능한 언설의 구성체를 의미한다. 그것은 아무도 동의한 적 없는, 그러나 모두가 서명한 것으로 간주되는 일종의 '약속/계약'이다. 이 '약속/계약'은 그것의 부당함에 항의하는 목소리, 더 이상 그 '약속/계약'을 따르지 않겠다는 '균열'이 생기기 전까지 거대한 권력으로 작용한다. 낭만주의 이후의 새로운 예술 사조들, 특히 20세기 이후에 등장한 사조와 경향들이 '실험', '혁명', '전위' 등의 슬로건을 내걸고 행했던 것은 사실상 이러한 '폭발'이었다. 예술의 역사에서 이 폭발들에는 흔히 '사건'이라는 지위가 부여된다.

내가 처음 '시'를 읽기 시작했을 무렵, '시'의 실정적 경계는 낭만주의-사실주의(리얼리즘)-모더니즘이라는 굵직한 푯말들로 둘러싸인 목초지였다. 한편에는 '자아'와 '감정'을 중시하는 낭만주의적 세계관이 자리하고 있었고, 다른 한편에는 '지성'과 '실험'에 근거한 문명 비판과 도시적 감수성의 모더니즘적 세계관이 자리하고 있었다. 문학의 현실 비판적 기능을 계몽의 도구로 삼아 문학을 통해 자본주의를 비판하고 혁명의 절박함을 역설하던 리얼리즘은 낭만주의와 모더니즘이라는 두 극단의 사이에 위치하고 있었다. 물론 낭만주의-사실주의-모더니즘이 구축한 예술적 삼각형에 포함되기를 거부하는, 또는 그것으로 설명될 수 없는 것이 존재하고 있었지만 그것들은 대개 '예외'의 범주를 벗어나지 못했다. 이러한 실정적 경계가 의미하는 것은 낭만주의 이전, 한국의 경우에는 19세기까지의 시가(詩歌)적 전통은 더 이상 '시'가 아니라는 것을 뜻했다. 실상 이 무의식적인 배제는 '시'에서 '노래'를 분리하는 감산(減算)의 과정이었다. 1980~1990년대에 포스트모더니즘과 해체론이 등장함으로써 기존의 영토성은 조금 불안정해졌으나 포스트모더니즘이 '문학'의 시민권을 획득함으로써 그것은 재빨리 안정성을 되찾았다. 그러나 이 안정성에는 모종의 대가가 있었다. 그것은 '시'와 '시 아닌 것'의 분할선이 '이론/담론'에 의해 그어지기 시작했다는 것이다. 이것에 의해 황지우의 시는 '시'에 포함되었다.

2. 사례, 하나

> 나는 시를 쓸 때, 시를 추구하지 않고 '시적인 것'을 추구한다. 바꿔 말해서 나는 비시(非詩)에 낮은 포복으로 접근한다. '시적인 것'은 '어느 때나, 어디에도' 있다. 물음표 하나에도 있고, 변을 보면서 읽는 신문의 심인란에도 있다. 풀잎, 깡통, 라면 봉지, 콩나물을 싼 신문지, 못, 벽에 저린 오줌 자국 등 땅에 버려진 무심한 사물들에까지 낮게 낮게 엎드려 다가가 나는 본다. 그것들의 관계를 나는 응시한다. 토큰을 들이미는데도 모르고 졸고 있는 아침 나절의 버스 안내양과 나의 손 사이에서 나는 무한히 '시적인 것'을 본다. 지금은 없어졌지만 어린 시절에 보았던 이발소 그림도 어떻게 보면 '시적'이다. 여공들의 자취방에 걸린 '생활이 비록 그대를 속일지라도'라는 푸쉬킨의 시도 보기에 따라서 지극히 시적이다. 요컨대 나에게 시는 '시적인 것'의 '보기'('창조'가 아니다!)에 의해 얻어진다. 시를 통해서 우리는 하마터면 못 보았을 것을 본다. 나는 소리, 비명까지도 그것의 음운론적 '메아리'를 따라 마치 슬로우 비디오를 보듯 보여 주려고 한 적이 있지만, 시적인 것을 '보면서 보여 주는 것'이 시라고 생각한다.[1)]

일찍이 황지우는 "나는 시를 쓸 때, 시를 추구하지 않고 '시적인 것'을 추구한다."는 말로 '시'에 관한 자신의 미학적 입장을 설명했다. 그는 "'문학'의 개념은 당대의 의미 공동체의 구성원들이 갖고 있는, 쿤이 말한 '패러다임'과 같은 것이다. 따라서 '문학이란 무엇인가' 하는 물음은 그때그때마다 무엇이 문학으로 통용되고 있는지 그 '범주'의 문제로 넘겨진다고 나는 생각하고 싶다."처럼 '문학'에 관한 본질론적 정의가 아니라 '시'에 관한

1) 황지우, 『사람과 사람 사이의 신호』, 한마당, 1993, 13쪽.

'공시적 정의'의 필요성을 강조하고, '시적인 것'을 추구의 대상으로 설명했다. '시'에 관한 물음은 '범주'의 문제이고, 그것은 '우리'라는 가상의 '의미 공동체' 내부에서 공시적으로 결정되는 것일 수밖에 없다는 것이다. '시적인 것'은 "시를 통해서 우리는 하마터면 못 보았을 것을 본다."처럼 어떤 발견의 순간을 겨냥하고 있으며, 그 '발견'은 위의 인용문에 등장하는 장면들, 즉 지극히 일상적이어서 자칫 관습/통념의 시선으로 보아 넘기기 쉬운 것들에서 비일상적인 것을 도출해내는 능력이다.

이런 점에서 '시적인 것'의 발견은 롤랑 바르트의 '푼크툼(punctum)'을 연상시킨다. 바르트는 사진을 스투디움(studium)과 푼크툼(punctum)으로 구분했는데, 전자는 사진을 통해 드러나는 작가의 촬영 의도, 코드화되고 일상적인 것들로 맥락화된 것을 의미하고, 후자는 "아주 부분적인 대상이나 사소한 특징들로서 이를테면 평범한 것이지만 세부적일 때 혹은 특별히 분석을 요구하지 않지만 취향적일 때 또는 순간적이지만 확대된 잠재력을 지닌 어떤 부분"으로 코드화될 수 없는 요소이면서 사진을 바라보는 자의 가슴을 찌르고 상처 입히는 우연성을 의미한다. 이처럼 사진은 전체적인 코드와 맥락을 통해 정보를 전달하는 스투디움과, 그것과는 별개로 관람자의 가슴을 찌르고 들어오는 날카로움으로서의 푼크툼으로 구성되며, 사진의 특별함은 바로 '개인적인 요소'에 해당하는 후자에 있다는 것이 바르트의 주장이다.

사진에 관한 바르트의 이러한 주장은 물음표, 신문의 심인란, 풀잎, 깡통 같은 "어느 때나, 어디에도" '시적인 것'이 있으며, 자신에게 '시적인 것'은 '창조'가 아니라 그것을 '보기'에 의해 얻어진다는 황지우의 생각과 매우 유사하다. 다만 '스투디움-푼크툼'으로 구성된 바르트의 사진론과 달리 '시적인 것'의 표현/발견에 해당하는 황지우의 시는 극단적인 경우 '스투디움'이라는 일상적 맥락을 지워버림으로써 '푼크툼'을 '푼크툼' 자체로 드러내는 문제를 야기한다. 즉 사진에 관한 바르트의 설명에서 푼크툼은 스투디움 없이는 존재할 수 없는 반면, '시적인 것'에 관한 황지우의 설명에서 '시적인 것'은 스투디움 없이도 존재할 수 있으며, 그것이 바로 '의미 공동체' 내부에의 '시'의 범주에 대한 '공시적 정의'를 다시 환기시킨다. 알다시피 황지우의 초기 시에는 이전의 '의미 공동체'에 의해서 '시'의 범주로 받아들여지지 않았던 것들, 가령 신문기사, 만화, 도형 등이 다수 등장한다. 이른바 해체시 또는 포스트모더니즘으로 분류되는 이 시들은, 그러나 '스투디움-푼크툼'의 구조를 지니고 있어서 '공시적 정의'에 균열을 불러오지는 않았다.

반면 시의 본문을 여백으로 채운 「묵념, 5분 27초」에는 사정이 다르다. 이 시에는 진술이 없다. 거기에는 문자가 등장하지 않는다. 다만 80년 5월의 광주를 연상시키는 제목 '5분 27초'가 있을 뿐이다. 어쩌면 이러한 여백의 수사는 '침묵' 가운데에서 '소음'으로 연주된 존 케이지의 〈4분 33초〉와 닮았는지도 모른다. 전체 3악장으로 구성된 〈4분 33초〉의 악보에 음표 대신 TACET(조용히)라는 악상만이 적혀 있었다는 건 널리 알려진 사실이다. 그러나 〈4분 33초〉에 존 케이지의 연주는 없었지만, 이 곡은 청중들의 소음으로 연주되었으며, 이런 점에서 존 케이지의 우연성의 음악은 침묵 자체를 연주하지는 않았다. 따라서 우리는 스투디움이 없는 「묵념, 5분 27초」를 어떤 기준에서 '시'라고 불러야 할까? 황지우는 「사람과 사람 사이의 신호」에서 "'시적인 것'이 어떻게 사람들에게 시적인 것으로 받아들여지는가, 그것이 받아들여진다면 그 근거는 무엇인가"에 관해 묻고 있지만, 우리에게 한층 시급한 것은 언어/기호 없는 여백 자체를 '시'라고 말할 수 있는 근거를 찾는 일처럼 보인다. 또한 그는 「시적인 것은 실제로 있다」에서 "언어는 시에 필요하지만 충분한 것은 못 됩니다."라고 주장—실제로 이 주장은 전적으로 타당한 것이다—하고 있는데 우리에게는 '언어/기호' 없는 시를 '시'라고 말할 수 있는 근거가 더 우선적으로 필요한 듯하다. 이것은 무엇을 뜻하는가? '시'에서 중요한 것이 '시적인 것'임은 분명하며 또한 쉽게 동의할 수 있지만, 그 반대, 즉 '시적인 것'이 곧 '시'라는 주장에는 어떤 보충이 필요하다는 의미가 아닐까? 왜냐하면 모든 시적인 것이 그 자체로 곧 시는 아니니까 말이다.

3. 사례, 둘

시는 언어가 갖는 정서적 능력에 대한 긍정이다. '정서'의 표현/전달에서 '언어'는 신뢰할 수 있는 매개체가 아니지만, 그럼에도 언어는 시가 정서를 전달하기 위해 의지해야 할 강력한 수단/목적이다. 그래서 시인에게 언어는 늘 가능성이면서 한계로 경험된다. 시인들이 그토록 오랫동안 '언어'에 관해 집요하게 사유해온 이유도 이러한 언어의 이중적 가치 때문일 것이다. 가령 상징주의는 언어를 지시대상에 대한 재현이 아니라 현현(顯現)으로 간주함으로써 언어의 탈지시화를 시도했고, 러시아 형식주의는 '정보=기호'로 자동화되어 있는 맥락에서 '시=언어'를 분리하기 위해 '낯설게 하기'라는 장치를 고안했다. 심지어 들뢰즈 같은 현대철학자도 모국어의 해체 또는 파괴, 통사 창조를 통한 언어 내에 새로운 언어 창조 등을 '(소수) 문학'의 중요한 기준으로 삼았다. 이처럼 문학, 특히 시는 '언어'와 분리해서 생각하기 어렵다. 결국 언어에 대한 시인들의 실험은 언어가 '정서'가 아니라 '정보'로 귀결될 때, '정보' 이상의 것이 되기를 멈출 때, 사실상 시는 '시라는 형식'으로 포장된 기호를 나열한 것에 불과하다는 사실을 말하고 있다. 시는 시인에 의해 쓰인 것도, 시집에 실리거나 문예지에 발표된 것도 아니다. 언어의 탈기호화 과정, 그것이 곧 시이다. 황지우가 '시적인 것'이 "씌어진 것과 씌어지지 않은 것, 텍스트와 침묵 사이에 있"(「시적인 것은 실제로 있다」)다고 말할 때, 그것은 '시=언어'가 '정보=기호' 이상의 효과를 발휘함으로써 독자에게 '감동'으로 경험된다는 것을 뜻한다. 이처럼

'시적인 것'이란 반드시 '언표된 것'에서 찾아지는 것은 아니며, 그렇기 때문에 시에서 '행간'은 결코 의미가 부재하는 공백이 아니다. 실상 시를 읽는다는 것은 '씌어진 것'과 '씌어지지 않은 것'을 함께 읽는 것, '행간'에 숨겨져 있는 무언(無言)의 언어를 읽어내는 능력이다. 그것을 '감수성'이라고 말한다면, 감수성이란 "언어로 말해질 수 없는 것을 소통하는 인간 존재의 능력"(프랑코 베라르디, 『봉기』)이다.

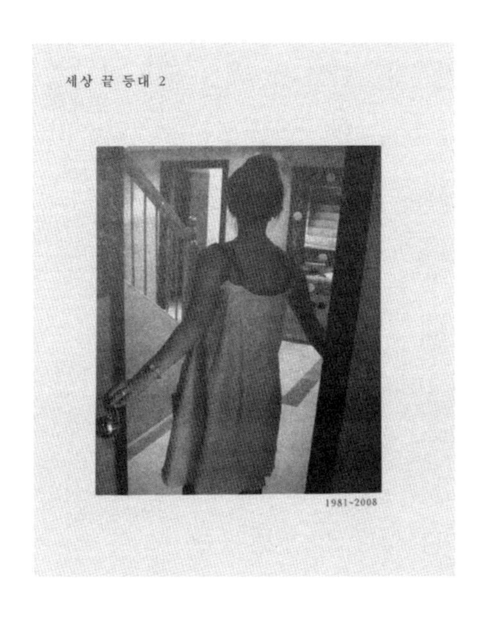

— 박준, 「세상 끝 등대 2」 전문

그런데 만일 한 편의 시에 '씌어진 것'이 아무것도 없다면, 언어가 아니라 사진-이미지가 '씌어진 것'을 완전히 대체한다면 그것은 '시'일까? 만일 이 물음에 '예'라고 대답한다면 그 근거는 무엇일까? (* 이 글은 본문에서 언급하고 있는 황지우와 박준의 시를 비판하기 위해 쓴 것이 아니다. 시의 실정성과 그 경계에 관한 물음이 필요하며, 그것은 19~20세기와 달라야 한다는 것이 이

글의 문제의식 가운데 하나이다.) 그것이 언어의 탈기호화 과정이기 때문에? 그러나 탈기호화 과정이란 새로운 언어와 통사법을 창안하는 것이지 '언어' 자체를 삭제하는 것은 아니지 않은가? 최근에 출간된 박준의 『당신의 이름을 지어다가 며칠은 먹었다』(문학동네, 2012)에 실려 있는 「세상 끝 등대 2」가 이런 문제를 제기하고 있다. 죽은 누이에 대한 애도의 슬픔이 시집 전체를 관통하면서 아름답고 투명한 언어들을 발화하고 있다. 그 아름다움이 마냥 '아름다운 것'으로만 인식될 수 없는 까닭은 그 이면에 나와 너, 이곳과 그곳, 삶과 죽음처럼 '누이'와 '나' 사이에 가로놓인 분리가 새겨져 있기 때문이다. "내가 살아 있어서 만날 수 없는 당신이 저 세상에 살고 있다."(「시인의 말」) 그런데 이 아름답고도 처연한 애도의 과정은 「세상 끝 등대 2」라는 다소 당혹스러운 초혼(招魂)으로 마무리된다. 이 '시'는 문을 열고 들어가는 한 여인의 뒷모습을 찍은 흑백사진 한 장과, 사진 아래에 캡션으로 붙어 있는 '1981~2008'이 전부이다. '세상 끝 등대'라는 제목을 붙였으니 시인은 이 여인을 구원의 빛으로 여겼고, 삶의 시계(時計)가 '2008'에서 멈추었으니 지금은 이 세상에 없는 사람일 것이다. 시인의 죽은 누이에 관한 이야기를 알고 있거나 시집 전체를 지배하고 있는 슬픔의 정조를 이미 경험한 사람이라면 이 시에 관해 별다른 이의를 제기하지 않을 수도 있을 것이다. 아니, '언어'를 통한 애도의 분위기보다 한 장의 사진이 발산하는 이미지의 힘이 더 강력할 수도 있기 때문에 '정서'의 전달이라는 '효과'의 차원에서는 적절한 마무리였다고 말할 수도 있겠다. 하지만 이 시를 우리가 알고 있는 '시'의 범주, 즉 시에 관한 현대적 실정성의 경계에 포함시키기 위해서는 그러한 심증 이상의 무엇이 필요할 듯하다. 그렇지 못한다면 우리는 시와 사진/회화의 경계가 사라진 시대가 요구하는 '시'의 실정성을 수락할 수밖에 없다.

누군가는 시(문학)에 관한 우리 시대의 통념이 보수적임을 지적할지도 모른다. 이미 20세기 초반에 아폴리네르의 '칼리그람(Calligrammes)'처럼 언어를 조형적 · 입체적으로 표현하려는 실험이 행해졌고, 다다 · 초현실주의에서 프란시스 퐁주까지의 숱한 전위적 실험이 '시'에 관한 재래의 통념을 해체시켰다고 말이다. 심지어 맑스주의자인 브레히트조차 사진과 문자 텍스트를 결합시켜 '사진시'라는 새로운 형식을 도입하지 않았느냐고 말이다. 어떤 면에서 이 지적은 옳다. 왜 지난 시대의 포스트모더니즘 논쟁을 '문학'이 아니라 '건축'이 주도했는가를 생각해보면, 그리고 아서 단토나 넬슨 굿맨 같은 현대 미학자들이 예술을 미적 경험의 대상과 분리시켜 설명할 때, 그리하여 결국 "예술을 만드는 것이 예술 이론의 역할"이라고 주장할 때 유독 그 논의를 '미술'에 국한하려 하는가를 알면 다른 예술 장르에 비해 문학이 상대적으로 보수적인 성격을 유지해왔음을 이해할 수 있을 것이다. 그러나 아폴리네르의 칼리그람과 브레히트의 사진시가 시와 언어의 관계를 부정하려는 실험은 아니었다. 황지우의 포스트모던한 실험시 또한 '시적인 것'을 언어에 삽입하려는 시도가 아니었는가.

4. 사례, 셋

2009년 6월, 용산참사와 전직 대통령의 죽음을 계기로 젊은 문학인들이 자생적인 조직을 결성했다. 이들은 '문학'의 이름으로 국가권력의 폭력성을 비판했고, 저마다 언어는 달랐으나 매우 빠른 속도로 절망과 분노의 기운에 휩쓸려 들어갔다. 이때 결성된 '6 · 9 작가선언'은 이듬해 여름에는 '강은 강처럼 흐르게 하라'라는 소리 영상제를 기획하여 4대강 사업을 비판했고, 이 모임에 참여했던 문학인들은 이후에도 '현장'에 활발하게 개입했다. '용산'이 하나의 보통명사가 되자 몇몇 시인들이 동인을 결성했다. 그들은 홍대 전철역 부근의 철거 건물에 있던 식당 두리반에서 '불킨 낭독회'를 시작했고, 몇몇 시인들은 콜트콜텍 노동자를 위한 문화제에 정기적으로 참여하여 시를 낭송했으며, 심보선 · 김선우 · 송경동 · 진은영 시인은 쌍용자동차 22인 추모 문화제에서 연대시('23번째 사람')를 낭송하기도 했다. 소위 '현장'이라고 불리는 곳곳마다 '시'가 있었고, '시인'들이 있었다. 젊은 문학인들의 이러한 행보를 내심 못마땅하게 생각하는 동료들도 있었고, '정치'에 휩쓸리는 '문학'의 도구화를 경계하라는 비판이 침묵의 전파를 타고 흘러다니기도 했다. 특히 문학의 정치성이 '미학'으로만 구현되어야 한다는 신념을 지닌 문인들의 염려증은 상당했다. 그들은 문학의 실험성을 존경하면서도 20세기의 전위예술이 "삶에서 추방되어 '예술이라는 제도와 관습' 속으로 화석화되어 들어가 있는 예술을 다시 끌어내어 삶과 재통합시키자는 것"이었음에 대해서는, "부르주아 상징질서 속에서 '예술의 자율성'이라는 이름으로 고립된 예술, 합리적 도구이성의 논리 속에서 예술이라는 상품 딱지가 붙어 고가의 상업품목이 된 예술, 미술관이나 박물관에 걸리기 위해 제작되는 예술을 부정"하려는 집단적 실험이었음에 대해서는 끝내 침묵했다.

이 무렵 '6 · 9 작가선언'에서 열심히 활동했던 심보선이 「우리가 누구이든 그것이 예술이든 아니든」(『자음과 모음』, 2009년 겨울호)을 발표했다. 그는 당시 젊은 문학인들의 현실 참여를 두고 '6 · 9 작가선언' 안팎을 떠돌던 시선을 겨냥하여 "작가로서가 아니라 시민으로서 참여합니다."라는 작가들의 자기정당화의 논리를 검토한다. 그것은 "용산에 들어가기 전에 작가라는 정체성을 용산 바깥에 주차"시키는 태도에 각인된 억압에 관한 이야기이다. 이러한 자의식에 맞서 그는 "용산에서 피케팅과 '피세일'을 수행하는 작가들은 용산이라는 공간, 용산이라는 공동체의 구성 요소"가 되며, 용산에 들어서는 순간 그들은 "기존의 사회적 질서 안에서 자리를 부여받은 추상적 범주들(시인, 시민)로 환원될 수 없는 존재가 된다"라고 지적한다. 용산이라는 콜라주의 일부가 되는 순간, '시인'과 '시민'이라는 기성의 정체성은 더 이상 작동되지 않는다는 것, 이것은 문학인과 용산의 결합이 이미 존재하는 정체성의 논리로는 해명될 수 없는 사건임을 뜻한다. 또 하나, 그는 이 글에서 미디어 아트와 문학의 만남이라는 주제로 기획된 문지문화원 '사이'의 Text@Media Fest에 〈Text Resolution〉이라는 프로젝트로 참여한 경험에 관해 이야기하고 있다. ('실험'의 구체적 내용은『주간한국』(2010. 1. 14)에 실린 이윤주 기자의 '뉴미디어 시대 텍스트 실험'이라는 글에서 확인할 수 있다.) 그는 이 실험을 "시를 데이터라는 관점에서 파악하고 시 쓰기를 데이터를 처리하는 일종의 기계적 컴퓨팅으로 보자"는 합의에 따라 진행된 실험이라고 소개하면서 다음처럼 의미를 부여한다.

> 이 사이들은 외부로부터 강제되는 타율성과 내부로부터 주장되는 자율성이 서로를 맞바꾸고 상쇄하고 혼류하면서 새로운 감각들을 탄생시키는 지점들이다 (…) 따라서 애초에 제기했던 "시인은 기계인가, 아닌가? 시인의 내면은 신비로운가? 범속한가?"라는 질문은 "어떻게 시인(예술인)은 외부와의 접속을 통해 시(예술)를 생산하는가? 즉 어떻게 그럴 수 있지?"라는 질문으로 바뀌어야 한다. 시 쓰기를 포함한 창작은 단순한 내적인 주관성의 표현도 아니지만 반복적인 컴퓨팅도 아니다. 창작은 언어들과 재료들을, 그토록 비밀스러웠던 그것들을 마치 선물처럼 나눠 갖는 것이다. 그것은 기계적인 동시에 예술적이다. 새로움은 외부와의 긴밀한 접속과 친밀한 교환 속에서만 생성될 수 있는 것이다.

심보선의 글은 "정치적인 것은 정치적인 것을 배반하는 한에서 정치적이며 예술적인 것은 예술적인 것을 배반하는 한에서 예술적이다. 시민이라는 정체성과 시인이라는 정체성의 효력을 유보하는 한에서 그것들은 정치적이고 예술적이다."라는 주장처럼 '예술(문학)'과 '정치'를 분리된 것으로 인식하려는 태도, 동시에 어느 하나가 다른 하나를 환원적으로 품을 수 있다는 환상을 가로지르면서 비(非)정체성으로 '예술-정치'를 새롭게 사유하려는 시도이다. 그렇지만 이러한 시도와는 별개로 이 글은, 그의 발상에 대한 동의의 여부와는 상관없이, '시의 경계'에 관해 중요한 물음을 던지고 있다. '시-데이터-기계적 컴퓨팅'로 연결되는 실험은 시를 "내적인 주관성의 표현"으로 설명해온 기존의 패러다임에 심각한 의문을 제시한다. 시를 '데이터의 관점'에서 이해한다는 것도 문제적이지만, 시가 "외부로부터 강제되는 타율성과 내부로부터 주장되는 자율성이 서로를 맞바꾸고 상쇄하고 혼류하면서 새로운 감각들을 탄생시키는 지점"으로 설명된다는 사실도 놀랍다. 왜냐하면 이러한 물음들 속에서 시인은 더 이상 시쓰기의 '주체'로 살아남을 수 없기 때문이다. 이처럼 심보선의 글은 '예술'과 '정치'의 관계를 실마리 삼아 시에 관한 본질적 물음을 던지고 있다.

5. 사례, 넷

'문학'과 '정치', '예술'과 '삶', '삶에 저항하는 예술'과 '삶이 되려는 예술' 사이를 횡단하는 일, 그리고 "문학 하는 우리에게 상투적인 일상이 되어버린 제도적이고 안전한 문학적 삶을 파열시키고 싶은 욕망"(진은영, 「달의 자전과 공전에 대한 미학적 보고서」)을 표출하는 것은 진은영의 최근 시편들을 관류하고 있는 주요 관심사이다. 다수의 시인 · 평론가들이 그녀의 시에 '전위'(묵시록적인 디스토피아의 비전에 '미래'를 포박당한 이 시대에 '전위'라는 수사는 불편하다)라는 평가를 부여하는 것에서도 알 수 있듯이, 그녀의 시적 모색은 어느새 시대적인 것이 되었다. 물론 '전위=문학적인 진보+정치적인 진보'라는 단순한 도식에 동의하긴 어렵다. 그 도식은 "예술의 자율성은 (…) 아프리오리한 것은 아니"(아도르노)라는 주장을 매우 편의적으로 이해한다. 또한 그것은 "위로부터의 운동과 아래로부터의 운동의 손쉬운 결합을 찾는 정식화"(존 홀러웨이)와 마찬가지로 그 내부의 '적대'와 균열을 괄호 속에 넣어버린다.

사실 진은영이 지적하고 있는 '욕망'은 시의 경계에 관한 상징적인 물음으로 읽을 수도 있다. 작년 가을 고려대학교에서 '한국문학 속의 민주주의, 민주주의의 눈으로 본 한국문학'이라는 제목의 심포지엄이 있었다. 나는 이 심포지엄에서 '민주주의의 위기'와 '정치의 종언'이라는 담론을 비판하면서 민주주의에 관한 20세기적 상상력(대의제 민주주의)에서 벗어날 것을, 그리고 민주주의에 대한 새로운 상상을 '시와 정치'라는 최근의 논의와 연결시키는 내용을 발표했다. 민주주의란 '없는 몫'을 요구하는 요청이라는 것이 발표문의 대략적인 논지였다. 당시 토론을 맡았던 진은영은 아래와 같은 인상적인 의견을 제시했다.

> 우리는 텍스트를 계간지라는 특정 시공간 안에만 가두고 문학지-단행본 시집이라는 시공간에서의 표현 효과로만 문학적 정치성을 특권화하는 문학적 독재, 혹은 문학적 대의제를 수행하고 있는 것은 아닌지요? 민주주의가 의회주의와 동일시되는 것이 문제라면, 문학 안에서의 의회주의는 어떤 방식으로 도처에서 수행되고 있는지에 대해서도 이제 질문해 볼 때가 된 것 같습니다.
>
> — 진은영, 「구체적으로 살고 싶어, 구체적으로 쓰고 싶어!」

앞의 실험에서 심보선 시인은 시는 '주관성의 표현'이라는 통념에서 벗어나 시를 자율성과 타율성이 합류/혼재하는 새로운 감각의 장소로 재규정했다. 그리고 이는 단순한 '실험=헤프닝'이 아니라 '시의 경계'에 관한 근본적 질문을 함축하고 있었다. 우리는 정말 '주관성의 표현'이라는 믿음 없이 '시'를 상상할 수 있을까? 심보선은 한 웹사이트(som.saii.or.kr/ymp)에서 진행된 또 다른 프로젝트에서도 시의 '소유권'이 사라지는 실험을 이용하여 사적 장소와 공적 장소를 충돌시키고, 시를 사유재에서 공공재로 전환시킴으로써 '작품'이라는 기존의 예술적 관습에서 탈영토화했다. 그에게 시는 일종의 '장(場)'이다. 그런데 진은영의 이야기는 심보선의 실험과는 다른 맥락에서 '시'를 '문예지'와 '시집'에 인쇄되어 실린 것으로 생각하는 문학적 관행을 탈영토화하려 한다. 그녀는 시는 시인이 쓴 것이고, 문예지나 시집에 실리며, 인쇄 활자 방식으로 유통되는 것이라는 우리의 암묵적 합의가 사실은 '문학적 대의제'와 평행적인 것이며, 민주주의가 의회주의의 동의어가 아니듯이 '시' 또한 문예지/시집에 실린 활자화된 작품과 동일하지 않다고 주장한다. 이 주장에는 '과장'이라는 단서가 붙어 있지만, 책의 형태가 달라지고 미디어의 지배구조가 급변하고 있는 지금 전혀 설득력이 없는 제안은 아니다.

그렇다면 민주주의로서의 시는 무엇이며 어디까지일까? 이 토론문에서 그녀는 재능교육 농성장에서 개최된 낭독회 경험에 관해 이야기하면서 시의 정치성이란 "정치적 사건에 대한 언급을 하기 때문이 아니라 거기 모인 사람들의 신체와 정서를 가장 격렬하게 변화시키고 이 변화가 다른 시·공간으로 흘러가게 하는 데 가장 적합한 감각적 역량을 지녔기 때문"이라고 말했다. 즉 "작품과 여러 종류의 시·공간을 패치워크하는 방식"을 다양하게 실험해보는 것이 '문학의 민주주의'일 수 있다는 것이다. 시의 경계라는 문제의식에서 보면 이 주장은 '시'를 문예지/시집과 동일시하는 관행에서 벗어나 여러 종류의 시·공간을 패치워크할 수 있는 '낭송'도 '시'일 수 있다는 것이다. 물론 이때의 낭송이란 이미 활자화되어 있는 것을 음성으로 읽는 소극적인 의미의 '전달'이 아니라, 그것을 낭송하는 시·공간의 변화와 청중의 정서적 변화에 따라 전혀 다른 것으로 평가될 수 있는 적극적인 의미의 '비완결성'을 뜻한다. 흥미롭게도 이러한 제안은 사이버 문학/인터넷 문학의 한계성을 적절하게 지적하고 있다. 알다시피 지금까지의 사이버 문학은, 그 숱한 이론적 모색에도 불구하고, 한글파일로 미리 작성된 '작품'을 인터넷에 그대로 옮겨두는 수준, 인터넷을 이용하여 기존

'종이-활자' 문학을 소비하는 것 이상이 되지 못했다. 만일 사이버 문학/인터넷 문학이 이러한 근대적 문학의 현대적 소비를 뛰어넘어 다양한 시·공간을 패치워크하는 새로운 방식을 창조한다면 그것은 '문학'에 관한 기존의 관념을 근본적으로 뒤흔들 가능성도 없지 않다. 그런데 정말 진은영의 제안처럼 다양한 시·공간에서 낭송되는 시를 그것의 '효과'가 다르다는 이유로 다른 '시들'이라고 말할 수 있는 것일까? 우리가 과연 '종이-활자' 문학에서 완전히 자유로운 상태에서 '시'를 상상할 수 있을까?

진은영은 최근에 발표한 「문학의 아토포스: 문학, 정치, 장소」에서 '장소성'을 중심으로 이 문제를 논의하고 있다. 그녀는 다음과 같은 벤야민의 말을 인용하고 있다. "문학이 제대로 효력을 발휘하려면 행동과 글쓰기가 엄격하게 교대되어야만 한다. 그렇게 하려면 괜히 젠체하기만 하며 일반적인 제스처만 취하고 마는 저서보다 현재 활동 중인 공동체들에 영향을 미치기에 훨씬 더 적합한, 언뜻 싸구려처럼 보이는 형식들, 즉 전단지, 팸플릿, 신문 기사와 플래카드 등을 만들어내야 한다. 그처럼 기민한 언어만이 순간순간을 능동적으로 감당할 수 있다."(발터 벤야민, 『일방 통행로』) 벤야민을 인용하여 말하려는 바는 "참된 문학 활동은 문학의 공간으로 상정된 공간, 즉 어떤 종류의 글쓰기의 공간을 넘어설 때만 가능"하다는 것이다. 만일 문학에서 '공간성/장소성'의 문제가 '종이-활자'와 시집·문예지와 불가분의 관계라면 '참된 문학'은 그 기존의 공간에서 탈주하는 방식으로 가능할 것이며, 만일 그것이 '문학의 공간'과 '정치의 공간'을 구분하는 자율성의 논리라면 '참된 문학'은 "정치적 공간과 문학적 공간의 이음매를 이으며 새롭게 사유하려는 시도"에 의해서만 가능할 것이다. 이런 맥락에서 그녀는 "작품이 발표되는 공간은 계간지의 고요한 지면이 아니라 철거건물이나 사람들이 모인 광장이 된다"라고 주장한다. 그녀가 전유하고 있는 롤랑 바르트의 '아토포스(atopos)', 즉 비장소성이란 기존의 부르주아적 문학 공간과 구분되는 공간 아닌 공간이며, 진정한 문학(문학의 정치성)이란 이 비(非)공간을 "문학적 공간으로 바꿔버리는" 것이다. "문학의 공간을 바꾸고 또 문학에 의해 점유된 한 공간의 사회적-감각적 공간성을 또 다른 사회적-감각적 삶의 공간성으로 변화시키는 것이 문학의 아포토스이다." 부르주아적 문학 공간이 '종이-활자'로 만들어진 시집 · 문예지라면, '미학의 정치'는 그러한 공간을 벗어나 아토포스로서의 비(非)공간을 문학적 공간으로 바꿔내는 것이라는 주장은 무척 매력적이다.

진은영의 이런 주장은 문학을 '효과'의 차원에서 이해하려는 태도에서 비롯된 것이다. 그리고 거기에는 '종이-활자' 형태로 시집 · 문예지에 새겨진 시가 부르주아적 문학장의 산물이라는 인식이 전제되어 있다. 이 전제에 충실할 때, 우리는 근대문학으로서의 '시'와는 다른 차원의 '시'를 상상할 수 있다. 그것은 고정된 장소성에서 벗어나 '감응'과 '전염'의 효과를 실어 나르는 것으로서의 '시의 정치' 정도가 될 것이다. 쏟아지는 시집들, 두껍게 쌓여가는 계간지에 실린 시들의 무기력함을 염두에 두면 시의 정치성은 '감응'과 '전염'의 효과를 생산하는 것이고, 그 맥락에서 시집이나 계간지 같은 기존의 장소를 벗어나야 한다는 주장은 충분히 수긍할 수 있다. 그렇지만 '감응'과 '전염'의 유무가 '종이-활자'와 '낭독'의 관계로 환원되어도 좋은 것인지는 판단하기 어렵다. 그리고 '종이-활자' 형태로 생산-유통되는 시가 "문학적 염장도가 높은 작품과 형식에 대한 선호"일 뿐인지도 숙고할 문제이다. 경험적으로 말하자면, 시집 · 문예지에 인쇄되어 있는 '종이-활자'의 시 또한 읽는 이가 처한 조건에 따라 매번 다르게 읽히지 않는가? 낭송을 위해 쓰인 시가 "시집의 지면에 얌전히 기록되었을 때 그 시적 효과가 급격히 반감"되는 것은 사실이지만, 그것이 반드시 '지면' 때문에 발생하는 문제인지, 반대로 얌전히 기록된 것처럼 생각되었던 그것들이 어느 순간에는 전혀 다른 의미로 읽히는 경우는 없는지 생각해 볼 문제이다. 마치 음반에 실린 음악들, 화첩이나 전람회에 걸린 그림들, 그리고 시집에 수록된 시들 또한 시공간과 독서 주체의 심적 상태에 따라 전혀 다른 느낌으로 경험되며 '정념'의 차원에서 그것들이 각각 다른 시, 다른 음악, 다른 그림으로 경험되듯이. 그것들을 같은 시, 같은 음악, 같은 그림으로 간주하는 것은 사유의 편의를 위해 대상의 유동성을 삭제하고 정체성을 부여함으로써 고정화하는 이성의 부정적 효과 때문은 아닐까. 때문에 "천사와 벨레로폰이 문학의 토포스를 넘어서 노래를 흘리고 정념들을 전염시키는 일"은 특정한 시의 잠재적 능력에 의해 결정되는 것이지 그것이 '기록'에서 벗어나 '낭독'되기 때문에 발생하는 문제만은 아닐 것이다. 그럼에도 여전히 문제는 남아 있다. '시의 경계'라는 우리의 문제의식에 비추어 말한다면 하나의 작품이 시집이나 문예지 같은 "문학적 선분들로 구획된" 장소에 속해 있을 때와 그것이 그 장소를 벗어나 가령 '낭송'의 형태로 다른 공간에 속할 때, 그것들은 같은 시인가 다른 시인가라는 질문에 대한 대답이 필요하기 때문이다. 진은영의 도발적인 질문은 분명 우리의 문학적 관습에 심각한 균열을 일으키고 있다. 그것은 시가 오직 '기록'되는 것이라는 생각, 그 기록의 장소가 시집이나 문예지에 한정되어야 한다는, 설령 노트나 컴퓨터에 기록될 때조차 그것은 시집이나 문예지에 수록되기 위해 기록되는 것이라는 합의를 뒤흔든다. 그리고 '시의 정치성'이 시인의 펜 끝에서 완결되는 것이 아니라 '비장소'에서 "이미 구획된 장소에 묶이지 않는 언어"의 형태로 정념을 실어 나르는 것으로 성취된다는 생각은, 그 실험성의 정도와는 별개로, 근대문학 이후의 시를 사유할 수 있는 발판을 제공한다. 하지만 시집 · 문예지는 언어의 사물화 형식이고, 낭송은 "활동 중인 공동체들에 영향을 미치기에 훨씬 더 적합한, 언뜻 싸구려처럼 보이는 형식"이라는 구분은 조금 단순하지 않을까. 어쩌면 그 '영향(효과)'이란 '활자'가 아닌 '음성'의 효과일지도 모른다. 그리고 '활자'와 '음성'은 각각 다른 효과를 생산할 뿐, '효과'의 유무를 판단할 수 있는 기준은 아닐 것이다.

6. 불가능한 물음들

'시'란 무엇인가, 우리 앞에 놓인 '어떤 것(x)'은 왜 '시'인가? 이것은 개인의 문학적 취향이나 입장에 따라 변하는 '좋은 시'에 관한 가치론적 질문이 아니다. 우리는 지금 '시'라고 부를 수 있는, '실험'의 예외성을 제외하고 합의할 수 있는 실정성과 그것의 경계에 관해 묻고 있다. 한 편의 '시'가 있다. 그것은 왜 '시'인가? 우리가 그것을 '시'라고 부르는 근거는 무엇인가? '시'는 어디까지인가? 시인이 쓰면 시인가, 아니면 시집이나 문예지에 실려 있기 때문에 시인가? 만일 그렇다면 시집에 포함된 모든 것은 시로 간주되어도 좋은가? 극단적인 경우, (시집에 실려 있건 문예지에 발표되었건) 한 편의 시가 제목 이외의 어떠한 문자도 포함하고 있지 않다면 우리는 그것도 '시'라고 불러야 할까? 만일 시의 본문이 그림이나 사진 같은 이미지로만 채워져 있다면 그것이 '시'인 이유는 무엇일까? 이 물음들에 대해 모두가 '합의'할 수 있는 확고부동한 답은 없다. 그리고 '답'이 유일하게 중요한 것도 아니다. 더 문제적인 것은 '시'에 관한 실정성의 범위를 확인하는 일이다. 물론 아서 단토 같은 미학자라면 어떤 대상이 예술('시')이 되는 것은 실정성 때문이 아니라 그 대상에 이론적 해석이 더해질 수 있기 때문이라고 대답할 것이다. 우리는 과연 이론으로 해석 · 설명될 수 있으면 모든 것을 '시'에 포함시켜도 좋은 것일까?

현대시의 역사는 '시'와 '시 아닌 것' 사이를 재분할하면서 시의 '경계'에 관해 물어왔다. 황지우의 시에서 그것은 '시적인 것'의 문제였고, 비록 의도의 산물은 아니지만, 박준의 시에서 그것은 '비언어' 혹은 '이미지'의 문제였다. 그리고 심보선의 '실험'에서 그것은 자율성-타율성, 주체성-타자성, 내면-외면이라는 근대적 분할을 해체하는 혼종의 문제로 제기되었고, 진은영의 시에서는 그것이 텍스트(시집 · 문예지) 바깥과 연계된 문제로 나타났다. 사실 이러한 '경계선' 허물기는 현대예술의 특징이다. 존 케이지의

〈4분 33초〉나 앤디 워홀의 〈브릴로 상자〉 역시 '음악'과 '예술'의 경계에 관해 묻고 있다. 대답 불가능한 물음을 오래도록 밀고 나아가는 것은 '시'를 '시인-주체'로, '시집 · 문예지-매체'로 환원할 수 없다는 의미를 함축하고 있다. 바로 이 지점에서 우리는 이제껏 지켜왔던 '시'에 관한 관념을 부정하고 '시'에 관해 근본적으로 다시 물어야 하는 것은 아닐까.

철학은 시가 무엇이라고 생각하는가

1.

'시란 무엇인가?' 우리는 흔히 정의(定義)의 형식으로 묻고 가치의 형태로 대답한다. '정의'가 일반적인 것을 의도한다면, '가치'는 예외적인 것을 숭배한다. '정의'는 제삼자의 객관적인 위치를 점하려 하고, '가치'는 작품이라는 현존을 통해서 철저하게 주관의 세계에 머물려 한다. 그러므로 '가치'는 이미 존재하는 구조(패러다임) 내의 공백에서 발생하는 사건에 대해 '선언'의 의미를 띠고, '정의'는 사건의 효과가 봉합되었음을 알리는 기호로서의 의미를 지닌다. "예술은 본질적으로 구조적인 것이다."라는 스트라빈스키의 발언은 '정의'의 형식을 띠고 있지만 결코 '정의'가 될 수 없었고, 이것은 "음악은 (…) 음악적 아이디어의 표현이다."라는 쇤베르크의 발언도 마찬가지였다. 하여, 우리는 오직 가치의 형태로만 질문에 응답할 수 있으며, 이것은 시에 관한 정의가 정의의 불가능성을 가로질러 도래하는 현존에 의해서만 대답 될 수 있음을 뜻한다.

우리는 '문학'과 '철학'의 경계가 분명하다고 믿는 한에서 아리스토텔레스의 후예들이다. 그러나 구조주의 이후 문학 이론이 자취를 감추고 대신 맑스주의, 정신분석, 페미니즘 같은 철학적 담론들이 비평의 중추를 담당하고 있는 지금 문학과 철학을 구분하는 것은 사실상 무의미하다. 더구나 하이데거의 횔덜린, 들뢰즈의 카프카, 데리다의 프란시스 퐁주, 바디우와 랑시에르의 말라르메, 블랑쇼의 카프카와 말레르메…… 등처럼, 오늘날 문학에 대한 자극은 '문학'이 아니라 '철학'에서 온다. 가령 '언어'에 대한 블랑쇼의 시각은 그 자극의 하나로 언급될 만하다. 문학에 대한 일반적 정의 중의 하나는 그것을 '언어'와 연관시키는 것이다. 문학은 언어예술이라는 일반적 관념이 여기에 해당한다. 그런데 이러한 정의는 생각보다 '언어'에 대해 많은 것을 알려주지 않는다. 시적 언어와 일상적 언어를 구분해야 한다는 형식주의의 논리나, 언어의 물질성에 주목해야 한다는 일부 모더니스트들의 주장이 등장하기도 했으나 여전히 그러한 논리와 주장은 또 다른 '가치'들과 경합해야 하는 상황에 처해 있다.

2.

> 시어는 그러므로 단지 일상의 언어에만 대립되는 것이 아니라 또한 사고의 언어에도 대립된다. 시어는 안전한 피신처로서의 세계이든, 목표로서의 세계이든 우리를 세계로 향하게 하지 않는다. 시어 안에서 세계는 뒷걸음질 치고, 목표 또한 더 이상 존재하지 않는다. 시어에 있어서 세계는 침묵한다. 결국 시어에서 말하는 것은 근심하고 계획 세우고 활동하는 존재들이 아니다. 시에 안에 표현되는 것은 존재들은 침묵한다는 사실이다.[1)]

1) 모리스 블랑쇼, 박혜영 옮김, 『문학의 공간』, 책세상, 1990, 48쪽.

블랑쇼(Maurice Blanchot)에 따르면 시는 '언어'를 커뮤니케이션의 일종으로 간주하는 정보모델을 비판하는 방식으로 '언어'를 취급하는 행위이다. 즉, 시는 '언어'로 이루어져 있지만, 이때의 '언어'는 정보모델의 대상이 되는 '언어'와는 근본적으로 다른 것이다. 흔히 야콥슨의 기호적 커뮤니케이션 도식이라고 명명되는 이 모델에 따르면 '언어'는 말하는 사람의 생각을 음성으로 운반하는 도구이며, 따라서 성공적인 커뮤니케이션은 발신자와 수신자 사이에 '생각-음성-생각'이라는 도식이 성립하는 경우이다. 이 경우 '언어'는 철저하게 소통(커뮤니케이션)이라는 목적에 부합해야 하고, 그러므로 소통에 방해가 되는 일체의 잡음이나 잉여성은 제거되어야 한다.

이러한 커뮤니케이션 이론은 '소통'의 정당성을 앞세워 시를 '의미'의 세계로 환원시킬 것이다. 그러나 문학에서의 언어는 생각이나 의미로 환원될 수 없으며, 심지어 리듬, 색채, 스타일 등이 의미보다 훨씬 중요하게 취급되는 경우가 다반사이다. 어떤 경우 시는 '의미'가 아니라 언어적 효과, 즉 리듬감이나 특정한 언어가 환기하는 정서와 느낌을 만들어내기 위해 언어에 의도적인 손질을 가한다. 표준어와 방언의 대립, 형용사의 다양한 형태들, 시적 허용과 각종 언어적 변주들은 '의미' 차원에서의 구별이 아니라 언어적 효과 차원에서의 구별이다. 시인들이 하나의 단어를 선택하기 고심을 거듭하는 것은 적확한 '의미'를 포착하기 위해서만은 아닐 것이다. 만일 그렇지 않다면 시의 언어는 사전적인 의미의 세계로 환원될 것이고, 상이한 두 개의 문장이 불러오는 시적 효과는 모두 소거되고 말 것이다.

블랑쇼는 시적 언어의 특징을 '부정성'이라는 철학적 개념과 관련시킨다. 블랑쇼에 따르면 언어는 일차적으로 '부정'의 결과물이다. 이 경우 부정의 대상은 일차적으로 '사물'이다. 즉 언어가 언어로서의 기능을 할 수 있는 이유는 그것이 사물을 대신하기 때문에, 다시 말해 사물의 부재에서 비롯되기 때문이다. 그리하여 우리가 '사과'라고 말할 때, 그 언어는 사물로서의 사과를 '부정'함으로써 언어가 된다. 그런데 언어를 사물의 부재로만 설명하면 철학적 개념으로서의 언어와 시적 언어를 구분할 방법이 없게 된다. "시어는 그러므로 단지 일상의 언어에만 대립되는 것이 아니라 또한 사고의 언어에도 대립된다."는 바로 이 구분의 문제에 대한 대답이다. 이것은 모든 언어가 사물의 부정이라는 관점에서 동일한 것으로 간주되어선 안 된다는 것을 뜻한다. 가령 일상적인 커뮤니케이션의 수단으로서의 언어나 철학적 언어인 개념과 '시'는 근본적으로 다른 범주에 속한다. 철학은 '개념'을 다루는 학문이며, 개념은 사물을 부정하되 '의미'에 충실한 방식으로 사물의 부재를 보충한다. 그러므로 철학적 개념은 사물은 부정할지언정 의미를 부정하지는 않는다. 즉 실재-사물은 부정하되 관념의 현존-의미를 부정하지는 않는다.

반면 시의 언어는 관념의 현존-의미마저 부정한다. 시는 궁극적으로 사물이 아니라 그것의 부재로서의 언어이지만, 철학의 언어처럼 '의미'를 추구하는 개념어들의 집합은 아니기 때문이다. 그러므로 시어는 이중부재, 다시 말해 실재(사물)와 관념(의미) 모두를 부정한 것이라는 것이 블랑쇼의 결론이다. 물론 이것은 시 일반이 아니라 말라르메의 시에 대한 분석의 결과이지만, 우리가 시를 언어예술이라고 규정하는 한 이 결과는 보편적인 의미를 지닌다고 말해도 좋을 듯하다. 우리는 이 이중부재로서의 언어를 흔히 언어의 물질성이라고 명명한다. "문학에 쓰인 낱말들에서는 사물의 실재뿐만 아니라 낱말이 지시하는 개념 역시 부정한다."[2] 그래서 블랑쇼는 "시는 독자적인 사물이라는 의미에서 스스로 충만하며, 오로지 스스로를 위하여 창조된 언어로 된 사물 단어들의 성격 이외에는 아무것도 투영되는 것이 없는 단어들의 모나드가 될 때에만 단어 하나의 현실과 개별적인 존재로서의 위엄을 지니게 되고, 예외적인 중요성을 띠게 될 것이

---

2) 울리히 하세 · 윌리엄 라지, 최영석 옮김, 『모리스 블랑쇼 침묵에 다가서기』, 앨피, 2008, 66쪽.

다."[3]라고 말한다.

이러한 주장은 스트라빈스키의 절대음악을 연상시킨다. 음악은 문학적 주제나 철학적 사상을 담는 그릇이 아니라 음들의 조직화일 뿐이라는 스트라빈스키의 음악이론은 음악을 끊임없이 문학적인 주제(의미)의 세계로 환원시키려던 해석적 체계로부터의 거대한 일탈이었다. 이러한 시각에 따르면 우리가 하나의 텍스트에서 '의미'를 발견하려고 노력할 때, 실상 그것은 부재를 회피한다는 것과 동일한 것이다. 다시 말해 '의미'는 우리가 언어에서 부재를 포착하지 못할 때 성립되는 것이며, 반대로 우리가 이중 부재를 포착할 때 시적 언어는 더 이상 '의미'를 전달하는 매끄러운 매체만은 아닌 것이다. 단어들이 의미를 철회함으로써 모든 것을 선언한다는 이 특유의 시학은 '의미'를 중시하는 전통적인 시작(詩作)을 혼란에 빠뜨리며, 시가 '소통'을 목적으로 하지 않는다는 모더니즘 시학 또한 여기에 근거하고 있다. "언제나 그런 것은 아니다."[4]라는 테리 이글턴의 위로가 없지는 않지만 말이다.

3.

시가(poésie)가 가로막는 것은 논증적 사유, 디아노이아(dianoia)이다. 시는, 플라톤의 말에 따르면, "듣는 사람의 추론 능력을 망가뜨린다." 디아노이아는 가로지르는 사유, 연결하고 연역하는 사유이다. 반면 시는 긍정과 기쁨이며, 가로지르는 것이 아니라 문턱 위에 서 있다. 시는 규칙에 따른 뛰어넘기가 아니라 값없이 주어짐이며, 법칙 없는 명제이다.[5]

3) 모리스 블랑쇼, 박혜영 옮김, 『문학의 공간』, 책세상, 1990, 49~50쪽.

4) 테리 이글턴, 박령 옮김, 『시를 어떻게 읽을까』, 경성대학교 출판부, 2010, 90쪽.

5) 알랭 바디우, 장태순 옮김, 『비미학』, 이학사, 2010, 38쪽.

우리는 '미학'이 시와 철학을 매개한다고 믿어왔다. 예술철학으로서의 미학이 예술에 대한 철학적 사유 전반을 담당해왔기 때문일 것이다. 그러나 알랭 바디우(Alain Badiou)는 철학이 이처럼 국지화되는 것에 반대하면서 철학과 예술의 분리를 선언한다. 시와 철학의 관계에 대한 그의 해명은 철저하게 '비(非)미학'적이다. 이는 철학이 예술(시)을 철저하게 진리 생산의 절차로만 다루어야 하며, 그것은 예술(시)을 특정 예술가(시인)나 작품이 아니라 짜임새로 이해한다는 것을 의미한다. "비미학이라는 말은 철학과 예술이 맺는 관계를 가리키는 것으로, 이 관계에서 예술은 스스로 진리를 생산하는 것으로 간주되며, 이 관계는 어떤 방식으로도 예술을 철학을 위한 대상으로 만들려 하지 않는다."[6)]

시와 철학의 비-관계(비미학)에 관한 알랭 바디우의 사유는 플라톤의 '시인추방론'에 대한 재해석에서 시작된다. 우리는 '시인추방론'에 대한 몇 가지 해석을 알고 있다. 시와 철학의 근본적 양립불가능성을 뜻하는 '시인추방론'은 일반적으로 시가 이데아로부터 두 단계 떨어져 있다는 미메시스적 관점에서 이해되거나, 오비디우스에 대한 플라톤의 비판에서 확인되듯이 감각의 변화가능성을 긍정하는 문학에 대한 철학의 비판이라는 맥락에서 이해되어왔다. 변신하는 '신'에 대한 플라톤의 철학적 비판이 그것이다. 그런데 바디우는 "오래되었노니 철학과 시적인 것의 불화여"라는 플라톤의 말을 전혀 다른 방식으로 해석한다. 시가 '논증적 사유', 즉 '추론능력'을 망가뜨리고 가로막기 때문에 플라톤이 시인을 추방해야 한다고 주장했다는 것이다. "철학이 사유하는 것으로서의 사유와 시 사이에는 보다 근본적인 불화가, 이미지와 모방에 관련된 것보다 훨씬 더 오래된 불화가 존재하는 것 같다."[7)]

---

6) 알랭 바디우, 「서문」, 앞의 책.

7) 알랭 바디우, 앞의 책. 37~38쪽.

바디우는 '수학'을 로고스로서의 사유의 모범적 사례로 규정하고, 철학이 시의 권위를 수학소의 권위로 대체할 때에만 철학이 가능하다고 말한다. 이것은 경험의 직접적 독특함인 이미지의 속박에서 벗어나지 못하는 한, 인간의 영혼에 미치는 시의 억제할 수 없는 역량에 맞서지 않는 한, 철학은 불가능하다는 것을 뜻한다. 그리하여 시와 수학소의 대립은 플라톤에게서 궤변과 철학의 대립과 동형적이다. 바디우에게 있어서 철학은 하나의 분과 학문이 아니라 '진리'를 사유하는 것인데, 다만 철학은 스스로 진리를 생산하지 않고 네 가지 진리공정[정치, 과학, 사랑, 예술(시)]이 생산한 진리를 개입을 통해 명명할 뿐이다. 바디우의 철학은 이 네 가지 진리공정이 생산한 복수의 진리가 서로를 배제하거나 종속시키지 않고 공존하며, 이 진리들은 각각의 개별적 특성에 근거해서 진리를 생산하고, 진리를 생산하는 한에서만 철학과 관계한다는 것으로 압축할 수 있다. 바디우에게 진리는 항상 '진리들'이다. 이런 맥락에서 그는 시가 사유한다는 것, 즉 시적 사유가 존재할 수 있다는 가능성 자체를 부정한다. 이 부정에도 불구하고 시적 사유가 존재한다면, 그것은 감각적인 것과 분리될 수 없는, 즉 사유로서 분리할 수 없는 사유가 되어버린다. 그래서 "철학은 자신의 영역에서 모든 직접적인 사유를 추방해야 하고, 이를 위해서는 수학소라는 논증적 매개체에 의존해야 한다."는 것이 바디우의 생각이다.

「시에 대한 철학의 호소」에서 바디우는 파르메니데스에서 아리스토텔레스에 이르는 고대 그리스 시대에 존재한 시와 철학을 연결하는 세 가지 체제를 일별한다. 첫째, 파르메니데스적 체제. 하이데거가 지적했듯이 원래 시와 철학이라는 용어는 구별 없이 쓰였다. 파르메니데스의 시와 헤라클레이토스의 금언들이 보여주듯이, 고대 그리스에서 사유의 파수꾼은 시였다. 그런데 바디우는 바로 이 지점에서 파르메니데스가 아직 '철학' 안에 있지 않았다고 주장한다. 파르메니데스에게서 시적 형식의 권위는 담론과 신성성이 인접성을 유지하는 것을 정당화해주고 있지만, 철학은 탈

신성화함으로써만 시작될 수 있기 때문이다. 둘째, 플라톤적 체제. 앞서 살핀 것처럼 이 체제에서 철학은 시가 철학을 대신하여 철학이 다룰 것을 다루는 것을 금지한다. 시는 "해체적 매혹과 비스듬한 유혹이 참에 대해 지니는 괴리 속에서 간주"되고, 철학은 "시와 수학소의 대조적 조건들 속에서만 확립"된다. 셋째, 아리스토텔레스적 체제. 이 체제에서 철학은 지식들에 대한 지식으로 표상되고, 시는 "대상의 범주 속에서, 철학 속에서 한 지역적 분과 학문을 성립시키는 것으로 정의되고 성찰되는 것" 속에서 포착된다. 아리스토텔레스의 작업은 미메시스/포이에시스의 쌍 안에서 예술을 식별하는 문제로 귀결된다. 이상 세 관계는 각각 "동일시하는 경쟁, 논변적 거리, 미학적 지역성"으로 요약할 수 있고, 철학은 "첫째 경우 시를 질시하고, 둘째 경우 시를 배제하고, 셋째 경우 시를 분류한다."[8)]

세 가지 체제가 고대 그리스를 배경으로 한 것이라면, 근대에는 어떤 체제가 존재했던 것일까? 이 대목에서 바디우는 집요하게 하이데거를 문제 삼는다. 알다시피 근대철학사에서 철학과 시의 관계를 하이데거만큼 본질적으로 밀고 나간 사례도 없으며, "언어는 존재의 집이다."라는 하이데거의 정의만큼이나 자주 인용되는 철학서의 구절도 없을 것이다. 그러나 하이데거에 대한 바디우의 시선은 일의적이지 않다. 바디우에 따르면, 첫째, 하이데거는 시를 철학적 지식에서 끄집어내어 진리에 되돌려줌으로써 시의 자율적 사유기능을 재확립했고, 둘째, 시와 철학적 논변의 분리만이 조명되는 조건 관계의 한계를 드러냈고, 셋째, 그 결과 시적 발화의 신성한 권위와 진정성이 언어의 살 속에 머문다는 이념을 복원시켰다. 바디우는 철학적 미학에 대한 가치절하와 플라톤적 배제에 대한 비판은 하이데거와 공유하지만, 철학이 시의 권위에 봉합되어야 한다는 생각에 대해서는 동의하지 않는다. 바디우는 "말하기와 사고하기의 쌍은 수학소가 원천적으

---

8) 알랭 바디우, 이종영 옮김, 『조건들』, 새물결, 2006, 125~126쪽.

로 기입하는 존재론적 빠져나옴을 망각하고 있는 것으로, 철학의 종말에 대한 예언과 진정성의 낭만적 신화에 의해 형성된 쌍"이라고 지적한다.

파르메니데스에서 아리스토텔레스에 이르는 세 가지 체제가 고대의 시를 대상으로 하고 있으며, 하이데거가 대표하는 네 번째 체제가 근대 낭만주의에 관한 것이라면, 하이데거 이후, 그러니까 포스트 낭만주의 시대의 시는 어떻게 이해할 수 있을까? 이것이야말로 바디우의 궁극적인 물음일 것이다. 그런데 이 물음은 봉합되어 있는 시와 철학의 관계를 해체하면서도, 또한 미학으로 되돌아가지 않으면서 하이데거를 벗어나야 한다는 난제를 가리키는 것이기도 하다. 여기에서 바디우는 시와 수학소 사이의 언어적 차이가 현대인에게는 전혀 다른 방식으로 사유된다는 사실을 끌어들인다. 바디우에 따르면 현대인은 시가 '수'에 빚지고 있음을, 그리고 시가 지적인 사명을 갖고 있음을 알고 있다. 말라르메의 주사위 던지기, 맹목적 은유로 환원되지 않는 말라르메와 랭보의 시적 형상들, 즉 자신의 정체성이 사유라고 말하는 현대시의 특징이 이들 각각의 구체적 사례라는 것이 바디우의 설명이다. 우리는 이미 후고 프리드리히가 '현대'라고 명명한 영향력의 자장 안에서 '시'를 읽고 있다.

4.

푸코는 『말과 사물』에서 말라르메의 시를 표상의 가치하락에 대한 언어적 보상의 사례로 언급한 적이 있다. 푸코에게 말라르메는 언어의 물질성 그 자체가 가치로 평가되는 문학적 사례였다. 그러나 바디우는 말라르메의 시를 관념의 생산이라는 차원에서 접근한다. 뿐만 아니라 시를 연산적 거리에서 사유해야 한다고 주장하면서 말라르메를 끌어들인다. 그는 "시란 현존하는 것의 현존에 대한 사고이다"라고 말함으로써 시에 사유의 기능을 되돌려준다. "현대시는 자신의 정체성이 사유라고 말한다."[9] 바디우에 따르면 말라르메에게서 이 사유의 체제는 벗어남과 고립시킴이고, 랭보에게서는 현전과 중단이다. 그런데 바로 이런 특성으로 인해서 시는 철학과 경쟁하지 않는다. 왜냐하면 철학의 관건은 순수 현존이 아니라 시대의 공가능성에 있기 때문이다. "장소 바깥에서, 또는 모든 장소를 벗어나서, '비어 있는, 상위의 어떤 표면 위에서', 현존하는 것 가운데 현실에 환원되지 않는, 그리하여 현존의 영원성—'망각과 폐기로 차가워진 성좌'—을 환기하는 것을 사고하는 수단들이 그것이다. 수학소를 거부하기는커녕 '어떤 다른 것일 수 없는 유일한 숫자를' 또한 내포하는 현존을 사고하는 수단들." 바디우는 철학적 시에서 해방된 시는 실재들을 꿰뚫는 현존적인 것의 현존과 계산가능한 바깥으로 도약하는 사건에 대한 명명이라는 두 가지 특징을 지닌다고 보았다. 이런 맥락에서 그는 철학의 임무는 시와 철학의 관계맺음 혹은 분리를 재사유하는 것이라고 규정한다. 이것은 결국 시와 철학의 분리, 나아가 분리의 방식으로 관계 맺는 비(非)관계 안에서 '진리'를 매개로 시와 철학이 만날 수 있다는 것을 의미한다. 이런 이유로 "시는 언어 속의 명령처럼 스스로 드러내고, 그러면서 진리를 생산한다. 반면 철학은 어떤 진리도 생산하지 않는다. 철학은 진리들을 전제하고, 의미와의 분리의 고유한 체제에 따라, 빠져나옴의 방식으로 진리들을 분배한다."라는 진술이 가능해진다. 이 진술 속에서 시와 철학 사이에는 확고한 틈이 자리하게 된다.

모든 시는 언어에 어떤 힘을 불러온다. 이 힘은 나타난 것의 사라짐을 영원히 고정시키는 힘, 또는 나타난 것의 사라짐을 시적으로 억제함으로써 '이념'으로서의 현전 자체를 생산하는 힘이다. 하지만 이 언어의 힘

9) 알랭 바디우, 앞의 책, 43쪽.

은 바로 시가 명명할 수 없는 것이다. 시는 언어에 숨어 있는 노래 속에서, 그 표현 능력의 무한함 속에서, 그 조합의 새로움 속에서 그 힘을 끌어내어 행사한다. 그러나 시가 언어의 무한함에 호소하여 그 힘으로 사라짐을 억제한다는 바로 그 이유 때문에, 이 무한함 자체는 시가 붙잡아 둘 수 없다. 말하자면 현전을 위해 처방된 무한한 역량으로서의 언어가 바로 시가가 명명할 수 없는 것이다.[10)]

그렇다면 이러한 비관계가 현대시에서 의미하는 것은 무엇인가? 그것은 철학과 시의 관계에 결정적인 변화가 생겼다는 것을 뜻한다. "현대시는 미메시스와 정반대이다. 현대시는 그 작용을 통해 어떤 '이념'을 드러내며, 그 '이념'의 대상과 그것의 객관성은 드러난 '이념'에 비하면 빛바랜 복사본일 뿐이다."[11)] 이제 현대시는 감각적인 것이 할 수 있는 일의 범위를 뛰어넘는 잠재적 역량을 지닌다. 이 지점에서 바디우는 "명명할 수 없는 것"의 발견에 주목한다. 즉 철학은 시와 수학소라는 두 가지 사유의 체제를 갈라놓되, 그것은 각각 "명명할 수 없는 것"을 발견하는 지점에서 시작된다는 것이다. 수학소에 있어서 그것은 '순수 다수'이고, 시에 있어서 그것은 '여기 있음'의 순수 관념을 현재화하는 능력으로서의 언어이다. "이렇게 해서 새로운 전기가 되는 시학으로부터 현전의 광채가 가져오는 기쁨만이 아니라 새로운 시적 사유의 방법들, 즉 언어의 표현능력에 대한 새로운 탐색이 벌어진다."

시에 관한 바디우의 설명 가운데 우리의 시선을 끄는 것은 '사건'이다. 바디우 철학에서 진리의 출현은 사건을 전제한다. 바디우에게 진리는 사건의 진리이다. 사건이란 상황 · 의견 및 제도화된 지식과는 다른 것을 도

---

10) 알랭 바디우, 앞의 책, 52쪽.

11) 알랭 바디우, 앞의 책, 45~46쪽.

래시키는 '내재적 단절'이다. "사건들이란 환원 불가능한 개별성들이며, 상황들의 '법에 대한 바깥들'이다."[12] 그리고 사건을 사건이게 만들어주는 것은 사건이 잉여적으로 부가되는 상황 속에 존재하는 공백이다. 그러므로 공백은 사건을 사건으로 만들고, 사건은 공백을 공백으로 만든다. 바디우에게 있어서 이 사건의 주체, 예술이라는 진리공정에서 사건의 주체는 작가나 작품이 아니라 그것의 구조이다. "바디우에 따르면 사건은 하나의 작품에서가 아니라 작품들의 짜임 가운데 발생하며, 우리는 예술의 짜임 가운데 명명된 이름을 통해서만 사건이 출현했음을 짐작할 뿐이다."[13] 이때 하나의 예술작품이 사건의 주체가 된다는 것은 그 예술작품이 이전의 짜임과는 전혀 다른 짜임을 새롭게 창안함으로써 관습화된 '짜임'에 심각한 변화를 가져온다는 것을 의미한다. 이것이 바로 "진리는 지식에 구멍을 내며 출현한다."라는 문장의 진정한 의미이다. 바디우의 이러한 주장에 따르면 시를 창작한다는 것, 또는 시적 사건의 도래란 결국 '시'에 대한 이전의 관념과 자식을 근본적으로 바꿔내는 새로운 짜임의 등장이며, 예술(문학)은 이런 사건을 생산하는 직접적인 진리공정이고, '철학'은 그 사건을 명명하고 의미를 부여하는 것이 된다.

12) 알랭 바디우, 이종영 옮김, 『윤리학』, 동문선, 2001, 68쪽.

13) 염인수, 「'비미학'의 비평은 가능한가」, 계간 『문학수첩』, 2009년 겨울호, 340쪽.

5.

우리는 하이데거가 횔덜린과 릴케의 시를 배경으로 하여 시와 철학의 행복한 만남을 예언했던 세계에 살고 있지 않다. 우리 시대의 시는 고향보다는 이향의 삶에 한층 민감하며, 그리하여 우리는 '나'를 포옹해줄 "고향의 목소리"도, 우리의 시가 바쳐질 근친(近親)도 갖고 있지 않은 듯한 상태에서 시를 쓰고 읽는다. 이 부재 의식이 요청하는 것은 '현대'라는 우리들 삶의 조건 속에서 시와 철학에 연속성을 부여해줄 어떤 미지의 언어일 것이다. 그러나 문학에 대한 철학의 개입, 특히 철학적 사유를 문학비평에 끌어들이는 행위는 이론에 대한 교조적 접근이라는 비판의 벽에 자주 가로막힌다. 이론의 정당성이 작품의 완결성을 압도하고, 담론의 허명이 작품에 대한 내재적 분석을 가로막는다는 비판이 그것이다. 그러나 이러한 비판자들은 시와 철학의 만남이 '시'에 관한 사유를 풍요롭게 만들며, 궁극적으로 시와 철학의 경계가 절대적이지 않을 수 있는 가능성에 대해서는 결코 말하지 않는다. 그들은 예술과 철학 사이의 국경선을 지키는 경비대처럼 한편으로는 예술에 대한 철학의 개입을 지연시키고, 또 한편으로는 예술의 내재적 원리라는 공허한 논리를 개발하는 데 집중한다. '시와 정치'에 관한 최근의 논의들이 보여주듯이 이러한 경계선 지키기는 예술을 예술의 논리로만 파악해야 한다는 지극히 폐쇄적이고 상투적인 논리로 귀결되고 만다. 이 논리 안에서는 '사건'이 발생하지 않는다.

파르메니데스나 하이데거의 구절들을 인용하지 않아도 오래전부터 문학은 문학 아닌 것들과 지속적으로 관계를 맺어왔다. 때로 그 관계는 '미학'이라는 이름으로 통칭되었고, 하여 대다수의 철학자들이 문학(예술)을 사유의 중요한 출발점으로 간주하는 자기만의 미학을 소유하고 있기도 했다. 문학의 특징은 이처럼 그 내부에 외부성을 포함하고 있다는 것이며, 지배적 상상력의 변화라는 현상에서 목격되듯이, 심지어 역사적 · 시대적 기호로서의 의미를 부여받기도 한다. 그렇지만 그 외부성은 오늘날에도 여전히 제한적으로만 발견되고 있다. 물론 비평의 경우는 사정이 다르다. 이미 '문학 이론'을 고집할 수 없는 상황에 도달했기 때문이다. 오늘날 비평 이론의 절대적 부분은 문학의 외부에서 온다. 다만, 이 경우 '외부'가 물리적인 공간성을 가리키는 것은 아니라는 사실이 전제되어야 한다. 현대의 문학은 더 이상 '문학'이라는 이름으로만 지탱되지 않으며, 본질론적인 논의를 제외하더라도, 문학과 문학 아닌 것을 구분하고, 그것들을 분리하려는 일체의 행위는 쉽게 용납되기 어렵다. 중요한 것은 종래의 구분을 재생산하는 것도, 지식을 이용하여 구분하는 것도 아니다. 중요한 것은 확고하다고 믿어 왔던 경계를 허물어뜨림으로써 잠재성의 새로운 차원을 개방하는 것이며, 그러한 사건성을 통해서 '시'의 범위를 넓혀가는 일일 것이다. 그러므로 우리 시대에 적합한 질문법은 '이것이 시인가?'가 아니라 '이것도 시다.'가 되어야 하지 않을까.

악령(惡靈)의 도시

도시에도 숲 속과 마찬가지로 동굴이 있어서,
그 속에는 도시에 사는 가장 악질적이고 무시무시한 것들이 도사리고 있다.
— 빅토르 위고, 『레미제라블』

1. 지옥, 현대의 이름

최근에 출간된 젊은 작가들의 소설에서 지금-이곳, 즉 현재적 시공간은 악령이 출몰하는 세계로 묘사된다. 현대를 출구 없는 지옥으로 묘사하는 이러한 극단적 상상력은 몇몇 작가들에게 국한되지 않는다는 점에서 징후적인 성격을 띤다. 출구가 없는, 그리하여 시작과 끝을 알 수도 짐작할 수도 없는 미로와 같은 세계 속에서 살아가는 인물들의 삶이란 대개 극단적인 폭력과 이웃하고 있다. 뒤집어 말하면 최근의 소설들에서 공통적으로 드러나는 폭력의 일상화는 극단적인 폭력이 더 이상 예외적인 경우에, 예외적인 인물들에 의해 행사되는 특별한 경험이 아니라 자본주의 도시에서 살아가는 모든 사람이 이미-항상 노출되어 있는 삶의 항구적 조건임을 암시한다. 폭력은 현대의 맨얼굴이다. 오랫동안 우리는 비일상적 경험으로서의 '폭력'과 '악행'이 격렬한 충동에 사로잡힌 특정한 인간유형, 특히 악행을 저지르겠다고 결심한 비정상적 인간에 의해서 행해지는 것이라고 믿어왔다. 물론 오늘날에도 불특정 다수를 향해 발산되는 병리적인 폭력은 여전히 존재한다. 그러나 현대 사회에서 더욱 심각하고 빈번하게 목격되는 폭력은 자신의 생존과 이익을 위해 타인에게 폭력을 행사하는, 또는 '취미'나 '재미'의 차원에서 욕망을 만족시키기 위해 타인에게 고통을 가하는 폭력/악의 평범성에 있다. 이러한 평범성의 폭력에는 '폭력' 자체에 대한 인식이나 반성이 전혀 개입되지 않는다. 그리고 더욱 심각하게 이러한 폭력의 비성찰적, 비반성적 특성은 전염병처럼 사회 전체로 퍼져나간다. 어른들의 세계에서 주로 발생했던 폭력 문제는 초등학생에게까지 확대되었고, 정념의 과도함에서 기원하던 폭력은 '놀이'로까지 확장되었으며, 특정한 공간에서 주로 행해지던 폭력은 일상과 비일상의 경계를 넘나들며 시시때때로 발생한다. 이 글은 최근에 출간된 젊은 작가들의 작품을 대상으로 지옥이 되어버린 현대사회를 '폭력'의 문제를 중심으로 살펴본다.

2. 사막을 닮은 도시이야기: 김사과의 『테러의 시』[1]

김사과의 『테러의 시』는 이방인의 시선으로 그린 자본주의의 음화(淫畵)이다. 전체 3부로 구성된 이 소설은 모래에 파묻힌 도시에서 아버지에게 학대를 당하며 살던 '( )'이 '제니'라는 새로운 이름을 부여받고 서울에서 조선족 출신의 매춘부로 살아가는 모습, '제니'가 또 한 사람의 이방인인 영국인 불법체류자 '리'를 만나 '페스카마 15호'라는 타자들의 공동체에서 살아가는 과정, 그리고 섹스 클럽을 탈출했던 '제니'가 서울을 벗어나지 못하고 결국 매춘부로 되돌아오는 벌거벗은 과정의 세 가지 이야기를 중심으로 전개된다. 소설은 매 순간 영락을 거듭하는 '제니'의 굴곡진 삶

1) 민음사, 2012.

을 통해서 자본주의의 외설성을 폭로한다. 그렇지만 이 소설에서 자본주의 비판보다 중요한 것은 그 비판이 '시민적 권리'에서 배제된 이방인, 특히 마이너리티의 시선에 의해 관통되고 있다는 점이다. 이것에 비하면 성(매춘)을 둘러싸고 발생하는 잔인한 폭력과 노골적인 성적 언어들의 충격은 훨씬 덜 중요하다.

『테러의 시』는 길과 하늘, 하늘과 모래, 모래와 도시가 구별되지 않는 '노란 꿈'의 상태를 가로지르며 아빠의 손에 의해 섹스 클럽으로 팔려오는 제니의 등장 장면으로 시작된다. 제니는 지금 막 '경계'를 넘어온 이방인이다. 마치 소포클레스의 비극 『콜로누스의 오이디푸스』에서 오이디푸스와 안티고네의 운명이 그러하듯이, 제니는 이방인의 신분으로 "서울 외곽에 있는 불법 섹스 클럽"에 팔려온다. 시민적 권리의 주체에게는 국경을 넘는 일이 대수롭지 않은 일이겠지만, 그러한 권리의 바깥에서 살아가는 존재들에게는 월경(越境)은 하나의 사건으로 경험된다. 작가는 이 경험의 사건성을 '이름'의 변화로 상징화한다. '이름'은 한 사람의 '정체성'이다. 그러므로 '경계'를 넘는 과정에서 이름이 바뀐다는 것은 곧 월경(越境)이라는 사건적 경험이 정체성의 변화를 수반한다는 것을 암시한다. 이 소설에서 조선족 출신의 매춘부 '제니'는 중국에서는 '( )'였다가 한국으로 건너오면서 '제니'라는 이름을 부여받게 되고, 섹스 클럽에서는 '진저'라는 또 다른 이름을 부여받는다. "제니는 진저라고 불린다. 조선족 여자와 자고 싶어 하는 조선족 남자들에게 인기 있다."(32쪽) "핑크색 방에서 모르는 남자와 섹스할 때 제니는 진저다."(33쪽) '( )'에게 강제로 부여되는 이름들은 실상 섹스에 관한 남성의 판타지가 만들어낸 이미지이다. 그러므로 "모래가 되어 버린/모래가 되어 버린 제니의"(26쪽)라는 표현처럼, 중국에서 한국으로 건너오면서 제니는 삶의 구체성을 상실하고 이미지적인 삶을 살게 된다. 이 삶이 '이미지적인 삶'인 까닭은 삶의 기본적인 동력, 즉 욕망의 기원이 '제니' 자신이 아니라 '타자', 즉 남성(외설적인 자본주의)이기 때문이다.

> 식사를 하며 남자는 자신을 정 박사라고 불러 달라고 말한다. 제니는 고개를 끄덕인다. 남자는 자신의 직업이 공무원이라고 한다. 제니는 공무원이 뭐냐고 묻는다. 남자는 나라를 위해서 일하는 사람이라고 말한다. 제니는 나라가 무엇이냐고 묻는다. 남자는 그것은 국민을 위해 존재하는 것이라고 말한다. 제니는 국민이 무엇이냐고 묻는다. 남자는 그렇게까지 깊이 알 필요는 없으며 그저 자신이 공무원이라는 사실을, 그것도 아주 지위가 높은 공무원이라는 사실을 기억하면 된다고 말한다.(60쪽)

> 이제 제니와 리는 매주 서울 시내의 교회를 돌며 자신들이 살아온 삶에 대해서 이야기하고 그 대가로 돈을 받는다. 이야기는 거듭될수록 그럴듯해진다. 더욱 비참해지고, 더욱 슬퍼지고, 더욱더 사람들의 마음을 사로잡게 된다. (…) 그렇게 매주 그들은 더 많은 과거를 꺼내 놓는다. 매번 더 새롭고, 은밀하며 극적인 과거를 꺼내 놓는다. 하지만 꺼내 놓는 순간 그것들은 빛을 쬔 필름처럼 하얗게 바래 버린다. 말하면 할수록 그들의 과거는 희박해진다. 어쩌면 이제 제니와 리에게 더 이상 남은 과거는 없다. 더 이상 리는 자신이 영국인이라는 것을 확신할 수가 없다. 제니는 자신이 남자의 집에서 가정부로 지냈다는 사실을 믿을 수가 없다. 이제 그들의 과거는 대형 교회의 거대한 스크린 속, 그리고 에이치디 카메라의 메모리 안에서만 존재한다.(176~177쪽)

'섹스클럽-고위공무원-술과 마약-강남 대형교회 목사'를 거치는 과정에서 제니가 보여주는 모습은 그녀 자신의 의지가 아니라 그를 장악하고 있는 남성의 판타지를 연기(演技)하는 것이었다. 섹스 클럽에서의 그녀는 자신에게 요구되는 의상을 입어야 하고, 자신을 구매한 남성들이 원하는 방식으로 말하고 행동해야 한다. 자신을 '정 박사'라고 소개한 고위공무원의 집에 가정부로 팔려간 뒤에도 제니는 여전히 남자의 고급한 취향과 홈 스위트홈(Home Sweet Home)이라는 가부장적 판타지를 지속시키기 위해 가정부와 아내라는 두 개의 배역을 담당한다. 마지막으로 "행색이 좋지 않은 노인들"과 "노숙자와 외국인 노동자들" 틈에 끼어들어 간 강남의 대형교회에서는 목사가 원하는 방식으로 자신의 과거를 픽션으로 가공하여 간증하는, 즉 신도들의 눈앞에서 '주님'의 사랑을 증명해 보임으로써 더 많은 헌금을 챙기려는 목사들의 의도에 맞춰 거짓 간증을 한다. 이방인으로 한국을 찾은 제니가 겪게 되는 자본주의적 경험을 통해 작가는 지배체제로서의 자본주의가 '섹스 클럽', '고위공무원', '술과 마약', '교회'의 공모에 의해 유지되고 있음을 고발한다. 그리하여 "매주 제니와 리는 새로운 교회에 가지만 전에 갔던 교회와의 차이점을 찾을 수가 없다. 목사들은 모두 똑같은 표정을 짓고 있고 모두 똑같은 옷을 입고 있다. 신자들은 모두 똑같은 눈으로 제니를 바라보며, 벽에 매달린 스크린은 모두 같은 회사의 제품이다."라는 진술은 결국 자본주의와 종교의 공모가 '강남의 대형교회'에 국한되지 않고 '교회' 자체의 속성에서 비롯되는 것임을 폭로한다. 더욱이 소설의 후반부에서 간증으로 돈을 벌어들이는 목사가 섹스 클럽의 사장이었음이 폭로되는 순간, 우리는 포주와 목사, 섹스 산업과 종교 산업이 자본주의의 외설적인 두 얼굴임을 깨닫게 된다. 하여, 서울이 자본주의의 축소판이라는 맥락에서 "서울이, 교회를 가득 채우고 있다"라는 의미심장한 진술을 해석해보면 이것은 '서울'이라는 자본주의의 수도가 하나의 거대한 '교회'라는 의미인 것이다. 이 교회-도시에서 살아가는 군상들, 그들은 '구원'의 세계 안에서 정작 구원의 대상이 되지 못하는 존재들이다.

리가 사는 곳은 페스카마 15호라 불린다. 그것은 오래전에 문 닫은 건물 지하에 있던 실내 바다 낚시터의 이름이다. 시에서는 몇 년 전 그 건물을 없애고 주위의 버려진 땅을 사들여 고급 아파트 단지를 지으려는

> 계획을 세웠다. 하지만 시장이 바뀐 뒤 기존 계획이 백지화되고 관련 건설 업체가 도산하자 순식간에 사람들에게서 잊혀 유령 같은 장소가 되어 버렸다. 그리고 얼마쯤 지나자 어떤 종류의 사람들이 찾아오기 시작했다. 그들은 가진 게 거의 없다는 점에서 같았다. 돈이 거의 없다는 점에서, 직업이 거의 없다는 점에서, 가족이 거의 없다는 점에서 같았다. 그들은 희망과 미래가 거의 없다는 점에서 같았다. 그들은 가난뱅이, 사기꾼, 못 배운 놈이라 불렸다. 건달, 양아치, 창녀라 불렸다. 정신병자, 병든 노인, 불법체류자, 전과자, 깡패, 도박 중독자, 거지, 주정뱅이, 마약 중독자…….(105~106쪽)

"교회를 가득 채우고 있"는 서울, 복음과 구원이 넘쳐나는 이 도시에 존재하는 '천국'은 '김밥천국'이 전부이다. "시에서 가장 부유한 구역에는 신기하게도 교회가 많았다. 시에서 가장 부유한 구역에는 신기하게도 고시원이 많았다. 시에서 가장 부유한 구역에는 신기하게도 김밥천국이 많았다. 무엇보다 신기하게도 시에서 가장 부유한 구역에는 시에서 가장 가난한 사람들이 많았다."(151쪽) 일찍이 맑스는 '종교'를 자본주의라는 '현실'과 대비되는 '환상/공상'의 산물이라고 주장했지만, 정작 자본의 도시 서울을 점령하고 있는 것은 종교(교회)이다. 이는 발터 벤야민의 에세이 제목(「종교로서의 자본주의」)처럼 자본주의 자체가 하나의 종교임을 증명하는 몽타주는 아닐까? 분명한 것은 '자본주의'와 '종교'라는 이질적인 것들의 조합이 서울의 모습이듯이, 또한 '부유한 구역'과 그것에 전혀 어울리지 않는 '고시원', '김밥천국', '가장 가난한 사람들'의 조합 또한 서울의 진짜 얼굴이라는 사실이다. 그 도시의 한 귀퉁이에 '페스카마 15호'라고 불리는 공동체의 공간이 존재한다.

'페스카마 15호'는 타자의 공간이다. 건물 자체가 재건축 대상으로 지정되어 철거의 위험에 직면해 있다. '페스카마 15호'는 용산참사에 관한 알레고리의 성격을 띤다. 그곳의 거주자들은 가진 것이 없고, 직업이 없고, 가족이 없고, 그리하여 희망과 미래가 없다는 공통점을 지니고 있다. 그래서 고유명사로 불리기보다는 "어떤 종류의 사람들"이라고 불러야 할 존재들이다. 가난뱅이, 사기꾼, 못 배운 놈, 건달, 양아치, 창녀, 정신병자, 병든 노인, 불법체류자, 전과자, 깡패, 도박 중독자, 거지, 주정뱅이, 마약 중독자……, 이 모든 것들이 그들에게 부여된 명칭이다. 화자는 이 공간을 "유령 같은 장소"라고 말하고 있지만, 실제로는 공간 이전에 이곳에서 살고 있는 "어떤 종류의 사람들" 자체가 이미 유령이다. 그러므로 "유령 같은 장소"는 "유령의 장소"라고 바꾸어 읽어도 무방하다. 제니는 이곳에서 무사한 타자들, 즉 유령들과 조우한다. 일용직 노동자 박, 생선 가게를 운영하는 김, 심야에 대형 마트에서 일하는 휴학생 리, 각성제 중독자 윤. 그리고 담배를 피우고 술을 마시는, 이유 없이 싸움을 하고 지능이 모자란 여학생의 가슴과 팬티 속을 더듬는 박의 아들과 친구들, 해가 뜰 때까지 노래를 부르며 이따금 노트북과 핸드폰을 들여다보는 대학생들, 이들 모두는 '서울'이라는 공간에서 자본주의라는 악령에 들린 채 살아가는 우리 시대의 군상들이다. 제니는 이들 대학생이 떠난 자리에서 "육팔 혁명"에 관한 책을 발견하고 읽지만 이해하지 못한다. 아니 "천장도, 바닥도, 싱크대도, 프라이팬도, 프라이팬 속에서 썩어 가고 있는 스파게티 또한 휴머니즘으로 충만하다. 제니가 썩은 스파게티를 한입 가득 넣고 씹는다. 이것이 바로 휴머니즘이다. 휴머니즘의 맛. 휴머니즘 그 자체. 휴머니즘의 핵심. 그것은 몹시 역겹다."(110쪽)라고 말할 때, 그것은 "대학생-육팔혁명-휴머니즘"으로 상징되는 혁명의 패러다임이 결코 제니의 삶에 구원이 될 수 없음을 뜻한다. 그리하여 제니는 이 쓸모없는 혁명의 패러다임을 거부하는 듯 "양손으로 쓰레기통을 잡은 채 토한다. 그리고 프라이팬에 가득한 휴머니즘을 쓰레기통에 쏟아"버리고 "휴머니즘이 완벽하게 제거되어 깨끗하게 빛나는 팬"을 만족스럽게 바라본다. 아니, 그녀는 집 안에 존재하는 모든 휴머니즘의 잔재를 일소하려 한다. 이것은 '휴머니즘'이라는 이름으로 포장된 값싼 연민에 대한 거부의 몸짓이다.

또한 그녀는 '페스카마 15호'에서 노동절 기념행사를 개최하는 대학생과 예술가 지망생들을 만난다. '페스카마 15호'가 '용산참사'의 알레고리라면, 이곳을 방문한 대학생과 예술가들은 용산철거를 항의하고 철거민들의 생존권 투쟁을 지지하기 위해 모인 연대 세력들이다. 그러나 제니의 시선에 비친 그들은 결국 돌아갈 집을 가진 중산층의 자식들일 뿐이다. "대학생들은 충만해진 마음으로 다음을 기약하며 헤어져, 버스와 지하철을 타고 서울과 수도권에 있는 그들 부모님 소유의 집으로 돌아간다."(121쪽) 이러한 진술에는 결국 '페스카마 15호'를 찾아온 연대 세력들에 대한 냉소가 짙게 깔려 있다. '페스카마 15호'에 사는 사람들 모두를 자신의 집으로 초대하고, 제니의 냄새나는 머리를 쓰다듬으며 "불쌍한 것"이라고 생각할 수 있는 '402호 여자'가 보여주듯이 실상 연대란 동정과 연민의 불편한 진실일 뿐이기 때문이다. 402호 여자가 이들을 초대할 수 있었던 이유는 그녀의 하나뿐인 아들이 "S사의 신입 사원으로 최종 합격"을 했기 때문, 곧 그녀가 그곳을 벗어나게 될 것이기 때문이다. 이 소설에서 제니와 리, 즉 불법체류자이자 이방인인 이들의 삶을 구원해줄 수 있는 존재는 어디에도 없다. 작가는 이 출구 없음과 세계 상실의 상황에 대해 건조함을 가장한 혐오의 시선을 던지면서도, 이 타자의 삶을 이해한다는 태도를 취하거나 세계가 구원될 수 있다는 몽상에 침잠해 있는 일체의 몸짓에 대해 더욱 혐오하는 시선을 던진다. 이 불가능성이 결국 제니가 '서울'을 벗어나지 못하고 이유이기도 하다. 김사과의 소설은 이러한 상황에서도 과연 우리가 '삶'에 대해 말할 수 있는가에 관해 묻고 있다.

3. 깨진 마음은 붙지 않는다: 안보윤의 『사소한 문제들』[2)]

안보윤의 『사소한 문제들』에서 '사소한'이라는 수식어는 '폭력=일상'의 세계에 대한 일종의 반어(irony)이다. 비정상적 상태로서의 폭력과 정상적 상태로서의 일상이라는 전통적인 구분이 무의미해진, '예외'와 '정상'이 구별되지 않는 상태가 이 소설 속의 '세계'이다. 때문에 소설을 읽으면서 우리는 문득 '사소한'이라는 수식어가 문학적 장치로서의 '반어'가 아니라 타인의 고통에 대해 무감각해진, 극도의 폭력이 일상적으로 발생하고, 그것이 매스컴을 통해서 '정보'의 형식으로만 유통되는 시대에 대한 사실적 진술일지도 모른다는 두려움에 휩싸인다. 이 소설에는 세 명(아영, 두식, 순구)의 주요 인물이 등장한다. 먼저, 중학생인 황순구는 한때 자신의 친구였던 고등학생에 의해 일상적으로 집단 괴롭힘을 당한다. 다음으로 초등학생인 아영은 순구와 고등학생 패거리들이 여자아이를 성폭행하는 장면을 우연히 목격한 다음부터 그들 패거리에게 집단 괴롭힘을 당한다. 뿐만 아니라 아영은 "안전하다고 생각되지만 실은 손톱만큼도 아영을 지켜주지 않는 허울뿐인 학교와 집" 때문에 학교에서도 '왕따'를 당하고 있다.

> 같은 반 여자애들은 어느 누구도 이런 취급을 받지 않았다. 아영이 아무에게나 질질 끌려다니고 얻어맞고 하는 건 아영이 가냘프고 예쁜 목소리를 내는 여자아이가 아닌 슈렉이기 때문이었다. 슈렉은 좀 맞아도 괜찮아. 더럽고 뻔뻔스러운 괴물이니까. 여자아이들까지 아영의 뻣뻣한 머리칼을 잡아당기고 문구용 칼로 자르고 하는 건 바로 그런 이유였다.(20쪽)

2) 문학동네, 2011.

학교에서 아영은 '슈렉', 즉 괴물이라는 이유로 왕따를 당한다. 그러나 '괴물'이라는 별명은 '왕따'라는 사건에 의해 만들어진 것일 뿐, 그것이 '왕따'의 근거는 아니다. '괴물'은 특정한 시선에 의해 만들어진다. 그 시선에 따르면 아영은 '괴물'의 필요충분조건을 완벽하게 갖춘 존재이다. 그러므로 그녀가 괴물인 이유가 따로 있는 것이 아닌 것처럼, 그녀가 괴물이 아니어야 할 이유 또한 존재하지 않는다. 왕따의 메커니즘 속에서 '괴물'은 괴물이기 때문에 왕따를 당하는 것이 아니라 왕따를 당하기 때문에 괴물이다. 그런데 이 소설에서 초 · 중 · 고등학생들에 의해 자행되는 왕따와 폭력의 정도는 상식을 초월한 '범죄'이다. 그러므로 이 소설에 등장하는 아이들은 반항기의 '악동'이 아니라 악한, 아니 악마에 가까운 존재들이다. 가령 이 소설은 어느 오후 세 시의 놀이터 풍경으로 시작된다. 여섯 명의 아이들이 놀이터에 머물고 있다. 그들은 한 명의 여자아이를 상대로 "새로운 놀이", 즉 집단성폭행을 행하고 있다. 이 '놀이'는 '삽입'과 '사정'이라는 두 개의 단어로만 설명된다. '놀이'라는 말의 느낌처럼 성폭행을 당하는 여자아이에게도 그것은 일상의 일부이다. "여자아이는 태연한 눈길로 자신의 몸을 오르내리는 팔다리를 내려다본다. 아니, 태연하다기보다 지루한 표정이다. 지루함, 체념, 성가심, 권태 같은 것들이 여자아이 얼굴에 주근깨처럼 흩뿌려져 있다." 안보윤의 『사소한 문제들』이 독자들을 불편하게 만드는 이유는 이 소설이 끔찍한 폭력과 그것의 희생자들을 적나라하게 드러내고 있기 때문이기도 하지만, 그러한 폭력이 '일상'이고, 가해자와 피해자 모두 그것을 '놀이'와 '상식'으로 받아들이고 있기 때문이다. 이 소설에 등장하는 세 명의 주요인물에게 이러한 폭력은 '운명'에 가깝고, 그런 점에서 그들은 짙은 허무와 체념의 굴레를 당연한 것으로 받아들인다.

폭력에 노출될 때마다 아영은 '헌책방'을 찾는다. 그곳에서 그녀는 "죽음의, 살인의 한 연구"를 상상한다. 헌책방의 서가에 빼곡히 꽂힌 책들을 상상에 의해 '살인'으로 변주하면서 아영은 구체적인 '살의'를 느끼지만,

정작 그녀에게는 누군가를 살해할 정도의 힘이 없다. 아영이 그곳에서 만난 인물은 이 소설의 주요인물 가운데 한 사람인 두식이다. 아버지에게 물려받은 헌책방의 컴컴한 어둠 속에서 웅크리고 살아가는 존재인 두식은 가출하여 그곳을 찾은 아영에게서 "동류의 냄새"를 맡는다. 그는 "호기심과 관심, 질문과 의심이 불러들이는 불행"을 알고 있기에 아영과 순구를 중심으로 그곳에서 벌어지는 악행에 대해 무관심으로 대응한다. "눈을 돌리고 숨을 참고 자신의 손가락만 응시하면 된다." 한때 후배 성현에게 사랑의 감정을 느꼈던 동성애자인 두식은 성현에게 상처를 받은 뒤로 직장을 그만두고 이곳 헌책방의 어둠 속에 자신을 유폐시킨 채 살아간다. 소설은 두식과 아영의 시선을 교차시키고, 이들 세 사람의 관계 아닌 관계를 중심으로 이야기를 펼쳐나간다. 가령 고등학생인 친구에게 괴롭힘을 당한 순구는 '슈렉'이라고 불리는 초등학생 아영에게 자신이 당한 폭력을 고스란히 발산한다. 순구는 자신을 괴롭히는 친구가 "새로운 놀이"라고 명명한 것과 유사한 방식으로 아영을 성적으로 착취한다. 이러한 관계를 통해서 작가는 친구-아영-순구로 이어지는 악무한(惡無限)의 세계를 약육강식의 자연 상태로 그린다. 이 소설은 세상을 피해서 헌책방에 숨은 두식과, 순구의 폭행을 피해 가출하여 헌책방으로 숨어든 아영의 짧은 동거생활을 중심으로 두식을 다시 찾아와 두식의 약점을 이용하여 자신의 이익을 도모하려는 성현의 이야기와, 아영이 순구의 성폭행 장소인 PC방 화장실에 불을 지르다가 다리에 화상을 입는 이야기를 교차시켜 이야기를 끌어나간다. 결국 이 소설에서 두식과 아영, 즉 상처 입은 두 존재의 만남은 상처 때문에 세상을 향해 마음을 닫았던 그들이 조금씩 다시 마음의 빗장을 풀어가는 과정을 그려내며, 그렇기 때문에 폭력의 악순환에 결코 벗어날 수 없다는 비관적인 인식과 함께 희미하게나마 그것의 극복가능성을 모색하는 방향으로 나아간다. "이제부터 아주 먼 길을 이 낡은 몸으로 걸어내야 한다. 꾸준히 걸어낸다면 그간 놓쳤던 행복의 퍼즐 하나쯤은 손에

줄 수 있을지도 모른다." 그러나 이 소설의 미덕은 그러한 가능성을 쉽게 허락하지 않는다는 데 있다. 즉 이 소설은 쉽게 희망이라는 단어를 발설하지 않음으로써, '관계'를 통해서 모든 문제를 해결할 수 있다고 믿는 의지의 낙관주의를 지지하지 않는다. 그래서 이 소설은 폭력으로 얼룩진, 폭력만이 유일한 관계의 양상이라고 말하는 잔혹극을 지향하는 것은 아니지만, 그렇다고 폭력-관계에서 생겨난 상처가 쉽사리 치유될 수 있다고 말하지도 않는다.

소설의 마지막 장면을 보자. 황순구에 대한 살의를 품었으나 그를 살해하지는 못한 아영은 대신 성폭행의 장소인 PC방 화장실에 불을 지르기로 결심한다. "황순구가 아니라면 저 더러운 화장실만이라도, 빌어먹을 저 저주받은 공간만이라도 태워 없애지 않으면 안 된다." 아영이 지른 불 때문에 성폭행의 또 다른 피해자인 '송곳니'가 질식사하고, 그 사건과 함께 순구의 범죄가 드러나면서 순구는 법의 처벌을 받는다. 작품의 마지막에 나오는 아영의 상처(화상)는 순구에게서 받은 심리적 트라우마의 육체적 징표와 같은 것이며, "화상은 많이 아물었지만 지렁이같이 뭉친 붉은 살점들이 등고선처럼 기괴하게 솟아"오른 모습은 그 심적 상처가 육체에 새겨놓은 흔적이다. 그러므로 "아영은 이제 숨기려는 기색 없이 오른 다리를 끌며 걷는다."라는 진술은 아영이 이 상처를 말끔하게 극복하는 것은 불가능하며 상처를 껴안고 살아가야 할 운명임을 암시한다. 그렇지만 "뒤돌아보면 팻말 바로 옆에, 두식이 떼놓고 온 불행하고 쓸쓸한 그림자가 팔을 벌리고 서 있을 것만 같다. 탁탁 소리와 함께 두식은 힘차게 달리기 시작한다."라는 진술이 말해주듯이, 상처란 돌아보는 순간 다시 생겨나서 상처입은 존재의 삶을 위협할 수도 있다. 두식은 그 상처에서 벗어나기 위해 달리기 시작하지만, 우리는 그가 남겨두고 온 상처 또한 두식의 뒤를 쫓아 빠르게 질주할 것임을 예감한다. 그것은 순구가 사라진 자리에 또 다른 순구들이 등장할 것이라는 불행한 예감과 무관하지 않다. 어쩌면 이 악령의 세계에서 그러한 폭력과 불행이란 잠시 유예될 수 있을 뿐 영원히 벗어날 수 없는 것은 아닐까.

4. 이 삶은 어디서부터 잘못된 것일까?: 김이설의 『환영』[3)]

매일 아침 여자는 '경계'를 넘는다. '윤영'이라는 이름을 지닌 30대 초반의 이 여자는 아침마다 젖도 떼지 않은 어린 딸과, 가망 없는 고시 공부에 인생을 저당 잡힌 무능한 남편을 '옥탑방'에 남겨두고 물가의 왕백숙집으로 향한다. 그녀가 출산 보름 만에 일을 나선 이유는 오직 하나, '목돈'을 마련해 비좁은 월세 옥탑방을 벗어나기 위해서이다. 고시원에서 만나 옥탑방에서 신혼살림을 시작한 이들 부부는 아이가 태어나자 하루 빨리 그곳을 벗어나 좀 더 넓은 곳으로 옮겨가려 한다. 그러나 낙방을 거듭하면서도 끝내 고시공부를 포기하지 못하는 무능한 남편 때문에 이들 가족의 생계가 위기에 처하게 되자, 여자는 '아이'와 '남편', 즉 가족의 생계를 책임지기 위해 왕백숙집에 취직을 한다. 그러나 그녀의 본업은 식당일이 아니라 그곳을 찾는 고객들을 대상으로 한 매춘이다. 그러므로 그녀가 매일 아침 넘어야 하는 경계(境界)란 실상 "시와 도"가 나뉘는 행정적인 경계이면서, 동시에 가족의 세계와 노동의 세계, 도덕적 세계와 몰(沒)도덕적 세계의 경계이다. 소설의 전반부에서 그녀의 매춘행위는 '가족'을 위한 희생이라는 이데올로기에 의해 정당화된다. "내가 밥을 먹는 것도, 잠을 자는 것도 모두 아이를 제대로 키우기 위해서였다 (…) 공무원 시험 준비를 해왔던 남편을 내보내는 것보다 내가 나서는 것이 당연했다."(15쪽) 김이설의 『환영』은 이처럼 가족의 생계를 위해 '매춘'을 선택한 한 여자의 출구

3) 자음과모음, 2011.

없는 삶에 관한 이야기이다.

『환영』의 기본 축은 '가족'이다. 성장을 해도 제대로 걷지 못하는 장애를 지닌 딸, 처음에는 경제적으로 그냥 무능했으나 취직을 했다가 후진하는 트럭에 치여 "병원비까지 축내는 가장"이 되어버린 '죄인'인 남편, 게임 중독에 빠져 윤영의 전세계약서를 저당 잡히고 돈을 대출해 달아난 남동생, 한때는 가족 모두의 '희망'이었으나 사업에 뛰어들어 집안을 몰락시키고 그것으로도 모자라 윤영에게 끝없이 손을 벌리는, 결국 도박과 매춘의 나락에서 허덕이다 죽임을 당하고 만 여동생 민영, 그리고 경제력이 없는 무능한 가장으로 평생을 살다가 끝내 암에 걸려 죽은 아버지, 새 남자를 만나 살림을 차렸다가 쫓겨난 뒤 윤영의 단칸방에 의탁한, 그것으로도 모자라 그녀의 전세계약서와 인감도장을 훔쳐 아들에게 넘겨줌으로써 윤영의 마지막 재산마저 일순간에 날려버린 엄마, 이들 모두가 윤영의 삶에 그늘을 드리우는 '가족'이라는 이름의 악령이다. 그리하여 '가족'에 대한 그녀의 태도는 시간이 지날수록 급속하게 변해간다. 소설의 전반부, 그녀는 남편과 아이의 내조를 마다하지 않으며, 스스로를 "제대로 된 어미"라고 자신할 정도로 아이에 대한 그녀의 애정은 각별하다. 그러나 자신의 매춘이 '가족' 때문이라고 생각하는 그녀는 남편이 책상 위에 펼쳐놓은 책의 페이지가 시간이 지나도 넘어가지 않는다는 사실에 분개하고, 급기야 "하루 종일 아이와 노닥거리고 부엌에서 콩나물 대가리나 따고 있"는 남편에게 분노를 표출한다.

> 남편의 얼굴은 부옇게 살이 올라 있었다. 아이는 자고 있다. 책상 위는 아침과 그대로였다. 무슨 수를 써야 한다면 그게 오늘이어야 했다. 나는 냅다 밥상을 뒤집었다. 남편의 벌린 입에서 밥풀이 후두둑 떨어졌다. 참을 만큼 참고도 더 참아야 하는 건 가족이었다. 남은 반찬만 갖다 버릴 것이 아니라, 필요 없는 식구도 갖다 버렸으면 싶었다. 앓아누웠던 아버지

가 죽기까지 그 생각을 버린 적이 없었다. 걸핏하면 용돈 좀 보내달라는 준영이나 빚 독촉 전화를 대신 받게 하는 민영도 마찬가지였다. 밥만 축내면서 밤이면 취하다시피 잠든 마누라 배 위에 올라타 남자 행세하려는 남편도 꼴 보기 싫었다. 가족이어서 더 그랬다.

주인공 윤영이 가족들을 "필요 없는 식구"라고 인식할 때, '가족'은 자신들의 맨얼굴을 드러낸다. 소설의 후반부에서 그녀 자신이 '최악과 최선'의 거리를 가늠하듯이 '가족' 이데올로기에 의해 봉합되어 표상되는 상상적 존재로서의 가족과, 불현듯 가족들이 자신의 노동에 기생하고 있으며 그들 때문에 자신의 삶이 불행의 나락에서 벗어나지 못하고 있다고 판단될 때 목격되는 가족의 맨얼굴 사이의 거리는 멀지 않다. 다만 그러한 실재의 출현을 억압하고 지연시킬 수 있는 합리화 기제가 정상적으로 작동할 때에만 '가족'은 그녀의 삶의 목적이 된다. 이런 까닭에 거듭되는 노동과 매춘의 나날에도 불구하고 자신의 삶에 아무런 진척이 없음을 절감할 때, 그 좌절감은 오롯이 폭력과 냉소의 형태를 띠고 가족에게 전가된다. 가령 "나의 촉수는 언제나 아이를 향해 있었다. 적어도 그때의 나는 제대로 된 어미였다."라고 주장하면서 가족의 생계를 떠맡았던 희생정신과 책임감은 시간이 흘러 그녀 자신이 가정경제의 주도권을 쥐면서부터는 '가족'에 대해 폭력적으로 군림하는 방식으로 바뀌게 되고, 더불어 아이를 위해 옥탑방을 벗어나야 한다던 애초의 의도는 아이를 시댁에 맡긴 뒤로는 자취를 감추게 된다. 때문에 작품의 후반부로 갈수록 매춘은 '돈'이라는 원초적인 목적 이외의 목적을 갖지 않는 맹목적 행위에 접근하게 된다. 이러한 목적의 상실은 윤영 자신에게 심각한 실존적 딜레마로 다가오는데, 왜냐하면 그녀는 옥탑방의 삶('가족')을 구원하기 위해 매춘을 시작했으나 시간이 지나면서 왕백숙집과 옥탑방, 즉 직업의 세계와 가족의 세계 모두에서 자신의 존재감을 찾지 못하는 상황에 처하기 때문이다. 즉 그녀는 '이곳-

옥탑방'을 구원하기 위해 '저곳-왕백숙집'으로 갔으나, 결국엔 '이곳-옥탑방'마저 상실하게 된다. "아침마다 안녕히 잘 가시라는 말 때문에 다른 세계로 들어선 것 같았다. 그런데 밤이 되어 되돌아오는 여기도 다른 세계 같았다. 왕백숙집이나 옥탑방이 나의 세계라고 믿고 싶지 않기 때문이었다."(152쪽)

그렇다면 이 소설의 제목은 왜 '환영'인 걸까? 환영(幻影)이 어떤 대상에 대한 시선의 착시를 뜻한다면, 이 소설에서 그 대상은 과연 무엇일까? 단적으로 그것은 살뜰하고 애정 어린 시선을 던지던 '가족'의 얼굴이고, 궁극적으로는 주인공 윤영이 자신의 노동(매춘)과 남편의 시험합격을 통해서 '옥탑방'을 벗어날 수 있으리라는 생각했던 '희망' 그 자체이다. '환영'은 희망의 또 다른 이름이며, 그 역도 마찬가지이다. 이 희망은 윤영의 삶이 유령적인 것에 접근할수록 헤어날 수 없는 절망으로 바뀌고 마는데, 문제는 가난한 이들 가족에게는 애초부터 '희망'이 절망의 환영일 수밖에 없었다는 사실이다. 그 절망은 '가족'이라는 이름으로 봉합되어 있었을 때 희망으로 상상될 수 있었으나, 그녀 자신의 삶이 '죽은 삶'에 근접함에 따라서 '절망'이라는 희망의 맨얼굴을 드러내게 된다. 그녀 자신이 꿈꾸었던 희망이 한낱 환영에 불과했다는 것은 소설 전체를 통해서 '희망'이 발화되는 장면의 변화에서도 분명하게 확인된다. 앞에서도 지적했듯이 윤영의 매춘 행위는 가족의 생계와 거주지의 확장 이동이라는 희망에서 출발했다. 그녀는 그것을 분명하게 '희망'이라고 말하고 있다. "그건 욕심이 아니라 희망이라고 생각했다. 그 희망이 이뤄지려면 남편이 시험에 붙어야 했다 (…) 우리에게도 희망이 있다. 희망이 있다는 사실이 희망이었다."(29쪽) 그러나 이 희망에 대한 인식은 거듭되는 매춘에도 불구하고 '옥탑방'을 벗어날 수 없으며, 통장의 잔액조차 늘어나지 않는 현실에 직면하면서 서서히 바뀌기 시작한다. 가령 그녀는 새벽에 들어온 날마다 남편의 수험서를 찢으면서 남편에게 걸었던 희망이 사라지고 있음을 직감한다. 그리고 "부질없는 희망은 빨리 버려야 했다."(126쪽)라고 고백한다. 희망의 부재라는 벌거벗은 삶 앞에서 이제 그녀는 "시간은 멈추지 않는다. 결국 지나가게 된다. 그것이 가장 큰 위안이었다."(149쪽)처럼 지금 이 순간이 빨리 지나가기만을 바랄 뿐이다. '희망'이 삶의 조건의 변화를 뜻한다면 시간이 급속하게 지나가기만을 바라는 심리는 불가항력의 현실 앞에 무릎을 꿇었다는 것을 뜻한다. 그럼에도 불구하고 가족발(發) 악재는 계속해서 그녀를 덮쳐온다. 그리고 그녀는 이 거듭되는 악재 앞에서 '최악'이라는 가상의 시나리오를 등장시켜 현실을 위로한다. "최악을 생각해보니 지금의 상황이 그리 나쁜 것 같지 않다."(154쪽) 이제 '희망'은 중요한 문제가 아니다. 더불어 '가족' 또한 그녀의 시선에서 멀어진다. "나는 아이를 안고 다시 최악의 상황을 열거하기 시작했다. 남편이 수술 중에 죽는다. 어쩐지 최악으로 여겨지지 않았다. 남자에게 쫓겨난 갈 데 없는 엄마가 길거리에서 죽는다. 그것도 최악은 아닌 것 같았다."(162쪽) 그렇다면 이제 윤영에게 남은 것은 무엇일까? 그것은 "나는 누구보다 참는 건 잘했다. 누구보다도 질길 수 있었다. 다시 시작이었다."(193쪽)처럼 자신이 불행한 현실 속에서도 잘 참고 견딘다는 근거 없는 인내심의 재발견이다. 죽음을 선택하거나, 또는 현실을 수긍하고, 즉 '희망'에 대한 미련 따위는 버리고 그저 하루하루 힘겹게 버티며 살아가는 것만이 남는다. 그리고 후자를 선택하는 순간, 그녀의 운명은 '왕백숙집'으로 되돌아가는 것으로 결정되어 있다. 그렇기 때문에 그녀의 죽음은 죽음의 순간까지 잠시 유예되었을 뿐이다. 그렇게 죽음에 사로잡힌 삶을 우리는 유령, 아니 악령이라고 불러도 좋을 것이다. 어쩌면 '희망'이라는 거추장스러운 덮개를 없애버리는 순간부터 그녀의 삶은 죽음의 또 다른 이름에 불과했을 수도 있다.

주권의 외부를/에서 상상하다

1.

'주권(sovereignty)'은 16~17세기 유럽 사회의 정치적 격변기에 형성된 정치적 · 법적 개념으로 정치체와 국가를 연결시키는 근대적인 베스트팔렌적(westphalian)인 정치적 상상력 아래에서 자신의 영토에 대한 배타적이고 분할불가능한 권리/권력을 가리킨다. 국가 형태의 세속화라고 말할 수 있는 이 권리/권력에 기초하여 근대의 정치체는 각 국가의 내정에 대한 외부개입을 금지했고, 상위의 초국가적 권력에 대한 복종 또한 거부할 수 있었다. 주권에 대한 베스트팔렌적 상상력은 질적으로 구별되는 두 종류의 정치적 공간을 상정하고 있었다. "국내적 공간은 법과 정의의 책무에 종속되는 사회계약의 평화로운 시민적 영역으로 간주된 반면에 '국제적' 공간은 전략적 타협이 지배하는 전쟁터와 같은 영역, 그 어떤 구속력 있는 정의의 의무도 존재하지 않는 국익이 지배하는 영역, 자연상태의 영역으로 간주되었다."[1] 하지만 현대 정치철학의 핵심적인 문제로 급부상하고 있는 '주권'의 문제는 이미 이러한 근대적인 정치적 상상을 뛰어넘고 있다. 즉, 오늘날 '주권'의 문제는 우리가 근대의 한 정체(政體)로 간주하는 형식적 · 제도적 민주주의에 관해 언급할 때 등장하는 국민주권이나 타 국가에 대한 배타적 권리를 가리키는 국가 주권 같은 상식적인 범위에 한정되지 않는다. 오늘날 '주권'은 노동과 자본의 지구적 이동에 따른 이주노동자(불법체류자) 문제, 한 공동체 내에서 권력에 의해 생산되는 내부난민(비국민)의 문제, '생명 정치'를 둘러싸고 진행되는 푸코와 아감벤의 권력논쟁, 안토니오 네그리/마이클 하트가 '제국(Empire)'으로 요약한 지구적 차원의 제국적 주권 문제, 발리바르가 세계화와 하나의 유럽이라는 맥락에서 사유하고 있는 유럽적 시민권 문제에 이르기까지 사실상 지구 곳곳에서 발생하고 있는 다양한 정치적 문제들을 응축하고 있는 논쟁적 개념으로 자리 잡았다. 따라서 '주권의 너머'에 관한 상상 또한 그 맥락에 따라 매우 상이한 방식으로 논의되고 있으며, 이러한 상상의 이질성이 현대적 삶을 중심으로 논쟁적 관계를 형성하고 있는 것이 현대 정치철학의 지형도라고 말할 수 있다. 이러한 정치철학의 지형과 '주권'을 둘러싼 논의는 미학, 즉 현대의 문학적 상상력에도 결정적인 영향을 미치고 있다. '주권'에 대한 근대적 논의가 공화주의적 국민주의/국민주의적 공화주의를 중심으로 사유되었듯이, 몇몇 예외적인 경우를 제외하면 근대문학은 "민족이란 근대국가의 울타리 안에서 자신과 운명을 함께하는 집단이 만든 상상의 공동체"라는 베네딕트 앤더슨의 주장처럼 근대 국민국가의 내부에서 발생하는 문제들을 중심으로 창작되었다. 그리고 '주권'에 대한 현대적 논의가 국민국가의 내부에 국한되지 않듯이, 현대문학은 '민족'이라는 상상의 공동체가 구성되는 과정이 아니라, 정확하게 그 단일성이 함축하고 있는 폭력성이나 '국

1) 낸시 프레이저, 김원식 옮김, 『지구화 시대의 정의』, 그린비, 2010, 18쪽.

민'이라는 주체의 균질성이 균열되는 지점을 중요한 문제로 다루고 있다. 이는 최근의 문학이 루저, 백수, 비정규직 노동자, 이방인 등을 중심인물로 설정하거나, 현대시가 '정치'와 '민주주의' 문제를 '감각적인 것의 분할'이라는 관점에서 논의해온 것과 무관하지 않다. 아래에서는 '주권'에 관한 몇몇 정치철학적 논점을 살펴보고, 그것이 현대문학의 문제설정과 어떻게 연결되는지, 나아가 오늘의 문학이 어떻게 '주권-너머'의 상상력을 실험하고 있는지 살펴보려 한다.

2.

"19세기의 기본적 현상 중의 하나는 소위 생명에 대한 권력의 관심인 것 같다. 권력이 생명체로서의 인간을 장악하는 것, 생물학의 국유화라고나 할까, 아니면 적어도 생물학의 국유화라고 부를 수 있는 어떤 것으로의 경도현상이다."[2] 미셸 푸코는 1976~1979년 콜레주 드 프랑스 강의[3]에서 '신체'를 대상으로 하는 규율권력과 달리 사람들의 '생명'에 행사되는 새로운 권력에 대해 말했다. '생명(관리)권력'으로 번역되는 이것은 "규율권력으로 대표되는 해부정치와는 병행하지만 주권 모델과는 대립"[4]되는데, 푸코는 '주권' 권력이 "죽게 하거나 살게 내버려두기"의 메커니즘에 따라 행사되는 권력이라면, '생명(관리)권력'은 "살게 하고 죽게 내버려두기"의 메커니즘에 따라 작동하는 권력이라고 주장했다. 이 시기에 푸코는 개인의 신체에서 인구라는 집단적 신체로의 이행을 통해서 19세기 이후 인

2) 미셸 푸코, 박정자 옮김, 『사회를 보호해야 한다』, 동문선, 1998, 277쪽.

3) 『사회를 보호해야 한다』(1976), 『안전, 영토, 인구』(1977~1978), 『생명관리정치의 탄생』(1978~1979)을 가리킨다.

4) 미셸 푸코, 오트르망 옮김, 『안전, 영토, 인구』, 난장, 2011, 536쪽.

간들의 생물학적 삶이 권력의 메커니즘에 통합되었고, 국민들의 삶 자체를 관리하는 것이 권력의 통치 행위에서 중심적인 역할을 차지하기 시작했음에 주목했다. 이른바 '생명관리정치'가 탄생한 것이다. 시종일관 푸코는 '권력'을 주권적-사법적 모델을 벗어난 형태로 이해하려 했다.[5] 규율권력, 권력의 미시물리학, 지식과 권력의 연관성 등은 '권력'을 '소유'의 대상이 아니라 '실행/작동'되는 것으로, 그리하여 '주권'이나 '법'에 의존하지 않고 '권력'을 설명하려는 노력에서 나온 것들이다. "푸코는 근대사회에서 법이 규범에 자리를 내주고 있고, 정치신학으로 대변되는 주권 역시 정치기술과 전략, 전술의 형태로 전환되었다고 생각한다."[6] 아감벤은 권력에 대한 푸코의 이러한 주장을 수용하면서도 권력에 대한 푸코의 설명이 '주권'과 '법'에 관해서 일정한 공백을 함축하고 있다고 비판하고, 생명정치/생명권력의 문제를 '주권권력'의 맥락에서 재구성한다.

'생명정치'에 관한 아감벤의 이론은 '호모 사케르(Homo Sacer)'와 '예외상태'를 중심으로 꽤 널리 소개되었다. 아감벤은 슈미트의 이론을 원용하여 '주권'을 "예외상태를 선포할 수 있는 권한" 또는 "예외상태에서 결정하는 권한"이라고 정의한다. 예외상태란 법이 정지되는 상황이다. 법의 정지란 시민의 모든 권리가 더는 지켜지지 않는다는 것, 그리고 주권 권력의 활동에 대한 일체의 제한이 사라진다는 것을 뜻한다. 이러한 예외상태의 구체적 의미를 정확하게 알기 위해서는 플라톤부터 지금까지 서구의 정치철학을 관통하고 있는 삶/생명의 분할법을 살펴보아야 한다. 플라톤은 『법률』에서 통치자의 자격을 일곱 가지로 분류했는데, 그 분류의 핵심은 '통치

5) "권력에 대한 연구의 방향을 주권의 사법적 구조물이나 국가의 장치, 또는 국가에 수반되는 이데올로기 쪽으로 잡지 말고, 지배(이것도 주권이 아니라)나 물질적인 장치, 예속의 형태 혹은 이 예속의 국부적 체계의 사용과 결합, 그리고 마지막으로 앎의 장치 등의 측면에서 분석해야 한다고 나는 생각한다." 미셸 푸코, 박정자 옮김, 『사회를 보호해야 한다』, 동문선, 1998, 53쪽.

6) 양창렬, 「생명권력인가 생명정치적 주권권력인가」, 『문학과사회』, 2006년 가을호, 239쪽.

할 자격이 있는 존재'와 '통치할 자격이 없는 존재'를 구분하는 것이었다. 플라톤에 따르면 민주주의는 데모스, 즉 '통치할 자격이 없는 존재'의 통치이다. 이러한 존재의 정치적 분할은 아리스토텔레스에게서는 '폴리스와 오이코스', 아감벤이 근거로 삼고 있는 고대 로마에서는 '조에와 비오스', 홉스에게서는 '말하는 입과 먹는 입', 한나 아렌트에게서는 '노동과 행위'(아렌트), 그리고 국민주권과 그것에 기반을 둔 근대적 국민국가 체제하에서는 '주권자'와 '이방인'으로 변주 · 유지되었다. 이러한 구별의 정치학은 한 마디로 '포함'과 '배제'의 대상을 가르는 분할선을 긋는 행위이다. 이름이 무엇이든, 이러한 분할은 공동체의 '안'과 '밖'을 나누는 중요한 정치적 기준점으로 통용되어왔다. 이에 아감벤은 주권자의 권능이 가시화되는 것은 그가 어떤 사람을 호모 사케르, 즉 성스러운 인간으로 만드는 순간이라고 주장한다.

아감벤이 말하는 호모 사케르란 "희생물로 바칠 수는 없지만 죽여도 되는 생명"을 가리키는 고대 로마법의 용어이다. 죽여도 죄가 되지 않는 존재, 죽어도 희생양이 될 수 없는 존재. 호모 사케르는 죽여도 살인죄가 성립되지 않으니 인간의 법 밖에 있고, 죽어도 속죄양이 될 수 없으니 종교의 밖에 있다. 그는 희생의 범주에서 배제되는 방식으로 신에 속하고, 면죄되는 살해의 형태로 인간의 영역에 속하는 자, 즉 이중으로 배제된 자가 호모 사케르이다. 아감벤은 서구의 정치사가 인민 다수를 호모 사케르로 만드는 과정이었다고 주장한다. "근대 생명정치의 특수성은 전체 인구를 재판에 회부되지 않는 호모 사케르로 변형시키는 것으로서, 이는 과거 주권자의 구조적 특성인 예외상태에 대한 결정권을 실정법 차원에서 법제화시킬 수 있는 단계로까지 확장되는 것을 통해 완성된다." 여기에서 법의 외부, 즉 이중의 배제는 '배제'의 방식으로 공동체에 '포함'된다는 것을 의미하는데, 이로부터 누군가를 호모 사케르로 만든다는 것은 그 사람에게서 종교적 · 정치적 권리 일체를 박탈하여 '벌거벗은 생명'으로 만든다는 것을 가리킨다. 아감벤은 이러한 배제적 포함의 논리를 슈미트의 '예외상태'와 연결시키고, 주권자를 이러한 권한을 지닌 존재로 규정한다. 주권자를 "법을 만들 수 있는 권리"(입법권)를 지닌 존재라고 규정했던 장 보댕과 달리 슈미트는 주권자는 "법을 멈출 수 있는 권리"(예외상태)를 지닌 존재라고 규정했던 것이다.

아감벤의 '호모 사케르'라는 개념은 논란의 여지가 있지만, 우리가 공동체 내부에서 사실상의 '비국민'으로 간주되어 추방/배제되는 존재들이 증가하고, 국민과 난민의 경계가 점차 불분명해지는 대(大)추방의 시대를 살고 있다는 점에서 강력한 영향력을 얻고 있다. 아감벤은 '주권권력'에 의해 도입되는 예외상태 개념을 고대 로마부터 현대의 강제수용소까지 추적함으로써 사실상 서구의 정치사에서 '예외상태'는 항상 존재해왔음을 밝혔지만, 그의 이러한 주장은 신자유주의하에서 대중들이 일종의 유령이 되는 현실과 맞물리면서 현대정치철학의 중요한 논점으로 급부상하고 있다.

가령 예외상태를 통해 탄생하는 '벌거벗은 생명(헐벗은 생명)'은 IMF 이후 심각한 위기에 직면한 대중들의 삶을 지시하는 것으로, 사실상 시민의 지위와 권리를 빼앗기고 사회의 가장자리로 추방된 존재들—불법체류 이주노동자, 백수와 루저, 장애인 등—과 동일시되고 있다. 돌이켜 생각해보면 IMF 이후 소설의 주인공으로 등장한 청년백수, 실직자, 루저, 이방인들은 이러한 '벌거벗은 생명'의 형상들이었다고 말할 수 있다. 물론, 이들 소설의 주인공들이 실제로 죽여도 살인죄가 성립되지 않는 존재라고 말하는 것은 지나친 비약이지만, 박민규, 김연수, 김애란, 이상운, 염승숙, 조해진, 최인석, 김재영, 손홍규, 전성태 등의 소설들, 탈북자, 백수, 이방인(이주노동자)의 삶을 소설화한 작품들 모두는 '비국민' 상태로 전락하는, 배제의 방식으로 공동체에 포함되는 존재에 주목한다는 공통점을 지니고 있다. 이들은 한나 아렌트가 다음과 같이 정리한 추방된 존재들이다. "어떤 공동체 안에서 자기 자리를, 시대의 투쟁 속에서 자신의 정치적 지위를 잃어버린 인간은 (…) 사생활의 영역 안에서만 명확하게 표현되는 특성만 가지게 되고 공적인 모든 사안에서는 아무런 자격이 없는 단순한 존재로 남을 수밖에 없다."[7]

그렇다고 최근의 소설들이 주권권력에 의해 추방당한 존재들의 비참한 삶만을 증언하고 있는 것은 아니다. '희망'이라는 단어가 한낱 관념에 불과하다는 디스토피아적 상상력이 최근의 문학적 주류임은 사실이고, 출구 없는 삶의 절망적 상태가 우리가 실감하는 날 것으로서의 현실임을 부정하긴 어렵다. 재난의 상상력에 의해 장악된 IMF 이후의 소설에서 '삶'은 '생존', 즉 살아남기의 문제로 바뀐다. 가령 김애란의 「물속 골리앗」에서 주인공은 수장될 위기에 직면해 "누군가 올 거야"라는 희망을 품어보지만, 그 희망이 성취될 가능성은 좀체 확인되지 않는다. 홍수에 휩쓸렸다가 가까스로 죽음의 위기를 살아남은 소년이 생의 마지막 희망을 부여잡을 수 있었던 것은 그가 죽음의 물길을 헤엄쳐 나와 살아남았다는 사실뿐이다. 어떤 면에서 최근의 소설들은 '백수-루저-잉여-유령'으로 그 명칭들을 바꿔가면서 '불량국민'으로 전락해가는 우리의 슬픈 자화상을 그려내고 있는지도 모른다. 그렇지만 '주권'의 외부를/에서 상상하는 문학적 사례가 전혀 없는 것은 아니다. 2000년대의 소설들은 한편으로는 사회의 가장자리로 내몰리는, 난민에 근접하는 대중들의 추방을 실업과 재난 같은 디스토피아적 상상력으로 형상화하면서, 다른 한편으로는 경쟁 · 생존 · 추방이라는 주권/대타자의 명령을 횡단하는 다른 삶의 가능성을 모색하고 있다.

> 어둠 속에 머물다가 단 한 번뿐이었다고 하더라도 빛에 노출되어본 경험이 있는 사람이라면 한평생 그 빛을 잊지 못하리라. 그런 순간에 그들

---

7) 한나 아렌트, 이진우 외 옮김, 『전체주의의 기원』 1권, 한길사, 2006, 539쪽.

은 자기 자신이 아닌 다른 존재가 됐으므로, 그 기억만으로 그들은 빛을 향한, 평생에 걸친 여행을 시작한다. 과거는 끊임없이 다시 찾아오면서 그들을 습격하고 복수하지만, 그리하여 때로 그들은 사기꾼이나 협잡꾼으로 죽어가지만 그들이 죽어가는 세계는 전과는 다른 세계다. 우리가 빠른 걸음으로 길모퉁이를 돌아갈 때, 침대에서 연인과 사랑을 나눈 뒤 식어가는 몸으로 누웠을 때, 눈을 감고 먼저 죽은 사람들을 생각하다가 다시 눈을 떴을 때, 몇 개의 문장으로 자신의 일생을 요약한 글을 모두 다 썼을 때, 그럴 때마다 우리가 알고 있던 과거는 몇 번씩 그 모습을 바꾸었고, 그 결과 지금과 같은 모습의 세계가 탄생했다. (…) 이 세계는 그렇게 여러 겹의 세계이며, 동시에 그 모든 세계는 단 하나뿐이라는 사실을 믿자! 설사 그 일이 온기를 한없이 그리워하게 만드는 사기꾼이자 협잡꾼으로 우리를 만든다고 하더라도. 그 세계가 바로 우리에게 남은 열망이므로.[8)]

주권의 외부를/에서 상상하는 문학의 잠재적 능력의 한계가 어디까지일지 우리는 알지 못한다. 문학의 '실험'이란 이미 존재하는 모델을 현실화하는 가능성의 영역이 아니라 현실에 존재하지 않는 삶의 대안적 형식을 창안하는 일이기 때문이다. 그것은 미약한, 겨우 존재하는 하나의 위태로운 불빛에서 시작될 수도 있고, 주권의 지배와 명령을 정면으로 거부하는 적극적 저항이나 '비행동'으로 실험될 수도 있다. 김연수의 소설에서 '빛'은 현존하지 않는 과거의 어떤 경험을 가리키지만, 조르주 디디 위베르만은 『반딧불의 잔존』에서 '약한 빛'의 정치학을 환기한다. 물론 이러한 '약한 빛'의 정치학을 초과하는 상상력도 실험될 수 있다. 가령 박민규의 『삼미 슈퍼스타즈의 마지막 팬클럽』은 신자유주의적인 무한경쟁이라는

8) 김연수, 『네가 누구든 얼마나 외롭든』, 문학동네, 2007, 374쪽.

주권의 명령을 거부하는 삶의 형식을 제시함으로써 권력에 의한 '추방'을 대안적 삶을 향한 '탈주'로 전유한다. 이것은 아감벤이 '바틀비'에게서 읽어낸 '비(非)행위'의 가능성을 연상시킨다. 또한 박주영의 『백수생활백서』는 책 읽을 시간을 뺏기고 싶지 않아서 취직을 거부하는 자발적 백수를 등장시켜 임금노동자라는 자본주의적 욕망과는 다른 욕망이 있음을 증언한다. 그리고 김이설의 『환영』이나 정이현의 『낭만적 사랑과 사회』, 심재천의 『나의 토익 만점 수기』, 전석순의 『철수사용설명서』 등은 주권의 외부에 관한 문학적 상상이라고 평가하긴 어렵지만, 역설적인 방식으로 왜 우리의 삶이 추방의 위기에 직면하게 되는가를 보여준다. 이들 소설은 대중이 주권자, 즉 대타자의 욕망을 모방하고, 그리하여 권력의 척도를 자기 삶의 잣대로 삼을 때 '추방'이 발생한다는 아이러니를 보여준다. 루저가 엄친아를 욕망할 때 그는 잉여인간으로 전락하기 쉽고, 주류사회에 진입하려는 욕망 때문에 경쟁을 내면화할 때 우리는 '백수'로 낙인찍힐 위험에 직면한다. 이것은 주류적인 욕망과 기존의 질서를 '무한경쟁'이라는 이름으로 의심 없이 수락하지 않는 것, 대타자와 다른 것을 욕망하는 것, 그리하여 지금의 자본주의적 질서가 우리에게 명령하는 것과는 다른 삶의 형식을 발명할 때 주권권력의 외부를/에서 상상하는 것이 가능하다는 의미이기도 하다.

3.

'주권권력'이 한 사회에서 추방당한 존재를 통해서 드러난다는 것, 즉 '예외상태'를 선포함으로써 대중/인민을 '벌거벗은 생명'으로 생산한다는 슈미트-아감벤의 주장은 한 국가의 주권이 자신의 영토에 대한 배타적 권리/권력이라는 베스트팔렌 체제와 연결되면서 공동체 내부에 거주하는 비국민으로서의 '이방인' 문제를 야기한다. 여기에 '정치'란 본질적으로 '적과 동지를 구별하는 것'이라는 슈미트식의 '우적이론'이 추가되면 사태는 더욱 심각해진다. 이는 오랫동안 강력한 국민국가 체제를 유지해온 한국의 경우는 물론, 유럽적 시민권이 중요한 논점이 되고 있는 유럽의 상황도 마찬가지이다. 그리고 합스부르크 제국 해체 이후 유럽 국가들에 잔존해 있었던 유대인들에 대한 박해나 일본 내에서 '비국민'으로 살고 있는 재일조선인 문제를 '주권'의 문제로 환원해서 설명하려는 시도들이 등장한다. 슈미트에게 있어서 '주권'의 힘/능력은 항상 '국경' 위에서 실행되다. 발리바르는 "국경은 '정상적인' 법질서에 대한 통제와 보증이 중지되는 대표적인 장소이자 '폭력의 합법적 독점'이 예방적인 대항 폭력의 형태를 띠는 장소다."라고 썼다. 따라서 "대지의 노모스는 국경들의 질서 자체, 곧 국가적 합리성에 봉사하게 함으로써 폭력을 길들이는 것으로 간주되는 폭력"이라고 말할 수도 있다. 국경이야말로 근대국가에서 민주주의와 반민주주의가 나뉘는 분할선이기 때문이다. 그런데 지금 '주권권력'이 문제가 되는 이유는 '국경'이 국민국가들 사이의 영토적 관계가 아니라 한 공동체 내에서 '국민'과 '비국민(이방인)'을 분할하는 배제의 권력으로 작동하고 있으며, '주권'의 승인을 받지 못한 불법체류자나 이주노동자의 삶을 '벌거벗은 생명'으로 만드는 폭력의 알리바이가 되기 때문이다. 노동과 자본의 지구적 이동을 강제하는 신자유주의하에서 이방인들의 삶을 위협하는 주권적 생명권력의 문제는 한층 심각해지고 있다.

그렇다면 국가/민족을 정치적 물음의 특권적 장소로 내세우는 슈미트의 '주권론'을 해체하는 데 필요한 것은 무엇일까? 이 물음은 국민국가 패러다임을 넘어설 수 있는 대안을 요구한다. 다수의 사람들이 '인권'을 이 대안의 하나로 제시하고 있다. 그러나 1차 세계대전 이후 유럽에서 유태인들이 당했던 폭력이나 '인간'의 권리와 '시민'의 권리로 분할되어 있는 프랑스 인권선언의 사례가 증명하듯이 인권은 인권의 보호가 필요한 '오직 인간이기만 한 존재', 아감벤의 언어를 빌리면 정치적 생명을 박탈당한 '호모 사케르'에게는 적용되지 않고, '시민권'을 갖고 있기 때문에 '인권'의 보호가 필요 없는 존재들에게만 적용되는 딜레마를 갖고 있다. '인권' 개념이 무의미하다고 말할 수는 없지만, '인권'이 특정한 국가를 정치적으로 압박하기 위해 수출까지 되고 있는 지금, 그것이 국민국가 패러다임의 대안이라고 말할 수는 없다. 우카이 사토시는 『주권의 너머에서』에서 "외국인이 타국 땅에 발을 디뎠다는 이유만으로 그 국가 사람들로부터 적으로 취급받지 않을 권리"라는 칸트의 보편적 환대 개념을 강조한다. 그러나 이러한 법적 권리만으로 이방인에 대한 적대의 무의식이 사라질 수 있을까?

현대 정치철학은 주권권력에 연루되어 있는 이방인 적대에 대해 '타자'나 '환대'의 개념들을 제안하고 있다. 여기에서 '타자'란 '타인'과 구분되는, '우리'와는 절대적으로 구분되는 이질적 존재를 뜻하며, '환대'란 주권의 권리인 '초대'와 달리 이질적인 존재의 도래를 통해서 새롭게 재구성되는 공동체의 가능성을 암시한다. 데리다에 따르면 '환대'란 물음 없는 맞이함이다. 즉 타자가 누구인지, 그의 이름이 무엇인지, 그가 어디에서 왔는지를 묻지 않는 절대적인 맞이함이 환대이다. 공화주의적 국민주의에 기초한 주권권이 외국인에 대해 특별한 낙인찍기를 요구하는 폭력을 넘어서기 위해서는 국민국가 패러다임을 벗어나 '타자'에 대해 공동체를 개방하는 트랜스내셔널한 관계의 구성이 필요하다. '타자'에 대한 '응답'의 책임이라는 레비나스의 철학을 비롯하여 공동체에 대한 현대적 사유들이 겨냥하고 있는 것이 이것이다. 공동체의 문제를 존재론적 층위에서 사유하려는 노력들, 그리고 불가능성의 형상을 통해 공동체를 사유하려는 실험들이 여기에 해당한다. 낭시의 '무위의 공동체', 블랑쇼의 '밝힐 수 없는 공동체', 아감벤의 '도래할 공동체', 링기스의 '아무것도 공유하지 않는 자들의 공동체' 등은 바디우의 지적처럼 "제도화할 수 없고 영속화할 수도 없는,

단지 도래의 영접으로, 그 사건의 공여로 만족할 수밖에 없는 공동체"[9]라는 점에서 "공동체의 부정신학"(아즈마 히로키)이라는 특징을 공유하지만, 바로 그래서 '타자'에 대한 배제라는 근대적 '공동체'를 벗어날 수 있는 가능성을 획득한다. 공동체를 비(非)실체적인 불가능성으로 사유하려는 이러한 노력의 현실태가 구체적으로 어떤 것일 수 있는가에 대해서는 지속적인 논의가 필요하지만, 적어도 '공동체'가 공산주의나 전체주의, 그리고 순수성에 기초한 국민주의로 환원되는 악순환을 방지한다는 점에서 흥미로운 대안이라고 말할 수 있다.

2000년대의 소설은 실제로 '환대의 사유'를 작동시키면서 지속적으로 '주권의 너머'를 상상해왔다. 한국문학사에서 '타자'와 '이방인'의 문제가 이토록 단기간에 집중적으로 제기된 적은 없었다. 그것은 근대 이후의 한국문학이 국민주의적 · 민족주의적 공동체를 심급으로 삼아왔기 때문인데, 노동과 자본의 지구적 이동과 확장이 현실이 되어버린 지금, 공동체에 대한 근대적 상상은 자칫 '타자'에 대한 폭력적 배제를 정당화하는 결과를 초래할 수도 있다. 지금, 한국문학은 '우리'라는 민족적 · 국민적 공동체로 회수될 수도 없고, '인간'이라는 보편적 범주로 환원되지도 않는 '타자'의 도래 앞에서 '환대'를 요청받고 있다. 그리고 이러한 환대가 국민주의, 인간주의로 귀결되지 않는 한, 그것은 근대적인 의미의 주권론을 벗어나는 상상력일 수밖에 없다.

구체적으로 2000년대의 한국문학은 어떤 기획을 통해서 국민주의적 상상력을 침식시키고 있는가? 그 하나는 개인들의 관계에서 '국적'을 말소시키는 방식으로 시도되었다. 가령 강영숙의 「갈색 눈물방울」에서 그것은 타자의 상처와 나의 상처를 겹치는 방식으로 시도되었는데, '상처', 즉 서로에게서 결여된 것을 발견함으로써 연대의 가능성을 타진하는 방식은

9) 알랭 바디우, 이종영 옮김, 『조건들』, 새물결, 2006, 292쪽.

윤성희의 소설에서도 동일하게 확인된다. 한편 김연수의 「모두에게 복된 새해」와 「케이케이의 이름을 불러봤어」, 김애란의 「그곳에 밤 여기의 노래」, 고종석의 「이모」 등에서는 타자에 대한 '환대'는 상징적 질서인 '언어'를 횡단함으로써 성취된다. 이들 작품에서 '언어'는 '공감'과 '반감' 사이의 결정불가능성을 환기시키고 있지만, 결국 '모국어'라는 분할선이 돌파됨으로써 타자와의 관계가 형성된다. 흥미로운 것은 '모국어'를 넘어서는 언어적 소통의 가능성을 보여주는 이 작품들에서 '언어'와, '언어'를 통한 인물들의 소통은 커뮤니케이션이라는 말의 의미와 달리 잡음이 뒤섞인 '타자'의 언어를 통해 이루어진다는 사실이다. 즉 '타자'와의 소통에서 '언어'의 이질성은 본질적인 장애가 될 수 없다는 것이다. 김연수의 「모두에게 복된 새해」에서 사트비르 싱이라는 인도인과 한국인 화자의 아내가 서로에게 불완전한 언어를 통해서 만드는 '타자의 공동체'가 여기에 해당한다. 또 하나의 방식은 김재영의 『코끼리』나 탈북자와 조선족 문제를 다룬 전성태와 정도상의 소설이 보여주듯이 '타자'에 대한 인식의 폭을 확장하는 방식으로 실험되었다. 여기에 손홍규, 조해진의 소설과 하종오의 시를 추가할 수도 있다. 이들 두 가지 방식에 대해서는 '이방인'과 '환대의 윤리'를 중심으로 충분한 논의가 있었으니 별도의 첨언이 필요하지는 않다. 이들 소설은 한국 사회에서 '몫이 없는 존재'로 살아가야 하는 외국인/이방인들의 비참한 삶과 주권의 논리가 연결되어 있음을 고발하고 동시에 '국적'이나 '민족'이라는 분할선을 돌파함으로써, 즉 그들의 연대를 '주권'의 외부에서 발견함으로써 근대문학적 무의식과는 다른 상상력을 가동시킨다. 그것을 일단 트랜스내셔널의 감각이라고 말해두자. 이 감각이 우리에게 보여주는 것은 '민족'과 '국가'로 상징되는 근대적 공동체가 실은 그 내부의 구성원은 물론 이방인/외국인에 대한 폭력적 배제를 통해서 동질성을 유지해온 '내부성의 공동체'였다는 사실이다. 지그문트 바우만이 "공동체의 이미지는 '우리'가 누구인지에 대한 갈등은 차치하고, 차이점을 느끼게

할 만한 모든 것을 깨끗이 정화한다. 이런 식으로 공동체적 연대감의 신화는 일종의 정화의식이 된다. (…) 공동체들 안에서 이 신화적 공유가 뚜렷이 말해주는 바는, 서로 같기 때문에 이들이 서로 속해 있고 함께 나눈다는 것이다. (…) 그 '우리'라는 느낌, 비슷해지려는 욕망을 표현한 이 느낌은 인간이 서로를 더욱 깊숙이 들여다볼 필요가 없게 해주는 하나의 방편이다."[10]라고 지적했을 때, 그것은 이러한 '내부성의 공동체'가 필연적으로 띨 수밖에 없는 폭력을 경계하는 목소리였다.

4.

서울시티투어버스는 영동고속도로를 달리고 있다. 차 안에는 운전기사가 평생의 꿈이던 히말라야의 후예 구씨와, 내륙국가에서 태어나 바다를 한번도 못 본 칭기즈 칸의 후예 박씨, 그리고 키르기스스탄 전사의 족보를 자랑스럽게 이름에 달고 있으나 일시적으로 포박당한 나 '유리스탄 스타코프스키 아르바이잔 스타노크라스카 제인바라이샤 코탄스초이아노프스키'가 함께 있다. 아, 빠듯한 직장생활에 시달려 그토록 좋아하던 주문진 회 먹을 여유조차 없었다는 운전자 김씨. 원더걸스의 이름을 울먹이며 부르는 중국소년과 그 옆에서 질세라 2PM을 외치는 태국소녀, 그리고 드라마 촬영지라며 마냥 들떠 있는 중국인 관광객도 빼놓을 수 없다. 이 괴상한 조합이 한곳을 향해 달리고 있다.[11]

그렇다면 '우리'라는 집합적 호명이 비폭력적인 방식으로 작동하는 공

10) 지그문트 바우만, 이일수 옮김, 『액체근대』, 강, 2009, 288쪽.

11) 최민석, 「시티투어버스를 탈취하라」, 『창작과비평』 2010년 겨울호, 404쪽.

동체, 그 구성원들이 일종의 '특이점'처럼 개입하여 '우리'의 형상이 매번 달라지는 공동체, '타자'와 '외부'를 향해 전면적으로 개방된 공동체 아닌 공동체를 상상하는 것은 불가능할까? 공동체 안에서 주권의 권력이 말소되는 공동체를 사유하는 것은 진정 불가능할까? 최민석의 「시티투어버스를 탈취하라」가 그 가능성의 단초를 보여준다. 「시티투어버스를 탈취하라」는 한국에 온 이주노동자들의 헐벗은 삶을 유머로 형상화한 작품이다. "조국 키르기스스탄을 용맹하게 지켜온 조상들의 이름"을 모두 포함하고 있는 주인공 '유리스탄 스타코프스키 아르바이잔 스타노크라스카 제인바라이샤 코탄스 초이아노프스키'는 한국에서 "용사의 족보"라는 이름이 무색할 정도로 궁핍한 생활을 이어가는 이주노동자이다. 그의 일터인 가발공장의 사장은 그를 최씨라고 부르는데, 그가 최씨인 '나'에게 하는 말의 대부분은 "최씨, 머리 잘못 붙이면 니 머리를 뽑아버린다.", "최씨 눈 삐었어? 눈깔을 뽑아버릴라", "최씨, 어제 병원 갔다왔으니 일당 깠어. 꼬우면 병신 되지 말든가." 같은 말 아닌 말이다. 사장 안면수는 "직원들의 이름을 들으면 곧장 그것을 한국식으로 바꾸는 재주"를 지녔다. "나는 최씨, 바타르는 박씨, 콩고의 주글레리는 주씨, 에티오피아의 워크네시는 내씨, 네팔의 쿠마리는 구씨, 이런 식이다. 인도의 라시가 라씨가 된 건 당연한 귀결이었다." 그는 타자에게 철저한 한국식을 강요하는 주권의 분신이다. "그는 우리에게 한국의 스승을 자처했다. 한국의 스승은 사랑하는 제자를 위해서는 때로는 매를 들기도 하는 거라며, 애제자 라씨를 매로 키웠고, 몽골에서 온 여제자 치치게 지씨에게는 야간특별수업을 해줬다. 치치게는 수업을 받고 나온 후면 아랫도리가 아파 제대로 걸을 수 없었고, 라씨는 사랑의 훈육을 받는 날이 길어질수록 허리를 제대로 쓸 수 없었다." 이방인들에게 '한국식'을 강요하는 장면을 통해서 작가는 한국이 강력한 내부성의 공동체임을 환기한다. 그리하여 마침내 "정의를 실천해온 가문의 후예"인 '나'를 비롯한 몇 사람의 이주노동자들이 시티투어버스를 탈취하여 청와대를 테러하는 계획을 세운다는 것이 소설의 뼈대이다. 이 테러에 히말라야의 후손인 쿠마리 구씨와 칭기즈 칸의 후예인 바타르 박씨가 합류한다. 그들은 "한국이 내세우는 역겨운 친화적인 이미지의 대표적 허상"인 시티투어버스를 탈취하는 데는 성공하지만, 난생처음 경험하는 "버스 중앙차선" 때문에 청와대로 향하지 못하고 직진에 직진을 거듭하게 된다. 이 과정에서 인질이 되었던 다국적 승객들과 그들이 하나의 공동체를 형성하게 된다. 테러를 실행할 것을 주장하는 '나'를 포박한 상태에서 "인질들과 납치범들 사이에 담합"이 이루어져 버스는 주문진으로 향한다. 위의 인용문은 다양한 국적의 사람들로 구성된 '괴상한 조합'이 목적지인 주문진을 향해 나아가는 장면을 그리고 있다. 그렇지만 희극적인 방식으로 과장된 이 장면은 외부성의 공동체, 즉 '타자들의 공동체'의 한 가지 형상을 보여준다. 그 공동체는 '이방인들의 공동체'이고, '몫이 없는 자들의 공동체'이다. 이 소설에서 공동체는 일종의 우발적 '사건'이다. 인질과 납치범이라는 구분이 사라짐으로써 버스는 '시티투어'라는 본래의 기능을 벗어나고, 탑승자들 각자의 욕망이 승인됨으로써 억압은 사라진다. 하여, 이 공동체는 구성원이 늘어날 때마다 '우리'가 재구성되는 '특이성의 공동체'이기도 하다. 이 소설이야말로 트랜스내셔널한 감각에 의지하고 있는 "국민 없는 인민주권"의 가능성에 대해 말하고 있는지도 모른다. 이때, "국민 없는 인민주권"은 주권의 외부라는 점에서 '주권=예외상태'가 말소되는 절대적 예외상태일 것이다.

‘좋은 시’에 관해 말할 수 있는 것

1.

‘현대시 취미기준론’이라는 편집자의 요청, 이것은 ‘감성’에 관한 흄과 칸트의 이론을 경유하여 현대시를 읽는 기준, 즉 비평가 개인의 미학적 잣대와 자의식을 공개하라는 요청처럼 들린다. 개인적인 고백이지만, 나는 ‘취미’나 ‘취향’이라는 말을 좋아하지 않는다. ‘취미’나 ‘취향’이라는 말 자체를 부정한다는 말이 아니다. 일상인으로서의 나는 어느 정도 ‘취미’나 ‘취향’을 고집하면서 살아간다. 그렇지만 예술의 영역, 즉 창작과 비평의 영역에 이 용어들이 등장할 때에는 일말의 반발감이 생긴다. 오래전, 한 비평가가 평론집 서문에 자신의 비평을 ‘취향’이라는 단어를 써서 설명하는 걸 읽은 적이 있었다. ‘비평’ 행위를 ‘취향’이라는 말로 설명하다니, 라고 생각하고 그 뒤로 그 비평가의 글을 읽지 않는다. ‘취향’의 상대적인 주관성 때문은 아니었다. 아무리 생각해도 ‘비평’을 자신의 문학적 · 예술적 ‘취향’의 문제로 설명하는 그 비평가의 의견에 동의할 수 없었고, 비평가의 문학적 '취향'에 따라 작품의 의미와 성취가 판단된다는 사실이 불쾌했다. 한 비평가의 '취향'에 맞지 않는다는 이유로 어떤 작품들의 의미가 축소·폄하된다는 것, 심지어 문학상이 결정된다는 것은 지나치기 이전에 부당한 일이다. 생각해보면 이러한 반발감은 '취미'나 '취향'이라는 우리말의 용법 때문에 생기는 문제이다.

서구의 근대철학자들은 예술품이나 자연물의 아름다움에 대한 감성을 '취미'라는 개념으로 이해했다. 18세기 철학자들에게 첫째, '취미'란 미와 추를 지닌 어떤 대상에 대해 긍정/부정의 느낌으로 반응하는 능력이었다. 둘째, '취미'란 미적 대상에 내재하는 구성요소들을 식별하는 능력이었다. 흔히 '반응력'과 '식별력'으로 구분되는 이 두 가지 능력이 근대철학자들이 '취미'에 부여한 의미였다. 칸트와 흄이 그 대표적인 철학자였다. 칸트의 철학에서 '취미판단'은 그것을 판단하는 주체의 개별적 경험이 '이것은 아름답다'라는 형식으로 표현되고, 이 경우 취미판단은 주어인 '이것'이 술어인 '아름답다'와 합치되는 데서 생겨나는 것이 아니라 판단 주체인 개인의 감정 상태, 즉 주관의 감정에 의해 결정된다. 칸트는 취미판단이 주체의 개별적 경험이라는 점을 강조하면서도 주관적 보편타당성을 포기하지 않음으로써 미감적 판단의 보편성이라는 문제를 열어두었고, 취미 판단에 속하는 쾌의 감정이 대상에 대한 의도 없이 발생하는 무관심적 만족감이라고 주장했다. 그에게 있어서 무관심적 만족감이란 목적 없이 대상을 관조할 때 발생하는 쾌의 일종이다. 물론 칸트는 취미판단의 주관적 보편성을 포기하지 않았다. 흄 또한 미적 반응의 능력이 주관적이면서, 반응의 적법성을 입증하는 것이 가능하다는 점을 내세워 '취미판단'의 객관성을 부정하지 않았다. 흄에게 이 객관성은 곧 경험적인 것을 의미했다. 그렇지만 흄의 '취미판단'이 오늘날 비평이 수행하고 있는 기능과 동일한 것은 아니다. 흄에 따르면 취미판단은 자연적이고 도덕적인 아름다움에 관한 판단의 근거이며, 때문에 어떤 예술 작품이 아름다운지 아닌지의 문제와 함께 그것이 도덕적인지 아닌지의 문제가 걸려 있는 문제였기 때문이다. 그는 취미가 이성에 의존하지 않는다는 사실을 강조했지만, 취미는 "아름다움과 추함, 악덕과 덕에 대한 감정들을 제공한다"라는 유명한 말처럼 도덕적인 것과 분리되어 있는 문제가 아니었다. 오늘의 비평이 매우 예외적인 형태로만 문학작품의 도덕성에 관해 언급한다는 점을 고려하면 칸트와 흄의 '취미판단'을 그대로 수용하기 어려운 측면이 있다. 이것이 '취미판단론'이라는 요청을 현대시에 대한 비평가의 미학적 잣대나 자의식이라는 문제로 바꿔서 이해해야 하는 이유이다.

2.

'취미판단'이라는 거창한 이론적 틀을 벗어나 이야기를 진행해보자. 내가 시(집)에 반응하는 방식은 세 가지로 구분된다. '마음이 움직이는 시', '머리가 움직이는 시', '비평적 시선이 요구되는 시'가 그것들이다. 물론 '마음-머리-비평적 시선'이라는 구분은 매우 편의적이고 또한 자의적이다. 나는 나 자신이 비평가이기 이전에 한 사람의 '독자'로서 시(詩)를 대면한다고 생각한다. 그렇다면 '비평'은 시(時)와 대면하는 특별한 방식이라고 말할 수도 있겠다. 비평적 시 읽기라고 표현해도 사정은 마찬가지이다. 한 편의 시, 또는 한 권의 시집을 읽는다고 상상해보자. '읽는다'는 행위의 주체는 우선 독자로서의 '나'이다. 원고를 쓰기 위해 읽는 경우를 제외하면 대개 시를 읽을 때의 나는 독자이다. 어떤 시, 혹은 시집의 느낌은 좋다. 그냥 '좋다'라는 무책임한, 그러나 솔직한 표현밖에 할 수 없는 방식으로 나는 그것에 반응한다. '좋다'라는 표현은 너무 많은 뉘앙스를 포함하고 있기 때문에 무책임하다. 어떤 시가 '좋다'라고 느껴질 때, 우리는 종종 페이지를 접어두거나, 메모를 하거나, 밑줄을 긋는다. 그렇지만 시간이

지나면 시의 내용과 표현보다는 제목이나 시인의 이름만이 기억되는 경우가 많다. 이것이 '마음이 움직이는 시'이다. 이 속에서 나는 한 사람의 독자/소비자로 살아간다. 이 경우 나의 '취향'은 상당히 중요한 기능을 수행하지만, 독서로 인한 '반응'이란 주체의 의지보다는 수동적인 노출에 가깝기 때문에 그 취향의 주체가 '나'라고 단정하기는 어렵다. 이 경우 '좋다'라는 느낌/노출을 비평이라는 형식적 · 논리적 언어로 설명하는 일은 결코 쉽지 않다. 그래서일까? '마음이 움직이는 시'는 비평의 대상이 되지 않는 경우가 빈번하다. 비교적 최근에 읽은 시집들의 저자를 떠올려보면 문인수, 심보선, 진은영, 신용목, 이은규 등의 시(집)가 그렇다.

'머리가 움직이는 시'들이 있다. '느낌'보다는 꼼꼼한 독서를 요구하는 시들이 여기에 속한다. 여기에 속하는 시편들을 더욱 자세하게 분류할 수도 있겠다. 특정한 주제/소재를 전면화하고 있는 시들이나 시인의 창작방법론이 선명해서, 그렇지만 결코 쉬운 독서와 소비를 허락하지 않는 시편들이 여기에 해당한다. 이러한 시에서 내가 찾으려고 하는 것은 '느낌' 이상의 무엇이다. 그것은 여기에 속하는 시들이 '느낌'의 모호함만으로는 접근하기 어려운 측면을 지니고 있기 때문이다. 특유의 창작방법론을 찾아야 한다는 강박을 불러일으키기는 김언이나 이수명의 시편들이 여기에 속하지만, 조동범, 이영광, 이장욱, 송승환, 이준규 등의 시(집) 또한 여기에 해당한다. 아니, 한 권의 시집을 특정한 주제나 문제의식을 중심으로 '구성'하는 것이 요즈음의 추세임을 감안하면 '느낌'만으로 접근할 수 없는 대부분의 시(집)가 여기에 속한다고 말하는 것이 정확할 듯하다. 한 가지 분명한 것은 2000년대 이후에 '느낌'보다 '머리'로 반응해야 하는 시집들의 수가 급증했다는 사실이다. '미래파' 논쟁을 기점으로 이러한 경향이 다소 분명하게 자리를 잡은 듯한데, 이러한 시적 변화는 시적 문법과 상상력의 변화가 초래한 현대시의 분화에서 비롯된 것이라고 말해도 좋겠다. 또한 이러한 경향이 꾸준히 증가하여 마침내 '현대시'의 주류가 될 것임을, 그리하여 '감정'으로만 시를 설명할 수 없음을 자인하는 날이 도래할 것이다.

그렇다면 '비평적 시선이 요구되는 시'란 어떤 시일까? 이것은 앞의 두 방식과 어떻게 구분될 수 있을까? 아마도 이런 질문들에 대한 답변이 '비평적 시선이 요구되는 시'에 관한 최선의 설명일 것이다. '비평적 시선'이란 역사가의 시선에 근접함을 뜻한다. 유사-역사가의 시선이라고 말해도 좋겠다. 구체적으로 말하면 '비평적 시선'으로 시(집)에 접근할 때, 나는 개별 시인들의 개성적인 면모나 특정한 시의 내용/표현을 상세하게 설명하는 친절한 해설가가 아니라 그것들의 문화사적 맥락, 더 나아가 사회사·사상사의 맥락에서 그것들의 의미를 짚어내는 존재를 떠안게 된다. 벤야민식으로 말하자면, 이 순간 비평가는 역사가의 포즈를 취한다. 가령 말라르메의 '거울' 이미지를 19세기의 광학장치가 만들어낸 판타스마고리아와 비교하거나, 보들레르의 '꽃' 이미지를 유겐트슈틸이나 상징주의라는 또 다른 맥락과 연결시킬 때 비평가는 말라르메나 보들레르의 시세계를 설명하는 태도와는 분명 다르다. 그렇기 때문에 사실 '비평적 시선이 요구되는 시'와 '머리가 움직이는 시'의 경계는 명확하지 않다. 왜냐하면 '머리가 움직이는 시'가 특정한 시기에 집중적으로 등장하여 하나의 뚜렷한 경향을 형성하면 그 자체로서 '비평적 시선이 요구되는 시'가 될 수도 있기 때문이다. 그래서 이들 사이의 구분이란 순전히 논리적인 구분일 뿐이다. 같은 이유에서 '비평적 시선이 요구되는 시'는 특정한 시의 항구적인 내적 특징에서 비롯되는 것이 아니라 어떤 시, 어떤 시집, 특정한 경향이 '징후적인 것'의 의미를 지녔다고 판단될 때에만 성립된다. 중요한 것은 '비평적 시선이 요구되는 시'란, 설령 시각과 입장에 따라 차이가 있을지라도, 시사(詩史)에서 '사건'의 위상을 부여할 수 있는 문제들이라는 점이다. 비평적 입장이란 실제로 이 '문제'를 공유하는가 그렇지 않은가, 이 '문제'에 대해 어떤 의견을 지니고 있는가에 따라 나뉘게 되는 것이다. 그러므로 '비평적 시선이 요구되는 시'란 비평가 개인의 문학적 취향의 문제가 아니며, '마음'이 움직이는가, '머리'가 움직이는가의 문제로 환원될 수 있는 것도 아니다. 그것은 시사(詩史)에서 어떤 변화의 '문턱'이 드러났을 때, 더 극단적으로 말하면 비평적 글쓰기를 통해서 그러한 '문턱'을 만들고 확인하는 일이다.

이렇게 말하면 과연 어떤 것들이 '비평적 시선이 요구되는 시'에 해당하느냐는 반문이 제기될 것이다. 단적으로 2000년대에 접어들어 많은 비평가들이 동원되어 논전을 펼친 바 있는 '미래파 시'가 그런 것이다. 다시 말하거니와 이러한 시적 경향의 등장 앞에서 자신의 취향을 고집하는 것은 전혀 중요하지 않다. 중요한 것은 이러한 변화 자체를 긍정할 것인가, 만약 그렇다면 그 변화를 어떻게 이해하고 의미를 부여할 것인가의 문제뿐이다. 개인적인 관심사를 한 가지 고백해야겠다. 현재 내가 '비평적 시선이 요구되는 시'라고 생각하는 경향은 두 가지이다. 하나는 '감정'이 아니라 '감각'에 의해 쓰이는 시들, 파토스에 기대지 않고, 파토스가 없는/불가능한 상태에서 발화되는 시들의 보여주는 일종의 댄디적 경향이다. 여기에서 '댄디적'이라는 수사는 감정의 굴곡을 전혀 수반하지 않는 상태에서 발화되는 어떤 시적 경향에 대한 단순한 명명일 뿐이다. 그러므로 그것을 '귀족주의'라고 말해도 좋고, '파토스 없는 시'라고 말해도 상관없다. 근대시에 끼친 낭만주의의 영향 때문인지는 몰라도 한국의 시적 전통은 오랫동안 '감정'의 진정성을 강조해왔다. 시란 '감정'의 솔직한 표백이라는 무의식이 암묵적인 동의를 얻어왔던 셈이다. 그러나 최근의 시에서 '감정'의 굴곡을 뚜렷하게 드러내는 시를 찾아보기는 어려우며, 설령 발견한다고 하더라도 그것을 주류적인 감각이라고 말하기는 어렵다. 이를테면 김행숙, 이장욱, 이근화, 하재연 등의 시적 태도가 여기에 해당한다. 다른 하나는 소위 미래파 이후의 젊은시로 명명되는 80년대생 시인들의 첫 시집이다. 90년대의 흔적이 더 강하게 느껴지는 이혜미의 시집을 제외하면, 이

이체, 박성준, 김승일, 그리고 올해와 내년에 걸쳐 쏟아질 이들 세대의 시가 보여주는 시적 변화의 가능성과 한계를 살피는 일이, 굳이 말하자면 내게는 '비평적 시선이 요구되는 시'에 해당한다. 평단의 일각에서 이들의 시에 대해 의미를 부여하는 작업이 시작되었지만, 그들의 시가 '미래파'라고 명명되었던 시인들이 오랜 인정투쟁을 통해 만들어놓은 길 위를 질주하고 있다는 의심을 떨치기 어렵다.

3.

그렇지만 여전히 문제는 남는다. 비평을 할 때, 내가 중심에 두는 것은 '징후적인 것'으로서의 '비평적 시선이 요구되는 시'이지만, '징후적인 것'만이 '좋은 시'의 유일한 조건은 아니기 때문이다. 얼마 전 한 계간지의 좌담에 참석한 적이 있었다. 좌담은 참석자들 각자가 미리 선정한 '좋은 시' 몇 편을 두고 자유 토론을 펼치는 자리였다. 그렇지만 나는 그 기획의도에 동의할 수가 없었다. 왜? 우선 참석자들의 자의적 '취향'을 그대로 인정하면 특정한 사람의 취향이 문학성을 가늠하는 척도가 된다는 사실, 그러니까 '힘' 있는 사람의 취향/척도에 근접한 시가 곧 '좋은 시'의 전범이 된다는 것을 용인하기 어려웠기 때문이다. 물론 그러한 딜레마를 피하고자 '역사적 안목'을 개입시켜 '징후적인 것'을 강조할 수도 있으나, 그 경우 '좋은 시'란 '징후적인 시'와 일치되는, 그럼으로써 소위 주류적인 경향이 아닌 시들은 모두 '좋은 시'의 범주에서 빠질 수밖에 없다는 또 다른 딜레마로 이어지기 때문이다. 아래에서는 이 문제에 대해 잠시 이야기하려 한다.

일반적으로 사람들은, 표현의 방식은 달라도, 자신이 생각하는 '좋은 시'의 기준을 갖고 있다. 그래서 이 경우 '취향'의 문제가 개입되기 마련이고, 때때로 이 '취향'들의 험악한 전쟁이 발발하기도 한다. 심사(審査)는 이 취향들의 전장이다. 물론 이 기준이 '취향'의 문제 이상일 가능성도 얼마든지 있다. 그런데 나는 비평가는 취향을 고집하기 이전에 역사적 안목을 가져야 한다고 생각하며, 극단적으로는 '취향'보다 그것이 더 중요하다고 인정하는 편이다. 만일 지금 우리에게 '취미판단'의 기준이 필요하다면, 그것은 이러한 역사적 안목에서의 의미 때문이지 비평가 개인의 '취향' 때문은 아닐 것이다. 그리고 현대시의 특징이나 성격을 해명하려는 시도들은 실제로 이러한 역사적 안목을 전제하고 있다. 가령 많은 문학연구자들이 현대시의 근본적 성격을 설명하기 위해 자주 인용하는 『현대시의 구조』에서 저자인 후고 프리드리히는 '불협화와 비규범성'을 내세워 보들레르-말라르메-랭보로 이어지는 현대시의 계보를 일별하고 있다. 현대시를 설명하는 이러한 시선은 이미 우리에게는 매우 익숙한 것이어서 종종 한국시의 현실에도 동일하게 적용 · 요청되는 경우가 많다. 대개 한국시 비평에서 이 '불협화와 비규범성'은 '새로움'이라는 단어로 대체되어 주장되고, 그런 이유에서 시에서의 새로움은 거의 강박적으로 요청되는 예술적 미덕의 하나이다. 나 또한 이 새로움의 중요성을 인정하는 편에 속한다. 새로움이 '좋음'의 필요충분조건이라고 말할 수는 없으나, 충분조건 정도는 될 수 있다고 생각하기 때문이다. 이 경우 '좋음'은 웰메이드한 것도, 감동적인 것도 아니다. 다만, 말 그대로 '징후적인 것'일 따름이다. 그런데 문제는 이 '징후적인 것'은 대개 특정한 스타일을 통해서 구현된다는 데 있다. 즉 '징후적인 것'은 '좋은 시'가 아니라 '중요한 시'인데, 만일 '징후적인 것'과 '좋은 시'를 동일시해버리면 결국 '징후적인 것'이 아닌 시들은 '좋은 시'가 아니라는 단순 논리로 귀착되고 만다. 그런데 이러한 논리에 선뜻 동의할 사람이 있을까.

그렇다면 우리는 이러한 딜레마를 피하면서 어떻게 '좋은 시'에 대해 말할 수 있을까? 나는 우선 '징후적인 것=현대적인 것=좋은 시'라는 등식을 유지하면서도 그것에서 자유로워야 한다고 믿는다. 즉 '징후적인 것'은 '좋은 시'의 하나의 조건일 뿐이라는 의미이다. 그렇다면 '좋은 시'에 관해 말하기 위해 '징후적인 것' 이상이 무엇이 필요할까. 앞서 말했듯이 '징후적인 것'은 대개 특정한 스타일을 통해서 표현됨에 따라 주류적인 경향을 띤다. 그러나 우리의 문학적 현실을 가리키고 있듯이 오늘날 시적 스타일이 모두 동일하지는 않다. 그래서 하나의 스타일을, 그것이 '징후적인 것'이라는 이유만으로 '좋은 시'와 등치시킬 수는 없다. '징후적인 것'이 아니면서, 즉 주류적 스타일이 아니면서도 나름대로 '좋은 시'의 성취를 보여주는 경우가 얼마든지 가능하기 때문이다. 어떤 경우가 그러할까? '미래파 논쟁'에서 뚜렷하게 드러났듯이 오늘날의 주류적 경향, 즉 '징후적인 것'은 분명 전통적인 의미의 서정과는 일정한 거리를 유지하고 있다. 이러한 특징이 바로 '서정' 자체에 대한 비판으로 이어졌던 것을 우리는 기억한다. 이 경우 '서정'의 근본적 특징은 '동일성의 시학'으로 평가되었고, 그때부터 모든 '동일성' 시학에 대한 비판들이 쏟아졌다. 하나의 극단적인 예에 불과할지도 모르지만 이러한 문제는 결국 '징후적인 것'을 '좋은 시'와 동일시함에서 생겨난 문제였다. 현대시가 '동일성'의 바깥을 탐색하고 있다는 것은, 즉 동일성 없이도 시가 쓰일 수 있다는 것은 상당히 중요한 의미를 함축하지만 그렇다고 현대의 모든 시인이 비동일성의 시를 써야 하는 것은 아니다. 그래서 '좋은 시'에 대한 취미판단의 기준은 스타일이나 경향 자체에 대한 판단—물론 나는 이 판단이 중요하다고 생각한다—에 그쳐서는 안 되며, 특정한 경향이나 스타일 안에서 확인되는 변화의 문턱/지점들을 확인하는 데까지 확장되어야 한다고 생각한다.

즉 문제는 '서정' 자체가 아니라 그것 안에서의 변화이고, 동일한 방식으로 문제는 '모던한 것' 자체가 아니라 그것 안에서 경계를 향한 움직임이다. 비유컨대 '모던한 것'만이 능사는 아니다. 이러한 변화를 어떻게 개념화하면 좋을지는 모르겠다. 통상적인 의미에서 그것을 '새로움'이라고 부를 수도 있겠으나, 비평적 언어로서의 '새로움'이 이미 닳을 대로 닳아버린 수사에 불과한 지금, 그것을 다시 끄집어내는 일은 무의미한 듯하다. 불현듯 현대라는 지옥의 시간 속에서는 모든 '새로운 것'이 사실은 '옛것'의 반복에 불과하다는, 그럼에도 불구하고 그 반복의 신화적 성격을 몰각한 채 마냥 '새로운 것'에 도취해 있는 현대인의 병리적 상태를 '꿈'이라고 비판한 벤야민의 말이 떠오른다. 선명하게 개념화할 수는 없지만 나는 이것을 '경계에 근접하는 변화의 양상'이라고 부르고 싶다. 그렇다면 우리는 '좋은 시'의 취미판단의 기준에 '징후적인 것'과 더불어 '경계에 근접하는 변화의 양상'을 추가할 수도 있을 듯하다.

4.

마지막으로 타자성의 여백이 존재하는 '세계'의 존재유무를 추기하려 한다. 우리에게 '세계'가 유의미한 까닭은 그것이 완결되지 않은 여백 때문이다. 이 여백의 존재로 인해서 '세계'는 우리에게 상식 이상의 특별한 의미를 지닌다. 뒤집어 말하면 시라는 것은 상투적인 세계의 겉모습이 깨어지는 순간, 일상적인 시간의 지루한 반복이 해체되는 순간에야 비로소 가능하다. 예외가 없는 것은 아니지만, 한 편의 시를 하나의 세계라고 말하는 것은 분명 비약이다. 그러나 한 권의 시집, 혹은 반복되는 창작의 과정이 궁극적으로 도달하고자 하는 곳은 결국 하나의 '세계'이다. 이 과정을 '창작방법론'이라고 말해도 좋고, 막연하나마 '시론'이라고 불러도 상관없다. 시인은 이처럼 언어로 된 '세계'를 구성함으로써 (또는 구성하기 위해) 이미 존재하는 세계를 해체하기를 주저하지 않는다. 이것은 세계의 이면이 드러나는 순간이 곧 세계가 균열되는 순간이라는 의미이다. 해체와 창조/구성은 결코 반대 개념이 아니다. 만일 이러한 세계의 (탈)구축이 우리가 미처 지각/상상하지 못했던 세계의 심층을 드러낸다면, 우리가 그 시가 '좋은 시'가 아니라 말할 이유가 없다. 여기에서 그것이 '현대적'인 스타일인지의 여부는 부차적인 문제일 따름이다. 형식의 예술적 의미를 부정할 수는 없으나, 카프카의 『소송』에 등장하는 화가 티토렐리의 작업처럼, '반복'이라는 악마적 과정이 창조력의 원천이 되기도 한다. 물론 이러한 이론적 개념화는 어디까지나 작품의 외부에 존재하는 초월적 가상이기 쉽다. 그래서 실제로 '좋은 시'의 가능성은 구체적인 시 속에서 그것이 기존의 스타일과, 스타일의 전통이나 어법과 어떤 자기 차별화의 시도를 보여주고 있는지, 그 시도가 '세계'의 (탈)구축과 맞닿아 있는지를 확인하는 과정에서 찾을 수 있을 것이다. 그러기 위해서라도 우리는 특정한 스타일이나 경향이 '좋은 시'의 조건이라는 식의 외재적 사유에서 벗어나야 한다. 자신의 스타일 안에서 가장 멀리까지 가는 것, 그 탈주의 궤적을 통해 차이 없는 반복의 악순환을 끊는 것이야말로 독자를 시로 끌어들이는 첫걸음이 아닐까.

형식의 사회학

1. 형식과 스타일

먼 거리에서, 일정한 시간적 간격을 두고 조망하면, 예술의 역사는 마치 '형식'의 역사처럼 보일지도 모른다. 굳이 예술가는 "형식을 창조할 수 있는 인간"(루카치)이나, "모든 형식은 침전된 내용이다 (…) 형식이 없다면 잊히는 것, 그리고 더 이상 직접적으로 말해질 수 없는 것이 형식들 속에서 살아간다."(아도르노)처럼 '형식'의 중요성을 강조한 진술들을 인용하지 않아도, 예술에서 '형식'의 비중은 절대적이다. 예술이란 힘이나 강렬도, 질료적인 것, 말로 표현할 수 없는 것 등을 지각가능한 것으로 표현하는 행위이며, 형식화 이전에 존재하는 흐름에 특정한 형식을 부여하는 것이기 때문이다. 아도르노가 "미적 형식은 예술 작품 내에서 현상으로서 나타나는 요인들을 일관성 있게 말하게끔 객관적으로 조직하는 것이다."(『미학이론』)라는 말로 예술의 '논리성'을 강조한 까닭도 예술이 자연발생적인 경험 그 자체의 재현이 아니라 특정한 '형식'을 통한 재구성임을 주장하기 위해서였다. 물론, 이 경우 '형식'을 전적으로 외부에서 주어진 것으로 간주할 것인지, 또는 '형식'을 내용과 대립되는 하나의 범주로 간주할 것인지, 나아가 '형식'과 '스타일'을 어떻게 구분할 것인지 등의 문제가 제기될 수 있지만, 분명한 것은 예술이 경험세계와 대립되는 이유는 예술의 '형식' 때문이며, 따라서 '형식'이란 어떤 것이 자연발생적인 우연과 질료 상태에 고립되어 머물러 있지 않도록 만드는 합리적 조직을 통해 구성된다는 사실이다. 훗날 밀란 쿤데라가 "예술은 모두 같지 않다. 그것들 각각이 세계에 도달하는 것은 서로 다른 문을 통해서이다."라는 진술로 표현하려던 것도 결국 이 '형식'의 다양성에 관한 것이 아니었을까.

그렇지만 형식이란 단순한 스타일이나 테크닉이 아니라 예술의 내적 조직 전체, 곧 관습적인 의미 양식을 재구성할 수 있는 능력이다. 물론, 보편적인 언어 안에서 문체/스타일이라는 변이의 선이 작동함으로써 새로운 표현형식이 창조된다는 사실을 고려하면, 스타일과 형식이 전혀 무관하다고 말할 수는 없다. 그렇지만 문학에서의 '형식'이란 문체/스타일의 개인적 성격과 달리 일정한 항상성을 지니며, 그 변화의 계기 또한 개인적이면서 사회적이다. 우연적이고 가변적인 스타일과 달리 형식이 비교적 오랫동안 반복 · 재생산되는 이유가 여기에 있다. 일반적으로 형식은 문체/스타일과 혼용되어 사용됨으로써 변화의 직접적인 원인이 한 개인의 내적인 선택에서 비롯되는 것으로 오인되어왔다. 그러나 예술(문학)에서 형식의 변화는 필연적으로 사회적인 계기를 함축하며, 마찬가지로 '내용'의 층위와도 직접적으로 관련된다. 흔히 문학에서 '내용'과 '형식'의 문제는 '무엇을'과 '어떻게'의 문제로 환원되어, 둘 가운데 하나를 배타적으로 강조하는 것으로 이해되어왔다. 리얼리즘은 '무엇을'을 강조하고, 모더니즘은 '어떻게'를 강조한다는 통념적 구분이 그것이다. 이러한 통념은 지금 이 순간에도 여전히 영향력을 행사하고 있다. 그러나 '내용'과 '형식', '무엇을'과 '어떻게'는 선택적으로 강조할 수 있는 실체적인 구분이 아니며, 형식이 내용이 되고 내용이 형식이 되는 예외적인 경우를 제외하면, '형식'의 변화가 '내용'의 변화를 수반하는 것은 필연적이다. '내용'의 변화가 없는 '형식'의 변화는 공허하고, '형식'의 변화가 없는 '내용'의 변화는 맹목적이다.

2. 변화의 계기들

'형식'의 변화가 사회적인 원인에서 비롯된다는 것, 그 변화가 '내용'의 변화를 수반한다는 사실을 다음의 두 가지 사례에서 확인해보자. 먼저, 20세기 초의 문학적 상황. 밀란 쿤데라는 유럽의 소설이 개연성, 사건의 동일성과 플롯, 스토리의 독재 등으로 압축되는 19세기 소설의 연극적 구성에서 20세기 초 카프카-로베르트 무질-헤르만 브로흐-곰브로비치["이들은 모두 19세기 이전에 존재했던, 거의 잊혀진 소설의 미학에 지극히 민감했었다. 그들은 에세이류 성찰을 소설 예술에 통합시켰다. 그들은 구성을 보다 자유롭게 했고, 여담에의 권리를 되찾았으며, 소설에 비(非)진지성과 유희정신을 고취시켰고, (발자크처럼) 호적부와의 경쟁을 내세우지 않는 등장인물들을 창조함으로써 심리 사실주의 교리들을 거부했고, 그리고 특히 그들은 독자에게 실재라는 환상을 암시해야 할 의무, 소설의 후반기 전체를 최고도로 지배한 그 의무에 대립했다."]로 이어지는 모더니즘적 경향으로 변화했다고 주장한다. 유럽 소설의 이러한 형식 변화는 개인적 실험이라는 단순한 변화 이상의 의미를 갖는데, 그것은 유럽의 소설이 세계를 편력하는 여행의 이야기에서 자신의 영혼의 괴물들과 싸워야 했던 평화로운 시대를 거쳐 '역사'라고 불리는 "비개인적인 것이고 다스릴 수도, 예측할 수도, 이해할 수도 없는 것"과의 싸움에 이르렀음을 뜻하는 징후였다. 이러한 징후의 역사적 기원은 물론 당시의 소설가들이 근대의 종말적 역설이라고 불렀던 1차 세계대전 직후의 위기와 불안감이었다. 즉 20세기 초 소설의 모더니즘적 전회는 한 개인의 개성적 발명품이기 이전에 유럽을 둘러싸고 있던 역사적 감각의 변화가 강제한 산물이었고, 이 변화가 불러온 소설 형식의 변화는 궁극적으로 '내용'의 변화를 통해서 개별 작품들에 각인되었다.

다음으로 인상주의의 등장을 전후한 19세기 후반의 회화적 상황. 인상주의가 등장하기 이전에 프랑스 미술계는 에르네스트 메소니에로 대표되는 역사화가 지배적인 전통이었다. 이 시기 프랑스에서 화가가 된다는 것은 곧 역사화를 그린다는 것을 의미했다. 나폴레옹의 총애를 받았던 메소니에는 당시 화가들의 유일무이한 등용문이었던 살롱전의 책임자이자 강력한 권위를 지닌 심사위원의 한 사람으로 이러한 역사화의 전통이 충실하게 지켜지도록 강제하는 역할을 담당했다. 그는 19세기 회화에 부여된 고귀한 소명은 역사적 장면을 세밀한 필치로 형상화하는 영웅화의 전통을 잇는 것이라고 주장했는데, 이런 그의 생각 때문에 19세기 중반까지 프랑스 회화의 지배적 형식은 역사적 신빙성과 고증을 통해 영웅의 비일상적 삶을 큰 화폭에 옮기는 역사화의 범주를 벗어나지 못했다. 19세기 프랑스 회화에 강제된 이 상징적 질서, 즉 형식을 정면으로 거부한 것이 바로 인상주의 회화이다. 인상주의자들은 역사보다는 당대의 일상을, 영웅의 삶보다는 부르주아와 하층민의 현재를, 대작(大作)보다는 비교적 빠른 시간에 그릴 수 있는 소품(小品)을, 고증에 기초한 세밀한 필치보다는 순간의 감각을 거친 터치로 표현한 인상을 중시했다. 유럽 회화의 역사에서 인상주의의 등장은 '내용'과 '형식' 모두에서 혁명적인 변화를 의미하는 것이었다. 이러한 예술의 변화는 불특정한 지역에서 비슷한 시기에 동시적으로 발생했으며, 그 변화의 이면에는 전통적인 귀족사회의 해체와 부르주아의 등장이라는 물적 토대가 자리하고 있었다.

이처럼 문학(예술)에서 '형식'의 변화를 추동하는 근본적인 원인은 개인적인 것이 아니라 사회적인 것이며, '형식'의 변화는 필연적으로 특정한 형식을 통해서 표현되어야 할 '내용'의 변화를 수반했다. 이러한 변화가 문체/스타일의 경우처럼 한 개인의 창조적 선택처럼 보이는 까닭은 모든 변화의 선두에 강력한 저자로서의 형식파괴자(창조자)가 존재하기 때문이다. 19세기 후반의 프랑스 미술에서는 마네가, 20세기 초의 유럽 소설에서는 카프카가 그 역할을 담당했다. 이를 두고 쿤데라는 "카프카가 경계를 뛰어넘은 이후로 비개연성의 국경은 경찰도 세관도 없이 영원히 열려 있다."라고 썼다. 이렇게 보면 문학(예술)에서의 '전위'와 '후위'의 구별은 분명해진다. 헤럴드 블룸(Harold Bloom)이 영향의 불안(the anxiety of influence)이라는 개념을 통해서 모든 중심으로부터의 이탈은 선행하는 상징적 질서를 거부하는 부인 행위에서 비롯되며, 이러한 부인의 주체가 뛰어난 선배나 스승의 영향 혹은 중요성을 폄하하고 새로운 중심이 되는 과정의 반복에 관해 설명했다. 이러한 이탈과 부인은 문학(예술)에서 종종 형식의 파괴와 창조로 가시화되거니와 이미 존재하는 전통적(지배적) 형식을 따르기를 거부함으로써 새로운 형식을 창조하는 과정의 연속이 실상 예술의 역사라면, 이 불가능한 행위를 시도한 인물이 '전위'이며, 새로운 지배적 형식으로 등장한 그 형식의 영향권 안에서, 그 형식의 재생산을 담당하는 인물들이 '후위'이다. 강력한 저자와 그의 주변을 맴도는 추종자들.

3. 예술의 관용적 표현법들

지금 한국문학은 예술의 관용적인 표현법들이 무너지는 시대를 맞이하고 있다. 소설에서의 반(反)리얼리즘적 경향과 시에서의 탈(脫)서정적 경향이 이 변화의 구체적인 실상이다. 이것이 개별 작가의 차원에서 시도되는 스타일의 변화인지, 그렇지 않으면 문학 형식의 변화인지 단정하기는 아직 이르다. 분명한 것은 90년대 후반부터 시작된 문학의 변화가 재래의 표현법을 심각하게 위반하는 현상으로 가시화되었고, 특히 젊은 작가들이 이 변화를 이끌고 있다는 사실이다. 이 변화의 효과는 문학을 쉽게 소비될 수 없는 불편한 것으로 제시한다는 것이다. 물론 이러한 변화의 이면에는 항구적인 형식이 제공하는 안정감도 존재한다. 소설의 경우 박민규, 한유주, 최제훈 등의 개성적인 스타일이 집중적인 관심을 받고 있지만, 김훈, 황석영, 신경숙의 소설이 보여주는 형식적 안정감에 대한 대중의 호응은 전자의 관심을 훨씬 능가한다. 시의 경우, 소위 '미래파'와 '포스트 미래파'의 등장으로 인해서 '감정'의 절제된 표출이라는 종래의 서정시적인 안정성이 크게 위협받고 있지만, 그럼에도 여전히 대다수의 시인은 익숙한 스타일 속에서 언어와 감각의 갱신을 시도하고 있다. 표현법을 둘러싼 이러한 세대적 갈등은 전자에서 후자로 급속하게 재편되는 양상을 보이고 있지만, 지금의 한국문학이 '형식'의 변화가 '내용'의 변화를 추동하는 변곡점을 넘어섰다고 말하기는 어렵다. 그럼에도 "감정이 전부라고 생각해서는 안 됩니다. 예술은 형식 없이는 아무것도 아닙니다."라는 플로베르의 진술이나 "예술은 단지 기존의, 주어진 현실의 재생은 아니다. 그것은 모방이 아니라 현실의 발견이다."라는 에른스트 카시러의 발언이 지금처럼 설득력을 얻는 때도 일찍이 없었던 듯하다.

이러한 변화의 원인을 사회적인 것에서 찾을 수 있을까? 이 질문에 답하기 위해서는 먼저 97년, 그러니까 IMF 체제를 거치면서 한국문학의 성격이 급속하게 바뀌었다는 사실에 주목할 필요가 있다. 90년대 후반 한국 사회를 강타한 외환위기 사태는 소설의 내용에 커다란 변화를 불러왔다. 90년대의 소설이 가부장적인 질서하에서 여성 화자들이 감당해야 했던 미시적 권력의 폭력성에 예민하게 반응하는 내용을 주로 다루었다면, 하여 개인적인 공간으로서의 '방'에 관한 문제로 귀결되는 경향을 보였다면, 2000년대 문학은 외환 위기에서 기인하는 경제적 곤란으로 인해 '개인'의 욕망이라는 근대적 가치가 무력해지고, 더불어 사회 구성원 대다수가 심각한 빈곤상태에 직면하는 현실을 드러내는 데 집중적인 관심을 보여왔다. 물론 이 과정에서 '형식'의 변화라고 부를 만한 획기적인 변화는 두드러지지 않았고, 대신 90년대 문학이 외면했던 사회적인 문제들이 소설의 전면에 등장하기 시작했다. 가난에 청춘을 저당 잡힌 20대의 출구 없는 삶이 기성작가는 물론 신예작가들의 소설들을 압도하기 시작했다. 사회적인 원인에서 비롯되는 이 가난의 문제에 대처하는 소설적 태도는 물론 작가마다 달랐다. 삶의 비극성을 진지한 문체로 접근한 경우도 있었지만, 그러한 문학적 진지함보다는 가난이라는 외적 현실을 유머러스한 방식으로 대면함으로써 이전의 소설적 주류와는 달리 가벼움의 미학이 대세를 형성했다. 이 시기 청춘들에게 급작스럽게 닥쳐온 가난의 문제는 '개인'의 미력한 힘으로는 도저히 어찌할 수 없는 압박이었고, 따라서 가난이라는 무거움을 가벼움이라는 새로운 방식으로 사유하는 것이 지배적인 상상력이었다.

2000년대에 접어들어 소설이 가벼움과 유머러스함을 통해서 현실과의 마찰계수를 줄였다면, 시는 그로테스크한 이미지의 윤무를 통해서 그 시대적 무게감과 정면으로 맞서려는 경향을 노정했다. 전통적으로 시는 '감정'을 중시하는 장르로 인식되어왔지만, 이 시기의 젊은 시인들은 '감정' 대신 '감각'이라는 새로운 표현법을 적극적으로 드러내기 시작했다. 이른바 '감각파'라고 부를 수 있는 시인들이 시단의 전면에 등장했다. 그러나 다른 한편으로 사회적인 문제를 적극적으로 시화(詩化)하려는 진은영, 심보선, 이영광, 최금진 등의 시인들도 제각기 다른 방식으로 두각을 드러내었다. 앞에서 말한 것처럼 이러한 변화의 출발점이 사회적인 것임은 분명하지만, 그렇다고 이들이 재래의 시적 형식을 완전히 탈피해서 새로운 형식을 창안했다고 평가하는 것은 지나친 과장이다. 왜냐하면 시적 형식의 변화란 전통서정시적 경향이 주류를 형성하고 있는 가운데 등장한 모더니즘의 파편적 형식이지만, 초현실주의나 다다이즘처럼 모더니즘적 파격을 극단적인 방식으로 전유한 경우에서 뚜렷이 목격되기 때문이다. 한국의 경우, 이러한 변화의 예는 황지우, 박남철의 80년대 시 정도가 아닐까 생각된다. 물론 황병승, 김경주, 조인호의 사례처럼 한층 극단적인 형태로 새로움의 감각이 실험된 경우도 없지는 않지만, 그들의 시적 실험이 주류적인 위치를 점하고 있다고 생각되지는 않는다.

다만 한 가지, 언어가 사고의 가능성을 제한하고 게임의 규칙이 게임에서 발생할 수 있는 내용의 가능성을 제한하는 것처럼, 새로운 표현법들이 종래에는 쉽사리 언표화될 수 없었던 세계를 가시화하는 데 일조하고 있음은 분명하다. '형식'의 변화와 창조성을 강조하는 비평들이 놓치고 있는 지점이 이것이다. 예술에 있어서 '어떻게'의 변화는 '무엇을'의 변화를 추동한다. 그런 한에서 '어떻게'에 관한 고민은 또한 '무엇을'에 관한 사유이기도 하다. '형식'이란 이처럼 '무엇'이 드러나는 틀, 즉 가능성의 장이며, 또한 '무엇'이 드러날 수 없는 것으로 만드는 제한의 장이기도 하다. '형식'이 '무엇'이 드러나는 틀이라는 것은 '형식' 이전에 아무것도 존재하지 않는다는 말이 아니다. 그러나 그 경우 '형식' 이전의 어떤 것은 잠재적인 상태로만 존재할 뿐 결코 지각될 수 있는 것이 아니다. 그러니까 눈에 보이지 않는 것을 보이게 하는 것이 미술의 목적이라고 말한 클레가 틀린 것은 아니었다. 그렇지만 "형식이 없다면 잊히는 것, 그리고 더 이상 직접적으로 말해질 수 없는 것이 형식들 속에서 살아간다."라는 아도르노의 말도 전적으로 옳다.

4. 신자유주의와 한국문학

내용적인 측면에서 보자면 최근 한국문학의 변화를 주도하고 있는 '사회적인 것'의 정체는 분명 신자유주의이다. 유례를 찾기 어려울 정도로 혹독해진 생존 경쟁과 승자 독식의 사회적 분위기는 우리의 삶 전체에 암울한 그림자를 드리우고 있고, 경쟁에서 탈락한 소위 '루저'라고 불리는 다수의 삶은 생존 자체를 위협하는 심각한 위기와 '실패자'라는 사회의 비난 어린 시선에 그대로 노출되어 있다. 최근의 한국문학은 바로 이러한 경쟁시스템이 양산하는 비인간적 상황에 민감하게 반응하고 있다. 우연인지는 모르지만, 신자유주의적 경제체제가 사회의 일반적 규칙으로 자리를 잡으면서 한국문학 또한 적지 않은 변화를 겪고 있다. 그렇지만 이런 변화가 자본주의의 등장으로 인해 후광을 상실한 19세기적 삶의 비루함을 표현하기 위해 서정시적 형식을 포기하고 산문적인 발화법을 선택한 보들레르의 시나, 근대 자본주의가 바꿔놓은 일상적인 삶의 감각을 드러내기 위해 의도적으로 선택된 큐비즘의 동시성(Simultaneity)만큼 선명한 것은 아니다. 따라서 2000년대 문학의 변화된 스타일이 신자유주의의 영향 때문이라고 말하는 것은, 문학의 모든 변화를 오직 그 시대의 인과적 산물로 간주해버리는 손쉬운 환원론의 위험을 안고 있다. 다만 최근 문학에서 엿보이는 스타일의 획기적인 변화—소설에서는 개연성과 사회적 현실에서 벗어나려는 비재현적이고 익명적인 인물의 등장, 시에서는 그로테스크한 이미지들의 등장과 파편적인 방식으로 흩뿌려지는 언어의 편린—가 경쟁과 불안을 강제하는, 하여 다수의 구성원을 루저(loser)로 몰아가는 현대사회의 시스템에 대한 히스테릭한 반응에서 유래한다고 가정할 여지는 충분하다. 말하자면 신자유주의적 가치가 유일한 법칙으로 간주되는 사회는 필연적으로 사람들 간의 무한경쟁을 부추기며, 그 경쟁체제하에서 사람들은 어느 정도까지는 그 게임법칙에 충실하다가 그 중압감을 이기지 못할 때 마침내 신경질적인 방식으로 폭발하고 만다. 최근 한국시가 보여주는 이미지의 파편화는 그만큼 시인들에게 강제되는 억압의 강도가 높아졌음을 반증하는 사례이다.

최근 한국문학의 변화 원인을 기술적인 것에서 찾으려는 시도도 있다. 가령 쌍방향적인 성격을 띠는 인터넷의 광범위한 보급과 스마트폰의 보급으로 인한 SNS(소셜네트워크서비스)의 일상화가 문학의 창작방식과 소비과정을 새롭게 재편하고 있다는 주장은 더 이상 낯설지 않다. 이른바 '트위터러처(twitter+literature)'라고 불리는 이러한 실험적 시도는 현재 '봇(bot)'이라는 형태를 통해 대중적인 영향력을 넓혀가고 있다. 디지털 기술의 시대를 맞이하여 문학의 새로운 전달방식으로 등장한 이러한 형태는 새로운 창작의 형식으로 발전할 가능성은 지극히 낮다. 과거 인터넷 문학이 그러했듯이 말이다. 그것은 웹(web)이라는 매체 공간이 결국 아날로그적인 감성에 의해 창작된 작품들을 대량복제라는 방식으로 불특정 다수에게 전달하는 부차적인 기능을 담당할 수는 있었지만, 인터넷적 글쓰기라는 새로운 형식적 발명으로 확장되지 못한 것과 같은 이치이다. 팔로어에게 실시간으로 전달되는 '봇(bot)'이 과연 문학의 새로운 형식이 될 수 있을 것인가, 그것은 문학 '형식'의 변화를 추동하는 결정적인 원인이 될 수 있을 것인가? 이 질문에 대한 대답은 지극히 회의적이다. 이런 점에서 본다면 기술복제가 예술에서 아우라라는 고전적 가치를 삭제해버림으로써 예술의 성격과 기능에 변화를 초래할 것이라는 벤야민의 예언이 실효성을 거두지 못하고 있는 듯하다.

그럼에도 불구하고 최근의 시와 소설이 보여주는 스타일과 내용의 변화가 신자유주의와 모종의 연관관계를 형성하고 있음은 분명하다. 이것은 90년대의 문학과 2000년대의 문학을 비교하면 한층 분명해진다. 소설의 경우, 90년대 문학의 상징적 형식은 국가, 개인, 가족 등의 공동체적 원리에서 벗어난, 또는 그 세계의 도덕적 규범으로 환원되지 않는 개인의 세계를 구축을 지향했다. 이 지향은 욕망, 취향, 내면처럼 상이한 방식으로 언어화되기는 했지만 그것은 집단과 개인, 도덕과 윤리(욕망)처럼 분명한 대립항 속에서 움직였다. 90년대 문학에서 문제적 공간으로 등장했던 '방'은 집단으로 환원되지 않는 개인의 공간에 대한 표상이었다. 그러나 2000년대 문학에는 더 이상 자아의 성소라는 부를 수 있는 방-공간이 등장하지 않는다. 오히려 심각한 균열의 위기에 처한 방, 방의 기능을 수행할 수 없는 거처로서의 방에 관한 이야기가 2000년대 소설의 공통감각을 구성하고 있다. 옥탑방, 반지하, 원룸, 고시원 등으로 표상되는 이러한 비(非)공간으로서의 방은 결국 현대인들이 사회와의 단절을 수행하는, 외부적 현실의 강제와 억압으로부터 자신을 보호할 수 있는 어떠한 장치도 갖지 못한 채 오직 소비와 경쟁의 논리 속에 투기 되어 있음을 보여준다. '방'의 부재는 '자아'와 '내면'의 상실을 지시한다. 최근의 소설들은 '방'이라는 개인 공간에서 내쫓겨 '유령'과 '잉여'의 존재로 사회를 배회하는 숱한 군상들의 일그러진 삶을 반복적으로 보여준다.

신자유주의 시대의 현실적 중압감은 시에서 서정적 통일성의 붕괴로 가시화되고 있다. 전통적인 의미에서의 서정시적 경향은 시적 화자의 목소리를 통해서 외적 현실과 내면적 세계의 조화를 모색하려는 동일성의 태도를 취하는 경우가 지배적이었다. 물론 이러한 태도 자체가 외적 현실의 중압감을 일거에 없애주는 이데올로기적 장치는 아니었지만, 그 동일성의 원동력이 '사회'보다 강력한 '자아'의 권위에 기반을 두고 있었음은 사실이다. 그런 의미에서 한국의 전통적 서정시는 낭만주의의 영향과 무관하지 않았다. 20세기 초반 한국의 근대시 형성기에 강력한 외부적 영향력으로 출몰한 낭만주의적 상상력의 영향은 이렇게 최근까지 그 여진을 남겼다. 그러나 최근의 한국시는 낭만주의적인 자아의 부재에서 비롯되는 서정적 동일성의 와해, 그것의 결과로서 표현되는 비유기적 · 비동일적 파편화의 언어들이 주류를 형성하고 있다. 이러한 변화는 두 가지 원인의 복합적인 결과이다. 하나는 관습화된 스타일에 대한 시인들의 저항과 거부이며, 다른 하나는 서정적 동일성이 불가능한 현실이 강제하는 새로운 스타일의 출현이다. 그런데 이 두 가지 원인을 각각 '개인적인 것'과 '사회적인 것'이라고 부르는 것은 적절하지 않은 듯하다. 왜냐하면 관습에 대한 개인들의 거부 또한 특정한 방식으로 집단화된다는 측면에서는 지극히 '사회적인 것'이기 때문이다. 이는 문학에서 스타일의 변화가 사회적인 것의 변곡점 주위에 집중적으로 배치된다는 역사적 사례들이 증명하는 것이다. 이렇게 보면 2000년대 문학에서 두드러지는 문학적 스타일/형식의 변화는 지금 우리 사회가 새로운 국면에 접어들었음을 보여주는 바로미터이다.

3부

그녀, 바람구두를 신다

— 곽은영의 시세계

0. prologue

'그녀'가 있었다. 그녀에게는 '명랑한 모험' 이야기를 들려주는 몇 명의 '불한당 삼촌들'(〈1〉)[1]이 있었다. 삼촌들의 모험 이야기에 싫증이 난 그녀는 어느 날 자신이 직접 '모험' 이야기의 주인공이 되기로 결심, '바람 구두'(〈3〉)와 '얼음 외투'(〈14〉)로 무장하고 '집'을 나섰다. 모험, 아니 방랑이나 방황이라는 단어가 더 적합한, 그때 그녀의 나이가 얼마였는지는 알려지지 않았다. "아이도 아니고 어른도 아"(〈1〉)닌, 눈부신 태양 아래에서 "울음을 터뜨리기엔 못마땅한 나이"(〈1〉) 정도였다고 말해두자. 그녀의 이름도 알려지지 않았다. 사람들은 그녀를 '콩'(〈5〉)이라고도 불렀고, '사랑에 미친 가님'(〈6〉)이라고도 불렀다. 그녀 자신이 이름을 밝히지 않았기 때문

---

1) 연작시의 형식을 띠고 있기 때문에 시의 구절을 인용할 경우 제목 전체가 아니라 연작의 번호만 표기함.

이다. 훗날 그녀는 이름을 밝힐 수 없었던 이유가 "이름이 떠도는 것을 보고 싶지 않아서"(〈5〉)였다고, 또한 "거울 속의 나는 그때그때 달라서 말하기 곤란했을 뿐"(〈13〉)이었다고 고백했다. 그녀에 따르면 "모험의 시작은 시시했다."(〈1〉) 그러나 이것은 그녀 특유의 과장이거나 반어일 뿐. 모험 과정에서 그녀는 "내 뜻대로 되지 않는 세계를 마주"(〈7〉)해야 했고, 자신이 하는 것을 "사랑이라고 믿"(〈6〉)었다가 '당신'과의 이별을 경험해야 하기도 했다. 1인칭 복수형으로 시작되는 "당신과 나는 우리들만의"(〈11〉)라는 아름다운 문장이 "슬픈 사랑"(〈12〉)으로 마무리될 무렵, 그녀는 '모험'에서 돌아왔다. '모험'에서 돌아온 그녀가 이번에는 '어린 조카' 앞에서 자신의 '모험담'(〈12〉)을 들려준다. 오래전 '불한당 삼촌들'이 그녀 자신에게 했듯이. 그 모험담의 대략적인 내용은 이러하다. "누구나 드라마를 가지고 있어 자기만의 책을 펼치면 천 일을 읽기에 충분한 이야기들."(〈12〉) 이야기를 끝마친 그녀는 "다시 길을 나서기 위해"(〈12〉) '트렁크'를 열었다 닫는다.

1. 바람

운명의 항해키를 돌려 거침없이 험한 항로를 택한 것도 나의 손
매번 슬프기만 한 항로를 택한 것도 나의 손
다들 말리지만 이해받기 위해 길을 떠나지 않았다
나침반을 보며 찡긋, 윙크,

—「불한당들의 모험 12-시곗바늘처럼 한 바퀴 돌아서 다시,」 부분

모험과 방랑은 '바람구두'를 신은 이의 운명이다. 첫 시집 『검은 고양이 흰 개』에서 12편의 연작으로 첫 모험을 완성한 '그녀'가 두 번째 시집 『불

한당들의 모험』에서 다시 모험에 나선다. 첫 시집은 『이상한 나라의 앨리스』가, 두 번째 시집은 『거울 나라의 앨리스』가 중요한 모티프이다. 곽은영의 시에서 '모험'은, 비록 '탈향-귀향'의 대서사시로 평가되는 오디세우스의 그것처럼 장대한 스케일은 아니지만, 삶의 형식으로 자리하고 있다. 그것은 "걸어가야 들려오는 이야기/쓰러지지 않기 위해 걸어가면/자박자박 발목을 적시며 저절로 써지는 이야기"(〈15〉)이다. 그러니까 문제는 '쓰러지지 않는 것'이다. 우리가 그녀의 '모험'을 방랑이라고 칭할 수 있는 까닭은 미리 정해진 길, 즉 지도가 없기 때문이다. 그녀에게는 오직 시시때때로 '방향'을 지시해주는 '나침반'이 있을 따름이다. 나침반이란 '길'이 아니라 '방향'의 세계이다. 하여, 그것은 "길이 시작되자 여행은 끝났다"라는 문장으로 루카치가 소설의 운명을 정의한 것과 유사하게 모험을 통해 자신의 고유한 본질을 발견해내려는 영혼의 이야기를 닮았다. 그러나 곽은영의 '모험'에서 본질은 선험적으로 주어진 목표와 같은 것이 아니기에 도달할 수 없고, 도달할 수 없기에 오직 방황만이 가능한 끝나지 않는, 끝낼 수 없는 여행의 형식을 취한다. 어떻게 '달의 감정'과 '바람의 운명'을 언어로 말할 수 있단 말인가.

정착한 사람들의 집은 매우 견고했지만
집을 받치는 것은 기둥이 아니라 자신들의 어깨였다

머리가 하얗게 변한 당신은 파이프를 입에 물고 점잖게 말했다
이제 너도 어딘가에 머물러야만 한다
모였다가 흩어지는 새떼가 되기엔 넌 너무 무거워졌어
당신은 내가 어느새 트렁크를 쳐다보고 있음을 훤히 알았지

(…)

하지만 나는 정중하게 곧 떠나겠다고 답했다

정착한 사람들의 집을 받치는 것은 기둥이 아니라 자신들의 어깨였다
내 어깨가 받치고 있는 것은 지붕이 아니라 바람

나는 당신의 깃털 이불을 맑은 하늘 아래 잘 널어주었다
빨간 홍학 집게를 물리고 두드려주자 매일 밤 그를 태우고 가던 깃털들이
바스락거리며 바람을 타고 부풀어올랐다
나도 트렁크를 들었다

오늘 밤에는 씩씩한 바람이 가져온 소식을 악몽 대신 만나길 바래요
오늘 밤에는 지붕 아래 펼쳤던 웃음들을 만나길 바래요
오늘 밤에는 가슴속 야생동물 보호구역이 열리길 바래요
당신의 친절에 대한 마지막 인사였다

—「불한당들의 모험 23」 부분

'모험'은 '집'의 문턱을 넘는 첫걸음으로 시작된다. '집'은 공간이 아니라 세계이고, 그런 한에서 '모험'은 익숙한 세계와의 결별이다. '그녀'는 '집'을 나서기 위해 '트렁크'를 응시하고, '당신'은 "이제 너도 어딘가에 머물러야만 한다", "모였다가 흩어지는 새떼가 되기엔 넌 너무 무거워졌어"라는 말로 막아선다. '유목적인 것'에 대한 '정착적인 것'의 이 회유는 '감성'에 대한 '이성'의 '명령어'이기도 하다. 그것은 때로 "이해하고 싶어라는 징그러운 거짓말의 덩굴"(〈13〉)로 변신하여 그녀의 신체를 휘감는다. 그럼에도 '그녀'는 '당신'의 회유를 뿌리치고 '집'을 나선다. '바람구두'의 운명 때문이다. 아니, '죽은 엄마'가 "달의 감정을 내 가슴에 달아주고 떠났"(〈13〉)

기 때문이다. 그녀는 '달의 감정'에 사로잡혔고, 때문에 '달의 눈물'로 말할 수밖에 없다. 그러나 항상 "번쩍번쩍한 태양을 머리통에 박고 살"아야 하는 '당신들'의 세계에서 '눈물'은 결코 '언어'가 아니다. 설령 '언어 아닌 언어'로 인정된다 할지라도 그것은 항상 '오해'된다. "태양의 빛이 너무 강렬하기"(〈13〉) 때문이다. 태양의 세계에서 '눈물'은 '언어' 이전이거나, '언어'를 넘어서는 과잉된 것, 즉 '감정'의 이름이다. '태양'이 이성 · 논리 · 질서의 언어의 세계라면, '달'은 그것들로 설명될 수 없는 '감정'의 세계이다. '달의 감정'을 지닌 존재들에게 '태양'은 정오의 악마이다. 그 악마의 희생자라는 점에서 '그녀'는 우울의 신 사투르누스(Saturnus)에 복속된 토성의 존재, 멜랑콜리커(Melancholiker)이다. 언어와 감정의 필연적인 미끄러짐, '그녀'는 그것을 '이해'라는 거짓말로 봉합하려는 '당신들'의 세계에서 자신의 거처(topos)를 발견할 수 없어 긴 여행을 시작한다. '태양'의 세계는 '달'의 주권을 허락하지 않는다. 물론 이 떠남을 '뿌리치다'라는 동사로 표현하는 것은 과장이다. 차라리 "가위로 덩굴을 자르는 대신 쥐며느리처럼 몸을 말고 빠져나왔죠"(「불한당들의 모험 13」)라는 표현이 적절하지 않을까.

「불한낭들의 모험 23」에서 '바람구두'의 운명과 '달의 감정'은 '집/모험', '어깨/바람' 같은 새로운 대립항으로 변주된다. 자신을 향한 '당신'의 호의를 모르지 않지만, 그녀는 '어깨'로 집을 받치고 있는 '정직한 사람들'의 집(세계)에서 자신이 끼어들 틈을 발견하지 못한다. 모든 것이 견고하게 질서 잡힌 '집'의 세계, "잘 만들어진 틀니"처럼 한 치의 어긋남도 허락하지 않는 코스모스(cosmos)의 세계야말로 '바람'의 운명을 부여받은 그녀가 수락할 수 없는 세계이다. 하여, '그녀'는 '당신'의 친절에 '마지막 인사'로 답례하고 조용히 집을 나선다. '당신'이 꿈속에서라도 '바람이 가져온 소식', '웃음들', '가슴속 야생동물 보호구역' 같은 카니발적 세계를 경험하기를……. '그녀'는 정오의 악마가 몰수해버린 것들의 희미한 존재를 상기시키는 것으로 인사를 대신한다. 여기에서 우리는 곽은영의 시에서 '모험'

이 감정의 우발성을 부정하는 질서의 세계, 카니발적 웃음을 거부하는 로고스의 견고함으로부터 벗어나려는 클리나멘(Clinamen)의 일종임을 알 수 있다. 고대 철학자 에피쿠로스는 세계가 허공(무)과 원자(존재)로 구성되어 있다는 가설에서 출발하여 현재의 세계를 설명했다. 에피쿠로스의 '세계'는 무수한 원자들이 허공 속으로 평행하게 떨어지는 직선적인 낙하운동의 세계였다. 그러다가 원자 하나가 미세하게 기울어 다른 원자와 부딪히고, 이 우연한 마주침이 또 다른 마주침을 유발하여 하나의 세계가 생긴다. '클리나멘'은 이처럼 중력법칙에 반(反)하는 물체의 '원자 이탈'을 뜻하는 고대 유물론자들의 개념인데, '견고함/집/질서'를 거부하고 '모험/바람'을 긍정하는 '그녀'의 선택 또한 카오스적인 세계의 생성을 지향한다는 점에서 '클리나멘'과 유사하다.

2. 달

'집'을 떠난 그녀가 경험한 세계들의 모습은 어떠할까? 잠시 '그녀'의 뒤를 따라가 보자. 「불한당들의 모험 13」에서 '그녀'는 그 세계를 '이곳'이라고 지칭한다. '이곳'은 "일 년 내내 비가 내리는 땅/귀를 씻고 이곳에 왔어요 구두를 벗고 맨발로 왔어요/낯선 언어들이 음악처럼 들리는 곳"(〈13〉)이다. '언어'가 '언어'이기를 그치고 '음악'이 되는 '이곳', 그 하나의 모델이 동화의 세계이다. 곽은영의 시에서 동화적 상상력은 현실원칙의 중력이 작동하지 않는 세계를 의미한다. 물론, "이곳의 언어가 하나둘 글자로 굳어지자 오해도 큼지막하게 쌓여/대문을 틀어막았네요 이제 나는 눈물이 되어 흘러나갈까요"(〈13〉)처럼 '이곳' 역시 '오해'의 위험에서 자유롭지 않다. 다시, '그녀'의 발길은 "얼음마녀의 땅"(〈14〉)과 "쳐다만 보아도 무서웠던 동굴"(〈20〉)을 지난다. 곽은영의 시에서 '집'의 바깥은 대개 '얼음'의 세계로 형상화된다. '얼음마녀'와 '얼음폭풍'과 '얼음외투의 겨울'이 반복되는 세계, 그곳에서 '그녀'는 "명랑하고 따뜻한 꿈이 사라진 겨울"(〈14〉)을 걷는다. 그런데 온통 얼음으로 뒤덮인 얼음나라를 더욱 두껍고 단단하게 만드는 것은 '여인들의 눈물'이다. "얼음나라를 두텁게 만드는 것은 오래전부터 흘린 여인들의 눈물/아득한 깊이의 바다에서는 그래서 짠 냄새가 난다"(〈24〉) 이 지점에서 '해/달', '이성/감정'의 이항대립은 여성적 계보와 연결된다.

우리는 같은 시간을 살 수 없어서 고유하고 외롭다

까마귀가 반짝이는 거울을 모아가듯
시간의 기류를 타고
나는 두 발의 컴퍼스로 지도를 그려갔다
태양의 위도와 바람의 경도가 만나는 점이 내가 서 있는 곳이었지

그늘을 받아먹던 흰 벽에 누런 응달 자국이 앉을 무렵 지도는 그려질 줄 알았어
자오선은 길게 펼쳐졌는데

당신이 여기 있어도 같은 시간을 살 수 없는 우리 사이에 희멀건 강이 눈부시게 흘렀다

강은 언제나 저만큼 웅크려 있다가 나의 다가섬만큼 모양이 변했다
경계를 나누기 힘든 햇살처럼
강은 측량하기 곤란한 빈 칸

우연 같은 위도와 필연 같은 경도가 내게서 만나는데

당신은

당신의 자오선을 따라 움직이고 있었지

—「불한당들의 모험 46」 부분

정오의 악마인 '태양'이 지배하는 세계에서 시간과 공간은 불변하는 절대적 상수이지만, '달의 감정'이 지배하는 세계에서 그것들의 권위는 통용되지 않는다. 감정이란 그처럼 유동적일 수밖에 없다. '태양'의 세계가 '이성'의 '보는 세계'라면, '달'의 세계는 '감정'의 '우는 세계'이다. 곽은영의 시에서 '눈'은 보기 위한 것이 아니라 울고 눈물을 흘리기 위한 것이다. 물의 장막이 눈을 뒤덮어 타자로 향하는 시선을 가로막음으로써 오직 '나'에 대해서만 진실할 수 있는 눈물 기계로서의 눈. "눈이 없어지자/눈물이 안으로 흘러 고였다/입이 없어졌기 때문에 울음이 안으로 잠겼다"(〈38〉) 이처럼 시간과 공간이 변수가 되는 곳에서 각자의 생의 시계는 다른 속도로 움직이고 공간의 부피는 시시때때로 수축/팽창한다.

앨리스의 '거울 나라'에서 시간이 거꾸로 흐르는 것을 상상해보라. 어쩌면 우리가 외로움에서 벗어날 수 없는 까닭도 '같은 시간'을 살 수 없기 때문은 아닐까. '나'는 "태양의 위도와 바람의 경도가 만나는 점" 위에 서 있다. 물론 '당신'도 '나'와 동일한 '여기'에 있다. 그렇다면 우리는 동일한 세계에 함께 머무르고 있는 것일까? 화자는 "같은 시간을 살 수 없는 우리" 사이에 희멀건 시간의 강이 흐르고 있다고 말한다. 여기에서 '강'은 "~모양이 변했다", "경계를 나누기 힘든", "측량하기 곤란한" 같은 구절들이 설명하듯이, 측정이 불가능하고 경계의 구분이 모호한 유동적인 대상이다. 하여, 그 '강'을 배경으로 '나'는 "우연 같은 위도와 필연 같은 경도"에 위치하고, '당신'은 "당신의 자오선을 따라" 고유한 운동을 한다. 마치 「불한당들의 모험 44」에서 '당신'이 지옥을 빠져나와 '영영 일곱 살'을 얻는 순간, '나'가 '백이십 살'이 되고, 「불한당들의 모험 45」에서 '나'가 "함께 길을 떠나 먼저 꼬맹이로 돌아가는 당신"을 안고 맨발로 걸어야 했듯이. 또는 "당신은 당신의 스케이팅을/나는 나의 스케이팅을/서로를 돌고 도는 스케이팅을"(〈43〉) 계속할 수밖에 없듯이. 우리는 고독과 외로움을 피할 수 없으며, 그것들이 있음으로써 '고유'한 존재로 살아간다. 그리고 우리들 각자의 고독, 슬픔, 외로움 등은 고유하기 때문에 측정할 수 없고, 측정할 수 없기에 동등하다. "슬픔은 그 자체로 고유한 질량을 갖기에 이곳의 우리는 동등하다"(〈42〉) 동등함의 세계에서 우리는 비록 외롭고 슬픈 존재로 힘겹게 살아가지만, 각자의 무게는 똑같이 무겁고, 생의 시간이 만들어내는 곡선들은 똑같이 아름답다. 이처럼 곽은영의 시에서 '우리'라는 복수형은 고유하기 때문에 동등하고, 완전히 소통할 수 없기 때문에 스쳐 지나감이 유일한 관계의 형식이다. 그것은 불가능한 공동체의 이름이다.

3. 얼굴

나의 가방에는
웃는 얼굴이 가득
나는 항상 얼굴을 쓰고 있다
나는 얼굴이 아주 많아서
당신들이 쓰고 있는 얼굴을 볼 때마다 어느 밤 어느 낮에 만들었는지 눈물실로 찢어진 근육들을 어떻게 이어붙였는지
빤히 쳐다볼 때가 많다

얼굴의 역사는 단순하다
우리가 선택한 표정의 취향을 존중하고
그리고 역시 수치스러운 이야기가 얼굴을 만들었다는 것을 이해하면서

나의 얼굴은 웃고 있다

이따금
그러니까 계절의 별자리를 따라 룰렛을 돌리는 당신일 때 내가 몰래 손바닥에 써오던 글자를 먼저 읽어내는 당신일 때
나도 얼굴을 내려놓는다

얼굴을 하나 내려놓는다
부끄럽게도
얼굴을 벗은 내 얼굴도 웃고 있기 때문에
당신이 만든 머쓱한 침묵의 얼굴이 등장하리란 것을 알지만
얼굴을 내려놓는다

얼굴의 역사는 단순하다
밤을 알게 되는 아이가 저 혼자 맨 처음 배우는 것은
얼굴을 만드는 법
최후의 얼굴이 무엇이 될지 절대로 알지 못한 채 아무에게도 보여주지 않는 얼굴 하나를 시작으로
수백만 개의 얼굴들이 저마다의 시간에 차곡차곡 걸려 있고
저마다의 기술로 순식간에 등장했다가 사라져왔다

얼굴의 역사는 단순하다
질기고 튼튼한 시간의 틀에 기대 우리들 관계의 무늬를 새겨넣는 것이다
애매한 웃음과 그만큼의 거리에 감돌던 불편한 공기 모자로 절망을 가린 채 어둠 속으로 스며들던 그림자의 비겁함

우리 대신 침묵이 질렀던 비명을 새기는 것이다

―「불한당들의 모험 33 - 얼굴의 역사」 전문

'얼굴'은 '탈(persona)'과 '가면(mask)' 같은 것인지도 모른다. '가방'에 넣어 보관할 수도 있고, 필요할 때마다 쓸 수도 있기 때문이다. 그렇지만 심리학자들이 페르소나(Persona)와 에고(ego)를 구별할 때의 그 페르소나와는 다른 무엇이다. 연극배우들이 쓰는 '탈'을 가리키는 말이었던 페르소나는 점차 사회적 자아를 뜻하는 '가면'으로 전용되었고, 사람들은 그 가면의 이면에 존재하는 맨얼굴을 '에고'라고 불렀다. 융은 '가면'을 정신의 겉면이라고 명명하지 않았는가. 그러나 곽은영의 시에서 '얼굴'은 '에고'와 같은 본질을 전제하지 않는다. 얼굴을 벗는다는 것은 항상 또 다른 얼굴을 쓴다는 것을 뜻한다. 그래서 그것은 신체의 일부인 '머리'와 구별되는 '표정'에 가깝다. 신체기관인 '머리'와 달리 신체의 표면인 '얼굴'은 자신을 바라보는 시선에 대해 자신을 표현하는 '기호'의 일종이며, 그런 한에서 '얼굴'은 '표정'을 갖게 될 때 탄생한다. 그런데 '얼굴'을 '기호'로 본다는 것은 얼굴이 만드는 표정, 얼굴에 새겨지는 표정이 감정의 자연스러운 발현이 아니라 무의식적으로 계산되고 조직된, 즉 일정한 효과를 겨냥하여 만들어지는 '기호'라는 의미이다. 이 경우 '얼굴'은 표현형식으로서의 언어와 짝을 이루어 명령어를 전달하는 방식으로 기능한다. 가령 아이에게 화를 내는 엄마의 얼굴/표정이 그렇다. 그런데 '얼굴/표정'이 '기호/명령어'의 기능을 담당하기 위해서는 최소한 그것을 바라보는 타자의 시선이 있어야 한다. 즉 얼굴/표정은 타인을 향해 방사될 때에만 명령어의 기능을 수행한다. 그런데 곽은영의 시에서 '얼굴/표정'은 타인의 시선이 아니라 '나'의 시선과 관계한다. 그녀의 시편들에서 '타자'의 자리에 위치하고 있는 것은 항상 '나'의 시선이다. 그리고 '거울', '얼음', '물' 같은 반사장치가 이러한 시선의 모놀로그를 가능하게 만든다. 하여, '거울 나라'에서 그녀가 '나'의 얼굴을 볼 때, 그것은 "그녀도 내 얼굴에서 자기 나이만큼 늙은 나를 보았을 것이다"(〈17〉)처럼 '나'의 얼굴/표정은 '그녀'와 '나'의 시선이 겹치는 곳에서 떠오른다. 또한 「불한당들의 모험 15」에서 '얼굴들'이 빗물을 타고 흘러갈 때, 그리하여 '나'가 "침묵과 슬픔"으로 흘러가는 물속에서 "우리들의 얼굴"을 발견할 때, 그것은 '거울'을 마주한 '거울 나라'의 '그녀'의 시선처럼 독백적이다.

한편 인용시에서 '나'와 '당신들'은 모두 '얼굴'을 쓰고 있다. 이 시에선 예외적으로 타자의 시선이 개입하고 있다. 그러나 이 경우에도 '얼굴/표정'은 좀체 명령의 기능을 수행하지 않는다. '나'에게는 아직 여분의 얼굴이 많다. '나'는 당신의 얼굴을 볼 때마다 그것이 어떻게 만들어졌는가에 대해 궁금해한다. 그런데 다음 순간 '얼굴'에 대한 '나'의 관심은 '명령'이 아니라 감정에 의해 표정이 만들어지는 과정에 집중된다. '나'에 따르면 '얼굴'은 "우리가 선택한 표정의 취향을 존중"할 때, "수치스러운 이야기"를 듣거나 말할 때 만들어진다는 주장이 그것이다. 그리고 "내가 몰래 손바닥에 써오던 글자"를 당신이 먼저 읽었을 때, '나'는 쓰고 있던 얼굴을 내려놓고 다른 얼굴을 쓴다. '얼굴/표정'은 '감정/정념'과 연결되어 있기에 단순하다. 물론, 공동체의 일원으로서 우리는 자신에게 주어진 사회적 위치에 적합한 얼굴/탈을 시시때때로 바꿔 쓰며 살아가지만, 현실법칙의 힘이 미치지 않는 '달'의 세계에서 '얼굴'은 단순할 정도로 직접적이다. "밤을 알게 되는 아이가 저 혼자 맨 처음 배우는 것은/얼굴을 만드는 법"이다.

4. 열려진 시간

'태양'의 나라에서 시간은 "돌이킬 수 없는 것"(〈14〉)이지만, '달'의 세계에서 시간은 감정에 따라 재구성된다. 가령 곽은영의 시에서 '겨울'이라는 계절은 '집' 바깥의 세계를 표상하는 '겨울/얼음'과 마찬가지로 타인에게 이해될 수 없는 감정을 간직하고 살아가는 존재들의 내면이라는 의미를 함축하고 있다. 때문에 "온순한 바람이 불고 꽃이 입을 열었지만 나는 여전히 등이 시린 겨울 속에서 산다", "온순한 바람이 불고 꽃이 입을 열었지만 나는 명랑하고 따뜻한 꿈이 사라진 겨울을 걸어간다"(〈14〉), "별자리가 바뀌고 새들도 돌아오고/잎사귀도 다시 피었는데/오늘 나는 아직도 겨울을 걷는 중이야"(〈31〉)처럼 물리적인 계절의 변화를 거부하는 시간인식이 가능해진다. 이러한 시간의 불연속성을 지배하는 것이 "비극과 슬픔은 시간의 밥"(〈21〉)이라는 진술이다. 철학자 데리다는 '햄릿'의 대사("The time is out of joint.")를 이용하여 현재를 시간이 이음새에서 풀린 시대라고 말했는데, 곽은영의 시에선 달, 슬픔, 비극 같은 "울퉁불퉁한 감정들"(〈48〉)이 그 역할을 대신하고 있다. 비극과 슬픔에 잠겨 있는 세계의 시간은 때로 현실의 중력을 거슬러 진행된다. '삶'과 '죽음'의 경계를 넘어서.

열렸다
우리들의 나라가
일 년을 기다려온 우리들의 나라가

(…)

아침부터 알록달록한 모자를 쓰고 예쁜 꽃을 들고 노란 등을 달고
주먹밥을 나르고 솜사탕을 나르고
이야기 방망이를 선물하고 해골빵을 선물하고
쭈글쭈글 세포들이 모두 자리에서 일어나 환호성을 울리며 만세를 부르고
아침부터 죽지 않은 자와 죽은 자들이 한자리에 모여

줄다리기를 하고 자전거를 타고 낮잠을 자고
열려진 시간이 똑딱똑딱 굴러가고

살며시 서로를 쓰다듬는
말이 없어도 아름다운 현재
나란히 팔을 베고 누운 우리들은 하늘을 보다가
서로의 콧잔등을 물끄러미 보았지

—「불한당들의 모험 30-오늘 하루 죽은 자들의 나라가」 부분

"달이 아주 작고 하얗게"(〈30〉) 뜬 '달'의 시간을 배경으로 하나의 '세계'가 열린다. 그 세계를 "우리들의 나라"라고 말해두자. 그 '나라'는 '태양'의 지도에는 존재하지 않는 곳이기에 '풍선', '빗자루', '고래', '버스', '비행기' 같은 동화적 수단을 이용해서만 들어갈 수 있다. 삶과 죽음을 나누는 현실의 장막이 사라진 "열려진 시간", 그곳에서 "죽지 않은 자와 죽은 자들이 한자리에 모여" 줄다리기를 하고, 자전거를 타고, 낮잠을 잔다. 곽은영의 시에는 이처럼 시간의 이음매가 탈구된 "열려진 시간"들이 자주 등장하는데, 동화적 상상력이 양각되는 순간들이 특히 그러하다. 가령 「불한당들의 모험 42-Galaxy express 999」에서 화자는 슬픔의 궤도를 달리는 'Galaxy express 999'를 타고 별들의 아가미가 반짝이는, 촉촉한 것들이 아름다운 시간 속으로 날아간다. "지금은 별들의 아가미가 반짝거리는 시간/촉촉한 것들이 아름다운 시간//나는 어느 순간 슬픔의 무한궤도를 달리는 Galaxy express 999를 탔다"(〈42〉) 그리고 「불한당들의 모험 47」에서 타자가 친 타구는 "체공 시간이 긴 홈런"이 되어 "유유히 떠가는 느리고 분명한 운동"으로 날아간다. 여기에선 "흐릿한 어둠"이 '달'을 대신해서 시간(운동)의 느린 진행을 돕는다. 누군가는 묻고 싶을 것이다. 현실에서 이런 것들이 가능하냐고. 그러면 시인이 대답할 것이다. "오래된 낭만이 우리를 이곳에 서게

했다"(〈34〉)라고. 「불한당들의 모험 34-오래된 낭만」에서 시인은 "열려진 시간" 속에서 발생하는 풍경들을 '몽상'이라고 명명한다. "우리는 몽상가들의 거리를 만들고 싶었다/멍청한 시계에 굴복하지 않았고 떠들썩한 혁명을 꿈꾸지도 않았다/작고 작은 몽상가들의 거리를 만들고 싶었을 뿐이었다"(〈34〉) 여기에서 '몽상'은 "멍청한 시계"에 굴복하지 않는 것이다. 시계가 표상하는 시간이 "돌이킬 수 없는 것"이라는 믿음에 굴하지 않아야만 '몽상'은 가능하다는 것이다. 시인은 '몽상'을 통해서 '혁명'이 아니라 "작은 몽상가들의 거리"를 말한다. 이 시는 "몽상가들의 거리, 그곳에서 시선이 닿는 곳까지의 세상은/우리들의 집이었다"라는 진술로 끝난다. 그렇다면 '그녀'의 '모험'이 겨냥하는 것은 '집'이 아니라 '몽상'이고, '달의 감정'이 '비(非)존재'로 인식되는 '태양'의 나라에 위치한 집인 셈이다. 시인은 이 "몽상가들의 거리"에 세워진 집의 문패에 "침묵의 집"이라는 글씨를 새긴다.

"몽상가들의 거리"에서 '침묵'은 훌륭한 교감 수단으로 기능한다. 그것은 '태양'의 세계에서 '언어'가 수행하는 역할과 유사하다. '태양'의 세계에서 '감정'은 '오해'로 귀결되거나 '이해'라는 "징그러운 거짓말"의 먹잇감이 되고 말지만, '달'의 세계에서 '침묵'은 말-없음의 말, 말-아닌 말로 훌륭하게 기능한다. 감정의 세계에서 중요한 것은 소리가 아니라 침묵을 통한 공감이니까. 이렇게 생각해보면 이 시집에는 꽤 많은 침묵이 등장한다. 「불한당들의 모험 30-오늘 하루 죽은 자들의 나라가」에서 나란히 팔을 베고 누운 죽지 않은 자와 죽은 자는 "말이 없어도 아름다운 현재"를 만끽하며, 「불한당들의 모험 47」의 화자 역시 "침묵이 하나둘 숨소리에 깊이 새겨지고 마침내 존재들은 하얗게 떠오르"는 것이 "내가 바란 관계"라고 고백한다. 그리고 「불한당들의 모험 45」에서 '나'는 '당신'에게 대답하는 대신 "대답도 없이 아주아주 작아져버린 당신을 안고 거품 속으로 걸어"가고, 「불한당들의 모험 43」에서 '나'와 '당신'은 침묵 속에서 서로를 돌고

도는 스케이팅을 연출한다. 이 말-없음의 관계 속에서 형성되는 '나'와 '당신'의 관계, 아니 '우리'의 관계를 침묵의 공동체라고 불러도 좋겠다. "우리 둘 사이에/흐르는 밤이 하나/침묵이 둘."(〈35〉)

5. epilogue
- '아직도 정착이란 단어를 몰라서'

뿌리까지 투명한 태양을 찾아 나선 사냥꾼들의
대담한 모험은 진행중이다
거대한 빙하도 바다를 향해 전진한다

머물러 있는 것은 아무것도 없는 이곳

언젠가 나의 이동도 멈출 때가 오겠지만
그 땅이 궁금하지 않아
조금씩 걸어갈 뿐

—「불한당들의 모험 48」 부분

"아직도 정착이란 단어를 몰라서", 이것은 '시인의 말'에 등장하는 문장이다. 모든 서문은 모험담과 같은 운명이다. 그것들은 가장 나중에 완성된다. 그러므로 서문을 쓴다는 것은 하나의 '모험'이 끝났다는 의미이다. 그런데 그렇다면 긴 모험에서 돌아온 '그녀'가 이제 '바람구두'를 벗고 태양이 번쩍이는 곳에 '집'을 마련할까? 우리는 그렇지 않을 것임을 쉽게 짐작할 수 있다. '태양'의 나라에서 변한 것은 아무것도 없고, '달의 감정'에 지배되는 그녀의 운명 역시 바뀌지 않았다. 그러니 "아직도 정착이란 단어를 몰라서"라는 문장은 '달'의 문법에 따르면 트렁크를 들고 다시 '집'을 나서겠다는 의미일 것이다. 언젠가 그녀는 '거울' 속에서 여전히 "울고 있는 나의 달"(〈13〉)을 목격할 것이고, 벗어두었던 바람구두를 꺼내 신을 것이며, 트렁크를 준비할 것이다. 어디를 향해서? 정해진 '길'이 없으니 '그 땅'이 궁금하지 않고, '나침반'이 있으니 조금씩 걸어갈 수 있을 것이다.

'당신'이라는 단어의 새로운 용법

— 한세정의 시세계

1.

한 권의 시집은 다공성(porosity)의 원리에 의해 건축된 도시이다. 이 도시에는 블록들 간의 명확한 경계가 없다. 하나의 사물 안으로 다른 사물이 침투하고, 안과 밖을 구별하는 것이 불가능한 도시. 이곳은 다수의 입구/출구로 이루어진 거대한 미로이다. 그런데 그 입구/출구들은 관광지도에 인쇄된 길들처럼 선명하지도 고정적이지도 않다. 시집을 읽는 일은 이 미로(迷路)의 도시를 여행하는 것이다. 우리는 우선 입구/출구를 연결하는 적절한 동선을 찾아야 한다. 그런데 이 도시에서의 길 찾기는 우리에게 지성이 아니라 감각의 능력을 요구한다. 한세정의 시에서 '이미지'는 여행자에게 길의 방향을 알려주는 유일한 표지판이다. 그녀의 도시에서 길을 잃지 않으려면 이미지의 지도를 보는 법을 터득해야 할 것이다. 이 글은 그 입구(출구)들 가운데 몇 개의 문을 열고 들어섰을 때 우리가 만나게 되는 풍경들이다.

2.

첫 번째 문을 열면 한 무리의 이미지들이 레테의 강을 건너온다. 이 이미지들은 시간의 결을 거슬러 현재로 난입하는 결별한 시간의 흔적이고, 애도되지 못한 상흔일 것이다. 과거와 현재가 삼투하는 시간의 문 안에선 오래된 풍경들이 펼쳐진다. 그 풍경의 한가운데에 한 소녀와 그녀의 가족들이 자리하고 있다. 이 풍경에 '혈육의 궤도'라는 제목을 붙여보자. 이 풍경 속에서 소녀는 "녹은 아이스크림을 들고 울고 있"(「구루프의 원리」)는 여섯 살이기도 하고, 항상 "스프링의 탄성"을 믿고 "멀리 달아나는 것들만 그리워"(「혈육의 궤도」)하는 유년의 아이이기도 하다. 아빠의 반질한 구두코와 사라진 앞니, 엄마의 얼굴로 인형의 눈을 그리는 소녀, 벌컥 문을 열고 들어올지도 모르는 괴물이 두려워 눈을 감아야 했던 언니와 나, 마법이 풀린 왕자와 황금마차가 등장하는 동화의 세계. 그러나 때로는 "볕이 들지 않던 방"에서 오빠가 "꼭 쥔 주먹 안에"(「오빠의 기원」) 알약들을 간직하고 있고, 한여름 내내 언니와 함께 "굳게 닫힌 대문이 다시 열릴 때까지/더딘 숨으로 종이배를 접"(「구름이 구름으로 태양이 태양으로」)으며 시간을 견뎌야 했던 아름답지만은 않았던 세계. 사라진 세계에 대한 그리움과 두려운 세계에 대한 불길한 친밀함 사이를 왕복하는 '모빌의 감정'으로만 기억할 수 있는 세계. 그리하여 그 시절의 소녀에게 '쿨'하게 '굿바이 걸즈'라고 작별 인사를 건네면서도, 푸가를 듣고, 거리에서 부메랑을 던지는 아이들을 볼 때마다 "십년 전의 거리"(「부메랑」)로 되돌아가 휘파람을 불고 있는 "앞니 빠진 아이"와 조우하게 되는 과거-시간에 대한 감정의 착란들.

> 난 또 다른 무게에 대해 생각중이야 엄마, 오래전 엄마의 겨드랑이에 얼굴을 묻고 잠이 든 적이 있어 겨드랑이는 어둡고 좁았지만 내겐 늪처럼 아늑했어

> 매일 밤 눈을 감으면 코끼리가 하늘을 날아다녔지 커다란 귀가 펄럭일 때마다 아이들은 발을 구르며 함성을 질렀어 최고의 비행사 우리의 덤보, 하지만 엄마, 하늘을 나는 덤보의 몸은 왠지 쓸쓸해보였어 덤보는 바람에 쓸려 다니는 푸대자루 같았거든 그런데 오래전 내가 놓친 풍선들은 지금 어디쯤에서 비행중일까
>
> 지금 나는 발목이 드러나는 살구색 담요를 덮고 킁킁 엄마 냄새를 떠올리는 중이야 그리고 커다란 귀를 펄럭이는 덤보를 상상해 너무나도 가벼운 자세로 하늘을 날아다니는 커다란 푸대자루와 그 가벼움이 주는 어색한 웃음에 대해, 엄마 어쩌면 난 매일 같은 꿈을 꾸기 위해 잠이 든 건지도 모르겠어 내가 덤보가 되는 꿈 그런데 엄마, 누가 우리 귀를 모두 잘라간 것일까
>
> —「덤보로부터 덤보에게」 전문

하지만 이 감정의 착란들이 영원한 평행선을 그리는 것은 아니다. 한세정의 시에서 과거, 즉 유년의 세계에 대한 감정의 벡터(vector)는 두려움보다는 그리움의 방향으로 흐른다. 그녀의 시에 반복적으로 등장하는 원형(圓形) 이미지들, 가령 구루프(헤어롤), 부메랑, 메리고라운드(회전목마) 등은 오래된 시간 방향으로 구부러진 욕망의 그래프-이미지들이다.「덤보로부터 덤보에게」에 등장하는 코끼리 '덤보' 역시 시간의 결을 거스르는 무중력의 상징이다. 화자는 지금 오래전에 얼굴을 묻고 안온한 잠을 청했던 엄마의 겨드랑이, 어둡고 좁았지만 늪처럼 아늑했던 세계를 향해 자신의 리비도를 투사하고 있다. "지금 나는 발목이 드러나는 살구색 담요를 덮고 킁킁 엄마 냄새를 떠올리는 중이야"(「덤보로부터 덤보에게」) 그 시절 '나'는 밤마다 아기 코끼리 점보를 타고 하늘을 날아다녔다. 그러나 '그곳'이

아닌 '이곳('지금')'에서 생각해보니 덤보는 중력을 이기고 하늘을 나는 존재가 아니라 "바람에 쓸려 다니는 푸대자루" 같다. 기억 속의 덤보는 귀가 잘렸기 때문이다. 한세정의 시편들을 관통하고 있는 그리움의 정서는 바로 이 상실, 그리워할 수는 있으나 되돌아갈 수는 없는 세계와 '지금'의 낙차에서 비롯된다. 그렇다면 시인이 현존하는 지금-이곳은 어떤 모습일까? 단적으로 그곳은 "시시껄렁한 기억으로 채워"(「부메랑」)진 "쓰레기하치장"의 세계이고, 로빈슨 크루소가 거주하는 "섬"(「로빈슨 크루소」)이며, "내 안의 굴곡을 벗어나 안나푸르나에 가고 싶"(「안녕, 안나푸르나 혹은 안티푸라민」)은 욕망이 눈가에 가득한 "안티푸라민"의 상처로 내려앉는 몰락의 세계이다. 이러한 두 세계 간의 결락은 「쌍둥이자리」에서 "낯선 말로 생각"하고 "다른 말로 인사를 건네고 노래를 부르"는 '여기'와 익숙한 목소리로 "엄마가 이름을 부"르는 '먼 곳'의 대조에서도 확인된다. 시간의 결락을 공간의 차이로 변주하는 이 시에서 "오늘은 누군가 낯선 목소리로 내 이름을 부르는 날"은 "완벽하게 포갤 수 없는/손바닥"(「손뼉을 치는 동안」)처럼 공허의 시간으로 채워진다.

3.

두 번째 문으로 들어서면 '나'와 '당신'의 이인극(二人劇)이 상연된다. 한세정의 시에서 이 드라마는 '너(당신)'라는 지시대상과의 관계에서 시작되어 점차 '우리', '연인'으로 진화한다. 그녀의 시에는 '나'라는 1인칭 주어만큼이나 '당신'과 '우리'라는 단어가 자주 등장한다. '나'와 분리될 수 없는, 그러나 '나'의 분신은 아닌 '당신', 이 타자인 '당신'과의 관계. 그녀에게 '시'는 '당신'을 향한 발화, '우리'라는 이름의 이웃관계 안에서 비로소 의미를 지니는 내밀한 발화처럼 보인다. 이렇게 이야기하면 누군가는 시에 등장하는 '당신'의 정체가 무엇보다 궁금할 것이다. 또 누군가는 '우리'라는 1인칭 복수형에 시선을 빼앗겨 그것을 '연인'의 이명(異名)으로 해석하려 할 것이다. 그러나 한세정의 시에서 '나'와 '당신', '우리'의 관계는 사랑의 포즈를 취하고 있으나 사랑 이야기가 아니고, 연인의 언어를 모방하고 있으나 연인 이야기가 아니다. '당신'을 둘러싸는 이 비의(秘儀)는 그녀 특유의 발화법(세계)을 이해하기 전까지 드러나지 않는다. 우선 그녀의 시에서 '당신'은 가족, 연인, 사물, 세계, 그리고 시(詩)에 이르는 모든 것의 이름이라고 가능성을 열어두자. '당신', 즉 '나'와 더불어 '우리'라는 이름을 구성하는 상대는 비행기를 타고 그림 같은 풍경 속으로 날아가 "파란 눈의 형부"와 결혼한 '언니'(「혈육의 궤도」)일 수도 있고, 지금-이곳에 부재하는 "결별한 이름"(「입술의 문자」)일 수도 있다. 아니, "나와 당신이 만드는 한순간의 실루엣"(「0시의 크로키」)과 "몇 장의 크로키"로 호명되는 문장(文章) 또한 '당신'이다. 중요한 것은 그 모든 것들이 '우리', 즉 '나'와 '당신'의 관계에서 비롯되며, 그럼에도 '우리' 사이에는 항상 좁혀지지 않는 거리가 존재한다는 사실이다. 한세정의 시에서 '나'와 '당신', 그러니까 '우리'는 이미-항상 분리되어 있는 공동(空洞)의 존재들이다. 가령 「직선의 세계」에서 '우리'는 "등진 채 서로 다른 끝을 향"해 달리고, 「미로의 방식」에선 "너의 눈이 닿는 가장 먼 곳에/내 눈동자의 자리가 생"기며, 「밴 디먼의 땅」에서 '우리'는 "서로의 이름을 잊어버리고/멀어지는 뒤통수를 향해 손을 흔"든다. 이러한 시적 상황은 우리로 하여금 종종 '당신'을 구체적인 인물로 상상하도록 만든다.

> 여긴 낯선 말로 생각하는 곳이야 사람들은 다른 말로 인사를 건네고 노래를 부르지 입술의 악보를 따라 구름이 흐르고 떠나는 버스를 향해 아이들은 손을 흔들지 그런 날엔 내 입술은 토끼처럼 씰룩거릴 테지만

한때 우린 같은 투망에 걸린 물고기였던 걸까 숨을 쉴 때마다 비늘의 무늬를 나누어 갖네 빈젖을 쓸어내리며 멀리서 엄마가 이름을 부를 때 다른 거리에서도 우리 얼굴은 닮아가지 손바닥의 금들은 아무것도 나누지 못할 거야

거리를 지나가는 장례행렬이 보여 침묵이 이끄는 오 분 간의 이동, 행인은 걸음을 멈추고 성호경을 긋지 세상의 어떤 필체는 다시 쓰이지 않겠지 내가 보낸 엽서가 대륙의 반대편에서 되돌아올 때 우리 입술은 다른 연인의 입술에 포개어지고 세상은 잠시 기울어지지 안녕, 오늘은 누군가 낯선 목소리로 내 이름을 부르는 날이야

—「쌍둥이자리」 전문

화자는 지금 "낯선 말로 생각하는 곳", 즉 이국(異國)에 있다. 사람들은 "다른 말로 인사를 건네고 노래를 부르"고, 아이들은 지나가는 버스를 향해 손을 흔든다. 화자는 그곳에서 한때 "같은 투망에 걸린 물고기"였을지도 모를 미지의 '당신'에게 말을 건네려 한다. 이 시에서 '당신'은 지구 반대편에서 '나'의 '엽서'를 받아야 할 수취인으로 제시된다. 쌍둥이, 그리고 엄마가 이름을 부를 때 서로 다른 거리에 있어도 닮아가는 얼굴 등을 고려하면 '당신'은 '혈육의 궤도'에 포함되는 누군가이리라. 그런데 정말 이 시에서 '당신'은 혈족의 일원일까? 이 물음에 답하기 위해 우선 '당신'을 향한 '나'의 발화-엽서가 지구를 한 바퀴 돌아 제자리로 되돌아오는 상황에 주목해보자. 시인은 자신의 발화-엽서가 수취인불명 상태로 되돌아왔다고 말한다. 하지만 실상은 이 시 자체가 발화-엽서의 형식을 취하고 있다. 그러므로 배달되지 못한 엽서의 수취인은 사실 '당신'이 아니라 '나'이다. 그렇다면 '나'와 '당신' 사이의 거리는 '나'와 '나', 아니 구체적으로는 일상인으로서의 '나'와 시를 쓰는 '나', '나'와 '나의 문자' 사이의 거리라

고 읽어도 좋지 않을까. 이 거리를 둘러싸고 있는 맥락들—장례행렬과 다시 쓰이지 않는 필체—은 '나'와 '문자' 사이의 거리를 회복불가능한 상태로 극대화한다. 추측건대 이러한 거리의 확정성에 부가되는 이미지들, 즉 다른 연인의 입술에 포개지는 우리의 입술과, 잠시 기울어지는 세상, 그리고 내 이름을 부르는 낯선 목소리는 불가역적인 거리를 환기하는 잉여적 이미지들이다. 그리고 이 이미지들이 환기하는 거리란 사실 일상과 시, 시인과 문자 사이의 거리에 대한 반성적 시선을 포함한다. 이런 맥락에서 우리는 "등진 채 서로 다른 끝을 향"(「직선의 세계」)해 달리는 '우리'를 시인과 그녀가 마주하는 문자(시)의 관계로 읽을 수 있고, "너의 눈이 닿는 가장 먼 곳에/내 눈동자의 자리가 생"(「미로의 방식」)기는 이해할 수 없는 논리를 시작(詩作)에 관한 메타 진술로 읽을 수 있으며, '우리'가 "서로의 이름을 잊어버리고/멀어지는 뒤통수를 향해 손을 흔"(「밴 디먼의 땅」)드는 장면을 시작(詩作) 과정 자체로 읽을 수도 있다.

어쩌면 우리는 지구 반대편에서 서로의 윤곽을 읽어내는 가로수였는지도 모른다

궤도를 벗어난 행성이 지구 바깥으로 사라지는 순간
내 손 안에 장전된 탄환이 당신의 권총에서 발사되고
태양은 당신의 머리 위에서 명멸할 것이다
그때 내 눈에는
난간에 서 있는 눈먼 자의 눈동자가 스칠지도 모른다

당신의 그림자를 관통하지 못하는 지구 반대편 태양 아래서
당신은 서서히 당신의 손그늘 속으로 사라지고

나는 여기에서, 바닥과 밀착되어가는 고양이의 호박색 눈동자를 들여다 보는 것이다

그리하여 다른 위도와 경도에서 우리가 던진 부메랑이 되돌아오는 시간 태양은 다른 각도로 부메랑의 날을 재단할 것이다

—「그리하여 당신과 나는」 전문

한세정의 시에서 '나'와 '당신'은 우리가 흔히 상상하는 '사랑'이나 '연인' 관계가 아니다. 이는 시집의 첫 페이지에서부터 분명하게 드러난다. 사실 「장미의 진화」는 '장미'나 '진화'와 아무 관련이 없다. "꽃잎 속에 꽃잎이 쌓이며/최초의 꽃이 완성되듯이"라는 구절은 하나의 비유에 불과하다. 그것은 '장미'라는 '꽃'의 속성을 빌려 연인들의 관계를 '연인'과 '적'의 양가성으로 설명하려는 진부한 메타포가 아니다. 만일 그것이 하나의 메타포라면 그것은 지고한 사랑의 이야기가 아니라 애증이 얽힌 '나'와 '당신'의 관계에 대한 비유로 읽어야 한다. 그렇다면 여기에서 '우리'를 구성하는 '나'와 '당신'은 누구/무엇인가? 그것은 "우리로부터 진화하기 위하여/우리는 부둥켜안고"라는 진술과 "최초의 연인", "최초의 적"이 암시하듯이 '시인'과 '시'의 관계이다. 한세정은 이 시집을 통해서 한 편의 시가 행위 주체로서의 '시인'과 발화 주체로서의 '시'가 결합하여 '진화'하는 과정에서 생산되며, 그 관계는 조화와 반목을 반복하는 애증관계라는 말하는 것이다. '당신'이라고 쓰고 '시'라고 읽는 것, 이것이 한세정 시인이 부여한 '당신'이라는 단어의 새로운 용법이다. 그런 까닭에 시는 '당신'이라는 타자만으로도, 또한 '나'라는 행위 주체만으로도 쓰이지 않는다. 그것들은 커플, 즉 '관계'의 산물이다. 문제는 이 관계가 일방적이지도, 조화롭지도 않다는 데 있다. 한세정의 시에서 '우리'는 사이가 좋지 않은 커플이다. "찰싹찰싹 따귀를 때리며/우리는 서로의 얼굴을 지운다/그때마다 꽃이 지

고/열매가 맺히고/낙과처럼 얼굴이 문드러지겠지만"(「열매의 탄생」)이라는 진술은 "최초의 꽃이 완성되"(「장미의 진화」)는 과정의 변주곡에 불과하다.

'시인'과 '시'의 이러한 불편한 동거가 공간적으로 비유될 때 '우리'는 "지구 반대편에서 서로의 흉곽을 읽어내는 가로수"라는 표현이 가능해진다. 이 진술에서 중요한 것은 거리, 즉 '나'와 '당신'이 멀리 떨어져 있다는 것이다. 이 외따로 존재하는 각각이 한 편의 시를 완성하는 과정이 "내 손안에 장전된 탄환이 당신의 권총에서 발사"된다는 것의 진짜 의미이다. 태양이 "당신의 머리 위에서 명멸할" 때 "내 눈에는/난간에 서 있는 눈먼 자의 눈동자가 스칠지도 모른다"라는 진술 역시 동일한 의미이다. '나'의 '탄환'이 '당신'의 '권총'에서 발사되는 사건은 '우리'가 "다른 위도와 경도에서" 던진 부메랑이 한 편의 시(詩)가 되어 되돌아오는 이치와 같다. 바로 이러한 '시(詩)'에 대한 인식 태도에서

입술의 주름으로
결별한 이름을 기록하는 시간

산발한 걸인이 되어
우리는 머리칼이 끌고 가는 바람의 문자를 해독했던 것이다

살갗과 살갗이 스쳐 만든 인장(印章)은 문자가 없는 페이지에서 더욱 선명해지고

마침내 바닥에 목을 누인
기린의 긴 혀처럼
우리는 서로의 경전을 천천히 쓸어내렸던 것이다

두드려도 깨지지 않는 수면에 얼굴을 묻고
입술이 뿔나팔이 될 때까지
머나먼 이름을 향해 입술을 움직일 때

물살을 문 입가에 되돌아와 겹쳐지는
입술의 무늬

우리는 각자의 입술을 만지며 붉게 물들었던 것이다

—「입술의 문자」 전문

라는 아름다운 언어가 탄생한다. 한세정의 시에는 '나', '당신', '우리' 같은 인칭대명사만큼이나 많은 발사-관통의 이미지들이 등장한다. 실로 그녀는 탁월한 이미지스트의 능력을 갖추고 있다. 그녀의 등단작들에는 "나의 윤곽을 구름이 관통한다 (…) 그러므로 나는 오직 흔적으로만 기억되는 자"(「태양의 과녁」), "내 손 안의 권총은/몸 밖으로 열린 두 개의 귀를 관통할 것이다"(「내 손 안의 권총」), "내 손 안에 장전된 탄환이 당신의 권총에서 발사되고/태양은 당신의 머리 위에서 명멸할 것이다"(「그러므로 당신과 나는」)처럼 '(권)총', '관통', '흔적', '발사' 등 유사한 이미지들이 상당수 등장한다. 그리고 그 이미지들은 시집의 1부에 실린 시편들에서도 "우리는 부둥켜 안고/심장을 향해 탄환을"(「장미의 진화」), "한입의 사과는 나를 관통하는 힘"(「한입의 사과」), "몸 밖의 호흡이 우리를 관통한다"(「우리는 소리의 흔적이거나 철로에 묶인 쇠사슬이다」), "나는 터널의 시간을/관통하고 있다"(「질주의 탄생」), "안에서 밖으로 질주하려는/다 자란 손가락들"(「덩굴의 구조」), "나는 단 한 번의 밀착으로 발화되는 자"(「뜨거운 추상」), "당신과 나의 관자놀이를 겨눈 방아쇠"(「피카소의 연인들」)처럼 유사한 방식으로 변주되고 있다. 한세정의 시에서 '총알'이 '관통'하는 이미지는 일차적으로 '시

(詩)'가 '당신'이라는 이름의 타자가 다녀간 흔적으로 존재함을 의미한다. "그러므로 나는 오직 흔적으로만 기억되는 자"(「태양의 과녁」)가 뜻하는 바는 이것이다. 그리고 "흔적으로만 기억되는 자"는 또한 흔적을 기억하는 자이기도 하다. "나는 눈 감은 채/당신을 가늠하는 눈먼 자의 지문이다." (「뜨거운 추상」) 우리는 이미 한세정 시에서 '나'와 '당신'이 사이가 나쁜 연인의 관계를 닮았다고 말했다. 결코 하나(一者)가 될 수 없는, 그렇다고 온전히 별개로 존재하는 두 개도 아닌, 빗금(/)으로 가로막힌 이 관계는 시작(詩作) 과정에서 서로에게 자신의 '흔적'을 새긴다.

그렇다면 '관통'이나 '흔적'이라는 이미지-발상은 '입술'과 어떤 관계인가? 이 물음에 대답하기 위해서 「입술의 문자」로 돌아가보자. 우선, '입술의 문자'는 "입술의 주름으로/결별한 이름을 기록하는 시간"이라는 진술이 암시하듯이 '부재(하는 대상)'를 기록하는 장치이다. 그것은 글쓰기(ecriture)를 통해 어떤 대상을 고정하는 고정 장치로서의 언어가 아니라 현존하지 않는 대상의 흔적을 새기는 흔적 장치로서의 언어이다. 때문에 이 시에서 '우리'는 "입술의 주름"으로 현존하지 않는 대상의 이름('흔적')을 기록하거나 현존화하는 것이 불가능한 "바람의 문자를 해독"할 수밖에 없다. 이 시에서 "살갗과 살갗이 스쳐 만든 인장(印章)"이 "문자가 없는 페이지에서 더욱 선명해"진다는 것은 흔적으로서의 언어가 고정 장치로서의 언어보다 중요하다는 것을 뜻한다. 한세정에게 시는 '흔적'을 기록하는 행위이다. '당신'은 '흔적'을 새기는 존재이고, '나'는 '흔적'을 기록하는 존재이다. 물론 이러한 '흔적'의 존재를 긍정하는 한, '나'와 '당신' 사이의 간극은 결코 좁혀질 수 없다. 다만 '우리'는 "사라져가는 윤곽"(「돌의 가족」)만을 들을 수 있을 뿐이다. 시인과 시/언어 사이의 간극, 그것은 "등뼈를 쓸어내리던 눈동자만이/온기를 기억할 것이다"(「돌의 가족」)라는 진술처럼 시인을 시지푸스의 천형으로 인도한다. 그는 다만 "당신을 움켜쥘 수 있는/긴 팔이 내게도 있었더라면"(「흰얼굴꼬리원숭이」)처럼 자신의 운명을 한

탄하며 그 간극이 사라지는 순간만을 기다릴 뿐이다.

4.

우리는 한세정 시의 진화에 대해 이야기한 적이 있다. '진화'가 계통의 다양화와 복잡화를 의미한다면, '흔적'의 모티프를 담고 있는 한세정의 시편들은 분명 진화하고 있다. 이 진화가 두 번째와 세 번째 문을 통해 드러나는 세계들의 차이이고, 또한 두 세계가 지닌 유사성의 근거이다. 앞에서 우리는 한세정의 시가 '당신'이라는 이름의 '시/언어'가 '나'를 관통한 '흔적'을 '입술의 문자'로 기록하는 것이라고 말했다. 이 경우 '관통'과 '흔적'은 대개 '나'와 '당신', '시인'과 '시'의 관계에 한정된 것이었다. 그러나 시인은 미묘한 진화의 과정을 통해서 이 관계를 '나'와 모든 '나 아닌 것'의 관계로, '나'와 '타자'의 관계로 확장시키고 있으며, 그리하여 어떤 장면들에선 '나-신체'와 '타자-세계'라는 새로운 감각의 도식을 등장시킨다. 가령 다음과 같은 시가 그렇다.

> 뢴트겐 씨가 나를 들여다본다 수직의 빛에 대해 나는 함구한다 몸을 횡단하는 빛 혹은 목울대에 울컥이는 한입의 사과, 한입의 사과는 나를 관통하는 힘, 나는 몸 밖으로 빗살을 뻗는다 내 흉곽엔 낯선 가지들이 즐비하다
>
> 좀 더 긴 울음을 준비해야 할 것이다 명징한 아침은 쉽게 오지 않는다 목울대의 사과는 내 것이 아니므로 더 깊숙이 감추기를, 이탈하지 못하도록 입술을 봉인하기를, 사과로서 사과는 온전히 사과이기 위해 몇 개의 입술과 만나 문드러지고 우리는 어떤 표정으로 붉어질 것인가

> 두 팔을 벌리고 나무의 자세를 익힌다 흉곽에서 등뼈까지 대답은 준비되지 않는다 한입의 사과만이 내벽(內壁)의 울대를 기억할 뿐
>
> —「한입의 사과」 전문

화자는 지금 "두 팔을 벌리고 나무의 자세"로 X-ray 촬영("몸을 횡단하는 빛") 중이다. 여기에서 '횡단'과 '관통'의 이미지는 '나'와 '당신', '시인'과 '시/언어'의 관계를 넘어 '나'와 '빛', '나'와 '한입의 사과'로 진화했다. 물론 X-ray 촬영의 결과물 역시 "낯선 가지"의 흔적이라고 해석할 수 있으나, 이 시를 '시인'과 '시/언어'의 관계로 환원해야 할 이유는 없는 듯하다. 이제 '나'는 외부의 세계가 '관통'하여 지나가는 '흔적'의 양피지가 되고, '당신'은 '나'에게 자신의 '흔적'을 남기고 지나가는 '모든 것'이 된다. 이 '모든 것'을 '시적인 것'이라고 불러도 좋겠다. 추측건대 이 시에서 "목울대에 울컥이는 한입의 사과"란 갑상선이나 식도염 같은 증상의 일부일 것이다. 그것은 '나'의 신체의 일부/내부이지만 결코 '내 것'이 아니다. 데리다는 '내부적인 것'이면서 '내부'는 아닌 이것을 '타자'라고 명명했다. 타자, 그것은 급하게 먹다 목에 걸린 음식물처럼 내 신체의 내부에 존재하지만 내가 '소유(내부화)'할 수 없는 것이다. 그러니 시인이 그것에 대해 취할 수 있는 행동은 그것을 더 깊숙이 감추거나, 그것이 "이탈하지 못하도록 입술을 봉인"하는 것뿐이다. 시인은 자신의 의지와 무관하게 '도래/침입'하는 '흔적/시적인 것'을 임시로 봉인하는 존재이다. 우리는 이것을 타자의 시학이라고 부른다. 이 타자의 '도래/침입'에 '대답'하는 것은 불가능하다. '나'와 '타자'의 관계는 묻고 대답할 수 있는 수평적인 관계가 아니기 때문이다. 시인은 다만 그것에 반응하거나 아주 잠깐 그것을 붙들어둘 수 있을 뿐이다. 그것이 바로 타자의 시학이 말하는 '시(詩)'이다. 그렇다면 '한입의 사과'는 '나(의 신체)'를 관통하는 총탄인 셈이다.

이처럼 '대상-타자'와의 감각적 접촉을 관통-흔적의 언어로 표현하는

'진화'의 증거들은 많다. 가령 기차 소리를 듣는 장면을 "붉게 물든 모든 것은 귓바퀴 속으로 돌진한다"(「우리는 소리의 흔적이거나 철로에 묶인 쇠사슬이다」)라고 말할 때, 숨을 고를 때의 느낌을 "몸 밖의 호흡이 우리를 관통한다"(우리는 소리의 흔적이거나 철로에 묶인 쇠사슬이다」)라고 표현할 때가 그러하고, 꽃이 지는 풍경을 "당신과 나의 관자놀이를 겨눈 방아쇠"(「피카소의 연인들」)에 비유할 때가 그렇다. 그리고 이러한 '진화'와 더불어 '대상-타자'와의 접촉은, 그리하여 '입술의 문자'에 의해 기록되는 시적 발화는, 내부에서 발사/질주하는 정념의 발산으로 진술된다. 가령 "짐승의 유연한 꼬리"를 보면서 그것을 "나를 향한 나의 손가락"이거나 "안에서 밖으로 질주하려는/다 자란 손가락들"(「덩굴의 구조」)이라고 표현할 때, 구름의 그림자가 시야를 가릴 때의 정동(affect)을 "내 몸에서 융기하는 산맥들이 지평선 밖으로 윤곽을 뻗는다"(「태양의 과녁」)라고 표현할 때, 가로수 가지들이 태양을 향해 뻗은 풍경을 "최초의 심장 앞으로/좌표 밖의 길들이 놓인다"(「태양의 연인들」)라고 말할 때 등이 그렇다. 그렇다면 이제 우리는 한세정 시가 '나'와 '당신', '나'와 '타자-세계'의 관계를 하나가 다른 하나를 관통하고, 정동(affect)의 흐름을 외부로 방출하는, 그러나 오직 그 '흔적'은 '입술의 문자'로만 기록될 수 있다는 감각의 산물이라고 말해도 좋을 듯하다. 하지만 '관통'과 '발산'은 대립되는 것이 아니다. 후자는 전자의 촉발하는 힘에 대한 반응의 일종이다.

눈동자를 멈추는 것
부드러운 혀를 잠시 접는 것
눈꺼풀을 닫고

나락이 될 때까지
무너지는 것

하여,
당신의 행간(行間)에 놓인
입술 없는 돌이 될 것

손끝에서 허물어지는 모래산들,
먼눈으로 모래의 서체를 헤아린다

—「묵정(墨釘)」 전문

어떤 장면들에서 한세정의 시편들은 이 '반응'을 "입술 없는 돌"(「묵정(墨釘)」)의 침묵에 근접시킨다. 시집의 첫 페이지인 「장미의 진화」에서 '나'와 '당신'이 '연인'이면서 '적'인 모순관계로 그려진 데 반해, 마지막 시 「묵정」에서 '나'와 '당신'의 관계는 '나'가 주체성을 포기하고 "모래의 서체"를 헤아리는 순응의 태도로 바뀌었다. '나'는 '눈'을 감고, '혀'를 접고, '나락'에 도달할 때까지 무너지기로 결심한다. 이것은 '나'를 향해 날아드는 '당신'에게, '타자'에게 완전히 '나'를 내맡기는 적극적인 수동성이다. 모리스 블랑쇼라면 이 수동성에 '죽음'이라는 이름을 부여했을 것이다. 그러므로 이 시집은 '입술의 문자'에서 시작하여 '입술 없는 돌'로 끝난다고 말할 수도 있겠다. 비록 이 시집에 포함되지는 않았지만 「블랙홀」이라는 짧은 시에서 시인은 이러한 태도의 변화를 가장 분명하게 보여준다. "내가 당신을 느끼는 방법은/두 눈을 감고 혀를 닫는 것/감은 눈동자에 스미는/당신의 열도를 가늠하는 것/그리하여 마침내/젖어가는 것을 두려워하지 않고/당신을 향해 전진하는 것."(「블랙홀」) 젖는 것을 두려워하지 않고 '당신'을 향해 '전진'한다는 것, 그것은 '나'의 죽음/상실을 받아들이겠다는 것, 설령 그것이 거대한 허무로 끝난다 할지라도 자신을 개방하겠다는 의지 아닌 의지의 표현이다. '타자'의 도래에 온전히 자신을 내맡기기 위해 시인은 의지의 영도(零度) 상태에 이르려 한다. 그러므로 이제 더 이상 "당신을 움켜

줠 수 있는/수동적인 긴 팔이 내게도 있었더라면"(「흰얼굴꼬리원숭이」) 같은 아쉬움이 표현되지는 않을 것이다. '나'와 '당신' 사이의 거리를 없애려는, 그리하여 '당신'을 붙잡으려는 공허한 욕심을 버리고 묵묵히 '당신'을 받아들이겠다는, 만일 그것이 '나'라는 존재를 부정하는 것이라 해도 묵묵히 '흔적'을 기록하는 존재로 남겠다는 것. 이 '흔적'의 기록은 '모래의 서체'로 쓰여질 것이다. '당신'은 모래에 '흔적'을 새기는 '바람', '나'는 '당신'의 '흔적'이 기입되는 '모래'. '당신'은 '흔적'을 새기는 '총탄'의 이름, '나'는 '흔적'을 기록하는 '입술'의 이름.

사물들

— 이수명의 시세계

1. '오독'의 전제들

독서는 텍스트를 '이해/해석'하는 과정일까? 아니, 이해/해석 없는 독서는 불가능한 것일까? 이 질문에 선뜻 '아니오'라고 대답할 수 없는 이유는 비단 우리가 이해/해석 없이 독서를 한 경험이 있기 때문만은 아닐 것이다. 일찍이 수전 손택(Susan Sontag)은 '해석'이 예술작품이 일련의 내용으로 구성된다는 가설에 근거하여 예술을 지적 도식의 범주에 포함시키는 행위라고 지적했는데, 그녀에 따르면 비평의 기능은 예술작품의 '의미'를 드러내는 것이 아니라 예술작품이 어떻게 예술작품이 되었는지를 보여주는 것이다. 특히 텍스트가 '일관된 의미'를 결여하고 있거나, 심지어 '이해/해석'에 저항하는 텍스트라면 더욱 그렇다. 이해/해석에 저항하는 텍스트란 난해하다는 단순한 의미에 그치지 않고 텍스트가 내용의 층위에서 의미의 전달을 목표하지 않는다는 것을 의미한다. 텍스트의 의미 없음은 자주 무의미하다는 것으로 오해되지만, 의미 없음은 '일관된 의미'를 전제하지 않는다는 점에서 무의미와 다르다. 실제로 이수명의 시편들은 해석에 저항하는 텍스트, 해석의 불가능성이 그 텍스트의 가능성의 조건이 되는, 그런 불가능성을 형상화하는 텍스트이다. 그리고 이것은 단순히 그녀의 시가 이해하기 어렵다는 차원의 판단과는 다른 것이다. 그녀의 시는 '이해/해석'의 불가능성은 결여가 아니라 텍스트들이 '이해/해석'에의 의지에 저항한 흔적이기 때문이다. 그녀의 시는 '이해/해석'의 차원과는 다른 지점을 겨냥하며, '이해/해석' 없이도 시가 되는 경우를 보여준다.

그렇다면 우리는 이수명 시의 '의미'를 해석하는 대신 그녀의 시가 어떻게 시가 되었는지를, 즉 그녀의 시편들에서 '시적인 것'은 어떻게 텍스트 생산의 원리가 되는가를 밝히는 것으로 문제를 바꾸어야 할 듯하다. 이를 위해서 먼저 그녀의 시에 사용된 '언어'를 이해해야 한다. 일반적인 서정시의 언어와 달리 이수명의 시어들은 감정을 실어 나르지 않는다. 그녀의 언어들은 도구적이기를 그친 언어라는 점에서 일종의 인공어이지만, 의도적으로 만들어진 언어가 아니라는 점에서 인공어가 아니다. 모리스 블랑쇼(Maurice Blanchot)의 개념을 빌리자면 그녀의 언어들은 '이중의 부재' 속에 놓인 언어이다. 그녀의 언어는 일상적인 '의미'를 지시하는, 대상과 언어의 지시 관계라는 틀 속에 머물기를 거부하고, 그렇다고 철학적 개념처럼 비지시적이지만 일정한 내용을 포함하고 있지도 않다. 오히려 그녀의 시어는 언어의 일상적 기능에서 지시와 의미를 삭제하는 방식의 '빼기'를 통해서 만들어진 인공어에 가까운데, 이것은 그녀의 시어가 시의 외부에 존재하는 현실을 재현하지 않는다는 것을 의미한다. 이 대목에서 "우리는 예술은 사물을 재생하지 않고, 실제적인 것을 모방하지 않으며, 그리고 예술은 공통된 세계에서 출발하여 예술가가 거기로부터 유용하고 모방 가능한 것, 활동적 삶에 관계하는 것을 점차 멀리하는 곳에 자리한다고 말하고 싶어한다."(M. 블랑쇼)라는 구절을 떠올려도 좋을 듯하다. 이것은 시가 어떤 것을 설명하는 장르가 아니라는 것, 그리하여 블랑쇼식으로 말하자면 시의 언어는 무위(無爲)적으로 존재한다는 것을 뜻한다. 오직 존재한다는 그 자체로서의 언어. 무위의 언어는 무목적적이며, 조금 비약하자면 자족적으로 존재한다. 무(無)로서의 그저 있음(il y a), 즉 익명적 있음이 이수명 시에서 언어이다. 시인은 네 번째 시집의 뒤표지에 이렇게 썼다.

> 언어 이전이나 언어 이후를 생각하는 것은 의미가 없다. 언어 너머에, 언어 밖에 무엇이 있다고 생각하지 않는다. 흔히 생각하듯이, 시는 언어를 통해 언어로부터 해방되려는 것이 아니다. 언어로부터 해방된 어떤 직접적이고 자연적인 세계, 즉물적인 대상의 세계로 나아가는 것이 아니다. 오히려 언어를 통해 대상과의 거리를, 대상에 이를 수 없음을, 대상이 흩어지고 부서져 있어서 언어로 견딜 수 없음을 인식하게 하는 것이 시다.

오랫동안 우리는 시가 시인 개인의 감정을 충실하게 실어 나르는 언어예술이라고 믿어왔다. 시는 곧 내면성의 언어라고 간주되었고, '내면=감정'이라는 등식에 기대어 시어의 표현적 기능이 또한 강조되었다. 모든 시적 발화는 1인칭으로 발화되어야 하는 것이었고, 때문에 '나=1인칭'이 의미의 고정점이 되는 것은 자연스러운 것이었다. 그리고 이러한 문학적 관습은 지금 이 순간에도 자연스럽게 받아들여질 정도로 지배적인 위치를 차지하고 있다. 누가 시가 1인칭의 발화라는, 내면성의 언어라는 '합의'에 반기를 들 것인가. 그런데, 다시 블랑쇼식으로 말하면, 이수명 시에서 익명적 있음으로서의 언어는 모든 인칭을 비(非)인칭적인 것으로, 익명적인 것으로 만들어버림으로써 시적 발화에서 1인칭의 초월적 권위를 박탈하고 있는 듯하다. 그녀의 시에서 '나'는 우리가 익히 들어왔던 1인칭으로서의 '나'가 아니다. '나'는 그저 말하는 목소리의 주체일 뿐 세계를 자아화하는 전능한 힘을 지닌 존재가 아닌 것이다. 그래서 비인칭적인 '쓰기'는 '나'의 죽음에서 시작된다. 블랑쇼는 이 익명적인 것으로서의 언어가 인칭적인 '말하기'와 비인칭적인 '쓰기'의 차이라고 설명했는데, 이수명의 시에서 비인칭적인 쓰기에 동원된 그저 있음의 언어는 대화의 상태를 가정하지 않는 쓰기이고, 따라서 '소통'이라는 문제와 무관하다. 그것은 언어를 세계의 흐름으로부터 회수하는 것이다. 우리가 이수명의 시를 읽으면서 '소통'에 말할 수 있는 것은 그녀의 시들이 피상적인 소통 대신에 소통으로부터 멀어짐으로써 소통의 불가능성만을 소통시킨다는 것이 전부이다. 바로 이 소통 불가능성을 타전하는 익명적인 언어 속에서 우리는 이수명의 시를 읽게 되고, 이 익명적이고 소통 불가능한 언어의 진동이야말로 그녀의 시를 시로 만들어주는 비밀이다. "중요한 것은 (…) 소통으로부터 멀어짐으로써 오히려 소통의 어려움을, 불가능성을, 한계를 일깨우는 것이다." 이러한 언어는 사물들을 사라지게 만드는 힘을, 동시에 사물들을 사라진 것으로 나타나게 하는 힘을 지니고 있다.

2. '감정'을 말하지 않기

"시를 쓰는 일은 무엇을 원하지 않는 상태가 되는 일이다. 혹은 무엇을 원하는지 알지 못하는 상태가 되는 일이다." 이수명의 한 산문(「시학」, 『시와 사상』, 2002년 여름호)의 첫 부분이다. 이러한 '쓰기'는 익명적인 것, 인간적이고 인칭적인 해석이 도달할 수 없는 이미지의 상태로부터 시작된다. 이수명에게 '시'는 곧 이러한 '쓰기'의 행위이다. 물론, 이수명의 시가 타자의 침입에서, 자아의 충만함이 아니라 타자의 출현/도래가 시인의 동일성을 더 이상 지탱할 수 없는 상태에서 발화된다고 일반화하는 것은 과장일지도 모른다. 그러나 이 타자가 '사물'이라고 말한다면, 이수명의 시는 사물과의 충돌을 자아화하는 방식이 아니라 충돌에서 비롯되는 불화를 견디는 비(非)자아화의 글쓰기라고 말할 수도 있을 것이다. 그것은 이수명의 시가 사물에서 인간화된 의미를 삭제하고 이미지를 통해 사물들끼리의 관련을 가시화하는 장면에서 증명된다. 익명적인 '쓰기'의 행위에서 '사물'은 시간적으로뿐만 아니라 존재론적으로 시인-주체에 선행한다. 아니, 익명적인 '쓰기'에는 인칭적-인간적 주체가 존재하지 않는데, 만일 '주체'라는 말을 쓸 수 있다면 그것은 오직 '사물'에 한정되어야 할 것이다. 이수명에게 시란 이 '사물'을 이미지화하는 일이다.

그렇다면 이렇게 묻자. 사물은 무엇인가? 그것은 인간-주체의 바깥에 놓여 있는 객관적인 대상인가? 오랫동안 사람들은 주체-대상이라는 이항대립 속에서 '사물'을 오직 인간에 의해 인식되어야 할 하나의 대상으로만 간주해왔다. 인간에 의해 인식되기만을 기다리면서 의식의 외부에 고정되어 존재하는 대상. 그러나 이수명의 시에 이런 객관적인 사물은 등장하지 않는다. 그녀의 시에서 '사물'은 시보다 먼저 존재하면서 시를 주도하며, 객관적으로 현존하는 것이 아니라 상상 속에서 존재하는 것이기 때문이다. 조금 쉽게 설명하자면 사물은 지각되거나 인식의 대상으로서 시에 참여하는 것이 아니라 상상을 통해서 시에 개입한다고 말할 수 있을 것이다. 이것은 사물이 재현의 대상이 아니라 구성되는 존재라는 것을 의미한다. 그리고 사물에 대한 상상, 상상을 통해서 존재하는 이 사물의 흔적이 바로 시에서의 '이미지'이다. 시인은 사물을 이미지화하기 위해서 자신의 감정을 절제하거나 최소화해야 하는데, 그것은 사물이 이미지의 한가운데에서 저절로 떠오르는 것이기 때문이다. 그렇다고 해서 사물의 이미지가 시인의 '능력'에 의해 현존하는 것이라고 말해서는 안 된다. 이미지는 사물로부터 도래하는 것이지 시인의 능력에 의해 포착되는 것이 아니기 때문이다. 그렇기 때문에 한편으로 사물을 이미지화한다는 것은 사물을 '사물'의 세계, '유용성'의 세계에서 해방시키는 과정이기도 하다. 주체의 능동적 행위를 의미하는 시 쓰기가 매번 사물 앞에서 실패하게 되는 까닭은 이미지를 통해서 가시화되는 사물이 시인의 '능력'을 벗어나는 것이기 때문이다. 이수명 시의 특징인 반복은 결국 이 사물 앞에서의 패배를 의미하는바, 이 반복은 형식의 반복이 아니라 불화의 반복이며, 그리하여 사물에 도달할 수 없는 상태에서 다시 시작되는 시작(始作)의 상태를 가리킨다.

이러한 시작(詩作) 방식은 기술본질주의가 세계를 한낱 '대상'으로 간주하는 사태의 불가능성을 예언한 하이데거의 존재론을 연상시키지만, '존재자'에 대한 '존재'의 우위를 주장한 하이데거와 달리 이수명의 시에서 시인은 사물의 존재론적 우월성 앞에서 순종하는 존재일 뿐이다. 그녀의 시는 본질적으로 사물에 대한 탈(脫)대상화를 통해서 주체/대상이라는 대립쌍에 대각선을 긋는다. 이항적 대립을 무효화하는 이 새로운 시선을 첫 시집의 제목을 빌려 사물에 대한 '오독'이라고 말할 수 있을 것이다. 이러한 상상력은 "랭보가 주체적인 시에 야유를 퍼부을 때, 또는 말라르메가 시란 주체로서의 작가가 부재할 때만 일어난다고 밝힐 때, 그들은 시가 진술하는 것이 대상성에도 속하지 않고, 주체성에도 속하지 않는 한에서 시의 진리가 도래한다고 이해하는 것이다."(바디우)라는 진술에 근접한다. 물론, 이수명의 시가 처음부터 '사물'과 '이미지'에 집중되었던 것은 아니다. 적어도 그녀의 첫 시집에서는, 비록 강렬하지는 않지만 파편화된 현실의 불모성을 통해 상실과 비애를 드러내는 '감정'의 파토스가 느껴진다. 가령 두 편의 시를 비교해보자.

> (1) 새벽의 여명과 저녁의 어스름이 같은 푸르름이듯이, 이십대의 긴 터널에 언뜻언뜻 비춰졌던 너에 대한 욕망과 너의 부재가 같은 것이었듯이, 나는 아주 어릴 적에 내가 가졌던 공포와 낯설음의 세계로 돌아가고 있다. 내 방문을 두드리는 젊은 어머니의 모습과 지금 내가 걸어가는 이 거리의 햇빛은 그렇게 닮아가고 있다.
>
> —「서른」 부분

(2) 마흔이 되자 그의 손에서 다시 물갈퀴가 자라났다. 하지만 그는 헤엄치지 않았다. 헤엄쳐서 얼굴을 드러내지 않았다. 그는 엎드려 떠 있었다. 물 속에, 나뭇잎 속에, 공기 방울 속에 등을 구부리고 떠 있었다. 숨을 죽이고 진흙 속에, 지푸라기 더미에 박혀 있었다. 그의 손에서 다시 물갈퀴가 자라났다. 그는 헤엄치지 않았다. 벽을 긁어대지 않았다. 몸을 숨기고 벽 속에서 울지 않았다. 물갈퀴는 계속 자라나 그의 몸을 덮었다. 그는 물갈퀴에 가려 잘 보이지 않았다.

—「마흔」 부분

(1)은 첫 시집에 실려 있는 작품이고 (2)는 네 번째 시집에 실려 있는 작품이다. '서른'과 '마흔'이라는 제목이 암시하듯이, 두 편의 시는 생(生)의 시간을 분절하는 특정한 시간적 문턱에 관한 이야기이다. (1)에서 시인은 "이십대의 긴 터널"을 빠져나와 불현듯 맞닥뜨린 '서른'이라는 나이를 중심으로 발화하고 있거니와, 시인이 동원하고 있는 언어들은 '부재', '공포', '낯설음' 같은 비탄과 절망을 담은 검은 언어들이다. 그리고 이 단어들을 중심으로 구성된 일련의 서술은 "공포와 낯설음의 세계"로 되돌아가는 행로에서 시인이 느꼈음직한 감정을 표출하고 있다. 비단 이 작품만이 아니라 첫 시집에 실려 있는 대다수의 작품은 탈출구와 희망을 찾을 수 없는 무의미한 삶에 대한 시적 반응이라고 말할 수 있는 절망감을 응축하고 있다. 그러나 이러한 감정의 표출이 「마흔」에서는 이상할 정도로 드러나지 않는다. '마흔'이라는 단어와 '그'라는 인칭만이 강조되고 있을 뿐이다. 물론, 마흔의 '그'에게 다시 나타난 '물갈퀴'를 어떤 욕망의 일종이라고 '해석'하고, 이 시를 욕망에 응답하기보다는 애써 그것을 외면함으로써 어제와 다르지 않은 삶을 살아가려는 무기력한 '마흔'을 시화(詩化)한 것이라고 읽을 수도 있을 것이다. 즉 '헤엄', '얼굴', '울음' 같은 단어들을 엮어서

'일관된 의미'를 부여할 수 있다면 우회적이나마 '감정'의 흔적 정도를 발견할 수 있을지도 모르겠다. 그러나 그렇다고 해도 이 시가 '감정'을 표현하고 있다고 단언하기는 어려운데, 그것은 오직 '마흔'이라는 생물학적 연령을 시종일관 이미지로만 표현할 뿐이기 때문이다.

3. 사물과 이미지

이수명의 시에서 '이미지'는 '감정'의 대체물이다. '감정'이 부재하는 자리를 '이미지'가 채운다. 전통적인 서정시는 '사물'을 '감정'으로 뒤덮는 방식을 고집한 반면, 이수명의 시는 '사물'을 이미지화함으로써 '사물'을 사물의 지위에서 해방시킨다. 이 해방의 과정은 우리가 익숙하게 알고 있는 대상으로서의 사물, 유용성으로서의 사물의 세계에서 벗어나 우리를 사물의 이면과 마주하게 한다. 그러므로 일면 이 해방의 과정은 '언어'를 개입시켜 우리가 사물로부터 멀어지는 과정이기도 하다. 이미지의 시학이라고 말할 수 있는 이러한 시각은 이수명의 시에 접근할 수 있는 하나의 통로이면서, 동시에 우리가 '사물'을 감각적으로 경험하게 되는 유일한 과정이기도 하다. 첫 시집 이후에 출간된 세 권의 시집들을 지배하고 있는 것은 다름 아닌 이 사물의 이미지들이다. 가령 우리는 시집 『고양이 비디오를 보는 고양이』를 펼치면 첫 페이지에서 '집'을 '얼음'으로 묘사하는 장면과 맞닥뜨리게 된다. '어느 날의 귀가'라는 제목이 붙어 있는 이 시는 퇴근길에서 우연히 마주하게 된 '집'이라는 대상에 대한 이미지이다. 화자는 집으로 올라가는 계단을 "거대한 얼음 덩어리"가 가로막고 있는 것을 발견하고 그것이 녹기만을 기다린다. 시간이 흘러도 얼음이 녹지 않자 화자는 톱으로 얼음들을 해체하고 '집'에 들어선다. 그러나 다음 순간 그는 자신이 얼음의 집에 갇혔음을 깨닫는다. '얼음=집'이라는 시적 변주를 통해서 시인이 드러내려는 것은 무엇이었을까? 추측건대 그것은 안온한 공간으로 표상되는 '집'을 '얼음'의 이미지로 묘사함으로써 집에 대한 상식을 비트는 것이었을 것이다. 이러한 해석 과정에 따르면 '얼음'은 '집'의 시적 상관물, 즉 비유라고 말할 수 있다. 그러나 이 시가 드러내고 있는 '집'에 관한 시적 진실은 현대인에게 가정이 '얼음'처럼 차가운 공간일 수 있다는 깨달음에 그치지 않는다. 차라리 불현듯 '집'을 얼음으로 느끼는 감각에 관한 이야기라고 읽는 것이 더 타당하지 않을까? 습관에 기대어 도착한 집 앞에서 '집'이 거대한 얼음 조각처럼 차가운 것으로 느껴지는 그 순간의 느낌을 '얼음'이라는 이미지로 포착한 것이라고 읽어야 하는 것은 아닐까. 그럴 때야 비로소 '어느 날'이라는 제목의 일부가 우리에게 말하려고 하는 우연성에 도달할 수 있는 것은 아닐까.

(1) 그가 마네킹을 끌고 간다.
지나치는 상점마다 마네킹들이 서 있다.
상점의 유리 너머에서
마네킹들이 그를 보고 있다.

한낮의 거리를
그가 마네킹을 끌고 간다.
두 개의 그림자가 엎치락뒤치락한다.
어디선가 깔깔대는 소리가 들린다.

(…)

그가 다시 마네킹을 끌고 간다.
아직 그의 몸에 꼭 맞지 않는

한 덩어리의 시신을 끌고 간다.

상점의 유리 너머에서
마네킹들이 그를 보고 있다.
그가 마네킹에 끌려가는 것을
땀을 뻘뻘 흘리며 끌려가는 것을

—「마네킹」 부분

(2) 나는 아직도 건반을 누르고 있다.
마스크를 쓰고
장갑을 끼고
하나인지 여러 개인지도 모를
건반을 두드리고 있다.
사람들이 왔는데
와서 피아노를 트럭에 실었는데
싣고 멀리 사라졌는데
그들을 좇아가지는 않고
좇아서 멀리
나도 이 마을을 벗어나 영영
그들처럼 사라지지는 않고

(…)

건반이 끊어져도 모르고
끊어져 흩어져버려도 모르고
흩어지는 건반 사이로

쏟아지는 소리를 두들겨대고 있다.
마스크를 쓰고
장갑을 끼고
이렇게

—「피아노 독주」 부분

(3) 물이 내려가지 않는다.
물이 빙글빙글 돌기만 한다.
나무젓가락, 이쑤시개, 철사 등을 가져와
수챗구멍을 덮은 플라스틱 뚜껑을 연다.
물을 막고 있는 것들을 건져 올린다.
손가락들, 발과 다리들, 얼굴들, 닳은 육체들
씻겨 내려간 줄 알았던 것들이
씻겨 사라져간 줄 알았던 육체들이
육체의 육체들이
젖은 쓰레기가 되어 뭉쳐 있다.
검은 눈이 되어 바라보고 있다.

—「수챗구멍」 전문

우리는 이수명의 시가 '일관된 의미'를 결여한다고 말했다. 또한 '이해/해석'에 저항하는 텍스트라고 단언했다. 그리고 여기에서 '결여'는 의미의 정상성을 가정하는 결핍이 아니며, 또한 무의미도 아니라고 말했다. 그리하여 우리는 그녀의 시를 '의미'의 층위를 따라 읽기보다는 '이미지'를 따라 읽어야 한다고 주장했다. 이제, 위에서 인용한 세 편의 시를 '사물'과 '이미지'의 연관성이라는 차원에서 읽어보자. (1)의 시적 상황은 한 남자가 마네킹을 끌고 상점의 쇼윈도를 지나가는 장면이다. 추측건대 시인은 멀지 않은 곳에서 그 장면을 바라보고 있으리라. 처음 이 장면을 목격했을 때 시인은 "그가 마네킹을 끌고 간다."라는 표현처럼 '그'를 행위의 주체로 인식한다. 그러나 사내의 체구나 능력에 비해 마네킹의 부피가 지나치게 컸는지 "두 개의 그림자가 엎치락뒤치락"하는 장면에서 '그'의 주도성을 인정하기 어려운 순간이 포착되었다. '그'의 신장보다 마네킹의 부피가 컸거나, 또는 사내의 완력이 감당하기 어려울 만큼 마네킹의 무게가 엄청났다고 생각해보자. 그래서 사내가 끙끙거리며 마네킹을 운반하고 있다면, 과연 그 장면을 "그가 마네킹을 끌고 간다."라고 표현하는 것이 타당할까. 물론, 이러한 인식의 전환은 순전히 감각적인 것이어서 합리적인 추론이나 오랜 관찰의 결과는 아니었을 것이다. 그것은 「어느 날의 귀가」에서 '집=얼음'이 그러했듯이, 불현듯 감각된 것일 따름이다. 이러한 감각적 경험에서 '불현듯'을 강조해야 하는 까닭은 감각을 통한 사물의 이미지화가 실제로 순간(현재) 속에서만 가능한 것이기 때문이다.

「피아노 독주」에서 이미지는 '감각'의 산물이다. 이 시에서 "건반을 누르고 있다"라는 사건은 과거와 현재에 동시에 속한다. '나'의 피아노 치기는 "사람들이 왔는데/와서 피아노를 트럭에 실었는데/싣고 멀리 사라졌는데"라는 구절처럼 이미 물리적인 현존을 멈추었다는 점에서 과거의 사건이지만, 또한 감각의 층위에서 "나는 아직도 건반을 누르고 있다."라고 실감된다는 점에서 현재에 속한다. "건반을 누르고 있다."라는 사건은 인식의 층위에서는 과거이고, 감각의 층위에서는 현실이다. 감각적 '실감'의 문제에 속하는 이러한 사건은 실제로 삶의 곳곳에서 마주치게 되는 문제인데, 인간이란 무엇보다도 '감각'적으로 세계와 교감하는 존재이기 때문이다.

한편 「수챗구멍」에서 이미지는 시각적인 문제와 연결된다. 추측건대 이 시의 화자가 지금 배수가 되지 않는 욕실에 위치하고 있는 듯하다. 꽉 막혀버린 배수구를 뚫기 위해 화자는 온갖 도구들을 이용하여 수챗구멍을 덮고 있는 뚜껑을 열었고, 그곳에서 물길을 막고 있는 것들을 건져 올린다. 여기까지는 아주 일상적인 사건을 순차적으로 나열한 것에 불과하다. 그러나 다음 순간 화자는 욕실의 배수를 가로막고 있던 오물들이 "씻겨 사라져간 줄 알았던 육체들"임을 깨닫게 된다. 문제는 이 깨달음이 오물에서 "손가락들, 발과 다리들, 얼굴들, 닳은 육체들"처럼 육체의 부분들을 발견한다는 데 있다. '오물'이라고 부르는 대상이 "검은 눈"으로 감각된다는 데 있다. 이 시에서 시적인 요소는 바로 이것, 오물들이 육체의 일부였다는 것을 발견하는 장면, 그리고 그것이 "검은 눈"의 형상으로 감각된다는 것이다. 이수명 시는 감각을 통해서 사물을 이미지화하는 공통점을 지니고 있다. 또한 "그가 마네킹을 끌고 간다", "나는 아직도 건반을 누르고 있다", "물이 내려가지 않는다"처럼 하나의 시적 상황을 출발점으로 설정한다. 이는 그녀의 시가 과거의 시간을 소환하여 현재 속에 외삽하는 '표상'의 시가 아니라 감각적인 현존에 초점을 맞추고 있는 현재의 시라는 의미이다. 이수명의 이러한 시작(詩作) 방식은 흔히 '환상'이라고 평가되지만, 그것은 그녀의 시가 감각적인 무계기성을 중심으로 직조된 텍스트라는 것을 이해하지 못한 데서 비롯되는 오해이다. 감각은 '일관된 의미'로 환원되지 않는다는 점에서 로직(logic)을 결여하고 있을 뿐 결코 환상적이지 않다.

진흙이라는 추상

— 오정국의 시세계

1.

한 시인의 시세계는 '성좌'의 형상을 취한다. 각각의 시집들은 밤하늘의 북극성처럼 홀로 빛난다. 우리를 매료시키는 것은 그 까마득한 높이가 아니라 어둠 가운데 눈뜨고 있는 빛일 것이다. 그러나 그 책들이 거대한 하나의 계열을 형성할 때, 그리하여 별들이 '자리'가 되고 '무리'가 될 때, 북극성처럼 밝게 빛나던 별들은 애초의 밝음을 잃고 '자리'의 일부가 된다. 한 권의 시집으로 하나의 세계를 열고 닫는 시인들도 있기 마련이지만, '별'이 복수(複數)가 되는 순간부터 사정은 달라진다. 그것들은 최초의 밝음을 잃는 대신 '성좌'라는 새로운 형식을 얻는다. 이제 중요한 것은 각각의 별이 내뿜는 파편적인 빛에 시선을 빼앗기는 것이 아니라 '성좌'를 읽는 것이다. 오정국의 시를 읽는 일이 또한 그렇다. 그의 다섯 번째 시집을 펼치기 전에 우리가 결코 짧지 않은 우회로를 거쳐야 하는 이유가 여기에 있다.

오정국은 지금까지 네 권의 시집을 출간했다. 첫 번째 시집에서 그는 세속도시를 배경으로 '그리움'과 '증오'로 찢겨진 통한의 서정을 펼쳤고, 두 번째 시집에서는 현대사회의 불모성을 '모래사막'의 서걱거림에 비유했다. 현대성에 대한 음화(陰畫)의 성격을 지닌 이러한 시세계는 뒤이어 나온 두 권의 시집에서 '존재의 얼룩'과 '통점(痛點)'에 도달하려는 의지로 방향을 바꾸었다. 이즈음 그의 시는 통한의 서정을 뒤로하고 존재의 본질에 가닿으려는, 고통의 근원을 응시하려는 내면의 서정으로 스타일이 바뀌었다. 이 변화는 "나는 무엇인가 끊임없이 그리워해야만 살아갈 수 있습니다."(「그리움 또는 증오」)라는 자아의 언어가 "그 어디서 누가/이토록 간절하게 노래를 부르고 싶어/난데없이 내 입에서 이런 노래가 흘러나올까"(「몸살, 찔레꽃 붉게 피는」)라는 비인칭의 언어로 바뀌는 과정과 일치한다. 첫 시집의 일절인 전자(前者)에서 시는 '나'의 목소리에 의해 지배되지만, 네 번째 시집의 일절인 후자(後者)에서 시는 '누가'라는 익명의 목소리를 시인이 대신 전달하는 복화술로 바뀌었다. 이제 시는 '나'라는 주체의 의지와 감정에 의해 조절되는 것이 아니라 '나' 아닌 존재와의 관계, '나'의 바깥과의 관계에서 발화된다. 쓴다는 것, 그것은 언어를 이 '바깥'에 대한 매혹 아래에 두는 일이다.

이 바깥과의 관계는 세 번째 시집에서 "내가 밀어낸 물결 또 내게로 온다"(「내가 밀어낸 물결」)처럼 '나'를 향해 육박하는 것과 조우하는 일로, 네 번째 시집에서 "저 빗소리를 다 받아 적고 나면, 이 몸 아프지 않을까요//아직도 짚어내지 못한/내 몸의 통점들, 숨죽인 채/숨어 있는/시의 통점들(…) 아 아 나는 저 소리를 받아 적는 붓이거나/장구이거나/징이거나"(「통점, 아직도 짚어내지 못한」)처럼 '나' 바깥의 것들을 다만 받아 적는 수동적 글쓰기로 표현된다. 그렇게 시는 '바깥'의 소리를 받아쓰는 비인칭적 행위가 되고, 그 속에서 시는 항상 '나'를 향해 다가오는 미지의 어떤 것에 자신을 개방하는 불가사의한 사건이 된다. 그러므로 시인이 다섯 번째 시집에서 "어떤 날엔 어떤 말이 나를 불러내서/자욱한 눈발처럼 흩날리게 하고//어떤 날엔 어떤 말이 나를 불러내서/삼복염천의/진흙마냥 들끓게 했는데,"(「밤은 또 마타리꽃을 흔들며」)라고 말할 때, 그것은 세 번째 시집부터 모습을 드러내기 시작한 비인칭적 글쓰기가 여전히 지속되고 있다는 증거가 된다. 세 번째 시집의 '물결', 네 번째 시집의 '멀리서 오는 것들' 연작, 그리고 다섯 번째 시집의 '진흙'은 자아의 능력을 벗어나 바깥에서 도래한다는 점에서, 또한 그 도래가 자아의 무능력을 반복적으로 확인시키는 존재들이라는 점에서 일정한 연속성을 지니고 있다.

> 나는 아무런 생각도 하지 않았는데, 머리 위로 구름이 흘러왔다
> 책갈피를 펼치면
> 왜 여기에 밑줄을 쳤을까 싶고
>
> 나는 아무런 말도 하지 않았는데, 깜깜한 밤이 오고
> 불붙은 기차가 벌판 끝으로 사라졌다
>
> —「'나는 아무 것도'의 이야기」 부분

"나는 아무 것도"는 무위(無爲)의 언어이다. 그것은 '자아'의 무능력이라는 부정성을 환기한다. 과제-영위의 세계에서 빠져나오는 것으로서의 무위. 생산과 완성을 위해서는 할 일이 더 이상 없으며, 아무것도 하지 않음으로써 다만 거기에 있음. 이 시의 매력은 미리 정해진 목적을 달성하기 위한 어떤 행위도 하지 않는다는 데 있다. 목적이 없으므로 무목적인 행위이며, 의지가 없으므로 무위의 행동이다. 이 시는 만상을 주체에게 걸어두는 전통적인 서정의 어법과 달리 시적 화자를 다만 말하는 자로만 한정한다. 그래서 '나'의 머리 위로 흘러가는 구름도, 무심코 펼쳐든 책 속의 책갈

피와 밑줄도, 밤이 오고 불붙은 기차가 벌판 끝으로 사라지는 일도 모두 '나'의 바깥에서 발생하는 사건으로 처리된다. 이 바깥과의 관계에서 '나'는 매 순간 반복해서 죽는다. 그것은 '나'라는 존재의 실제적인 죽음이 아니라 자아와 주체의 죽음이며, 그리하여 '나'가 등장하지 않는 이야기의 세계이다. "'나는 아무 것도'라는 이야기"의 주인공은 더 이상 '나'가 아니다. 그러므로 이것은 '나'가 아닌 '나'가 등장하는, 이상한 이야기이다. '나'가 등장하지 않을 때, '그것'은 오고, 행위주체로서의 '나'는 '그것'에 매혹되어 글 쓰는 존재가 된다.

2.

매혹은 사로잡히는 것이다. 그것은 나/우리라는 주체가 대상을 선택하는 인식의 과정이 아니라 바깥('그것')의 침입에 무방비로 노출되는 것이다. 에우리디케를 향하여 죽음의 세계로 내려가는 오르페우스가 그러했듯이. 쓴다는 것은 언어를 매혹 아래 두는 것이다. 거부할 수 있는 것, 도망칠 수 있는 것은 매혹이 아니다. 시는 선택하지 않는다. 시는 선택의 거절 속에서, 선택하지 않음에서 출발한다. '그것'에 매혹될 때 우리는 한없이 고독해진다. 매혹의 글쓰기는 접신(接神) 상태에 들어선 무당처럼 '그것'의 목소리를 받아 적는 일이고, 그런 한에서 그것은 '나'라는 자아의 죽음과 연결되기 때문이다. 시작(詩作)은 '나'의 죽음, '나'가 비인칭의 '그'가 되어 '그것'의 목소리를 받아쓰는 순간의 다른 이름이다. 그러므로 예술은 불행한 의식에서 시작된다. "예술은 자신을 잃어버린 자, 횔덜린이 말했듯이 신들이 더 이상 존재하지 않는, 신들이 아직 존재하지 않는 이 비탄의 시간에 속하는 추방된 자들의 상황을 보여준다."(블랑쇼)

빗줄기가 두드리는 못물에서 호곡하듯 일어서는
물방울, 쫑긋쫑긋 입을 벌려 빗방울을 받아먹는데
물밑에서 잠을 깨는 어두운 목소리들,
진흙바닥을 어슬렁거리다가
끓어오른다 후덥지근한
진흙의 숨을 타고 올라와, 못물이 일시에
술렁거린다 수면 안팎에서
들숨 날숨으로 주고받는 말소리들,
어린애가 젖 달라고 보채는
소리, 머리 빗는 처녀애의 넋두리 같은
그 소리, 내 거기서 말 몇 마디 업어와
시(詩)의 진흙반죽에 밀어 넣는데
이럭하고도 남아도는 못물의
일렁거림, 못물은
제 아이의 등을 때려 밥 먹이는 어미처럼
펑퍼짐한 엉덩이를 자꾸 들썩거려, 밀고 당기고 굽이지는
물결들, 그 가락이 휘어지고 쓰러지고 회오리치듯
무넘기로 물 넘어가는
초여름 저녁

—「무넘기로 물 넘어가는」 전문

오정국의 시는 무엇보다도 매혹의 순간을 증언한다. 시집의 2부에 등장하는 구절들, 가령 "나를 그냥 내버려두지 않는 한낮의 햇빛과/밤의 어둠"(「밤은 또 마타리꽃을 흔들며」), "내 머릿속을 흔드는/블랙박스, 해발 425m"(「해발 425m, 블랙박스 같은」), "무넘기로 물 넘어오는 저 순간들을 못견디겠네"(「무넘기로 물 넘어오는」), "그렇게 눈빛을 마주치고는 견딜 수 없어/절

벽에서 흘러내리던/꽃타래,/잊을 수 없네"(「그렇게 눈빛을 마주치고는」) 등은 거부할 수 없는 매혹의 순간을 증언한다는 점에서 동일한 진술들이다. 매혹의 순간은 '매혹'이라는 사로잡힘의 사건을 증언할 뿐, 어떤 '내용'을 갖지 않는다. 그런 점에서 매혹은 언어의 형식을 취하되, 의미와 결합되어 있는 언어이기보다는 텅 빈 언어, 즉 음악적이고 물리적인 소리로서의 언어에 가깝다. 오정국의 시에서 일관된 시적 내용이나 주제를 찾는 것이 어렵고 무의미한 까닭은 그의 언어들이 '의미'의 층위에 국한되지 않기 때문이다.

「무넘기로 물 넘어가는」은 '매혹'과 관련하여 오정국의 시작(詩作)이 시작되는 장면을 보여주는 작품이다. 이 시에서 시인은 '못물'에 빗줄기가 떨어지는 장면을, 그 빗줄기의 수직낙하에 반응하여 일어서는 물방울들의 움직임을 보고 있다. 그러나 시인이 보는 것은 물방울들의 격렬한 부딪힘만이 아니다. 떨어지는 빗줄기에 반응하여 튀어 오르는 물방울의 움직임 속에서 시인은 "물밑에서 잠을 깨는 어두운 목소리들"을 듣는다. 그 소리는 우리의 시선이 도달할 수 없는 심연에서 솟구치는 사물의 소리이며, '못물'이라는 존재 자체가 내뿜는 존재의 언어이다. 시인은 이 목소리를 "수면 안팎에서/들숨 날숨으로 주고받는 말소리들"이라고 명명하거니와, 이것은 '비유'를 통해서만 이 사물의 소리에 근접할 수 있음을 의미한다. 시인에 따르면, 시란 이 소리들 가운데 몇 마디의 말을 업어오는 것이며, 그럼에도 불구하고 그 소리는 결코 고갈되지 않는다. "내 거기서 말 몇 마디 업어와/시의 진흙반죽에 밀어 넣는데/이럭하고도 남아도는 못물의/일렁거림". 시는 이 목소리를 받아 적는 이차적 행위이다. 문제는 이 목소리가 언제 어디서든, 혹은 누구라도 쉽게 들을 수 있는 종류의 물리적인 음향이 아니라는 데 있다. 왜 그러한가? 우리가 날것 그대로의 사물의 목소리를 쉽사리 듣지 못하는 이유는 우리의 청각기관이 인공적인 소리에 익숙해졌기 때문일 것이다. 이런 점에서 '어두운 목소리들'은 들을 수 없는 소리, 들리지 않는 소리이고, 그것을 듣는 것은 오직 그것에 사로잡힐 때에만 가능한 것이다. "어떤 눈빛은 불꽃같고, 어떤 눈빛은/허물어진 성곽 같아서/내 이렇게 시를 쓰는데."(「그렇게 눈빛을 마주치고는」)

그렇다면 매혹된 자의 언어와 이성적인 주체의 언어는 어떻게 다른가? 이 질문에 대답하기 전에 먼저 '앓음'이 매혹의 또 다른 순간임을 밝혀두기로 하자. 매혹 이전이 이성이 지배하는, 정서적인 균열이 발생하지 않는 일상적 상태라면, 매혹 이후는 그러한 정상성과 안정성이 깨지는 순간부터 시작된다. 그것이 신체적인 것이든 정신적인 것이든, 우리의 일상적 리듬이 깨진다는 것은 무엇인가에 매혹된다는 것을 의미한다. 그러므로 시인이 "내가 몸을 앓아야/병도 꽃피는 것, 꽃피는 한 시절의/병을 앓는다"(「씹던 껌을 씹듯」)라고 말할 때의 이 '앓음' 또한 신체적인 매혹의 경험이라고 말할 수 있다. 이것은 매혹의 언어, 앓음의 언어가 지극히 신체적일 수 있는 가능성을 열어놓는데, 가령 「금서」에 등장하는 '문장'에 관한 진술들은 정상성을 넘어선 과도한 언어라는 점에서 매혹의 언어라 할 만하다. 이 시에는 '금서'의 문장은 "번갯불의 타버린 혀"에서 시작하여 "얼음 밑바닥까지 칼금처럼 새겨지"는 것, "죽음의 혀를 불태우고 일어"서는 것, "제 살가죽을 가시처럼 찢고 솟아오른" 것이며, "누대에 걸쳐 완성된 피의 철갑"이자 "끓어오르다 물러터진 진흙의 후계자"이며, "빛이 나에게 준 상처, 빛의 검"이라고 표현된다. '문장'에 관한 이 모든 비유는 결국 '금서'의 치명성을 강조하기 위한 표현들인데, 금서가 치명적인 이유는, 니체의 잠언들이 그러하듯이, 그것에서 눈을 뗄 수 없을 정도로 매혹적이기 때문이 아닐까.

3.

시집 『진흙을 빠져나오는 진흙처럼』의 전반부는 '물'이, 후반부는 '진흙'이 지배적인 이미지로 등장한다. '사막'을 거쳐 '진흙'의 세계에 당도한 시인의 시에서 '물'의 이미지를 읽는 것은 일종의 아이러니일지도 모른다. 그렇다. 그럼에도 그가 내디딘 흙의 세계 이면에서 '물'의 이미지를 제거할 수 없음은 분명하다. 가령 첫 번째 시집에서 '물'은 "그 어떤 힘이/한 순간 손바닥을 때린다 울음처럼/한꺼번에 쏟아진다 아직도 살아 있는/물, 댐에 갇혀 아우성치던/물, 탯줄처럼 땅 밑의 관을 타고 흘러온/물, 멀리서 와도 힘차고/멀리서 오기 때문에 두렵다"(「야생의 물」)처럼 야생의 이미지로 등장한다. 멀리서, 친숙한 세계의 바깥에서 오는 야생의 물은 '공포'의 대상이다. 이것은 바깥에의 매혹이 '나'의 세계를 송두리째 전복시킨다는 것, 이 전복의 경험 없이는 어떠한 시도 발화되지 않는다는 것을, 어떠한 글쓰기도 시작되지 않는다는 것을 뜻한다. 모든 시적 촉발은 '나'가 장악할 수 없는 미지의 세계에서 온다. 두 번째 시집에서 '물'은 "내가 죽은 뒤에도 비가 오지 않았다"(「모래무덤」), "모래밭에 물이 마른 흔적이 있다"(「동부간선도로 2」)처럼 부재의 형식으로 등장한다. 그것은 물의 부재나 결핍이 아니라 부재와 결핍의 방식으로 가시화되는 물의 존재를 문제 삼은 것이다. 세 번째 시집에서 '물'은, 앞서 이야기했듯이, 시인이 밀어내려 했던 것, 그러나 끝내 밀어내지 못함으로써 반복적으로 '나'에게 되돌아오는 바깥의 이미지이다. 그리고 네 번째 시집에서 시인이 "기댈 곳 없는 슬픔은/늘 저렇게 출렁거리고"(「기댈 곳 없는 슬픔」)라고 이야기할 때, '물'은 슬픔의 유동성을 가시화하는 비유로 다시 등장한다.

시집 『진흙을 빠져나오는 진흙처럼』에서 '물'의 이미지는 흘러가는 것["발밑의 수맥들이 빠르게 흘러갔다"(「'나는 아무 것도'의 이야기」)], 즉 '길'의 이미지와 나란하게 배치되어 있는 '이야기'의 일부이고, "모래밭의 돌을 들어 올리니,/밑바닥이 축축하게 젖어 있다"(「강 · 1」)처럼 현재적 삶의 이면을 가리키는 오래된 시간이다. 시집 1부에 등장하는 몇 편의 '이야기'는 '물'의 흐름과, 과거의 시간으로 거슬러 올라가려는 무의식적 의지처럼 읽힌다. 물살의 흐름과 시간의 불가역성을 거슬러 올라가 시인이 도달하려는 세계는 어떤 곳일까? 어쩌면 그곳은 "이렇게 멀리 멀리 흘러왔으나/아직도 내 가슴의 우거진 나뭇잎을 흔드는/붉은 물"(「끊어지지 않는 별사 · 2」)이 흐르는 "내 고향 수하계곡"(「해발 425m, 블랙박스 같은」)의 세계가 아닐까. 오정국의 많은 시편이 여행의 형식을 취하고 있는 까닭도 이와 무관하지 않을 것이다. "내 그렇게 머리카락에 불붙은 듯/한 세상 떠돌 때, 홀연히 다가온/해발 425m."(「해발 425m, 출렁거리며 깊어지던) 이처럼 오정국의 시에서 '물'은 모든 '이야기'의 유일한 배경이 되고 있는데, 가령 시인이

(1) "내달리듯 번지는 강가의 봄풀들, 강의 이름을 물으며 걷다가/또 하루가 저물었다"

—「강 · 1」

(2) "강물 따라 떠내려 온 슬픈 이야기, 나도 강을 따라/멀리, 더 멀리 가서"

—「강 · 2」

(3) "물결의 띠는 아름다웠습니다 그 물길/물과 바다를 묶어주고/풀어주고"

—「띠」

(4) "산과 강의 경계인 듯 길은 흐르고, 그 길 하나로 좌우의 불균형이 지워지는 듯"

—「두물머리 풍경」

이라고 노래할 때 '강(물)'은, 이야기가 그러하듯이, 인간의 의지('경계')를 가로지르며 흐르는 물리적 세계의 일부이면서, 그 물살을 따라 도처로 흘러드는 떠돌이의 삶을 표상한다. 이야기의 거대한 배경이 되는 '물'의 유동성은 반복해서 시인의 시적 사유를 촉발시키는 '바깥'의 역할을 떠맡고 있다. 뿐만 아니라 '물' 이미지는 "나는/저 눈 밭을 달려간 기차였다 당신의/발밑의 얼어붙은 강물이었다"(「눈밭을 달리는 기차 이야기」), "겨울 강/얼어터진 강"(「겨울 강 · 1」), "칼금 같은 입을 물고 이 한철을 견디다가/때 아닌 겨울비에/팔 다리가 풀리는 얼음"(「겨울강 · 2」), "전신이 허물어진 눈사람의 전신은/열흘 동안 햇빛을 받아/이 지상의 모습 하나 버릴 수 있었다"(「눈사람의 전신」)처럼 '강물'에서 '눈사람'에 이르기까지 다양하게 변주되면서 지배적인 시적 장치로 기능하고 있다.

몸이 근질근질하여 땅바닥으로 흘러내리는
진흙들

손바닥으로 눌러서는 죽지 않는
진흙들, 손가락 사이로 빠져 달아나는 진흙들

내 팔에 안기고 다리에 붙어서 어디론가 그렇게 흘러가고 싶었던
진흙들

누가 손짓하여 부르지도 않았는데,
자꾸만 이쪽으로 밀려오는 진흙들

무너지고 나서야
땅바닥에 닿는 진흙들

—「진흙들-골목의 입구」 부분

'진흙'은 이 시집을 관통하는 지배적 이미지의 하나이다. 그러나, 미리 말해 두자면, '진흙'은 단순한 시적 대상이 아니다. 그것은 정의(定義)가 불가능한, 형태를 가늠할 수 없는 야생(野生)의 상징이며, 원초적 생명력에서 일상적 비유에 이르기까지 모든 사유와 감각을 포괄하는 일종의 추상체이다. 무엇보다도 '진흙'은 형태를 갖지 않는, 그렇기 때문에 어떤 형상으로든 변이될 수 있는 잠재성이자 추상이다. 진흙은 얼굴을 갖지 않는다. 진흙은 너무 많은 얼굴을 숨기고 있기 때문이다. '본다'는 것이 사물을 한낱 대상의 수준으로 전락시키는 행위라면, '진흙'은 결코 볼 수 있는 것이 아니다. 진흙의 추상성에 접근하기 위해서 먼저 질감이 요구되는 것은 이런 이유에서이다. 이를테면 오정국의 시에서 진흙은 "얽고 얽히는, 물고 물리는 아수라의 진흙탕"(「진흙들-일식」)일 수도 있고, "홍역 앓듯 열에 들떠 들썩거리는/짐승, 진흙들"(「진흙들-골목의 입구」)처럼 생명체일 수도 있으며, "진흙은/여태 그 누구에게도 보여준 적 없는 장미 문신을 가졌다 진흙은/누구도 헤아릴 수 없는 도굴의 발자국을 지녔다"(「진흙들-도굴의 발자국」)나 "진흙의 시는/입으로 말하지 않는다"(「진흙들-재의 길, 재의 몸」)처럼 '도굴'을 통해서 조심스럽게 접근해야 하고, 또 존재-몸 자체로 말을 건네는 '바깥'의 형상일 수도 있다. 심지어 그것은 "수 만 번 태어나고 수 만 번 죽어도/오 나의 정겨운 피붙이"(「불타는 영원의 가면」)나 "녹슨 칼날 곁의/진흙들"(「진흙들-일식」)처럼 영원회귀의 우주적 시간을 지시하기도 한다.

인용시에서 시인이 "몸이 근질근질하여 땅바닥으로 흘러내리는/진흙들"이라고 말할 때, 그것은 진흙의 잠재성을 의미하는 것이며, "손바닥으로 눌러서는 죽지 않는/진흙들"처럼이라고 말할 때, 그것은 인간의 완력으로는 제압할 수 없는 타자성을 가리키는 것이다. 뿐만 아니라 "누가 손짓하여 부르지도 않았는데/자꾸만 이쪽으로 밀려오는 진흙들"이라고 말할 때, '진흙'은 시인에게 말을 건네는 '바깥'이다. "부드럽고 따뜻하게/가만가만 밀려오는 진흙들"(「진흙들-일식」)에서 진흙은 '오다'라는 사건의 주체이다. 앞에서 우리는 오정국의 시가 '나-자아'의 죽음과 관련하여 '바깥'의 이야기를 받아쓰는 방식으로 쓰인다고 말했는데, 이러한 특징은 '진흙'의 경우에도 동일하게 적용된다. 진흙은 "진흙을 주무르면/오늘 하루가 제 길이만큼 숨을 쉬고, 강을 따라 떠내려 온/백수광부 이야기가 흘러나오지"(진흙들-침묵의 수렁)처럼 끊임없이 이야기를 중얼거리고, 진흙의 중얼거림에 노출된 시인은 "이런, 나더러 어쩌라고, 내 눈에 들켜서 어쩔 줄 모르는/진흙덩어리"(「진흙들-골목의 입구」)라고 반응한다. 진흙을 보는 것은 "진흙은/들끓던 내란의 횃불을 보여주었다 도굴되는 무덤처럼/제 몸을 열어 반역의 칼자루를 보여주었다"(「진흙들-재의 길, 재의 몸」)처럼 '나'의 주체적인 행위가 아니라 진흙이 스스로를 여는 것이고, 그런 한에서 시인은 다만 진흙이 자신을 개방할 때에만 진흙의 존재에 다가갈 수 있다. 시인은 진흙의 세계에 다가감을 "나는 진흙과 싸워서 이 얼굴을 건져왔다"라고 말하고 있지만, 그 싸움 이후에도 "아직은 파헤칠 수 없는/미완의 둥근 봉분, 진흙들"(「진흙들-탕진의 열매」)처럼 진흙의 잠재성은 결코 고갈되지 않는다. 진흙은 아무리 퍼내도 마르지 않는 강물처럼 잠재성 자체이다. 그것은 정복되지 않는다. 이것이 진흙과의 싸움이 불가능한 이유이다.

일찍이 파울 클레는, 회화는 보이는 것을 보여주는 것이 아니라 보이지 않는 것을 보이도록 하는 것이라고 말했는데, 힘과 감각의 관계를 증언하는 이 진술은 오정국의 진흙 시편에도 동일하게 적용될 수 있다. 알다시피 근대 이후 회화의 역사는 산 굴곡의 힘이나 사과의 싹 트는 힘, 혹은 풍경의 열적인 힘처럼 보이지 않는 세계를 가시화하기 위해 노력해왔다. 이것은 근대회화의 본질이 구상에 있지 않다는 것을 의미한다. 마찬가지로 오정국의 진흙시 연작은 '진흙'이라는 대상에 대한 다양한 묘사가 아니라 '진흙' 속에서 형태가 아닌, 보이지 않는 어떤 세계를 끄집어내려는 시도를 보여준다. 이것은 발굴의 시학이다. 물론 이러한 시도는 진흙이 자신을 드러내는 한에서만 가능하기 때문에 수동적인 행위라는 단서가 필요하지만.

진흙시 연작은 일종의 모자이크이다. 퍼즐의 조각처럼 가지런하게 맞춰져 '진흙'이라는 거대한 추상의 전체를 구성하는. 그러나 '진흙'은 논리철학적인 의미에서의 추상, 즉 공통성의 추상이 아니며, 그렇기 때문에 부분의 전체성 또한 갖고 있다. '진흙'은 결코 일의적으로 해석될 수 없다. 이러한 특징은 잠언이라는 니체적 형식과 무관하지 않은 것처럼 보인다. 다시 말해서 진흙시 연작은 잠언적 사유의 단락을 일정한 길이로 분절해놓은 결과이지 외형적 통일성을 유지하기 위해서 의도된 시적 장치가 아닌 것이다. 그럼에도 불구하고 '진흙'은, '물'의 이미지가 그러했듯이, '이야기'와 밀접한 관계를 맺고 있다.

홍동백서 밀쳐낸
호박고구마 밤고구마 물고구마 같은 이야기, 돼지 안뽕처럼 통통한
이야기, 허리 굵은 아낙네의 대퇴부마냥 축 늘어진 이야기,
지들끼리만 통하는 알록달록한 이야기,

입이 근질근질해서 도저히 못 견디겠다던 진흙 웅덩이가
빗방울이 떨어지자 동그랗게 입을 열고 건네준 이야기,

땅에 떨어진 흐벅한 열매들의 이야기,
벌판을 끝없이 건너가고도 아직 철탑을 남아 있는 전선들처럼

또 다시 시작되는, 이런 이야기, 진흙 이야기

—「진흙들-탕진의 열매」 부분

시인에 따르면 '진흙'은 "열매란 말의 안쪽에 소복하게 앉아 있는/이야기들"을 껴안고 있는 '따뜻한 열매'이다. '진흙'이 그 내부에 진흙 아닌 것

의 잠재성을 잉태하고 있고, 진흙은 어떤 순간("빗방울이 떨어지자 동그랗게 입을 열고 건네준 이야기")에 이야기를 들려준다. 간혹 "당산나무 뒤에 웅크리고 앉아서 뭔가 우물거리는 진흙의 아가리를 열어보았더니"(「진흙들-생식과 죽음의 수렁」)처럼 시인이 그 진흙의 내부를 여는 경우가 있지만, 대부분의 경우 이야기는 진흙에 의해 건네진다. 진흙과의 마주침이라는 사건 안에서 시인이 할 수 있는 일이란 진흙의 이야기를 받아쓰는 것뿐이다. 그것은 절대적인 수동성의 사건이다. 하여, 시인은 「진흙의 시」에서 이 수동적 사건을 "이것은 사막의 모래바람처럼/내설악 골짜기의 눈보라처럼/거대한 데스마스크를 쓰고 나에게 밀려왔는데,/뒤늦게 맞닥뜨린 절벽 같은/이것은/진흙터널을 뚫고 왔다"라고 쓰고 있다. 그것이 "캄캄한 벼랑 뒤에서 피어나는 꽃"일 수밖에 없는 까닭은 이러한 수동성 때문이 아니었을까.

4.

오정국의 시세계는 '그리움'에서 시작되었다. 그것은 "나는 무엇인가 끊임없이 그리워해야만 살아갈 수 있습니다"(「그리움 또는 증오」)라는 진술의 형식을 띠고 있었다. 그러나 그 이후 그의 시세계는 '나'라는 주체의 의지보다는 '나'를 끊임없이 시로 향하게 만드는, 시인으로 하여금 지속적인 실패 속에서 다시 글을 쓰게 만드는 '바깥'의 존재를 드러내는 방식으로 진행되어왔다. 그의 시에서 지배적인 위치를 차지하고 있는 '물', '사막', '진흙' 등의 이미지는 모두 바깥의 형상이라는 공통점을 지니고 있는데, 이것들은 무형적이고, 잠재적이고, 추상적인 것이라는 점에서 일정한 계열을 이룬다. 언젠가 바슐라르는 문학이미지가 새로운 몽상으로써 풍요로워져야 한다고 주장한 적이 있다. 문학에서의 이미지는 먼 과거의 회상이나 추억이 아니라 다른 것을 의미하고 달리 꿈꾸게 해야 한다는 것이다.

바슐라르는 이 모든 몽상의 출발점에 자아를 위치시켰지만, 그러나 '몽상'이란 우리가 어떤 순간에 알 수 없는 힘에 이끌려 생각에 잠기듯이 자아가 통제할 수 있는 것이 아니다. 그것은 꿈과 같이, 우리가 의식하지 못하는 순간에 우리를 향해 다가온다. 몽상이 그러하듯이, 오정국에게 시를 쓰는 행위는 의지의 산물이 아니다. 알 수 없는 것에 이끌리는 순간, '나-자아'의 죽음과 함께 '바깥'에서 나를 덮쳐오는 무엇을 향해 자신을 개방하고 그것의 이야기에 귀를 기울이는 것이다. 이 알 수 없는 것의 정체를 우리는 알 수 없다. 그것은 비트겐슈타인의 충고("말할 수 없는 것에 대해서는 침묵하라")를 따라 침묵할 수 있을 뿐이며, 한 걸음 더 나아가도 다만 '그것'이라고 어렴풋하게 말할 수 있을 뿐인데, 이 '그것'의 익명성이 바로 오정국의 시에서 지배적인 이미지로 등장하는 것들의 정체이다. 다시 묻자. '그것'은 언제, 어떤 방식으로 우리에게 다가오는가? 아래의 인용시는 이 질문에 대한 시인의 응답일 것이다.

> 매미가 허물을 벗는, 점액질의 시간을 빠져나오는, 서서히 몸 하나를 버리고, 몸 하나를 얻는, 살갗이 찢어지고 벗겨지는 순간, 그 날개에 번갯불의 섬광이 새겨지고, 개망초의 꽃무늬가 내려앉고, 생살 긁히듯 뜯기듯, 끈끈하고 미끄럽게, 몸이 몸을 뚫고 나와, 몸 하나를 지우고 몸 하나를 살려내는, 발소리도 죽이고 숨소리도 죽이는, 여기에 고요히 내 숨결을 얹어보는, 난생처음 두 눈 뜨고, 진흙을 빠져나오는 진흙처럼
>
> —「진흙을 빠져나오는 진흙처럼」 전문

깨진 거울에 새겨진 악몽의 흔적들

— 장승리의 시세계

깊고 어두운 거울이 인간의 내부 깊은 곳에 있다.
끔찍한 명암이 거기에 있다.
— 빅토르 위고

1. 삶, 그 밤의 이미지들

하나의 거울이 있다. 이 거울은 어떠한 균열도 없지만 이미-항상 '깨진 거울'이다. 이 '거울' 속의 세계는 온통 겨울 풍경이다. 그 거울-세계에서 봄은 겨울처럼 오고, 겨울이 지나면 다시 겨울이 온다. 거울이 '깨진 거울'이기 때문이다. 장승리의 시에서 '거울'은 하나의 사물, 객관적 대상이 아니라 시인의 삶을 장악하고 있는 이미지이다. 그녀의 시를 읽을 때마다 우리는 '거울'을 '겨울'이라고 습관적으로 오독한다. 아니, "거울 속 겨울"(「나머지 빛」)처럼 '거울'을 '겨울'의 이음동의어로 읽는 것이 최선의 독해인지도 모른다. 일찍이 빅토르 위고는 인간의 내부 깊숙한 곳에는 깊고 어두운 거울이 있고, 그 거울을 통해 외부를 바라보는 일이야말로 기상천외한 일이라고 썼다. 빅토르 위고의 '거울'을 '깨진 거울'로 변주한다면, '거울' 속에서 '겨울'을 보는 일이야말로 이 기상천외한 일의 하나가 아닐까.

장승리의 시에서 '거울'은 대상이 아니라 이미지이다. 이미지는 대상이 전달하는 인상이 아니다. '인상'이란 이미 인간의 마음에서 여과된 어떤 상(像)이기 때문이다. 이미지는 순수한 상(像)이고, 비인격적인 것이며, 이해를 넘어선 어떤 것이다. 그것은 차라리 풍경들이 펼쳐지는 영사막이나 문자가 기록될 백지에 가깝다. 그리하여 이미지는 의미를 갖지 않는 텅 빈 것이며, 우리가 경험하는 모든 것들에 의미를 부여하는 진정한 주체라고 말해야 한다. 시인에게는 이미지를 컨트롤할 수 있는 권한이 없다. "내게는 그 커튼을 열고 닫을 권한이 없다."(「거울 속의 거울」) 시인은 이미지-커튼을 여닫는 주체가 아니라 그 거울-이미지에 맺히는 풍경-영상을 기록하는 존재이다. '기록하는 여자'가 등장하는 두 편의 시는 바로 이 '기록'에 관한 진술이다. 그러므로 이렇게 말할 수도 있다. 이미지는 시인의 의지와는 무관하게 바깥에서 도래하는 것이며, 이 거부할 수 없는 타자성으로서의 이미지야말로 시의 본질이라고.

하지만 시인은 이 기록불가능한 것을 기록해야 한다는 운명의 딜레마에 처한 존재이다. 기록이란 언어를 통한 재현, 즉 영상의 고정화이고, 타자성이란 본질적으로 그러한 고정화가 불가능한 어떤 것이기 때문이다. 이미지는 '보는 것'의 능동성이 아니라 '보여지는 것'으로서의 수동성으로만 드러날 뿐이며, 이때 우리는, 시인은 결코 이미지의 주체(주인)가 될 수 없다. 차라리 그것은 이미지가 시인이라는 얇은 커튼을 젖히고 세계에 자신을 드러내는 과정이라고 말해야 한다. 그러므로 "이 우주 속에서 우리가 그것들의 깊이를 모든 것에게 부여할 때, 우리와 무관한 것은 아무것도 없다"라는 바슐라르의 주장은 절반의 진실에 불과하다.

2. 애도되지 못한 죽음

여기, 세상의 모든 시간이 '겨울'에서 정지하도록 마법을 거는 겨울 마녀가 있다. 그녀의 '거울'에 비치면 모든 것은 겨울 풍경으로 변한다. 아름다운 결혼식의 풍경마저도 그녀의 '거울'에 비치면 "얼음이 쨍하고 깨지"(「얼음이 날다」)는 황량한 풍경이 되고, '거울' 속의 세계에서 '아침'은 "빗방울이 방울방울 사슬로 엮여/나를 감아 놓은 아침"(「불멸의 마지막 순간」) 같은 구속으로 시작된다. 역시 그녀의 거울이 '깨진 거울'이기 때문이다. 그녀의 시에서 다양한 형태로 변주되는 '거울'은 내면성의 드라마가 상연되는 징환(le sinthome)의 장소이다. 하지만 그 마법의 주체는 마녀가 아니다. 그녀 또한 마법/질병에 걸려 마녀가 되었기 때문이다. 어쩌면 그 거울에 비친 최초의 풍경은 그녀 자신이었는지도 모른다. 그녀는 왜 마법에 걸렸는가? 그 마법의 기원에는 '죽음'이 있다. 장승리의 시에서 '거울' 속에는 항상 죽은 사람들이 등장한다. 그 죽음은 '당신'["뇌로 전이된 악성종양 견고한 철자법의 세계에서 풀려난 당신"(「또, 봄입니다」)], '엄마'["아빠 양복 안주머니에 죽은 엄마의 사진을 넣는다"(「미로의 증인)], '증조할머니'["몇 년 전 돌아가신 증조할머니가/남편이 되어 내 옆에 누워 계신다/나를 꼭 잡고 있으면서 제발 자기를 놔달라니"(「자연의 아이들」)] 같은 가족들의 죽음이다. 물론 그 죽음에는 드물게 "무덤에 다다르면 알리움 한 송이 무덤 앞에 내려놓고/내 이름이 적혀 있는 묘비 앞에서 잠시 눈을 감는다"(「알리움」)처럼 '나'의 죽음도 포함되지만, 그것은 죽은 자들이 '나'에게 건 마법의 효과, 즉 환영이다. 이 '죽음'의 저주가 '나'의 세상을 온통 어둠으로 물들인다. 그리하여 이 세계에서는 "숨의 총량은/어둠의 총량을/넘어서는 법이 없다."(「키스」)

미로 속에 갇힌 채 시계추처럼 똑 딱 똑 딱 흔들리는 내 몸이 나를 몇 번이나 돌려놔도 시계 바늘은 그 자리 그대로인데 한 줌의 재로 사라진 시간 위로 망가진 자음과 모음이 꽃비 되어 나리는 또, 봄입니다.

—「또, 봄입니다」 부분

어떤 사람들은 사랑의 대상을 상실(죽음)했을 때, 그 책임을 자신의 탓으로 돌린다. 자신이 그들의 죽음에 책임이 있고, 자신이 원했기 때문에 그들이 죽었다고 생각하면서 스스로를 비난하거나 비하하는 병리학적 슬픔이 그것이다. 우리는 매일처럼 크고 작은 이별을 경험하며 살아간다. 이별에는 항상 슬픔과 고통이 따르기 마련이지만, 우리가 이별 앞에서도 항상 새롭게 시작할 수 있는 이유는 그 이별을 애도(mourning)하는 데 성공하기 때문이다. 병리학적 슬픔은 정확히 이 애도가 불가능할 때, 즉 애도의 불가능성에서 생기는 것이다. 프로이트는 떠나버린 사랑을 되돌리는 것이 현실적으로 불가능함을 인정하고 그 대상을 떠나보내는 것을 '애도'라고, 떠나간 사랑을 포기하지 못하고 자신의 내면에서 합체함으로써 세상에 대해 양가감정을 갖는 것이 '우울증(melancholy)'이라고 규정했다. 「또, 봄입니다」에서 뇌에 전이된 악성종양 때문에 "견고한 철자법의 세계에서 풀려난 당신"은 운동장을 돌고 또 돌다가 마침내 '한 줌의 재'로 사라졌다. 그런 당신이 '나'의 손을 찾았을 때 '나'는 그곳에 없었다. '나'의 부재와 연결된 이 죽음이 살아남은 자에게 갚을 수 없는 채무-선물을 남겼다. 그리하여 그때부터 시계 바늘은 언제까지나 "그 자리 그대로"이다. 「헌 엄마」의 화자는 "내 나이 일곱에 재혼한 엄마"를 자신이 버렸다["너는 그런 엄마를 버렸잖아"(「게임 오버」)]고 생각한다. 어떤 사람들의 실존적 시간은 이 채무 앞에서 정지하여 신체의 성장마저 거부한다. "구름은 땅 위에 처박혀 흘러가질 않고 하늘을 딛고 서 있는 머리통만 흠뻑 젖는다."(「구름이 되다, 코끼리 발자국」) 이 원초적 상흔이 자기비하나 자기학대의 방향으로 표출될 때, 시인은 자신을 처벌되어야 할 피고의 자리에 놓는다. 가령 자신에게 "칠판 위에 잘못했어요 라는 말을 빼곡히 써넣고/칠판을 손

톱으로 긁는 나"(「빗방울 잎」)의 배역을 부여하거나, '당신'이 "교실 한가운데 앉아 혼자 시험 보는 나를/꼼짝 않고 교단 위에서 감시하는데"(「병신」) 같은 시적 상황이 그런 경우이다.

> 돌다리가 바다 위로 떠오릅니다 죽었다고 생각했던 사람들이 그 위에서 있습니다 한 사람 또 한 사람 육지로 발을 내딛는 그들에게서 눈을 떼지 못하지만 아빠는 보이지 않습니다
>
> 아빠의 팔짱을 낀 채 밤을 지새웠습니다 동이 트고 팔짱을 푸는데 아빠의 팔은 팔짱을 꼈던 상태로 굳어 있습니다 아침에 출근한 주치의가 손목시계를 보면서 ○월 ○일 ○시 ○분에 사망하셨습니다 라고 말했습니다 사망선고였습니다 언제 떠났는지 모르는 사람을 어떻게 떠나보낼 수 있을까요
>
> 돌다리가 가라앉습니다 나는 바다 속으로 내 몸을 던질 수가 없습니다 딱딱해진 눈물이 몸속에 박혀 징검다리가 됩니다 내 몸 밖으로 삐져 나온 시커메진 아빠의 손톱 끝을 계속 만지작거립니다 아직은 내 눈물을 밟고 나를 건너 갈 수가 없습니다
>
> —「돌다리」 전문

애도되지 못한 죽음은 '유령'이 되어 되돌아온다. 그것은 애도에 대한 망자(亡者)의 요구일 수도 있지만, 애도에 실패한 사람이 불러들이는 환영인 경우가 대부분이다. 이 시에서 애도되지 못한 죽음은 '아빠'의 죽음이다. 장승리의 시는 '죽음'을 매개로 가족사의 일단을 암시하는데, 화자의 리비도가 '엄마'와 '아빠'에게 집중적으로 투사되는 것이 특징이다. 추측건대 1연의 진술은 '꿈'에서 펼쳐지는 풍경이다. 바닷속에 잠겼던 돌다리가 떠오

른다. 이것은 무의식의 세계에 억압되어 있던 것들이 '꿈'을 매개로 되돌아온다는 것을 뜻한다. 죽은 자들의 귀환, 그런데 그 무리 속에는 '아빠'가 없다. 2연은 과거 아빠의 임종 장면이다. 상징계의 시간법칙에 따르면 2연이 1연에 앞서 발생한 사건이다. 그런데 2연에서 주목해야 할 것은 "언제 떠났는지 모르는 사람을 어떻게 떠나보낼 수 있을까요"라는 화자의 진술이다. 이 진술이 '아빠'의 죽음은 받아들이지 않으려는 무의식적 거부임을 우리는 안다. 그리하여 3연에서 화자는 여전히 죽은 아빠의 "아빠의 손톱 끝"을 매만지는데, 이는 '슬픔'의 바다를 건널 수 없음을 의미한다. 이러한 모티프는 장승리의 등단작 「알리움」에서 "무덤 속 시체들이 벌떡 벌떡 발기"하는 동틀 녘에 화자가 무덤에 도달하기 위해 낡은 나룻배로 강을 건너는 것과 동일하다.

실패한 애도는 종종 자신을 처벌의 대상으로 간주하는 자기 파괴적 성격으로 표출된다. 장승리의 시에서 반복적으로 등장하는 자기 파괴의 욕망, 가령 "전철 안 귀퉁이에 서서/도루코 칼로 자기 손등에 흠집을 내는 여인"(「0호선」)을 목격하고 "당신도 갑갑한 거죠/상처를 내고 싶은 거죠"라고 묻는 장면이나 "하늘에 걸려 있는 교수대의 목줄을 향해 돌진하고 싶었지/밖으로 뻗어 나가야 할 날개는 몸속으로 생겨나 내 목을 졸라 대고/폐선처럼 바닥의 바닥으로 끝 모르고 내려앉는데"(「blue day」), "난도질당한 스크린 사이로 빨간 나뭇잎이 쏟아졌어"(「제목 없음」)라는 진술은 실제의 병리적 상태를 시화(詩化)한 것들이다. 이 자기 처벌의 죄의식은 이따금 "엄마 자궁에서 듣던 빗소리가 그립다"(「신경성 하혈」)처럼 출생 이전의 세계에 대한 그리움으로 표현된다. 특히 시집 전체에서 여러 차례 반복되는 '아빠의 자궁'으로 되돌아가려는 욕망, 이를테면 "list 없이도 숨 쉴 수 있는/아빠 자궁 속으로 들어가고 싶었지만"(「list」)이나 "소리 없이 맺히는/아빠의 자궁"(「빗방울」) 같은 진술은 자기 파괴를 출생 이전의 세계로 되돌려놓음('유산')으로써 '아빠'와의 이별을 수락하지 않으려는 극단적인 퇴행의 모습을 보인다.

3. 기록, 죽음 이후의 삶에 붙여진 이름

장승리 시에서 '거울'은 상상적인 동일시의 세계이다. 그것은 원형(原形) 이미지의 일종이며, 실재하지 않는 장소이다. 따라서 "거울 속의 내가 너무 아름다워 호호, 입김을 불어 가며 계속 거울을 닦아요"(「기록하는 여자 2」)처럼, 설령 그것이 상상의 산물에 불과하다고 할지라도 자기동일성이 균열되지 않은 심리적 드라마의 무대라고 말할 수 있다. 거울은 '거울'에서 선 그녀 자신을 제외하곤 "아무도 그 안에 들어갈 수 없"(「의자」)는 세계이다. 이런 점에서 '거울'은 '꿈'을 닮았다. 그런데 이 동일성의 거울은 이미-항상 균열의 위험을 지니고 있다. 이 '깨짐'은 물리적인 것일 수도 있고, 비대칭성처럼 존재론적인 것일 수도 있다. 그렇다면 '거울'이 깨지면 어떤 일이 발생하는가?

> 방이 거울이다 거울이 바라보는 거울 그 미궁 속을 헤매다 아침이 되면 파란 곰팡이로 부활하는 여자 여자의 모서리로 거미가 빨려 들어간다 여자가 남겨진 거미줄에 물을 준다 모서리가 점점 커진다 쨍하고 거울이 깨진다 시간을 질주하던 오토바이가 급브레이크를 밟는다 등이 굽은 백발의 소녀가 깨진 거울 밖으로 튕겨져 나와 여자에게 오버랩된다 더 이상 허수아비와 십자가를 구분하지 못하는 여자는 죽음에 집중할 수가 없다 죽음보다 집중이 중요한 여자 여자는 바늘과 섹스라도 하듯 항상 엄지발가락에 잔뜩 힘을 주고 있다 손가락으로 하나, 둘, 셋을 세다 너무 힘들어 네 번째 손가락을 굽히지 못한 채 깨진 거울 속으로 빨려 들어가는 여자 여자가 거미줄에 걸려 있다
>
> —「모서리가 자란다」 전문

"등이 굽은 백발의 소녀가 깨진 거울 밖으로 튕겨져 나와 여자에게 오버랩"된다. '여자'는 거울-방에서 잠을 잔다. 그녀는 꿈속에서 거울의 미궁을 헤매다 아침이면 '파란 곰팡이'로 부활한다. 잠과 각성, 죽음과 부활, 그리고 동일성과 그것의 파괴는 이 방에 걸린 거울이 비대칭적이라는 의미이다. 거울 안의 세계에서 그녀는 '소녀'이지만 거울 바깥의 세계에서 그녀는 '등이 굽은 백발'이다. 프로이트의 꿈-작업처럼, 거울 밖으로 추방될 때, 그녀는 소녀이면서 할머니의 형상을 갖는다. 「기록하는 여자 2」는 이러한 '안-밖'의 비대칭성을 외부에서의 현기증처럼 묘사한다. 이 시에서 '거울 속의 나'는 아름답다. '거울 밖의 나'는 그런 자신의 모습에 만족해하며 거울을 닦는다. 그런데 어느 순간 거울 안에서 누군가가 튀어나와 "너 오늘 약 안 먹었지 하며 내 두 손목을 부여잡"는다. 거울의 동일시 효과에 균열이 생긴 것이다. "깨진 거울을 다시 꿰맬 수는 없는 거죠". 시인은 이 과정을 무중력-중력의 관계로 변주한다. 이 시에서 화자는 하늘을 날아다니다가 불현듯 쿵 하고 부딪힌 뒤 "하늘에도 천장이 있구나"라고 생각하는데, 이 상승과 하강의 이미지가 곧 무중력과 중력의 변형들이다. 중력의 현실세계, 그러니까 거울 바깥으로 추방된 화자가 이제 비행(飛行)할 수 있는 유일한 방법은 '종이'를 붙잡는 일이다. "종이 한 장이면 나는 마음껏 날 수 있어."(「기록하는 여자 2」) 하지만 '종이'를 이용하여 하늘을 날겠다는 '나'의 생각은 바람이 불지 않음으로써 실패하게 되고, 결국 '나'는 "해야 할 일들을 백지 위에 적"는 '기록하는 여자'가 된다. 시작(詩作)에 대한 메타포인 이 시에서 시쓰기는 거울 밖으로 추방된, 하늘을 유영하는 것이 불가능한 상태에 처한 존재에게 부여된 임무이다. 그것은 "엄마의 꽃무늬 치맛자락이 꽃가루가 되어 날아가 버린 후 치맛자락을 꼭 쥐던 손으로 넌 기록을 하기 시작했지"(「기록하는 여자 1」)처럼 사랑하는 대상의 부재 이후에, 그 부재하는 대상을 붙잡으려는("글씨 안에 가둬 아무것도 날아가지 못하도록") 행위이다. 그래서 '거울' 이미지에는 이미-항상 균열과 봉합이라는 상반되는 의지/힘이 따라다닌다. 가령 거울의 깨짐 외에도 "금이 간 달"(「얼굴의 기슭」), "그대의 주먹질에 금이 간 몸속"(「우리」) 같은 '금(crack)'은 균열을, "제 가슴에 강물을 포개 놓고/바느질을 시작하는 여자"(「물결의 안팎」)나 "산산조각 나 있는 몸의 조각들을 끼워 맞춰/나를 완성해 보려고"(「눈동자에 빠진 우물」) 같은 '바느질'과 '재조립'은 봉합을 의미한다. "당신의 몸에 계속해서 단추를 다는 꿈"(「도돌이표」)에서 '단추'는 부유하는 '당신'을 '나'의 곁에 정박시키려는 의지가 만들어낸 일종의 고정점(points de capiton)이다.

4. 불가능한 단수의 세계

첫 시집 『습관성 겨울』이 '깨진 거울'의 세계라면, 두 번째 시집 『무표정』은 '더블'의 세계이다. 첫 시집이 상상적 동일시의 불가능성을 거울의 안과 밖, 그 비대칭성을 통해 증언한다면, 두 번째 시집은 '나'와 '너', '나'와 '당신', 또는 '나'와 '그림자', '꿈'과 '현실' 같은 두 세계의 운명적 불일치를 통해 '악몽'의 시간을 상연한다. 그것은 "자러 올래? 이 한마디를 했을 뿐인데 내 그림자 曰"(「게임 오버」)처럼 '나'와 '나(의 그림자)', 그 분열된 자아들의 독백적인 대화의 형식을 취한다. 이 독백-대화에서 시인은 반복적으로 '밸런스'를 원한다. 하지만 불완전한 대위법이 불협화음을 연주하듯이 '밸런스'에 대한 시인의 욕망은 이미-항상 '언밸런스'의 방향으로 미끄러진다. 가령 "네 꿈속에서 나는 옷이 많았지"(「다른 시간」)라는 진술처럼 '나'와 '너'는 다른 세계, 다른 시간의 거주민이어서 결코 '단수'(「강물」)가 될 수 없다. 시집의 도처에서 발견되는 탈구된 시간의 흔적들은 이러한 결핍(상처)에 노출된 인간의 실존적 시간이 상징계의 시계장치와 엇갈림을 말해준다. 시계침이 지워진 데 키리코의 그림, 견고한 시계장치가 녹아내리는 살바도르 달리의 그림처럼 장승리의 시에서 시계의 침들은 현실과 어긋나 있다. 표제작 「무표정」에서 요일들의 순서가 이상한 방식으로 진행되는 것은 화자의 실존적 시간이 탈구되었기 때문이다.

> 눈이 내린다 반투명 유리를 사이에 두고 눈의 그림자가 내린다 그림자 무늬를 두른 이 시간이 온통 낯선 얼굴뿐인 빈방 같다 앉을 자리를 찾지 못하고 귀 끝까지 빨개진 나에게 옆자리를 내어주지 않는 그림자여 너는 왜 모르는가 내가 너의 가장 차가운 치부라는 걸 내가 막 눈송이 하나가 되어 떨고 있다는 걸 서로의 몸속으로 파고들 수 없는 우리는 덩그러니 마주 보며 서 있는 골대들 같다 타고나기를 그라운드가 무서운데 승부가 무슨 소용인가 네 표정으로 스코어를 짐작하다 승패가 갈리기 전에 벨벳 커튼을 친다 승자와 패자의 온도 차로 이슬이 맺힌다 몸 위로 주르륵 물이 흐른다 몸에 모서리가 생기고 모서리에 곰팡이가 핀다 너와 나 사이의 거리가 얼마나 더 두꺼워야 이 추위가 끝나나 오줌이 마렵다 어젯밤 꿈에서 나는 깨끗한 화장실을 찾지 못했다
>
> —「직사각형 위에 정사각형」 전문

이 시는 거울의 '안'과 '밖', '꿈'과 '현실', '무의식'과 '의식' 등의 비대칭성을 '반투명 유리'를 사이에 둔 두 존재, 즉 '사물'과 그것의 '그림자', '나'와 '너'의 비대칭성으로 변주하고 있다. 시의 제목에 등장하는 '직사각형'과 '정사각형' 또한 완전히 포개지지 않는다는 점에서 비대칭성의 또 다른 형태이다. '반투명 유리'를 경계로 밖에는 '눈'이 내리고 안에는 '눈의 그림자'가 내린다. 이 장면에서 화자의 위치가 '안'인지 '밖'인지는 그다지 중요하지 않다. 중요한 것은 '안'과 '밖'이 겹쳐지지 않는다는 것, 그리하여 '우리'라는 이름의 복수가 "서로의 몸속으로 파고들 수 없"는, "마주 보며 서 있는 골대들" 같다는 거리감이다. 이 거리감이 유리에 '이슬'로 맺힌다.

두 개체의 불일치를 의미하는 "우리는/각자의 미끄럼틀을 타고"(「한번, 한번」)나 "유리 우리에 갇혀 있던 동물들과 유리 우리 밖에 갇혀 있던 사람들이 짝을 이뤘어 짝이 맞지 않았어"(「유리 우리」) 같은 표현들은 이 거리감의 또 다른 표현이다. 흥미로운 것은, 그것을 무엇이라고 명명하든지, '나'와 '너', 즉 '사물'과 그것의 '그림자'의 관계가 동일성 내부의 차이라는 사실이다. 시인이 이 '차이'를 표현하기 위해 '한번'과 '한 빈'처럼 띄어쓰기에 따른 차이로, '유리'와 '우리'처럼 의미는 유사하지만 발음은 전혀 다른 단어들을 끌어들이고 있다.

(1) 몸이 닳아 사라질 때까지
내 꿈속에서 목욕을 해야 하는 벌을 받고 있다 넌
온몸에 비누칠을 하고 있다
비누 거품에 파묻혀
끝끝내 나와 눈을 마주치지 못하는 네가 너무 그립지만
영영 닳지 않는 지옥 속에서 난
더럽게 깨끗하다

—「모르고 하는 슬픈 일」 부분

(2) 밸런스가 절실했지만 한쪽 귀는 열 수 없는 문이 되었고 다른 쪽 귀는 가라앉는 돌멩이의 침묵 쪽으로 계속 자라는 중

—「강물」 부분

(3) 너와 손을 잡는다 창문이 열린다 눈이 내린다 풍경이 느려진다 완벽해라고 말하는 네 얼굴이 불편해 보인다 너의 왼쪽 눈은 돌멩이 같고 오른쪽 눈은 수초 같다 다른 색깔의 눈물이 네 양 볼을 타고 내려온다

—「밸런스」 부분

경계를 중심으로 포개질 수 없는 두 세계를 병치하는 이러한 시적 인식은 두 번째 시집에서 '밸런스'라는 새로운 표현형식으로 드러난다. 거울의 '안'과 '밖'을 비대칭성으로 그린 (1)은 첫 시집의 연장선에 있다. 화자는 거울의 비대칭성을 '꿈'과 '꿈 바깥', 즉 현실의 비대칭성과 겹쳐 놓음으로써 '너'와의 합일이 가로막혀 있음을 토로한다. 이러한 '나'와 '너'의 불일치는 (2)에서 '밸런스'의 문제로 바뀐다. 물론 이 시에도 "나는 입만 있고 너는 눈만 있는 것 같아"라는 진술이 등장하기에 거울의 모티프를 그대로 간직하다. 하지만 '밸런스'에 초점을 맞추면 이 시는 두 개의 귀가 각각 "열 수 없는 문"과 "가라앉는 돌멩이의 침묵 쪽으로 계속 자라"는 귀로 분리됨을 말한다. 이것은 하나의 신체에 함께 존재하지만 합체될 수 없는 '귀'의 형상으로 '나'와 '너'의 불일치를 표현한 것이다. 드디어 (3)에서는 '나'와 '너'를 분리시켰던 '창문'이 열렸다. 「직사각형 위에 정사각형」에서 살폈듯이 '안'과 '밖'의 불일치가 '유리' 때문이었다면 이제 물리적인 장애는 사라진 셈이다. 하지만 '너'의 얼굴은 그다지 밝지 않다. '너'의 두 눈의 모습이 다르고, 그 눈에서 흘러내리는 눈물의 색깔이 다르다. 이러한 불일치의 감각은 장승리의 시에서는 거의 운명과 필연에 가까운 것이어서 어떠한 물리적 장애가 사라진다고 해도 극복될 수 없는 것처럼 보인다. "없는 네가/나 같네"(「명사의 과거형」)라는 부재의 감각과, "나는 왜 완성되지 못한 바느질감을 붙들고 안절부절 못하는지 가다 뒤돌아보다 반박음질로 절뚝이며 우리를 완성한들 너와 나 그 누구의 등을 따뜻하게 덥힐 수 있다고"(「한 시에서 열두 시 사이」) 같은 결핍의 감각은 이러한 비대칭성이 어떠한 '바느질'을 통해서도 봉합될 수 없을 것임을 암시한다.

서랍 속 독약으로 하루를 연명한다 낡은 아이러니에 앉아 삼월의 나무를 바라본다 지난해의 나뭇잎이 말라비틀어진 채 매달려 있다 한 계절

에서 버림받지 못한 채로 버림받은 것들 죽어서도 아픈 여자에게만 영
혼의 길을 물어야 되는지도 모른다

—「나뭇가지 끝」 부분

우리는 이러한 봉합의 불가능성이 "열리기만 하고 닫히지 않는 죽음의 유동기한"(「이상한 얼굴」)처럼 어떤 '죽음'의 영향 때문임을 알고 있다. '삼월의 나무'에서 새롭게 뻗어 나온 잎이 아니라 "한 계절에서 버림받지 못한 채로 버림받"은 "지난해의 나뭇잎"을 보는 일은 얼마나 끔찍한가. 탈구된 시간, 그것은 시간이 "계절을 건너지 못하고 밑으로 밑으로 가라앉는"(「방향 없는 진지함」) 것으로 만든다. "거울 속을 뒤진 손은 아무리 씻어도 깨끗해지지 않"(「콤플렉스 산책」)고, 그리하여 새로운 요일이 시작되어도 "아침이 입을 수 있는 시계가 없"(「재발성 방광염」)다. 이러한 시간의 탈구 앞에서 시인은 "오늘의 미션은/죽은 사람 죽이기"(「상행선」)라고 다짐하기도 하고, "아 옛날이여 지난 시절 다시 올 수 없나"(「깨끗한 침대」)라고 노래도 불러보지만, 실존의 시계는 그녀를 반복적으로 "너는 그런 엄마를 버렸잖아"(「게임 오버」), "병든 아버지를 외면하며/검은 아버지를 읽다/밝아오는 죄책감"(「국어사전」)의 시간으로 되돌려놓는다. 이러한 악몽의 시간은 일종의 감옥이다. 그것은 열쇠가 "열쇠 구멍에 꽂힌 채 부러"(「노라의 집」)져 탈출할 수 없는 '우리(cage)', "열리지 않는 문"(「나뭇가지 끝」)으로 만들어진 집이다. 누군가는 묻는다. "베일과 베일 안쪽 풍경이/분리되지 않는 곳에서/신기루에 깃발을 꽂는 일이/왜 그렇게 중요하냐고"(「양산」) 시인이 대답한다. "멈출 수 없으니까."(「양산」)

지옥에서 보낸 한 철

— 김지유의 시세계

나는 마침내 나의 정신 속에서 인간적 희망을 온통 사라지게 만들었다.
인간적 희망의 목을 조르는 완전한 기쁨에 겨워,
나는 사나운 짐승처럼 음험하게 날뛰었다.
— 아르튀르 랭보, 『지옥에서 보낸 한 철-서시』

1.

김지유의 시어는 '슬픔'과 '상처'의 정념을 실어 나른다. 그녀의 시는 슬픔에 대한 언어가 아니라 슬픔의 언어 그 자체, 상처에 관한 발화가 아니라 상처의 발화, 과거의 시간을 재구성하는 기억의 기호가 아니라 과거가 현재로 흘러넘침에서 비롯되는 재난의 기호이다. 그녀에게 시는 정념의 대상화가 아니라 정념 안에서 글을 쓰는 행위이다. 따라서 김지유의 시에서 언어, 발화, 기호의 주체는 시를 쓰는 의식의 소유자인 시인이 아니라 슬픔의 정념 그 자체이며, 인간의 신체와 영혼에 새겨진 채로 존재하는 상처와 과거의 시간들이라고 말해야 한다. 그녀의 시는 상처를 대상으로 거느리는 글쓰기가 아니라 상처 자체에서, 상처의 검은 구멍들을 통해 기어 나오는 상처의 글쓰기이다. 그녀의 시에선 "기억의 벽지 여기저기 남겨진 흔적들"(「얼룩」)이 시(인)를 매개로 자신을 드러낸다. "얼룩 밑의 흉터란 깊은 것"이어서 언어-기호로 봉합할 수도, 타인의 손길로 위로될 수도 없다.

김지유의 첫 시집에서 이러한 정념의 자기 현시(顯示)는 상처와 에로티시즘의 결합으로 드러났다. 그녀의 시편들이 '에로티시즘의 미학'으로 평가되었던 이유도 여기에 있다. 그러나 에로티시즘이 김지유 시의 모든 것은 아니다. 실상 그녀의 시들이 상처와 에로티시즘을 결합하여 드러내려는 것은 폭력적으로 분열된 현대인의 삶, 즉 반복되는 일상이라는 안정성 아래에 은폐되어 있는 삶의 치욕스러움이다. 일상이라는 이름의 기표가 봉합하고 있는 상처의 표면을 살짝 들추었을 때, 더 이상 기호의 차원에서 봉합할 수 없는 삶의 실체가 드러날 때, 시인은 외설적인 이미지를 통해서 그 상처의, 삶의 외설성을 폭로한다. 어쩌면 그녀의 시에서 성적인 장면들은 삶의 외설성이라는 '흉터'에서 우리의 시선을 돌려놓기 위한 맥거핀(MacGuffin)인지도 모른다. 그것은 피터 그리너웨이(Peter Greenaway) 감독의 〈요리사, 도둑, 그의 아내 그리고 그녀의 정부〉(1989)가 인간의 욕망인 '식욕'과 '성욕'(성기 노출과 인육 먹기)을 다룬 영화로 오해되고 있는 사정과 유사하다. 실제로 이 작품은 욕망이 아니라 권력과 혁명에 관한 영화이다. 성애 장면이 여과 없이 등장한다는 이유로 이 영화를 에로틱한 필름이라고 말하는 것은 관객이 자기 욕망의 투영에 사로잡혀 영화에서 아무것도 읽어내지 못하는 것과 같다. 이 영화는 돈과 권력의 독점적 지배자인 도둑과, 도둑의 폭력을 견디며 살아가는 아내, 도둑의 지배하에서 노동하는 요리사, 그리고 혁명의 시발점이 되는 반항자 간의 권력관계에 관한 영화이고, 원초적인 욕망과 권력이 지배하는 자본주의적 질서에서 벗어나 다른 세계로 나아가려는 혁명적인 욕망에 관한 영화이다. 이 영화에서 '식욕'과 '성욕'의 가치는 혁명보다 훨씬 부차적이다. 언젠가 벤야민이 보들레르의 천재성을 멜랑콜리에서 자양을 취하는 알레고리적 천재성이라 칭했듯이, 김지유의 시는 폭력, 화폐, 섹슈얼리티 같은 자본주의의 공리를 알레고리적으로 전유함으로써 자본의 중심에서 살아가야 하는 우리들 삶의 무가치함을 폭로한다. 그렇다면 김지유의 시에서 에로티시즘보다 한층 중요한 것은 무엇일까? 그것은 시인을 포함한 우리 모두가 출구를 상실한 영혼 없는 삶의 불모성 안에서 살고 있다는 느낌, 아이의 슬픔이 위로될 수 없듯이 결코 출구를 찾을 수 없으리라는 슬픔과 절망의 정념이다.

> 하루하루가 벽이야 열리지도 닫히지도 않는 문이야 피를 닦아 낼 수 없는 벽이면 좋겠어 핏줄을 심지 못해 벌이는 살인이 하루도 빠짐없이 자행되는 문, 열쇠는 눈동자 가득 걸려 있지 그래, 엄마가 몸을 파는 동안 심장에는 또 하나의 방이 생겼지 꽃무늬 팬티처럼 축축해진 그 방에 숨어 미치도록 자판만 두드리고 있어 얼굴 없는 아빠를 닥치는 대로 죽이고 있지 죄목 따윈 상관없어 나이보다 많이 먹여 주는 형량이야 고맙지 이미 감옥에서 한창 썩고 있는 중이거든 쏟아지던 엄마의 매질이 달빛처럼 고여 있는 여기, 거미줄 가득 아빠의 시체가 걸려 있어 때마다 사식을 넣어 주는 엄마 손목 비틀어 불가촉천민의 그림자 울려 볼까 하나뿐인 문이 오늘도 심장에 갇혔어 녹이 슬었어 눈부신 태양 속 흑점처럼 거룩하게 썩어 가는 벽이면 좋겠어
>
> —「달의 문짝」 전문

공간 경험은 인간의 세계 인식의 축도(縮圖)이다. 한 시인의 시세계에서 '공간'이 표현되고 경험되는 방식을 따라가면 우리는 시인의 세계 감각에 도달할 수 있다. 김지유의 시에서 장소/공간은 강력한 중력의 영향이 작동하는 곳이다. 그 중력의 정체가 바로 시인을 '슬픔'과 '상처'의 정념에 빠뜨리는 세계의 폭력성이다. 가령 「말린 꽃」에서 "거꾸로 매달린 붉은 장미"가 존재하는 '방'은 "관 속에서 탄생을 기다리는/말라비틀어진 두 팔과/해묵은 두 발"이 지시하는 "겹겹의 무덤", 즉 죽음의 공간으로 경험되고, 「복도」에 등장하는 오피스텔 1104호와 1107호는 외설적인 방식으로

성(性)이 거래되는 곳으로 형상화된다. 또한 「로프공」에 등장하는 빌딩 공간은 "주식 삼매"의 세계로 표현된다. 김지유의 시에서 이러한 세계의 폭력성은 개인들에게 철저한 분리의 감각을 강제하고, 그 세계의 개인들은 사라진 "옆방의 소리"에서 "달력이 된 음부가 덜컹 벽을 열고/흘러넘"(「암소공포증」)침을 상상하는 관음증 환자나, 오전 8시의 베란다에서 '세라토닌의 어머니 당신'(「당신을 집어넣는 시간」)을 받아들여야 하는 우울증 환자가 되어 병리적 상태에 노출된 채 살아간다.

세계가 폐쇄된 공간으로 경험되는 끔찍한 병리적 상태는 「달의 문짝」에서 '벽'과 '문'이 동일시되는 것으로 드러난다. 일반적으로 '문'은 출구, '벽'은 폐쇄와 단절의 상징이다. 그러나 인용시의 화자에게 그러한 구분은 더 이상 존재하지 않는다. "열리지도 닫히지도 않는 문"은 출구로서의 '문'이 아니다. 이 출구 아닌 문 안의 세계는 하루도 빠짐없이 살인사건이 발생하는 끔찍한 곳이다. 시인이 그 세계-방에 숨어서 글을 쓴다. 무엇에 관한 글일까? 그것은 "얼굴 없는 아빠를 닥치는 대로 죽이"는 내용의 글이다. 그렇다면 '얼굴 없는 아빠'의 정체는 무엇일까? 그것은 이 세계를 거대한 감옥으로, 끔찍한 사건들이 연이어 발생하는 인간이 발명한 지옥으로 만드는 권력-대타자이다. 그런데 시인의 이러한 공간감은 실상 "하루하루가 벽이야"라는 표현이 암시하듯이 시간을 공간화한 것이다. 즉 표면적으로 세계의 폐쇄성은 특정한 공간에 대한 감각처럼 서술되지만 실제 그것은 시간, 무의미하고 무가치한, 거대한 불안과 허무의 시간으로 점철된 삶을 의미한다. 자신이 속해 있는 세계가 "썩어 가는 벽"이기를 희망하는 거대한 허무의 감각, 이것이야말로 김지유의 시세계를 관통하고 있는 현대성의 정체이다.

2.

지옥의 삶은 무가치하다. 무가치한 삶들이 모여서 세계가 지옥이 되는 것인지, 지옥으로 변해버린 세계가 삶을 무가치하게 만드는 것인지 그 인과관계는 분명하지 않다. 분명한 것은, 김지유의 시에서 세계의 불모성과 삶의 무가치함이 평행 관계에 있으며, 세계를 출구 없는 감옥/지옥이라고 느끼는 순간 삶의 잠재성이 불가역적으로 훼손된다는 사실이다. 김지유의 시는 거대한 허무에 노출된 현대인의 시선으로 그린 불모성의 세계에 대한 음울한 초상이다. 이 세계에서 '사랑'은 "정이란/돈 때문에 생긴 욕"(「갑옷」), "오십 줄 사내에게 시집온 노처녀가 탐낸 건 덜떨어진 사내의 물건이 아니라 집문서라는 떡밥"(「민물새우, 파르시팔」)처럼 화폐와 교환되는 상품의 일종이고, '삶'은 "착함의 기준을 검은 고무줄처럼 줄였다 늘"(「변심」)여 "정의와 불의의 뜻"을 같은 것으로 바꾸는 지속적인 자기합리화 과정이거나 '불안'의 시간을 견디기 위해 오늘을 기둥서방 삼"(「당신의 눈동자와」)아 "그저 순간을 유유자적하는 것"으로 축소된다. 김지유의 시에서 모든 삶의 불행은 '화폐'에 연루되어 있기 때문에 '화폐'를 소유하지 못한 존재들은 끝없이 세계의 변방을 떠돌거나 사회(공동체)의 내부에 투기된다. 「갑옷」에서 '돈정'은 "돈줄이 끊기면 사라져 버린다는 돈정"일 뿐이고, 「민물새우」에서 아내에게 돈을 재산을 빼앗긴 사내는 이유도 모른 채 낚시터로 내쫓기며, 「아더왕의 칼로 돈가스를」에서 고시에 실패한 꽃사슴들은 파견근무를 다니듯 도서관을 전전한다. '도서관'은 '아더왕의 칼'이 상징하는 신성과 신탁의 장소도, 진리의 기호들이 안치되어 있는 학문의 공간도 아니다. 그곳은 그저 화폐를 소유하지 못한 존재들, 사회(공동체) 내에서 자신의 위치를 점유하지 못한 무능한 인간들의 집합소일 뿐이다. 이처럼 김지유의 시에서 '지옥'은 화폐의 힘이 통치하는 자본의 공화국이다.

규조토 묻힌 걸레로

빌딩의 절은 때를 벗긴다

주식 삼매에 든 사내의 등짝을 민다

물벼락 맞아요 창 닫아요

화들짝, 모니터에 띄워진 창문을

뛰어내리는 사내

바닥이 보이지 않는 세상 안팎을 나란히

실 묶인 채 버둥거리는 잠자리 두 마리

날개가 접히지 않는다

—「로프공」 부분

근대가 중세의 종교적 세계관에서 벗어난 합리적 이성의 시대라는 설명은 그다지 피부에 와 닿지 않는다. 실상 근대는 화폐/상품을 '신'의 자리에 올려놓은 또 다른 종교의 시대처럼 보이기 때문이다. 근대를 설명한 학자들의 숱한 논증과 달리 근대사회는 그다지 합리적이지도 개인적이지도 않으며, 역설적으로 근대와 종교의 연속성과 친화성은 날이 갈수록 견고해지는 느낌이다. 도박에 가까운 주식과 복권이 현대인의 유일한 메시아라는 사실이 그것을 증명한다. 그리하여 자본 공화국의 주권자들이 오늘도 열심히 '화폐'를 경배하고, '화폐'의 신성에 접근하기 위해 노력하고 있다. 인용시는 그 '화폐-신'에 접근하는 가장 빠른 길인 주식 투자자의 모습을 '로프공'이라는 외부의 시선으로 그려내고 있다. 그렇지만 이 '외부' 또한 완전한 의미의 외부는 아니다. '돈줄'과 '밥줄'에서 자유롭지 못하기는 빌딩 바깥에 매달려 있는 '로프공' 또한 마찬가지이기 때문이다. 다른 점이 있다면 빌딩 내부의 '사내'가 '주식'이라는 금융자본주의의 장치에 매달려 있는 반면, 빌딩 바깥의 '로프공'은 노동이라는 지극히 근대적인 장치에 매달려 있다는 것뿐이다. 자본주의-지옥에서 살아가는 현대인들에게 '노동'과 '금융'은 이처럼 화폐-신에 접근할 수 있는 유일한 방법이다. 그러나 우리는 그들이 붙잡고 있는, 매달려 있는 '줄'이 그다지 신뢰할 것이 되지 못함을 알고 있다. 그들은 언제든 자신들이 붙들고 있는 '줄'로부터 버림을 받을 수 있으며, 그때 그들의 삶은 바닥을 알 수 없는 세상의 저편으로 추락하고 말 것이다.

> 사내와 남자아이가 피자와 조개스프를 먹는다 최연소 이사로 승진했다가 정리해고되던 순간을 마치 승무원인 아내가 탄 비행기의 불시착처럼 받아들인 사내 앞, 개임에 열중인 아이는 콜라로 배를 채우며 빈 칸을 메워야 완성되는 그림 퍼즐을 맞추고 있다 아이의 손놀림이 빨라지면서 조금씩 밀려 나오는 엉덩이, 집 나서는 엄마 가방에 매달린 아이의 손처럼 바지에 새겨진 명품 로고가 의사 끝을 간신히 앙다물고 있다 꾸역꾸역 피자 조각을 삼키던 사내가 계산서를 확인할 때 요란한 소리를 내며 뒤집어지는 의자, 콜라를 뒤집어쓴 아이가 바닥에서 울음을 터뜨린다 뒷주머니에서 손수건을 꺼내는 사내의 눈동자, 숙련된 손길로 팔등신 아내 대신 아이를 달래며 조각난 일요일 오후를 맞추고 있다
>
> —「그림 퍼즐」 전문

김지유의 시에는 유독 화폐-신에게서 버림받은 인물들이 자주 등장한다. 그녀 시의 등장인물들 가운데 절반은 '화폐-신'에게 매달려 있고, 나머지 절반은 '화폐-신'에게서 버림받아 추락하는 중이다. 인용시에 등장하는 '사내와 남자아이'가 바로 그렇다. '사내'는 한때 "최연소 이사"로 남부럽지 않은 지위에 올랐으나 지금은 '정리해고'되어 "승무원인 아내가 탄 비행기의 불시착"처럼 추락한 상태이다. 사내는 자신이 매달려 있었던 화폐-신의 줄에서 떨어진 것이다. 일요일 오후 아이와 함께 피자를 먹고 있는 사내의 모습은 정확히 추락 이후의 조각 난 삶의 형상이다. 앞에서 우리는 자본의 공화국 안에서 모든 인간관계는 화폐에 의해 매개됨을 확인했다. 이는 이 관계에서 '화폐'가 사라지면 관계 또한 해체될 수밖에 없음을 뜻한다. 이처럼 김지유의 시들은 화폐에 의해 매개된 왜곡된 관계의 무가치함을 폭로하거나, 그 관계에서 화폐가 사라짐으로써 발생하는 급격한 관계의 해체를 반복적으로 보여준다. 가령 「이순임 씨 왈」에서 화자인 시어머니는 며느리를 불구인 아들 곁에 붙들어두기 위해서 "나 죽거든 부의금이나 가져가라 새아가"(「이순임 씨 왈」)처럼 '화폐'를 관계 유지의 수단으로 제시한다. 반면 「소문난 김밥」에서 "김밥 한 줄로 끼니를 해결"하는 남루한 행색의 사람들과 「혓바닥 위의 혓바닥」에서 전화기를 손에 쥐고 소문도 없이 죽어가는 사내의 삶의 비극은 화폐의 결핍에서 비롯된다. 그리고 「몰랑공주의 잠」에서 "뚱뚱한 아내의 박제된 잠"과 "담보 잡힌 새끼들의 궁전"을 위하여 현관문을 나서는 사내의 쓸쓸한 삶 역시 근본적인 원인은 화폐의 결핍이다. 이처럼 자본 공화국에서 '화폐'의 힘은 그것이 관계의 가능성과 불가능성을 직접적으로 좌우한다는 것으로 확인된다. 특히 이러한 관계 해체의 능력은 화폐의 결핍이 곧바로 가족의 해체로 귀결되는 장면에서 분명하게 드러난다.

주린 배로 거리를 배회한다 언제 먹어 봤는지 기억도 나지 않는 제주흑돼지를 함께 먹어 줄 야생의 파트너를 찾는다 실업자 백만 명 시대에 마른하늘 백수건달들 어딜 가고 모두들 도둑괭이처럼 빠른 발걸음으로 숨겨 놓는 짝이 있다는 듯 바쁘다 혼자서는 내통이 불가능한 거리, 심장에 구멍이 생기면 귀신고래처럼 입으로 빨아들이는 것 많아지나 눈가의 주름보다 먼저 쭈글쭈글해지는 욕정만큼 내장지방도 몇 배수로 늘어만 가고 부서진 의자처럼 뒤가 구린 저녁, 식탁도 없는 오피스텔 복도로 걸어 들어가 솥뚜껑 위에 가만히 엉덩이를 내리고 지글지글 구워 먹는 한 끼, 이름도 없는 눈먼 별에서 방목 중인 비밀처럼 삼키고 싶은 죽음 한 끼

―「한 끼」 전문

현대는 '관계', 즉 네트워크 사회이다. 이 사회에서 모든 것은 네트워크에 따라 운명이 달라진다. 이를 증명이라고 하듯이 현대인들은 네트워크를 만들고 관리하는 데 많은 시간과 비용을 투자하고 있다. 우리는 일상적으로 각종 소셜네트워크(SNS)와 전자 커뮤니케이션을 이용하여 불특정 다수와 접속하기를 욕망하며, 현대의 발전된 테크놀러지는 이러한 '관계'의 무한 확장을 추동하는 터미널로 기능하고 있다. 그러나 우리는 또한 알고 있다. 무한경쟁을 삶의 유일한 법칙으로 받아들이고 사는 현대인들에게 '관계'는 경제적 이해관계의 고상한 표현에 불과하며, 그리하여 가난한 자들에게는 결코 '관계'라는 호사스러운 개념이 존재할 수 없는 것을. 가난하다는 것, 그것은 '관계'가 빈곤하다는 것이고, 가난해진다는 것, 그것은 '관계'를 상실하거나 기존의 관계가 해체된다는 것이다. 오늘날 거대도시는 비관계적 자아들의 순례지로 바뀌었다. 이러한 관계의 상실과 해체는 타인에 대한 우리의 반응 능력을 심각하게 훼손시킨다. 이런 점에서 김지유의 시에 등장하는 무관계적 존재들은 금융 자본주의 시대에 등장한 새로운 자아의 유형이라고 말할 수 있다. 필요 이상의 흥분을 피할 것,

타인의 고통에 철저하게 무관심할 것, 그리하여 모든 불행은 그저 타인의 불행에 불과하다고 믿으면서 고집스럽게 타자로 남으려는 사람들의 공동체야말로 현대판 지옥이라 불러도 무방할 것이다. 그 세계에서 자본은 타인의 고통이나 슬픔에 반응하지 못하게 함으로써 공화국의 모든 구성원을 개별적 존재로 만드는 거대한 기계장치이다. 장-뤽 고다르의 〈알파빌〉에서는 '사랑'이 금기어이고, 자본의 공화국에서는 타인의 고통에 대해 반응하는 것이 금기이다.

김지유의 시에는 1인칭 복수형인 '우리'가 등장하지 않는다. 그녀의 시에서 모든 인간은 오직 '나'라는 단수형으로 표현되거나, '사내', '여자' 등처럼 익명의 대명사로만 지시된다. 그렇다고 그들이 '나들'이라는 대안적 의미의 상호주체성으로 살아간다고 말하기도 불가능하다. 인용시의 "주린 배로 거리를 배회"하는 화자, 그는 지금 '제주흑돼지'라는 음식이 아니라 그것을 함께 먹을 '야생의 파트너'를 찾고 있다. 왜 '야생의 파트너'일까? 그것은 우리가 살고 있는 세계가 거대한 정글이기 때문일 것이다. 그 정글에는 사람이 살지 않는가? 아니다. 너무 많은 사람이 살고 있다. 화자는 지금 "모두들 도둑괭이처럼 빠른 발걸음으로 숨겨 놓는 짝이 있다는 듯" 걸음을 재촉하는 인파의 한가운데에 위치하고 있다. 사람과 음식이 넘쳐나지만 '거리'는 "혼자서는 내통이 불가능한" 곳이다. 누군가는 이렇게 말할 것이다. 혼자서도 얼마든지 '제주흑돼지'를 먹을 수 있지 않느냐고. 과연 거리의 그 많은 고깃집이 1인분만을 판매할지도 의문이지만 "욕정만큼 내장지방도 몇 배수로 늘어"난 중년의 남자가 홀로 저녁상과 대면하는 것도 상시적인 장면을 아닐 것이다. 결국 그 사내는 "식탁도 없는 오피스텔 복도로 걸어 들어가 솥뚜껑 위에 가만히 엉덩이를 내리고" 죽음과도 같은 한 끼를 해결할 것이다.

3.

지옥-도시의 뉴스에선 "오만 원권 지폐 수십 상자가 마늘밭에서 발견됐다"(「마늘밭에도 봄바람이 불까」)라는 소식이 흘러나온다. 같은 시각 도시의 또 다른 곳에선 "뻔하디 뻔한 사연의 돈지랄"(「경건한 하루」)들이 행해지고 있을 것이다. 이를테면 여인들은 나날이 새로워지는 "뻘 위에 세워진 이곳 송도"에서 다이어트를 하면서 "통통하게 살찐 죽음과 한발 가까워"(「일일우일신」)지고 있을 것이고, "똥값으로 팔아먹을 몸마저"(「얼룩」) 없는 여인들은 "퉁퉁 불어 터진 노랫가락이나 옹알이하듯 엎질러 놓고" 하루를 살고 있을 것이다. 또 누군가는 "이비인후과에 안과, 산부인과 거쳐서 밥보다 꼬박꼬박 챙겨 먹는 항생제"(「투사(投射)」)로 생을 연명하고 있을 것이고, 도시의 반대편에선 한 여자가 "버둥버둥 사내가 움켜쥔 머리채에 목을 매달"(「한솥밥」)고 "울지도 웃지도 못하는 개"가 되어가는 변신 이야기가 만들어지고 있을 것이다. 몇몇 예외적 존재들을 제외하면, 자본의 공화국에선 슬픔과 상처가 모두에게 축복처럼 평등하게 뿌려진다. 슬픔과 상처의 평등주의, 이것이 자본의 지리학이다. 그곳에선 종종 "석달 전 부녀회장직을 사임하고 사라진/아줌마"(「양파」)가 '아가씨'가 되는 믿기 힘든 일들이 벌어지기도 한다.

미륵인 줄 알았더니 기생이더냐
치마 밑에 흘려 놓은 시 한 수에
세상이 조잘조잘

법명이 흑인지 백인지는 부처도 모르는 일
보살의 머루 같은 눈빛에 취하지 말고
바람만 취하라 배운 나는,

부처 등에 업혀 로렉스 시계를 차는 만상좌
사정 직전의 용병술 전수받은 바람의 교주
아미타불이다

성정이 업이라고, 기사 장삼 걸친 내 비나리 치는 다단계 불사
그래, 죄인 줄 알았더니 복 짓는 일이더구나

펄럭이는 치맛자락 밑으로 활활 화톳불 일구는 뱀의 혓바닥
은사여, 네가 사부대중 몰래 방사로 들인 여인네들

블랙 앤 화이트, 공양받은 골프채 휘둘러
그래, 기왓장 밑 산중 기생으로 살자구나

—「바람난 불사」 전문

현대의 지옥에선 중세와 근대, 종교적 신성과 자본적 합리성 사이에 거리감이 존재하지 않는다. 이곳에는 특이하게도 '교회'와 '사찰'이 많고, 심지어 날이 갈수록 번창한다. '대기'를 '자본'으로 바꿔 읽는다면, '견고한 모든 것들은 대기 속으로 용해된다(All that is solid melts into air)'는 맑스의 문장은 이 세계에서 여전히 유효성을 갖는다. 거룩한 모든 것들이 세속적인 것이 되는 세계. 이렇게 자본의 대기 속으로 용해되는 것들 가운데 김지유의 시가 주목하고 있는 것은 '종교'와 '예술'이다. 김지유의 시에서 '종교'는 "싫증난 복음성가"(「혓바닥 위의 혓바닥」)나 "고자 부처"(「행자승」)처럼 구원과 신성의 능력을 상실한 음란성으로 형상화된다. 이것은 정확히 프란츠 카프카가 『소송』에서 '법전'을 포르노그래피로 표현한 것과 일치한다. 「바람난 불사」에서 이러한 종교의 음란성은 '미륵=기생'이라는 인식

론에서 비롯된다. 현대의 지옥에서 미륵은 "부처 등에 업혀 로렉스 시계를 차는 만상좌"이거나 "사정 직전의 용병술 전수받은 바람의 교주"이고, 사부대중 몰래 방사로 여인네들을 불러들이고 공양 받은 골프채를 휘두르는 '은사'는 '산중 기생'일 뿐이다. 그리하여 이곳에서 신성의 공간인 사찰은 자본주의의 다단계 사업에 근접한다.

> 오리걸음의 선배들이 모텔을 향합니다 얼떨결에 거짓 알리바이 담당이 되어 버립니다 자위처럼 숨기고픈 하룻밤일까요 모두 입술을 바꿔 답니다 꽥꽥 울음까지 쓱싹 바꾸더니 즐겁게 랄라! 꾸벅꾸벅 집을 향해 액셀을 밟던 후배가 도착한 성은 이상한 나라의 앨리스 모텔로 변신합니다 성주는 물갈퀴가 찢어진 거위, 바보 후배는 닭대가리, 하지만 모두가 강남스타일이므로 즐거운 랄라! 외제차 몰며 시 쓰는 것이 대역죄라 선고한 거위왕의 처세술은 가난한 역사 위에 세워진 것이므로 문학상이 보호하는 선배의 영역을 감히, 넘볼 의사조차 없는 후배는 까짓, 오리가 아니라 거위와 하룻밤 잔 것으로 치자고 뒤뚱뒤뚱, 즐겁게 랄라! 외제차 대신 거짓말 몰고 다니는 시인과 아찔한 추락을 잠깐 고민한 닭대가리는 감히 문학상 대신 이상한 나라를 건설하는 것으로 꿈을 바꿉니다 아무렴 황금 알을 낳는 장사는 현금 장사가 최고라며, 즐거운 랄라! 시와 시인은 달라야 바보라고, 랄라! 즐겁게 우는 밤입니다
>
> —「즐거운 랄라!」 전문

"정의를 노래하며 열린 마음으로 술잔을 돌리"(「변심」)던 사람들이 "변심은 곧 항심"이라고 말하며 "정의와 불의"를 일치시키는 것이 타락이듯이, 또한 상구보리 하화중생(上求菩提 下化衆生)를 외치며 깨달음을 구하고 중생 구제를 갈파하던 사찰이 '다단계'로 바뀐 것이 타락이듯이, 김지유의 시에서 문학인들의 음란성은 타락의 일종이다. 그녀의 시에서 어떤 장면

들은 다분히 알레고리적인 방식으로 처리된다. '꽃사슴'과 '고라니 형수'가 등장하는 「아더왕의 칼로 돈가스를」이 그러하고, "개 같은 놈과 개보다 못한 놈 사이"(「한솥밥」)에서 여자가 '개'가 되는 「한솥밥」이 그러하다. 알레고리의 사전적 의미는 추상적인 내용을 구체적인 대상을 이용하여 표현하는 비유이지만, 김지유의 시에서 알레고리는 오히려 구체적인 장면들을 추상적인 방식으로 표현하려 할 때 사용된다. 그것은 마치 현실이라고 인정할 수 없는 현실을 표현하는 방법으로 사용된다. 인용시에 등장하는 '오리', '거위', '닭대가리' 등도 같은 맥락에서 이해할 수 있다. 「즐거운 랄라!」의 등장인물은 시인들이다. 시의 전반적인 내용은 술자리를 끝낸 선배문인들이 숨기고 싶은 밤을 위해 입술을 바꿔 달고 모텔을 향할 때, 화자가 거짓 알리바이 담당이 된 경험을 시화한 것이다. 집을 향해 액셀을 밟던 후배가 도착한 성이 '이상한 나라의 앨리스'라는 동화-상상계가 아니라 "이상한 나라의 앨리스 모텔"이라는 상징계의 세속적 공간이라는 사실은 얼마나 징후적인가. "외제차를 몰며 시 쓰는 것이 대역죄"라는 거위왕의 허세야 그렇다 치더라도, "문학상이 보로하는 선배의 영역"을 넘보지 못하던 닭대가리-후배가 "외제차 대신 거짓말"을 몰고 다니는 장면이나 예술적 성취를 상징하는 '문학상' 대신 "이상한 나라를 건설하는 것"으로 꿈을 바꾸는 장면은 이 현대의 지옥에서 예술이 처하게 되는 몰락의 운명을 환기하는 듯하다.

4.

김지유의 시편들은 비상구가 없는 자본주의적 삶의 불모성을 다양한 방식으로 영사(映寫)하거니와 그 비루한 삶의 속물성과 타락상을 여과 없이 지켜보는 일은 결코 쉽지 않다. 그 장면들이 부도덕하거나 끔찍하기 때문이라고 생각하면 커다란 오산이다. 진짜 끔찍한 것은 영사되는 장면과 우리의 일상 사이에 별다른 차이가 없다는 것, 또는 그 영상 어딘가에 우리가 등장하기 때문이다. 그런데 김지유의 시를 반복해서 읽다 보면 처음 느꼈던 분노와 불편의 감각이 점차 슬픔의 정념으로 바뀌어 거대한 허무의 늪에 우리를 빠뜨린다는 것을 느낄 수 있다. 출구를 상실한 영혼 없는 삶의 불모성은 해결의 기미도, 탈출의 가능성도 허락하지 않기 때문이다. '허무'의 감각이란 그 어떤 행동도 불가능함을 절감할 때, 그럼에도 이 세계의 규칙을 고스란히 수락할 수 없을 때 발생하는 자기 방어의 심리상태일지도 모른다. 자본의 지옥에 대한 시인의 분노와 혐오가 어디까지 확장될지 우리는 예측할 수 없다. 다만 그 범위가 넓어질 때, 그리하여 우리의 일상조차 그 분노와 혐오에서 자유로울 수 없을 때, 우리 또한 허무에 감염될 것이다. 이런 점에서 김지유의 시는 자본주의에 대한 비판보다는 자본의 지옥에서 살아가는 우리의 현주소를 알려주는 고지서로 읽혀야 한다.

사랑의 변주곡(變奏曲)

— 심윤경론

나는 인간의 역사가 다 퍼 올리지 못한 한 방울의 밤이슬이 되리다.
— 히라노 게이치로, 『달』

1. 기록된 모든 것들은 존재한다

심윤경의 소설 『이현의 연애』에서 '영혼을 기록하는 여자' 이진은 '기록'을 "한 인간의 삶 속으로 녹아들어가 그의 감정과 상황과 사건들을 나의 것들로 경험한다는 것"이라고 설명한다. 소설 쓰기에 관한 알레고리로 읽을 수도 있는 이 '기록'의 존재론은 소설이 현실 세계에 존재하는 인물의 삶에 대한 재현적 글쓰기가 아니라 작가가 타인의 삶이라는 옷을 걸침으로써 발화되는 표현적 글쓰기임을 의미한다. 왜 이러한 글쓰기는 '기록'이라고 명명되어야 하는 것일까? 그것은 소설이라는 형식의 '기록/이야기'가 '역사'라는 거대한 '기록/이야기'의 페이지에 등재되지 못하는 비(非)존재에 관한 기억의 일종이기 때문일 것이다. '영혼을 기록하는 여자' 이진에 따르면 "기록이 남지 않은 것은 (…) 존재하지 않았던 것"이며, "존재했던 엄연하고 무거운 현실도, 기록되지 않으면 사라져 버"린다. 그러니까 '기록/이야기'로서의 소설은 한 인간이 존재했음을 기억하는 문학적 기록 장치이고, 망각의 영역에서 부재(不在)의 방식으로 존재하는 것을 끄집어내는 구원의 장르인 셈이다. 그렇다면 심윤경이 소설이라는 형식을 통해서 '기록/기억'하려는 것은 무엇일까? 이 물음에 현실/현상의 이면에 존재하는 '인간적 삶의 진실'이라고 대답한다면 지나친 추상일까? 다시 묻자. 그렇다면 그 '인간적 삶의 진실'이란 구체적으로 무엇인가?

심윤경의 소설들은 이 물음에 '사랑'이라고 응답하고 있다. 심윤경의 소설들은 대부분 '사랑'을 중요한 모티프로 삼고 있다. 나아가 그녀의 소설들은 '사랑'의 문제를 '가족'과 나란하게 병치시킨다. 실제로 등단작 『나의 아름다운 정원』부터 최근작 『사랑이 달리다』에 이르기까지 그녀의 인물들은 대개 가족적 세계 속에서 인생의 부침(浮沈)을 겪는데, 그 경험의 중심에는 항상 '사랑'의 문제가 놓여 있다. 심윤경의 소설에서 '가족'은 마치 세계의 일부 또는 축도(縮圖)처럼 인물들의 삶을 둘러싸고 있으며, 그 세계에 거주하고 있는 인물들에게 '사랑'은 지극히 사소하고 개인적인 숙명으로 닥쳐온다. 물론 심윤경의 소설들에서 '가족'의 세계는 가부장적인 '시월드'(『나의 아름다운 정원』, 『달의 제단』)에서 "어이없는 저질 가족드라마"로 치닫는 '처월드'(『사랑이 달리다』)에 이르기까지 다양하게 변형되고, '사랑' 또한 소년의 성장통(『나의 아름다운 정원』), 금기의 위반(『달의 제단』), 동성애(『서라벌 사람들』), 계약(『이현의 연애』), 불륜(『사랑이 달리다』)처럼 지속적인 변주를 거듭하고 있다. 굳이 세상을 휩쓸고 있는 시류로서의 '쿨한 것'에 반(反)하여 "맹렬히 불타오르고 재조차 남지 않도록 사그라짐을 영광으로 여기는 옛날식의 정열"(『달의 제단』의 작가의 말)과 마주하겠다는 작가의 자서(自序)를 인용하지 않아도, 가장 사적인 세계인 '사랑'의 가치를 부정하긴 어려울 듯하다. 소설이 한 개인의 삶에 대한 법적 · 도덕적 '판단'이 아니라 사회적 맥락 안에서 부침(浮沈)을 반복하는 인물의 내면에 대한 '이해'를 목표로 삼는 장르라고 말할 때, '사랑'은 그 '이해'의 세계로 들어가는 가장 강력한 입구가 된다.

2. 타자를 사랑한다는 것

심윤경의 등단작 『나의 아름다운 정원』은 "한씨 집안의 4대 독자"인 동구의 성장기를 역사의 시간과 개인의 시간을 교차시키면서 기록한 성장소설이다. 여기에서 '역사의 시간'은 소설의 시대적 배경인 1977에서 1981년, 그러니까 유신헌법을 통해 권력을 이어나가던 독재자의 죽음(1979. 10. 26)에서 신군부의 등장(1979. 12. 12), 광주민주화운동(1980. 5. 18)으로 이어진 음울했던 현대사의 굴곡을, '개인의 시간'은 1977년 인왕산 허리 부근 산동네에 위치한 동구네 집에서 동구와는 여섯 살 터울의 여동생 동주가 태어난 것에서 가족의 재결합(엄마의 귀가)을 위해 동구가 할머니의 고향인 '노루너미'로 내려가기로 결심하기까지의 과정을 가리킨다. 이 소설은 역사의 시간에 개인의 시간을 새겨 넣는 방식으로 우울한 시대를 온몸으로 견뎌야 했던 한 가족의 가난한 삶과, 유년을 통증으로 경험하면서 성장하는 소년의 운명, 가부장적인 가족제도 속에서 신음하는 여성의 고통을 오롯이 증언하고 있다. 그러나 이 소설에서 '역사의 시간'과 '개인의 시간' 사이의 연속성은 동구의 스승이자 연인인 박영은 선생님의 죽음을 통해서 가시화될 뿐 동구 가족의 운명에 매우 제한적으로만 개입하고 있다. 때문에 '역사'나 '사회'라는 무거운 단어들을 잠시 밀어둘 수 있다면, 이 소설은 '가족'과 '사랑'을 중심으로 한 소년의 성장과 정을 형상화한 것으로 읽을 수도 있다.

이 소설에서 갈등의 축은 '엄마와 동구'와 '아빠와 할머니' 사이에 존재한다. 가부장적인 가장제도하에서의 여성('엄마')과 아이('동구')에 대한 폭력이, 그 폭력에 고스란히 노출되어 있는 헐벗은 삶이 갈등의 핵심이다.

"동네에서 명성이 드높은 알뜰한 살림꾼"인 엄마와, 엄마의 애정의 대상이자 "설움의 분출구"인 '나'가 하나의 계열을, 언젠가는 엄마를 "몰아낼 수 있을 것이라는 희망"을 포기하지 않는 할머니, 아내와 아이에게 폭력을 행사하는 가정의 절대 권력인 아빠가 또 하나의 계열을 형성하고 있다. 전자가 가족 내에서 발생하는 폭력을 몸으로 감당해야 하는 피해자의 계열이라면, 후자는 그 폭력을 휘두를 수 있는 권리와 힘을 소유한 가해자의 계열이다. 물론 '아빠'와 '할머니'에게 가해자의 낙인을 찍어버리는 것은 지나치게 쉬운 도덕적 판단에 불과할지도 모른다. 아빠에게도 아내와 아이를 생각하는 마음이 없지 않고, 할머니가 50년 인생을 살고 받아 든 인생의 대차대조표가 고향마을의 "애무덤 두 개, 서방 무덤 한 개"임을 고려하면 그들 또한 피해자라고 부를 수도 있다. 그렇지만 그들의 메마른 내면과 불행한 과거가 현재의 폭력을 정당화하는 면죄부가 될 수는 없다.

가부장적인 가족제도 안에서 여성과 아이에게 가해지는 '훈육'의 폭력은 『달의 제단』에서 동일하게 반복된다. 『달의 제단』에서 가문의 정통성을 최고의 가치로 여기는 효계당의 수호자 할아버지와 "절반의 적자(嫡子)"로 태어나 해월당 유씨 아래에서 성장한 "서안 조씨 가문 양정공파 17대 종손 조상룡" 간의 갈등은 가부장적인 혈통주의의 산물이다. 이 소설은 가문의 품위와 권위를 목숨처럼 중시하는 할아버지가 가문의 묘를 이장하다가 우연히 발견한 언찰(諺札)의 해석을 국문학도인 상룡에게 맡기면서 가문의 치부—언찰(諺札)에 따르면 서안 조씨 집안은 가문의 대를 잇기 위해 며느리가 낳은 딸을 양자와 바꿔치기하고 그 사실을 은폐하기 위해 며느리에게 자진을 강제하고, 심지어 갓난아이를 구타하여 죽이는 극도의 폭력을 서슴지 않았다—가 드러나는 과정을 통해 혈통주의에 내재되어 있는 폭력의 메커니즘을 고발하고 있는데, 가문과 혈통을 목숨보다 중시하는 양반사회의 위선은 작품의 후반부에서 할아버지가 상룡의 아이를 잉태한 정실을 제거하는 과정을 통해 다시 반복된다. 이는 '혈통'과 '가문'이

중시되는 사회에서는 그 누구도 희생자의 굴레에서 자유로울 수 없음을 뜻한다. 때문에 『나의 아름다운 정원』과 마찬가지로 이 소설에 등장하는 인물들, 가령 가문을 지키다가 쓸쓸한 죽음을 맞이한 해월당 유씨, 사랑을 잃어버리고 방황하다 스스로 목숨을 끊은 상룡의 아버지, 혈통주의의 화신인 할아버지에게 연인 정실과 아이 모두를 빼앗기는 상룡, 종가의 며느리로 인정받지 못해 아들을 포기한 상룡의 생모 서영희는 모두 가부장적인 혈통주의가 낳은 희생양들이다. 심지어 자신의 개인적 욕망보다 "효계당의 종손이라는 자부심"과 "효계당을 다시 일으켜 세우겠다는 포부"만으로 삶을 지탱해오다가 결국 효계당과 함께 불길 속에서 죽음을 맞이하는 상룡의 할아버지까지도 가해자라고 단정하기는 어렵다. 이처럼 심윤경의 초기작들은 '가족', 특히 가부장적인 권력이 희생자들의 공동체 위에 건축된 것임을 폭로한다.

그런데 심윤경의 초기작(『나의 아름다운 정원』과 『달의 제단』)에는 이러한 억압적 권력의 반대편에 항상 구원자가 자리하고 있다. 그리고 '사랑'의 리비도가 집중되는 이러한 구원의 주체들은 늘 '여성'이다. 심윤경 소설에서 '여성적인 것'은 가부장적 질서의 희생자, 즉 타자이면서 가부장적인 질서가 강제하는 끔찍한 훈육의 폭력으로부터 주인공(남성)들을 구원하는 출구로 기능한다. 그것을 '사랑'의 탈주선이라고 말한다면 과장일까. 가령 『나의 아름다운 정원』에는 '엄마'와 '영주'와 '박영은 선생님'이 있고, 『달의 제단』에서는 '생모 서영희'와 연인 '정실'이 있다. 이들은 가족 내에서 배척당하는 약자이면서 각각 '사랑'의 이름으로 '동구'와 '상룡'의 불행한 삶을 껴안고 있는 구원자들이다. 심지어 『나의 아름다운 정원』에서 오뚝이 인형을 집어던지고 "떼찌야"라는 말로 아버지의 폭력을 멈추게 만드는 것도 여동생 영주이다. 이렇게 보면 가족 내부에서 동구가 앓고 있는 '난독증'과 '말더듬', 그리고 상룡이 겪는 존재에 대한 회의와 질서에 대한 강박은 병리학보다는 정신분석의 대상인 '증상'에 가까운 것이라고 말할 수 있다. 하여, 그것들은 마치 정신분석가가 환자로 하여금 증상의 원인을 깨닫도록 유도할 때 해소되듯이 상징적인 의미 네트워크가 밝혀지기 전에는 치유되지 않는다. 『나의 아름다운 정원』에서 주인공 동구가 사랑하는 대상인 '엄마'와 '영주', 그리고 '박영은 선생님'은 상처 입은 영혼의 치유자인 셈이다. 이런 점에서 '난독증'의 발견과 치료에 박영은 선생님과 엄마가 긴밀하게 관계하는 것은 매우 의미심장하다. 『달의 제단』에서 제대 후 효계당으로 돌아온 상룡이 할아버지의 기세에 눌려 종손의 위치에 머물다가 정실과의 관계/사랑을 계기로 자신의 욕망을 발견하고 할아버지에 맞서게 되는 것도 이러한 치유의 과정이라고 말할 수 있다. 그러나 동구는 '영주'와 '박영은 선생님'에 이어 '엄마'까지 잃고, 상룡 또한 정실과의 헤어짐을 겪는다. 이들에게 사랑의 실패는 리비도 에너지가 투사될 대상의 상실을 의미하는바, 작가는 그 심리적 상실의 드라마를 '정원'으로부터의 분리와 '달'로부터의 추방으로 상징화한다. 즉 동구에게 "삼층집의 아름다운 정원"과 "황금빛 곤줄박이"가 의미하는 가치와 상룡에게 "달의 강인한 흡인력"이 의미하는 가치는 사실상 등가이다. 그것들은 여성성의 상징이라는 점에서도 그러하다. 때문에 "아름다운 정원의 모습은 이제 기억 속에 하나의 영상으로만 남게 되었다. 차가운 철문을 힘주어 당기며 나는 아름다운 정원에 작별을 고했다. 안녕, 아름다운 정원. 안녕, 황금빛 곤줄박이. 아름다운 정원에 이제 다시 돌아오지 못하겠지만, 나는 섭섭해 하지 않으려 한다."라는 동구의 애도 속에서 "해일처럼 일렁이는 효계당의 검은 지붕 위에서 죽은 여인들과 아직 살아 있는 나는 두 손을 맞잡은 채 잠시 머물렀다."라는 상룡의 판타지를 발견하기는 어렵지 않다. 다만 동구는 '애도'를 통해 상실을 극복함으로써 성장하는 반면, 상룡은 '애도'가 불가능한 상황에 처함으로써 "거대한 초열의 아가리" 속으로 떨어질 운명이라는 것만이 다를 뿐이다. 이들의 애도와 희생에는 여성에 대한 대속(代贖)의 의미가 각인되어 있다.

3. 호모 비블로스(homo biblos), 혹은 사랑의 불가능성

마그리트 뒤라스의 「죽음에 이르는 병」은 '사랑의 불가능성'에 관한 소설이다. 이 소설에는 '당신'이라고 불리는 한 남자와 그의 파트너인 '그 여자'가 등장한다. 그들은 숱한 육체적 관계와 쾌락을 공유하지만 남자는 그것을 결코 '사랑'이라고 말하지 않는다. 남자는 반복적으로 "나는 사랑하지 않소."라고 말한다. 그는 사랑을 할 수 없는 병을 앓고 있기 때문이다. 여자는 그것을 '죽음에 이르는 병'이라고 부른다. 남자인 '당신'은 진심으로 사랑을 배우고자 했으나 끝내 '사랑'에 도달하지 못한다. 이 남자에게 '불가능성'은 그가 경험할 수 있는 유일한 사랑의 방식이다. '죽음에 이르는 병'을 앓고 있는 이 남자의 영혼은 심윤경의 『이현의 연애』에서 "영혼을 기록하는 여자"인 이진으로 부활한다. 『이현의 연애』는 "영혼을 기록하는 여자"인 이진과 "영혼을 기록하는 여자의 남편"인 이현의 '불가능한 사랑'에 관한 이야기이다. 뒤라스의 소설이 그러하듯이, 이 소설에서 '사랑'은 오직 '불가능'의 방식으로만 가능하다. 일단 그것을 사랑의 불가능성이라고 말해두자. 이 소설에서 이진(眞)과 이현(現)은 각각 '진실'과 '현실'을 상징한다. 그러므로 이 소설을 '진실'과 '현실'의 '계약결혼'에 관한 소설이라고 말해도 좋겠다.

주인공 이진은 "왕족의 핏줄"인 이세 공의 딸이고, 이현은 비록 "세 번의 이혼 경력"이 있으나 장래가 촉망되는 "재정경제부 국제기구과의 과장"이다. 소설은 부유한 경제 관료이자 자유주의자인 이현이 여섯 살 때 "운명의 결혼식"에서 만난 여인을 꼭 닮은 이진을 발견하는 장면으로 시작된다. 영혼을 기록하는 운명을 타고났다는 이유로 어릴 적부터 감금을 당해야 했던 이진은 결혼을 감금에서 벗어날 유일한 "돌파구"라고 생각하여 이현과의 계약결혼을 수락하고, 결혼생활에 쉽게 싫증을 느껴 결혼과 이혼을 반복해온 이현 역시 이상형을 닮은 미모의 여인을 소유하려는 욕망에 이끌려 쉽사리 결혼을 결심한다. 소설은 예정된 파국을 향해 치닫는 이들의 불가능한 사랑 이야기와 이진에 의해 낱낱이 기록되는 "생령(生靈)"의 이야기를 교차시키면서 진행된다. 비유컨대 이 소설에서 이진과 이현의 관계, 즉 '진실'과 '현실'의 관계는 상징계(The Symbolic)와 실재계(The Real)에 대한 라캉-지젝의 설명과 유사하다. 라캉-지젝의 정신분석에 따르면 상징계는 언어와 법질서를 내면화한 사회적 현실이고, 실재계는 상징계 내부에 존재하는 외부성으로 언어 같은 상징적 질서로는 도달할 수 없는(이해불가능한) 세계이다. 상징계와 실재계의 이러한 위상학적 관계는 "영혼을 기록하는 보통 사람"과 "보이지 않으나 존재하는 것들에 대한 감수성" 사이에 존재하는 이진과, 이진이라는 인물에 대해 "그가 사랑하고 결혼한 대상이 무엇인지 종잡을 수 없다는 의문은 시간이 흘러도 수그러들지 않았다.", "현실계와 환상계가 맞닿은 듯한 기묘한 생활공간에서 이현은 수시로 분열을 경험했다."처럼 의문과 분열에 시달리는 이현의 관계와 흡사하다. 사랑에는 항상 의심과 회의가 동반되기 마련이지만, 이현의 경우에 그것은 매우 특별하다. 이진은 '이현=현실'이 거주하는 세계의 내부에 존재한다는 점에서 현실/상징계와 분리되지 않으나, '이현=현실'이 포착할 수 없는 타자성을 지녔다는 점에서 현실/상징계와 위상학적인 차이를 지닌다. 그런 점에서 '이진=진실'은 '이현=현실'의 내부에 난 구멍, 즉 실재의 또 다른 이름이다.

이현은 이진과의 첫 만남에서 사랑을 고백하고 계약결혼을 제안한다. 이세 공은 그런 이현에게 진정 이진을 사랑한다면 '대가'를 바라지 말라고 충고한다. 여기에서 이진에 대한 이현의 고백은 감정의 표현이라기보다는 미래의 어떤 시점에 성취될 것을 기대하는 의지와 희망에 가까운데, 그런 점에서 이세 공의 조언은 이진과의 사랑이 '교환/소통'될 수 없음에 대한 예언이라고 말할 수 있다. 여기에서 '대가'란 사랑의 상호성을 의미한다. 그것은 이진에 대한 이현의 감정과 이현에 대한 이진의 감정이 상호적이어야 한다는 것을 뜻한다. 그렇다면 '사랑'이라는 사건에 걸려 있는 '감정'의 정체는 무엇인가? 그것은 "소중한 사람", 즉 유일한 존재에 대한 욕망이다. 이현은 자신에게 이진이 유일한 존재이듯이 자신 또한 이진에게 유일한 존재로 인정되기를 희망한다. 이러한 사랑의 사건에서 대상은 마치 고유명사의 지시대상과 유사한 방식으로 나타난다. 고유명사란 사물을 단일한 개체로 지시하는 기호이다. '사랑'이 종종 이유로 환원될 수 없는 까닭은, 오직 '너이니까'라는 유일성으로 대답될 수밖에 없는 까닭은, 고유명사를 대상의 성질에 대한 기술로 치환할 수 없는 것과 같은 이치이다. "고유명사가 대상을 단일한 것으로 설정하는 것과 마찬가지로, 진정한 사랑의 대상은 사랑하는 사람에게 유일한 것이어야 한다."(오사와 마사치, 송태욱 옮김, 『연애의 불가능성에 대하여』, 그린비, 2005) 사랑이 사랑하는 사람들에게 불안을 초래한다면 그것은 이 '유일한 것'의 지위가 끊임없이 의심될 수밖에 없기 때문이다. 그런데 이진이 이현과의 결혼을 결심한 이유는 이현을 '유일한 것'으로 판단해서가 아니라 이현의 호의를 믿었기 때문이다. "나는 당신을 잘 알지 못하지만, 당신의 호의를 믿을게요."(45쪽) 바로 이 호의에 대한 믿음으로서의 사랑이 불안을 초래한다. 왜? 이진의 세계에서 이현은 결코 대체불가능한 유일한 존재일 수 없기 때문이다. 그것이 만일 '사랑'이라면 이진이 지닌 감정의 원인으로 이현이 유일하게 지정될 수 있어야 하는데, 이진에게는 그 '감정'이 없으며, '호의'에 대한 믿음이란 언제든지 대상을 바꿀 수 있기 때문이다. 설령 이진이 이현에 대한 사랑의 감정을 지니고 있다고 해도 그것은 어디까지나 '계약'이라는 조건에 의해 규제될 수밖에 없다. 이런 점에서 이진에게 결혼은 영혼을 기록하는 작업을 지속하기 위한 부업, 즉 노동과 유사한 것이다.

그렇다면 만일 이진과 이현의 결혼이 계약이 아니었다면 그들의 '사랑'

은 가능했을까? 그동안 수많은 소설이 '사랑'에 관해 기술해왔음에도 불구하고 소설에서 '사랑'이 끝내 완결되지 못하는 비련(悲戀)의 테마로 남겨진 까닭은 도덕적 당위에서 벗어나려는 소설적 의식 때문만은 아니다. 그것은 본질적으로 '사랑'이 비대칭적으로 구조화되기 때문에 발생한다. 니콜라스 루만은 이 비대칭성을 '행위'와 '체험'의 접속으로 개념화했다. 즉 '사랑'은 행위와 행위가 접속되는 것도, 체험이 체험과 접속하는 것도 아니다. 그것은 행위가 체험에 접속되는 것이며, 때문에 '행위'와 '체험' 간의 낙차로 인해서 비대칭은 필연적으로 발생할 수밖에 없다. 마그리트 뒤라스의 「죽음에 이르는 병」에서 숱한 육체적 관계가 '사랑'으로 귀결되지 못하는 것을 상기하자. '행위'와 '체험'의 접속이란, 사랑하는 자의 '행위'가 사랑받는 자의 '체험'에서 긍정적인 가치를 지닌 것으로 의미를 부여할 수 있도록 행위되어야 한다는 의미이며, 이것은 결국 사랑에서의 행위 선택은 타자의 체험에서 '나'의 행위로 이전된다는 의미이기도 하다. '행위'가 '체험'에 접속되기도 어렵거니와, '나'의 '행위'가 전적으로 타자의 '체험'에 의해 선택되는 구조를 상상하는 것은 더욱 어렵다. 비유컨대 이것은 '나'의 지시가 '타자=당신'의 우주 내부적 요소여야 하고, 그런 한에서만 '나'의 지시가 의미를 지닌다는 것이다. 이러한 비대칭적 구조에서 지시/행위의 최종적인 주권자는 '나'가 아니라 '타자=당신'이다. 요컨대 타자를 사랑한다는 것은 자신의 행위, 자신의 지시를 타자의 체험에 유의미하도록 위치시키는 일이다.

그런데 우리 대다수는 물론이고, 이현에게는 이러한 능력이 없다. 오직 그는 자신이 '사랑'이라고 생각하는 '행위'에만 충실할 뿐인데, 이현의 이런 '행위'는 결코 이진의 우주 안에서 유의미한 '체험'으로 자리할 수 없다. 때문에 사랑을 확인('대가'로서의 상호성)하려 할 때마다 이현은 절망한다. 이 절망은 이중적인 절망이다. 한편으로는 자신의 '행위'가 이진의 '체험'에 접속되지 못했음을 확인하는 데서 오는 절망이고, 다른 한편으로는 이진의 모든 '행위'가 사실은 자신의 '체험'에 도달하기 위한 것이 아니었음을 확인한 데서 오는 절망이다. 가령 이현이 "나는 당신을 사랑했다구! 이렇게 껍데기뿐인 남편으로 살고 싶진 않았어!"(282쪽)라는 말로 자신의 유일성을 확인받으려 할 때, 이진은 "미안해요. 당신의 질문에 대해 곰곰 생각해보았어요. 나에게는 마음이 없는 것 같아요. 마음이 없어서, 당신을 사랑하지 않는 것 같아요."(283쪽)라는 말로 그 유일성을 부정해버린다. 이러한 감정의 미끄러짐은 한편으로는 '관계' 내부에 존재하는 극복불가능한 타자성을 의미하며, 또 한편으로는 '현실'의 이름으로 도달할 수 없는 암흑의 핵심인 '진실'이 있음을 뜻한다. 사랑이 '나'와 '타자'가 같은 것이 되는 체험이라면, 사랑이 '나'라는 동일성이 '타자'라는 차이성과 완전히 등치되는 관계라면, '사랑의 불가능성'은 그것이 결코 완수될 수 없음을 보여주는 지표와 같은 것이다. 현실적으로든 이론적으로든 돌파는 불가능하다. 오직 내부에 잔존하는 '불안'과 '거리'를 감내하며 살아가는 것만이 가능하다. 그러나 『이현의 연애』에서 그것은 이현이 이진의 노트를 펼치는 순간 깨진다. 이진의 기록이 공개되어 찢길 때 이진도 죽는다. 마치 프로이트의 사례에 등장하는, 자신이 죽었다는 사실을 망각하고 있는 부친의 환상이 자신의 죽음을 인지하고 죽음을 완성하는 것처럼. 어쩌면 이진은 처음부터 죽어 있었던 것인지도 모른다.

한편 심윤경의 『서라벌 사람들』은 역사-기록과 소설-기록의 차이를 분명하게 보여주는 소설이다. 『삼국유사』라는 역사 텍스트를 소설적 상상력으로 해체하는 이 소설은 역사-기록과 경쟁하는 소설-기록의 전형적인 사례이다. 역사의 희화화나 역사에 대한 포스트모던한 접근이라는 비판이 없지 않지만, '소설'의 임무와 가치가 역사적 시간의 증언에 있는 것은 아니다. '소설'과 '역사'의 만남, 어쩌면 그것은 '역사'라는 명료하고 투명한 것을 모호하고 불투명한 것으로 만드는 세속화의 과정인지도 모른다. '역사-기록'은 '평가'의 글쓰기이고 '소설-기록'은 '이해'의 글쓰기이다. '역사-기록'이 위대한 시간을 집단적 기억으로 영속화하는 것을 목표로 삼는다면, '소설-기록'은 그 집단의 기억에서 신성의 장치를 탈각시켜 역사의 인물들에게 세속적 인간의 욕망을 부여하는 것이 목적이다. 때문에 심윤경의 이 소설이 역사적 맥락을 왜곡하거나 '역사' 자체를 지나치게 가벼운 것으로 만든다는 비판은 처음부터 과녁을 빗나간 화살일 수밖에 없다. 역사에 대한 세속화의 소설적 버전이라고 말할 수 있는 심윤경의 이 소설은, 그러나 성석제가 『인간의 길』에서 시도한 역사적 기록의 허구성을 폭로하는 해체의 전략과는 분명히 다른 길을 걷고 있다. 심윤경의 이 소설-기록은 역사의 허구성을 공략하는 일반적인 해체의 전략보다는 역사적 시간과 인물들에게 숨결을 불어넣어 그것들의 '역사' 안에서 살아 숨 쉬고 욕망하는 생명체로 만드는 길로 나아가기 때문이다. 이때 역사 속의 인물들은 고상한 맥락에서 분리되어 "신라의 슈퍼스타들"로 재탄생하고, 그들의 인간적 욕망을 둘러싸고 벌어지는 사건들은 '역사-기록'이 아니라 "선데이 서라벌"에 기록될 크고 작은 에피소드로 거듭난다. 그런 점에서 흥무대왕 유신공의 동생 흠순공이 원효대사를 찾아가 사람들의 기억에서 잊혀진 순수하고 자애로운 김유신의 모습("유신랑과 천관녀의 사랑")을 추억하기 위해 천관사를 지어달라고 부탁하는 장면에는 역사 속의 인물을 대하는 작가의 태도가 투영되어 있다. "대의를 지나치게 숭상하여 개인의 인생이 소리 없이 으스러져가는 비극은 없기를 바랍니다."

'소설'과 '역사'의 이러한 만남은 사소한 물음과 의문에서 시작된다. 이를테면 그 의문이란 '신의 나라'였던 신라가 '부처의 나라'로 바뀌는 충돌의 과정("이 땅에는 신들이 태어나고 죽었으니 이 나라는 신의 나라요. 부처의 나라가 아니란 말씀이오.")에서 어떤 일들이 발생했을까, 박물관에 보존되어 있는 신라의 문화재들에서 확인되는 커다란 성기는 어떤 의미에서 만들어졌을까, 화랑들은 정말 세속오계 이외의 인간적 욕망들에서 자유로웠을까, 근엄한 위인들의 기록 이면에 은폐되어 있는 인간적 고독과 고뇌는 없었을까, 서라벌 사람들에게는 세대 간의 갈등이나 애정에 뒤얽힌 고민이 없었을까 같은 것들이다. 작가는 이러한 의문들에 소설적 상상력을 투영하기 위해 '역사-기록'의 단면들을 각각의 이야기에 파라텍스트 형식으로 등장시킨다. 그리하여 「연제태후」에서는 이차돈의 순교라는 모티프를 중심으로 신라에 불교가 전래되는 장면을 그려내고, 「준랑의 혼인」에서는 화랑 간의 동성애와 '중화풍'의 유행이 불러온 변화를 기술한다. 또한 「변신」에서는 무열황제 김춘추의 두 아들을 등장시켜 신라의 정치권력이 성골에서 진골로 넘어가는 과정과 법도의 변화를 상상하고, 「혜성가」에서는 향가의 작가로 알려진 융천사를 등장시켜 '혜성'의 등장이라는 흉조에 대처하는 신라인들의 태도를 그려내며, 「천관사」에서는 천관사의 건립기원에 얽힌 역사의 이면을 상상한다. 중요한 것은 이러한 소설적 상상을 통해 평면적으로 알려진 역사적 인물들이 우리와 별반 다르지 않은 인간적 고뇌와 욕망의 소유자였음이 드러난다는 사실이다.

4. 마하 39, 미친 사랑은 속도

폴 오스터의 말처럼 우리의 삶이 여러 가지 뜻밖의 사고로 결정된다면, 아마 그 사고 리스트의 1순위에 '사랑'을 놓아야 할 것이다. '사랑'이 사고인 이유는 우리의 의지와는 별개로 외부에서 도래하기 때문이다. 사랑은 불가항력의 사건이다. 그것은 마치 어느 날 아침 눈을 떴을 때 내 옆에 잠들어 있는 생면부지의 얼굴을 발견하는 것처럼 급작스럽게 온다. 이러한 타자의 도래는 생각하기에 따라 끔찍할 수도 있다. 『이현의 연애』에서 이현에게 이진이 그러했듯이. 타자는 주체의 의지나 판단의 외부에 존재한다. 하지만 이러한 타자의 도래야말로 정확히 우리가 '사랑'을 경험하는 방식과 동일하다. '사랑'은 부지불식간에 온다. 사랑에 '빠진다'는 것은 이러한 사랑의 타자성에 대한 표현이다. 그렇다. 사랑은 빠지는 것이다. '사랑'을 선택의 문제로 설명하려는 사람들도 있다. 물론 '사랑'이라는 사건에 '선택'의 여지가 전혀 없는 것은 아니다. 하지만 그 '선택'이란 우리가 백화점에서 쇼핑할 때 상품들을 비교하면서 고르는 선택과는 다르다. 만일 '사랑'이 여러 대상을 비교하여 선택하는 결정이라면 우리는 먼저 대상에 대한 정보, 이를테면 그의 인간성이나 직업, 취미와 재력 등에 관해 소상하게 알고 있어야 하지만 '사랑'에서 실제로 그런 일은 발생하지 않는다. 누군가와 사랑에 빠진다는 것은 말 그대로 영문을 알 수 없는 이유로, 즉 상대가 어떤 사람인가와는 무관하게 그 상대와 떨어질 수 없는 사람이 되는 것이니까. 우리는 종종 '사랑'과 '정보'를 혼동한다. 타인에 대해 배타적으로 더 많이 아는 것을 '사랑'으로 착각한다. 그러나 '사랑'은 '정보'로 환원되지 않는다. 한 사람을 사랑한다는 것은 그 사람의 직업을 아는 것과는 무관하다. 우리가 사랑하는 것은 그의 '직업'이 아니니까. 『이현의 연애』에서 이현은 자신에 관한 정보를 거의 남김없이 이진에게 알려주지만 끝내 이진의 사랑을 획득하는 데는 실패하지 않는가. 마찬가지로 이현은 이진에 대한 어떤 정보도 갖지 않은 상태에서 이진에게 사랑을 고백하지 않는가. 이처럼 '사랑'은 인간 주체의 의지와도, 대상에 대한 정보와도 무관하다. '사랑'은 이 모든 것들과 무관하게 그저 '온다'. '사랑'이 '사건'인 이유는 이 때문이다. 심윤경은 이러한 '사랑'의 사건성을 가리켜 "사랑이 달리다"라고 표현한다.

심윤경의 『사랑이 달리다』는 주인공 혜나 가족의 "어이없는 저질 가족 드라마"이다. 왜 이들 가족의 이야기가 '저질'인가는 가족구성원의 면면을 살펴보면 쉽게 이해된다. 이 가족드라마의 출연자들을 잠시 살펴보자. "고등학교 졸업장의 진위조차 의심스러운 저학력 육체노동자"로 사회생활을 시작하여 "〈스타워즈〉 제작비"를 댈 만큼의 거액을 번 병원장인 아빠, 이화여대를 졸업한 엘리트 여성이지만 "언제나 꿈을 먹고 사는 몽상가"인 엄마, 모든 가치를 현금화 여부로 판단하는 큰오빠, 오십억의 부채를 껴안고도 "역주행 인생"을 벗어나지 못하는 "아시아의 화약고" 작은오빠, "교육 절대지상주의"와 "교육무용론"을 오가면서 인생의 목표를 '성공'과 '돈'으로 환원하는 큰 올케, 미술학원을 경영하며 작은오빠의 경제적인 사고(事故)를 온몸으로 감내하는, 그렇지만 점차 생각의 무게중심이 '이혼'쪽으로 기울고 있는 작은올케, 그리고 서른아홉 살에 "월급 백사십만 원의 정 산부인과 보육실 비정규직 직원"으로 취직한 혜나가 이 "저질 가족드라마"의 주연급 출연자들이다. 아빠를 제외한 이들 가족은 "한 푼도 벌 줄은 모르면서 돈 단위만 대책 없이 크다"라는 공통점을 지녔다. 이 집안의 법도는 단 하나, "체면도 쪽팔림"도 모른다는 것. "누가 더 열등한지 한 치도 승부를 가르기 힘든 인간들. 족보에 빼도 박도 못하게 가족이라고 적혀 있지만 않다면 한평생 눈길조차 마주치고 싶지 않은, 이 징글징글 지긋지긋한 나의 가족들."(105쪽) 물론, 혜나의 친구이자 남편인 "대한민국 대표 공대생. 대표 설치류 윤성민"과 혜나를 사랑의 블랙홀에 빠뜨리는 산부인과 원장 욱연, 그리고 혜나 가족의 물질적 구원자로 박 회장이 등장하지만 사실 이들은 몇몇 에피소드를 책임지는 조연에 불과하다.

이들 가족의 순탄한 삶은 아빠와 엄마의 이혼으로 한순간에 위기를 맞는다. 그러나 이들 가족의 진짜 위기는 이들이 어떤 '생존면허증'도 소지하지 않았으나 씀씀이는 상상을 초월한다는 데 있다. "돈을 벌 수 있는 능력, 그게 아니라면 가난하게 살 수 있는 능력이라도. 그거야말로 우리 미친 가족들이 반드시 따야만 하는 이 시대의 1, 2종 생존면허증 같은 거였다. 안타깝게도 우리는 둘 중 하나도 갖지 못했다. 사라져야 마땅한 집구석이었다."(137쪽) 아빠를 제외한 가족 누구에게도 "모든 악덕을 뭉뚱그려 돈으로 수렴할 수 있는 귀신같은 능력"이 없다. 혜나 가족은 '돈'과 '윤리'의 경중을 따지는 일조차 귀찮게 여길 정도로 '돈'을 사랑하지만, 정작 경제관념은 빈약하기 그지없다. 혜나는 자신의 화려한 삶을 지탱해주던 아빠 명의 신용카드의 유효기간이 만료된다는 현실 앞에서 "돈을 벌어야 한다"는 결론에 도달, 작은오빠의 소개로 욱연의 산부인과에 취직한다. 물론 혜나의 취업은 '노동'에 대한 의지에서 비롯된 것은 아니다. 애초부터 이들에게는 '노동'에 대한 관심이 없다. 혜나와 작은오빠는 자신들의 경제적 위기를 해결하기 위해 "사채업계의 큰손"인 박 회장에게 엄마를 "좋은 값"에 넘기기로 공모하고, 취직 대신 산부인과 원장 욱연의 '첩'이 되어 일확천금을 거머쥐는 상상을 하기도 한다. 이들 가족에게 '돈'은 "욕망의 올가미 혹은 정신의 바이러스, 궁극적으로는 경제의 가면을 쓴 흉기"와 같은 것으로, 최소한의 윤리적 감각마저 마비시키는 마취제이다. 때문에 '돈'에 대한 이들의 편집증적 욕망, 그러한 삶에 대해 조소하는 시선, 이익집단의 성격을 감추지 않는 가족의 속물성, 이런 것들에 주목하면서 읽으면 이 소설은 마치 모든 것이 '화폐'라는 단일한 대상으로 귀결되는 자본주의 사회의 속물성과 물신화에 대한 유쾌한 비판처럼 느껴지기도 한다. "김혜나의 그랜드 개꼬장"을 빙자한 사회비판이 이 소설의 주제로 오해될 수 있다. 실제로 이 소설에서 혜나 가족이 연기하는 좌충우돌하는 삶의 모습들은 '돈'으로 환원될 수 없는 중요한 가치들이 망각되고 있는 현실에 대한 풍자를 함축하고 있다. 그러나 현실 비판이 핵심이었다면 굳이 제명(題名)에 '사랑'이 포함되었어야 할 이유가 없다.

그렇다면 이 소설은 어떻게 읽어야 할까? 우리는 이 물음에 답하기 위해 소설의 첫 장면을 주목할 필요가 있다. 이 소설은 주인공 혜나와 작은 오빠가 "빨간색 컨버터블"을 타고 이동하는 먹구름을 좇아 질주하는 장면으로 시작된다. 혜나는 이 차의 운전자를 이렇게 소개한다. "그에게 중요한 것은 어디로 가고 있느냐가 아니라 어떻게 운전하느냐였다."(13쪽) 빨간색 컨버터블, 눈 깜짝할 사이에 몇 개의 차선을 넘나들고 수많은 차량을 앞지르는 시속 백육십 킬로미터의 무한질주, 그리고 자동차의 톱커버를 열고 "불꽃같은 연주회"를 벌이는 상상, 이 장면은 부유층 자식들의 지각없는 행동에 불과한 것일까? 작가는 방향이 정해지지 않은 이 남매의 심야 드라이브에서 탈주의 욕망을 읽는다. 때문에 "그 차가 어디로 향하는지는 아무도 모른다. 방향을 알지 못하고 달리는 것이 그 차의 운명이다."(30쪽)라는 진술에는 미리 정해진 길을 달리는 행위에서는 결코 발견할 수 없는 모종의 해방감이 깃들어 있다. 이 소설에서 욱연에 대한 혜나의 사랑 또한 이러한 탈주 욕망과 관계가 있다. 가령 욱연에 대한 혜나의 사랑은, 『이현의 연애』에서 이진의 부친인 이세 공이 이현에게 충고한 '대가를 바라지 없는 사랑'을 연상시킨다. 그런 점에서 혜나는 '사랑'의 대가를 미리 계산하거나, 감당해야 할 무게감 때문에 '사랑'을 회피하는 현대인의 지성적인 태도와는 분명히 다르다. 그녀는 불현듯 자신에게 찾아온 사랑 앞에서 멈추거나 돌아보지 않고 "마하 39의 속도"로 달린다. 물론 어느 날 갑자기 혜나에게 찾아온 '사랑'은 분명 불가항력의 '사고'이다. 유명한 산부인과 의사의 삶에 대한 동경과 부러움은 혜나가 의식하지 못하는 사이에 '사랑'으로 바뀐다.

> 엄마, 나 어떡해. 나 정말 이러고 싶지 않았어. 그런데 나도 어쩔 수가 없었어. 쓰나미에 휩쓸린 것 같아. 몸부림친다는 게 아무 의미도 없어. 너무 빠르고, 너무 거대해. 엄마, 그 사람만 보면 아무 생각도 안 나. 정말로 아무 생각도 안 나. 그 사람이 나를 보면서 웃기만 하면 머릿속이 하얘지고 다른 건 어떻게 되어도 아무 상관이 없다는 생각밖에 안 들어. 엄마, 어떡해. 나 어떡해.

소설의 첫 장면에서 자동차를 타고 질주할 때 혜나는 '죽음'을 갈망("얼마나 좋을까. 모든 추락과 수치를 면제받고 손쉽게 죽는 거라면")했지만, 욱연을 사랑할 때 그녀는 질주의 순간에도 '삶'을 욕망("죽고 싶지 않았다. 수치와 몰락뿐인 삶인데도, 살고 싶었다. 이대로 갈 수는 없었다. 할 일이 있었다. 버텨야 했다. 그리웠다.")한다. 또한 욱연을 처음 만날 때 그녀의 목적은 '돈'("돈을 벌어야 한다. 더러워도, 아빠처럼.")이었으나, 자신에게 도래한 사랑을 자각한 후 그녀는 '돈'보다 '사랑'이 중요하다고["난 돈 따위 관심 없어! (…) 난 정욱연 사랑해! 그 불쌍한 남자가 살기만 하면 된다고!"] 판단한다. 혜나에게 생긴 이러한 변화는 사랑이 자기부정의 구조를 지니고 있음을 증명한다. 인용 부분에 등장하는 혜나의 과도한 수다 역시 이러한 자기부정의 표현이다. 로베르트 무질은 "사랑이란 모든 감정 중 가장 수다스러우며 그 대부분이 수다로 이루어져 있다."라고 쓰지 않았는가. 사실 사랑이 '불안'을 초래하는 것도, 그리하여 제도적으로 인정되는 '가족'의 외부에서 '사랑'에 직면할 때, 우리가 애써 그 '사랑'을 부정하려는 무의식적 금기를 작동시키는 것도 모두 이 자기부정의 구조 때문이다.

'사랑'에 관한 한, 우리는 '쾌락'이 '고뇌'와 맞닿아 있음을 안다. '사랑'이라는 사건 속에서는 '나'의 주체성은 물론이고, 극단적으로 말하면 이전까지 '나'가 소유하고 누려왔던 모든 것들을 포기해야 하는 경우가 발생하기도 한다. 그렇기 때문에 '나'의 정체성을 유지하려고 생각하면 '사랑'이 불가능하고, '사랑'이라는 사건에 참여하게 되면 '나'는 무능력 상태에 빠져 모든 것을 잃을 수도 있다. 과도함으로서의 '사랑' 안에서 삶은 역설이라는 형식의 옷을 입는다. 현실세계에서 마하 39의 속도로 질주하는 혜나의 사랑이 위태로워 보이는 것도 이 때문이다. 그녀는 '질주'의 대가로 어쩌면 많은 것을 잃게 될 것이다. 그러나 '사랑'이 항상 모든 것을 잃어야만 하는 마이너스 게임은 아닐 터이니, 때로는 얻는 것도 있을 것이다. 그리고 인생의 막바지에 우리에게 도착할 삶의 대차대조표에 '사랑'의 항목이 어떻게 기재되어 있을는지는 아무도 알지 못한다. 이것이 혜나의 사랑을 지지할 수밖에 없는 이유이다. 최근 심윤경은 혜나가 등장하는 또 다른 장편 『사랑이 채우다』의 연재를 시작했다. 어쩌면 작가는 혜나가 사랑으로 인해서 잃었던 것들을, 아니 그 이상의 무언가를 채워주고 싶은 것이 아닐까. 그리고 '돈' 이외의 다른 것에 잠시 미쳐도, 설령 그것이 사회적인 통념을 위반하는 것일지라도 인생에서 별 문제는 아니라는 것을 말하고 싶은 것은 아닐까.

지운다는 것과 드러낸다는 것
— 신정민의 시세계

1.

일찍이 하이데거는 예술을 일상이라는 균질적인 시공간 속에서 감추어진 것, 한낱 도구나 대상으로 전락해버려 망각된 것을 불현듯 우리 눈앞에 열어 보여주는 탈은폐(aletheia)로서의 진리로 정의했다. 이러한 열림의 예술은 작품의 진리가 개시의 진리, 즉 은폐(lethe)와 망각(lethe)을 일깨움으로써 '존재자의 존재'를 개시하는 것, 곧 진리의 발현과 관련된다는 것을 의미한다. 세계를 '탈은폐'한다는 것은 일상적이고 산문적인 세계의 평범함을 허물고 세계를 새롭게 만든다는 것이며, 동시에 예술작품이 아니었다면 결코 우리의 눈앞에 모습을 드러내지 않았을 세계를 가시화하는 행위이다. 고흐의 구두 그림에 관한 하이데거의 유명한 해석에서 드러나듯이, 현실/일상의 세계에서 우리의 눈앞에 놓인 한 켤레의 구두는 완성된 물건으로서의 대상이거나 특정한 가격과 사용가치를 지닌 존재자로서의 물건으로 주어지지만, 고흐의 구두 '그림'은 그 구두에서 대상 이상의 것, 실용적인 존재자 이상의 것을 불러낸다. 이 존재자 이상의 의미가 구체적으로 무엇인지, 가령 하이데거의 설명처럼 거친 바람 속에서 밭고랑을 걷는 농부의 강인함과 대지의 습기, 그리고 풍요로움인지는 중요하지 않다. 다만 하이데거가 고흐의 구두 '그림'에서 구두라는 도구가 '대지'에 속해 있다고 말할 때, 그것은 사물로서의 구두가 존재자의 영역에 속함을 의미하며, 그가 '세계'라고 말할 때 그것은 도구가 사용되는 다양한 문화적 맥락이나 의미에 관련된다는 것이 중요할 뿐이다. 이때 '대지'는 존재를 은폐하기 때문에 어둠의 영역이고, '세계'는 존재의 완전한 '열림'이자 '빛'이다.

'예술'의 존재의미가 탈은폐로서의 진리에 있다는 주장은 결국 예술이 우리의 일상적 공간을 특별한 장소로, 일상적 시간을 비일상적 시간으로 경험하는 극적인 전환의 과정에 있음을 의미한다. 이런 관점에서 자신의 전 일상을 비일상화했던 보들레르의 영웅적인 삶과, 현대적 회화의 핵심이 대상에 대한 기존의 시각을 모두 지우고 새로운 이미지를 부여하는 것에 있다고 주장했던 세잔의 회화론과, 그리고 사물에 대한 현상적 이미지를 부여하는 지각이 몸과 마음으로부터 느껴지는 사물세계에 대한 반응에서 발생한다는 메를로-퐁티의 지각의 현상학 등은 예술의 대상을 유용하고 가치 있는 도구로 표상하는 인식론적 진리의 세계 '바깥'에서 예술을 사유한다는 공통점을 지닌다. 그들은 사물(대상)과 인간의 예술적 관계가 실용성과 가치가 지배하는 일상적 차원과는 구분되는 곳에서 사유되어야 하며, 뒤집어 말하면 예술은 어떤 경우에라도 사물(대상)을 실용성을 지닌 도구의 차원에서 접근하면 안 된다고 경고한다. "사물들의 견실성(solidité)은 정신이 위에서 내려다보는 순수 대상에 든 견실성이 아니며, 그것은 내가 사물들 가운데 그 하나로 있는 한도에서, 나에 의해 내부로부터 느껴진 견실성이다."(메를로-퐁티) 일상적인 실용성의 세계 속에서 사물(대상)은 오직 유용한 손안의 도구일 뿐이며, 사물에 대한 이러한 인식은 사물의 진정한 가치를 은폐할 따름이다. 이는 결국 예술이 일상적 삶과 경험을 그대로 긍정하지 않는다는 것, 일상적 경험 안에서 비일상적인 것을 발견함으로써 사물의 비가시성을 드러내는 행위라는 것을 의미한다. 우리가 사물(대상)의 비가시성을 가시화할 수 있는 이유는 그것이 특정한 시선에 의해 전체로 드러날 수 없는 공백을 포함하고 있기 때문이다. 하나가 여럿이 되는 풍요성과 밀도의 세계.

2.

다소 먼 길을 돌아온 느낌이지만, 예술이 탈은폐로서의 진리라는, 일상을 비일상적 시공간으로 경험하는 불가역적 순간이 문학의 출발점이라는 일반론은 신정민의 시세계를 이해하기 위해서 우리가 거쳐야 하는 에움길의 하나일 듯하다. 그녀의 시편들은 시적 긴장과 새로움의 시적 가치가 '일상'이라는 낯익은 세계를 비일상의 낯선 세계로 변주하는 가운데 획득되며, 그것이 은유라는 비유체계에 의해 지지된다는 상식적인 사실을 증명하고 있기 때문이다. 이러한 경험적 세계는 대상-세계를 바라보는 기존의 시각을 지움으로써 완성된다. 지운다는 것은 대상-세계에 대한 실용적 용도와 표상적 이해를 벗어나 그것의 이면(異面)을 드러내는 작업이다. '해체'라는 부정적인 방식과 달리, 그것은 대상성과 유용성이라는 기존의 가치/척도에 의해서 포착될 수 없는 대상-세계의 풍요로운 밀도를 드러내는 행위이며, 이 행위에 의해서 우리는 대상-세계와의 새로운 관계성을 획득하게 된다. 그런 점에서 문학적인 의미의 지움은 대상을 부정하는 것이 아니라 비트는 변주이며, 이성에 의해 인식하는 것이 아니라 감각적으로 지각하는 신체적 사유의 일부이다.

그의 턱 밑에 3센티미터 흉터가 있다
행운목 화분 모서리가 만들어 준 그것은 항상 닫혀있다

넘어진 적 있다, 는 상징에서
그는 모든 것을 꺼낸다
하루 동안 처리해야 할 서류뭉치
주말에 다녀오기로 한 아이와의 동물원 약속
기린과 코끼리도 그곳에서 나온다
미처 다 꺼내지 못한 아내의 생일선물도
어지러운 책상의 물건들도

어느 날 갑자기 깨끗해진 그의 방은
그가 지저분한 모든 것들을 그곳에 집어넣었기 때문이다

옆자리 동료가 자신을 헐뜯었다는 소문을 들었을 때에도
그가 꾹, 참을 수 있었던 것
불같은 마음을 집어넣고 스윽, 닫아버렸기 때문이다

밑 짧은 바지였다가
짤랑거리는 동전 지갑이었다가
모처럼 장만한 가죽 자켓이 되기도 하는 그를 통해
흉이 여러모로 쓸모가 있다는 것을 알았다

흉 없는 사람은 좀 수상했다

—「지퍼」 전문

신정민의 시에서 대상에 대한 시적 변주는 대개 유사성이라는 은유적 방식을 취하고 있다. 은유적 충동이 이질적인 차이를 봉합하는 폭력적 인식의 산물이라고 비판되는 경우도 없진 않지만, 시에서 은유는 '같음'과 '다름'을 동시성에 함축함으로써 서로 다른 존재들 사이에 새로운 관계의 출구를 선사한다. 때문에 시적 장치로서의 은유적 충동에는 둘 이상의 존재가 요청된다. 이 시에서 첫 번째 등장하는 존재는 익명의 존재인 '그'이다. 그는 턱밑에 "3센티미터 흉터"를 지니고 있고, "행운목 화분 모서리가 만들어 준 그것"은 항상 닫혀 있다. 닫혀 있는 '상처/흉터'가 시각적인 차원에서 '지퍼'를 닮았다는 것이 시적 상상력의 기원이다. 두 번째 존재는 '지퍼'이다. '그'와 '지퍼'는 '흉터'의 형상이라는 유사성을 지녔고, 그 유사성이 '그'와 '지퍼'라는 전혀 무관해 보이는 존재들을 교신시킨다.

그런데 시적 상상력과 은유적 충동이 여기에서 멈추면 이 시는 '은유'에 관한 교과서적 사례에 그치고 만다. 은유적 유사성의 발견은 항상 시인을 '발견자'라는 객관적인 위치에 묶어둠으로써 세계를 풍경화하기 때문이다. 이 경우 시는 탈은폐로서의 진리는커녕 풍경이라는 장치를 통해 세계를 휘발시키는 건조하고 상투적인 관찰에 불과하게 된다. 은유적 충동에는 '발견' 이상의 그 무엇이 뒤따라야 한다. 이를테면 시인은 2연에서 행운목 화분이 만든 '그'의 흉터를 "넘어진 적 있다, 는 상징"으로 변주한 후, '그'가 지퍼의 형상을 한 흉터 속에 일상의 모든 것을 넣고 꺼내는 장면을 상상한다. 이 상상 속에서 '흉터'는 "넘어진 적 있다, 는 상징"을 넘어 일종의 마술주머니가 된다. '흉터'는 이제 무엇이든 넣을 수 있고, 또 꺼낼 수 있는 주머니이다. '흉터-주머니'가 있기에 그는 "옆자리 동료가 자신을 헐뜯었다는 소문"을 듣고도 "불같은 마음"을 억누를 수 있게 되었다. 그 '마음'을 그냥 '흉터-주머니'에 넣고 지퍼를 닫아버리면 되기 때문이다. 그런데 '흉터'가 '주머니'로 바뀌는 이러한 "마법의 세계"(「빨간 구두 연출법」)는 5연에서 다시 '밑 짧은 바지-동전 지갑-가죽 쟈켓'으로 재변주된다. 이러한 (재)변주가 역시 시각적인 유사성에 근거하고 있음은 긴 설명이 필요하지 않을 듯하다. 그렇다면 이러한 (재)변주를 거쳐서 시인의 사유가 도달한 곳은 어디인가? 그것은 "흉이 여러모로 쓸모가 있다는 것"과 "흉 없는 사람은 좀 수상했다"라는 두 가지 진술이다. 첫 번째 진술은 쓸모없음의 유용성, 즉 세계 내부적인 의미에서 비실용적인 것('흉터')이 시적 (재)변주를 거치면서 유의미한 것으로 거듭났다는 사유로, 두 번째 진술은 '(흉)터'가 결여의 상징이 아니라 인간 존재에게 운명적인 것이라는 사유로 확장된다. 인간은 상처받을 가능성을 지닌 존재라는 이러한 인식은 역설적으로 "흉 없는 사람"을 수상한 사람으로 바라보는 시선으로 바뀐다.

단단한 생밤에 칼집을 낸다
화로 위에 올려놓은 흠집 난 밤이
툭! 벌어지며 노란 속내를 드러낸다
영락없이 활짝 웃는 입이다

그의 손목에서 칼집의 흔적을 본적이 있다
한 때 단단한 생밤이었던 청춘
단단한 것이 부드러워지려면
저렇게 칼집을 넣는 것
그의 따뜻한 눈빛과 부드러운 말투는
흠집 깊은 그가
세상 이리저리 뒹굴며 한바탕 잘 구워진 것

제 몸에도 붉은 피가 흐른다는 것을 처음 보았을 것이다
시계줄로 감춘 상처에 대해
왜, 라고 묻지 않는 것은 그에 대한 나의 예의다

늦은 밤 불 꺼진 방에 홀로 들어서는 것이 제일 싫다는 그가
알토란같은 자식 낳고 한 번 잘 살아보겠다는 그가
툭! 불거지며 샛노란 속내를 드러낸다

그가 웃는다
웃는 것이 우는 것보다 낫단다
잘 구워진 밤 한 봉지 받아들고
칼바람 부는 거리를 걷는다
집으로 가는 동안 내가 익는다

—「칼집」 전문

이번에는 생밤의 '칼집'과 '그'의 손목에 난 '칼집의 흔적'이 은유적 유사성의 등가물로 등장한다. 시인은 "화로 위에 올려놓은 흠집 난 밤"과 "그의 손목에서 칼집의 흔적을 본" 기억을 중첩시킴으로써 인간 존재의 상처받을 가능성을 드러낸다. 그런데 이러한 시각적 유사성은 어딘가 이상하다. 생밤의 '칼집'과 손목의 '칼집의 흔적'은 '칼집'이라는 점에서는 동일하지만, 전자가 "영락없이 활짝 웃는 입"처럼 중성적인 이미지인 반면 후자의 상처는 결코 그렇게 쉽게 말할 수 없기 때문이다. 인간 존재의 상처는 실존의 깊이를 담고 있으며, 나아가 한 세계의 파탄과 몰락을 증거하는 것이 아닌가? 그럼에도 시인은 이러한 존재의 비극적 삶에는 개의치 않는다는 듯 '그'의 손목에 각인된 '흠집'에서 "그가/세상 이리저리 뒹굴며 한바탕 잘 구워진 것"이라는 명랑한 느낌을 이끌어낸다. 어떻게 이러한 인식이 가능한 것일까? 이것을 이해하기 위해서 우리는 먼저 '상처'에 관한 시인의 태도에 대해 살펴보아야 한다.

신정민 시인의 첫 시집 『꽃들이 딸꾹』의 첫 장에는 「맨 처음」이라는 제

목의 시가 실려 있다. 과일이 바람과 햇볕을 맞으며 익어가는 과정, "사과의 귀가 맨 처음 열린 곳"이 썩기 시작하는 장면을 '썩어감'이 아니라 '익어감'으로 재해석하는 이 시는 '상처'에 관한 시인의 태도를 뚜렷하게 보여주는 작품이다. 세속적인 시선으로 보면 바람과 햇빛을 맞으며 붉어지기 시작한 곳이 맨 처음 부패가 시작되는 곳이지만 시인은 "썩고 있는 체온으로 벌레를 키워 (…) 온 힘을 다해 썩는 사과는 비로소 사과가 된다"처럼 부패를 성숙의 과정으로 이해한다. 이러한 태도는 '상처'에 대해서도 동일하게 적용할 수 있는데, "싸움이 끝난 뒤 포옹을 나누는 복서들처럼 내게로 와서 이름이 되어준 상처들, 부를 때 거기 있어준 존재들과 뜨겁게 포옹을 나누고 싶다"(「시인의 말」)는 시인의 바람은 '상처'가 애써 회피해야 할 부정적 대상이 아니라 "기억으로 다녀오곤 했던 과거"를 구성하는 실존적 시간으로서 의미를 지닌다는 것을 뜻한다. 하여, 시인에게 '상처'는 자신의 실존을 구성하는 시간적 계기의 하나로서 존재의 이유가 분명하며, 상처에 대한 이러한 태도야말로 그녀의 두 번째 시집에서 우리가 감지할 수 있는 특이성의 하나일 것이다. 시인에게 '상처'는 끄집어내어 가시화해야 할 것이 아니라 실존적 맥락에서 껴안아야 할 무엇이다.

이 껴안음이 바로 '예의'이다. "왜, 라고 묻지 않는 것은 그에 대한 나의 예의다"(「칼집」) 가령 우리가 어떤 사람의 손목에서 깊이 각인된 칼집, 즉 상처의 흔적을 목격했다고 상상해보자. 아마도 우리 대다수는 그 사람에게 그 상처가 무엇에 다친 것이며, 어쩌다가 그런 상처를 입게 되었느냐고 묻고 싶을 것이다. 타인의 상처에 대한 이런 관심은 종종 '인간적'이라는 수사를 달고 발설되기도 한다. 그러나 이 시에서 시인은 '그'가 애써 "시계줄로 감춘 상처"에 대해 '왜'라고 묻지 않으며, 그 물음 없는 가운데의 맞이함을 "그에 대한 나의 예의"라고 주장한다. 이 물음 없음은 결코 '그'에 대한 나의 무관심이 아니다. 상처는 이미 존재 그 자체를 통해서, 마치 불위에 올려진 생밤이 "툭! 벌어지며 노란 속내를 드러"내듯이, '그'의 삶을 증언하고 있다. "과거는 상처에 저장"(「최면술사 K씨가 말했다」)된다. 그리하여 이 시의 마지막 연에 등장하는 '웃음'과 '익어감'은 상처의 시간을 극복하려는 '그'의 생에 대한 의지를, 그리고 그런 '그'의 의지를 성숙의 계기로 받아들이는 삶에 대한 나의 '태도'를 드러내는 것이라고 말할 수 있다. 그렇지만 상처를 극복의 대상, 즉 극복해야 하거나, 극복할 수 있거나, 심지어 포옹의 대상이라고 말하는 것은 '상처'에 대한 기만이거나 그것과의 마주침을 외면하려는 자기합리화가 아닐까. 상처의 시간과 포옹할 수 있다고 말하는 것은 위선이 아닐까. 어쩌면 상처는 우리가 영원히 껴안을 수 없는, 껴안는 순간 '나'라는 자아의 세계에 심각한 균열이 발생하는, 하여 직시할 수만 있는 응시의 대상이 아닐까. 이런 물음들에 비추어 다음의 시를 읽어보자.

1

산고를 잊지 못한 어미가 새끼에게 젖을 물리지 않을 때, 낙타주인은 마을 끝에 사는 마두금 켜는 악사를 데려왔다 한적한 나무그늘 아래서 악기의 노랫소리를 들은 어미가 하염없이 눈물을 흘린 뒤에서야, 새끼에게 젖을 물렸다 그 때 알았다 낙타의 혹이 사막을 견디기 위한 양식이 아니라, 슬픔을 견디기 위한 눈물주머니라는 것을

2

황제의 병사에게 키우던 말을 빼앗긴 소년이 울었다 먼 길 도망쳐 돌아온 말이 죽으며 남긴 유언대로 힘줄로 현을 만들고 뼈로 몸통을 만들어, 소년은 노래를 불렀다 끊어질 듯 가늘고 고운 목소리로 부른 허허벌판의 바람과 양고기가 익고 있는 저녁을, 몽골낙타는 들었던 것 그때 알았다 들꽃의 배웅과 갸르의 촛불이 들녘에 저녁을 불러온다는 것을

3
열차를 기다리는 동안 울고 있는 그녀는 기억을 업고 있다 엄마의 눈물 때문에 콧물 범벅인 조그만 얼굴, 그녀의 눈물이 정차하는 역은 모두 기억이라는 이름을 가졌다 무얼 내다버리는 걸까 둥근 바퀴를 가진 그녀의 울음은 슬픔이라는 뜨거운 동력으로 달려 붉은 눈시울에 도착한다, 울컥울컥 도착한 슬픔은 연착하지 않는다는 것을 그 때 알았다

—「몽골낙타」 전문

'상처'에 관한 세 개의 시선이 교직되고 있다. 첫째, 시인은 산고(産苦)로 인해서 새끼에게 젖을 물리지 못하는 어미낙타의 이야기를 통해서 낙타의 혹이 사막을 견디기 위한 양식이 아니라 "슬픔을 견디기 위한 눈물주머니"임을 깨닫는다. 낙타의 혹이 슬픔을 견디기 위한 눈물주머니라는 시인의 깨달음은 "악기의 노랫소리"가 상징하는 음악/예술이 슬픔을 달래는 위무의 형식이며, 모든 생명체가 자신의 신체 속에 생의 슬픔을 달랠 수 있는 장치를 소유하고 있음을 암시한다. 고통은 극복될 수 있는 것이 아니라 위무될 수 있을 뿐이며, 슬픔을 견딤, 즉 껴안은 채 살아가야 하는 것이 또한 생명체의 운명이라는 생각이 첫 번째 시선을 지배하고 있다. 둘째, 시인은 황제의 병사에게 말을 빼앗긴 소년의 울음과, 도망쳐 돌아온 말의 신체로 악기를 만들어 연주하는 소년의 노래를 통해서 '저녁'이라는 몰락의 시간이 자연의 물리법칙 때문이 아니라 실존적이고 감각적으로 세계를 경험한 결과로 도래한 것임을 알린다. 이 전도된 인과관계에 따르면 '저녁'이 되어서 슬픔의 느낌이 도래하는 것이 아니라 '슬픔'의 느낌 때문에 '저녁'이 찾아온다. 세계에 대한 실존적 감각은, 삼월에도 눈을 불러들이고 심지어 낮과 밤의 우주적 운행에 전면적인 교란을 발생시킨다. 슬픔에 휩싸인 존재에게는 낮도 밤일 수 있고, 여름도 겨울일 수 있다. 셋째, 시인은 울음을 울면서 열차를 기다리는 한 여인의 모습을 통해서 기억과 슬픔의 상관

관계에 대해 이야기한다. 열차를 기다린다는 것, 그것은 슬픔에 빠져 있는 '이곳'을 벗어나 미지의 어떤 곳으로 떠남을 준비하고 있음을 의미한다. 그녀는 '지금-이곳'에서 자신이 감당해야 할 슬픔의 무게를 벗어던지기 위해, 혹은 슬픔과 상처의 시간을 떨쳐버리고 새롭게 시작하기 위한 새로운 출발선에 서 있는 것인지도 모른다. 그러므로 떠난다는 것은 곧 버린다는 것이다. 그러나 "그녀의 눈물이 정차하는 역은 모두 기억이라는 이름을 가졌다"라는 시인의 불길한 예언처럼 미래의 시간과 미지의 공간을 향한 그녀의 여정은 결코 '기억'으로부터 자유로울 수 없을 것이다. 그녀는 자신의 몸을 실은 열차가 불현듯 멈춰서는 낯선 역에서 '기억'에 발목을 붙잡혀 서러운 울음을 터뜨릴 것이며, 기차의 둥근 바퀴가 상징하듯이 슬픔에서 슬픔으로, 눈물에서 눈물로 이어지는 순환의 운명으로 인해서 언젠가는 다시 '지금-이곳'으로 되돌아올 것이다. 그녀의 슬픔은 연착하지 않을 것이고, "슬픔이라는 뜨거운 동력"으로 달리는 그녀의 기차는 결국 "붉은 눈시울"이라는 역에 도착할 것이다. 우리는 안다. 이러한 기억의 순환 법칙 속에선 떠남과 돌아옴이 우리의 의지만큼 명확하게 구분되지 않는다는 것을. 하여, 누군가는 떠남을 돌아옴의 형식으로 이해할 것이고, 또 누군가는 돌아옴을 떠남의 형식으로 받아들일 것이라는 사실을. 분명한 것은 상처/슬픔에 관한 세 개의 시선을 통해서 시인은 상처와 슬픔이 쉽사리 극복될 수 없음을, 그리하여 그것을 극복하는 유일한 방법이 껴안음에 있다는 것을 말한다는 사실이다.

3.

다시, 탈은폐(aletheia)로서의 진리가 예술이라는 하이데거의 정식으로 돌아가자. 오해와 달리, 작품의 진리가 개시의 진리라는 하이데거의 정식은 예술을 '대상-사물'에 대한 '주체-인간'의 관계, 즉 '주체-인간'이 '사물-대상'의 이면을 드러나게 만든다는 인간학적인 발상과 무관하다. 이런 점 때문에 문학/예술이 세계를 가시화한다는 말은 능동적인 인간학적 맥락을 벗어나 제한적으로 사용되어야 한다. 탈은폐의 주체는 결코 예술가가 아니다. 예술에 관한 하이데거의 주장은 세계와 사물이 근원적으로 경험될 경우, 그것들이 자신의 진리를 열어 보이면서 다가오고, 또 말을 건다는 것을 의미한다. 물론 이때의 말 건넴은 '소리 없는 말'이다. 하이데거는 인간의 언어/말이란 이러한 '소리 없는 울림'에 대한 응답이며, 이렇게 응답하는 말이 곧 시의 언어라고 말했다. 만년의 하이데거는 철학이란 이러한 존재의 말 건넴에 초연히 응답하는 행위라고 정의했고, 또한 생각하는 것(사유)은 존재자의 존재로부터 본질을 청취하는 것이라고 썼다. 하이데거에게 말한다는 것은 청취를 전제한 응답의 일종이었다.

앞에서 우리는 예술에 관한 하이데거의 정식과 보들레르, 세잔, 메를로-퐁티의 예술론에 근거하여 예술이 일상적인 낯익음의 세계를 비일상적인 낯섦의 세계로 변주하는 것이고, 신정민의 시세계 역시 일상을 비일상적인 것으로 경험하는 과정이라고 규정했다. 그런데 '일상의 비일상화'라는 이러한 시적 변주는 신정민의 시에서 인간 존재, 즉 '나'라는 존재에게도 동일하게 적용된다. 이런 까닭에 그녀의 시는 자아의 정체성을 더욱 견고하게 만드는 자아의 서정시가 아니라 '자아'라는 정체성에 대항하여 존재의 견고함을 해체 · 변주하는 비동일성의 시에 더욱 가깝다. 자아의 시가 습관적인 지각체계를 통해서 세계를 일상화하는 방식으로 쓰인다면, 비(非)자아의 시는 반복적인 일상적 경험조차 차이의 시각에서 다룸으로써 자신의 내면적 잠재성을 세계를 향해 개방하는 방식으로 쓰인다. 앞에서 언급했던 '지움'이란 결국 이 개방의 또 다른 표현에 불과하다. 신정민의 시에서 이 개방은 정체성 관념의 바깥에서 행해진다.

검은 눈에 푸른 슈트를 입은
노오란 넥타이가 잘 어울리는 고르바쵸프
코가 큰 첫 번째 그대를 열면
이마가 넓고 입술이 도톰한 그대가 나오지
좀처럼 웃질 않아
웃음치료사가 필요하지
머리 숱 없는 대머리 고르바쵸프
헛기침이 멈추지 않는 두 번째 그대는
심호흡 처방전이 필요해
세 번째 고르바쵸프 안에 숨어 있는 바보
덧셈이 되질 않아
나팔꽃 더하기 꿀벌은 물고기가 되곤 하지
고민 중인 찰리브라운의 눈을 가진
네 번째 그대를 품고
점점 작아지는 고르바쵸프
자신을 괴롭히고 괴롭혀서 시를 쓰지
부족하면 타인을 괴롭혀서라도
볼이 쳐진 다섯 번째 고르바쵸프
오렌지색 슈트에 녹색 나비넥타이의 유혹
유혹은 거절하기 위해 있는 것
입을 삐죽거릴 때마다 안경이 흘러내리는 그대
붉은 여우 꼬리로
이마를 감춘 그대를 품고 있지
숱 많은 콧수염 속에 입술을 감춘 그대
뚱뚱한 고르바쵸프 속에 다섯 개의 내가 있지

—「나는 도대체 그대의 몇 번째 고르바쵸프일까」 전문

이 시에서 우리를 당혹스럽게 만드는 것은 '고르바쵸프'라는 비시대적 정치인의 이름이 아니다. 사실 이 시에서 '고르바쵸프'는 하나의 대체가능한 기호에 불과하다. 그것은 다른 이름들로 얼마든지 바뀌어도 상관없다. 그럼에도 이 시가 '고르바쵸프'라는 인명을 고집하고 있는 까닭은 그것이 시인의 특별한 경험과 관계되기 때문일 것이다. 여기에서 '고르바쵸프'는 고르바쵸프라는 정치인의 형상을 모방해서 만든 러시아 인형, 즉 마트료시카를 가리킨다. 시인은 다산과 풍요를 상징하는 마트료시카의 형식적 원리를 "뚱뚱한 고르바쵸프 속에 다섯 개의 내가 있지"처럼 균질하게 봉합되어 있는 정체성의 내부에서 자아로 환원되지 않는 균열과 공백의 지점을 발견하는 시적 장치로 사용하고 있다. 이러한 방식은 신정민의 첫 시집에서도 동일하게 발견된다. "아무르 불가사리를 토막 내면/다섯 개의 가방과 열 개의 의자와 스무 개의 태양이 생겨요 (…) 꿈틀거리는 창문과 꼼지락거리는 구름과 기어 다니는 달이 생겨요/창문 달린 구름이 자꾸만 생겨요/눈부신 당신과 앙큼한 내가 셀 수 없이 생겨요."(신정민, 『꽃들이 딸꾹』, 「아무르 불가사리」) '아무르 불가사리'가 생성과 증식의 상징이라면, '고르바쵸프'는 분열과 잠재성의 상징이다. 중요한 것은 시인이 뚱뚱한 고르바쵸프 인형에서 또 다른 인형을 발견하는 대신 "다섯 개의 내가 있지"처럼 '나'의 분신들을 찾아낸다는 데 있다.

토막 난 '아무르 불가사리'가 '불가사리들'로 증식되듯이, 거대한 껍질 속에 감춰져 있는 '고르바쵸프 인형들'은 특유의 다양한 형상과 표정으로 인해서 결코 하나로 봉합될 수 없는 어떤 지점을 가시화한다. 너무 많은 불가사리들이 있듯이, 또한 너무 많은 고르바쵸프들이 있다. 물론 이 복수적인 상태의 정체성들 가운데 하나를 유일한 정체성으로, 원본으로 간주하려는 것은 다양성과 이질성을 부정하는 동일성의 폭력으로 귀결될 위험이 크다. 그렇다면 남은 선택지는 둘. 하나는 이 복수적인 것 모두를 '나'로 긍정하는 다양체의 전략이고, 또 하나는 이 복수적인 것 모두를, 심지어는 '나'라는 개념 자체를 부정하는 무아(無我)의 전략이다. 이 둘 가운데 어떤 것이 신정민의 시에 근접하고 있는가를 단정하는 것은 쉽지 않지만, 분명한 것은 "그녀가 어딜 가든 따라다닌 기억들/온몸을 감고 있다/얼마나 더 기다려야 빠져나올 수 있을까/날개에 커다란 눈을 달고 있는 누에나방/좁은 병실 구석에 매달려 있다"(「천잠」)처럼 그녀가 선명하게 정체성의 세계로부터 탈주하려는 욕망을 지니고 있다는 사실이다. 이 경우 그녀의 시 쓰기는 '나' 속의 또 다른 '나들'을 발견하고, 개방하는 '~되기'의 과정이 된다.

흔들의자가 창 밖에, 식탁의 컵이 화장실 변기에, 꽃병의 장미가 옷장 속에, 새벽 두 시가 아침 다섯 시에, 미운 일곱 살이 마흔에, 불란서 영화가 내 청춘에, 돌아가신 아버지가 애인의 얼굴에, 잃어버린 가방들이 국밥집에,

벽에 걸린 시간들이 다르다
같은 버스를 탄 사람들의 시간부터 팔짱을 끼고 걷는 연인의 시간까지
시계방 주인이 고쳐준 나의 시간은 그들과 달랐다
우리의 약속은 늦거나 조금 빨랐다 내가 도착했을 때 그는 이미 떠난 뒤였다

수리가 제대로 된 것이다

—「시계를 고치는 동안」 전문

정체성(identity)이란 변하지 않는 존재의 본질을 뜻한다. 인간에게 '정체성'이라는 관념은 대개 한 인물을 둘러싸고 있는 사회적 관계망 속에서 그의 지위와 역할에 관한 규정과 정의로 구성된다. 그러므로 정체성을 갖는

다는 것은 그러한 규정과 정의를 자신의 본질로 받아들이고 동일시한다는 것을 뜻한다. 이 경우에야 비로소 그는 사회적 관계 속에서 주체화된 개인의 자리를 점유하게 된다. 그러나 감각적인 방식으로 세계와 대면하는 다양한 예술적 형식들이 증명하듯이 우리는 매 순간 다른 '나'로 분기하거나 변이와 변화를 연속적으로 경험하면서 살아간다. 오래전, 사람들은 이 다른 '나들'을 가면(Persona)이라고 불렀지만, 원본인 '자아'와 가면인 '페르소나'의 분열이라는 이항적 대립구도는 감각적인 층위에서 드러나는 '나들'에 가짜라는 혐의를 둔다는 점에서 더 이상 설득력이 없다. 물론, 이러한 경험의 시차적 다양성에도 불구하고 견고한 자아를 구성하려는 시적 노력도 존재한다. 자아의 시학이 탈자아의 시학에 비해, 정체성의 시학이 탈정체성의 시학에 비해 문학적인 성취가 떨어진다고 말하는 것은 지나친 속견이다. 그러나 단일한 '나'라는 정체성의 관념을 기꺼이 반납함으로써 재래의 서정시적 문법과 결별하려는 시적인 움직임이 존재하는 것은 분명한 사실이다.

신정민의 시는 둘 가운데 후자에 한층 근접해 있지만, 그렇다고 전자로부터 완전히 자유롭다고 말할 수는 없다. 그녀의 시 쓰기가 자신의 내부에서 또 다른 '나들'을 발견하는 과정이라면, 이 후자의 '나들'을 정체성의 차원에서 설명하기는 무척 어려울 것이며, 그런 점에서 그녀의 시는 정체성을 확립하려는 시적 노력과는 다른 계보에 속한다고 볼 수 있다. 이것은 그녀의 시에서 주체화의 선분이 매우 불안정하게 작동한다는 것을 의미한다. 이 주체화의 불안정성은, 조금 확대해서 해석하면, 세계와 대상을 불안정성에, 유동성에 의해 감각한다는 의미이기도 하다. 왜냐하면 정체성이나 동일성을 강조하는 시각은 주체화의 선을 현존하는 상태 그대로 고정시키려는 속성을 띠기 때문이다. 그러므로 정체성의 논리를 벗어난다는 것은 자신을 포함한 세계를 잠재성과 유동성의 시선으로 본다는 것을, 그리하여 동일성을 강조하려는 고정적인 시선의 바깥에서 세계를 감각한다는 것을 뜻하고, 궁극적으로 이것은 주체화의 선을 고정시키는 통념과 척도를 부정한다는 것을 의미한다.

「시계를 고치는 동안」에서 어긋난 시계가 바로 그러하다. 이 시를 한 폭의 풍경화에 비유한다면, 그것은 통상적인 정물화와 달리 매우 불안정한 상태의 세계를 그린 전위적인 회화가 될 것이다. 이 풍경 속에서 모든 것들은 기존의 질서를 벗어나 엉뚱한 곳에 놓여 있는데, "수리가 제대로 된 것이다"라는 진술처럼 그 엉뚱한 위치가 곧 정확한 위치가 된다. 흔들의자는 창밖에 있고, 식탁의 컵은 화장실 변기에 있고, 꽃병의 장미는 옷장 속에 있고, 새벽 두 시는 아침 다섯 시에……. 세계는 매우 불안정하고, 이 불안정한 풍경에서 질서의 흔적을 발견하기는 불가능하다. 불가해한 것은 풍경 속의 정물들만이 아니다. 벽에 걸린 시계의 시간들이 다르듯이, 같은 버스를 탄 사람들의 시간과, 팔짱을 끼고 걷는 연인의 시간과, 나의 시계가 모두 다르다. 말 그대로 이 시에서 '시간'은 차이 그 자체이다. 그러므로 정확한 시간, 즉 객관적인/기계적인 시간에 따라 정해지는 '약속'이라는 사건은 필연적으로 수행불가능한 것이 된다. 그럼에도 시인은 "수리가 제대로 된 것이다"라고 말하고 있다. 애초부터 시간이란 그런 것이다. 객관적으로 주어지고, 시계라는 기계장치에 의해 인위적으로 분할된 시간이란 감각적인 세계에서는 무의미하다. 잠시 우리의 시간 경험을 회고해보자. 가령 한 편의 흥미로운 영화를 보는 시간과, 연인과 데이트하는 시간과, 지루한 강의를 듣는 시간이 물리적으로 동일하다고 가정해보자. 우리가 그 시간들을 경험하는 방식은 과연 동일할까. 우리는 즐겁게 영화를 관람하는 세 시간과 지루한 강의를 듣는 세 시간을 정말 동일하게 세 시간으로 경험하는 것일까? 재미있는 영화를 보는 세 시간은 매우 짧게 느껴지는 반면, 지루한 강의를 듣는 세 시간은 하루처럼 길게 느껴지는 게 정상적이지 않은가? 그렇다면 그 시간들이 '세 시간'이라는 물리적 차원에서 동일하다고 말하는 건 정당한 일일까? 만일 이처럼 시간이 모든 인간존재에게, 아니 모든 생명체에게 다르게 경험되는 것이라면, 적어도 감각적인 층위에서 물리적 시간의 객관성을 운운하는 것이 무슨 의미가 있을까? 신생아의 하루와 죽음을 목전에 둔 환자의 하루와 군복무를 하고 있는 군인의 하루는 정말 동일할까, 그들이 느끼는 하루의 길이와 그들에게 '하루'라는 시간의 의미는 정말 같을까?

4.

우리는 이렇게 말해야 한다. 이성적으로 지각하는 세계와 감각적으로 경험하는 세계가 본질적으로 다르듯이, 동일성의 시선으로 바라보는 세상과 차이의 시선으로 바라보는 세상은 다르다고. 그리고 또 이렇게 말해야 한다. 정념과 감각의 차원에서 경험하는 세계는 결코 단순하지 않으며, 그 경계선을 그을 수 없을 정도로 역동적으로 움직인다고. 경계가 없다는 것은, 경계선을 그을 수 없다는 것, '긍정'과 '부정'을 쉽사리 구분할 수 없고, '예'와 '아니오'라는 간편한 응답으로 세계와 마주할 수 없다는 것이다. 이러한 '경계 없음'의 세계가 바로 패러독스이다. "패러독스의 힘은 다른 방향을 따라가는 데 있지 않고, 오히려 의미가 언제나 양방향에서 한꺼번에 일어나거나 양방향을 동시에 따라감을 보여주는 데 있다."(들뢰즈) 패러독스는 둘 가운데 하나를 선택하는 대신 동시에 양방향을 취함으로써 양식(good sense)을 허문다. 그리고 말하는 자의 정체성과 대상의 동일성이 사라짐으로써 상식(common sense)이 허물어질 때, 통상적인 의미인 '뜻'은 더 이상 존립할 수 없게 되고, 대신 새로운 '의미'가 드러나게 된다. 이 새로운 의미가 시적 언어의 진실이며, 하이데거 식으로 말하면 일상/상식의 세계를 찢으면서 드러나는 탈은폐(aletheia)로서의 진리이다. "꾸벅꾸벅 조는 동안 예와 아니오,가 튀어나온다/손끝에 연결된 심장박동이 불규칙하게 기록된다/수정되지 않을 대답들, 모두 사실이다"(신정민, 『꽃들이 딸꾹』, 「예와 아니오 사이에」)

*

솔#건반이 올라오지 않는 이유는 시가 되지 못했다
솔, 도 아니고 라, 도 아닌 반음
음을 높이는 과정에서 무리를 주었기 때문이다
세 번째 옥타브에서 불이 꺼지곤 했다 이른 봄 서리에 탄력을 잃은 피아노
건반 뚜껑을 활짝 열어놓았다 햇볕을 좋아하는 음계들

*

간유리 속의 불빛
사철 꽃이 피는 부지런하고 예쁜 제라늄은 추위가 치명적이다
이시든 제라늄을 살리고자 애를 쓰면서 그린 일기 형식의 그림은 아크릴 캔버스에 배어 있다 둥근 얼굴과 화폭 귀퉁이의 주홍빛 꽃잎은 밖도 아니고 안도 아닌 불분명한 불투명

*

불을 켜놓고 퇴근한 가게는 어둠을 견디지 못한다, 널 지켜보겠어
보여질 수 있을 뿐인 영역은 언제나 환하다

*

아이들과 부녀자들의 손발과 눈을 빼앗는 나비지뢰도 결국 시가 되지 못했다
보일 듯, 알 듯, 모를 듯,

살 처분된 돼지 떼와 찢어진 비닐 그리고 붉은 침출수에 대한 발굴금지령이 내렸다
울음도 아니고 비명도 아닌 솔#의 매몰, 생매장
움푹 꺼진 건반을 돼지들의 비명소리가 잡아당기고 있다
콘트라베이스의 독주를 듣고 있는 내게 또 다른 귀가 열렸다

*

죽은 이후에야 인정을 받는 화가들, 이라고 썼다가 많은 미술가라고 고쳐 썼다
시들고 있는 꽃을 살리는 화가를 알아보지 못한 건 나쁜 시력 때문이다
안경을 쓰고서야 알게 된 세상의 반음들, 내가 예쁘지 않다는 분명한 사실들

*

발굴금지 기간 3년은 너무 짧다 침출수가 되어 지하수로 스며드는 돼지들의 음역
하지만 나는 반음의 건반이 올라오길 무작정 기다릴 것이다

*

그래서 런던행 보딩브릿지에서의 키스는 조만간 시가 될 지도 모른다
젊은 남녀의 키스, 이륙시간을 20분간 지연시킨 사랑에 아무런 항의 없이 모두들 기다려주었다는 얘기는 감동적이다

—「제라늄 살리기」 전문

탈은폐로서의 진리란 정확히 이것이다. '예'와 '아니오'라는 대답 가운데 하나를 선택하는 방식으로 대답될 수 없음, '좋음'과 '나쁨'이라는 양식

(good sense) 구도로는 포착할 수 없는 세계의 모습. 그러므로 이 시는 첫 시집에 실린 「예와 아니오 사이에」의 변주곡이라고 말할 수 있다. "솔, 도 아니고 라, 도 아닌 반음", "밖도 아니고 안도 아닌 불분명한 불투명", "울음도 아니고 비명도 아닌 솔#의 매몰"……, 이 모든 '반음'의 불투명성이 시가 되지 못하면서 동시에 시가 되는 역설(paradox)의 세계. 파라독스는 양식에 반하는 계열화를 통해서 양식의 힘과 대결하고 그것을 무력화시킨다. 양식이 고정된 의미를 재생산함으로써 통념의 기득권을 강화한다면, 파라독스는 이전과는 다른 의미를 만드는 새로운 계열화의 선을 그린다. 다만, 신정민의 시에서 이 파라독스의 사건성은 "하지만 나는 반음의 건반이 올라오길 무작정 기다릴 것이다"처럼 주체의 능동적 행위에 의해 드러나지 않고 '기다림'의 수동성에 의해 획득된다.

시인은 「샹그릴라 일기」에서 이러한 파라독스의 세계를 "높고, 깊은 것이 사라져 버린 화이트 아웃"에 비유한다. '화이트 아웃'이란 만년설로 뒤덮인 높은 산을 오를 때 순간적으로 느끼는 현상으로 모든 것이 하얗게 보이는 경험, 세계와 사물의 경계가 일시적으로 사라지는 순간을 의미한다. 이 경계 없음의 순간 속에서 '높은 산'이라는 상식의 세계는 하얀 것이라는 아무것도 아닌 세계, 그러면서도 모든 것인 세계로 경험된다. 시인에게 '기다림'을 통해서 도래하는 시적 세계의 순간이란 이처럼 통념적인 세계의 분할선과 경계선이 모두 사라짐으로써 선/악, 좋음/나쁨, 심지어 '나'와 '나 아닌 것'의 경계가 지워지는 순간이다. 이 순간 속에서 우리는 유용성과 대상성이라는 통념적 가치가 지워지고, 사소한 것이 중심적인 것이 되는, 비유하자면 시가 되지 못하는 것이 시가 되는 것을 경험하게 된다. 이러한 경험 안에서 세계의 경계선을 고집하고, '나'의 정체성을 붙잡으려는 우리의 이성적 노력이 얼마만큼 성공할 수 있을까. 차라리 "분명한 건 내일 산을 오르는 건 내가 아니라는 것"(「샹그릴라 일기」)처럼 이미 존재하는 한 세계가 균열되어 사라짐으로써 새로운 세계가 열린다는 체험적 진실을 긍정하는 것이 현명한 일이 아닐까. 그리고 이것이야말로 정체성 관념에 기대어 자아의 동일성을 강화하려 했던 지난 시대의 서정시와 오늘의 시가 구분되는 지점이 아닐까. 그러기 위해서라도 우리는 기억의 세계로부터 벗어나야 하고, 일상이라는 유용성의 가치로부터 해방되어 몸과 마음의 감각에 충실한 채로 세계의 탈은폐를 기다려야 하는 것이 아닐까. 분명, '지운다는 것'의 시적 의미는 여기에 있는 것이 아닐까.

생명을 위한 제의

— 김수우의 『젯밥과 화분』 읽기

1.

김수우의 시는 생명을 위한 언어적 제의이다. 그녀의 시는 한편으로는 진보의 20세기에 대한 말 없는 저항과 비판의 태도를 견지하면서, 또 한편으로는 중심에서 밀려난 추방된 존재들의 생명적 연대를 통해서 굴곡진 현실을 넘어서려는 시적 비전을 간직하고 있다. 지난 20세기, 진보는 근대의 종교였고, 도시는 진보의 성소였으며, 문명은 진보의 성물이었다. 그 결과 생명은 과학의 '대상'으로 전락했고, 합리적 이성에 의해 규제될 수 있고, 또 되어야 하는 것으로 인식되기에 이르렀다. 어디 그뿐인가. 현대의 정치철학이 증언하듯이 근대의 진보 패러다임은 잉여, 즉 다수의 몫이 없는 존재들을 양산하면서 폭력적으로 성장했다. 잉여, 그(것)들은 진보적일 수 없었기에 진보의 성소에서 추방되어야 할 것들이었고, 진보의 이념에 편승할 수 없었기에 외면되어야 할 것들로 간주되었으며, 그리하여 합리적 이성에 의해 지배·통제되거나 그렇지 않으면 버려져 마땅한 대상의 하나로 인식될 뿐이었다. 시인은 이 진보라는 치안(police)의 질서 속에 자리를 마련하지 못한 존재들, 단지 오이코스에 머물러 있어야 할 것들을 위하여, 아울러 과학과 이성의 대상으로 전락해버린 '생명'의 본원적 가치를 되살리기 위한 언어적 제의를 떠안는다. 이 반(反)시대적인 제의를 '정치'라고 불러야 할까?

그러나 생명과 잉여를 위한 시인의 언어적 제의는 갈등적이지 않다. 김수우의 시편들은 생명 경시의 현실을 비판하는 고성(高聲)의 환경시가 아니며, 생명 자체에 대한 물신적 긍정으로 인해서 세속적 삶의 비루함에 눈감는 무차별적 순응주의의 시도 아니다. 물론, "액체질소통 -196℃로 동결된 수소 정액이 거래된다 자기자극으로 뽑아낸 정액을 분양받은 인공수정사들, 바람든 암소를 안는다 수태시킨다 산도 바다도 애비 없는 단백질덩이로 태어난다 채권과 채무로 절룩거리는 流轉, 일상은 신상품과 재고로만 유통된다 下水에 무심히 젖는 봄//신은 이제 번식 관리되는 중이니/신화도 식구도 허공 키우는 날빛도 배합사료일 뿐이니"(「알타미라의 소」)처럼 생명이 한낱 상품으로 떨어져버린 현실의 비감을 토로하는 시편도 없지 않지만, 이러한 비판이 김수우 시의 본령이라고 말하기는 어렵다. 오히려 그의 시들은 죽음에 근접하여, 죽음을 껴안은 채로 살아가는 생명의 적요로움을, 삶과 죽음의 연속성이라는 신화적 시간관념에 기대어 생명의 순환성을, 그리하여 벌거벗은 생명으로 버려진 위기의 생명체들을 따뜻하게 감싸 안고 새로운 생명의 숨결을 불어넣으려는 반(反)시대적이고 불가능한 생명에 대한 긍정을 보여주고 있다.

2.

나의 제사는 태양을 향한 것도 영원을 향한 것도 아닙니다

어둠을 향해, 함부로 잊혀진 달개비를 향해 구부린 꿈입니다

문득 깨어 물그릇처럼 앉아 있는 밤

산그늘 닮은 당신, 풀여치를 믿는 당신의 제사를 봅니다

당신의 기적은 유월 낮달을 기르고 버려진 것들을 불러 앉힙니다

나의 기적은 모퉁이 창가에서 그런 당신과 마주 절하는 것

아프리카의 봄이 불현듯 툰드라에 흰 꽃 피우듯

나의 제사, 당신의 제사 마주 앉으면 지상 가득 개구리밥 피어납니다

푸른 제삿밥, 소붓합니다

—「유월당신」 전문

제의의 첫 번째 장면은 죽음과의 대면, 즉 이것이 '제사'임을 알리는 장면으로 시작된다. 제사는 마주 앉음이고 기억함이다. '무엇'과 마주 앉는 것이고, '무엇'을 기억하는 것인가? 그것은 "함부로 잊혀진 달개비"를 기억하는 것이며, "유월 낮달을 기르고 버려진 것들을 불러 앉"히는 당신의 기적과 마주 앉는 것이다. 중요한 것은 "함부로 잊혀진"과 "기르고 버려진 것

들을" 부르는 데 있다. 제사는 근대적 가치에 의해 망각의 저편으로 내몰린 것들을, 그러니까 함부로 잊히고 버려진 것들을 기억하는 것이며, 망각에 반(反)하여 생명/삶의 가치를 증언하고 회복하는 모든 것들과의 마주함이다. 시인의 제사/제의는 '태양'이나 '영원'을 향한 초월적 세계의 일부가 아니고, 생명과 생명, 삶과 삶이 서로를 향해 기우는 존재론적 관심의 표현이다. "삶이란 살아있는 제사"(「산해경을 읽다」)인 것이다. 그렇다면 한 존재가, 그 존재의 삶이 '망각'되는 것은 오직 시간의 흐름이라는 필연 때문일까? 아니다. "그가 잉여가 된 건/내가 그를 기억하지 않은 까닭이다"(「눈곱」)라는 말처럼 '망각'이란, '잉여'란, 단순한 자연적 결과가 아니다. 그것은 보이는 것을 보이지 않게 만드는 것, 그리하여 기억할 수 없게 만듦으로써 망각되게 하는 것은 사회적인 권력의 작동원리 가운데 하나이다. 그러므로 시인의 이 진술에는 잉여를 비가시적인 것으로, 망각의 대상으로 만들려는 권력 장치에 반(反)하여 기억하려는 의지를 포기하지 않으려는 결의, 시의 본질이 '존재' 자체를 증언하는 데 있다는 주장이 함축되어 있다. 유행이 그러하듯이, 현대적 권력은 '진보'와 분리된 모든 것들을 망각의 어둠 속으로 몰아간다. 그러므로 이 시대의 시는, 시적 언어의 주술성은 증언이라는 형식을 통해서 그 어둠의 존재들을 망각의 세계로부터 다시 불러내는 일이다. 망각의 어둠으로부터 존재들을 다시 불러냄, 그것이 곧 제사이지 않은가.

그렇다면 제사는 왜 하나가 아니고 둘인가? 왜 그것은 "나의 제사"이면서 "당신의 제사"이어야만 하는가? 그것은 모든 생명이 홀로 존재하는 것이 아니라 다른 생명을 향해, '나'의 바깥을 향해 자신을 개방하는 방식으로 존재하기 때문이다. 불교적으로 말하면 이것은 하나는 '생명'이 독립된 개체/실체적인 것이 아니라 관계론적 생성으로 존재한다는 연기론적 사유방식이다. 이러한 이해방식은 하이데거 이후의 존재 철학이 말하고 있듯이 '생명'의 본질은 '함께-있음'에 있다는 사유와 일맥상통한다. 그래서 이 시에서 '구부린다는 것', '불러 앉힌다는 것'은 근대적 주체가 자신의 외부를 한낱 인식의 대상으로 삼는 동일성의 태도와 달리 "마주 절하는 것"의 다른 표현들로 이해되어야 한다.

한편 시집 『젯밥과 화분』은 이러한 제의의 상징들을 도처에 흩뜨려 놓고 있다. 그것은 가령 "죽은 자들이 우리를 위하여 올리는 향불처럼 희디흰/맨발들"(「흰 꽃」)이나 "죽음을 키우고 있는 뿌리를 본다/충분히 기다릴만한 신성"(「낙타화분」)처럼 삶과 죽음의 공속성으로 비유되기도 하고, "처마 밑으로 고요히 비져나온 맨발, 맨발이 흰 젯밥처럼 소붓했다 (…) 송구해라 저 맨발, 나를 위한 제사였구나"(「맨발 봄비」)처럼 사물(존재)의 말 건넴 자체를 제사의 일부로 받아들이는 세계인식의 태도로 드러나기도 한다. 뿐만 아니라 이 시집에는 '맨발'이라는 개인적 상징이 자주 등장한다. 가령 「흰 꽃」에서 시인은 해운대 국수집의 신발장 위에 놓인 늙은 난에서 핀 꽃을 '맨발'이라고 명명하고 있으며, 「낙타화분」에서는 죽음을 키우고 있는 화분의 뿌리를 "움푹움푹 몽당발들"이라고 호명하고 있고, 「맨발 봄비」에서는 머리맡의 여자로 의인화된 자운영꽃이 "흰 젯밥처럼 소붓"한 '맨발'에 비유되고 있다. 그뿐이 아니다. 「한 잎 주소」에서는 "거미의 시린/맨발"이 "수천 번 떠나온 내 본적지"로 의미화되고 있다. 김수우의 시에서 '맨발'은 존재자의 물질성이 삭제된 상태의 존재가 그러하듯이 익명적 있음으로서의 생명, 그러니까 생명/삶에서 일체의 문명적인 것을 걷어낸 상태에서 마주할 수 있는 원래적인 것으로서의 생명을 의미한다. 벌거벗은, 그러나 결코 결핍이나 결여는 아닌 순정한 상태로서의 생명, 시인은 그것을 표현하기 위해 모든 생명체에게서 신발이라는 문명의 흔적을 삭제한다.

3.

'제의/제사'는 삶과 죽음 사이의 경계를 다시 긋는 일인지도 모른다. 서구적 관념에 따르면 제의는 삶과 죽음, 세속과 초월의 분리를 확인하는 애도의 과정이다. 근대인들에게 죽음은 한 생명체가 돌이킬 수 없는 방식으로 삶의 세계로부터 벗어나는 것이고, 모든 제의는 애도의 유예기간을 두고 삶과 죽음을 분할하는 공식적인 절차이다. 슬퍼할 수 있다는 것, 그것은 슬픔 속에서, 기억의 방식으로, 산 자와 죽은 자가 분리되는 과정이다. 죽음이 트라우마가 되는 경우, 우리는 제의 자체를, 죽음 자체를 현실로 받아들이기를 거부하지 않는가. 하여, 망자(亡者)를 매장하는 이유는 산 자의 세계와 죽은 자의 세계를 분할해야 하기 때문이며, 그런 한에서 서구적 전통에서 삶의 세계와 죽음의 세계는 결코 이웃할 수 없는 것이다. 삶과 죽음을 양극단으로 사유하는 태도야말로 가장 전형적인 근대적 관념이다. 서구적 세계에서 삶의 공간과 죽음의 공간은 어떤 경우에도 겹쳐져서는 안 된다. 죽음의 공간은 산 자의 세계인 도시/마을에서 멀리 떨어진 공동묘지에 허락될 따름이다.

반면 김수우의 시에서 '제사'는 생명과 생명, 삶과 삶의 연속성일 뿐만 아니라 삶과 죽음의 연속성을, 생명의 순환성을 상징한다. 이러한 순환성 속에서는 "누군가의 치열한 양식이 되는 건 가장 정직한 희생"(「양식」)이 된다. 삶과 죽음이 순환한다는 이러한 세계관 속에서 '삶'과 '죽음'은 결코 대립하지 않으며, '죽음' 또한 단순한 '삶'의 끝이 아니다. 옛 어른들은 자신의 수의를 꺼내보며 자주 즐거워하고, 심지어 수의를 짓는 날을 잔칫날로 여겼다고 한다. 아마도 그들은 지상에서의 최후의 옷인 수의가 다음 세상에서 처음으로 입는 옷임을, 죽음이 모든 것의 종착지가 아니라 새로운 생명의 시작이라는 것을 믿었기 때문일 것이다. 이러한 사유 속에서 '죽음'은 곧 새로운 '삶'의 시작이다. 시인이 굳이 자신의 시작(詩作)을 '제의'라고 명명하는 이유도 그것이 삶과 죽음을 분리하는 현실적 장벽을 넘어서 '죽음'의 세계를 지금-이곳으로 다시 불러들이려는 불가능한 시도와 무관하지 않기 때문일 것이다. 그런데 삶과 죽음을 연속적이고 순환적인 것으로 이해하는 이러한 사유는 삶과 죽음을 소통불가능한 절대적 단절로 이해하는 근대의 합리적 세계관에 의해서는 용납될 수 없는 것이다. 다시 말해 근대적 세계관을 고집하는 한 삶과 죽음의 순환이란 말장난에 불과할 뿐이다. 「광인의 여름외투」의 화자가 "내 신성을 버린 적 없으니/비루하고 또 비루해도/네 편리한 문명을 나는 선택한 적 없으니/함부로 나를 거래하지 않았으니"(「광인의 여름외투」)처럼 근대('편리한 문명')에 총체적 부정의 의지를 피력하는 것 역시 이런 맥락에서 이해될 수 있다. 시인은 "신화도 식구도 허공 키우는 날빛도 배합사료일 뿐"(「알타미라의 소」)인 이 시대에도 '신성'의 힘을 포기하지 않는다.

(1) 선량한 몸 겹겹 얼마나 빌려 여기 닿은 것인지
성주사지에서 주워온 옛 기와조각도
한번은 내가 입었던 몸이 분명합니다
나만큼 오래된 골목이 없습니다

—「비둘기 골목」

(2) 동백 꼬리를 붙든 방물수레, 그 꼬리를 차례로 고등어가, 내가 붙들고 있다 나도 고등어도 방물수레도 한때 치타였음을, 앞으로 치타일 수 있음을, 으르렁거리는 입, 입, 입, 치타도 한때 속울음 매운 동백이었으니

—「연(緣)」

김수우의 시는 두 개의 연속성으로 직조된다. 하나는 '생명'과 '생명'이 실체론적 존재가 아니라 관계론적 생성이라는 불교의 연기론과 인연법이

고, 다른 하나는 삶과 죽음이 분리되지 않는 순환의 연속성을 지닌다는 신화론적 세계관이다. 전자가 불이무이(不二無異)의 세계라면, 후자는 생사불이(生死不二)의 세계이다. 연기(緣起)는 상생의 개념이다. 그것은 연(pratitya)하여 일어나는(samutpada) 것을 긍정하며, 어떠한 존재도 인연으로 생겨나지 않는 것은 없다고 말한다. 모든 존재는 공(空)하다는 이러한 사유에 따르면 '인(因)'과 '과(果)'는 하나가 아니면서 동시에 서로 다르지 않은 것이다. 아니, 서로 다르면서도 하나인 것이다. (1)에서 시인은 하나의 존재 안에서 그것이 다른 신체의 일부였던 시간의 흔적을 발견한다. '나'의 현존이 선량한 겹겹의 '몸'을 빌려 도달한 결과이며, 그런 한에서 "성주사지에서 주워온 옛 기와조각"이 한 번은 내가 입었던 몸이라는 것이다. 이러한 불교적 인식론은 (2)에서 "나도 고등어도 방물수레도 한때 치타였음을, 앞으로 치타일 수 있음을"처럼 과거와 미래를 향해 존재를 개방하는, 그 무한한 잠재성의 바닷속에서 존재를 길어올리는 사유의 확장으로 이어지고 있다. 이런 맥락에서 보면 현존하는 모든 존재들은, '생명'과 '생명'은, 아니 생명 아닌 것들을 포함한 모든 존재는 연기(緣起) 속에서 풍요로운 생성적 관계를 맺고 있다. 이러한 인식론은 주체와 대상을 명확하게 구분하는 근대의 합리적 인식론과는 분명하게 다른데, 이것은 '주체'와 '대상'이라는 서구적 이분법을 모두 삭제해버린 상태에서 존재에 접근하는 태도이며, '나'와 '나 아닌 것'을 분별하는 욕망이 생성적 관계라는 생명의 본원적 특징과 동떨어진 것임을 환기한다.

(1) 다만, 바라보다가, 잠을 깼다 읽다만 시집이 베갯머리에 펼쳐져 있었다 울음값을 받지 못한 곡비들, 죽을 힘으로 살아있는 나의 귀신들, 영원을 절름발이로 걷고 있으니

—「맨발 봄비」

(2) 칫솔질 하다 깜짝 놀란다 삼십 년 전 입관 때 본 푸릇한 할매가 거울 속
에서 마주보는 것이다 머리를 빗다가 문득 지난봄에 죽은 시인이 비쳐
소스라친다

―「얼굴」

(3) 할무니가 돌아앉아 쌀을 씻는다
할무니의 할무니가 돌아앉아 감자를 벗긴다

―「능선」

다음으로 삶과 죽음 사이의 순환적 연속성. 시집 『젯밥과 화분』에는 생명의 절대적 타자라고 말할 수 있는 '죽음'이 자주 등장한다. 그러나 앞서 말한 것처럼 시인에게 '죽음'은 생명의 절대적 타자가 아니라 그것의 연장이고, 또한 기원이다. 그래서 우리는 '죽음'을 부정적으로 바라보거나 공포감을 느끼는 화자의 모습을 결코 발견할 수 없다. 아니, "부쩍 환각이 깊어졌다 얼굴들이 많다/도대체 뉘신가 둘러보니 모두 내가 분만한 연인이다/에그머니, 마른 젖이 핑 돈다"(「백일몽」)처럼 '나'의 바깥에 존재하는 것들을 대하는 시인의 태도는, 세상 모든 어미의 태도가 그러하듯이, 사뭇 경건하기까지 하다. 시인은 '환각'이라는, 자신의 정체성을 위협하는 것 앞에서 오히려 "마른 젖"의 본능적인 모성을 느낀다. (1)의 화자는 잠 속에서 울고 있는 한 여인을 만난다. 치마 아래로 흰 젯밥 같은 맨발을 소붓하게 드러낸 그 여자, 화자는 그녀를 다만 바라보기만 하다가 잠이 깬다. 이 시에서 그녀는 '자운영'의 몽상적 비유체일 테니, 결국 이 시는 꿈속의 세계와 꿈 바깥의 세계, 자운영의 식물적 세계와 '그녀'라는 인간의 세계가 연속적임을 드러낸다. 그런데 시인은 '자운영=그녀'를 "죽음 힘으로 살아있는 나의 귀신들"이라고 명명하는데, 그것은 '잎눈'이 돋는 자운영꽃의 생명력이 죽음을 껴안고 있다는 것을 의미한다. 삶이 죽음의 대척점이 아니

라는 이러한 사유는 (2)와 (3)에서 각각 환상과 시간의 겹침(중복)이라는 또 다른 사유로 확장된다. (2)의 화자는 욕실의 거울을 통해서 '나'의 모습이 아니라 이미 죽은 자들의 얼굴을 본다. 삼십 년 전에 죽은 할머니와 지난봄에 죽은 시인의 모습이 '나'를 대신하여 거울에 투영되는 것이다. 이 장면은 단순한 환영이라고 생각될 수도 있지만, 김수우의 시에서 삶과 죽음의 겹침은 결국 현재의 '나'가 이미 죽은 자들의 시간과 뒤섞인 채 살고 있음을, 그리하여 산 자와 죽은 자가 보이지 않은 끈에 의해 연결되어 있음을 드러내는 장치이다. (3)에서 '할머니'와 '할머니의 할머니'의 관계 또한 마찬가지이다. 그녀들의 삶이란 현존하지는 않지만, 그럼에도 저 신화적 시간 속에서 면면히 연결되어 있는 것이다. 이러한 사유에 근거할 때 죽음은 결코 삶의 대척점이 될 수 없다. 그것은 마치 '제사'라는 의례를 통해서 산 자와 죽은 자가, 삶과 죽음이 소통하는 것과 같은 이치이다.

4.

앞에서 우리는 시집 『젯밥과 화분』이 생명에 바치는 언어적 제의라고 말했다. 그러나 오늘날 '생명'이라는 말은, 소통이나 긍정이 그렇듯이, 문학적으로 그다지 달갑게 받아들여지지 않는 단어의 하나이다. 아니, 오해와 추궁의 한가운데 던져져 과거적인 시라는 비난에서 자유롭지 못한 단어이다. '생명'이란 실상 너무나 구체적이지만 동시에 추상적인 개념으로 느껴질 가능성도 있기 때문이다. 생명을 잠재성으로 정의하는 경우에도 사정은 마찬가지이다. 사람들은 잠재성으로서의 생명이 펼쳐 보이는 생성과 역동의 힘보다 그것이 지극히 현실적인 억압과 갈등 앞에서 어떤 대안일 수 있는가를 캐묻는 데 익숙하다. 생태적 세계에 뿌리내리고 있는 서정시는 물론, 생명에 대한 긍정이나 생명의 존재론적 평등성에 대한 담론들도 모두 이러한 현실적 비판에 노출되어 있다.

그러나 생명의 가치에 대한 탐색과 시적 옹호가 비루한 일상과 현실적 고통을 외면한 순응주의에 불과하다는 비판은 수정되어야 한다. 시인은 민감한 도구(신체)이지 지도자는 아니다. 설령, 시인의 시적 진술이 사유의 차원에서 새로운 경지를, 대안적 가능성을 보여준다고 하더라도 그를 한 시대를 견인하거나 지도하기 위해서 글을 쓰는 계몽적 주체라고 말하는 것은 정당하지 않다. 뒤집어서 말하면 우리는 시인을 계몽적인 지도자라고 말할 수 있을 때에만 그에게 현실적인 억압을 극복할 수 있는 비책을 요구할 수 있다. 그럼에도 불구하고 김수우의 시는 '생명'을 사유와 개념의 차원이 아니라 그것의 사회적 맥락을 지속적으로 환기한다. 한편으로 이것은 시인에게 '생명'이 이성과 논리에 의해 학습된 지식이 아니라 몸과 감각을 통해서 습득된 것이라는 것을, 그리하여 '생명'과 '생활세계'가 결코 분리된 것이 아니라는 사실을 말해준다. 다시 말하거니와 그녀의 시는 한낱 무해한 식물성의 비유 체계에 머물러 있지 않다. 이 지점이 아마도 일반적인 생태적 상상력, 나아가 목소리를 드높이는 계몽적인 환경시와 그녀의 시가 갈라지는 분기점일 것이다.

> 궤짝들이 담아온 건 태고의 제사였다
> 어창에서 실려나와 함부로 던져진 빈 생선짝들
>
> 깨진 궤짝을 고치며 팔십이 된 그의 하루는 온통 비늘이다
>
> 소금버캐 두꺼운 허공 이쪽저쪽 못을 박는 그는
> 해종일 신전을 고치는 중
>
> 생이란 배우지 않아도 손끝에 익숙한 비밀

꿰맨 나무짝들 층층 선창의 새벽을 짓는다
단단한 높이로 발끝 세우는 튼튼한 깊이

제 무릎에 비린 못 하나 박지 못한 그는
눈물의 온도를 기억하는 한 마리 쇠고래

누구나 저마다의 바다는 이끼 푸른 합장(合掌)이니

비린 못,
몰래 번뜩이는,
지극한,

—「쇠고래 박씨」 전문

김수우 시의 시적 대상들은 대개 작은 생명들이다. '화분'이나 '꽃'처럼 작고 여린 생명이 대표적이다. 그렇지만 문명의 폭력과 자본의 억압에 의해 벌거벗은 생명으로 전락한 인간 존재를 포괄한다는 점에서 그 작은 생명들의 가치는 결코 작지 않다. 그럼에도 그것들은 거대한 위용을 자랑하는 문명에 비하면 보잘것없고, 자본주의의 가치법칙을 척도로 바라보면 실용성이 떨어지며, 중심에서 밀려난 주변적 존재라는 공통점을 지니고 있다. "해운대 샛골목 쪽문 국수집"(「흰 꽃」), "죽은 화분"(「낙타 화분」), 고물상에서 구입한 "앉은뱅이저울"(「앉은뱅이저울」), "산복도로 골목, 고무대야와 플라스틱 상자들"(「대야」), 묵정밭에 버려진 "배불뚝이 장독"(「배불뚝이 장독」)……, 이 항목들의 수는 시집의 페이지가 넘어갈수록 점차 추가된다. 심지어 그것은 "라다크 고원 작은 공사장, 아비 등에 업혀와/문턱에서 아장이던 맨발"(「어린 돌마에게」), "어린 라마승 입가에/꽃가루 많은 낮꿈을 두고 왔다/모슬렘시장 감자푸대 사이에"(「젯밥」), "바드다드, 전쟁이 놀이가 되어버린 압둘라 핫산 무함마드 엘리야 나제르라 불리는 아이들"(「제왕판」)처럼 한반도의 경계를 벗어나 지구 전체로 확장되기도 한다. 자본이 지구적 차원에서 움직이는 것처럼 생명에 대한 시인의 관심 또한 지구적이다.

그런데 '작은 생명'과 '벌거벗은 생명'을 등장시켜서 시인이 전면에 내세우는 것은 그것들의 연약함이 아니다. 또한 그것들에 대한 인간적인 연민만도 아니다. 물론 생명에 대한 연민과 유대의 감정이 없는 것은 아니지만, 시인이 이 '작은 생명'들에서 보려는 것은 힘없고 소외당한 불쌍한 생명이 아니다. 이러한 시적 대상을 연민의 대상으로 놓을 때, 그리하여 그것들에 자신의 감정만을 투사할 때, 결국 시는 고백을 통한 자기정당화의 글쓰기에 머물고 만다. 이런 의미에서 김수우의 시에서 '생명'은 결코 객체화된 대상이 아니다. 「쇠고래 박씨」를 보자. 이 시에서 등장하는 '쇠고래 박씨'는 "깨진 궤짝을 고치며 팔십"에 이른 선창의 노동꾼이다. 때문에 우리는 굳이 시인이 묘사하지 않아도, 박씨의 형색이 어떠하며, 그의 살림살이가 어느 정도일 것인지를 어렵지 않게 추측할 수 있다. 그런데 이 시에서 박씨의 노동을 통해서 시인이 보여주려는 것은 가난한 삶도 아니고 노동하는 육체의 건강함도 아니다. 반대로 시인은 박씨가 고치는 용도를 잃어버린 "빈 생선짝들"이 사실은 "태고의 제사"를 담아온 것들이었고, 따라서 궤짝을 고치는 박씨의 노동은 "신전을 고치는" 것임을 강조하고 있다. 어쩌면 하루만큼의 쓸모를 다한 빈 궤짝에서 시인이 본 것은 한때 태고의 세계를 향해 합장하던 기도였는지도 모른다. 또한 그는 신전-궤짝을 고치는 박씨의 노동이 기도를 고치는 기도라고 상상했을 수도 있다. 그리하여 시인은 "누구나 저마다의 바다는 이끼 푸른 합장이니"라는 구절을 통해서 모든 생명이 그 내부에 자신만의 바다를, 그 태고의 세계를 향해 기도하는 손을 간직하고 있다고 말하고 있다. 이처럼 김수우의 시는 생명의 내부에서 그것의 영원한 배경이 되는 태고의 세계, 그리고 그 세계를 향해 손을 모으고 있는 생명들의 합장을 본다. 이러한 시적 세계를 통해 우리가 도달하게 되는 지점이 어디인지 우리는 정확하게 알지 못한다. 다만 생명은 사이즈의 문제가 아니라 신성의 문제이며, 시는 대상의 현란함이 아니라 그것을 바라보는 시인의 시선과 태도의 문제라는 것만은 분명한 듯하다. 생명을 위한 제의, 세상과 삶과 모든 생명을 대하는 시인의 시선과 태도가 결국 제의가 아닐까.

4부

노동시여, 안녕

시대란, 서로 다른 시간표를 갖는 여러 배열체들의 사건들로 이루어진 성좌로서,
시간의 균질적 흐름의 산물이 아니라 오히려 자기의 고유한 시간을 정한다.
— 지그프리트 크라카우어, 『역사』 중에서

1.

두 개의 역사적 장면에서 이야기를 시작하자. 첫 번째 장면은 19세기에서 20세기로 넘어오는 장면이다. 역사학자이자 문화사가인 스티븐 컨(Stephen Kern)은 유럽인들이 벨 에포크(Belle epoque, 좋았던 시절)라고 부르는 19세기에서 20세기로의 전환을 '동시성의 창조'로 설명한다. 이는 '기차'와 '무선'의 등장으로 시공간이 압축되는 현대성 특유의 경향인데, 그는 그 시간 경험의 변화가 아폴리네르의 시에서 제임스 조이스의 소설, 입체파의 회화, 후설의 현상학, 자코모 발라를 비롯한 미래파의 실험까지 '두터운 현재'를 만들어가면서 결정적인 영향을 끼쳤다고 서술한다. 컨에 따르면 '두터운 현재'에 근거한 '동시성'이 창조되기 이전, 즉 19세기는 '인과성'의 시대였다. 동일한 아이디어를 적용하면 19세기의 발명품들, 소설에서 플롯의 가치가 최고조에 이른 것, 프로이트의 정신분석이 등장한 것, 인과성을 해명함으로써 움직이지 않고도 범인을 찾아내는 탐정소설이 등

장한 것 등은 이 '인과성'의 시대가 생산한 예술적 효과들이다.

두 번째 장면은 20세기에서 21세기로 넘어오는 장면이다. 최근 이탈리아 맑스주의 이론가이자 활동가인 프랑코 베라르디 '비포(Franco Berardi [Bifo])'는 일종의 포스트미래주의 선언에 해당하는 저서에서 '미래'를 진보의 유토피아로 상상했던 20세기와 불안으로 선-경험하는 신자유주의적 21세기의 변화된 시간경험을 비교한다. '비포'에 따르면 유럽에서 이러한 변화, 그러니까 20세기의 혁명적 기획들이 구조적으로 미래라는 시간 형식에 기대고 있었던 것이 불가능하게 된 것은 1970년대에 자본주의가 파괴를 통한 축적 국면에 접어들면서 시작되었다. 1909년에 발표된 이탈리아 미래주의자들의 「미래주의 선언」은 '미래'에 대한 20세기적 신념을 가장 극명하게 보여주는 사건이었다. 하지만 '진보'의 가치를 '미래'를 향해 투사하던 20세기의 혁명적 기획은 68혁명에서 절정에 도달했다가 70년대 후반에 급속하게 시들었다. 1977년 영국의 펑크 록 밴드 섹스 피스톨즈(Sex Pistols)는 자신들의 첫 정규앨범에 수록된 〈god save the queen〉에서 노골적으로 "너에게는 미래가 없다"라고 외쳤다. 당시 영국은 불황과 실업의 광풍에 휩싸여 있었다. 그때에도 문제는 경제였다. 1974~77년 사이에 영국은 유래를 찾기 어려운 인플레 상황에 직면하고 있었고, 30%에 육박하는 물가상승률과 120%까지 치솟은 실업률로 사실상 초토화되었다. 당시 청년 실업률이 200%를 넘어서자 뒷골목의 청년들이 무정부주의를 외치며 패션과 음악을 통해 기존 질서에 대해 반항하기 시작했는데, 섹스 피스톨즈로 대표되는 70년대 영국의 펑크 음악은 사회적으로 거세된 이들 청년층의 박탈감과 허무의 표현이었다. 이들은 젠체하는 베이비 붐 세대(Baby Boom Generation)를 직접적인 타깃으로 삼아 기존의 모든 제도와 질서를 파괴하려 했다. 그들은 청년 실업은 외면한 채 전통만을 강조하는 영국 정부를 향해 "난 영국을 무정부로 만들고 싶어!", "너에게는 미래가 없어"라고 소리를 질렀다.

이들 두 장면은 사회상의 변화가 예술의 변화를 수반한다는 것을, 예술의 변화에는 직간접적으로 사회상의 변화가 투영되기 마련임을 보여준다. 예술은 기존의 질서나 논리를 벗어나려는 탈코드화 운동을 통해 새로운 경향을 생산하지만, 그러한 예술의 변화가 특정한 시대의 인식틀이나 공통감과 무관하게 진행되지는 않는다. 흔히 예술의 변화는 예술 자체의 내부적인 논리에 의해 설명되는 경향이 있으며, '미학'이라는 이름으로 행해지는 이러한 패러다임의 변화는 사회상의 변화와 별개의 것으로 취급된다. 예술의 변화를 가까운 거리에서 고찰하면 이러한 내적 논리는 일정한 타당성을 지니는 듯하지만, 일정한 역사적 거리를 두고 관찰하면 그 변화가 사회의 성격이나 생활상의 변화와 밀접한 관련을 지닌다는 사실이 분명하게 드러난다. 예술의 장르, 그리고 장르 내부에서 발생하는 경향의 변화는 이처럼 사회적 · 역사적인 성격을 띠며, 한 장르 내부에서 제기되는 특정한 가치나 범주의 변화 또한 사회적 · 역사적으로 접근될 수 있다. 시대 사이에는 비약이 있으며, 역사적 과정에는 단절이 개입되기 마련이라는 지그프리트 크라카우어의 주장은 예술의 역사에도, 한 장르 내부에서 발생하는 범주의 변화에도 동일하게 적용된다.

2.

19~20세기, 무겁고 견고한 근대성의 시대에 '노동'의 의미는 각별했다. 근대 자본주의는 이윤 추구와 교환 성향이 인간의 본능이며 '노동'이 가치의 원천이라는 믿음에 근거해 노동하는 존재로서의 인간이라는 새로운 주체상을 등장시켰다. 근대적 패러다임은 인간을 노동하는 존재, 즉 '노동자'로 규정하려는 자본의 욕망과 '노동'으로부터 벗어나려는 노동해방의 욕망이 포드주의적 생산 공간인 공장에서 조직적인 방식으로 부딪힐

수밖에 없는 구조를 낳았다. 근대 산업사회에서 산업 부르주아지와 노동 계급은 사실상 갈등적 동맹관계를 유지했다. 그들은 생산과 분배의 과정에서 지속적인 갈등관계에 있었으나, 그들은 자본주의적 생산관계가 생산한 일종의 '짝'이었기 때문에 어느 한편이 다른 한편을 일방적으로 부정할 수 없는 관계였다. 타자의 소멸은 곧 주체(자신)의 소멸을 의미하는 것이었다.

근대 산업사회에서 인간은 노동에의 의지와 능력을 상실하지 않은 한에서만 사회의 일원으로 간주될 수 있었고, 근대적 감옥 기계는 모든 사회적 일탈자들을 노동하는 존재로 바꿔내는 거대한 기계의 일부였다. 교정을 통한 재사회화란 '노동'을 유일한 삶의 조건으로 받아들이는 순응적 신체의 생산이었다. 그런 점에서 19~20세기는 분명 '노동의 세기'였다. 또한 그것은 '자본의 세기'이기도 했다. 노동의 세기에 '노동자'는 대표적으로 억압받는 자들의 계급적 명칭이었고, 소수자의 대표적인 형상이었으며, 또한 유일한 사회혁명의 주도 세력으로 평가되었다. 산업자본주의는 자본에 의한 노동의 전일적 지배를 통해 무한한 잉여가치를 창출했고, 뒤집어 말하면 이 과정은 자본에 의한 노동의 착취를 의미하는 것이었다. 포드주의에 기반한 대량생산의 메커니즘은 그것의 상징이었다. 한때 '노동'이 신성한 것이라는 나르시시즘이 등장하기도 했으나, '노동시', '노동문학'이라는 범주가 등장한 것은 '노동자' 계급이 자본주의에서 착취당하는 대표적인 주체이며 맑스의 예언처럼 자본주의를 극복할 수 있는 잠재력 또한 그들에게 있다는 믿음에서 비롯되었다. 19~20세기에 '노동자'는 자본에 의해 착취되는, 동시에 자본의 지배에 맞서는 대표적 계급의 이름이었다. 하지만 이러한 '노동의 세기'는 더 이상 존재하지 않는다. 이러한 변화과정을 '유동적 근대'의 도래라고 불러야 할 것인지는 확신할 수 없다. 하지만 포스트포디즘의 시대, 즉 신자유주의의 등장이 노동과 자본의 갈등적 공모관계를 해체했고, 그 해체의 과정이 '노동'과 '자본' 각각의 내적 분열을 불러왔음은 분명하다. 오늘날의 노동에서는 필요노동시간이 가치를 결정하지 않는다. 또한 그것이 가치의 유일한 원천도 아니다. 이처럼 노동이 특유의 기계적 형태를 상실하고 비물질적, 언어적, 정동적인 것이 될 때 시간과 가치 사이의 결정론인 관계는 깨진다. 그리고 가치와 필요노동시간 사이의 관계에서 벗어난 탈산업 경제에서의 노동은 더 이상 근대적 범주로 설명되지 않는다. 기호자본주의나 인지자본주의라는 개념이 등장하는 것은 이런 맥락에서이다. 이러한 시스템하에서 노동력은 탈(脫)인격적이고 재조합 가능한 정신의 세포와 같다. 여전히 포드주의적인 방식의 공장노동이 잔존하고 있는 것은 사실이지만, 그 또한 '노동의 세기'에서의 '노동'과 동일한 노동은 아니다. 이러한 자본주의의 성격변화는 결국 진보운동에서 '노동'이 차지하는 위상을 크게 약화시켰다. 오늘날 노동운동은 과거에 지녔던 저항성을 상실했고, 그들이 감당해왔던 '착취'의 대부분은 비정규직노동자나 이주노동자에게 이전되었다. 이제 우리는 프롤레타리아가 아니라 정보화 시대의 유식계급인 코그니타리아트(cognitariat)나 불안정한 상태에 놓인 프레카리아트(precariat)에 대해 이야기해야 한다.

그렇다면 신자유주의의 도래는 '노동시'에 어떤 변화를 가져오는가? 이 지점에서 우리는 과거 '노동의 세기'에 등장하여 노동하는 인간의 비참한 일상과 노동에 대한 자본의 착취를 형상화한 문학적 범주로서의 '노동시'에 대해 근본적인 고민을 시작해야 한다. 이 고민에 대한 나의 대답은 '노동시' 개념의 해체이다. 노동의 형태가 바뀌었고, 노동과 자본의 대립 양상이 변했으며, 진보세력에서 '노동'이 차지하는 위상과 역할이 크게 후퇴한 상황에서 20세기의 산물인 '노동시' 개념을 그대로 사용하는 것은 무의미하다. 이는 김기택의 『사무원』(1999)이 '노동시'의 범주로 설명될 때부터 이미 예고된 것이었다. 그리고 이기인, 황규관, 김사이, 문동만, 임성용, 최종천 등 소위 '노동시'의 계보 안에서 평가되는 시인들의 시에서도 80~90년대적인 '노동시'의 흔적을 발견하긴 어렵다. 과거 노동시의 한 정점이었던 백무산의 시적 변화는 이를 분명하게 보여준다. '노동시'라는 개념을 사용하는 것이 불가능하지는 않지만, 그 개념의 실효성이 크지 않음을 알면서도 우리는 왜 그것을 고집해야 할까? 지금의 문학장에서 '노동시'라는 개념이 특정 시인들의 시세계를 제한하는 부정적인 역할을 수행하고 있는 것은 아닐까? 만일 오늘날의 '노동시'가 특유의 진보적 · 비판적 성격을 갖는 것이 아니라 노동하는 존재의 내면과 일상적 경험을 보편적인 언어로 표현하는 것에 한층 근접하고 있다면, 우리가 굳이 그것을 '노동시'라는 울타리 안에 가두어야 할 이유는 없을 듯하다. 실제로 지금의 문학장 안에서 '노동시'라는 개념은 어떤 특이성의 산물이 아니라 보통명사로서의 '시'와 구별하기 위한 배제적 장치로 기능하는 측면이 강하다. 그것은 마치 '안'과 '밖'의 위상학과 같아서, 특정한 작품을 '노동시'라고 말하는 순간 일반적인 의미의 '시'와 다르게 취급해야 할 어떤 것으로 인식되는 경향이 있다. 이 경우 '시'는 '안'의 문학이고, '노동시'는 '바깥'의 문학이 된다. 이는 몇몇 문예지들이 제한적인 방식으로 '노동시' 특집을 기획하는 사례에서도 분명하게 드러난다. 왜 '노동시'는 '시'가 아닌 '노동시'의 이름으로만 발화되어야 하는 것일까? 거기에는 시인의 직업이나 이력 같은 창작 주체에 대한 고정관념이 개입되어 있는 것은 아닐까? 왜 노동자 시인의 작품은 노동에 관한 이야기를 담고 있지 않을 때조차도 '노동시'로 분류되어야 하는가?

'노동시'라는 개념에는 과거 포드주의적 산업자본주의에서 공장노동, 육체노동이 차지했던 특별한 의미가 포함되어 있다. 하지만 오늘날의 노동은 웹이라는 장치를 통해 세포적인 방식으로 연결됨으로써 탈산업적인 기호자본, 금융자본을 생산하는 과정으로 바뀌었다. 기술적 변형은 경제 과정을 물질적 재화의 생산으로부터 기호재화의 생산으로 급속하게 이동시키고 있다. 위에서 설명했듯이 노동운동이 진보세력의 중추가 아닌 상황이라면, 특히 '노동'이 공장에서 수행되는 육체노동에 한정되지 않는 상황이라면, 더구나 '노동시'의 시세계가 노동하는 삶의 고단함이나 자본의 착취에 대한 비판에 국한되지 않는 상황이라면 이제 '노동시'라는 오래된 이름을 버려도 좋지 않을까? 이때 비로소 '노동시'와 '노동시 아닌 것', 즉 보통명사로서의 시 사이에 존재해왔던 장벽이 없어지고 '노동시'가 '시'의 이름으로 정당하게 평가될 수 있지 않을까?

3.

'현장'이란 무엇인가? 그것은 '사건'이 발생하는 시공간(시간/장소)이다. 이는 '현장'과 '현장 아닌 곳'의 경계가 지극히 유동적이라는 것, 세계의 모든 곳은 잠재적인 '현장'의 성격을 갖고 있다는 것을 의미한다. 신자유주의 이후 한국 사회가 거대한 '현장'으로 변해가고 있는 현실이 이를 증명한다. 현대는 예외상태와 정상상태의 구분이 무너진 세계이다. 일상화된 예외는 이미 정상의 일부가 되었다. 과거 '(육체)노동'이 강력한 중심이었을 때 '현장'은 주로 공장을 의미했다. 학생운동이 진보진영 내에서 일정한 역할을 수행했을 때, '현장'은 주로 물리적인 싸움이 벌어지는 학교 앞 거리를 지칭하는 제한된 단어였다. 그러나 광범위한 구조조정과 폭력적인 개발이 일상이 된 지금 '현장'은 사회 전체로 확장되었다. '현장'은 더 이상 고정된 장소성을 갖지 않는다. 그것은 차라리 시시각각 확대되고 있는 진행형의 사건에 가깝다. 더불어 우리의 삶이 '사건'에 휘말리는 것 역시 우리의 의지와는 무관한 일이 되었다. 시위의 상징적 장소가 된 시청 앞 광장, 해군기지 건설이 진행되고 있는 강정마을, 도심재개발의 상흔이 새겨져 있는 용산참사 현장, 구조조정에 반대하는 평택의 쌍용자동차, 재능교육 노조의 파업현장, 국토 전체를 대상으로 한 4대강 사업 현장 등은 최근 몇 년 사이에 생겨난 '현장들'이다. 운동이 죽은 것(자본)의 지배에 대항해 살아 있는 사회적 영역을 재구성하는 일의 주체적 측면이라면 운동이 존재하는 모든 곳은 '현장'이며, 희망이 중력의 힘에 맞서는 의지라면 절망과 희망이 날카로운 파열음을 내면서 대립하고 있는 모든 삶의 공간 또한 현장이다. 금융자본주의의 폭력성에 반대하는 미국의 대중들이 월스트리트를 점거했을 때, 세계금융의 심장부였던 월스트리트는 일순간 '현장'으로 바뀌었다. 그러므로 이렇게 말할 수도 있을 듯하다. 권력과 저항이, 희망과 절망이, 중력과 그것으로부터 벗어나려는 해방의 가능성이 불투명한 형태로 대결하고 있는 모든 곳은 '현장'이라고.

'현장'에 대한 이러한 규정은 자연스럽게 '사건'이 발생하는 시공간에서 싸우고 있는 사람들에 대한 관심을 환기한다. 그들은 누구이며, 우리는 그들을 무엇이라고 불러야 할까? 신자유주의의 공습에 맞서 힘겹게 싸우고 있는 사람들은 누구이며, 금융자본주의 시대에 직접적으로 위기에 노출된 사람들은 누구인가? 오늘날 많은 사람들은 그들을 '대중'이라고 부른다.

> 대중을 정의해 주는 것은 어떤 정치적 목적이나 경제적 이해관계, 수의 다수성이 아니라, 주어진 자리에서 벗어나려는 이탈의 벡터라고 해야 한다. 따라서 개인적인 수준에서도 '애중'이 되는 현상을 규정할 수 있다. 즉 한 개인이 자신에게 주어진 자리에서 이탈하려는 벡터에 의해 움직일 때, 그는 대중이 된다. 주어진 직업, 주어진 업무, 주어진 삶의 방식, 주어진 행동 방식에서 이탈하려는 자는 이미 잠재적으로 대중이 되고 있는 것이다. 이러한 이탈의 성분이 집합적인 양상으로 진행되며 일정한 수의 사람들을 모으기 시작할 때, 그리고 그 사람들 사이에 어떤 감응이 발생하여 전염되기 시작할 때, 그리하여 집합적인 움직임을 만들기 시작할 때, 대중이라고 말할 수 있는 충분한 조건이 갖춰진다고 하겠다.[1]

1) 이진경, 『대중과 흐름』, 그린비, 2012, 22쪽.

일찍이 헤겔은 의식이 행위와 행위자를 매개한다는 점을 강조하면서 '주체'를 의식의 범주로 설명했다. 이러한 헤겔적 의미의 주체 개념은 적어도 블랑쇼나 레비나스 등의 '타자의 철학'과 직면하기 전까지는 의심되지 않았다. 맑스주의의 전통 또한 '주체'에 대한 헤겔적 이해를 계승했다. 하지만 '주체'가 의식의 차원에서 정의되는 것이라면 오늘날 그 개념을 그대로 사용하는 것에는 무리가 따른다. 불행하게도 노동력이 거대한 네트워크의 일부가 되어 재조립을 통해 전유되는 신자유주의 시대에 의식을 담지한 '주체'라는 개념은 무의미하거나 불가능한 것처럼 보이기 때문이다. "이제 자본주의에게는 노동자들이 필요 없다. 오직 저임금을 받고 불안정하며 탈인격화된 세포형태의 노동 프랙탈들만이 필요할 뿐이다."[2] 신자유주의가 노동력을 전유하는 방식만을 고려한다면 '주체' 개념은 '행위자' 개념으로 바뀌는 것이 타당할 듯하다. 하지만 '사건'과 관계하면서 '주체'는 급속하게 '대중'이 되는 경향을 보이고 있다. 일반적으로 대중(mass)은 권위적인 제도가 침투하기 어려운 자율성을 지닌 다수인 공중(public)과 구분되는 비자율적인 수동적 집단으로 간주된다. 하지만 위의 인용에서 '대중'은 수동적인 불특정 다수를 뜻하는 대중(mass)이 아니라 "주어진 자리에서 벗어나려는 이탈의 벡터"와 그것이 사람들 사이에서 어떤 감응을 발생시켜 전염력을 갖게 되는 것을 가리키는 개념이다. 여기에서 대중은 "흐름으로서의 대중"으로 인식된다. 대중(mass)의 대중화라고도 말할 수 있는 이러한 흐름은 경험적 차원에서 어떤 '사건'과 관계된다. 왜냐하면 "주어진 자리에서 벗어나려는 이탈의 벡터" 자체가 이미 '사건'의 성격을 갖기 때문이다. 그렇기 때문에 대중은 특정한 계급이나 계층, 혹은 직업군과 동일시될 수 없으며, 같은 이유에서 양적인 잣대에 의해 규정되지도 않는다. 물론 이렇게 말하면 대중(mass)의 대중화 과정이 매우 낙관적

---

2) 프랑코 베라르디 '비포', 강서진 옮김, 『미래 이후』, 난장, 2013, 216쪽.

인 것으로 인식될 위험도 있다. 2000년 이후 한국 사회에서 "주어진 자리에서 벗어나려는 이탈의 벡터"에 가해진 권력의 대응이 어떤 것인가를 생각해보자. 그래서 흐름으로서의 대중이 갖는 이론적 잠재성과 그들의 고통과 상처에 착목하는 문학적 형상화의 길은 다를 수밖에 없다. 그럼에도 불구하고 지난 10여 년의 문학적 생산물들은 대중의 존재에 주목해왔다.

최근의 한국문학은, 시의 경우에는 조금 다른 양상을 보이고 있지만, 비정규직노동자, 이주노동자, 청년 백수, 프리타, 프레카리아트, 탈북자 등에 관심을 집중하고 있다. 과거 '노동자' 주체를 중심으로 자본주의의 모순을 비판하고 저항의 가능성을 타진하던 시선은 최근 급속하게 이들에게로 이동하고 있다. 산업사회에서 비교적 안정적이고 단일한 주체로서의 계급적 성격을 띠었던 노동자와 달리 이들에게는 계급적인 성격도, 안정적인 주체성도 존재하지 않는다. 단적으로 '불안정한(precarious)'과 '프롤레타리아트(proletariat)'의 합성어인 '프레카리아트' 개념은 불안정한 노동자만이 아니라 청년, 대학생, 백수, 장애인까지 포함한다. 이들은 '불안정성'이라는 공통의 근거를 제외하면 사실상 어떠한 공통점도, 의식의 전체성도, 단일한 계급적 성격이나 이익도 공유하고 있지 않다. 그렇기 때문에 신자유주의하에서 '사건'에 결부된 존재는 노동자-주체가 아니라 프레카리아트일 수밖에 없다. 이제 '노동'의 시대는 지나갔다.

물론 이러한 시선의 이동이 곧 '노동자=기득권세력'이라는 식의 단순한 논리를 의미하지는 않는다. 하지만 위에서 열거한 존재들이 대의제 프레임에서 대의될 수 없는 존재들, 그리하여 사실상 목소리가 없는 존재의 상태에 처해 있음은 분명하다. 오늘날 노동의 성격은 단일하지 않다. 자본과 노동이 지구적으로 이동하는 신자유주의 시대에 '노동'은 정규직과 비정규직, 내국인노동자와 이주노동자로 세분되면서 '노동' 내부에 미묘한 위계가 발생하고, 그 위계는 국가적 · 민족적 정체성과 결합되어 이주자들을 불가시의 영역으로 추방하는 효과를 낳고 있다. 그렇기 때문에 '정의', '환대', '타자' 등의 정치철학적 사유는 산업자본주의 시대의 강력한 주체였던 '노동자'가 아니라 이들을 중심으로 담론화된다. 정리해고와 구조조정이라는 문제가 없는 것은 아니지만, 오늘날 노동과 자본의 갈등은 절대적으로 비정규직 노동자에게 한정되는 경향이 있으며, 노동에 대한 자본의 착취가 가장 극단적인 방식으로 자행되는 곳 역시 비정규직 노동자와 이주노동자가 노동하는 공간이다. 이미 발생한 몇몇 사례들, 그리고 지금 이 순간에도 탄압이 진행되고 있는 '사건'의 현장을 고찰해보면 흥미로운 공통점이 발견된다. 그것은 고립적인 상태에서 진행되던 이들의 싸움이 점차 사회적인 연대의 방향을 향해 확산된다는 것, 고용조건의 개선과 임금인상 같은 경제적 이해관계를 둘러싸고 시작된 이들의 투쟁이 신자유주의 폭력성에 대한 근본적 문제제기로 변한다는 것, 그리고 결정적으로 이 과정을 통해서 개별적인 '사건'의 장소들이 일정한 네트워크를 형성하기 시작한다는 것이다. 자본과의 싸움이 생기기 이전에는 오직 잠재성으로만 존재했던 삶의 연속성에 대한 감각이 싸움의 과정에서 확인되거나 확대되며, 그리하여 싸움의 승패와는 별개로 일정한 유대감이 형성되기 시작했다. 어쩌면 개별적인 장소들이 '사건'의 시공간이 되는 것은 그것이 이러한 변화를 불러오기 때문인지도 모른다. 지난날 이 삶의 연속성에 대한 감각은 모든 사건을 매개하거나 종합할 수 있는 상위의 가치에 의해 주도되었고, 따라서 사건과 사건, 장소와 장소가 연결되기 위해서는 항상 그것들을 연결시키는 별도의 매개가 필요했다. 하지만 '대중'의 존재가 증명하듯이 오늘날 흐름으로서의 '대중'에는 그것을 대표할 인물이나 조직이 없고, 바로 그 때문에 항상적인 의식의 담지체인 '주체'가 존재하지 않는다. '주체'에 비해 흐름으로서의 '대중'은 그 성격과 방향이 매우 유동적이다.

4.

펠릭스 가타리는 마지막 저서에서 파국의 현실을 마주하고 이렇게 질문했다. "20세기 말을 암울하게 만드는 안개와 독가스 속에서 주체성 문제가 중심 문제로 다시 등장하고 있다. 주체성은 더 이상 공기나 물처럼 자연적으로 주어지는 것이 아니다. 어떻게 주체성을 생산하고 포획하고 풍부화하고, 이제 돌연변이적인 가치 세계와 양립할 수 있는 방식으로 끊임없이 재발명해 가는가? 주체성의 해방, 즉 주체성의 재특이화를 위해서 어떻게 해야 하는가?"[3] 이 질문에서 가타리는 기존의 권력-질서를 일괄적으로 해체하는 혁명이 아니라 권력-질서에서 빠져나오는 다수의 탈출구와 도주로를 '희망'과 '즐거움'으로 사유하려 했다. 이러한 탈출구와 도주로에 최근 '봉기'라는 새로운 이름이 부여되었다. 탈출은 도주-도망과 새로운 무기의 발명이라는 이중성을 갖는다. 실제로 '대중(mass)'의 대중화가 중요한 사유의 결절점이 되는 것은 이 이중성 때문이다.

1997년 외환위기 이후에 발표된 소설들은 이 탈출구와 도주로를 발견하려고 노력했거나, 반대로 그것의 불가능성을 재확인함으로써 신자유주의에 의해 봉쇄된 비루한 일상을 그려왔다. 반면 '시와 정치'에 관한 최근의 논의들, 그리고 거기에서 자주 인용된 몇몇 시인들의 작품을 제외하면, 2000년대 한국시의 일반적 경향은 전자보다는 후자에 가까운 게 사실이다. 이는 일차적으로 장르의 속성에서 비롯되는 차이의 결과이지만, 최근의 한국시는 감성의 차원에서 사건의 시공간과 대중을 형상화함으로써 자본의 가치에 의해 삭제된 그들의 존재감을 복원하고 있다. 시적 감수성이란 단순한 개인의 주관적 느낌이 아니라—느낌 속에서 대상은 이미-항상 '나'와는 무관한 객체, 즉 대상화된다—언어로 표현하지 못하는, 언어

---

3) 펠릭스 가타리, 윤수종 옮김, 『카오스모제』, 동문선, 2003, 174쪽.

가 도달할 수 없는 어떤 존재의 세계에 공명하는 능력이다. 감수성은 자본이 강제하는 강력한 소비주체로서의 개인들 사이에 연속성의 선을 긋는 저항의 몸짓이다. 그것을 '정치'라고 부르든, '현장'이라고 부르든, 혹은 '사건'이라고 부르든, 최근의 한국시는 이들 대중의 존재를 시에 새기면서 새로운 저항의 계보를 구성하고 있다. 다만 이 저항의 계보에서 과거 우리가 '노동시'라고 명명했던 것들의 위상이 크지 않다는 것이다. 아울러 노동현장에서 포드주의에 전형적인 훈육 모델이 쇠퇴하고 대신 자율성을 강제하는 새로운 규범들이 등장하고 있는 지금, 우리가 산업의 중심인 '공장'을 여전히 강력한 현장이라고 말해야 하는 것인지도 의문이다. 자본주의의 새로운 패러다임이 지배적인 위치를 점하고 있는 지금, 우리는 그것에 의해 억압당하는, 그것에 맞서 싸우는 존재들의 이름 아닌 이름을 불러야 하는 것은 아닐까? 비록 그 외침이 어떤 출구와 도주의 가능성을 보여주지 못한다 할지라도 이미 현장이 그곳으로 바뀐 것은 아닐까. 산업적 훈육이 사라졌다고 말할 수는 없지만 생산적 노동의 지성화는 이미 '노동'의 개념을 크게 흔들어놓았다. 우리는 이제 '노동시'라는 오래된 영토에서 벗어나 새로운 영토를 개척해야 할 시기에 이르렀다. 지금 '노동시'는 보편과 특수, 안과 밖, 일종의 예외적인 반(半)문학적 현상을 기술하는 일종의 우리(cage)이다.

우리가 알던 노동시의 종언

— 2000년대 노동시에 관한 단상

0. 어떤 불편함에 대하여

최근 한 문예지에 발표한 글에서 나는 '노동시' 개념을 폐기할 것을 제안했다. 지난날 노동문학(노동시: 이하 '노동시'로 통일함)은 노동자-주체의 계급적 시선으로 노동과 일상을 언어화함으로써 자본주의적 현실을 비판하는 역할을 담당했고, 설령 그것이 기성의 문학제도에 편입되려는 인정욕망에서 자유롭지 않았다 할지라도 소위 진보적 문학 진영 내에서 민중문학의 한 구심점으로 기능했다. 노동하는 인간이 사회-자본이 자신에게 부여한 자리, 즉 '노동'을 벗어나 자신의 삶과 세계에 대한 표현욕망을 드러냈다는 사실만으로도 노동시는 하나의 문학적 사건이었고, 그것이 자본주의하의 대표적인 피착취 계급인 노동자에게서 발원했다는 사실 자체가 매우 상징적인 성격을 지녔다. 하지만 구로노동자문학회를 비롯하여 노동시가 문학제도 내에서 진보적인 역할을 수행하던 시대는 이미 지나갔다. 더불어 노동운동이 한국사회에서 주도적인 역할을 담당하는 시대 역시 끝났다. 물론 여전히 '노동시'라는 용어는 그 외연을 확장하면서 멀쩡하게 사용되고 있다. 드물지만 소수의 문예지에선 요즘에도 가끔 노동시가 '특집'이나 '기획'이라는 이름으로 다뤄지고 있고, 심지어 그 이름으로 시집들이 출간되기도 한다. 하지만 그것들의 사회적 영향력은 사실상 제로에 가깝고, 창작자와 독자 모두에게서 철저하게 외면당하고 있다. 사회적 영향력이 없으니, 혹은 문학제도 내에서의 파급력이 없으니 폐기하자는 말이 아니다. 소위 노동시로 분류 · 평가되는 작품들을 더 이상 그 낡은 잣대로 부르지 말자는 것이다.

2000년 이후의 노동시는 지난날 '노동'의 시대에 지녔던 계급적 시선과는 매우 다른 양상을 보이고 있다. 이 '다른 양상'은 두 얼굴을 지녔다. 제도로서의 문학에 포획되었다는 부정성과 '계급'과 '해방'이라는 강박에서 벗어남으로써 다양한 진화의 가능성을 보여준다는 긍정성이 그것이다. 이러한 변화를 외면하고 '노동시'라는 용어를 고집할 때, 우리는 '노동시'의 외연을 점차 넓혀가다가 마침내 '노동시'와 '노동시가 아닌 것'의 경계가 모호해지는 상황에 직면하게 될 것이다. 그리고 그때 우리는 '이것이 노동시인가 아닌가'를 판단하기 위해서 창작 주체의 이력(그가 노동자인가, 또는 그가 노동자였는가 등)을 고려하지 않을 수 없는 어처구니없는 사태에 봉착할 것이다. 여기서 나는 '노동시' 개념을 두고 그것이 '노동자-주체'의 문제인가 '노동-대상'의 문제인가 하는 80~90년대의 논쟁을 재론할 생각이 없다. 다만 노동과 문학을 둘러싸고 있는 사회적 환경이 바뀌었음을 직시하자는 것, 그리하여 19~20세기적 개념인 '노동시'에서 벗어나 '새로운 평면' 위에서 사고하자는 제안이다. 물론 그 '새로운 평면'이 무엇이어야 하는가는 별도의 논의가 필요할 것이다. 최근의 문학적 논의에서 '노동시'는 일종의 '우리(cage)'처럼 기능하고 있다. 그것은 제도화된 문학이 포함적 배제의 권력을 작동시키기에 적당한, 그리하여 '노동시'라고 명명하는 순간 '시' 일반과는 다른 층위에서, 다른 시선으로 담론화된다는 느낌을 지우기가 어렵다. 한편에는 '시'가 있고, 다른 한편에는 '시' 바깥의 시, 즉 '노동시'가 있는 듯하다. 그것은 마치 일정한 미학적 숙련성을 획득한 아마추어리즘을 완곡하게 표현한 듯하고, 때문에 일반적인 의미의 '시'와 구분하여 별도로 논의해야 할 것으로 치부되는 경향이 있다. 이 경우 '노동시'는 그것이 설령 최선의, 최상의 것이라 할지라도 '시'의 가장자리나 바깥에 놓일 수밖에 없다. 이러한 현실을 타자화하는 방식으로 보호하는 '우리(cage)'의 이중성과 다르다고 말할 수 있을까. 소위 '노동시'를 쓰는 시인들, '노동시'라는 낙인 아닌 낙인을 달고 창작을 해야 하는 시인들이 이러한 현실을 수긍할 수 있을까.

한편 외환위기 이후에 분화된 '노동'과 '자본'의 성격 역시 '노동시'에 대한 재검토를 요청하고 있다. '노동시'는 산업자본주의 시대, 즉 포디즘의 산물이다. 과거에도 화이트칼라와 블루칼라의 구분이 없었던 것은 아니지만, 80년대의 산물인 '노동시'는 20세기적 자본주의의 '공장' 경험이 직접적인 기원이었다. 당시 그것은 변혁의 주체로 간주된 프롤레타리아의 시였고, 공장의 시였다. 하지만 한국자본주의의 성격이 급변하면서 오늘날 사회변화의 주체를 공장-프롤레타리아라고 믿는 사람은 별로 없다. 비정규직 800만 시대, IMF사태 이후 우리 사회는 비정규직이 노동의 일반적인 형태를 띤 비정상적 고용구조로 바뀌었고, 특히 이주노동자가 급증함에 따라 과거처럼 '총자본'과 '총노동'의 선명한 대립으로 포착하기 어려운 문제들이 등장했다. '자본'이 '능력'을 중시하는 초기 형태에서 '경쟁력'을 중시하는 신자유주의로 재편되었듯이, 노동의 이중분할(내국인/외국인, 정규직 노동자/비정규직 노동자)이라는 새로운 국면은 '노동'이라는 단일한 개념으로 그것의 진보성을 정의할 수 없는 상황을 초래했다. 오늘날 어떤 '노동'은 또 다른 '노동'을 착취함에 있어 자본과 공모하고 있다. 이에 따라 노동의 운동성은 '노동자'라는 단일한 형상이 아니라 이주노동자와 비정규직 노동자 쪽으로 급격하게 기울고 있다. 최근 텔레비전에서 방영되고 있는 드라마에 등장하는 대사처럼 "쓰다 떨어지면 언제든 새로 갖다 쓸 수 있는 호치키스 심" 같은 존재들이 문제이고, 노동해방이 아니라 "그 노예 한 번 되고 싶어서 죽을힘을 다해 버티는 사람들"이 문제인 것이다. 오늘날 대다수의 사람은 노동에서 해방되기를 원하기보다 노동에 종속되기를 열망한다. 그것도 '정규직'이라는 이름의 안정적인 '노예'를. 최근 사회학이나 정치철학이 불안정한 고용 상황에 놓인 비정규직, 파견직, 실업자, 노숙자들의 총칭인 프레카리아트(Precariat)에 집중적인 관심을 쏟고 있는 것도 포스트포디즘 시대에 나타나는 노동의 이중분절과 맞닿아 있다. 여기에 이주노동자 문제가 결합되면 상황은 한층 더 복잡해진다. 그들의 욕망은 소위 우리가 '노동자'라고 부르는 존재의 욕망과 겹쳐지지 않기 때문이다. 우리는 '이주노동자도 노동자다'라고 말해선 안 된다.

'노동시'는 자본주의의 산물이다. 자본주의는 민족국가의 경계 내부의 자본주의(가라타니 고진이 말하는 '네이션=스테이트=자본'의 삼위일체)에서 시작되어 "식민지만 있을 뿐 어떠한 식민지배 국가도 없"(지젝)는 범역적 자본주의, 즉 자본이 국가적 성격을 버리고 지구 전체를 넘나드는 신자유주의에 이르렀다. 흔히 금융자본주의라고 불리는 이 새로운 자본주의 시스템의 특징은 '노동'과 '노동의 외부' 사이에 존재했던 분할선을 지워버린다는 것이다. "피로사회는 자기 착취의 사회다. 피로사회에서 현대인은 피해자인 동시에 가해자이다."(한병철)라는 말처럼 성과와 경쟁이 최고의 가치인 신자유주의에서 '노동'과 '노동의 외부'로서의 일상은 더 이상 구분되지 않는다. 이것은 노동이 전통적인 '장소성'에서 해방되었음을 의미한다. 이 해방의 결과 모든 장소가—설령 그것이 사생활의 공간이라 할지라도—노동의 장소, 착취의 장소로 바뀌었다. 소위 인지자본주의의 등장으로 자본은 인지노동을 착취의 대상으로 삼기 시작했다. 이제 노동자의 신체는 물론이고 정서적인 교감능력과 언어능력마저도 착취의 대상으로 간주된다. 오늘날 '인지'는 더 이상 '노동'의 외부가 아니다. 또한 신자유주의하에서 노동은 네트워크 안에서 이뤄지는 정보노동의 디지털적 재조합이라는 특징으로 인해 디지털 노예로의 탈인간적 이행을 강제하고 있다. 디지털화된 생산의 재조합이 노동관계의 일반적 형태가 될 때, 노동시간이 점차 프랙탈화될 때, '노동'은 근본적으로 삶의 모든 시간들을 삼켜버린다. 여기에서 '노동(의 시간)'과 '노동 아닌 것(의 시간)'이라는 구별은 사라진다. '노동시'에 대한 논의가 무엇을, 어디까지를 '노동'의 범주에 포함시킬 것인가라는 어려운 질문에 봉착하게 되는 것이 바로 이 지점이다. 한때 우리는 산업자본주의하의 공장노동을 '노동'의 중심으로 간주했다. 90년대 이후, 우리는 화이트칼라의 사무노동을 '노동시'의 새로운 형태라고 말했다. 그리고 지금 우리는 성과와 경쟁을 위해 밥을 먹으면서도, 화장실에 앉아 있으면서도, 퇴근 후에는 컴퓨터 앞에서도 '노동'을 한다. 그렇다면 이 시대의 '노동시'가 특정할 수 있는 '노동'의 구체적인 형태와 양상은 존재할 수 있을까? 이 물음을 돌파하지 못하는 한 '노동시'라는 개념은 추억의 영속화이기 쉽다.

2. 노동시의 두 얼굴

1990년대를 지나오면서 한국 경제는 매우 빠른 속도로 세계경제에 편입되었다. 1995년 국제통상체제가 WTO(세계무역기구) 중심으로 재편되고 FTA(자유무역협정)가 세계경제의 중요한 이슈가 될 때부터, 또한 국제통화기금(IMF), 세계은행(WB), 국제부흥개발은행(IBRD) 같은 국제경제기구가 개별국가들의 경제에 결정적인 영향력을 행사하면서부터 한국자본주의의 성격 변화는 이미 예견되었다. 이 성격 변화의 구체적 양상은 '노동'과 '자본' 양자의 분화를 의미했고, 그것은 급속한 산업구조의 재편을 불러왔다. 90년대의 '노동시'는 이러한 외부적 환경의 변화에 끊임없이 영향을 받을 수밖에 없었는데, 그 무렵 '자본'과 '노동' 모두는 80년대의 '노동시', 박노해와 백무산의 시가 대중적인 영향력을 행사할 때의 그것과 같은 것이 아니었다. 외환위기 이후 엄청난 속도로 신자유주의의 영향력이 증대하면서 특히 '노동'의 이중분화의 과정을 겪을 수밖에 없었다. 이러한 일련의 변화는 2006년 '구로노동자문학회(1988~2006)'의 해체라는 상징적인 사건으로 드러났다. 2000년 이후 '노동시'는 가파른 내리막길을 걸어왔다. 물론 여전히 '노동시'라는 명칭이 사용되고, 드물지만 나름의 문학적 성과가 없었던 것은 아니었다. '노동시'의 외부로 시세계를 확장한 백무산을 제외하더라도 최종천, 송경동, 김사이, 황규관, 문동만, 임성용 등은 일정한 성취를 보여주는 시집들을 꾸준히 출간했다. 하지만 이들의 시에서 80년대 노동시의 흔적, 즉 계급적 시선에 입각한 자본(주의)에 대한 비판이나 저항의 흔적을 발견하기는 쉽지 않고, 무엇보다 2000년 이후에 이들이 보여준 시세계는 '노동'에 긴박되어 있지 않다. 예외적인 사례가 없진 않지만, 이들의 시는 80년대적인 의미의 '노동시'로 읽을 수도 없고, '노동시'의 변화나 확장이라는 맥락에서 조명하면 '노동시'의 정체성 자체가 모호해진다. 이러한 딜레마를 고스란히 껴안고 이들의 시세계를 조망해보자.

> 자연에서의 식물과 같이 노동계급은
> 인간 세계의 최초 에너지 생산자이다.
> 노동이 인간의 광합성인 것이다.
> 노동 착취가 없는 사회가 곧 원시사회이다.
> 노동 착취를 통해서만 사회는 발전한다.
>
> 이것이 노동 착취의 비밀이다.

— 최종천, 「노동은 인간의 광합성이다」 부분,
『고양이의 마술』(실천문학사, 2011)

최종천은 2000년 이후 세 권의 시집을 출간했다. 초기의 서정적 분위기에서의 그의 시집들을 순차적으로 읽다 보면, 최종천의 시세계는 첫 시집 『눈물은 푸르다』(2002)에서 보여준 특유의 서정적 분위기가 점차 사라지고 대신 '노동'에 대한 나르시시즘적 태도가 뚜렷해진다는 것을 감지할 수 있다. 그러나 이 태도는 '노동시'에서는 매우 위험한 것처럼 보인다. 시인은 자본주의의 부정성을 '노동'이 아니라 '착취'의 문제로 간주한다. 그는 '노동'을 "모든 필요를 만들어내던 손/인간의 유일한 실재인 노동"(「가엾은 내 손」)처럼 모든 가치의 원천이라고 생각하고, 그리하여 '노동'에서 분리된 '손'을 허구라고 말한다. "나는 노동을 잃어버리고//허구가 되어간다"(「가엾은 내 손」) "우리는 노동계급이다, 노동은/돈을 버는 게 아니라 만드는 거다"(「돈!」)라는 선언은 바로 '노동'을 긍정함으로써만 가능한 것이다. 그런데 이상하다. '노동'이 모든 가치의 원천이라고, 노동하는 '손'이 가장 아름다운 '손'이라고 강변하는 것은 대개 자본가나 자본의 이데올로그들의 몫이 아니었던가. 시인은 인용시에서 '고등어-사물'을 '고등어-사실'로 만드는 것이 '노동'이며, 그런 의미에서 노동계급은 "인간 세계 최초 에너지 생산자"라고 주장한다. 나아가 그는 "노동이 인간의 광합성인 것이다."라고 주장한다. 모든 가치의 원천은 '노동'이고, 따라서 노동자가 세상의 주인이며, 자본주의는 그 노동을 '착취'하기 때문에 문제라는 것이다. 그래서 "예술로는 자연을 볼 수가 없다./노동을 통해서만 자연은 보인다."(「망치에게」)처럼 진술할 수 있다. 그런데 정말 그러한가? 혹시 이것이 '노동'의 시선/욕망이 아니라 '자본'의 시선/욕망은 아닌가? 노동이 인간의 광합성이라고 말한다면, 노동하지 않는 존재, 노동할 수 없는 존재는 과연 무엇일까? 만일 노동이 그토록 가치 있는 것이라면 왜 다수의 사람은 노동을 하지 않으려는 것일까? 노동이 '자연'을 보는 유일한 방식이라는 논리가 근대 이후 자연에 대한 인간의 개발과 파괴에 정당성을 부여한 논리임을 모르는 것일까?

사실 '노동'에 대한 노동하는 존재의 애정은 당연한 것인지도 모른다. 실제로 80년대의 많은 노동시인들이 '노동'에 나르시시즘적 애정을 투사했었다. 그것을 통해서 그들은 노동하는 존재, 즉 노동자가 세상의 주인임을 외치고 싶었을 것이다. 하지만 이것은 '노동'과 '가치'의 관계를 잘못 이해한 것이다. 인간의 모든 가치 있는 활동이 '노동'이라는 발상, 모든 욕망이 '노동'의 욕망이라는 주장은 역사상 항상 자본가들의 것이었다. '일하지 않는 자여 먹지도 말라!'는 자본가를 비판하는 노동자의 구호였지만, 동시에 노동자를 비판하는 자본가의 구호이기도 했다. 일찍이 한나 아렌트는 인간의 '활동적 삶'을 노동(labor), 작업(work), 행위(action)의 세 가지로 구분했다. 그녀에 따르면 '노동'은 "인간신체의 생물학적 과정에 상응하는 활동"이며, '작업'은 "인간 실존의 비자연적인 것에 상응하는 활동"이고, '행위'는 "사물이나 물질의 매개 없이 인간 사이에 직접적으로 수행되는 유일한 활동"이다. 쉽게 설명하면 '노동'은 동물로서의 인간이 육체적인 생명을 유지하기 위해서 하는 활동이고, '작업'은 도구성의 지배하에 인공세계를 구성하는 사용물을 생산하는 활동이며, '행위'는 정치처럼 인간들 사이의 유기적 관계를 형성하기 위한 활동이다. 아렌트는 "행위만이 인간의 배타적 특권이다"라고 주장했다. 아렌트는 현대를 인간의 삶 모두가 '노동'으로 전락한 시대라고 생각했다. 비단 아렌트만이 아니다. 오늘날 자본주의를 비판하는 사람들은 공통적으로 '사용물'을 생산하는 창조적 활동이 근대 이후에 '노동'이 되었다는 사실에 분개한다. '노동'에 자부심을 느끼는 노동자들의 의식과 달리 '노동'에는 이미-항상 자본의 흔적이 새겨져 있다. 우리는 화폐로 계산되고 지불될 수 있는 인간의 활동, 더 많은 이윤과 잉여가치를 창출하는 데 투여된 활동을 '노동'이라고 부른다. 그래서 현대의 노동운동은 '노동'을 사랑하거나 긍정하는 것이 아니라 적극적인 '노동거부'로 나아간다. 많은 사람이 '노동'의 바깥에서 인간의 삶을 재규정하기 위해 '활동'이라는 용어를 사용하고 있다. 노동하지 말고 활동하라, 이것이 그들의 주장이다. 사정이 이렇다면 '노동'에 대한 최종천의 사유는 재검토되어야 하는 게 아닐까. '노동'에 대한 나르시시즘적 태도를 제외하면 자본주의 세계에 대한 직설적인 공격성을 담고 있는 최종천의 시편들은 '노동시'에 대한 우리의 상식적 이해에 근접한다. 하지만 첫 시집에서 세 번째 시집에 이르는 과정을 '진화'나 '변화'라고 평가하기는 어려울 듯하다. 그것은 초기시의 서정성이 탈각된 자리를 점차 계몽적이고 선언적인 명령어들이 채워나가고 있기 때문이다.

비록 지금은 내가 사는 세상이 좋아
나는, 내 빈궁이 또한 남의 빈궁이려니 생각했다
남의 일을 내 일로 여겨 크게 염려하지 않았다
그러나 한 가지 생각만큼은 곱씹으며 살았으니
이렇게 없는 살림을 못가진 자의 넋두리라고 외면하는 사람들은
죽을 때까지 남의 슬픔을 내 슬픔으로 알지 못하는 뼈다귀들이다
왜냐면 그들의 식탁에선 삼겹살 값이 아무리 오른다 한들
일곱 살 난 아이의 울음을 헤아릴 수 없으므로
아이의 울음에도 고열에 들뜬 기침소리에도
심지어 먹다 남긴 삼겹살 불판에도 삶의 근원과 희망은 없다
다만, 우리에겐 살아가야 한다는 궁상이 있을 뿐이다

— 임성용, 「빈궁」 부분, 『하늘공장』(삶이보이는창, 2007)

임성용의 시는 최종천의 시와 다르다. 임성용의 시는 80년대 '노동시'의 민중적 서정을 계승하면서도, 구체적 일상과 감성에 천착함으로써 어떻게 자본주의적 일상 속에서 노동하는 존재의 시선이 새로운 시적 흐름을 만들어낼 수 있는가를 보여준다. 일상의 편린들을 노동자 특유의 감각으로 포착하는 그의 시에는 '노동'에 대한 나르시시즘이 없다. 그의 시에서 '노

동'은 노동자의 육체가 "날마다 해체되는 과정"(「계단을 오르며」)이다. 노동하는 존재의 감각으로 일상을 표현하되 '노동'을 가치 있는 것으로 간주하지 않음으로써 시인은 자본주의 현실에서 발생하는 문제들을 '가난'의 문제로 포착한다. 임성용의 시에서 '가난'은 개인과 가족의 생계를 위협하는 고통인데, 시인은 그 속에서도 조심스럽게 "수평의 공간"(「매미 소리」)으로 상징되는 '평등'의 가능성을 타진하고 있다. 임성용의 시에서 '평등'은 90년대의 그것처럼 노동운동이나 정치투쟁을 통해 쟁취되어야 할 '이념'이 아니다. 그것은 "죽을 때까지 남의 슬픔을 내 슬픔으로 알지 못하는 뼈다귀들이다"라는 진술처럼 타인의 슬픔을 '나'의 슬픔으로 번역하고 느끼는 공감과 연대의 능력이다. 임성용의 『하늘공장』(삶이보이는창, 2007)에는 삶의 연속성을 '평등'의 감각으로 표현하는 구절들을 도처에 흩뿌려져 있다. 이를테면 시인이 '물의 마음'을 아는 것은 "내가 물의 마음이 되지 않고서야/내가 물의 사랑이 되지 않고서야/그것은 죽어도 알 수 없는 일"(「물의 마음」)이라고 쓸 때, 빗물에 씻겨 흐르는 나뭇가지를 측은하게 바라보는 '당신'을 보면서 "나도 언젠가 당신처럼 측은한 날이 올 테고/당신이 완성한 사랑을 찾아 얼마든지 이곳으로 올 것입니다"(「당신이 사는 마을」)라고 말할 때, 그것은 대상에 대한 지적인 '앎'이 아니라 '나'라는 개체의 한계를 벗어나 타자가 되는 변이와 공명을 의미한다. 임성용의 시편들은 대상-세계를 장악하려는 소유 욕망에서 벗어나 공명과 연대의 감각으로 대상에 다가가려는 태도를 견지한다. 물론 이러한 시적 태도가 2000년대 노동시의 고유한 특징은 아니다. 그래서 임성용의 시를 거듭 읽을수록 그의 시를 '노동시'라고 평가하는 태도의 적정성에 회의가 든다.

> 흐르는 것들은
> 제 이름을 모른다

어떤 이는 그를 탁류라 하고
어떤 이는 그를 한때의 격랑일 뿐이라 하며
또 어떤 이는 회오의 눈물
굴절과 비통의 소용돌이라고 하겠지만

바다를 향해
지금 여울져 흐르는 것들은
저가 무엇이라고 말하지 않는다
그곳이 아무리 넓고 깊어도
머무르지 않는다

가끔 징발된 영혼들도
저만치 다시 가 물로 내린다

— 송경동, 「흐르는 것들은 말하지 않는다」 부분,
『꿀잠』(삶이보이는창, 2011)

2000년 이후 송경동이 출간한 두 권의 시집 사이에는 미묘한 긴장이 있다. 이 긴장의 정체는 첫 시집의 조심스럽던 목소리가 두 번째 시집에서는 높고 뚜렷한 목소리로 바뀐 것에서 비롯된다. 만일 이 조심스러운 목소리를 회한의 '서정'이라고 말한다면, 두 번째 시집에는 그러한 망설임의 서정이 후퇴하고, 대신 국가와 자본의 권력에 대한 선긋기가 한층 선명하게 도드라진다. 다시 꺼내어 읽어보니 시인은 첫 시집의 '시인의 말'에 "다시 이 텅 빈 마음밭에 심을 작은 나무 한 그루를 찾아본다. 큰 것들을 버리고 작은 것들을 찾아본다."라고 소감을 피력하고 있다. '하강'의 이미지에 기대고 있는 이 '작은 것'에 대한 관심은, 그러나 두 번째 시집의 '시인의 말'에서 "이 갸륵한 세상을 아프게 하고 독점하고 사유화하려는 못된 체제와 무리들에 대한 분개"로 바뀌어있다. 물론 이러한 시적 태도의 변화를 불러온 것은 두 시집 사이에 존재하는 시간적 거리, 즉 신자유주의의 영향력이 커지는 과정에서 발생한 거대한 대중의 추방에서 기원하는 것일 듯하다. 실제로 송경동의 두 번째 시집에 실린 다수의 '행사시'들은 80~90년대 '노동시'의 특징인 자본과 권력에 대한 적대감을 고스란히 반복하고 있다. 여기에는 "꼬막 껍질 하나에 옴싹 들어갈/짜디짠 말 한 마디 갖고 싶다"(「시(詩)」)에서 드러나는 '작은 것'에 대한 관심이 없다. 이 '없음'이 그의 시를 한층 건조하고 날카롭게 만드는데, 이 변화를 '노동시'의 진화로 받아들이기는 어렵다.

3. 구로노동자문학회 출신의 시인들

2000년대 '노동시'의 변화는 '구로노동자문학회' 출신인 황규관, 문동만, 김사이가 2000년 이후에 출간한 시집들을 살펴보면 한층 분명해진다. 황규관의 네 번째 시집 『태풍을 기다리는 시간』(실천문학사, 2011)의 해설에서 나는 '노동시'라는 기존의 분류에 반대하여 "황규관의 시세계는 이미 '노동'이라는 제한적인 영역을 벗어나 '몸'과 '살'을 오가는 일종의 우주론적 · 생태론적 영역으로 발걸음을 옮겼"다고 썼다. 실제로 2000년 이후 황규관의 시는 '노동'에서 '생명'으로 빠르게 선회했다. 그는 "어떻게든 노동을 하지 않으려는 속셈"(「어떻게든」)을 숨기지 않는다. 고단한 밥벌이의 일상에서 벗어나 생명의 출렁이는 삶으로 도약하려는 그의 몸짓들은, 그러나 대개 비루하고 복잡다단 것은 반복인 일상에 발이 묶이는 경우가 많다. 그래서 황규관의 시는 대부분의 노동시와 달리 '일상'에 대한 고집스런 집착을 드러내지 않는다. 그는 매일처럼 반복되는 삶의 면면들을 재현적인 언어로 담아내지 않고, 밥벌이의 또 다른 표현일 수밖에 없는 일상에서 해방의 가능성을 발견하려고 집중하지도 않는다. 일상이 없다는 이야기가 아니다. 그에게 일상은 그 자체로 긍정할 어떤 것이 아니라는 의미이다. 때문에 그의 시는 출구, 즉 해방의 가능성을 '사유'의 층위에서 집요하게 파고든다. 그렇다면 황규관의 시에는 '노동'의 흔적이 없는가? 그렇지 않다. 하지만 '노동'을 사유하는 그의 시선은 이미 노동시의 범위를 훨씬 넘어섰다.

> 지금 공장 밖이 위험하다
> 움켜쥘 게 아무것도 없는,
> 저 공장 밖이 더 위험하다
> 버려지면 곧바로 잊혀지는
> 저 공장 밖이
>
> — 황규관, 「공장 밖이 위험하다」 부분,
> 『태풍을 기다리는 시간』(실천문학사, 2011)

"시너와 휘발유가 가득 쌓인 공장보다/웃음과 활기가 넘치는 공장 밖"이 더 위험한 곳이라는 시인의 판단에는 '노동'의 위상 변화라는 현실을 예리하게 새겨져 있다. 1990년 이후 한국은 산업자본주의에서 소비자본주의, 금융자본주의의 세계적 중심으로 빠르게 성장해왔다. '공장'을 중심으로 한 산업자본의 영향력이 전혀 없지는 않지만 오늘날 한국자본주의가 잉여가치를 창출하는 기본적인 동력은 공장-산업이 아니다. 마우리치오 라자라토가 『부채인간』에서 "신용카드의 사용은 영구적 부채를 확립하는 신용 관계의 자동적 개설이다. 신용카드는 카드의 소유자를 영구적 채무자, 곧 평생 '채무자'로 변형시키는 가장 간단한 방법이다."라는 말로 요약한 '부채인간의 탄생'은 더 이상 우리의 현실과 동떨어진 이야기가 아니다. 현대의 자본은 '신용'과 '부채'를 강권함으로써 우리의 '미래'에 저당권을 행사한다. 이제 자본은 자동차를 팔기 위해 카드 대출(할부)을 제공하지 않고 카드 대출(할부)을 팔기 위해 자동차의 구입을 권유한다. 신용과 부채를 중심으로 작동하는 현대사회에서 자동차는 카드 대출보다 덜 중요하다. 이러한 신용경제의 등장은 대량생산-대량소비의 메커니즘과 결합되어 소비욕망을 비약적으로 높였다. '클릭한다, 고로 나는 존재한다'는 자조적인 문구가 등장할 정도로 사람들은 '소비'에 관심을 쏟기 시작했고, 그 순간부터 '생산'과 '소비'의 위계는 전도되었다. 산업자본주의는 '생산'의 의지와 능력에 기초하여 인간을 평가했지만, 소비자본주의는 우리의 소비능력, 곧 구매력에 따라 우리를 분류한다. 현대의 자본은 우리에게 '무엇을 생산할 수 있는가'라고 묻지 않는다. 대신, '무엇을 살 수 있는가'라고 묻는다. 황규관의 시는 자본주의하에서의 '자유'가 소비와 욕망의 자유이고, 그것은 "시너와 휘발유"가 쌓여 있는 공장보다 한층 위험하다고 말한다. 흔히 사람들은 '노동시'의 의미를 '미래'에서 찾는다. 자본주의적 현실에 대한 비판과 희망에의 의지를 '미래'라는 시간에 투사하는 것이다. 하지만 황규관은 "과거는 현재의 심층에서/언제나 운동하고 있다고 믿는다"(「시인의 말」, 『태풍을 기다리는 시간』)라고 밝히고 있다. '노동시'가 '미래'의 시라면, 황규관의 시는 '과거'의 시이다. 다만 그것은 벤야민의 유년-과거처럼 파국의 '현재'에 구원을 가져다줄 과거이다.

아직 누군가의 몸이 떠나지 않은 그네,
그 반동 그대로 앉는다
그 사람처럼 흔들린다
흔들리는 것의 중심은 흔들림
흔들림이야말로 결연한 사유의 진동
누군가 먼저 흔들렸으므로
만졌던 쇠줄조차 따뜻하다

별빛도 흔들리며 곧은 것이다 여기 오는 동안

— 문동만, 「그네」 부분, 『그네』(창비, 2009)

황규관의 시가 그렇듯이, 문동만의 시 또한 통상적인 '노동시'는 아니다. 그것은 시집 『그네』의 대부분이 '노동'의 외부, 즉 노동보다는 가난과 자연의 풍경에서 '서정'의 편린들을 이끌어낸다는 것에서도 확인된다. 노동 경험에 대한 언어화와 노동의 흔적이 투사된 예외들을 제외하면 문동만 시의 화자들은 우리가 알고 있는 '노동시'와 전혀 다른 음색을 지녔다. 물론 지난날의 '노동시' 역시 '노동'의 경험이나 공장 풍경만을 노래한 것은 아니었다. 그래서 '노동'이 없다는 이유만으로 '노동시'가 아니라고 단정하기는 어렵다. 하지만 노동의 풍경, 노동자의 계급적 시선, 각성된 노동자의 미래지향적 이념을 모두 배제한 상태에서 노동하는 존재의 일상 경험만을 기준으로 '노동시'라는 범주를 사용할 때, 실상 우리는 '시'가 아니라 '시인-주체'를 기준으로 삼기 쉬우며, 이때 '노동시'는 '노동자가 쓴 시'라는 동어반복에 머물거나 매우 협소한 부분만을 가리키는 제한적인 개념일 수밖에 없다. 앞에서 말했듯이 특히 이러한 '주체' 중심의 규정은 '노동'과 '노동 아닌 것'의 경계가 사라져버린 지금에는 사실상 작동불가능하다. 황규관의 시가 조금씩 대안적 '사유'의 방향으로 진화한다면, 문동만의 시는 생의 구체성에 기대어 삶-상처의 시간을 묵묵히 견뎌냄으로써 희망을 타진하는 방향으로 나아가고 있다. 흔들림을 긍정함으로써 삶의 교감을 체화하려는 「그네」의 진술들이 보여주듯이 시인은 흔들림에서 "결연한 사유의 진동"을 읽는다. 이는 흔들림 없는 '하나'가 되기 위하여 뭉치자던 지난날의 구호와 분명히 다르다. 심지어 황규관은 "만국의 노동자여, 분열하자"(「만국의 노동자여, 분열하자」)라고 제안하지 않았던가. '단결'에서 '분열'로, '견고함'에서 '흔들림'으로의 이동은 2000년대의 '노동시'가 과거의 장르적 상식을 반복하지 않는다는 증거이다. 문동만 시의 새로움은 이런 것이다. 그는 '흔들림'에서 중심의 부재가 아니라 "아직 누군가의 몸이 떠나지 않은" 흔적을, 그리고 쇠줄의 따뜻함을 발견한다. 그에게 흔들림은 "흔들리며 발열하는 사랑"이고, 흔들림에 대한 이 새로운 감각은 "그렇게 흔들렸던 세월"을 근본적으로 다시 사유하게 만든다.

> 지금은 이곳에 있는 내가 낯설다
> 언제부터일까
> 이방인들 틈에 내가 이방인같이 보이는 이곳
> 어느 사이에
> 국적도 피부색도 방해가 되지 않는
> 낯선 것을 느끼는 동시에 낯익어 있는
> 정체 모를 이 끈적함
>
> — 김사이, 「이방인의 도시」 부분, 『반성하다 그만둔 날』(실천문학사, 2008)

김사이의 시집은 '노동'의 성격 변화를 가장 분명하게 보여주는 사례이다. 그녀에게 과거 '노동운동'의 중심지였던 '구로'는 이방인의 도시로 경험된다. '노동조합'이 사라진 그곳에 지금은 "개발에 들뜬 구로"(「출구」)가 있다. "국적과 피부색"이 다른 이방인들이 그곳을 가득 채우고 있다. 시인은 한때는 자신이 '중심'이었던 구로에서 점차 자신이 '이방인'이 된 듯한 느낌을 받는다. 이제 '구로'에서는 노동조합이 "술취한 무용담"(「출구」)으로만 존재하고, "30여 년 전 산업화의 발과 손이었던/여공은 노동운동사의 유물"(「달의 여자들」)로 기억될 뿐이다. 80~90년대의 대표적 공단지대 모두가 비슷한 양상의 변화를 겪고 있겠지만, 특히 '구로'의 변화는 한국 자본주의의 성격이 바뀌었음을 증언하는 바로미터이다. 불과 얼마 전까지만 해도 익숙한 곳이었던 그곳이 이제는 낯선 곳으로 경험되는 이 변화에서 우리는 '이방인'의 등장이 '노동'의 분절에 어떻게 개입하고 있는가를 실감할 수 있다.

4. 우리가 알던 노동시의 종언

'노동시'의 현재적 변화라는 관점에서 최근 가장 주목을 받는 시인은 백상웅이다. 첫 시집 『거인을 보았다』를 '노동시'의 2000년대적 변형으로 읽는 방식에는 동의할 수 없으나, 그의 시적 상상력의 밑바닥에 '노동'의 흔적이 새겨져 있는 것은 분명하다. 이를테면 그의 시에는 드물지 않게 '노동'의 장면들이 등장하고, 전직 세공사였던 외삼촌(「지문의 세공」), 블록공 아비(「블록은 블록」), "평생 오른손으로만 일한/내 아버지"(「스위치」), "용접봉을 손아귀에 쥔 내 친구 스물일곱살"(「꽃피는 철공소」)처럼 노동하는 인간의 삶에 관한 이야기가 펼쳐진다. 하지만 백상웅의 시는 노동과 상처가 뒤섞인 주변적 삶에 시선을 투사하려는, 그들의 삶에서 미약하나마 생에 대한 긍정의 상징을 발견하려는 의지에 지배되고 있으며, 그 주변적 삶의 하나로 '노동'이 등장하는 경우이다. 따라서 시에 등장하는 '노동'하는 존재들은 계급적인 주체의 형상도 아니고, 자본주의적 착취에 대해 조직적인 반감을 드러내지도 않는다. 그들에게 '노동'은 "노동을 하는 건 밥상에서 겨울을 나기 위한 것"(「밥상 때문에 벌어진 일이라고 하기에는」)처럼 '밥상'의 문제이다.

> 오랫동안 무직이었다.
> 오랫동안 인력이라는 단어를 연구했다.
> 인력사무소에 담 걸린 근육처럼 뻣뻣하게 새겨진 인력, 싫다고 해도 자꾸 끌어당기는 힘이 있는 인력.

달과 지구도 노동을 하고 있는 거다.

그렇다면 누가 고용주인가?

면접 보고 돌아오는 길, 축지법과 비행술이라고 적힌 간판을 보면서 생각한다.

저보다 기막힌 창업은 이제 있을 수 없구나.

— 백상웅, 「인력」 부분, 『거인을 보았다』(창비, 2012)

하지만 백상웅의 시가 반짝이는 장면들은 '노동'하는 존재가 등장하는 시편들이 아니라 '노동의 상상력'으로 일상의 단면들을 포착할 때 탄생한다. 가령 "출생에 대한 각인"을 뜻하는 '지문'을 보면서 전직 세공사였던 외삼촌을 떠올리는 장면, 야구의 스위치 타자를 보면서 평생 오른손으로만 일하다가 이제는 그 팔을 굽히지 못하게 된 아버지를 연상하는 장면이 그렇다. 아니, "좌판 뒤에 쭈그려 앉은 헐렁한 무릎들"(「무릎」)을 보면서 그것들이 "골목에게 해고당할 일 없어 화석처럼 살아남았다"고 생각하는 장면이나, 꽃이 피는 봄 풍경을 "용접봉을 손아귀에 쥔 내 친구 스물일곱살"(「꽃피는 철공소」)이 용접 불꽃으로 장식을 붙이는 장면과 연결시키는 것, '빨강'이라는 단어를 "모가지 자르고, 잘렸다는/노사(勞社)의 속어."(「모가지」)로 전유하는 것, 잠시 화려했다가 저무는 봄의 자연적 현상을 "이번 생도 비정규직이다. 봄날 간다."(「봄의 계급」)처럼 비정규직이라는 사회적 현상으로 번역하는 것, 그리고 마른 나무의 형상에서 "노사분규도 없이, 연봉협상도 없이"(「2월의 나무」) 착취와 불법이 자행되는 모습을 읽어내는 장면 등은 '노동'이 아니라 '노동의 상상력'이 무엇인가를 실감 나게 보여준다. '인력'이라는 '자본'의 개념을 의도적으로 "끌어당기는 힘이 있는 인력"으로 오독함으로써 한순간에 "달과 지구", 즉 우주를 자본-노동의 관계로 바꿔버리는 이 상상력은 '자본'에 대한 선명한 대립이나 그것으로부터의

'해방'이라는 견고한 비전과는 발상부터가 확연히 다르다. 이 시적 상상력의 변화를 '노동시'라는 층위에서 재규정하는 일이 무의미하다 말할 수는 없지만, 그때 우리가 알던 '노동시'라는 개념이 이 변화를 고스란히 감당할 수 있을지 의문이다. 현재 우리가 맞닥뜨리고 있는 자본주의는 과거 '노동시'라는 개념이 일정한 영향력을 행사할 때의 그것이 아니다. 외환위기를 지나면서 우리 사회는 '자본'과 '노동' 모두에서 심각한 변화를 겪었다. 특히 '노동'은 이주노동자와 비정규직 노동자가 일반적인 고용의 형태로 고착화하면서 '노동' 내부에 작지 않은 분열을 가져왔다. 이 분열을 '이주노동자/비정규직 노동자도 노동자다'라는 일반적 진술로 봉합하기 어렵듯이, 지금 공장-육체노동을 중심으로 '노동'을 규정하는 것 또한 불가능하다. 그렇다면 우리는 '노동' 자체에 대해 다시 묻지 않을 수 없다. 그리고 그때 우리는 금융자본과 인지노동이 지배하는 지금의 현실에서 '노동'과 '노동 아닌 것'의 경계를 확정하는 일이 사실상 불가능함을 발견하게 될 것이다.

‘포스트(post)’의 운명

1.

모든 포스트(post)는 ‘영향에의 불안’을 ‘증상’으로 간직하고 있다. 우리가 ‘포스트’라는 단어를 단절과 연속 가운데 어느 하나로 귀결시키는 대신 부정적인 연속이라고 정의하는 한, ‘영향에의 불안’은 모든 ‘포스트’ 담론의 공통적인 운명이다. 프리(pre-)에 주어지는 ‘인센티브’는 포스트(post-)에 주어지는 ‘핸디캡’이고, 프리에게 주어지는 ‘핸디캡’은 포스트에게 주어지는 ‘인센티브’이다. 해체비평의 대가 해럴드 블룸(Harold Bloom)은 『시적 영향에 대한 불안』에서 모든 후배 시인들은 (무)의식적으로 선배 시인들을 수정주의적으로 모방한다고 주장했다. 이 주장에 따르면 문학적인 영향이란 의식적인 동시에 무의식적이며, 이전 세대의 문학과 단절하려는 부정적인 의지마저 영향의 일종으로 받아들여야 한다. 우리는 문학사에서 확인되는 문학적 영향관계를 긍정과 부정이라는 두 개의 굵고 선명한 선으로만 판단하려는 경향을 지니고 있고, 최근 몇 년 ‘미래파’ 논쟁을 거치면서 '단절'의 감각이 지배적인 시각으로 대두되었지만, 실제로 문학에서의 영향이란 긍정과 부정이라는 두 줄짜리 그물로 포획할 수 없는 점이지대로서 존재하기 마련이다. 문학적 영향을 긍정의 측면에서만 이해할 때 모든 후배 시인, 즉 포스트는 아류의 운명에서 벗어날 수 없고, 부정의 측면에서만 이해할 때, 모든 포스트는 이전 세대와의 영향관계를 부인하려는 증상을 가시화한다.

2000년대 시는 여러 면에서 징후적인 가치를 선보였다. 70년대산(産) 시인들에 의해 주도된 2000년대 시의 특징적인 감수성과 장르적 규범의 집단적 변화, 새로운 언어와 문법의 등장은 '전위'나 '실험'이라는 비평적 수사들을 사용하지 않고는 설명하기 어려울 만큼 강력한 영향력을 발휘했고, 전통적인 서정시의 고백적 형식과 '자아' 중심의 단일한 목소리에서 벗어난 이질적인 목소리들의 등장을 보여주었다. 물론, 이러한 비평적 자리매김은 2000년대 시 전체에 해당하는 것은 아니기에 어느 정도의 비평적 선별은 필연적이고, 또한 비평의 시선이 젊은 시인들에게 집중됨으로써 다수 시인들의 비가시 영역에 머물거나 적절한 조명을 받지 못했다는 문제도 있었으며, 의도의 여부와 상관없이 '젊은시'의 범위가 생물학적인 연령에 의해 구획됨으로써 비평이 세대론의 양상을 띠고, 결국 세대론적인 단절을 부추긴 측면이 없지 않다. 이런 문제에 대한 자기비판이 없는 비평적 배팅이란 자칫 진영론의 망령으로 오해받을 수도 있으며, 조금 과장하면 비평적 배팅 자체가 특정한 시인들에 대한 폭력적 배제를 정당화하는 기제로 작용할 수도 있다. 다수의 비평가와 시인들은 '미래파' 논쟁을 의미 없는 소모전이라고 평가하는 듯하지만, 2000년대 시의 좌표와 행방에 대한 사유를 촉발했다는 점에서 전혀 무익한 스캔들은 아니었다.

2.

최근 평단의 일각에서는 '미래파 이후'의 시적 경향을 진단하려는 움직임이 있다. 추측건대, '미래파 이후'라는 비평적 명명은 단순하게 시간적인 '이후'의 시적 경향을 고찰하려는 시도가 아니라 80년대산(産) 시인들의 시세계를 70년대산(産)이 주축이었던 미래파적 경향과 구분하려는 의도를 담고 있는 듯하다. 우리 사회가 압축적인 방식으로 근대를 경험했고, 세대 구분의 경계선이 매우 세분화되고 있다는 점과 더불어, 실제로 미래파 논쟁의 영향권 안에서 창작을 시작한 세대의 시가 미래파라고 명명되었던 시인들의 시와 비교해서 안정적인 형태를 보였다는 점에서 이런 의도가 전혀 무의미한 것은 아니다. 가령 70년대 생들의 문화 경험과 80년대 생들의 문화 경험의 차이는 분명히 존재한다. 그렇지만 시적 경향의 측면에서 보자면 '미래파 이후'라는 명명에서 '이후'는 단절보다는 지속의 성격이 한층 강하며, 미래파의 시적 실험이 아직 완결되거나 그 영향력이 모두 고갈된 상태라고 단정하기는 어려울 듯하다. '미래파 이후'의 시에서 미래파의 영향만을 추출하려는 시도가 적절하지 않듯이, '미래파 이후'의 시에서 미래파와의 단절 지점만을 포착하려는 시도 역시 정당한 행위는 아닌 것이다.

또 하나, '포스트미래파 무엇을 할 것인가'라는 도발적인 질문은 한국시의 시적 진화가 비평의 견인에 의해 성취되었고, 또 성취될 수 있다는 선입견을 심어줄 여지를 갖고 있다. 수전 손택의 말처럼 비평의 기능이 "예술작품이 어떻게 예술작품이 됐는지, 더 나아가서는 예술작품은 예술작품일 뿐이라는 사실을 보여주는 것"에 있다면, 비평은 본질적으로 이미-항상 작품에 후행하는 것이어야 한다. 특정한 시기에 비평이 문학의 아젠다(agenda)를 제안함으로써 지도력을 발휘하는 경우가 있었고, 또 비평이 일종의 문화사적 시대정신을 시인들에게 에둘러 요구할 수 있는 것도 사실이지만, 거대담론의 유효성이 모두 소진되고 비평적 논점이 뚜렷하지 않은 지금, 비평의 해석적 개입이 아니라 아젠다를 제시하는 방식으로 창작에 개입하는 것은 그다지 현명한 행동은 아닌 것처럼 보인다. 그럼에도 우리가 '포스트미래파 무엇을 할 것인가'라는 질문을 다시 마주하고, 또 그것에 답해야 한다면, 미래파 논쟁 이후에 시단에 등장한 몇몇 시인들을 중심으로 80년대산(産) 시인들의 우연적인 공통성을 보여주는 것은 현명한 답이 될 것이다. 예외적인 경우를 제외하면, 시인들이 어떤 것을 부정하기 위해서 시를 쓰는 경우는 없다. 시적 영향에 대한 불안, 즉 이전 세대의 목소리와는 다른 발성법을 창안해야 하며, 자신만의 고유한 스타일을 개발해야 한다는 불안감이 없지는 않겠지만, 또한 그러한 불안이 비슷한 연령대의 시인들에게서 우연히 집단적으로 드러나는 경우도 배제할 수는 없겠지만, 원칙적으로 모든 시인은 저마다의 고유한 시를 쓰고, 자신만의 언어를 개발하는 방식으로 창작한다. 그런데 이런 개별성이 문화적 현상으로서의 집단성과 모순관계에 놓이는 것은 아니다. 비평의 의무 가운데 하나가 이런 개별성에서 집단적인 현상의 징조를 읽어내는 것이 아닐까? 이런 맥락에서 최근 등단한 시인들의 시에서 미래파의 핵심이었던 70년대산(産) 시인들과의 차별성을 추출해보자.

> 무엇이든 만들 수 있으니까, 나는 시멘트를 가능성이라고 불렀다. 수건걸이를 설치할 때. 가능성에 못이 박혔다. 이봐, 가능성 기분이 어떤가? 가능성엔 기분이 없었다.
>
> 바닥에 고인 물 때문에 미끄러지는 일이 없도록. 타일은 간격을 원했다. 물은 간격을 타고 하수구로 간다. 천천히. 동생이 샤워를 하면서 오줌을 눈다. 변수로군. 나는 동생을 변수라고 불렀다. 이봐, 간격에게 사과를 하지 그래? 변수는 배신이었다.

엄마는 변기에 앉아 거실을 바라보았다. 왜 문을 열고 싸는 거야? 텔레비전이 하나잖아. 아빠는 거실이었다. 부모가 죽자. 변수에게 거실은 학교였다. 변수는 급식도 먹지 않고 하루 종일 누워있었다. 형이 학교에서 돌아와 학교로 들어오면 변수는 일어나서 샤워를 했다. 형은 자꾸 지각이었다. 거실이 사라지고 있었다.

부모가 죽고 세 달이 흐르자. 아무도 화장실을 청소하지 않았다. 네 달이 흐르고. 변기에서 쥐가 튀어나왔어. 그렇다면 변기는 수영장이로군. 다섯 달과 여섯 달을. 나는 행진이라고 불렀다.

지각은 지각인데도. 쥐가 무서워서 똥을 누지 않았고. 나는 화장실이라 화장실에 가지 않았다. 다시 행진. 이제 나는 캄캄한 창고 같았고. 학교가 된 거실처럼. 간격은 변수 같았다. 이봐, 수영장. 창고 안에 고여 있는 기분이 어떤가? 똥이 없어서 쥐가 죽었어. 가능성에게 화장실을 맡기고, 굶어 죽은 쥐를 보러. 나는 창고에 갔다. 캄캄한 가능성 위에 부모처럼 누워. 배신이 기다리고 있었다.

— 김승일, 「화장실이 붙인 별명」 전문(계간 『세계의문학』, 2009년 겨울호)

김승일(2009년 『현대문학』으로 등단)은 미래파 논쟁 이후에 등단한 시인들 가운데 가장 인상적인 스타일을 보여주는 시인의 한 사람이다. 김승일의 시적 특징은 화자의 대부분이 아이라는 사실에 있다. 아이의 목소리를 통해서 가족의 내력이 소개되고 있으나, 실제로 '부모'가 항상 부재하는 흔적("부모가 죽고 세 달이 흐르자")으로만 등장한다는 점에서 일반적인 가족 이야기와는 다르다. 이것이 그의 시가 미래파 이전의 시와도, 동시에 미래파 시인들의 시와도 구분되는 지점일 것이다. 흥미로운 것은 부모가 부재하는 가족 이야기가 상호텍스트적 관계를 갖고 있는 여러 편의 작품에서 반복해서 노출되고 있으며, 각각의 시가 한 사람의 독백이 아니라 몇 사람의 목소리가 겹쳐지는 방식으로 등장하고 있다는 사실이다. 가령 "부모가 죽고 세 달이 흐르자"라는 진술은 「화장실이 붙인 별명」, 「부담」, 「방관」, 「가명」에 동일하게 등장하며, 이들 작품은 모두 부모의 부재상황하에서 살아가는 두 형제의 이야기라는 점에서 동일한 이야기의 이면들이라고 말할 수 있다. 다만, 부모의 부재상황이라는 사건이 「화장실이 붙인 별명」에서는 '형-나'의 목소리에 의해 발화되고, 「부담」에서는 형과 동생의 목소리가 교차되는 방식으로 발화되며, 「방관」에서는 3인칭 '나'와 동생의 목소리를 통해 전달되고, 「가명」에서는 죽은 부모와 아이들 모두에 의해 발화된다는 사실만이 다를 뿐이다. 그러니까 상호텍스트적인 관계에 놓인 이들 작품은 하나의 사건을—관찰자의 목소리를 포함하여—그 사건에 참여하고 있는 모든 사람의 목소리로 다양하게 변주함으로써 입체화시키고 있는 것이다. 이 흥미로운 목소리의 변주와 뒤섞임 외에도 김승일의 시는 부모가 부재하는 상황에서도 멀쩡하게 살아가는 아이들을 그린다는 점에서 이전 세대의 가족 이야기와 확연하게 구분된다. 가령 "밖에선/그토록 빛나고 아름다운 것/집에만 가져가면/꽃들이/화분이//다 죽었다"(「화분」)라는 인상적인 진은영의 시나 김민정의 『날으는 고슴도치 아가씨』가 보여주는 잔혹극은 가족을 부정적 범주로 설정하고, 그것과의 대결을 전면화하는 부정의 상상력에 의해 견인되고 있다. 미래파적 경향의 특징은 가족 제도의 부정이 아니라 가족이라는 제도와 무관한 곳에서 발화된다는 것이지만, 가족과 학교 같은 국가장치에 대한 미래파 시인들의 시적 대응은 대부분 부정적인 에너지에 의해 주도된다. 반면 김승일의 시는 "부모가 죽고 세 달이 흐르자"(「화장실이 붙인 별명」, 「방관」, 「부담」), "우리가 죽고 세 달이 흐르자"(「가명」)처럼 원초적으로 부모의 자리를 거세해버림으로써 가족과의 부정적 충돌을 근본적으로 배제하고 있다. 문화사적으로 확장하면 이러한 시적 상황은 부모라는 억압적 존재가 더 이상 긍정과 부정

어떤 측면에서도 영향력을 발휘하지 못하는 상황을, 그리하여 운명적으로 아이들이 자립적인 존재로 성장하고 살아가야 하는 포스트 IMF 시대의 현실과 맞닿아 있다.

> 선생은 실컷 때렸다 엉덩이에 담뱃불이 붙을 때까지, 그리고 날 선 숨을 기다란 코털 사이로 들이켜며 꺼지라 했다 그들은 교실의 모서리로 깊이 꺼졌다 여름이었다 친구는 지나간 열대야에 당신의 집 앞에서 선생의 멱살을 잡았다 그는 겨우 귓방망이 한 대 날린 후 날이 밝자 아킬레스건이 잘렸다 어머니는 가운뎃손가락을 봉투에 담아 선생에게 건냈다 그는 다시 걸을 수 있었으나 싱싱한 분노가 절뚝거리며 따라왔다 (…) 선생은 거룩한 음모 속 파리지옥에서 고독한 날들을 보낸다 분노를 되씹으며 한국 놈들은 맞아야 정신 차린다고 이를 부드득 갈며 리를 잡아 죽이며 이글이글한 분노의 원심력을 당구 큐대나 야구방망이나 담양대 뿌리 등에 부착해 허공에 휘두른다 그렇게 지나간 시절에 입술을 내민다 날벌레들은 도대체 한 번을 맞지 않고, 우주를 날아다닌다 분노의 시절이 가고 있다
>
> — 서효인, 「분노의 시절」 부분 (『소년 파르티잔 행동 지침』, 민음사, 2010)

서효인(2006년 『시인세계』로 등단)의 시는, 김승일과 달리 부정성을 '분노'의 형식으로 유감없이 표출한다. 서효인의 시편들은 대개 소년의 성장기 형식을 취하고 있으며, 성장과정의 소년이 상징적 질서의 권위와 충돌하는 지점들을 적극적으로 시화(詩化)하고 있고, 그 충돌이 기존 권력을 해체하려는 의지로 이어진다는 점에서 미래파적 경향과의 친연성이 드러난다. 다만, 70년대생들의 시에서 상징적 질서와의 마찰이 기성세대의 폭력성을 고발하고, 이전 세대와의 단절감을 확인하는 것에 집중되었던 반면, 서효인의 시에서 이러한 마찰은 이른바 '루저'에 대한 관심으로 귀결되고

있다는 점에서 흥미로운 차별성을 지닌다. 그의 시가 성장기 소년들의 미성숙하고 치기 어린 반항처럼 보이는 면도 없지는 않지만, 서효인의 시에서 학창시절의 소년은 "한나절을 엎드려 육교를 지키는 마라톤 병사, 두 손 모아 이황류의 지폐를 봉송하는 병사의 겨드랑이 사이로 나는 보았네 가난을 관음하는 음란의 시간들"(「킬링 타임」)이라는 진술에 등장하는 육교 위의 걸인과 대등한 인물이다. 미래파적 경향의 시인들이 언어와 형식의 실험에 몰두함으로써 '치안'의 문제를 고민하지 않았던 것과 달리, 비교적 최근에 등단한 80년대산(産) 시인들은 시에 적극적으로 사회적인 문제를 끌어들이고 있다.

3.

아비의 허리가 덜 바른 시멘트처럼 무너졌을 때 LCD 모니터가 꺼지는 날이었어요 가루로 날리던 굳은 척수가 봄꽃보다 먼저 핀 선산에서, 쓰러진 목소리들이 피어오르는 그런 날이었지요 사뿐히 흐르던 바람이 징검돌처럼 아이콘 몇 개 방바닥에 띄울 때 나, 몰래 가보았지요 그 능선 아래로, 열병 난 컴퓨터가 조각난 아비 허리를 끼워 맞추고 있더랍니다

꼬리뼈부터 간지럽게 아지랑이 피어오르며 분해되는 조각들 몇몇은 휴지통으로 몇몇은 아비가 바르다 만 시멘트 벽으로 풀풀 봄볕 좋아 날리는 마음, 제집 하나 갖는 게 소원이라던 소목은 휜 못처럼 척추를 잃어버려 집 안에서도 물렁물렁해졌다던데 그 물렁한 눈빛 속에 들어가 보면 아비만 척추를 읽은 것이 아니더랍니다 중심을 잃어버린 것들이 저마다 곧게 서서 서로가 중심이라 싸우는 꼴이 여간 사나워

저 저 공장 굴뚝 좀 봐라
불빛을 제 혈관으로 흘려보내는 입간판들 곧게 선 것은 어떻고

하여도, 장지 날 축대 하나 세울 여력 없는 가게는 참 물렁물렁 부드럽고 포근했지요 상여 차가 지붕에 사이렌을 달고 급히 당도한 곳, 정리를 마친 디스크 조각들이 처음 제자리를 찾는 그 빈 곳, 이제 속도를 내고 가시겠군요 내 아비! 날아간 몇 조각이 모니터 속 허공을 채우고 빈자리는 감은 눈꺼풀 속처럼 어두웠던지라 벽을 지고 들어가시는 연체동물, 나는 보지도 못했지요 초기화된 바람이 아비 눈자위에 흰 구름을 불러 모으고 있어요

— 박성준, 「아비 디스크 조각모음기」 전문
(계간 『문학과 사회』, 2009년 봄호)

밥상에 숟가락들이 주저앉으면 동그랗게 모여 앉은 게스트들이 흩어진다 몰려오는 고요들만 방청객석에 빼곡히 자리를 잡는다 어머니의 폐간된 주부잡지는 늘 신간호의 표정으로 상처를 숨긴 채 포개져 있다 아줌마로 살아가는 메뉴얼이 담겨 있어 볼 때마다 새로운 재미, 산악자전거를 경품으로 받는 석간신문 너머로 아버지의 지루한 잔소리를 듣는 재미, 독설로 게스트를 당황하게 만드는 재미, 누나의 휴대전화 액정화면에 낯선 남자들이 오고 가는 사이 지나간 스캔들을 들춰보는 재미, 그러다 꿀밤이라도 맞는 날에는 눈물까지 볼 수 있는 콩트가 녹화된다 토크의 주제는 정적, 아무 말 없이 텔레비전의 음소거 버튼이 고장 나 벙어리가 된 화면 앞에 모여 복화술로 옹알이하는 게스트들, 예고편 없는 장면들이 몰려오면 서로 다른 사연을 품는다 개편을 앞두고 하차 위기에 놓인 MC처럼 초조한 아버지의 진행은 끝나지 않는, 끝나지 않을 버라이어티 쇼, 러닝타임이 길어질수록 고요마저 박수를 치지 않는 텅 빈 현관의

무대만 두고, 나는 고시원 간판으로 품은 방안에서 홀로 토크쇼를 진행한다 보고 싶은 게스트들의 얼굴을 숟가락에 묻고 홀로 때우는 찾아라! 맛없는 TV, 게스트와 게스트 사이의 거리가 너무나도 먼 안방 버라이어티 쇼, 남겨진 고요들만 박수치는 법을 배우는 재미.

— 서윤후, 「버라이어티 쇼」 전문(『현대시』 2009년 11월호)

박준(2009년 『문학과사회』로 등단)과 서윤후(2009년 『현대시』로 등단)의 시는 남루한 가족사를 전면에 내세우고 있다는 점에서 전통적인 시적 문법에 가까운 작품들이다. 언어와 형식의 실험을, 감각적 비동일성에 근거해서 자아의 단성적인 목소리와 아이덴티티라는 동일성의 논리를 초과하는 시적 감각을 강조했던 미래파 시인들과 달리 이들의 시는 한층 안정감을 획득하고 있고, 그런 만큼 익숙한 목소리에 의해 고백적으로 발화되고 있다. 이들의 시에는 자아의 내면에 억압되어 있는 타자의 목소리를 폭발시키는 황병승 시의 목소리나, 상징적 질서의 한 극점인 언어에서 의미를 삭제해버림으로써 통념적인 의사소통을 불가능하게 만드는 김언의 언어 실험이 없다. 또한 미래파 시인들이 '아이'라는 주체와 '감각'의 생성적인 차원을 강조함으로써 해체하려 했던 아이덴티티에 대한 혐오도, 동화적 상상력을 차용하여 주체의 외적 현실과의 연관성이 부재하는 자기완결적인 방식의 시쓰기도 없다. '동화'라는 70년대 생들의 문화 경험 대신 "LCD모니터"와 "컴퓨터" 같은 모니터 킨트 세대의 경험이, "토크쇼"와 "버라이어티"라는 대중문화적인 영향력이 존재할 뿐이다. 박준의 「아비 디스크 조각모음기」는 "곧게 선 것"과 "물렁물렁 부드럽고 포근"한 것이라는 이미지의 대조를 중심으로 소목이었던 아버지의 급작스러운 죽음이 한 가족에게 가져다준 고통의 시간에 대한 반응을 디스크 조각모음이라는 디지털적인 상상력으로 변주하고 있다. 물론, 이 시의 핵심적인 발상은 무너진 아버지의 허리(디스크)와 컴퓨터의 하드 디스크 사이의 음성적 유사성에서 시작되지만, 집을 짓는 소목인 아비와 컴퓨터 바탕화면의 휴지통 속으로 날아 들어가는 몇 개의 조각들, 물렁물렁한 것과 딱딱하고 곧은 것의 대립이라는 풍요로운 이미지의 연쇄를 동반함으로써 음성적 유사성을 의미의 유사성으로 끌어올리고 있다. 서윤후의 「버라이어티 쇼」는 버라이어티라는 대중적 형식의 명랑함을 밥상을 마주하고 앉은 가족들의 모습에 비유함으로써 일종의 아이러니적 효과를 자아내고 있다. '게스트'와 '방청객'의 역할을 부여받은 가족들과 "하차 위기에 놓인 MC처럼 초조한 아버지의 진행"은 유쾌한 버라이어티와 달리 긴 침묵을 연출할 뿐이다. "어머니의 폐간된 주부잡지", "아버지의 지루한 잔소리", "누나의 휴대전화 액정화면"에 새겨진 낯선 남자들의 얼굴, "산악자전거를 경품으로 받는 석간신문", 그리고 "고시원 간판으로 품은 방"의 조합이 상연하는 버라이어티는 우리의 비루한 일상과 출구 없는 답답한 삶을 증명한다.

한 좌담회에서 서윤후는 자기 세대의 문화경험을 이렇게 설명했다. "우리는 윈도우 운영체제가 출범하고 발달하는 과정 속에서 자라왔다고 생각합니다. 그리고 인터넷이 출범한 세대이고요. 얼마 전에 있었던 이야기를 하자면, 자려고 침대에 누웠는데, 깜깜한 방 안에서 멀티탭에 불이 들어와 있더라고요. MP3, 휴대전화, 카메라, 노트북 등을 연결해놨더라고요. 여러 개의 빨간 불빛들을 보고 그때 문득 진정한 모니터 킨트 세대구나라고 느꼈어요."(좌담, 「환상, 결핍의 새로운 장」, 『현대시』, 2010년 6월호) 물론, 이러한 경험을 80년대산(産) 시인들의 공통적인 경험이라고 단순화하거나, 그런 경험이 그들의 시세계를 지배하고 있다는 식의 단선적인 논리는 설득력이 떨어진다. 가령 이 좌담에서 서윤후는 "우리는 어떤 부족함에서 오는 결핍이 아니라 만족을 알기 때문에, 만족에 익숙해서 만족과 만족을 거듭하다 보니 더 큰 만족을 원해서 결핍을 느낀다"라고 말하고, 박성준은 "모니터 킨트 세대, 혹 공간, 방 속의 방에 갇힌다는 것 등등의 말에는 리얼리즘이 없다는 생각이 깔려 있는 것 같아 불편합니다. 우리도 실직자가 된 아버지들을 보며 건너왔고 비록 어린 시절이었지만, 가난이란 문제에 대해서 역시 상처가 있습니다."라고 말하는데, 이것은 궁극적으로 심리적 결핍의 원인이 다양하다는 것을 보여주는 한 사례일 것이다.

> 친구의 결혼식장에서 돌아오는 길은 젊은 부부의 수다로 한참을 흔들거렸다 말하자면 지독히도 여독이 쌓인 나의 잠을 깨운 긴 그들의 재건축 공사소음이었다 아무개 부부가 당첨된 청약아파트가 여간 부러운 게 아닌지 아파트의 위치며 평수를 들먹이면서 여자가 한숨을 푹푹 내쉴 때면 눅눅히 얼룩진 내 방 벽지가 떠올라 웃음도 나왔지만, 이젠 서민이라는 계급도 가진 자들의 차지인가 하품하다 턱 빠질 정도의 집값에 오던 잠도 달아났고 나는 아무개씨의 국민임대주택에 잠들어 있는 예물이며 장롱이며 신발장들도 화들짝 놀라지 않았을까 생각하며 기차에서 내렸다
>
> 신축아파트건 빛 안 드는 옥탑이건 어쨌든 방이니까 그 안에 개켜 있던 이불가지들을 꺼내 털면 얽혔던 이야기들이 실타래처럼 술술 풀려나오는 건 마찬가지일 테니까 나는 책들도 뉘어놓기 버거운 방을 가졌지만 거기 모서리마다 그득히 쌓여 있는 먼지들을 보았다 몇 점씩 몸에 묻혀와 떨어뜨린 내가 지나온 모든 길들을 보았다 방이 많은 집은 구석도 많아 기억을 이곳저곳으로 흩어 버릴지 몰라도 좁은 방은 손으로 바닥 한 번 훑으면 요동치는 시간의 지층들이 쌓여 있다, 하고 젊은 부부의 수다에서 시작된 생각이 집 앞에 다다랐을 때 가방 안에 있는 열쇠를 뒤적이며 모서리에 담긴 먼지를 보다가 방 안에 웅크린 나를 보았다
>
> — 임경섭, 「어쨌든 방이니까」 전문(『현대시』, 2009년 11월호)

임경섭(2009년 『중앙일보』로 등단)의 시는 '재건축'과 '방'이라는 시대적

상징을 이용하여 가난의 절망에 허덕이는 청년세대의 불행한 삶을 그리고 있다. 공식적인 주택보급률 110%를 자랑하는 이 나라의 수도에는, 그러나 여전히 무주택의 설움을 감당하며 살아가는 사람들이 많다. 이것은 삶이 숫자로 설명될 수 없음을 보여주는 사례가 아닐까. 주택정책이 곧 아파트 정책인 이 나라(도시)에서 '아파트'는 가난한 자들의 로망이자, 동시에 가장 단기간에 큰돈을 벌 수 있는 집 최고의 투자수단이다. 그래서 서민아파트에는 서민이 없다. "턱 빠질 정도의 집값"을 지불해야 하고, "예물이며 장롱이며 신발장들"이 잠들어 있는 국민임대주택을 서민의 주거공간이라고 상상하기 어렵기 때문이다. "당첨된 청약아파트"가 상징하는 보랏빛 미래와 "눅눅히 얼룩진 내 방 벽지"의 색깔은 얼마나 대조적인가. 포스트 IMF 시대를 배경으로 하는 소설들이 보여주듯이 '방'의 부재는 곧 자아의 부재이며, 자아의 부재는 내면의 몰락이다. "눅눅히 얼룩진 내 방"은 자아의 거소라고 말하기에는 지나치게 누추하고, 그렇다고 "신축아파트건 빛 안 드는 옥탑이건 어쨌든 방이니까"라고 생각하는 것은 자포자기에서 비롯되는 냉소이거나 아큐식의 정신승리법에 불과할 것이다. 「어쨌든 방이니까」는 이런 불합리한 상황에 직면한 한 사내가 마침내 초라한 집 앞에서 열쇠를 꺼내기 위해 연 가방 안에서 먼지와 함께 뒹굴고 있는 누추한 자아를 발견하는 이야기이다.

박준과 서윤후의 시가 '가난'을 한 가족에 닥친 개인적인 불행으로 처리하는 반면, 임경섭의 시는 그것을 '재건축'과 '방'의 부재라는 사회적 맥락에서 시화(詩化)한다. 임경섭의 시에서 '방'의 부재, 아니 "빛 안 드는 옥탑"과 "책들도 뉘어놓기 버거운 방"은 '방'이라는 공간적 장치를 통해서 왜소해진 자아의 문제를 환기한다고 말하는 것이 적절해 보인다. 포스트 IMF 시대의 소설적 상상력을 연상시키는 이런 가난의 문제, 그러니까 개인적인 불행에 집중하고 있는 시적 태도는 목소리의 타자성, 즉 자아의 단일한 목소리가 아니라 그 이면에 억압되어 있는 타자의 목소리를 복원하고, 생성의 감각을 이용하여 아이덴티티의 논리에서 이탈하는 언어에 집중했던 미래파 시의 실험성과는 확연히 다르다. 이들과 비슷한 시기에 등단한 김상혁(2009년 『세계의문학』), 백상웅(2008년 『창작과비평』), 이우성(2009년 『한국일보』), 민구(2009년 『조선일보』), 김은주(2009년 『동아일보』) 역시 미래파적 실험과는 다른 맥락에서 한층 안정적인 언어로 자신의 내적세계를 시의 중요한 대상으로 삼고 있다. 물론, 나는 이러한 변별성이 미래파 논쟁 이후에 등단한 시인들의 공통적인 특징이라고, 그리하여 포스트미래파의 시적 경향이라고 생각하지 않는다. 이것은 비슷한 시기에, 비슷한 문화적 경험을 하면서 성장한 세대에게서 발견되는 우연한 공통점일 뿐이고, 이러한 우연성을 벗어나 있는 시인들 역시 다수 존재한다.

4.

미래파의 시적 실험은 서정, 자아, 아이덴티티라는 동일성의 삼각형을 내파함으로써 시의 경계를 확장시켰다. 자아의 단일한 목소리를 불가능하게 만드는, 그리하여 존재보다는 생성의 차원에서 세계를 감각하고, 감정의 평온한 물결이 아니라 그것에 불어닥친 주체할 수 없는 변화를 비유기적인 텍스트의 형식으로 언어화하는 것이야말로 미래파의 시적 실험이었던 것이다. 2009년 이후에 등단한 몇몇 시인들의 시에서 이러한 실험의 연속성이 목격되기도 하지만, 대체적으로 실험성보다는 자아의 내면적 세계에 초점을 맞추고 있다는 점에서 신인들의 시 속에 담긴 실험성은 약화된 듯하다. 이 현상을 어떻게 이해할 것인가라는 문제와는 별개로, 그렇지만 이 현상이 포스트 미래파적 경향이라고 단정하기는 어렵다. 그들의 시가 어떤 추이를 보이며 나아가는지는 시간을 두고 지켜볼 일이다. 그런 까닭에 그들의 시가 '무엇'을 해야 한다고 말하는 것은 적절하지 않다. 나는

'포스트미래파 무엇을 할 것인가'라는 위압적인 질문에 동의하지 않으며, 그들에게 주문할 비평적 '무엇'을 가지고 있지 않다. 다만 그들의 시와 '더불어' 이 시대를 함께 걸어가는 것이 현재의 비평에게 주어진 역할이라고 생각한다. 그러나 앞에서 확인한 그들의 시적 출발점은 이미 여러모로 흥미로운 징후를 보여주고 있다. 다시 말해서 그들의 시가 한 개인의 불행만을 집요하게 파고드는, 또한 자아라는 협소한 목소리의 균질성에만 머물러 있지 않으리라는 것을 믿는다. 어떤 경우에도 시는 개인적인 것이자 '개인'의 범위를 초과하는 효과를 발휘할 것이기 때문이다. 다만, 그들의 시적 노력이 불행한 천재라는 문화적 허구에 만족하지 않고 더 많은 외부와의 접속점을 거느리기를 바란다. 외부를 거느린다는 것, 이것은 '소통'의 문제일까? 나는 이것이 '소통'이기도 하고, 또 '소통'이 아니기도 하다고 생각한다. 외부를 거느린다는 것은 통상적인 의미의 '소통', 그러니까 가감 없는 정보의 교환과는 차원을 달리한다는 점에서 소통이 아니다. 문학은 세상 속에 있는 어떤 것이지, 세상에 '관해' 말하는 텍스트가 아니다. 이런 점에서 문학은 어떠한 정보도 갖고 있지 않다. 그러나 시를 쓰고 읽는다는 것은 특정한 경험을 얻는 것이고, 그런 한에서 외부와의 접속이기도 하다. 문제는 시를 창작하고 읽는 과정이 이미 존재하는 규범적 소통의 장 안에서 전달되는 '소통'이 아니라 새로운 소통/경험의 방식을 창안하는 것이어야 한다는 데 있다. 이런 점에서 문학적 소통은 불가능한 가능성이고, 또 가능한 불가능성이기도 하다. 징후적인 작품은, 위대한 예술은 새로운 소통의 형식을 창안함으로써 소통의 역사를 다시 쓴다.

'포스트(post)'의 운명 · 2
— 이은규 · 김상혁 · 유희경 · 심지아의 시들

1. '이후(post)'를 위한 모노그라피(monography)[1)]

문학사를 10년 단위로 분절하는 비평적 관행은 하나의 문학적 아비투스(habitus)이다. 인위적이면서도 부당한 이 단절은 '관행'이나 '습관'이라는 단어의 느낌처럼 이제 기원의 인위성을 탈각하고 자연적이고 발생적인 것으로 받아들여지고 있다. 이러한 10년 단위의 문학사는 왜곡된 단절을 자연스러운 결과로 사고하게 만든다. 관행이 되어버린 인위성은 더 이상 인위적인 것으로 지각되지 않고 그것이 자연적인 것으로 사고되는 한, 우리는 10년 단위의 분절이라는 관행을 비판할 능력을 상실하게 되는 것이다.

1) 이 글은 계간 『시와 시』(2010년 겨울호)에 발표한 「'포스트(post)'의 운명」의 후속편이다. 나는 미래파 논쟁 이후에 등단한 시인들 가운데 김상혁, 박성준, 김승일, 박준, 심지아, 이제니, 민구, 이은규, 주하림, 최정진, 유희경, 이이체 등을 주목하고 있는데, 이들 가운데 일부의 시에 대한 해석은 이미 활자화되었고, 이 글에서는 이은규, 김상혁, 유희경, 심지아의 시만을 다룬다.

80년대와 90년대, 그리고 90년대와 2000년대 문학의 단절은 그런 점에서 다분히 외부적인 강제의 결과인데, 최근 이 단절의 의지는 한층 가속화되어 '미래파' 이후의 시단을 조망하려는 비평적 노력으로 이어지고 있다.

'미래파'라는 비평적 수사는 2000년대 시의 특이성(singularity), 90년대의 시와 뉴밀레니엄 시대의 시를 분할하는 경계로 인식되었고, 이러한 감각은 여전히 지속되고 있다. 그러나 '미래파' 논쟁이 잦아든 2008년 이후에 등단한 시인들의 시는 소위 '미래파'에 속하는 시인들의 그것과도 다른 양상을 보이고 있으며, 이러한 차이는 '미래파 이후'를 조망해야 한다는 또 다른 과제를 제기하고 있는 듯하다. 논쟁의 과정에서 '미래파'의 목록이 급증하여 '미래파'와 '미래파 이후'를 양단하는 것이 불가능한 일이 되었지만, 최근 몇 년 사이에 등단한 시인들의 시가 형식적인 실험과 파괴보다는 자신의 문학적 다이어그램을 완성하는 것에 충실하고, 상징 질서에 대한 공격성을 한층 내면화하는 방향으로 드러나고 있음은 분명한 사실이다.

그러나 문학적 단절이란 대개 역사적 시간의 문턱이 아니라 개별 시인들 간의 차이에 대한 비평적 명명이며, 그런 까닭에 '사건'이라는 개념을 통해서 접근되기보다는 공통적인 시간의 스펙트럼이라는 시각에서 이해되어야 할 듯하다. 특히 이것은 '미래파 이후'의 시단을 조망할 때에 유념해야 할 태도인데, 왜냐하면 '미래파 이후'의 시인들의 시가 기존의 상황 속에서 현시되지 않았던 공백의 드러남이라는 사건적 성격을 갖고 있는 것인지, 다시 말해서 기존 시스템(상황이나 질서)과 무관하거나, 심지어 그것에 어떤 중단과 단절을 도입하는 상태처럼 보이지는 않기 때문이다. 이런 까닭에 최근 등단한 시인들의 시세계가 '미래파 이후'라는 방식으로 논의되는 것에도 일정한 딜레마가 있는 셈이다. '미래파 이후'에서 '~이후'는 '미래파'라는 기표로 인해서 단순한 시간적 선후관계만을 의미할 수는 없기 때문이다. 사실 이러한 호명(interpellation)에는 신인 시인들의 시세계에 의미를 부여하고 그것들을 선별적으로 수용하려는 비평적 경쟁이 은폐되어 있으며, 이 글 또한 이러한 해석적 '경쟁'에서 자유롭지 않다. 이 글은 '경쟁'의 시각에서 작성된 한 편의 모노그라피(monography)이다.

2. 동경과 오독: 이은규의 시

'서정'이라는 단어가 낡은 구호처럼 퇴색해버린 시대에 서정의 운명을 부여잡고 있는 시인이 있다. 이은규가 그렇다. 그녀의 시에서는 전위(前衛)라는 포탄을 온몸으로 견디는 치욕의 힘이 느껴진다. 지금, '서정'은 유통기한을 한참 넘겨버린 낭만주의의 잔재이거나, 기껏해야 근대적인 주체상의 내면에 기대어 세계를 자의적으로 재단하려는 동일시의 폭력 정도로 이해되고 있다. 물론, '서정'을 시인 개인의 내면적 주관성과 동일시할 때, 세계와 사물을 주체화하는 동일화의 작용으로 이해할 때, '서정'은 언어의 본질인 폭력성의 분유(噴油)를 피할 수 없게 된다. 그러나 '서정'이 특정한 개인의 느낌을 직접적으로 표현하는 것이라는 통념은 낡은 것이다. 예술적 경험은, 우리의 삶이 그러하듯이, 한 사람의 경험인 동시에 다수의 경험이며, '서정'의 힘은 오직 이 다수의 맥락에서만 정당화된다. 그러므로 서정시의 핵심은 독백이라는 발화의 형식에 있는 것이 아니라 사물에 대한 서정적 주체의 태도, 즉 평가에 있다. 일반적인 의미에서 서정시는 유의미한 것, 인간의 이상과 삶의 가치에 대한 이야기이다. '서정'이 주관성과 동일시되고 세계에 대한 동일화라는 인식적 폭력처럼 느껴지는 것은, '서정'이 서정적 자아가 지닌 가치와 이상으로 일종의 소우주를 형상화하려는 태도를 취하기 때문이며, 이 가치의 동일성이 언어가 지닌 시적인 자질의 독특성을 내포하기 때문이다.

'서정'이라는 단어는 비평적 시선의 시차(視差)를 떠오르게 한다. 비평가는 두 개의 표정을 소유하고 있으며, 실제적인 비평 행위의 대부분은 그 표정들의 간극 사이에서 발화된다. 비평가는 역사가의 포즈를 잃어버리지 않으려 노력하다가도 종종 미학주의의 유혹에 무릎을 꿇는다. 비평가들은 개별 시인들의 시적 성취와 그것의 문학사적 의미를 동시에 파악하려고 노력하는데, 개별 작품의 시적 성취에 집중하는 비평은 역사적인 맥락을 간과하기 쉽고, 역사적인 맥락만을 고집할 때 비평은 개별 작품의 성취를 비가시의 차원으로 몰아가기 쉽다. 오늘날 많은 비평가들이 공유하고 있는 '전위'라는 비평적 수사는 미학주의에 대한 굴복을 역사주의의 자세라고 오해하는 데서 비롯되는 측면이 크다. 그렇지만 이러한 비평적 평가가 시대적인 판단의 저편에 존재하는 서정시의 다양한 양상들을 무화시킬 정도로 강력한 것인가는 여전히 의문이다. 오늘날 서정에 대한 적실한 평가는 비평이 역사가의 시선을 거두고 오직 미학주의, 즉 한 시인의 시적 성취나 개별 작품들의 미학적 성과에 집중할 때에만 가능한 것이라고 오해되고 있다. 그러나 일찍이 맑스가 호메로스의 서사시를 두고 말했듯이, 진정한 문제는 하나의 문학적 형식을 그것의 발생적 기원과 연결시켜 해명하는 것이 아니다. 호메로스의 서사시가 고대 그리스 사회와 어떤 관계를 맺고 있는가를 설명하는 것보다 더 중요한 것은 그것이 역사적 맥락에 뿌리를 두고 있으면서도 왜 역사적 기원을 초월하여 모든 시대에 호소력을 지닐 수 있었는가를 해명하는 일이다. 서정시에 대해서도 마찬가지로 말할 수 있다. 서정시가 낭만주의와 맺는 관계보다 중요한 것은 왜 낭만주의 이후 오늘날까지 서정시가 대중들에게 읽히고 널리 창작되고 있는가를 해명하는 일일 것이다. 이 문제에 관한 한 비평가는 역사가의 시선을 취하지 않을 수 없다.

'서정'의 문제에 관한 한, 이은규의 시편들은 '갱신'이라는 이름에 충분한 대답을 들려주고 있다. 이은규의 시에는 공통적으로 '감각' 너머의 세계에 대한 그리움의 정서가 깃들어 있다. 그의 등단작에서 이것은 바람을 동경하는 유목의 피로 언어화되고 있는데, 사물의 변화와 시간의 흐름 속에서 현존을 위협당하는 모든 것들과, 시간의 심연인 과거 속으로 사라져버린 것들에 도달하려는 시적인 의지야말로 이 그리움의 정체일 것이다. 그것이 '감각'의 저편인 까닭은 그리움의 대상이 비가시적이며, 심지어 언어로 재현(포착)할 수 없는 부재하는 대상이기 때문이다. 역설적으로 이러한 부재는 이은규의 서정이 부재하는 대상으로 재현전화하고, 재현할 수 없는 것을 비재현적인 방식으로 가시화하는 언어에서 기원함을 보여준다. 등단작 「추운 바람을 신으로 모신 자들의 경전」에서 시인은 '형상'을 거부하는 '바람'을 "떠도는 피의 이름, 유목"이라고 명명한다. 일정한 형상을 갖지 않는 바람의 유목성은 이후의 시편들에서 '구름'과 '별' 같은 자연적 사물들로 변주되고 있는데, 그 모든 유목의 형식을 동경과 그리움의 정서와 연결시키는 것이 이은규 시의 특징이다. 그렇지만 이러한 떠돎의 유목성은 그녀의 시에서 상반되는 효과를 낳는데, 우선 "피가 흐른다는 것은/불구의 기억들이 몸 안의 길을 따라 떠돈다는 것"(「추운 바람을 신으로 모신 자들의 경전」)처럼 세계를 유동성의 형식으로 인식하는 특유의 인식론적 효과를 끌어들이면서도, 동시에 동경과 그리움의 정서를 한층 극적인 것으로 만들기 때문이다.

떠가는 구름
오늘의 문장은 흐르는 정물들에 관한 이야기
(…)
두 손으로 프레임을 만들어
떠가는 구름을 가둬본다
보이다와 안 보이다 사이를 흐르는 정물
다시 기다릴 수 없는 것들만 기다리게 될까

— 이은규, 「구름의 프레임」 부분

평균 수명과 사라지는 시점은 일치하지 않는다
한 구름이 다른 구름이 되는 동안
보이는 그가 보이지 않는 그가 되는 시간

— 이은규, 「구름을 데리고 집으로 가기」 부분

시인이 "동경하는 것을 닮아갈 때/피는 그쪽으로 흐르고 그쪽으로 떠돈다"라고 말할 때, '동경'이라는 단어는 시인의 정서적 이끌림을 낭만주의적 그리움으로 환치한 기호를 의미한다. 이러한 정서적 이끌림과 '감각' 너머의 세계에 대한 그리움의 정서는 「구름의 프레임」에서는 "눈에 보이지 않는 것"으로, 「구름을 집으로 데리고 가기」에서는 "보이지 않는 그가 되는 시간"으로 각각 변주된다. 전자에서 '구름'은 '흐르는 정물'의 유동성, 즉 "보이다와 안 보이다 사이를 흐르는 정물"이고, 후자에서 '구름'은 "한 구름이 다른 구름이 되는 동안"처럼 수명과 사라지는 시점이 일치하지 않는 시차성의 대상이다. 그렇지만 이은규의 시가 이러한 시차성을 고스란히 긍정하고 있는 것은 아니다. 시인의 현존은 가시적인 세계, 감각의 차원에서 머물고 있으나, 그의 지향은 그 너머의 세계를 겨냥하고 있기 때문이다. 이은규의 시에서 '그리움'은 가시적인 것과 비가시적인 것, 보이는 것과 보이지 않는 것 사이의 거리에서 발생한다. "오고 있는 시간들의 이본인 미병"[미병(未病)]은, 그러므로 극복할 수 없는 이 그리움의 병리학적 표현인 것이다. 그렇지만 이은규의 시에서 이 비가시적인 세계는, '경전'이라는 종교적 언표가 환기하는 분위기와 달리, 초월적이거나 형이상학적인 본질의 세계가 아니라 이미 지나간 시간과 더 이상 현존하지 않는 '이전'의 세계에 해당한다. 이 세계에 대한 간절한 그리움이 「구름의 프레임」에서는 "다시 기다릴 수 없는 것들만 기다리게 될까"라는 의문으로, 「구름을 데리고 집으로 가기」에서는 "해거름 후 일 분이라도 더, 이리저리 흩어지는 구름을 따라 하늘을 바라봤다고 하지"라는 간접화법으로 처리되고 있는 것이다.

저 별이 보입니까
저기 붉은 별 말입니까

조용한 물음과 되물음의
시차 아래
점점 수축되어 핵으로만 반짝이던
한 점 별이 하얗게 사라지는 중이다

어둠을 찢느라 지쳐버린 별빛은
우리의 눈꺼풀 위로 불시착한 소식들
뒤늦게 도착한 전언처럼
우리는 별의 지금이 아니라 지나온 시간을 마주할 수 있을 뿐

— 이은규, 「별들의 시차」 부분

"인간은 원하는 것을 진실이라고 상상한다." 시인이 인용하고 있는 이 구절은 그리스의 정치가 데모스테네스의 말이다. '상상'이란 사실에 대한 인식이 아니라 현실을 자기합리화의 방향으로 전유하려는 심리 기제의 일종인데, 시인은 이 '상상'의 견고한 동일시를 헤집고 '시차'라는 존재론적 시간의 개념을 외삽한다. 일반적으로 '별'과 관련하여 쓰이는 시차(parallax) 개념은 관찰자의 위치에 따라 천체의 위치가 다르게 경험되는 현상을 의미하는 천문학 용어이다. 천문학자와 수학자들은 시차를 발생시키는 두 시선의 각도 차를 이용하여 멀리 떨어진 천체들의 거리를 측정한다. 이러한 자연과학적 '종합'에의 의지는 상이한 시선의 차이에 공통의 지반을 제공하고, 그 지반 위에서 차이를 화해시키려는 동일성의 논리를 함축하고 있다. 그것은 일종의 진리 담론이다. 그런데 이 시에서 시인은 시

차(Parallax)라는 천문학적 용어를 시차(視差)가 아니라 시차(時差)로 전유하고 있다. 천문학적인 공간의 문제가 존재론적인 시간의 문제로 재전유되고 있는 것이 시인이 굳이 '별'이라는 천문학의 대상을 소재로 삼으면서도 '시차'라는 단어에 한자(漢字)를 병기하지 않은 이유도 여기에 있을 것이다.

이 시에서 '시차'는 우선, "저 별이 보입니까"라는 질문과 "저기 붉은 별 말입니까"라는 응답, 즉 '물음과 되물음' 사이의 시간적 간극을 의미한다. 그러나 실제로 이 시에서 이러한 시차 개념은 "우리는 별의 지금이 아니라 지나온 시간을 마주할 수 있을 뿐"처럼 빛의 속도로 우리의 시선을 향해 날아드는 별빛이 실제로는 빛의 현존이 아니라 과거의 한순간을 마주하고 있음을 환기하기 위한 서곡에 불과하다. 시인은 별의 현재와 과거, 현존과 소멸 사이의 시차에서 "이력을 지우면서 완성되"는 죽음을 본다. 시인에게 있어서 중요한 것은 현존과 소멸 가운데 하나를 선택하는 일이 아니라 사라지는 별들의 꼬리가 증명하듯이 시차에 담겨 있는 '질문'을 되새기는 일일 것이다. "불가능하게 무거운 저 별, 별들"이라는 마지막 구절은, 그러므로 현존과 소멸이라는 존재론적 사고보다 이력을 지우면서 완성되는 별의 죽음에서 삶의 시간을 이해하는 것이며, 바로 이 순간 '별'은 또 하나의 흐르는 정물이 되어 비가시적인 세계로 시인의 사유를 끌어들이게 된다.

3. 기억의 시차(視差): 김상혁의 시

정신분석의 진실 가운데 하나는 물리적인 시간의 선후관계가 무의식의 기원과 무관하다는 것이다. 무의식은 사후적으로 구성된 결과물이다. 이러한 무의식의 가역적 시간법칙은 한 시인의 등단작을 문학적 기원과 등치할 수 없다는 문학의 법칙에도 동일하게 적용할 수 있다. 김상혁은 등단 이후 줄곧 '소년' 주체의 유년 기억과 성장과정을 중요한 시적 대상으로 삼아왔는데, 이러한 시적 여정은 표면적으로 유년의 기억과 가족사라는 나르시시즘적 세계를 첫 시집의 중핵으로 설정하는 기존의 문학적 관습과 유사한 것처럼 보인다. 이러한 가족사 중심의 나르시시즘적 세계는 이미 '미래파'의 첫 시집을 통해서 극복되었다는 점에서 김상혁의 시세계는 어느 정도 퇴행적인 요소를 내장하고 있다. 특히 등단 수상소감에서 그가 밝힌 가족의 이력은 그의 시를 나르시시즘적 세계에 대한 언어적 재현이라는 관점에서, 즉 성장과정에서 시인이 체험한 결핍의 경험으로 이해하도록 만드는 단초를 제공하고 있다. 그렇지만 그의 시적 특징은 결핍의 경험을 언어적으로 재현하는 데 있는 것이 아니라 기억이 수반하는 왜곡현상, 상이한 기억과 시간경험들의 공모가 생산하는 시차(Parallax)의 효과를 시화(詩化)하는 것이다.

이은규의 시에서 '시차'가 비동시성을 의미하는 시간적인 장치였다면, 김상혁의 시에서 '시차'는 회상의 방식을 통해서 재현(re-presentation)되는 기억과, 기억의 왜곡현상을 더욱 풍요로운 문학적 장치로 만드는 시점들의 공모관계이다. 가령 기억이 과거의 특정한 시간을 왜곡 없이 재현하려는 의식의 산물이라면—보르헤스의 소설에 등장하는 기억의 왕 푸네스와 같은 예외가 존재할 수 있지만—'재현되는 기억'과 '재현된 기억' 사이에는 왜곡이라는 일탈적 관계만이 가능하다. 그러나 회상-기억이 과거의 '나'와 현재의 '나', 아니 기억하는 '나'와 그 기억에 참여하는 또 다른 인물의 기억이 비종합적인 방식으로 합쳐지는 것이라면, 그리하여 '나'와 '그들'의 시선이 평행적이거나 시차적인 관계를 구성한다면 사정이 달라진다. 이 경우 기억-회상에 참여하는 '나'는 단순하게 말해서 주체들 가운데 한 사람에 불과하거나, 심지어 주체가 아니라 대상일 수도 있기 때문이다. 등단작에서 "내가 죽도록 훔쳐보고 싶은 건 바로 나예요 자기 표정은 자신에게 가장 은밀해요"(「정체」)라고 말할 때, '나'는 주체이면서 동시에 객체로서 이 기억이라는 사건에 참여하고 있는 것이다. 이런 이유에서 김상혁의 시적 대상은 (가족처럼 보이지만) 가족이 아니라 거기에 참여하고 있는 '나'이다.

> 내가 죽도록 훔쳐보고 싶은 건 바로 나예요 자기 표정은 자신에게 가장 은밀해요 원치 않는 시점부터 나는 순차적으로 홀홀히 눌러붙어 있네요 아버지가 만삭 어머니 배를 차고 떠났을 때 난 그녀 뱃속에서 나도 모를 표정을 나도 몰래 지었을 거예요 어머니가 그런 아버지 코를 닮은 내 매부리코를 매일 들어 올려 돼지코를 만들 때도 그러다가 후레자식은 어쩔 수 없다며 왼손으로 내 머릴 후려칠 때도 나는 징그럽게 투명한 표정을 지었을 거예요 여자에게 술을 먹이고 나를 그녀 안으로 들이밀었을 때도 다음 날 그 왼손잡이 여자에게 뺨을 맞았을 때도 내가 궁금해한 건 그 순간을 겪는 나의 표정이었어요 은밀하고 신비해요 모든 나를 아무리 잘게 잘라도 단면마다 다른 표정이 보일 테니 나를 훔쳐볼 수만 있다면 눈이 먼 피핑 톰(Peeping Tom)이 소돔 기둥이 돼도 좋아요 거기, 거울을 들이밀지 마세요 표정은 보려는 순간 간섭이 생겨요 맑게 훔쳐보지 않는 한
>
> — 김상혁, 「정체」 전문

김상혁의 등단작 「이사」에는 "집을 바꾸고 학교를 아빠를 바꾸는 일"이 대수롭지 않은 것임을 고백하는 화자가 등장한다. 그가 관심을 집중하고 있는 것은 가족들 사이에서 발생하는 다양한 결핍들, 즉 '일'이 아니라 '나'라는 존재이다. "다락방에는 가족들이 꺼리는 사진과 내가 있습니다". 인용시 「정체」는 이러한 '나'를 시각의 대상으로 설정하려는 욕망을 드러내고 있다. 그런데 이 욕망은 한 가지 심각한 문제로 인해서 좌초될 위기에

처해 있는데, '나'가 '피핑 톰'처럼 응시되는 대상이어야 한다는 것이다. 여기에서 '나'는 시각의 주체이면서 대상이고, 엄밀하게 말하면 "자기 표정은 자신에게 가장 은밀해요"처럼 주체의 시선으로는 쉽게 포착되지 않는 대상이다. '나'를 순전한 시선의 대상으로 놓을 수 없는 이유는 '나'가 시선의 주체이기도 하다는 사실에서 비롯된다. '나'의 살아 있는 표정, 그러니까 '나'는 훔쳐보는 시선을 의식하지 않는 자연스러운 표정을 지을 수는 있으나, 동시에 그 표정을 바라볼 수는 없는 것이다. 일찍이 에셔(Maurits Cornelis Escher)는 재현하는 손을 재현함으로써 대상과 주체의 동시성을 구현한 바 있지만, 김상혁의 시에서 '나'의 시선은 그렇게 분리되지 않는다. 그것을 빛을 비추는 순간 다른 곳으로 이동하기 때문에 오직 이론적으로만 존재를 증명할 수 있는 물리적 입자들과 같다. 이 입자들의 불가해한 존재방식이 김상혁의 시에서 '표정'인 것이다. "거기, 거울을 들이밀지 마세요 표정은 보려는 순간 간섭이 생겨요 맑게 훔쳐보지 않는 한". 이 표정을 포착하기 위해 '거울'이라는 타자의 시선을 동원하는 일은 무의미하다. 거울을 들여다보는 순간 '나'의 표정은 거울에 의해 간섭을 받기 마련이고, 그 순간 '나'의 표정은 '주체-나'가 훔쳐보고 싶었던 '대상-나'의 표정이 아니기 때문이다. 김상혁의 시에서는 회상-기억이 타자의 기억을 끌어들이고 있듯이, 표정을 읽으려는 시선 또한 불가피하게 또 다른 나, 즉 '주체-나'와는 다른 타인의 시선을 필요로 하고 있다. 김상혁의 시에서 이 지점의 존재는 근본적으로 그의 시가 타자의 출몰을 요구하고 있으며, 타자를 향해 개방되어 있음을 보여주는 증거이다.

4. 타자성의 시적 현현(顯現): 유희경의 시

어떤 시편들은 전체보다도 부분이 빛을 발하고, 또 어떤 시편들은 전체적인 유기적 조화보다 대상을 재조립하는 감각이 한층 극적이다. 부분의 강렬함이 전체의 안정감을 초과할 때, 시는 더 이상 짧은 산문으로 오해될 수 없다. 등단작과 등단 직후에 발표된 유희경의 시편들은 이 부분의 강렬함에 충실한 느낌인데, 가령 등단작 「티셔츠에 목을 넣을 때 생각한다」는 매우 일상적인 사건을 재조립하는 감각의 섬세함, "이 안은 비좁고 나는 당신을 모른다", "나는 나로부터 날카롭다 서너 토막이 난다"처럼 스스로를 새로운 주체로 가공하려는 시인의 태도가 선명한 것이 특징적이다. 티셔츠에 목을 넣는 일상적 행위에서 시인은 '안'이라는 새롭고 낯선 세계를 발견하며, 이 발견이 "나는 당신을 모른다"라는 직설적인 부정문을 만들어 낸다. 이 낯선 세계와의 조우, 그것은 "나는 나로부터 날카롭다"라는 진술이 환기하듯이 스스로를 타자로 경험하는 순간인데, 유희경의 시는 언어에 대한 자의식에 근거하여 이러한 경험의 순간들을 적극적으로 시화(詩化)하고 있는 듯하다. 김상혁의 시편들이 '나'를 주체와 대상의 이중체로 설정하고 있다면, 유희경의 시편들에서 '나'는 다분히 타자성의 존재로 가시화되고 있다.

> 창가에 서 있던 사람은 K다. 그는 나와 눈이 마주쳤음에도, 물러서거나 시선을 피할 생각이 없어 보였다. 창밖에는 바람이 앞에서 뒤로, 쓰러질 것처럼 불고 있었다.
>
> 쏟아지는 것을 간신히 붙잡고 있었던 나는 백발의 K가 부러웠던 것 같다. 나에게는 그 시간이 아득했기 때문이다. 지난 햇빛이 타오른다. 불타버린 것은 두 번 다시 나타날 수 없다. 그래서 K의 회색 눈빛을 훔치고 싶어 했다고 치자. 나는 그때를 떠올릴 수 없고, 상상해내는 것도 힘들기 때문이다. 그건 창문 같은 것이고 잘 닦아놓은 하얀 창틀 같은 것이다.

그때는 갈색 종이봉투의 질감과 구겨지는 소리. 그 안에서 풍겨 나오던 싸구려 음식의 냄새. 나는 그 종이봉투를 들고, 가는눈을 뜨고, 어둠이 짙어오고, 탄내가 날 것 같은 자정이. 호객꾼들 거리를 뒤덮고 간판들이 가장 환해지는 그때. K가 무슨 생각을 했는지 알 수 없다. 그게 나를 미치게 만든다.

K는 꿈을 꾸고 있는 것이고 그건 내가 K를 생각하는 태도이기도 하다. 상상할 수 있는 모든 반응의 바깥에 서 있는 것. 나를 데려간, 가장 가벼운 무게의, 자리. 그는 수천의 나비가 만들어낸 사람이다. 그러므로 여전히 날개다. 날개들 쌓여 달아오르는 열이다. K가 사라진 자리에 온도만 남아, 타오른다. 그때 불타버린 K는 다시, 그 자리에 설 수 없이. 흔들리는 K는 K가 아닌 바로 그 K가

— 유희경, 「K」 전문

유희경의 「K」는 연극적인 요소를 지니고 있다. 이 연극 무대에 등장하는 인물은 'K'와 K를 지켜보는 '나', 두 사람이다. 시의 전편에는 K에 관한 정보들이 산발적으로 흩어져 있는데, 우선 그는 창가에 서 있으며, 머리는 백발이고, 궁극적으로 그는 "수천의 나비가 만들어낸 사람"이다. '창문'이라는 시적 장치를 고려하지 않아도 이 시에서 K가 '나'의 내면을 분유(分有)하고 있는 존재임을 쉽게 짐작할 수 있다. 그런데 이 시에서 '나'와 'K'의 관계는 비대칭적이다. 우선 그는 '나'와 시선이 마주쳤음에도 물러서거나 피할 기색이 없으며, 도리어 '나'가 백발의 K를 부러워한다. 더군다나 시에서 '나'는 모종의 고통을 앓고 있는데, 그것은 "K가 무슨 생각을 했는지 알 수 없다. 그게 나를 미치게 만든다."라는 진술처럼 '나'가 'K'의 생각을 읽을 수 없다는 절망감에서 유래한다. 유희경의 시편들은 어렴풋하게

나마 '시간'의 주위를 맴돌고 있는데, 이 시에서 '시간'은 "백발의 K"처럼 미래적인 것으로 등장한다. 김상혁의 시에서 시간이 과거-기억과 연관되는 반면, 유희경의 시에서 시간은 다분히 미래적이다. 그러므로 만일 "백발의 K"가 나의 내면을 분유하고 있는 미래적 존재라면, K를 바라보는 '나'는 현재적 존재로서의 젊은이일 것이다. 이 미래와 현재 사이의 시간적 단절이 「K」에서는 감각적인 거리로 진술되고 있는 것이다. 따라서 그의 자취를 좇는 '나'의 감각은 "K가 사라진 자리에 온도만 남아, 타오른다."처럼 항상 뒤늦은 것이 되고 만다. 4연에서 시인은 이러한 존재론적 거리감을 장자의 호접몽에 비유하고 있는데, 그러면서도 이 시의 결말은 자신의 타자성이라 할 수 있는 K를 동일화하지 않고 "그때 불타버린 K는 다시, 그 자리에 설 수 없이. 흔들리는 K는 K가 아닌 바로 그 K가"처럼 '나'와 'K'를 평행상태로 놓아둔다.

유희경 시의 연극적 특징은 「악수-어느 여행 중의 대화」에서도 동일하게 발견된다. 두 사람의 부조리한 대화로 이어지는 이 시에서 '악수'라는 표제는 여행길에서 우연히 만난 두 사람의 관계를 상징하는 시적 기호이지만, 이 시는 '대화'라는 부제보다는 그것을 감싸고 있는 '침묵'에 관한 이야기처럼 읽힌다. 마치 대사와 지문이 반복되는 느낌으로 배열된 「악수」에서 시적인 분위기를 만들어내는 것은 대사가 아니라 지문이다. 이 지문들은 '침묵'이라는 대화의 부재 상태를 공유하고 있다. 그런데 이 시에서 소리가 없는 침묵 상태는 역설적으로 어떤 소리를 듣게 만드는 배경이 되고 있다. 그러므로 침묵은 단순하게 소리의 부재 상태가 아니라 '대화'라는 발성 행위 속에서는 포착할 수 없었던 소리(아닌 소리)를 감각할 수 있는 경계의 안쪽으로 가져오는 효과를 낳는 것이다. 그것은 "누군가 지나가는 듯한 소리 열쇠를 흔들고 걸음을 끌면서"이고, "그늘이 빛 사이로 내려앉는 소리"이며, "무언가 질질 끌리는 듯한 소리 마치 무거운 가방처럼"이기도 하다. 이 시에서 '대화'는 대화 행위에 참여한 사람들만을 지각할 수 있는 상태로 만들고, '침묵'이라는 전혀 다른 종류의 소리를 감각할 수 없게 만드는 관계로 형상화되고 있다.

5. 불협화의 현대성: 심지아의 시

심지아의 시는 전형적인 '불협화음'의 언어이다. "오, 나는 편애합니다. 더 많이 좋아하거나 더 많이 싫어하지 않고는 글쎄요 하루는 너무 길어요."(「딱딱함과 부드러움」) '편애'는 그녀가 아는 유일한 사랑일 것이다. '공정'을 바라는 사람들의 기대를 배반하고, 그녀의 시는 어둠, 그 은밀한 죽음의 시간을 향해 나아간다. 이러한 그녀의 악취미는 포스트미래파 가운데 그녀를 '미래파'에 가장 근접한 시인의 한 사람으로 인식하게 만드는 근거가 되는데, 질서로부터 이탈하는 파열음이 돋보이는 그녀의 시편들은, 그러나 미래파의 시와 달리 매우 안정적인 형식을 취하고 있다. '불협화'는, 한 비평가의 말처럼, 불가해함과 매혹의 만남이다. 이 불협화는 역사가의 시선으로 보면 자유를 위한 탈선의 현대적 몸짓이며, 미학주의자의 시선으로 보면 "시란 이해되지 않고서도 전달될 수 있다"라는 시적 모호함의 고의성을 생산하기 위한 전략일 것이다.

> 지구에 태어나 얻게 된 건 현기증이에요 수달 씨 둥근 이마로 포물선을 그으며 종종 졸도합니다 아름답게 쓰러지기 위해 물가에 살아요 물고기의 머리를 뜯으며 어린 무용수의 발끝처럼 포즈를 고심합니다 머리 뜯긴 물고기들은 지느러미를 파닥여요 열렬한 격렬함입니다 날마다 나는 더욱 날카롭게 안을 수 있어요 깨지 않는 악몽을 물고 물고기들 내게로 와요 병신들, 큭큭 웃는 우리는 병신입니다. 어두운 곳에 쉽게 매료됩니다 엄마가 남긴 유산은 악습이에요 구멍 속에 꼬리를 넣어야만 잠들

던 엄마의 낯과 낯들, 낮과 낯은 같은 말이었을까요 어둠을 오래 바라보느라 내 눈은 검은 돌멩이처럼 반짝이는 줄도 몰라요 붉은 수초를 등에 감고 물방울을 높이 던집니다 내게 말을 걸땐 물속으로 들어와요 기괴한 몸짓도 이곳에서는 물의 동작이 됩니다 물결에 지문을 풀면 녹슨 안개가 피어나요

— 심지아, 「수달 씨, 램프를 끄며」 전문

불협화음의 시학에서 시는 '어두운 것'에 대한 이끌림에서 촉발된다. "나는 어두운 것에 쉽게 매료됩니다"(「수달 씨, 램프를 끄며」)에서 이 '어두운 것'은 '현기증', '졸도', '아름답게 쓰러짐', '열렬한 격렬함', '깨지 않는 악몽', '악습', '기괴한 몸짓'처럼 과잉되고, 분열적이며, 정상성의 범주를 벗어나는 어두운 힘의 다발로 무수히 분열되고 증식된다. 그러므로 이 시에는 독자들이 찾아야 할 시적 내러티브나 서정적인 감성은 없다. 아니, 존재한다고 해도 그것은 이 시의 핵심이 아니다. 일찍이 고트프리트 벤은 "심정? 그런 것을 나는 가지고 있지 않다"라고 말했는데, 이러한 미학적 선언은 심지아의 시에도 동일하게 적용될 수 있다. 사랑이 '편애'이고, 삶이 '현기증'이거나 '졸도'이며, 욕망의 대상이 '열렬한 격렬함'일 때, 그 삶은 정상성의 범주에서 벗어난다는 의미에서 '병신'의 삶인 것이다. '기괴한 몸짓'이 이곳(시)에서는 '물의 동작'처럼 자연스러운 것이듯이, 심지아의 시에선 정상이 아닌 '병신'의 상태가 본질적으로 시적인 자리를 차지한다.

「외출 직전」에서 이러한 불협화의 비정상성은 타나토스적 충동으로 기호화되는데, 이 시의 화자는 '너'가 던지는 접시들을 피하기보다는 "나는 네가 겨냥하는 곳에 서서 깨지고 싶었어"처럼 자신의 해체를 욕망하고 있다. 심지아의 「외출 직전」에 등장하는 '은밀한 시간'이라는 시어는 '어두운 것'과 더불어 그녀의 시를 이해하는 키워드이다. "우리는 가장 은밀한 시간에조차 공공연하지." 사실 이 문장은 그 자체로 긍정되기보다는 재해석

되어야 하는데, 가령 그것은 은밀함이 공공연하게 노출되는 상황에 대한 반성적 의식을 함축하고 있다. 「예배 시간」에서 '어두운 것'은 "영원히 자라나는 어둠 속 뿌리처럼" 부드럽고 긴 소년의 손가락으로, '은밀한 시간'은 "기도문은 몰라요/제발 은밀해지세요"로 각각 변주되어 반복된다. 그러므로 "내 목에는 여러 개의 닫힌 창문들/인으로 바람 소리를 내며/길어집니다//소년의 손은 두 개의 혀/다른 말로 겹쳐지는 시간"(「예배 시간」)이라는 진술은 여러 겹으로 만들어진 '나'의 은밀한 내면과 소년이라는 존재의 비단일성을 의미하는 것으로 해석할 수 있다. 사실 존재의 복수성(비단일성)과 유동하는 감각의 비정형성은 사춘기 주체와 소년을 등장시킨 김행숙의 시, 그리고 '아이'라는 불확정적인 주체를 등장시켜 성장과 유동성을 시화(詩化)하려 했던 일군의 미래파 시인들의 특이성 가운데 하나였는데, "검은 글자로 쓴다 종이 위에서 어미 없는 얼룩말들이 태어난다 (…) 숲에는 어린 아이의 목덜미에서 흐르는 선홍색 피가 있고 핏물에 비친 검은 글자들이 있다"(「검정 물감 팔레트」) 같은 진술들은 다분히 이 미래파 시인들과의 근친성이 드러나는 대목이다.

심지아의 시에서 '어두운 것'과 '은밀한 것'은 종종 공간적인 방식으로 표상되기도 한다. 가령 "당신은 몇 개의 지하실을 가졌습니까 (…) 너는 일인칭과 이인칭을 초과하여 검고 깊은 언어로 흐릅니다."(「네게 이야기해줘」)라고 진술할 때 '지하실'은 단일한 시공간의 내부에 존재하는 이질적인 것들에 대한 환칭(Antonomasia)이며, "밤의 옷장은 약병들로 가득하다"(「보석세공사의 스탠드」)라는 진술에서의 '옷장' 또한 시간에 대한 메타포이고, "깨끗한 손수건과 마지막 치즈를 넣고 자물쇠를 채우면 발끝으로 귓속말하는 기분 엉뚱한 문장이 떠오른다"(「사물함의 습도」)라고 말할 때에도 '사물함'은 '언어'와 관련이 있는 시적인 대상이다. 심지아의 시에서 확인되는 이러한 불협화의 특징은 결국 포스트미래파의 시가 미래파와의 단절이 아니라 미래파가 실험하고자 했던 감각이 한층 확장되고 있다는 것을, 동시에 그 감각이 형식에 대한 실험과 파괴가 아니라 뚜렷한 하나의 시적 세계를 구성해나가는 방향으로 이어지고 있음을 보여준다.

약속, 빚, 정의(justice)

1. 법과 정의

마이클 샌델의 정치철학과 서브프라임모기지 사태에서 촉발된 신자유주의적 빈부격차에 대한 대중의 저항으로 확장되면서 '정의' 담론이 폭발하고 있다. 이러한 현상은 '정의(justice)란 무엇인가?', '무엇이 정의인가?'라는 간단한 물음으로 집약된다. 정의, 그것은 모든 사람이 한마디씩은 말할 수 있는 것, 모든 권력이 자신의 정당성을 강조하기 위하여 정치적 지향점으로 내세우는 것, 그리하여 그 중요성에 대한 인식과 동의에도 불구하고 자본주의의 현실법칙 속에서는 결코 실행될 수 없는 무기력한 추상적 '이념'과 같은 것이다. 모두가 그것에 대해 말하지만 아무도 믿지 않는 것, 모두가 믿지만 정작 현실에서는 작동하지 않는 것, 말하기는 쉽지만 행하기는 어려운 것이 현대의 '정의'이다. 또한 '정의'는 내용과 맥락이 다른 숱한 판본들, 즉 '정의들'을 양산하고 있다. 우리는 실제로 최소한의 공통근거도 공유하지 못한 '정의'의 담론들을 자주 목격한다. 정상과학에 대한 토마스 쿤의 설명방식을 차용해서 말하자면 '정의'에 대한 현재 상황은 "비정상적 담론의 상황"이다. 여기서의 '비정상성'이란 우리 사회가 '상상' 속에서 합의해온 '정의'의 불가능성을 의미한다. 이 지점이 바로 문학이 '정의'와 마주치는 곳이다.

문학의 본질은 비정상적 담론 상황으로서 '정의'를 실행하는 것이다. 이 말은 문학이 국가권력에 의해 자행되는 법적 폭력이나 자본주의하에서 발생하는 사회경제적 분배 문제 등을 비판하거나 부정의한 상태의 시정을 위해 싸워야 한다는 '참여'의 주장이 아니다. 문학의 존재기반으로서의 정의, 또는 문학과 정의의 관계는 문학이 한 사회가 인식과 감각의 층위에서 상식으로 받아들이고 있는 질서와 믿음을 해체하여 새로운 질서와 믿음을 제시하는 것에서 찾아져야 한다. 문학의 가치는 소위 '현실참여'라는 제한된 기능에 머물지 않고 모든 질서와 믿음을 비상식적인 것으로 만드는 '탈구축(deconstruction)'에 있다. 문학의 가치가 탈구축에 있다는 주장을 정교화하기 위해 잠시 '법'과 '정의'에 관한 데리다의 설명을 살펴보자. 데리다는 『법의 힘』에서 '법'과 '정의'를 엄격하게 구분했다. 그에 따르면 '법'은 다양한 사법 체계를 구성하고 있는 실정적 구조이고, 그것에 따라 적법과 위법이 결정되는 규칙의 체계이다. 반면 '정의'는 그러한 법의 외부에 있으며, 데리다는 "타인과의 관계, 곧 정의"라는 레비나스의 주장을 받아들여 그것을 한 사람이 다른 사람에 대해 갖는 관계이자 채무(debt), 환원되지 않고 계산불가능한 의무라고 규정한다. 흔히 사람들은 '법'과 '정의'를 혼동하여 '법이 곧 정의다'라는 주장을 상식으로 받아들인다. 데리다는 법실증주의자들의 이런 믿음을 겨냥하여 '정의'의 해체불가능성과 '법'의 해체가능성을 결합시켜 '탈구축'을 작동시킨다. 데리다의 철학에서 '탈구축'과 '정의'는 서로에 대한 조건이다. 이것은 '정의'가 '법'을 초월하는 어떤 것이며, 심지어 '법'과 모순되는 어떤 것임을 의미한다. 데리다는 진정한 '정의'는 기존의 사회적 질서와 믿음을 해체(deconstruction)하는 것이라고 생각했다.

데리다의 '탈구축' 개념은 오해와 달리 진리의 상대성을 옹호하기 위해 동원되는 파괴나 니힐리즘의 수사가 아니다. 그것은 우리(사회)가 의심 없이 상식으로 받아들이는 편견과 믿음에 대한 물음이다. 가령 사람들은 흔히 '법'과 '정의'를 동일한 것이라고 생각한다. '법'을 집행하는 사람과 집행을 당하는 사람 모두가 그렇게 믿는다. 이러한 편견이 '정의로운 법'이라는 허상을 만든다. 이 '정의로운 법'은 '폭력'을 저지함으로써 스스로의 정의로움을 과시한다. 데리다의 탈구축은 현존하는 이러한 편견-믿음의 이면에 숨겨진 것을 드러냄으로써 우리의 편견-믿음에 도전한다. 탈구축이란 허물고 재구성하는 것이지만, 동시에 편견-믿음의 이면에 은폐되어 있는 것을 가시화하는 작업이다. 데리다가 '정의'를 "타인과의 관계"라고 말할 때, 그것은 '나'와 '타자'의 관계를 지배하는 문화와 제도 일체를 의심함으로써 편견의 바깥에서 새로운 관계를 맺을 수 있도록 만드는 정의-작업의 또 다른 표현이다. 데리다의 『법의 힘』은 '법=정의'라는 법실증주의의 편견-믿음을 탈구축하려는 기획이다. '법'은 역사의 산물, 즉 시대와 장소에 따라 일정한 형식과 체계로 만들어지는 구성물이다. 이러한 법의 역사적 성격은 곧 법이 탈구축될 수 있음을 뜻한다. 그리고 이러한 탈구축은 역사적으로 항상 '정의'의 이름으로 수행되었다. 이처럼 '법'과 '정의'는 동일시될 수 없으며, 오히려 '정의'가 '법'이 탈구축될 수 있는 전제라는 것, 때문에 '정의'는 원칙상 현존하는 '법'으로 환원될 수 없다는 것이 데리다의 주장이다. 그것은 데리다의 '민주주의'와 마찬가지로 미래에 도래할 것이라는 점에서 일종의 '약속'이다. 이것은 약속을 지키는 것의 불가능성을 지적하는 것이 아니라 '약속'을 달성하기 위해 아직 남은 일이 있다는 의미이다. 이처럼 데리다의 '정의'는 결코 성취될 수 없는 미래, 결코 지킬 수 없는 약속과 같은 것이지만, 이 미래의 약속이 현재의 잘못된 믿음-편견을 바로잡을 수 있는 근거이자 동력이다. 이 열린 현재의 가능성을 이끄는 동력을 데리다는 '정의'라고 부른다. 문학과 정의, 문학의 본질로서의 '정의'란 데리다가 논리의 차원에서 행한 것을 문학으로 실행하는 것이다. 그것은 대중의 상식을 지배하고 있는 믿음-편견의 이면을 언어적 형상물을 통해서 가시화하는 탈구축 작업이다.

2. 보이지 않는 것을 보이게 만드는 것

21세기의 첫 10년은 '정치'의 시대였다. 그것은 '죽음'의 시대였고, '죽임'에 맞서 대중들이 '거리'로 쏟아지기 시작한 시대였다. 한 시인의 말처럼 "계몽된 도시"를 꿈꾸는 시장(市長)의 등장으로 "시민들은 고독하고 또한 고독"(심보선, 「도시적 고독에 관한 가설」) 속에서 "친구들과 죽은 자의 차이가 사라지는 것"을 묵묵히 지켜보아야 했다. 2009년에는 도심 한복판에서 "한 무리의 철거민들이/용산에 언 뿌리를 내리려다가/불에 타 죽는"(이상국, 「틈」) 사건이 발생했다. "그들의 집은 문이 없다/그들의 집은 불타는 구조로 이루어져 있다"(심보선, 「집」) 또 한켠에서는 "세상에서 강을 제일 증오하던 왕"(진은영, 「망각은 없다」)이 '정치가'로 환생하여 '생명의 강'을 개발과 경제가 지배하는 '죽음의 강'으로 만드는 기막힌 일이 있었다. '시장'과 '정치가'의 뒤를 이어 한반도의 '부속도서'를 '해군기지'로 만드는 작업이 진행되고 있다. 그뿐만이 아니다. 자본이 주도하는 '갑을관계'가 대중들의 삶을 사실상의 예외상태로 몰아가고 있다. 포스트포디즘 하에서 '노동'한다는 것은 '잠재적 실업상태' 놓여 있다는 의미이며, 이러한 예외상태에서 노동시간과 여가시간의 구분은 점차 희미해진다. 이 모든 권력과 저항의 장소가 바로 '정의'가 요청되는 곳이다.

흥미로운 점은, 이 일련의 사건과 현상이 모두 '법'에 의해 정당화된다는 사실이다. 대의제와 법의 통치라는 민주주의 이념은 오늘날 모든 것이

'법'에 의해 결정되며, 따라서 국회, 법원, 헌법재판소를 장악하는 것이 통치의 핵심이 되었음을 보여준다. 이것은 '법의 통치'를 표방하고 있지만 실상은 '법에 의한 통치', 즉 만인이 '법' 앞에서 평등하다는 '법의 통치'가 아니라 '법'이 한낱 통치의 수단으로 전락했음을 보여준다. '법치주의' 이념은 국가권력의 자의적인 통치를 제한 · 통제하기 위해 등장했으나, 지금 그것은 공권력을 앞세운 국가권력의 부당한 통치를 정당화하는 알리바이로 기능하고 있다. '대중'과 '국가(지자체)', '대중'과 '자본'의 갈등에서 '법'은 초월적인 위치를 점한다. 이를테면 철거민들이 실정법을 위반했기 때문에 진압 과정에서 발생한 살인이 정당한 공권력의 행사였다고 주장하는 '법'은 정작 인사청문회 과정에서 관료나 정치인들이 실정법을 위반한 사실을 확인하고도 처벌하지 않는다. '법'적인 하자가 없으면 모든 폭력은 정당한 공권력 행사로 판단되고, 설령 법에 저촉되는 행위가 발생한다 하더라도 그 대상이 권력 자체이면 처벌받지 않는 것이 현실의 '법치주의'이다. 바로 이 지점에서 '정의로운 법'이 '폭력'을 저지한다는, '법'이 곧 '정의'라는 편견-환상은 깨진다. 왜냐하면 국가권력은 '폭력'에 대해 '법'이 아니라 또 다른 '폭력'(법 보존적 폭력)으로 대응하기 때문이다. 이 경우 전자는 불법적인 폭력으로 간주되며 후자는 '공권력'이라는 의미에서 합법적인 폭력으로 간주된다. 오늘날 대중들이 고통을 호소하는 모든 곳에서는 '법'과 '폭력'의 대립이 아니라 '폭력'과 법의 이름으로 행해지는 '폭력'이 대립하고 있다. 역설적으로 이러한 '법치'의 현실이 '정의'에 대한 관심을 증폭시키고 있다. 정당성을 잃어버린 '법'의 한계와 개정을 위해서는 '정의'라는 약속이 필요하다. 지금 대중들이 찾는 것은 '법'이 아니라 '정의'가 아닌가. 그래서 우리는 '악법도 법이다'라는 믿음-편견을 의심해야 한다. 진정으로 '법'은 '폭력'과 구별되는 '정의'일까?

그런데 이 물음에 대한 사변적 논리나 이론적 응답으로 '문학의 정의'

를 대신할 수는 없다. 시인이 현실에 개입하고 연대의 행동을 취하는 것이 '문학'이 아니라는 말이 아니다. 오히려 '문학'과 '문학 아닌 것', '시인'과 '시민'으로 존재를 분할 · 규정하는 것이야말로 문학의 탈구축이 문제 삼아야 할 지점이다. 하지만 탈구축은 단순한 '비판'이나 '참여'가 아니다. '비판'과 '참여'가 정상(으로 간주되는 것)의 비정상을 공격함으로써 '정의'의 약속에 입각하여 '법'이 수정되어야 함을 강제하는 것과, 그것이 일부 현실적인 효과를 갖는 것 또한 사실이지만, '문학의 정의'는 '비판'을 넘어서 우리의 믿음-편견의 이면에 은폐되어 있는 고통스러운 진리를 가시화하는 것이어야 한다. '비판'이 부족하기 때문에 '법'이 바뀌지 않는 것은 아니다. 그래서 용산에서의 죽음을 애도하는 일만큼이나 그러한 사건이 가리고 있는 사태의 본질에 도달하는 일이 중요하고, 국가권력의 부당함을 비판하는 일만큼이나 권력의 정당성이 부당한 근거 위에서 작동한다는 것을 가시화하는 일이 중요하다. 그리하여 "치열한 삶이다/아름다운 생이다/나는 지난겨울 한 무리의 철거민들이/용산에 언 뿌리를 내리려다가/불에 타 죽는 걸 보았다/바위도 나무에게 틈을 내주는데/사람은 사람에게 틈을 주지 않는다"(이상국, 「틈」 부분, 『뿔을 적시며』, 창비, 2012)라는 시인의 노래에서 우리는 용산에서의 죽음을 슬퍼하고 분노하는 애도 이상의 것을 발견하게 된다. 그것은 그 죽음의 희생자들이 불쌍하고 무능한 희생자가 아니라 치열하고 아름다운 삶을 사람들이고, 그들의 죽음에 우리 모두가 연루되어 있다는 것이다. 시인은 이 노래를 통해 우리에게 타자의 죽음이라는 상환할 수 없는 빚(debt)을 부여한다. 프랑스의 소설가 에밀 아자르(로맹 가리)는 "정의롭지 못한 사람들이 더 편안하게 잠을 자는 것 같다. 왜냐하면 그런 사람들은 남의 일에 아랑곳하지 않으니까. 하지만 정의로운 사람들은 매사에 걱정이 많아서 잠을 제대로 잘 수 없다."(『자기 앞의 생』)라고 썼다. 이 말은 우리가 빚(debt)을 갚기 전에는 결코 잠들지 않아야 하며, 그 불면의 관심이 곧 문학의 정의(justice)임을 일깨운다.

또 하나 당신에게 말하지 않은 것이 있다.
당신이 시를 읽는 동안 나는 우연히
창밖으로 한 노인이 지나가는 것을 보았다.
그는 쪽동백나무 아래로 아주 천천히 걸어가면서
질질 끄는 기괴한 발걸음으로
떨어진 꽃잎들이 아름답게 수놓은 길을 갈기갈기 찢어놓았다.
그 노인과 나는 눈이 마주쳤다.
아니다. 사실은 마주치지 않았다.
그 노인은 내게 하나의 이미지였다.
내가 대변할 수 없는 세계로부터 던져진 잿빛 가죽포대였다.
그 노인이 나와 눈이 마주쳤더라면
단 1초만 마주쳤더라면 나는 이렇게 썼을 텐데.

그는 내게 말하는 듯했다.
시인이여, 노래해달라.
누구나 짐작할 수 있는
나의 머지않은 죽음이 아니라
누구도 모르는 나의 일생에 대해.
나의 슬픈 사랑과 아픈 좌절에 대해.
그러나 내가 희망을 버리지 않았음에 대해.
모든 것을 극복하고 생존하여 바로 오늘
쪽동백나무 아래에서 당신과 우연히 눈이 마주쳤음에 대해.
나는 너무 많은 기억들을 어깨 위에 짊어지고 있는데
어찌하여 그 안에는 단 하나의 선율도 흐르지 않는가.

창가에 서 있는 시인이여,
나에 대해 노래해달라. 나의 지친 그림자가
다른 그림자들에게 없는 독특한 강점을 지녔노라고 제발 노래해달라.

— 심보선, 「사랑은 나의 약점」 부분, 『눈앞에 없는 사람』
(문학과지성사, 2011)

문학의 정의(justice)가 상환할 수 없는 빚(debt)을 갚기 전까지 잠들지 않는 불면이라면, 그것은 사실상 '윤리'나 '정치'의 문제와 겹쳐질 수밖에 없다. '정의'의 약속으로 현존하는 '법'을 탈구축하는 데리다의 작업이 소위 해체의 전략으로 '현실'과 맞닿는 지점을 사고하려는 기획에서 비롯된 것은 사실이지만, 상식으로 굳어진 우리의 믿음-편견을 탈구축하는 것이 반드시 사회·정치적 사건에 관한 발언에 제한되어야 할 이유는 없다. 우리의 '타자'가 항상 희생자여야 할 이유는 없다. "중산층 이성애자 시인"이라는 현존을 자신의 "본질적인 한계"로 인식하는 심보선의 시가 빛을 발하는 지점도 여기이다. '나'는 당신이 읽어준 "어느 동성애 운동가의 시"를 들으면서 "한 명의 유순한 독자"가 된다. 시를 읽은 후 '당신'은 '나'에게 "당신이 동성애자였다면/이렇게 좋은 시를 쓸 수 있었을 텐데"라고 아쉬움을 토로하고, '나'는 "중산층 이성애자 시인"이라는 조건이 '나'의 "본질적 한계"임을 깨닫는다. 그리고 '나'는 '당신'에게 두 가지를 고백한다. 하나는 "그 시에서 나는 당신에게 청혼을 했다"라는 것이고, 또 하나는 '당신'이 시를 읽는 동안 "창밖으로 한 노인이 지나가는 것"을 보았다는 것이다. '보았다'라는 술어가 의미하는 것은 무엇일까? 그것은 '나'와 '노인'이 마주치지 않았다는 것, 그리하여 '노인'은 "내게 하나의 이미지"에 불과했다는 것이다. '보았다'라는 술어에는 모든 것을 대상, 즉 이미지로 만드는 힘이 잠재되어 있다. 그것은 '마주치다'라는 동사의 상호성과 달리 일방적인 지각 행위일 수밖에 없다. 시인은 '노인'이 시각적 대상이 아니라 존재 전체로 마주쳤다면 다른 시가 나왔으리라고 추측한다. 설령 그것이 스쳐 지나가면서 잠시 눈을 맞추는 정도였다 할지라도. 그렇다면 '노인'과의 마주침에서 시인이 본 것은, 그 결과 달라졌을 시의 내용은 어떤 것이었을까? 추측건대 '노인'은 '눈빛'이나 '얼굴'을 통해 시인에게 간절하게 말했을 것이다. '노인'의 늙은 신체에서 우리가 상식적으로 읽어내는 '죽음'이 아니라 그 이면에 감추어져 있는 "누구도 모르는 나의 일생"과 "나의 슬픈 사랑과 아픈 좌절"을, 그럼에도 불구하고 "내가 희망을 버리지 않았음"을 노래해 달라고. 또한 "다른 그림자들에게는 없는 독특한 강점"을 노래해 달라고. 이것은 타자와의 마주침이 타자를 '대상-이미지'로 만드는 시각의 폭력이 아니라 타자의 '특이성'과 대면하는 만남이어야 한다는 각성이다. 시인은 '본다는 것'의 자연스러움이 은폐하고 있는 타자에 대한 폭력을 '마주침-사건'의 특이성을 통해 탈구축한다.

세상의 절반은 붉은 모래
나머지는 물

세상의 절반은 사랑
나머지는 슬픔

붉은 물이 스민다
모래 속으로, 너의 속으로

세상의 절반은 삶
나머지는 모래

세상의 절반은 죽은 은빛 갈대

나머지는 웃자라는 은빛 갈대

세상의 절반은 노래
나머지는 안 들리는 노래

— 진은영, 「세상의 절반」 전문, 『훔쳐가는 노래』(창비, 2012)

'정의'가 빚(debt)을 갚기 전까지 잠들지 않는 불면이라면, '부정의'는 어떤 빚도 존재하지 않으며, 설령 존재했다고 해도 그것은 모두 상환되었다고 주장하면서 잠자리에 드는 것이다. '정의'의 관점에서 보면 '부정의'는 특정한 사건의 가해자가 되는 것뿐만 아니라 현재를 긍정하는 것, 이미 '약속'은 지켜졌다고 주장하는 것, 우리의 믿음-편견이 충분히 상식적인 것이라고 믿는 일체를 포함한다. "확인할 수 없는 존재가 있다"(진은영, 「있다」)라는 발언은 이 상식의 시선에는 보이지 않는 것의 '존재함'을 가시화하는 작업이라는 점에서 문학의 정의에 근접한다. 우리의 상식적 믿음과 달리 계사(copula) '있다'는 사실 자체를 지시하는 투명한 술어가 아니다. 그것은 거울에 비친 자신의 모습을 보면서 '나는 참 아름다워!'라고 외치는 사람에게 '아름답다'가 단순한 형용사가 아닌 것과 같은 이치이다. '있다'는 투명한 술어가 아니라 가치서술어이다. 가치서술어로서의 '있다'는 '있어야 한다'는 것을, '없다'는 '없어야 한다'는 것을 의미한다. 뒤집어 말하면 우리는 먼저 '가치'를 부여한 후에 그것에 대해 '있다', '없다'라고 발화한다. 우리는 항상 없는 것으로 간주해도 좋은 것, 극단적으로는 없어야 할 것에 대해 '없다'라고 말하는 습관이 있다. 그러므로 우리가 '없다'라고 말할 때, 그곳에는 정말 아무것도 없는 것이 아니다. 가치서술어로서의 '없다'는 '무가치하다'는 의미이다. "확인할 수 없는 존재가 있다"라는 진은영의 발언은 권력과 자본, 믿음-편견의 시선에는 보이지 않는 존재를 비가시성 속에서 구원하려는 시도이다. '절반'과 '나머지'라는 시인의 말

또한 같은 의미이다. 그것이 비록 쉽게 보이지 않고, 때로는 "안 들리는 노래"처럼 희미한 것일지라도 시인은 지배적 시선에 의해 없는 것으로 간주되는, '없다'로 판단되는 어떤 것들에 구원의 빛을 비춘다. 권력의 '없다'는 판단에 대해 '있다'로 맞서는 시인의 육성은 우리에게 '없음'의 폭력을 환기시킨다. 나는 이것이 문학의 정의(justice)라고 믿는다.

3. 이방인, 그리고 지구화 시대의 정의

철학자 알폰소 링기스가 들려주는 자동차 경적에 관한 일화는 매우 흥미롭다. 그는 교통이 혼잡하기로 유명한 이란의 테헤란에서 운전을 한 적이 있는데, 당시 자신이 자동차를 움직일 때마다 주변의 차량들이 경적을 울려대는 난처한 상황에 직면했었다고 한다. 그때 그는 끝없이 경적을 울려대는 운전자들을 각성제를 복용하고 도로를 달리는 경주마로 생각했다고 한다. 혼잡한 상황을 벗어나 동승자에게 자신의 생각을 털어놓았더니 동승자는 그곳의 운전자들이 서구인들처럼 자동차 경적을 경고용이나 위협용으로 사용하지 않는다고 사실을 말해주었다 한다. 동승자에 따르면 테헤란의 운전자들에게 자동차 경적은 밀밭에서 먹이활동을 하며 꼬꼬우는 메추라기의 울음과 같은 것이다. 자신의 심적 상태를 표현하는 수단이었던 셈이다. 링기스의 일화에서 우리는 우리가 얼마나 자문화를 기준으로 타자를, 타문화를 판단하는 데 익숙한지 반성하게 된다. 소위 지구화 시대의 정의가 요구하는 것이 바로 이것이다.

신자유주의가 등장하기 이전에 인류는 대개 민족국가 형태를 유지하며 살았고, 따라서 '정의' 역시 국경 바깥을 고려해야 할 이유가 없었다. 하지만 자본과 노동의 지구적 이동이라는 새로운 상황은 한 국가 내부에서 통용되던 '정의'에 새로운 변수로 등장했다. "케인즈주의적-베스트팔렌적 틀은 사회 정의에 관한 논쟁들에 독특한 형태를 부과했다. 사회정의에 관한 논쟁들은 근대 영토국가를 적합한 단위로, 그 국가의 시민들을 적절한 주체로 당연시하면서 그런 시민들이 서로에 대해서 가지는 의무는 정확히 무엇인가 하는 문제를 다루어 왔다."(낸시 프레이저, 김원식 옮김, 『지구화 시대의 정의』, 그린비, 2010, 31쪽) 이방인, 타자, 이주노동자의 등장은 이제 '정의란 무엇인가?'라는 질문을 다시 사유할 것을 요청하고 있다. 흔히 근대적 '정의'는 사회경제적 재분배 요구, 법적 혹은 문화적 인정 요구, 정치적 대표에 대한 요구로 요약된다. 낸시 프레이저가 '정의'와 관련하여 '비정상성의 세 마디'라고 지적했던 세 가지 요구 모두에서 현대는 '타자'의 압력을 받고 있다. 구체적으로 그 압력이란 경제적 재분배에서 이방인을 고려해야 한다는 것, 법적 · 문화적 인정의 범위를 타문화까지 확대해야 한다는 것, 정치적 대표를 선출하는 과정에서 타자의 참여를 허용해야 한다는 것이다. 이 모든 요구를 '약속', 즉 실현불가능하지만 지켜야 할 약속으로서의 '정의'라고 말한다면, 현재 한국 사회가 인정하고 있는 범위를 '법'이라고 말할 수 있다. 그러므로 '정의'의 요구에 응답하여 '법'을 탈구축하는 일이 문제인 것이다.

사람이 온다는 건
실은 어마어마한 일이다.
그는
그의 과거와 현재와
그리고
그의 미래와 함께 오기 때문이다.
한 사람의 일생이 오기 때문이다.
부서지기 쉬운
그래서 부서지기도 했을

마음이 오는 것이다 - 그 갈피를

아마 바람은 더듬어볼 수 있을

마음,

내 마음이 그런 바람을 흉내낸다면

필경 환대가 될 것이다.

— 정현종, 「방문객」 전문, 『광휘의 속삭임』(문학과지성사, 2008)

최근 시에서 "타인과의 관계"로서의 정의는 '타자', '이방인', '이주 노동자' 문제로 구체화된다. 한 마디로 '타자'를 '나'와 똑같은 존재, 즉 동일자의 연장으로 간주하지 않아야 한다는 것이다. 바로 여기가 '윤리'가 발생하는 지점이다. 그렇다면 '나'와 '타자', '우리'와 '타자'의 관계는 어떤 것이어야 하는가? '다문화주의'와 '관용'은 이 질문에 대한 가장 간단한 대답이다. 하지만 다문화주의는 '우리'와 '타자'의 관계를 철저히 문화에 국한시키는 자본주의의 이데올로기적 장치의 성격을 띠며, '관용'은 '타자/이방인'을 우리와 동등한 동료가 아니라 관용의 대상으로 보는 수직적 우월감을 감추고 있다는 점에서 믿음-편견을 벗어나지 못한다. 따라서 '타자'에 관한 시적 대응은 우선 '다문화주의'와 '관용'이 이면에 감추고 있는 진실을 가시화해야 한다. 하지만 지금까지 발표된 작품들 가운데 여기에 도달한 작품을 찾기는 무척 힘들다. 현대시의 다문화주의는 '담론'은 무성한데 '작품'이 그에 미치지 못하는, 때문에 '이론'이 일방적으로 주도하고 있는 대표적인 경우이다. 현대시에서 이방인은 대개 선의의 피해자이거나 작품의 배경 이상이 되지 못하고 있다. 이방인에 관한 작품으로 단정할 이유가 없음에도 불구하고 정현종의 「방문객」이 거둔 성취가 돋보이는 것은 이런 이유이다. 이주노동자를 대하는 한국 기업인들의 태도는 '인력을 원했는데 사람이 왔다'는 농담 이상이 아니다. 우리는 종종 이주노동자가 '인력'이 아니라 '인간'임을 망각한다. 설령 그들이 '인간'의 범주에 포함된다 할지라도 우리는 인간을 위계화함으로써 그들을 '인간'의 가장자리에 위치시킨다. 이 뿌리 깊은 인종주의와 혈통에 근거한 민족주의에 비하면 "사람이 온다는 건/실은 어마어마한 일이다."라는 시인의 노래는 '이방인'을 포함한 지구화 시대의 '정의'에 한 걸음 근접하고 있다. 시인에 따르면 '방문객'의 도래가 "어마어마한 일"인 까닭은 그 사람의 신분이나 지위가 대단하기 때문이 아니라 한 인간의 과거-현재-미래가 함께 오기 때문이다. 인종주의와 민족주의의 이방인에 대한 배타적 감정이 놓치고 있는 것이 이것이다. '방문객'을 앞에 두고 시인은 말한다. 환대란 거창한 무언가를 행하는 일이 아니라 '바람'을 흉내 내는 마음, 바로 그것이라고.

일찍이 존 레넌은 〈이매진(Imagine)〉에서 '국경'과 '종교'가 없어 만인이 평화롭게 공존하는 세계를 노래했다. 그가 꿈꾸었던 세상, 내 것이 없고, 내 것이 없으므로 탐욕과 궁핍도 없는, 오직 인류애만이 존재하는 세계는 유토피아의 환영에 불과할지도 모르지만, 실현불가능한 약속으로서의 '정의' 또한 그런 것일 터이다. 그 환영이, '정의'의 약속이 없다면, 현존하는 질서인 '법'은 어떻게, 어떤 방향으로 수정될 수 있을까? 오늘날 '정의'의 문제가 가리키는 방향이 바로 여기이다. 존 레넌의 노래가 상상하지 말아야 할 것을 상상한 불온한 노래인지는 모르지만 지금 우리는 '국경'을 넘는 일과 '이방인'의 존재를 고려하지 않고 '정의'에 대해 말할 수 없는 시대에 살고 있다. 그들을 동등한 우리의 동료로 받아들일 수 있는가, 그들의 문화와 신념에 동등한 가치를 부여할 수 있는가, 공적인 토론과 민주적 의사결정에서 그들에게 동등한 발언권과 참여를 보장할 수 있는가, 지난날의 '정의'는 지금 이 어려운 물음들에 직면해 있다.

찾아보기

가

나

사

차

카

타

파

하

비인칭적인 것

초판 1쇄 발행 2014년 12월 8일

지은이 고봉준
펴낸이 강수걸
편집장 권경옥
편집 양아름 손수경 문호영
디자인 권문경 박지민
펴낸곳 산지니
등록 2005년 2월 7일 제14-49호
주소 부산광역시 연제구 법원남로15번길 26 위너스빌딩 203
전화 051-504-7070 | 팩스 051-507-7543
홈페이지 www.sanzinibook.com
전자우편 sanzini@sanzinibook.com
블로그 http://sanzinibook.tistory.com

ISBN 978-89-6545-273-7 03810

*책값은 뒤표지에 있습니다.
*이 도서의 국립중앙도서관 출판시도서목록(CIP)은 e-CIP 홈페이지
(http://www.nl.go.kr/ecip)에서 이용하실 수 있습니다.
(CIP 제어번호: CIP 2014031918)